CB069665

عدِ کاتبہ

الخطُّ يبقی زمانً

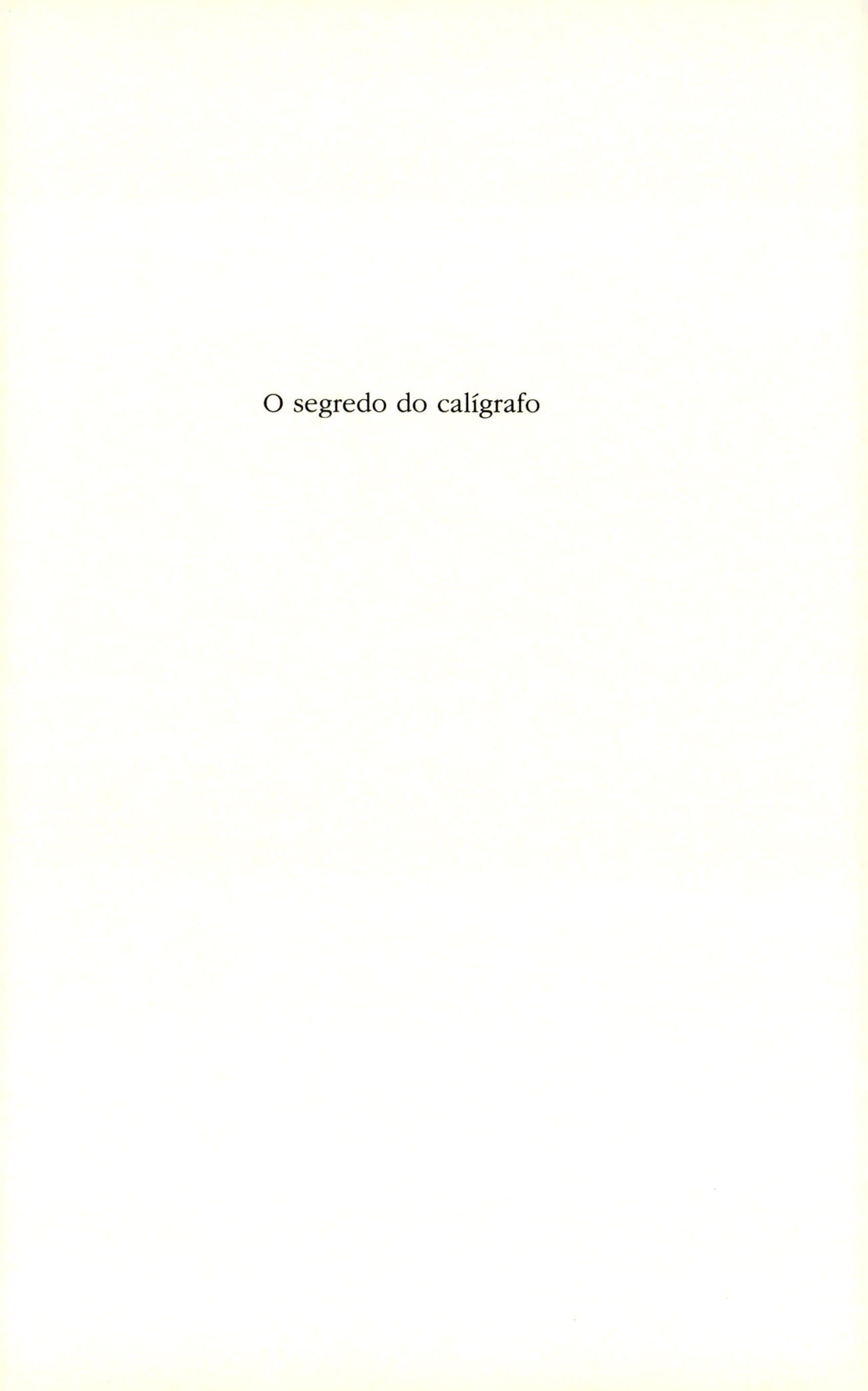

O segredo do calígrafo

Rafik Schami

O segredo do calígrafo

رفيق شامي

الخطاط
الدفين

Tradução
Silvia Bittencourt

Caligrafias
Ismat Amiralai

Estação Liberdade

Título original: *Das Geheimnis des Kalligraphen*
© Carl Hanser Verlag, Munique, 2008
© Editora Estação Liberdade, 2010, para esta tradução

Preparação de texto	Antonio Carlos Soares
Revisão	Leandro Rodrigues
Assistência editorial	Tomoe Moroizumi
Composição	Johannes C. Bergmann/Estação Liberdade
Projeto gráfico de capa	Peter-Andreas Hassiepen/Hanser
Imagem de capa	© David Vintiner/Corbis/Latinstock
Editores	Angel Bojadsen e Edilberto F. Verza

CIP-BRASIL. CATALOGAÇÃO-NA-FONTE
Sindicato Nacional dos Editores de Livros, RJ

S324s

Schami, Rafik, 1946-
  O segredo do calígrafo / Rafik Schami ; tradução Silvia Bittencourt. - São Paulo : Estação Liberdade, 2010.

  Tradução de: Das Geheimnis des Kalligraphen
  ISBN 978-85-7448-188-3

  1. Romance alemão. I. Bittencourt, Silvia. II. Título.

10-3784.   CDD: 833
                                          CDU: 821.112.2-3

Todos os direitos reservados à
Editora Estação Liberdade Ltda.
Rua Dona Elisa, 116 | 01155-030 | São Paulo-SP
Tel.: (11) 3661 2881 | Fax: (11) 3825 4239
www.estacaoliberdade.com.br

Sumário

13 O boato ou Como as histórias começam em Damasco

21 O primeiro núcleo da verdade

339 O segundo núcleo da verdade

431 Fim de uma história e começo de um boato

441 Sobre as caligrafias

Para
Ibn Muqla (886-940),
o maior arquiteto das
letras e de sua desgraça

الإشاعة
أو كيف تبدأ
القصص في دمشق

O boato
ou
Como as histórias
começam em Damasco

O centro antigo de Damasco encontrava-se ainda sob o manto cinza da madrugada, quando um boato incrível circulou pelas mesas das pequenas barracas e entre os primeiros fregueses das padarias: Nura, a linda mulher do respeitado e abastado calígrafo Hamid Farsi, havia fugido.

O mês de abril de 1957 presenteou Damasco com o calor do verão. Nessas primeiras horas, o ar da madrugada ainda preenchia as ruelas e o centro antigo cheirava a flores de jasmim dos pátios, a tempero e madeira úmida. A rua Reta estava às escuras. Só as padarias e as barracas tinham luz.

Logo, os chamados dos muezins penetraram nas ruelas e nos quartos, um depois do outro, formando um eco contínuo.

Quando o sol apareceu atrás do Portão Oriental, no começo da rua Reta, e varreu o último cinza do céu azul, os comerciantes de carne, verdura e mantimentos já sabiam da fuga de Nura. A rua cheirava a óleo, madeira queimada e excremento de cavalo.

Perto das oito horas, o cheiro de sabão em pó, cominho e, aqui e acolá, de faláfel, começava a se espalhar na rua Reta. Barbeiros, pasteleiros e carpinteiros tinham aberto e esguichado com água a calçada em frente às suas lojas. Enquanto isso, espalhava-se que Nura era a filha do famoso sábio Rami Arabi.

Quando os farmacêuticos, relojoeiros e antiquários foram abrindo pouco a pouco suas lojas, sem esperar grandes negócios, o boato chegou ao Portão Oriental, e como crescera tanto até lá, tornando-se uma grande obra inventiva, não conseguiu passar por ele. Bateu no arco de pedra e estourou em mil e um pedaços, que deslizaram pelas ruelas e procuraram as casas como ratos notívagos.

Más línguas contavam que Nura fugira porque seu marido teria lhe escrito inflamadas cartas de amor; e os hábeis propagadores de boatos de Damasco se interrompiam de repente, sabendo que atrairiam assim seus ouvintes para uma armadilha.

— Como? — perguntavam estes, indignados. — Uma mulher abandona o marido porque este lhe escreveu sobre as chamas de seu amor?

— Não dele, não dele — replicavam as más línguas com a calma dos vencedores —, ele escrevia sob encomenda do mulherengo Nassri Abbani, que queria seduzir a mulher com as cartas. Este garanhão é podre de rico, mas fora o seu nome ele não sabe escrever nada certo.

Nassri Abbani era um conquistador conhecido. Herdara de seu pai mais de dez casas e grandes pomares perto da cidade. Ao contrário de seus irmãos, Salah e Muhammad, que ampliavam a riqueza herdada de forma dedicada, aplicada, e eram maridos honrados, Nassri fornicava sempre que podia. Ele tinha quatro mulheres em quatro casas, gerava quatro crianças por ano e ainda sustentava três putas na cidade.

Quando deu meio-dia e o calor chamuscante afugentou todos os cheiros da rua Reta e a sombra dos poucos passantes cobria apenas os pés, tanto os habitantes do bairro cristão como os dos bairros judaico e muçulmano sabiam da fuga. A casa suntuosa do calígrafo ficava perto do arco romano e da igreja ortodoxa de Santa Maria, lá onde os bairros se esbarravam.

— Alguns homens adoecem com áraque ou haxixe, outros morrem por causa do estômago insaciável. Nassri adoece pelas mulheres. É como resfriado e tuberculose, pega um e não pega o outro — disse a parteira Huda, que ajudara a colocar todos os filhos dele no mundo e era confidente de suas quatro mulheres. Em seguida, pôs ostensivamente devagar a xícara de café moca sobre a mesa, como se ela mesma sofresse dessas graves diagnoses. As cinco vizinhas acenaram com a cabeça, sem respirar.

— E essa doença é contagiosa? — perguntou uma mulher corpulenta, passando-se por séria. A parteira sacudiu a cabeça, e as outras riram contidamente, como se a pergunta tivesse sido constrangedora para elas.

Movido por sua mania, Nassri cortejava todas as mulheres. Não fazia diferença entre mulheres da classe alta e camponesas, entre putas velhas e moças jovens. Contam que Almás, sua mulher mais jovem, de dezesseis anos, dissera uma vez:

— Nassri não pode ver um buraco sem colocar aquilo dentro. Não me assombraria se ele chegasse um dia em casa com uma colmeia de abelhas pendurada no pau.

Como é comum neste tipo de homem, o coração de Nassri era consumido pelas chamas sempre que uma mulher o rejeitava. Nura não queria saber dele, e então ele ficou quase louco por ela. Dizem que passou meses sem tocar numa puta.

— Ele estava obcecado — confidenciou sua jovem mulher Almás para a parteira Huda. — Dormia raramente comigo e, quando se deitava ao meu lado, eu percebia que sua alma estava com a estranha. Mas só depois que ela fugiu é que eu soube quem era.

O calígrafo teria escrito as cartas de amor, que deveriam amolecer qualquer pedra; mas isto foi para Nura o cume do descaramento. Ela entregou as cartas para o pai. De início, este sábio sufista, cujo caráter era um exemplo de serenidade, não queria acreditar. Ele supunha que algum espírito mau queria destruir a honra do calígrafo. Mas as provas eram esmagadoras.

— Não foi apenas a escrita inconfundível do calígrafo — contava a parteira. — A beleza de Nura foi celebrada nas cartas e teria sido traçada de forma tão precisa que, além dela mesma e de sua mãe, só podia ter conhecimento disso o marido e ninguém mais.

E agora a parteira baixava tanto a voz que as outras mulheres mal respiravam:

— Só eles podiam saber como eram os seios, o ventre e as pernas de Nura, e onde ela tinha alguma pinta — acrescentou, como se tivesse lido as cartas.

— O calígrafo não sabia então o que dizer — adicionou uma outra vizinha —, pois não havia sido informado do destino das cartas do garanhão; poetas só descrevem aquilo que conhecem quando exaltam uma beleza estranha, desconhecida.

— Que homem sem caráter — esse suspiro passava de boca em boca nos dias seguintes, como se houvesse apenas esse tema em Damasco. Alguém acrescentou, quando não havia crianças por perto:

— Ele deve viver em desgraça, enquanto sua mulher se deita debaixo do garanhão.

— Mas ela não está debaixo do garanhão. Fugiu e deixou os dois para trás. Isto é que é estranho — corrigiam as más línguas, em tom de segredo.

Rumores com começo e fim conhecidos duram pouco em Damasco; o boato da fuga da linda mulher, porém, tinha um começo curioso, mas não um fim. Vadiava entre os homens, de café para café, nos pátios internos entre as rodas de mulheres, e se transformava sempre que pulava de uma língua para outra.

Falava-se das extravagâncias do calígrafo, como a de que teria sido corrompido por Nassri Abbani para que este chegasse até a mulher. Das somas de dinheiro que o calígrafo teria recebido pelas cartas. Nassri teria pago o peso delas em ouro.

— Por isso o ávido calígrafo escreveu as carta de amor com letras grandes e margens largas. De uma página ele fez cinco — sabiam as más línguas.

Tudo isso deve ter contribuído para facilitar a decisão da jovem. Um núcleo da verdade permaneceu escondido de todos. Este núcleo chamava-se amor.

Um ano antes, em abril de 1956, tivera início uma história de amor impetuosa. Nura se encontrava no final de um beco sem saída, quando de repente o amor rompeu o muro empilhado à sua frente e lhe mostrou um emaranhado de opções. Nura precisou agir.

Mas, como a verdade não é um simples damasco, ela tem um segundo núcleo, a respeito do qual Nura não sabia nada. O segundo núcleo desta história era o segredo do calígrafo.

الهی حلیق الحبر للیاسہ

النُّواةُ الأُولى للحَقيقَة

O primeiro núcleo da verdade

*Eu sigo o amor.
Aonde sua caravana for,
amor é a minha religião,
minha fé.*

Ibn Arabi
(1165-1240)
sábio sufista

1.

Um homem cambaleou para fora de sua loja de cereais, sob a gritaria de um grupo de jovens. Tentou desesperadamente segurar-se na porta, mas a multidão barulhenta espancava-o nos dedos e braços, arrastava-o, dava-lhe golpes, ainda que não tão fortes. Como se tudo fosse uma brincadeira, os jovens riam e cantavam uma música absurda, na qual agradeciam a Deus e, ao mesmo tempo, xingavam o homem de forma asquerosa. Eram obscenidades rimadas vindas de analfabetos.

— Socorro — gritou o homem, mas ninguém o ajudou. O medo fazia sua voz soar enrouquecida.

Crianças pequenas, usando roupas pobres, zumbiam como vespas ao redor da multidão de jovens que se fechava em volta do homem. As crianças insistiam e imploravam, também queriam tocar nele. Caíam no chão, levantavam-se, cuspiam como adultos, longe e ruidosamente, e corriam atrás da corja.

Depois de dois anos de seca, fazia mais de uma semana que chovia sem parar; era março de 1942. Os habitantes da cidade, aliviados, podiam voltar a dormir profundamente. Muito sofrimento se abatera como um elfo sobre Damasco. Já em setembro do primeiro ano da seca, os sinistros haviam chegado; eram os cortiçóis que procuravam, em bandos enormes, água e alimento nos jardins dos oásis verdes de Damasco. Sabia-se, desde tempos imemoráveis, que quando aparecia esta ave de estepe, do tamanho de uma pomba e malhada com cores de areia, haveria seca. Assim aconteceu também naquele outono. Assim acontecia sempre. Os camponeses odiavam o pássaro.

Logo que o primeiro cortiçol era avistado, os comerciantes de trigo, lentilha, grão de bico, açúcar e feijão aumentavam os preços.

Nas mesquitas, desde dezembro os imames rezavam com centenas de crianças e jovens, que frequentavam em bandos as casas de oração, acompanhados de professores e educadores.

O céu parecia ter engolido as nuvens. O azul era poeirento. A semente perseverava na terra seca, desejando água; e o que rapidamente brotava morria — fino como cabelo de criança — no calor do verão, que durava até o final de outubro. Camponeses de aldeias próximas aceitavam qualquer trabalho em Damasco por um pedaço de pão e agradeciam por isso, pois sabiam que logo chegariam os camponeses do Sul árido, ainda mais famintos, que se satisfariam com salário ainda menor.

Desde outubro o xeque Rami Arabi, pai de Nura, andava exausto, pois além das cinco orações oficiais em sua pequena mesquita ele precisava guiar as rodas de homens que cantavam músicas religiosas até a aurora para amansar Deus e pedir chuva. De dia ele também não tinha descanso, pois entre os períodos oficiais de oração aproximavam-se as massas de estudantes, com as quais ele ensaiava cantos tristes para amaciar o coração de Deus. Eram músicas chorosas, das quais o xeque Rami Arabi não gostava, porque delas só escorriam superstições. As superstições dominavam as pessoas como por mágica. Não eram os incultos, mas sim homens respeitados os que acreditavam que as colunas de pedra da mesquita vizinha choravam de emoção durante as orações do xeque Hussein Kiftaros. O xeque Hussein era um semianalfabeto com um grande turbante e uma longa barba.

Rami Arabi sabia que colunas nunca choram, mas que por causa do frio as gotas de água se condensam do vapor exalado pelos fiéis. Mas isto ele não podia falar. Tinha de tolerar as superstições para que os analfabetos não perdessem a fé, dizia à esposa.

No dia 1º de março caiu a primeira gota de água. Um menino chegou correndo à mesquita no momento em que centenas de crianças cantavam. Gritou tão alto que todos emudeceram. O menino se assustou com o silêncio, e suas palavras saíram envergonhadas de sua boca:

— Está chovendo — disse ele. Uma onda de alívio atravessou a mesquita e ouviu-se de todos os cantos o agradecimento a Deus: *Allah*

Akbar. E, como se também seus olhos tivessem recebido a bênção de Deus, muitos adultos choraram de emoção.

Lá fora chovia, hesitantemente a princípio, torrencialmente depois. A terra empoeirada pulava de alegria; em seguida se saciou, tornando-se serena e escura. Em poucos dias, livre da poeira, o asfalto das ruas de Damasco brilhava, e os campos amarelos fora da cidade ganhavam um fino manto esverdeado.

Os pobres respiravam aliviados, e os camponeses tomavam o caminho de volta para suas aldeias e mulheres.

Mas o xeque Rami se irritava porque a mesquita virava um deserto. Afora alguns homens velhos, ninguém aparecia nas orações.

— Eles tratam Deus como um garçom. Pedem-lhe chuva e, assim que a recebem, dão-lhe os ombros — dizia ele.

A chuva amainava, um vento morno levava as finas gotas de água para os rostos dos jovens, que transferiram a dança com o homem para o meio da rua. Cercavam-no com os braços e rodavam-no no centro, até que sua camisa voou sobre as cabeças; como se ela fosse uma cobra ou uma aranha, os menores fora da roda, excitados, começaram a pisoteá-la, mordê-la e rasgá-la em pedaços.

O homem parou de resistir, pois as muitas bofetadas o desnorteavam. Seus lábios se mexiam, mas ele não emitia som algum. A certa altura, seus óculos voaram pelos ares e caíram numa poça na calçada.

Um dos jovens já estava rouco de excitação. Não cantava mais versos, apenas palavrões alinhados. Como que extasiados, os jovens gritavam em coro e estendiam suas mãos para o céu:

— Deus nos ouviu.

O homem parecia não ver ninguém enquanto seu olhar vagueava em busca de apoio. Por um momento ele fitou Nura. Ela acabara de fazer seis ou sete anos e, protegida da chuva, estava sob a grande marquise colorida da loja de balas, na entrada de sua rua. Bem naquele momento queria começar a saborear o pirulito vermelho que comprara de Elias por uma piastra. Mas a cena à sua frente a detinha. Agora os jovens rasgavam as calças do homem e nenhum dos passantes o ajudava. Ele caiu. Seu rosto estava paralisado e pálido, como se ele já tivesse ideia do que ainda viria. Parecia não sentir os pontapés que lhe aplicavam. Não xingava, não suplicava, mas apalpava o chão entre as pernas finas dos jovens como se procurasse os óculos.

— Na poça — disse Nura, como se quisesse ajudá-lo.

Quando um homem mais velho vestindo um avental cinza típico de empregado quis ir até ele, foi detido rudemente na calçada por outro com roupas elegantes e tradicionais: sapatos abertos atrás, calças pretas largas, camisa branca, colete colorido e uma tira vermelha de seda em torno da barriga. Sobre seus ombros havia um *kufiya* — turbante árabe usado pelos homens — franzido, preto e branco. Embaixo dos braços, trazia um bastão de bambu enfeitado. Este homem musculoso de trinta anos era bem barbeado e tinha um grande bigode preto tratado com creme. Era um tipo valentão, conhecido. Chamavam esses homens damascenos de kabadai, uma palavra turca que significa algo como brigão. Eram homens fortes e corajosos, que procuravam briga com frequência e viviam de encomendas sujas, feitas por ricos de mãos limpas, como ameaçar ou humilhar pessoas. O kabadai parecia ter prazer com a proeza dos jovens.

— Deixe as crianças se divertirem com este ateu que lhes rouba o pão da boca — gritou, como um professor, agarrando com a mão esquerda o pescoço do homem de avental cinza e batendo com o bastão no traseiro dele, rindo, enquanto o despachava de volta para a loja. Os homens e as mulheres presentes riram do empregado, que começou a suplicar como um aluno.

O suposto ladrão estava agora caído no meio da rua, encolhido e nu, e chorava. Os jovens se afastavam, ainda cantando e dançando na chuva. Um menino pequeno e pálido, com um rosto fino trazendo cicatrizes, soltou-se da multidão, voltou e aplicou no homem um último pontapé nas costas. Correu para seus camaradas, rejubilando-se e, com os braços estendidos, imitando um avião.

— Nura, vá para casa. Isto não é para meninas. — Ela ouviu a voz suave de Elias, que observara tudo da janela de sua loja.

Nura se assustou, mas não saiu dali. Observou como o homem despido se sentava devagar, olhava ao redor e puxava um farrapo de suas calças escuras para cobrir o sexo. Um mendigo apanhou os óculos, que continuaram intatos apesar de jogados longe, e os levou para o homem nu. O homem colocou-os e, sem reparar no mendigo, andou para a loja.

Quando Nura, ofegante, contou o caso para a mãe na hora do café, na sala, esta permaneceu insensível. A vizinha gorda Badia, que as visitava todos os dias, pôs a xícara de café moca sobre a pequena mesa e riu alto.

— Bem feito para este adorador de cruzes. É o que acontece quando os preços são aumentados — chiou a mãe. Nura ficou horrorizada.

A vizinha contou então, divertindo-se, um relato de seu marido sobre o que uns jovens fizeram perto da mesquita de Umaiyad; eles teriam arrastado um comerciante judeu, nu, até a rua Reta, e xingado e espancado o homem aos gritos.

O pai de Nura chegou tarde. Seu rosto perdera toda a cor neste dia. Ele estava pálido, e Nura o ouviu discutir longamente com a mãe sobre os jovens, que ele xingava de "sem Deus". Só no jantar voltou a se acalmar.

Anos depois Nura pensou que, se houvesse algo como uma encruzilhada no caminho até seus pais, naquela noite ela teria escolhido o caminho até o pai. A relação com a mãe sempre fora fria.

Um dia depois do acontecimento, Nura quis saber se o homem de óculos também conseguiria viver sem coração. O céu clareava por algumas horas, só uma frota de pequenas nuvens atravessava o oceano celeste. Nura rastejou através da porta aberta e alcançou a rua principal, deixando sua viela para trás. Virou à esquerda e passou pela vasta loja de cereais, que tinha um escritório com grandes janelas voltado para a rua. Ao lado ficava o pavilhão onde os trabalhadores traziam, pesavam e empilhavam sacos de juta cheios de grão.

Como se nada tivesse acontecido, o homem estava sentado a uma mesa coberta de papéis, vestido elegantemente com tons escuros, e escrevia alguma coisa num caderno grosso. Ele ergueu a cabeça e olhou para fora da janela. Na mesma hora, Nura virou o rosto para o lado e correu para a sorveteria. Ao chegar lá, recuperou o fôlego e deu meia volta. Desta vez evitou olhar para dentro do escritório, para que o homem não a reconhecesse.

Durante anos a cena da rua com o homem despido perseguiu-a nos sonhos. Nura sempre acordava aterrorizada.

"José Aflak, cereais, sementes", decifrou a menina, pouco tempo depois, a placa sobre a entrada da loja, e logo em seguida descobriu que o homem era cristão. Não era por isso que sua mãe o odiava; para ela, todos que não eram muçulmanos eram ateus.

Era cristão também o vendedor de balas com aqueles cabelos ruivos engraçados. Chamava-se Elias e sempre fazia graça com Nura. Era o único que a chamava de princesa. Uma vez ela lhe perguntou por que ele não a visitava, esperando que chegasse com um grande saco cheio de balas, mas Elias apenas sorriu.

A sorveteria também pertencia a um cristão, Rimon. Ele era estranho. Quando não tinha freguês, tirava seu alaúde da parede, tocava e cantava até que a loja se enchesse, e perguntava:

— Quem quer sorvete?

Por isso Nura achava que sua mãe não gostava de cristãos, porque eram engraçados e sempre vendiam as coisas mais gostosas. A mãe era magra como um palito, raramente sorria e só comia quando não podia evitar.

O pai a repreendia com frequência, dizendo que logo ela não teria mais sombra. Nas fotos antigas a mãe parecia roliça e bonita. Mas agora também Badia, a vizinha corpulenta, afirmava temer que a mãe de Nura fosse levada pela próxima ventania.

Quando Nura estava quase terminando o nono ano da escola, ouviu de seu pai que José, o vendedor de cereais, tinha morrido. Antes de sua morte, ele teria contado que naquele dia, quando os jovens o maltrataram, ele desmaiara por um instante e vira, como um filme passando, que sua filha Marie e seu filho Miguel se convertiam ao Islã.

Ninguém o levou a sério, pois pouco antes de morrer o homem teve febre. Nunca digerira a decisão da filha Marie de se casar com um muçulmano depois de uma paixão turbulenta. O casamento acabou, mais tarde, de forma infeliz.

Com o filho Miguel, que não queria assumir a loja, mas sim virar político, ele estava zangado já havia muito tempo. Mas o sonho de José se cumpriu, pois cinquenta anos depois, na condição de velho político amargurado no exílio em Bagdá, Miguel declarou sua conversão ao Islã e acabou sendo lá enterrado sob o nome de Ahmad Aflak. Mas isso é uma outra história.

A ruela de Aiyubi ficava no velho bairro de Midan, a sudeste do centro antigo, mas fora da muralha da cidade. Cheirava a erva-doce, mas ali Nura se entediava. A rua era curta e tinha apenas quatro casas. A casa paterna de Nura formava o final deste beco sem saída. O muro sem fendas do campo de erva-doce ocupava o triste lado direito.

Na primeira casa do lado esquerdo morava Badia com seu marido. Ele era alto e disforme, parecia um armário usado. Badia era a única amiga da mãe de Nura. A menina conhecia os nove filhos e filhas de Badia só como adultos, que a cumprimentavam com gentileza, mas também como sombras que passavam rapidamente, sem deixar rastros. Apenas a filha Buchra ficou em sua memória de infância. Ela gostava de Nura, beijava-a sempre que a via e chamava-a de "minha bela". Buchra cheirava a flores exóticas, por isso Nura gostava de ser abraçada por ela.

Na segunda casa morava um casal muito velho, rico e sem filhos, que mal tinha contato com outras pessoas.

Na casa vizinha à de Nura morava uma grande família de cristãos, com os quais a mãe não trocava nenhuma palavra. Seu pai, ao contrário, cumprimentava os homens gentilmente sempre que os encontrava na rua, enquanto sua mãe resmungava alguma coisa soando como um passe de mágica que deveria protegê-la caso esses inimigos lançassem contra ela um de seus conjuros.

Nura contava sete ou oito meninos na casa dos cristãos. Não havia nenhuma menina. Eles brincavam com bola, bolinhas de gude e cascalhos. Às vezes faziam algazarra durante todo o dia, alegremente, como cachorrinhos atrevidos. Nura observava-os com frequência da porta de casa, sempre pronta a batê-la caso um chegasse perto. Toda vez que a viam, dois deles, um pouco maiores e mais velhos do que os outros, insinuavam querer beijá-la e abraçá-la; ela escapulia então rapidamente para casa e observava pelo grande buraco da fechadura os meninos rindo. Seu coração disparava, e ela não ousava sair mais pelo resto do dia.

Às vezes, eles aprontavam mesmo. Quando Nura voltava do sorveteiro ou do vendedor de balas, os meninos apareciam de repente e colocavam-se como um muro à sua frente. Eles exigiam uma lambida no sorvete ou no pirulito e ameaçavam não liberar o caminho. Só quando Nura começava a chorar é que eles desapareciam.

Um dia Elias observou a cena, quando por acaso varria a frente de sua loja e lançou um olhar para a ruela. Ele foi ajudar Nura com sua grande vassoura e ralhou com os meninos.

— Quando um ousar de novo bloquear seu caminho, venha até mim. Minha vassoura almeja por um traseiro. — Elias falou alto, para que os meninos ouvissem. Deu resultado. Desde esse dia, sempre que a encontravam, os meninos formavam duas fileiras para ela passar.

Só um não desistia. Ele sempre lhe sussurrava:

— Você é tão bonita. Quero me casar com você agora.

Era gordo, tinha uma pele branca e bochechas vermelhas, e era mais novo do que ela. Os outros, maiores e que a paqueravam, riam dele.

— Seu imbecil, ela é muçulmana.

— Então eu também quero ser muçulmano — gritou o menino, desesperado, até ganhar um tapa barulhento de um de seus irmãos. O rechonchudo se chamava Maurice; um outro, Giorgios. Nomes estranhos, pensava Nura, e tinha pena do menino roliço que agora chorava alto.

— E daí? Vou ser muçulmano se eu gostar, e prefiro Maomé a você — gritou, teimoso, e o outro lhe deu um segundo tapa e um pontapé forte na canela. Maurice fungou e olhou sem cessar para a casa de Nura, como se esperasse de lá a salvação.

Logo depois, uma mulher o chamou de dentro de casa, e ele entrou devagar, com a cabeça baixa. Não demorou muito e Nura ouviu os gritos da mãe e as súplicas do filho.

Desde esse dia Maurice não falou mais em casamento. Ele evitava o olhar de Nura, como se este o deixasse doente. Uma vez ele se sentou na entrada de casa e soluçou. Quando viu Nura, virou-se para a parede e chorou baixinho. Nura permaneceu em pé. Ela viu sua grande orelha vermelho-escura e entendeu que o haviam espancado. Sentiu pena. Aproximou-se dele e tocou de leve seu ombro. No mesmo instante, Maurice parou de chorar. Virou-se para ela e sorriu com um rosto cheio de lágrimas e ranho, espalhados pelas bochechas com a manga da camisa.

— Nura — murmurou, surpreso.

Ela ficou vermelha e correu para casa. Seu coração batia. Deu para a mãe o saco de papel com as cebolas que comprara na loja de Omar, o vendedor de legumes.

— O vendedor lhe disse algo? — perguntou a mãe.

— Não — disse Nura, que já queria ir à porta para espreitar Maurice.

— Você está tão fora de si, aprontou alguma coisa?

— Não.

— Venha cá — disse a mãe —, vou ler tudo em sua testa.

Nura ficou com um medo terrível, e a mãe leu e leu, até que disse:

— Pode ir, você não fez nada grave.

Durante anos Nura acreditou que a mãe conseguisse ler suas travessuras em sua testa; por isso olhava-se no espelho depois de cada encontro com o menino rechonchudo para ver se havia algo. Por precaução, esfregava-se com sabonete de azeitona e, em seguida, lavava-se cuidadosamente.

Em geral, sua mãe era uma pessoa estranha. Ela parecia se sentir responsável por todo mundo. Uma vez o pai levou Nura e a mãe a uma festa onde daroeses dançavam, e poucas vezes Nura se sentiu tão leve como naquela noite. Também o pai parecia pairar de felicidade. Um daroês dançava com os olhos fechados e os outros circulavam ao seu redor, como planetas em torno do sol. Sua mãe, porém, só viu que a roupa dele estava suja em vários pontos.

Nas festas religiosas, seus pais e os muçulmanos de toda a rua enfeitavam as casas e lojas com lenços coloridos. Tapetes eram pendurados nas janelas e terraços, vasos eram colocados na entrada das casas. As procissões passavam pelas ruas, cantando e dançando. Alguns mostravam lutas de espada e bastão de bambu, outros soltavam fogos de artifício, e das janelas chovia água de rosas sobre os passantes.

Os cristãos comemoravam sem agitação, sem bandeiras coloridas e cortejos. Nura percebera muito cedo essas diferenças. Apenas os sinos das igrejas tocavam um pouco mais alto naqueles dias. Viam os cristãos com roupas de festa, mas não havia uma quermesse, uma roda gigante ou bandeiras coloridas.

Os feriados cristãos também eram sempre nas mesmas estações do ano. O Natal, no fim de dezembro; a Páscoa, na primavera; e Pentecostes, no início do verão. Mas o Ramadã deslocava-se por todo o ano. E, quando vinha no auge do verão, era difícil controlar. Nura precisava aguentar, da manhã até a noite, sem um pedaço de pão, sem um gole de água, e sob quarenta graus na sombra. Maurice tinha pena dela. Murmurava-lhe que também jejuava em segredo para se sentir tão fraco como ela.

Nura jamais esquecera o dia em que Maurice, por amor a ela, desatou uma pequena confusão. Ela já tinha quatorze anos, e o Ramadã caíra em agosto. Ela jejuava e sofria. De repente os vizinhos ouviram os chamados do muezim e atacaram a comida. Apenas sua mãe reclamou:

— Não pode estar certo! Seu pai ainda não está em casa, e os canhões não foram disparados.

Meia hora depois, ouviram então os chamados dos muezins sobre os telhados, e um tiro de canhão fez vibrar o ar. Seu pai entrou logo depois e contou que as pessoas teriam quebrado o jejum mais cedo por causa de um falso muezim. Nura percebeu logo quem estava por trás disso. Uma hora depois, dois policiais bateram na casa da família cristã; houve gritos e lágrimas.

De todos os feriados, Nura gostava mais do 27, dia do Ramadã. Neste dia, o céu se abre e Deus ouve por um curto período os desejos das pessoas, dizia seu pai. Desde que começou a pensar, todo ano ela ficava agitada dias antes; pensava e pensava sobre o que poderia pedir a Deus.

Ele nunca realizara um único desejo seu.

Deus parecia não gostar dela. Mas o gordo Maurice lhe explicou que Deus certamente gosta de meninas bonitas, mas não consegue ouvir suas vozes. E Maurice também sabia o motivo:

— Os adultos rezam tão alto nessa noite que Deus fica com dor de cabeça e fecha o céu antes de ter ouvido uma única criança.

Realmente, seu pai se reunia com parentes e amigos no pátio e, juntos, pediam alto a Deus o perdão por seus pecados e a realização dos desejos de felicidade e saúde. Nura olhava os homens reunidos e percebeu que Maurice tinha razão. Uma vez, então, no meio da reza ela gritou:

— Mas para mim, bom Deus, você pode mandar um balde com sorvete de baunilha e pistache. Os homens riram e, apesar de várias tentativas, não conseguiram continuar rezando, pois sempre um deles interrompia a oração com uma gargalhada.

Só a mãe de Nura temia o castigo de Deus. E era a única que, no dia seguinte, tinha diarreia. Lamentava, perguntando por que Deus a castigava, se fora a única que mal tinha rido. Em geral, a mãe era muito supersticiosa. Não cortava as unhas à noite para que os fantasmas não a castigassem com pesadelos; não jogava água quente na pia antes de pronunciar alto o nome de Deus para que os fantasmas, que gostavam de morar no encanamento escuro, não se queimassem e a castigassem.

A partir de agora Nura não podia mais rezar junto. Tinha de ficar no quarto e exprimir baixinho seus desejos. Em geral ficava deitada na cama, olhando pela janela para o céu escuro e estrelado.

Ela logo percebeu que, nos feriados, seu pai era atormentado por uma estranha tristeza. Logo ele, cujas palavras consolavam centenas de homens na mesquita e que era cumprimentado respeitosamente por todos os vendedores da rua — às vezes até interrompiam uma conversa para lhe pedir conselho —; este pai poderoso todo ano ficava triste depois da oração solene. Ele ia curvado para o sofá, agachava-se e soluçava como uma criança. Nura jamais descobrira o motivo.

2.

Depois que Salman chegou duramente ao mundo em uma fria madrugada de 1937, por longos anos o azar o perseguiu com mais assiduidade que sua sombra. Naquela ocasião, a parteira Halime tinha pressa. Faise, a mulher traquina do policial de trânsito Kamil, acordara-a naquela noite por causa da amiga Mariam; assim ela chegou mal-humorada ao pequeno apartamento e em vez de animar a magra Mariam, de vinte anos, para o primeiro parto sobre o colchão sujo, repreendeu-a, dizendo que não devia reclamar daquele jeito. Então, como se o diabo quisesse desfilar toda sua paleta de malvadezas, ainda chegou Olga, a velha criada da rica família Farah. Faise, uma pequena mulher forte, fez o sinal da cruz, pois sempre temera o olhar malvado de Olga.

A elegante propriedade dos Farahs ficava logo atrás do alto muro do empoeirado Pátio da Mercê, com suas habitações miseráveis.

Aqui podiam morar de graça os encalhados vindos de todos os pontos cardeais. Antigamente, o pátio fazia parte de uma enorme propriedade com casa senhorial e jardim, incluindo uma extensa área com oficinas, cocheiras, depósito de grãos e apartamentos para os mais de trinta empregados que trabalhavam para o patrão no campo, nos estábulos e na casa. Depois da morte do casal sem filhos, o sobrinho Mansur Farah, um rico comerciante de temperos, herdou a casa e o jardim; outros parentes tornaram-se ainda mais ricos com as numerosas terras e os cavalos de raça. O pátio com suas muitas moradias foi legado à Igreja Católica, com a ordem de ali acolher cristãos pobres, para que, conforme dizia de forma patética o Testamento, "nunca um cristão em Damasco precise dormir sem um teto sobre a cabeça". E, ainda antes de fazer um ano, o comerciante de temperos mandou erguer um muro instransponível, separando sua casa e seu jardim das propriedades onde se alojavam os pobres diabos, cuja visão causava ânsia de vômito ao distinto senhor.

A Igreja Católica alegrou-se com o grande pátio em pleno bairro cristão, mas não estava disposta a pagar uma piastra para os consertos. Assim, os apartamentos degeneravam-se mais e mais e eram reparados miseravelmente pelos moradores com chapas de lata e barro, papelão e madeira.

Esforçavam-se para retocar um pouco a pobreza com vasos de flores coloridos, mas a miséria, com sua triste face, espreitava por todos os lados.

O pátio ficava na ruela de Abbara, perto do Portão Oriental do centro antigo, mas permaneceu todos os anos isolado, como uma ilha dos malditos. E apesar de o portão de madeira ter sido queimado pedaço por pedaço pelos pobres habitantes, e de ter sobrado, finalmente, apenas um arco de pedra aberto, os moradores da ruela não entravam ali de forma espontânea. Para eles, os pobres permaneceram estranhos todos aqueles anos. O Pátio da Mercê aparecia como uma pequena aldeia, arrancada por uma tempestade de seu lugar natural à beira do deserto e soprada para a cidade com seus habitantes, juntamente com a poeira e os cachorros magros.

Um primo afastado ajudou o pai de Salman a conseguir um quarto grande quando este veio de Chabab, um aldeia cristã no Sul, para Damasco, à procura de trabalho. O segundo quarto, menor, o pai conseguiu numa briga de soco com os concorrentes, que queriam ocupá-lo ainda antes de o cadáver da antiga moradora ter sido levado para o cemitério. Cada um contou sua história, que devia provar, de forma desajeitada, que o único desejo da falecida seria deixar o apartamento para o respectivo narrador e, assim, ter sua alma descansando em paz. Alguns fizeram da falecida uma tia distante, outros afirmavam que ela lhes devia dinheiro; mas via-se nas mãos desses mentirosos que eles nunca haviam tido dinheiro na vida. Quando todas essas histórias foram desmascaradas por seus ouvintes e as vozes mais roucas tornaram-se cada vez mais altas, foram os punhos que decidiram — e nisso o pai de Salman era invencível. Primeiro ele mandou todos os concorrentes para o chão e depois, com mãos vazias, para as suas mulheres.

— Daí seu pai fez uma porta entre os dois quartos e logo vocês ficaram com um apartamento de dois cômodos — contou Sara, anos depois. A filha de Faise sabia tudo, por isso era chamada por todos de "Sara, a onisciente". Ela tinha três anos mais do que Salman e era uma cabeça maior.

Era muito esperta e, de todas as crianças, a que dançava de forma mais bonita. Isso Salman percebeu por acaso. Ele tinha oito ou nove anos e queria buscá-la para brincar, quando a encontrou dançando no apartamento. O menino ficou inerte frente à porta aberta, observando-a como estava, totalmente absorta.

Quando ela o descobriu, sorriu constrangida. Depois passou a dançar para ele quando ele estava triste.

Um dia, Salman e Sara passeavam em direção à rua Reta, onde Sara comprava por cinco piastras um sorvete de palito. Ela sempre o deixava dar uma lambida, sob a condição de que não mordesse.

Um dia, eles estavam na entrada de sua ruela, tomando sorvete e observando os coches, carregadores, cavalos, burros, mendigos e vendedores ambulantes, que naquela hora povoavam a longa rua Reta. Quando só sobraram do sorvete o palito tingido e as línguas vermelhas em suas bocas, eles quiseram voltar para casa. Um menino grande, porém, fechou-lhes o caminho:

— Eu quero um beijo — disse ele à Sara, sem reparar em Salman.

— Argh! — gritou Sara, repugnada.

— Você não vai ganhar nada — gritou Salman e pulou entre Sara e o grandão.

— Ah, seu mosquito, saia daí, senão eu o esmago — disse o garoto, empurrando Salman para o lado e agarrando o braço de Sara; mas Salman pulou sobre suas costas e o mordeu no ombro direito. O garoto soltou um grito e lançou Salman contra o muro; Sara também gritou tão alto que chamou a atenção dos passantes, e o garoto teve de sumir na multidão.

Salman sangrava na nuca. Foi levado para o farmacêutico José, no cruzamento de Kischle, que virou os olhos e lhe atou a cabeça sem cobrar nada.

Foi apenas um pequeno ferimento e, quando Salman deixou a farmácia, Sara olhou-o apaixonada. Pegou-lhe a mão e foi com ele para casa.

— Amanhã você pode dar uma mordida — disse ela, na despedida.

Ele teria preferido que Sara dançasse uma vez só para ele; mas era muito envergonhado para dizer em palavras esse tipo de coisa.

De volta então àquela difícil hora do parto e à velha empregada Olga, que aparecera como se tivesse sido chamada pelo diabo. Corria vestindo camisola e pantufas e suplicava à parteira que fosse até sua patroa, pois a bolsa já estourara. A parteira, uma mulher bonita e de aparência jovial, cujos quarenta anos de vida tinham passado sem deixar vestígios, acompanhava, já havia meses, a sensível e sempre adoentada mulher do rico comerciante de temperos; e recebia, em cada visita, mais dinheiro do que conseguia ganhar de dez famílias pobres. E no momento mais arriscado ela abandonaria sua patroa, rosnou Olga descaradamente alto; virou-se e retirou-se, arrastando os pés e xingando a gentalha mal agradecida. Faise mandou dois conjuros atrás da velha mulher, que deveriam apagar os vestígios de azar deixados por certas pessoas.

Como se as palavras da velha empregada tivessem mais efeito do que todas as orações, a parteira ficou então bastante irada. O sono interrompido tão cedo e dois partos acontecendo ao mesmo tempo pioraram seu humor. Além disso, ela odiava trabalhar no Pátio da Mercê.

Em compensação, o marido de Olga, Victor, jardineiro da família Farah, presenteava a parteira, a cada visita, com uma sacola cheia de verduras e frutas. Tudo crescia e prosperava no grande jardim dos ricos Farahs. Mas os senhores eram loucos por carne e só por educação perante as visitas aceitavam doces, verduras e frutas.

Diziam que o bronzeado e musculoso jardineiro tinha uma relação com a parteira, que viuvara cedo. Não se viam nele os seus sessenta anos; já a sua mulher Olga estava anos envelhecida pelo cansaço, e procurava a cama à noite só para dormir. No jardim havia um pequeno pavilhão para plantas exóticas, no qual uma porta levava diretamente para a rua; lá o jardineiro recebia suas muitas amantes. Contam ainda que ele lhes ministrava a fruta de uma planta brasileira que as tornava selvagens. A parteira, porém, amava o jardineiro, pois ele era o único que a fazia dar risada.

Naquela manhã, quando percebeu que o parto da jovem mulher ainda demoraria, ela deixou o pequeno apartamento para ir até os Farahs. No portão do Pátio da Mercê, a vizinha Faise tentou detê-la.

— Mariam tem sete vidas, como os gatos, e não vai morrer tão facilmente — disse a parteira, como se quisesse diminuir seu remorso, pois a mulher sobre o colchão parecia tão miserável como tudo que a rodeava.

Faise largou a parteira, fez um rabo de cavalo em seus longos cabelos pretos e a seguiu com os olhos, até que esta tomou a direita, em direção à capela de Bulos. A casa dos Farahs era a primeira à direita.

A manhã já despontava, mas os poeirentos lampiões da ruela de Abbara ainda estavam acesos. Faise inspirou a brisa fresca e voltou para a amiga Mariam.

O parto foi difícil.

Por volta das oito horas, a parteira chegou para dar uma olhada, e Salman já estava embrulhado em panos velhos. A parteira balbuciava e tinha um cheiro forte de aguardente. Contou alegremente do lindo bebê recém-nascido dos Farahs, uma menina. Lançou um olhar para Salman e sua mãe e grasnou no ouvido de Faise:

— Gatos não morrem tão facilmente. — E cambaleou para fora.

No dia seguinte, todos os moradores da ruela de Abbara ganharam uma pequena taça de porcelana com amêndoas doces pintadas de rosa. De boca em boca passavam pequenas orações e votos de felicidade para a filha recém-nascida da família Farah: Victoria. O nome, aliás, parece ter sido uma sugestão da parteira depois que o casal não conseguia chegar a um acordo. E anos depois ainda chamavam a menina de "Victoria Amêndoa Doce". No nascimento de seus irmãos, Georg e Edward, o pai não distribuiu mais nenhuma amêndoa. Supostamente porque se blasfemava na ruela contra sua mulher, que teria uma relação com o irmão mais jovem dele. O que motivou as más línguas foi o fato de, já no nascimento, os dois jovens se assemelharem ao tio, um ourives, e serem vesgos como ele.

Mas isto aconteceu mais tarde.

Quando Salman nasceu, sua mãe não morreu, mas ficou doente; e quando sarou da febre, semanas depois, temia-se que ela tivesse perdido a razão. Ela uivava como uma cadela, ria e chorava sem parar. Só quando sua criança estava perto ela se tornava tranquila, afável, e parava de gemer.

— Salman, Salman, ele é o meu Salman — exclamava, querendo dizer com isto que o menino era saudável; e logo todos chamaram o bebê de Salman.

O pai, um pobre ajudante de serralheiro, odiava Salman e o culpava de ter levado sua Mariam à loucura, devido ao parto mal-aventurado.

Um dia ele começou a beber. O áraque barato o tornava mau, diferente do marido de Faise, Kamil, o policial que chegava toda noite com uma voz horrível, mas cantando alegremente quando estava bêbado. Ele afirmava que com cada copo de áraque perdia um quilo de vergonha, e depois de alguns copos se sentia leve e despreocupado como um rouxinol.

Sua mulher, Faise, alegrava-se com a cantoria dele, que, apesar de errada, era carregada de uma paixão ardente; e às vezes ela cantava junto. Salman sempre achava estranho ouvir a dupla cantar. Era como se anjos guardassem porcos e cantassem junto com eles.

Também Shimon, um judeu vendedor de verduras, bebia muito. Ele dizia não ser na verdade um grande bebedor, mas sim um descendente de Sísifo. Não aguentava ver um copo de vinho cheio. Então bebia e bebia; quando o copo esvaziava, a visão do copo vazio tornava-o melancólico. Shimon morava na primeira casa à direita do Pátio da Mercê, lá onde a ruela de Abbara desembocava na ruela dos Judeus. De seu terraço no primeiro andar, ele podia ver o apartamento de Salman.

Shimon bebia toda noite até ficar inconsciente, ria sem parar e contava piadas sujas, enquanto no estado sóbrio era rabugento e monossilábico. Dizia-se que Shimon rezava o dia todo, pois suas escapadas noturnas atormentariam sua consciência.

O áraque transformava o pai de Salman num animal que não parava de amaldiçoar o filho e a mulher e de espancá-los, até que um dos vizinhos persuadisse o homem enfurecido; este, de repente, parava no meio do ataque e se deixava levar para a cama.

Assim Salman logo aprendeu a suplicar para Santa Maria que um dos vizinhos o ouvisse e viesse logo. Todos os outros santos, dizia Sara, não prestavam para nada quando alguém precisava deles.

Ela era magérrima como ele, mas herdara o belo rosto do pai e a energia e a língua afiada da mãe. E, desde que Salman se conhecia por gente, Sara trazia, e também mais tarde como mulher adulta, os cabelos presos em um rabo de cavalo, deixando suas belas e pequenas orelhas para fora, o que lhe dava inveja. Sara, porém, lia livros sempre que encontrava tempo; e Salman logo aprendeu a ter respeito por seus conhecimentos.

Um dia, quando ele ria dela e da Santa Maria, o besouro que ele fazia voar preso numa linha se desprendeu. O fio, em cuja ponta uma perninha sem vida estava pendurada, caiu no chão. Já o besouro de Sara voava animado e tão longe quanto queria, na ponta da linha fina, e a menina ossuda murmurava à Santa Maria para que protegesse a perna do animal. Ela tirava o besouro do céu sempre que queria, alimentava-o com folhas frescas de amora e o colocava numa caixa de fósforo; então marchava com a cabeça erguida por seu apartamento, que era separado do de Salman apenas por um barracão de madeira.

Sara foi também a primeira que lhe contou sobre os homens que visitavam Samira quando o marido, o frentista Jusuf, não se encontrava em casa. Ela morava no outro lado do Pátio da Mercê, entre o ajudante de padeiro Barakat e o galinheiro.

Quando ele perguntou a Sara por que os homens iam até Samira e não a seu marido, ela deu risada.

— Seu bobo — dizia —, é porque ela tem um rasgo aqui embaixo e os homens, uma agulha; eles lhe costuram o buraco e, quando abre de novo, vem o próximo.

— E o marido, Jusuf, por que ele mesmo não costura o rasgo dela?

— Ele não tem linha suficiente — afirmava Sara.

Ela também explicava para Salman por que seu pai sempre se tornava agressivo quando bebia. Foi num domingo, quando o pai já aprontara o suficiente e finalmente fora levado por outros homens para a cama, que Sara se sentou perto de Salman. Ela afagou-lhe a mão, até que ele parou de chorar, e lhe limpou o nariz.

— Seu pai — disse ela, baixinho — tem um urso no coração. Ele mora lá dentro — ela lhe bateu no peito. — Quando bebe, o bicho se torna selvagem; seu pai é apenas a capa dele.

— A capa?

— Sim, a capa, como se você jogasse um lençol sobre seu corpo e começasse a dançar e cantar. A gente vê o lençol, mas isto é apenas a capa; você é quem dança e canta.

— E o que tem seu pai no coração?

— Ele tem um corvo, mas este corvo se julga um rouxinol, por isso ele canta tão mal. Shimon tem um macaco, por essa razão ele só fica engraçado depois de beber o suficiente.

— E eu? O que tenho?

Sara encostou o ouvido em seu peito.

— Eu ouço um pardal. Ele pica cautelosamente e tem sempre medo.

— E você? O que você tem?

— Um anjo da guarda para um pequeno menino. Você tem três chances para adivinhar quem é — disse ela e saiu correndo, pois a mãe a chamava.

À noite, quando deitou ao lado da mãe, Salman lhe contou do urso. A mãe se admirou e balançou a cabeça.

— Ele é um urso perigoso; saia do caminho dele, meu menino — afirmou e logo adormeceu.

A mãe sarou de sua doença só dois anos depois do nascimento de Salman, mas o pai continuou a beber. As mulheres da vizinhança não ousavam chegar perto. Como o pai era forte como um touro, só os homens conseguiam acalmá-lo. Nos intervalos, Salman tentava proteger a cabeça da mãe com seu corpo. Inutilmente. Quando o pai se enfurecia, arremessava o filho para o canto e partia para cima da mãe, como se tivesse perdido a cabeça.

Desde que Salman passou a rezar para Santa Maria, sempre chegava alguém correndo. Mas isso tinha a ver com o fato de Salman gritar com toda a força logo que seu pai levantava o braço. Sara contava que um dia, por causa da gritaria, houve um curto-circuito na casa dela.

A mãe ficava agradecida pelos gritos de Salman, pois assim que o marido bêbado aparecia cambaleando pelo portão ela murmurava:

— Cante, meu pássaro, cante — e Salman começava a gritar tanto que o pai às vezes nem tinha coragem de entrar no apartamento. Anos depois, Salman se lembrava de como sua mãe ficara feliz uma vez por passar um dia sem pancadas. Ela olhava para Salman com os olhos alegres e redondos, beijava-o e o afagava no rosto, e se deitava para dormir no seu canto, sobre o reles colchão.

Às vezes, Salman ouvia o pai chegar à noite e carregar a mãe para o outro quarto, como se fosse uma pequena menina, e daí ouvia como o pai se desculpava por sua estupidez e ria constrangido. Sua mãe chiava então baixo e alegremente como uma cadela satisfeita.

Desde que Salman se conhecia por gente, ele e a mãe viviam quase diariamente essa gangorra de humores, até aquele domingo na primavera, quando o pai se embriagou na taverna da esquina depois da missa, e no início da tarde partiu para cima da mãe. O vizinho Shimon veio ajudar, acalmou o pai e o levou para a cama.

Shimon entrou em silêncio no quarto menor e se encostou, exausto, na parede.

— Você sabia que a casa do falecido tecelão, perto da capela de Bulo, está vazia já faz meio ano? — perguntou ele. A mãe sabia, como todas as vizinhas também.

— Naturalmente — balbuciou ela.

— O que você está esperando? — perguntou o vendedor de verduras e saiu, antes de precisar ouvir a resposta que a mãe de Salman tinha no coração.

— Vamos, antes que ele volte a si — insistiu Salman, sem saber para onde.

A mãe olhou ao redor, levantou-se, andou de lá para cá no quarto, fitou Salman com preocupação e disse, com lágrimas nos olhos:

— Venha, nós vamos embora.

Lá fora um vento gelado soprava sobre o Pátio da Mercê e nuvens cinzentas pendiam pesadas sobre a cidade. A mãe colocou dois pulôveres em Salman, um sobre o outro, e jogou um velho casaco sobre os próprios ombros. Nesse momento, os vizinhos Marun e Barakat consertavam uma goteira. Eles os seguiram rapidamente com os olhos, sem presumir nada, mas Samira, que morava no outro fim do pátio e estava nesse dia ocupada com a cozinha, as roupas e o rádio, desconfiou.

— Meus cadernos — gritou Salman, preocupado, quando alcançaram o portão. A mãe parecia não ouvir; muda, puxou-o pela mão.

A ruela estava quase vazia naquela tarde fria, então chegaram rápido à pequena casa. A mãe pressionou a porta encostada. A escuridão e um ar pútrido e úmido correram em sua direção.

Ele sentiu o medo da mãe, pois o punho firme dela machucava sua mão. Era uma casa estranha. A porta levava, através de um longo corredor escuro, a um pequeno pátio interno a céu aberto. No térreo, os cômodos estavam destruídos. Janelas e portas tinham sido arrancadas.

Uma escada escura levava ao primeiro andar, que serviu de apartamento para o tecelão até a sua morte.

Salman seguia a mãe, cuidadosamente.

O quarto era grande, mas estava arrasado, por todos os lados havia lixo, pedaços de móveis destruídos, jornais e restos de comida.

Ela sentou no chão e se inclinou na parede embaixo da janela, que estava embaçada por causa da camada de fuligem, do pó e das teias de aranha, e que só deixava passar uma luz parda. Começou a chorar. Chorou tanto que o quarto parecia tornar-se ainda mais úmido.

— Quando eu era menina, sempre sonhei... — começou a dizer, mas, como se a decepção nesse quarto arruinado também tivesse afogado a última palavra de sua boca, calou-se e chorou muda, para ela mesma.

— Onde viemos parar? Eu queria... — fez de novo uma tentativa, mas também esse pensamento morreu na sua língua. Ao longe, um trovão estrondou suas pedras pesadas sobre um teto de lata. Um breve raio de sol procurou seu caminho através de uma fresta entre as casas, bem pouco antes de o sol se pôr. Porém, como se a miséria não lhe desse lugar, desapareceu no mesmo instante.

A mãe abraçou os joelhos, deitou a cabeça em cima e sorriu.

— Eu sou boba, não sou? Eu devia rir com você, afastar-lhe o medo... Em vez disso, eu choro...

Lá fora o vento estrondava e uma calha solta bateu contra o muro. Então começou a chover.

Ele queria perguntar se poderia ajudar em alguma coisa, mas ela chorou de novo, depois de ter lhe estendido a mão rapidamente e afagado os cabelos.

Salman logo adormeceu sobre um colchão que cheirava a óleo rançoso. Quando acordou, estava escuro e chovia forte lá fora.

— Mamãe — murmurou, com medo, pois achava que ela estava sentada longe dele.

— Estou aqui, não tenha medo — sussurrou ela, chorando.

Ele sentou e colocou a cabeça dela sobre seu colo. Com voz baixa, começou a cantar as canções que ouvira dela.

Tinha fome, mas não ousava falar nada, pois temia que ela se desesperasse de vez. Por toda a sua vida Salman não se esqueceu desta fome, e, sempre que queria designar algo como "extremamente longo", afirmava:

— É mais longo do que um dia de fome.

— Amanhã vou limpar a janela — disse de repente a mãe, sorrindo. Ele não entendeu.

— Aqui não tem nenhuma vela? — perguntou ele.

— Não. Então também precisamos pensar nisso... — afirmou ela, como se tivesse se lembrado de uma outra coisa. — Você tem boa memória?

Ele fez que sim com a cabeça, na escuridão, e ela continuou como se tivesse visto:

— Então vamos brincar. Amanhã traremos panos velhos.

Era a vez dele:

— Vamos trazer panos velhos e duas velas.

— Vamos trazer panos, velas e uma caixa de fósforos — acrescentou ela. E quando, tarde da noite, ele estava deitado em seus braços e não conseguia mais manter os olhos abertos de tanto cansaço, ela sorriu e disse:

— Se quisermos trazer tudo isso, vamos precisar de um caminhão.

A chuva batia no vidro da janela, e Salman se apertava na mãe. Ela cheirava a cebola. Naquele dia, cozinhara sopa de cebola para o pai.

Fazia tempo que o menino não dormia tão profundamente.

3.

A mãe de Nura, que às vezes tratava o marido como um menino inseguro e desastrado, estremecia na frente dele sempre que o assunto era a filha. Ela parecia ter mais medo do marido do que a filha pequena. Nada ela decidia sem acrescentar:

— Mas só se seu pai concordar. — Se o pai não fosse consultado, nada dava certo.

Foi assim naquele dia, quando Nura acompanhou pela última vez o tio Farid, meio-irmão de sua mãe. Ele era um homem bonito. Só anos mais tarde Nura viria a saber que, já naqueles dias, o tio Farid era paupérrimo; mas isso não se percebia nele. As três lojas têxteis que o pai lhe deixara tinham falido em pouco tempo. Farid punha a culpa no pai, que teria sempre se intrometido e, com suas ideias antiquadas, impedido qualquer sucesso.

Por essa razão o pai dele, o grande Mahaini, deserdou-o. Mas nem isso tirava o humor desse homem brincalhão.

Como frequentara as melhores escolas, dominava soberbamente a língua dotada e possuía uma bela escrita, ele exercia a estranha profissão de *ardhalgi*, ou escrevente. Na Damasco dos anos 1950, mais da metade dos adultos não sabia ler nem escrever. O Estado moderno, porém, insistia numa situação ordenada e por isso seus burocratas exigiam a forma escrita até para o menor pedido. Assim, eles tinham de trabalhar obrigatoriamente esse requerimento escrito e devolvê-lo para o cidadão, munido de um grande número de selos e carimbos. Com isso o Estado esperava ganhar mais autoridade junto à população, cujas raízes beduínas sempre a seduziam para a anarquia e o desrespeito frente a todas as leis.

Os requerimentos, petições e pedidos pululavam de tal forma que em Damasco se zombava disso:

— Se seu vizinho é um funcionário público, você não deve cumprimentá-lo; é melhor lhe entregar um requerimento carimbado pedindo uma saudação. Daí talvez você receba uma resposta.

Também se dizia necessária a burocracia para que os funcionários públicos trabalhassem de forma mais produtiva e moderna. Se fosse permitido aos falantes sírios fazer pedidos oralmente, cada requerimento se transformaria numa história sem fim, cheio de arabescos complicados e prolongamentos. Os funcionários não conseguiriam mais trabalhar com racionalidade. Além disso, seria difícil colar selos oficiais em palavras faladas.

E assim se sentavam os escreventes às suas pequenas mesas na entrada das repartições, sob guarda-sóis desbotados, e redigiam consultas, protestos, pedidos e petições, além de outros textos. Como a polícia autorizava apenas uma cadeira e uma mesa para cada escrevente, os fregueses ficavam em pé. Eles diziam ao escrevente mais ou menos do que se tratava, e este começava. Naquela época, escrevia-se tudo com as mãos, e o *ardhalgi* redigia com movimentos exagerados, para mostrar o esforço que o requerimento estava lhe exigindo.

Quanto melhor a memória do escrevente, mais flexível ele era, pois os requerimentos para a Justiça eram diferentes daqueles para o Ministério das Finanças, diferentes por sua vez dos exigidos no Departamento de Registro dos Habitantes. Alguns tinham mais de cinquenta versões prontas na cabeça e podiam alternar, com mesa e cadeira dobráveis, de acordo com a estação e o dia, entre as entradas das variadas repartições.

Tio Farid sempre se sentava sob um lindo guarda-sol vermelho, em frente ao Foro da Família. Ele era mais elegante do que todos os seus colegas e por isso tinha sempre muito para fazer. As pessoas pensavam que ele teria uma relação melhor com juízes e advogados, e o tio Farid reforçava a crença delas.

Os *ardhalgis* não só escreviam, mas também aconselhavam os fregueses sobre para onde ir com o requerimento e sobre os custos dos selos oficiais. Eles consolavam os desesperados, fortaleciam os protestantes, encorajavam os acanhados e continham os otimistas, a maioria destes com ideias exageradas sobre o efeito de seus pedidos.

Se não fosse tão preguiçoso, tio Farid teria preenchido um grande livro com histórias, tragédias e comédias que ele ouvia dos clientes enquanto redigia, mas que nunca encontravam lugar num requerimento.

Tio Farid não escrevia apenas requerimentos, mas também cartas de todos os tipos. Escrevia com mais frequência para emigrantes. Bastava lhe comunicar o nome do emigrante e o país onde trabalhava e ele já tinha uma longa carta na cabeça. Tratava-se, como Nura soube mais tarde, de cartas insignificantes, cujo conteúdo poderia se concentrar em uma linha. No caso dos emigrantes, queriam apenas dizer: "Mande-nos dinheiro, por favor." Esta frase estava, porém, escondida em hinos de louvor cheios de palavras, em exagerados testemunhos de saudades, em promessas de fidelidade e juramento à pátria e ao leite materno. Para ele, tudo que acionasse as glândulas lacrimais estava bom. As poucas cartas que Nura pôde ler mais tarde, entretanto, pareceram-lhe apenas ridículas. Durante sua vida, tio Farid jamais falava sobre suas cartas, eram um segredo íntimo.

Quem tinha mais dinheiro chamava o tio Farid em casa e lhe ditava com toda a calma o que era para ser redigido e requerido.

Isso era naturalmente mais caro, mas em compensação essas cartas eram mais bem compostas.

Os damascenos ainda mais ricos não iam até um *ardhalgi*, recorriam aos calígrafos, que escreviam belas cartas tarjadas com caligrafias; a maioria dispunha de uma biblioteca, cujas ciências e citações de primeira classe eles podiam oferecer ao freguês. Eram cartas exemplares, em contraste com aquelas dos escreventes de rua, que entregavam mercadorias fabricadas.

Os calígrafos faziam do simples ato de escrever uma carta um culto cheio de mistérios. Cartas para esposos ou esposas, escreviam com uma pena de cobre; para amigos ou amantes, usavam uma de prata; para pessoas especialmente importantes, uma de ouro; para noivos, uma feita de bico de cegonha; e para oponentes e inimigos, uma pena esculpida do galho de romã.

Tio Farid amava a mãe de Nura, sua meia-irmã; visitava-a sempre que podia — até a morte dele, num acidente de carro, dois anos depois do casamento dela.

Só mais tarde Nura soube que a aversão que o tio tinha ao próprio pai, o velho Mahaini, formava a ponte de ligação entre ele e a mãe dela.

Nura gostava do tio, pois ele ria muito e era muito generoso; mas ela não podia dizer isso ao pai. Este chamava o tio de "tambor envernizado". Suas cartas e requerimentos seriam como ele, coloridos, barulhentos e vazios.

Um dia o tio Farid veio visitá-los. Ele não só estava sempre elegante, mas também calçava sapatos vermelhos de um couro delicado e fino, que musicavam ruidosamente ao caminhar. Estavam muito em voga naquela época, pois só sapatos nobres chiavam. Quando Nura abriu a porta, viu um grande burro branco, que o tio amarrara numa argola ao lado da entrada.

— E então, minha pequena, você quer cavalgar comigo em cima deste nobre jumento?

A surpresa foi tanta que Nura não sabia como fechar de novo a boca. Tio Farid explicou à mãe que iria visitar um rico freguês ali perto, para escrever-lhe importantes requerimentos. O homem seria muito generoso no pagamento, acentuou. Pensou então em levar Nura, para que a mãe tivesse um pouco de tranquilidade. A mãe se animou:

— Assim ela para de estragar os olhos com os livros. Mas só até antes do chamado do meio-dia dos muezins, pois então a Sua Excelência chega para comer — disse ela, dando um sorriso expressivo.

O tio pegou Nura com as duas mãos e a pôs, num impulso, sobre as costas do burro. Ela sentiu seu coração escorregar para os joelhos. Receosa, agarrou-se no cabo que sobressaía na frente da sela coberta por um tapete.

Era comum ver um burro de aluguel como esse na paisagem da cidade. Perto da casa dela, na rua principal, havia uma das várias barracas onde era possível alugar um jumento.

Só poucas famílias ricas tinham carro e, fora os bondes, dois ou três ônibus e algumas carroças faziam o transporte de passageiros em Damasco e ao seu redor.

O rabo dos burros de aluguel eram pintados com uma tinta vermelha brilhante, para que fossem avistados de longe. Geralmente, o freguês devolvia o jumento depois de resolver seus propósitos. Se o freguês não quisesse cavalgar de volta, um pequeno menino o acompanhava, andando ao lado do cavaleiro, para assumir o animal no destino e levá-lo de volta.

Agora o tio Farid cavalgava com ela pela ruas. Eles seguiram por um momento a rua Principal e viraram, então, em uma ruela. Um labirinto de casas de barro simples e baixas enlaçou-os. No final de uma ruela, o tio parou em frente a uma bela casa de pedra. Amarrou o burro no poste, perto da entrada, e bateu na porta. Um homem amável a abriu, conversou um pouco com o tio e convidou os dois para entrar no lindo pátio interno, correndo para pegar também o jumento. O tio quis recusar, mas o homem insistiu. Amarrou o burro numa amoreira e colocou para ele cascas de melão e folhas frescas de milho.

Nura ganhou uma limonada. Logo ela estava com as crianças do homem em volta do burro, afagando e alimentando o animal. Eram as crianças mais extraordinárias que tinha visto até então. Dividiam com ela bolachas e damascos, sem exigir nada dela nem importuná-la um único segundo. Por Nura, teria ficado lá.

No terraço sombreado, o tio Farid redigia o que o homem lhe ditava. Às vezes faziam um intervalo, pois o tio precisava refletir, então continuavam, animados, até que o tio ouviu o muezim. Em seguida partiram.

Assim que Nura entrou em casa, seu pai começou a brigar com ela e a mãe. O tio se desculpou prudentemente na porta e tratou de desaparecer.

Por que o pai sempre precisava xingar? Nura tapou as orelhas para não o ouvir.

Como não quis comer, ela foi para o seu quarto e deitou no sofá.

— Você viu como esta família é feliz? — perguntara o tio no caminho de casa, e Nura só acenara.

— O marido é entalhador de pedras. Ele não passa fome e não consegue economizar nada. E mesmo assim vive como um rei. Por quê?

Ela não sabia.

— Nem o dinheiro de meu pai nem os livros do seu trazem felicidade — disse ele. — Só o coração.

— Só o coração — repetiu ela.

O tio pôde continuar a visitar a mãe, mas Nura nunca mais pôde acompanhá-lo numa cavalgada até sua freguesia.

4.

Com oito anos e sete meses, no outono de 1945, Salman passou pela primeira vez pelo baixo portão da escola de São Nicolau, destinada aos cristãos pobres. Ele não queria ir à escola, mas o fato de já saber ler e escrever não o ajudou. Sara tinha lhe ensinado e sempre se exercitava com ele. Ele só precisava chamá-la de "senhora professora", enquanto ela lhe apresentava os segredos das letras e dos números. Quando ele era aplicado e dava respostas inteligentes, ela o beijava nas bochechas, nos olhos ou na testa ou, quando brilhava, nos lábios.

Se errava, ela abanava a cabeça e mexia na ponta do seu nariz com o dedo indicador. Só quando ele era mal-criado e mostrava má vontade, ela lhe puxava delicadamente os lóbulos da orelha ou lhe dava um cascudo, dizendo:

— Uma borboleta está batendo e avisando para não ser mais atrevido.

Ele não queria ir à escola, mas o padre Jakub convencera seu pai de que Salman se tornaria, com as aulas, uma verdadeira criança católica.

— Se não, a Primeira Comunhão está ameaçada — acentuou ele, e o pai compreendeu que o apartamento, onde morava apenas por um favor da igreja católica, também estaria ameaçado.

Quando Salman pisou naquela manhã de outubro no pátio escuro, o dia ensolarado acabara na entrada. Cheirava a umidade bolorenta e urina. Perseguida por três meninos, uma ratazana, chiando ruidosamente, correu através de uma pequena janela do porão com vidros quebrados, à procura de salvação.

Foram meses no inferno. Nas aulas os professores espancavam-no sem piedade e, no pátio, era escarnecido devido à sua magra figura e às suas orelhas de abano. Chamavam-no de "elefante magro". Nem mesmo os professores viam algo de mau em zombar dele.

Um dia, as crianças tiveram de aprender os verbos de movimento.

— O homem.... — exclamava o professor e os alunos respondiam alto:

— Anda! — O peixe nada, o pássaro voa, isso todos sabiam. No caso da cobra, os alunos falaram primeiro confusamente, até entrarem num acordo:

— Ela se arrasta. — Quanto ao escorpião, a maioria sabia apenas que picava.

— Ele rasteja — ensinou-lhes o professor. — E Salman? — perguntou ele. Os alunos riram embaraçados e jogaram todos os verbos de movimento para a discussão; mas o professor não ficou satisfeito. Salman baixou seu olhar, suas orelhas se tornaram vermelhas.

— Ele abana — berrou o professor e deu risada; a classe toda riu junto. Menos um deles. Foi Benjamim, o vizinho de mesa de Salman.

— Bundão careca — murmurou para o amigo desanimado, e Salman precisou rir, pois esse professor era bem careca.

Salman odiava a escola e já ameaçava sufocar quando Benjamim lhe mostrou o portão para a liberdade. Benjamim já repetira o primeiro ano duas vezes. Era um menino crescido e tinha o maior nariz que Salman já vira em sua vida. Apesar de seus doze anos, ele ainda não fizera a Primeira Comunhão. Como seu pai fritava, todos os dias, uma quantidade enorme de bolinhos de faláfel no quiosque do cruzamento perto da igreja, muitas vezes Benjamim fedia a óleo rançoso. Como o pai de Salman, ele também não queria mandar o filho para a escola. E também não teria feito isso se o novo padre fanático da igreja católica, Jakub, não tivesse incitado a vizinhança contra ele, manifestando leves dúvidas sobre sua fé cristã e a limpeza de suas mãos. Tão leves que o pai de Benjamim só ficou sabendo disso um mês depois, quando não mais se admirou do fato de que seus fregueses habituais haviam se bandeado para Georg, um hipócrita asqueroso, cujos faláfeis tinham gosto de meias velhas, mas cuja barraca fervilhava de cruzes e imagens de santos, como se fosse um local de romaria.

Um dia, depois que Salman levara uma surra do inspetor no pátio da escola, Benjamim lhe confidenciou um grande segredo.

— Nesta maldita escola os professores não reparam em quem entra ou não entra — contou-lhe, falando baixo —, só no domingo eles controlam as crianças na entrada da igreja. Fora isso, nem percebem em que classe elas estão e descobrem no final da aula que tomaram o segundo ano pelo quarto.

Salman tinha um medo enorme de faltar às aulas. Gabriel, o filho da costureira, contara-lhe que eles trancavam as crianças no porão um dia inteiro, onde as ratazanas esfomeadas lhes roíam as orelhas, que antes eram untadas com uma gordura rançosa.

— E no seu caso as ratazanas teriam o suficiente para comer — dissera Gabriel, rindo sordidamente.

— Gabriel é um covarde — declarou Benjamim.

Pouco antes do Natal, Benjamim lhe explicou como conseguiu faltar às aulas por quatro dias sem que alguém percebesse. Salman então também se arriscou, e num dia frio e ensolarado de janeiro os dois passaram horas prazerosas nos mercados; divertiram-se pegando balas quando os vendedores não prestavam atenção.

Como em casa ninguém percebia, ele permanecia fora da escola com cada vez mais frequência.

Só aos domingos ele se encontrava na fila lavado e penteado e mostrava suas mãos com as unhas cortadas. Raramente Salman ganhava um golpe com o largo cacete, que caía, nesses casos, sobre as mãos sujas.

— Mesmo assim eu preciso abandonar a escola depois da Comunhão. Meu pai diz que, até lá, eu só vou ter mais cicatrizes no traseiro e vazio na cabeça, nada mais. É melhor eu ganhar dinheiro e alimentar meus nove irmãos — contou Benjamim.

— E eu quero ir para a escola de Sara — disse Salman. Benjamim pensou tratar-se de uma escola melhor e parou de fazer perguntas.

Salman e Benjamim não invejavam nenhum aluno, exceto Girgi, o filho do pedreiro Ibrahim. Seu pai tinha um aspecto impressionante, com dois metros de altura e um de largura.

Um dia o professor Kudsi espancou o menino, que entrara furtivamente na sala dos professores devorando seu sanduíche, enquanto ele acabava de deflagrar "a luta contra os poderes da escuridão no coração dos alunos". Com esta frase ele cumprimentava toda a classe, tanto que era chamado de forma desprezível pelos outros professores de "Cavaleiro da Escuridão".

O pai de Girgi, Ibrahim, estava consertando o muro externo da casa da rica família Sihnawi. A casa requintada ficava na diagonal da rua da escola. Nesse dia, Ibrahim estava de mau humor, pois o ar estava infestado. Bem perto dali dois jovens trabalhadores abriam um trecho entupido da canalização. E, como todos os empregados da Prefeitura, eram abençoados com o dom da lentidão. Eles amontoaram na beirada da rua a massa preta e fedorenta que trouxeram à luz e foram para um café localizado ali perto.

De repente, chegaram duas meninas correndo até o pedreiro e contaram, ofegantes, que tinham visto como o professor espancara o filho Girgi cruelmente com um bastão de bambu, e ao mesmo tempo xingara o pai e a mãe do menino, dizendo que não eram cristãos, mas sim adoradores do diabo. E teria exigido de seu filho que repetisse; e Girgi repetira, chorando, as palavras do professor.

O pedreiro ficou admirado de como as meninas se revezavam para falar e como, apesar da excitação, apresentavam-lhe a situação de forma exata e convincente, de um jeito que seu filho Girgi jamais conseguiria.

Quando fechou os olhos por um segundo, viu uma garoa de agulhas incandescentes em frente ao céu escuro. Avançou à frente das meninas em direção à escola, a cem metros dali, e antes de alcançar o portão baixo de madeira, com a famosa figura de São Nicolau libertando as crianças de um barril de sal, já o acompanhavam, além das duas meninas, o barbeiro — que neste horário só afugentava moscas e torcia repetidamente com gel o seu já perfeito bigode —, o restaurador de tapetes — que durante as manhãs trabalhava na frente da loja —, os dois trabalhadores da Prefeitura, o vendedor de verduras e dois transeuntes, que não sabiam do que se tratava, mas tinham certeza de que algo emocionante poderia acontecer. E eles certamente não iriam ficar decepcionados com o espetáculo.

Com um pontapé contra a porta de madeira e um grito que lembrava o Tarzan, o furioso Ibrahim chegou ao centro do apertado pátio escolar.

— Onde está esse filho da puta? Não somos adoradores do diabo, mas católicos honrados — gritou.

O diretor da escola, um homem atarracado com óculos e uma careca ridiculamente camuflada, chegou de sua sala e, antes que conseguisse manifestar indignação sobre as expressões obscenas, surpreendeu-o uma bofetada retumbante, que o fez tropeçar para trás e cair no chão. Seu topete voou, assustando o pedreiro. Por um momento, este pensou que teria, como num filme de índios, escalpelado com um bofetão o diretor da escola. O diretor começou a gemer, mas Ibrahim deu-lhe um pontapé na barriga, segurando ao mesmo tempo o pé direito do homem com a mão, como se socasse algodão dentro de um saco.

O diretor implorou para que ele largasse seu pé. Dizia jamais duvidar de que Ibrahim fosse um bom cristão e, além disso, estaria com dor de dente.

— Onde está o filho da puta que maltratou meu filho?

Alunos corriam para fora das classes, nas quais os cursos haviam sido interrompidos por causa da confusão.

— O Kudsi está no banheiro.... Ele se escondeu no banheiro — disse um excitado aluno para o pedreiro, que acabava de descobrir seu filho, sorrindo-lhe pálido e constrangido. O pai partiu para o banheiro, seguido pela criançada. Até no pátio ouviram-se, primeiramente, as bofetadas e, em seguida, os pedidos de perdão do professor Kudsi, que repetia as frases:

— O senhor é um bom cristão, o senhor é um bom e fiel católico; não, Girgi é um menino obediente e eu... — depois fez-se silêncio.

O pai voltou suado para o pátio e gritou para o grupo:

— Quem ousar tocar no Girgi ou afirmar que não somos bons católicos vai também viver uma festa dessas.

Desse dia em diante, Girgi teve sossego. Mas esse foi só um dos motivos para Salman invejar Girgi; o outro foi que este jovem pálido, cujo pai também era paupérrimo, sempre tinha dinheiro na carteira. No recreio, sempre comprava algo gostoso no quiosque da escola, lambia, petiscava, chupava e se deleitava com todas essas coisas coloridas; e não deixava ninguém provar.

Salman nunca recebeu dinheiro do pai; nem quando este estava bêbado.

Os vizinhos também tinham pouco dinheiro. Quando Salman os ajudava, eles lhe davam no máximo frutas ou frutas secas. Apenas Shimon, o comerciante de verduras, pagava por todos os serviços que Salman lhe prestava. Mas ele só precisava de Salman quando tinha encomendas demais para serem realizadas. O salário era baixo, mas havia bastante gorjeta; por isso Salman ia até Shimon com mais frequência do que este na verdade precisava.

Quando havia casamentos e outras cerimônias, Salman podia entregar cestas de verduras e frutas o dia todo, e assim ganhar algumas piastras. E, quando fazia um intervalo na loja, sentava-se numa caixa e observava Shimon vender legumes e distribuir de graça seus conselhos.

Ao contrário de sua mulher, Shimon era tão versado na cozinha quanto um cozinheiro. Ela era uma pessoa pequena e pálida, que mais tarde morreria de hemorragia no estômago. Comia pouco e andava o dia inteiro pelo apartamento, de lá para cá, mal humorada e nervosa. Shimon, que a amava, contou um dia que sua mulher procurava alguma coisa que teria perdido, mas ela não contava para ninguém o que era. Ela procurava isso o dia todo, desde a morte de sua mãe, e ia para a cama à noite com a intenção firme de continuar a busca no dia seguinte.

As mulheres que compravam as verduras de Shimon quase sempre queriam ouvir seu conselho. Ele sabia exatamente quais legumes, quais temperos e ervas — e em que épocas do ano — mais estimulavam os homens e quais os acalmavam. Tomates, cenouras, figos e bananas, endro, menta e salva, ele recomendava para tranquilizar os homens. Gengibre, coentro, pimenta, alcachofra, romã e damasco deviam animá-los. E sempre recomendava às mulheres se perfumarem com óleo de néroli, que elas mesmas poderiam destilar das flores da laranja amarga.

Em geral, ele colhia agradecimentos, pois os efeitos não demoravam. Mas também acontecia de um homem não mostrar mais nenhum interesse erótico. Uma vez Salman ouviu uma mulher decepcionada dizer que o marido teria ficado ainda mais mole. Shimon escutava concentrado.

— Então seu marido tem um fígado invertido — explicou e recomendou uma verdura que geralmente acalmava as pessoas cujo fígado não era "invertido". Não poucas vezes as mulheres levavam a "emenda" de graça.

Salman não tinha ideia do que seria um fígado "invertido", mas muitas vizinhas ficavam animadas.

Às vezes, quando não havia nada para fazer na loja e tinha um pouco de sossego, Shimon pegava algum legume na mão — uma berinjela, uma alcachofra ou um aipo —, afagava-o e se abaixava até Salman de modo familiar:

— Você sabe o que podemos fazer só com este legume? — E, como não esperava nenhuma resposta de Salman, acrescentava:

— Vinte e dois pratos nós contamos, a velha Sofia e eu, pouco tempo atrás. Vinte e dois pratos completamente diferentes. Imagine uma mesa enorme, coberta com uma toalha branca como a neve, e sobre ela recipientes finos e largos, rasos e fundos, quadrados e redondos, todos recheados com comidas fortes, à base de berinjela, alcachofra ou batata, e entre os potes, pratos e travessas estão espalhadas pétalas de rosa vermelhas e amarelas. E à frente do meu prato está uma taça de vinho tinto seco libanês. O que Deus deve ainda me oferecer no paraíso, hein?

Salman não sabia dizer nada além disso:

— Um cachimbo e um café com cardamomo.

Shimon riu, passando a mão sobre a cabeça do pequeno e roçando delicadamente os lóbulos de sua orelha.

— Menino, menino, você é bom. Vou lhe dizer uma coisa. Se seu pai não o matar na bebedeira, você vai se dar bem.

O trabalho na loja de Shimon não era difícil, mas ele fazia questão de que Salman viesse sempre lavado, penteado e com roupas limpas.

— Legumes e frutas são um prazer para os olhos e o nariz, antes de alegrarem a boca. — Ele mesmo estava sempre limpo e bem vestido, até melhor do que o farmacêutico José.

Uma vez ele mandou Salman de volta, pois este chegara suado de um jogo de futebol.

— Você é meu embaixador junto aos fregueses; se não se lavar e estiver sujo, o que vão pensar de mim?

De fato Salman entrava em casas ricas com pátios internos, um pouco mais bonitas do que o paraíso que o padre descrevia nas aulas de religião. Por isso ele se alegrava mais com a distribuição das encomendas do que com o trabalho na loja.

Os fregueses eram generosos, exceto um avarento. Este era professor na universidade. Morava numa casa modesta e sempre pagava suas contas no final do mês.

— Esses fregueses — ensinava Shimon — são mais um enfeite para a loja do que moedas tinindo no bolso.

— Por que o senhor não se casou? — perguntou Salman um dia ao professor. O avarento deu risada:

— Eu sou tão repugnante que, se pudesse, me separaria de mim mesmo.

De três ou quatro mulheres Salman ganhava um pedaço de chocolate, ou um bombom ou também um beijo. Mas o que mais o alegrava eram as entregas para a viúva Maria. Esta era rica e tinha uma casa só para ela. O pátio interno parecia uma floresta virgem, na qual havia até três papagaios coloridos.

A viúva Maria fazia muitas encomendas e pagava na hora. Mas ela só beliscava umas ninharias de dentro da cesta cheia e pedia para Salman entregar o resto na casa vizinha.

— A viúva Maria mandou para as crianças um pouco de legumes para que criem bochechas vermelhas — gritava ele, alegremente, às pessoas pobres.

O motivo principal para Salman gostar das visitas à viúva rica, porém, era que ela lhe colocava uma cadeira embaixo da velha laranjeira e o alimentava com geleias exóticas que ele nunca provara antes. Laranja azeda, marmelo, ameixa, pétalas de rosa e outras frutas e ervas ela transformava em geleias e marmeladas. Trabalhava horas a fio em novas misturas, apesar de ela mesma não poder saborear nem uma colherinha dessas, pois era diabética. Mas queria saber se as pessoas gostavam dessas delícias todas. Advertia Salman, que devorara seu primeiro pão, para que comesse mais devagar e descrevesse exatamente o sabor para ela; daí ele ganharia outro.

Então Salman conteve sua voracidade. Ele teria adorado levar um pouco dessas delícias para a mãe ou para Sara, mas não ousava pedir isso à viúva.

Quando Salman estava satisfeito, ela lhe contava sobre sua vida. Só sobre o marido ela não mencionava uma palavra, como é comum entre viúvas. E sempre havia uma aura de tristeza ao seu redor.

Salman perguntou ao vendedor de legumes o motivo, mas este só suspirou. O marido de Maria teria lhe deixado uma ferida profunda e por isso ela não gostava de mencioná-lo. Além disso, isso não seria assunto de criança, disse ele, regando os rabanetes com água e arrumando as maçãs numa caixa.

Só anos mais tarde, Salman soube que Maria vinha de uma família conhecida e muito rica. Foi uma das primeiras mulheres que, nos anos 1920, teriam feito o exame final da escola em Damasco. Seu marido a traiu com a cozinheira já no segundo dia após o casamento. Mas sempre a iludia com promessas de amor, tanto que ela o perdoava. Ele, por gratidão, traía-a de novo. Ainda aos sessenta anos corria babando atrás de qualquer avental, até que a epidemia de sífilis o matou.

Desde então ela passou a viver recolhida. Não tinha nem 65 anos e parecia uma mulher de oitenta.

Quando Salman contou entusiasmado das delícias para Sara, esta refletiu alto sobre como também ela poderia chegar um dia aos pães exóticos.

— Talvez eu bata na casa dela, diga-lhe que sou muito pobre e que sonhei que ela tem um grande coração e muitas marmeladas, e que logo vou morrer e por isso desejo comer dez pãezinhos untados com diferentes geleias.

Salman deu risada. Faise, a mãe de Sara, ouvira a conversa através da janela aberta. Ela saiu e abraçou Sara, comovida.

— Não precisa. Amanhã vou fazer geleia de rosas para você.

Sara sorriu, satisfeita.

— E depois de amanhã, de marmelo — disse ela, no mesmo instante em que um policial montado numa bicicleta entrava no Pátio da Mercê. Ele olhou para Sara e Salman, deu um breve sorriso e perguntou pelo apartamento de um certo Adnan, que deveria ser preso por ter arrombado muitas limusines caras, desmontado e vendido bancos, rádios e até a direção de um carro.

— Arrá! — replicou Sara e apontou para o apartamento de Samira, mãe de Adnan, no final do Pátio da Mercê.

— Com seu incrível talento, este Adnan poderia virar um mecânico famoso ou um corredor — disse Sara.

— Você está louca. Ele é apenas um jovem deteriorado — protestou Salman. Adnan só tinha ataques de maldade. Segurava gatos, cachorros pequenos, ratos e ratazanas pelo rabo, girava-os rapidamente como num carrossel e os colocava no chão. As pobres criaturas cambaleavam como bêbadas, balançavam de lá para cá e às vezes vomitavam. Os moradores do Pátio da Mercê morriam de rir e o encorajavam a fazer novas brutalidades. Salman achava-o repugnante.

E foi Adnan quem, no final, obrigou Salman a treinar os músculos. Aconteceu num domingo. Sara iria deixá-lo lamber de novo seu sorvete. Passearam até o sorveteiro, no cruzamento de Kishle. Sara pediu um sorvete de limão no palito. Retornaram para casa. Não muito longe de sua ruela estava aquele sujeito repugnante com três outros meninos, e ele sorria mostrando os dentes.

— Se você tiver medo, corra rápido. Eu vou conseguir — murmurou Sara. Salman percebeu como ela tremia.

— Que nada. Vou acabar com esses pintinhos. Não se incomode e continue tomando o sorvete — disse ele, sentindo como seu peito quase explodia de tanta presunção.

— Orelhudo, orelha de burro — Adnan deu o tom e os meninos começaram a acompanhá-lo, rindo. Adnan pegou Sara pelos ombros. Ela lambia o sorvete com uma velocidade absurda e respirava, de forma perceptível, como uma asmática.

— Tire seus dedos imundos da minha amiga — gritou Salman irritado e, antes que Adnan percebesse, deu-lhe um pontapé nos testículos. Ele se contorceu, Sara correu, mas Salman foi impedido de fugir pelos outros meninos. O vendedor de sorvetes viu a briga e gritou alto para que parassem; como os jovens continuaram a atacar Salman, o homem partiu para cima deles com uma vassoura e lhes bateu com toda força nas costas e nos traseiros. Largaram Salman e correram.

Nesse dia, Salman decidiu deixar seus músculos crescerem. À noite sonhou como ele arremessava Adnan — que mais uma vez se postara no caminho de Sara — para o céu com uma mão, através da janela do vendedor de legumes, no primeiro andar.

Como se o céu tivesse ouvido seus desejos, logo depois ele encontrou na beirada da rua uma barra de ferro com mais de um metro de comprimento. Levou-a para casa. Sabia como fazer dela um haltere. Tinha que derramar concreto num balde, colocar a barra ali dentro e deixá-lo secar. Daí devia colocar o outro lado da barra na mesma quantidade desta mistura de cimento, areia e água. O pedreiro Michail lhe deu cimento. Para o primeiro lado, Salman usou um balde enferrujado, que encontrara atrás do galinheiro. Não achou em nenhum lugar, infelizmente, um balde parecido para o outro lado. Depois de uma longa procura, decidiu pegar uma lata cilíndrica velha e machucada.

Quando tudo secou, o haltere parecia estranho: de um lado estava pendurado um bloco cilíndrico de concreto; e do outro, uma forma esquisita, que parecia uma salsicha esmagada. Para Salman, não importava. Impressionava-lhe a ideia de levantar um haltere de quase dez quilos. Mas era difícil, pois o lado cilíndrico era um quilo mais leve do que o lado da salsicha. Assim Salman só conseguia levantar o haltere por alguns segundos, até inclinar para o lado e o aparelho cair estrondosamente no chão. Sara olhava tudo, divertindo-se.

Salman continuou a treinar, mas sempre com o mesmo resultado. Uma vez Sara encontrou-o deitado no chão, fitando o teto. O peso estava torto, atrás de sua cabeça.

— Com esse troço você não vai ganhar músculo nenhum — disse ela —, no máximo vai aprender a andar como um caranguejo e cair como o meu pai quando está bêbado e vê a cama. — Salman destruiu os dois lados com um martelo e levou a barra para o vendedor de ferro velho. Este a pesou e lhe deu trinta piastras por ela.

— Dá para comprar seis sorvetes — murmurou Salman e assobiou de alegria com sua riqueza. Presenteou Sara com três cones de sorvete. O olhar apaixonado dela fez seus músculos do peito crescerem. E ele percebeu isso muito bem.

5.

O bairro de Midan ficava a sudoeste no centro antigo de Damasco. Dali partiam as caravanas de peregrinos para Meca, ali elas eram recebidas também quando retornavam. Por isso havia muitas mesquitas, lojas de consumo para romeiros, termas — ou *hammans* — e comerciantes vendendo trigo e outros grãos por atacado na larga rua principal, que trazia o nome do bairro: rua de Midan. Dessa longa rua ramificavam-se muitas pequenas vielas. A ruela de Aiyubi saía dessa agitada rua principal, tinha apenas quatro casas e um grande depósito de sementes de erva-doce. A entrada do depósito, porém, ficava na rua paralela.

Nura adorava o perfume doce, que a fazia se lembrar dos bombons.

A ruela de Aiyubi recebera o nome do grande clã que antes habitava as quatro casas e cujo chefe, Samih Aiyubi, era procurado pela polícia depois do levante de 1925 contra os ocupantes franceses. Ele fugiu com a família para a Jordânia, onde passou a desfrutar da proteção dos ingleses. Mais tarde, por ocasião da fundação do reino da Jordânia, virou secretário particular do rei e espião da coroa britânica dentro do palácio do soberano. Tornou-se jordaniano e nunca mais voltou para Damasco.

Pouco depois da fuga de Aiyubi, um comerciante rico chamado Abdullah Mahaini comprou as casas por pouco dinheiro. Mahaini, cujos antepassados tinham vindo do centro da Síria no século XVII e se instalado aqui no bairro de Midan, negociava com tecidos, madeiras nobres, couro, armas e materiais de construção em suas filiais espalhadas por todo o país. Ele representava uma firma holandesa de aparelhos elétricos, uma fabricante alemã de máquinas de costura e um construtor francês de automóveis.

A pequena casa no final desse beco era uma joia da arquitetura e da arte de viver na Damasco antiga. Mahaini presenteou-a como dote para a filha Sahar, mãe de Nura. As outras três casas ele vendeu, lucrando muito. Diferente da primeira mulher de Mahaini, que lhe deu quatro filhos, a segunda, a mãe de Sahar, parecia carregar só mulheres na barriga. Oito meninas saudáveis ela deu à luz, e nenhuma delas o comerciante quis sustentar por mais tempo do que o necessário. Depois dos quinze anos, um marido deveria cuidar delas. Alguns vizinhos zombavam que para ele só era constrangedora a diferença de idade entre suas filhas e suas sete mulheres, com quem ele ia se casando ao longo dos anos e que se tornavam cada vez mais jovens, enquanto o rico Mahaini ficava cada vez mais velho.

Ele morou até o fim da vida num palácio perto da mesquita de Umaiyad. Os pretendentes de suas filhas faziam fila na porta, pois casar com uma filha de Mahaini era o mesmo que ganhar na loteria.

Foi o caso de Sahar, que, como a maioria de suas filhas, não sabia ler mas era muito bonita. Muitos pediam a mão dela, mas Mahaini dispensava todos os comerciantes, alfaiates, farmacêuticos e professores. Ele apenas sorria para a mãe de Sahar, com pena dela, quando esta lamentava sua recusa.

— Para Sahar — disse ele, baixinho, como quem já tivesse certeza de alguma coisa —, eu já achei um homem excelente. Para ele você pode se enfeitar como uma sogra.

Abdullah Mahaini era um homem erudito e cheio de humor:

— Eu passo o dia restabelecendo a paz entre as minhas nove mulheres guerreiras, 48 filhos, dez serviçais e 250 empregados. A vida de Napoleão era bem mais fácil.

Ele era tradicional, mas aberto a inovações; casou com nove mulheres, porém recusava que alguma de suas esposas ou filhas usasse véu. Quando algum muçulmano austero perguntava o motivo, repetia as palavras de um jovem sábio sufista que ele adorava:

— Deus criou os rostos para que os víssemos e reconhecêssemos. O coração nos faz devotos, não o véu.

Ele explicava às suas mulheres e filhas que o véu não era uma invenção islâmica, mas que fora inventado mil anos antes do islamismo, na Síria antiga. Naquela época, apenas as mulheres nobres podiam usar véu em público. Ele era tido como símbolo de luxo. Quando uma escrava ou uma camponesa o usava, era castigada.

Mahaini adorava a vida social e gostava de se cercar de homens espirituosos que convidava para ir a sua casa, com quem visitava as termas e também fazia negócios. Entre seus melhores amigos estavam dois judeus e três cristãos.

Ele estava animado com o xeque Rami Arabi, um respeitado intelectual sufista, mas pobre, cujos sermões acompanhava com grande interesse toda sexta-feira, na pequena mesquita de Salah, no bairro de Midan. Por isso prescindia da reza pomposa encabeçada pelo grande mufti de Damasco na mesquita próxima de Umaiyad.

Assim, o magro e pequeno xeque se tornou genro do grande Mahaini e, mais tarde, o pai de Nura.

Entre os avós do lado paterno, a avó não se entendia com a mãe de Nura, enquanto o avô idolatrava a nora. Ele era tímido e permanecia escondido, no sentido literal da palavra; se não fosse absolutamente necessário, não fazia visitas. A mãe de Nura, então, mimava-o muito. Já a mulher dele, a avó de Nura, era uma senhora enérgica, que aparecia com frequência.

— Eu só venho para visitar a esperta e abençoada Nura — exclamava ela, tranquilamente —; por mim, podem levar a criadagem. Quanto mais rápido vocês me derem um café decente, mais rápido eu sumo daqui.

Para ninguém mais a mãe de Nura preparava um café tão rápido.

O avô Mahaini vinha para o almoço toda sexta-feira, depois da oração oficial. Afirmava que só às sextas-feiras costumava dormir bem, pois então não teria mais perguntas.

Como se uma fada revelasse ao jovem sábio quais perguntas rodeavam a cabeça do velho comerciante Mahaini durante a semana, Rami Arabi respondia do púlpito exatamente a elas. Sahar, mãe de Nura, diria mais tarde para uma vizinha:

— Meu marido teria feito melhor se tivesse casado com meu pai, e não comigo. Eles se entenderiam de forma magnífica.

Isto não era muita verdade, pois os dois amigos discutiam com frequência assim que ficavam sozinhos. Mahaini prevenia o jovem xeque para que este, frente aos seus ouvintes, não se antecipasse em décadas, mas apenas em meses. Nenhuma pessoa conseguiria acompanhá-lo com tanta rapidez. Isso facilitaria para seus inimigos e, em vez de se tornar mufti da Síria, ele teria de discursar para analfabetos e surdos nessa pequena mesquita decadente.

— O que você está dizendo? Você é agora analfabeto?

— Como? — exclamava alto o rico comerciante, dando risada.

— Os damascenos — dizia o pai de Nura — roncam alto, enquanto o trem da civilização passa por eles. Você pode fazer o que quiser, mas um homem roncando se assusta sempre que é acordado — acrescentava, tentando encerrar o assunto.

E depois de todo encontro o grande Mahaini se repreendia por ter criticado tão duramente o sábio e leal genro. Já o xeque Rami Arabi ia muitas vezes para a cama com a intenção de seguir o conselho do esperto Mahaini e infundir nas pessoas o remédio amargo não com baldes, mas com colheres.

Anos depois, Nura se lembraria de um fato, que, por sua simplicidade, simbolizava para ela a amizade profunda entre seu pai e o avô Mahaini. Um dia seu pai consertava uma pequena caixa de brinquedos. O avô chegou para visitá-los e parecia ter, como sempre, perguntas importantíssimas vibrando no coração. O pai de Nura, porém, continuou aparafusando e martelando, sem dar atenção ao velho homem, que nervosamente escorregava sobre a poltrona, de lá para cá.

Quando este começou a fazer observações maldosas sobre o desperdício de tempo com coisas de crianças, o pai se levantou, desapareceu em seu escritório e voltou com uma tesoura e duas folhas de papel.

— Você pode fazer disso uma andorinha que consiga voar? — perguntou carinhosamente ao sogro.

— E lá sou uma criança? — resmungou este.

— Isso eu desejaria tanto para mim como para você — disse o pai de Nura, voltando-se para a dobradiça da caixa. A mãe vinha trazendo o café que fizera para o pai e permaneceu parada na porta, estupefata. Admirou-se muito de ver o velho homem rindo, ajoelhando-se no chão e começando a dobrar o papel.

Foi a primeira andorinha de papel de Nura; devagar dava suas voltas, mas às vezes ficava presa numa das árvores ou caía no chão de cabeça para baixo, quando a menina a soltava do primeiro andar, deixando-a pairar.

A casa paterna de Nura era muito tranquila, apesar da proximidade com a rua principal. Todos os ruídos esmoreciam no longo corredor escuro, pelo qual se chegava da ruela ao pátio interno sob céu aberto.

Era um pequeno pátio sombreado, cujo chão era enfeitado com ornamentos de mármore colorido, que continuavam pelos assoalhos das salas adjacentes. No centro do pátio havia uma pequena fonte, cuja água murmurante formava arabescos musicais para os ouvidos dos damascenos. Não havia nada que gostassem mais de ouvir nos meses quentes do ano.

Às vezes seu pai se sentava por muito tempo à fonte com os olhos fechados. No começo, Nura pensava que ele estivesse dormindo, mas se enganava.

— A água é uma parte do paraíso, por isso nenhuma mesquita deve dispensá-la. Quando me sento aqui e ouço o murmúrio, volto às minhas origens, à barriga de minha mãe. Ou ainda mais longe, até o mar, ouço suas ondas, semelhantes às batidas do coração de minha mãe, baterem contra a costa — disse ele uma vez, quando ela se sentou ao seu lado depois de tê-lo observado um bom tempo.

Uma escada levava para o primeiro andar. O telhado em forma de terraço estava munido de um belo corrimão de ferro forjado. A maior parte do terraço era usada para a secagem das roupas. Frutas, legumes e, sobretudo, as diversas geleias também eram secadas ali, sob o sol chamuscante. Cerca de um quarto da área fora ampliada em uma grande e clara mansarda, que servia como escritório para o pai de Nura.

O toalete era uma câmara minúscula embaixo da escada. Como muitas casas árabes, não possuía uma sala de banho. Lavavam-se na fonte ou na cozinha e tomavam banho uma vez por semana no *hammam*, que ficava perto.

Nura achava a casa paterna mais bela durante o verão, pois à tarde, logo que fazia sombra no pátio interno, sua mãe retornava do café na casa da vizinha Badia e esguichava com água os azulejos e plantas e lavava o chão de mármore para que brilhasse e suas cores variadas luzissem.

— Agora o tapete do frescor foi estendido, a noite pode chegar — dizia a mãe todos os dias, bem humorada. Era um ritual. Ela vestia um traje simples e ligava a torneira da fonte. Dos pequenos buracos a água jorrava para cima e caía ruidosamente na bacia, na qual, no verão, a mãe costumava colocar uma grande melancia. Trazia um prato com salgadinhos e se sentava à fonte. Quando o pai chegava da mesquita, a melancia estava fria e com um sabor refrescante. Até esse momento a mãe continuava de bom humor. Porém, assim que o marido chegava, ela se tornava rígida e fria. No geral, predominava um frio glacial entre os pais. Nura sempre via outros casais se abraçando, fazendo piada ou mesmo se beijando, como no caso da vizinha Badia. Admirava-se também de como as mulheres falavam abertamente, nas rodas de café, sobre as suas mais íntimas experiências na cama. Elas trocavam conselhos e explicavam os truques com que seduziam seus maridos e proporcionavam a si mesmas algum prazer. Discutiam sobre roupas, bebidas e perfumes e se regalavam com as descrições de todos os tipos de beijo. Eram as mesmas mulheres que às vezes passavam e se arrastavam nas ruas com o véu e o olhar rebaixado, como se nunca tivessem sentido prazer.

Os pais de Nura jamais se beijavam. Um muro invisível os separava. Nem uma única vez Nura viu os pais se abraçarem. Um dia, a porta do quarto estava aberta e Nura pôde ver do sofá, por uma fresta, seus pais no pátio. Tomavam café sentados à fonte. Não podiam ver Nura, pois seu quarto estava escuro. Os dois estavam com ótimo humor e riam muito sobre algum parente que tinha feito alguma tolice durante um casamento. De repente seu pai estendeu a mão para acariciar os ombros nus da mãe. Era um dia muito quente e ela trajava apenas uma camisola fina. Quando a tocou, a mãe se levantou no mesmo instante.

— Deixe disso, você precisa ir para a mesquita — disse ela, sentando-se numa outra cadeira.

Além da frieza dos pais, a única coisa que transpassou como um fio a infância de Nura foram os livros.

— Livros, por toda parte livros fedorentos — reclamava sempre a mãe.

Os livros não cheiravam mal, mas estavam realmente por toda parte. Ocupavam as estantes dos dois quartos no andar térreo e as estantes da mansarda, e lá em cima estavam empilhados ou abertos sobre o chão. Uma cadeira na escrivaninha e um sofá eram as únicas áreas livres. Lá, Nura lia sentada durante horas.

Só não podia haver livro algum no dormitório dos pais e na cozinha. Este era o desejo da mãe, ao qual o pai se submetia, lamentando; afinal, a casa pertencia a ela, mesmo depois do casamento.

— Além de seus trinta piolhos e três mil livros cheirando a mofo, seu pai não tinha nada — dizia a mãe para Nura, rindo. Ela não exagerara. Rami Arabi era um intelectual sufista, para quem os bens da Terra não importavam muito e que preferia os prazeres da escrita a todos os outros.

Ao contrário da primeira mulher dele, Sahar — a mãe de Nura — não sabia ler. Ela era dezessete anos mais nova do que o marido e se casou com ele logo após fazer dezessete. Rami Arabi tinha três filhos do primeiro casamento, que eram quase da mesma idade de sua segunda mulher e tinham família própria. Entravam raramente na casa do pai, pois a mãe de Nura não gostava deles e nem de falar sobre eles e sobre a falecida primeira mulher. Ela desprezava esses filhos, não só porque continuaram pobres como o pai, mas também porque eram simplórios. O pai de Nura também sabia disso, e o fato de não ter tido um filho inteligente o machucava. Ele amava Nura e lhe dizia que ela possuía a inteligência que ele teria desejado para um filho.

— Se você fosse um homem, você fascinaria as pessoas na mesquita.

A ele mesmo faltavam a voz e a aparência, que desempenham um papel importante para os árabes. Apesar de os filhos o terem decepcionado, sempre falava bem de sua primeira mulher; e isso irritava a mãe de Nura. Às vezes, ela disparava:

— Os cemitérios cheiram a incenso, mas aqui cheira a putrefação.

Por outro lado, a mãe servia o pai de forma respeitosa e fiel. Cozinhava para ele, lavava e passava suas túnicas e consolava-o no caso de suas muitas derrotas. Mas não o amou nem por um segundo.

A casa pertencia à mãe, mas a última palavra era dele. Ela gostaria de usar véu, para deixar clara a situação com estranhos, mas ele abominava o véu, como o pai dela.

— Deus a dotou de um lindo rosto porque queria alegrar as pessoas com ele — dizia um antes do casamento e o outro, depois.

Quando uma tia distante, fascinada com o belo rosto de Nura, insinuou ser melhor mandá-la usar véu para que esta não seduzisse os homens, o pai deu risada:

— Se tudo deve ser tão justo como dizem Deus e seu profeta, também os homens deveriam usar véu. Muitos homens seduzem as mulheres com sua beleza, ou estou enganado?

A tia pulou como se tivesse sido mordida por uma cobra e deixou a casa, pois compreendera as palavras. Ela tinha um relacionamento com um bonitão de sua vizinhança. Todo mundo sabia disso, menos o esposo. Na ocasião, a mãe de Nura ficou dois dias de mau humor, pois achara as alusões feitas pelo marido não muito hospitaleiras. A mãe era uma pessoa geralmente tensa. Quando pendurava as roupas, cuidava para que suas calcinhas ficassem no varal do meio. Só assim ela estaria protegida do olhar dos curiosos, vindo dos dois lados do terraço. Sentia uma estranha vergonha, como se as calcinhas não fossem feitas de algodão, mas de sua própria pele.

Também a vizinha Badia não podia usar véu. Seu marido até queria que ela recebesse as visitas. Ele era um rico comerciante de tecidos no Suk al Hamidiye, o bazar, e tinha sempre convidados em casa — até mesmo europeus e chineses. Badia os servia discretamente, pois acreditava que os ateus fossem pessoas impuras.

No entanto, ao contrário de Badia, que não respeitava muito seu marido, Sahar tinha medo do marido Rami, assim como de todos os homens. Isso desde pequena, a partir do dia em que o pai lhe dera uma surra por tê-lo ridicularizado ingenuamente na frente de convidados, chamando-o de "galo com muitas galinhas". Na ocasião, o pai, depois de esperar com paciência as visitas deixarem a casa, pediu que a criadagem lhe trouxesse um pau e segurasse Sahar pelas duas mãos. Então a espancou, e nem as lágrimas da mãe nem as súplicas da criadagem a ajudaram.

— O marido é a coroa de minha cabeça — ela teve de repetir claramente. Sua voz sufocou várias vezes nas lágrimas, mas nesse dia o pai parecia ter ensurdecido.

Também seu marido podia se exaltar em questão de segundos. Nunca a espancava, mas a instigava com a língua, que cravava no coração mais do que uma faca de aço damasceno. E, sempre que os lábios dele tremiam e a cor de seu rosto mudava, ela tinha medo.

Ela queria ter um filho de qualquer jeito. Depois de Nura, no entanto, todas as crianças morreram pouco antes ou depois do nascimento.

Ainda anos depois, Nura se lembrava de que a mãe a levava ao cemitério perto de Bab al Saghir. Neste cemitério antigo havia, além dos túmulos normais, construções abobadadas com túmulos de importantes homens e mulheres da época do surgimento do Islã: parentes e companheiros do profeta. A mãe procurava sempre o túmulo de Um Habiba, uma das mulheres, e de Sakina, uma bisneta do profeta. Lá estavam sempre muitas mulheres xiitas, cobertas de preto, sobretudo peregrinas do Irã; passavam fitas e lenços ao longo dos relicários, como se bastasse o toque para poderem levar uma relíquia para casa. Apesar de a mãe pertencer à maioria sunita e odiar os xiitas mais do que judeus e cristãos, ela rezava ali e pedia um filho. Tocava os relicários com a mão e em seguida massageava a barriga. Não ousava trazer um lenço, pois o marido ria dessas superstições todas e ela tinha medo de que os mortos, irritados, castigassem-na com um aborto.

Na memória de Nura, a mãe passava, de modo geral, mais tempo nos cemitérios do que entre os vivos. Ela marchava com centenas de crentes até os túmulos dos famosos sábios do Islã e companheiros do profeta, subia com eles o monte damasceno de Qassiun e depositava flores e ramos verdes de mirto nos túmulos. Nura não gostava nem um pouco dessa cansativa procissão, que começava de manhã cedo e durava até o chamado do meio-dia do muezim. Ela acontecia em determinados dias dos meses sagrados de Ragab, Chaban e Ramadã. Tanto fazia se fora estava gelado ou muito quente. Nura tinha de ir sempre, enquanto o pai escapava do programa. Considerava todos esses rituais superstições e os desprezava.

Toda vez a procissão terminava na frente do portão de uma mesquita, no pé do monte Qassiun. Ali estavam centenas, às vezes milhares de pessoas que exclamavam seus desejos e pedidos para o céu. Tudo acontecia muito rápido, a visita aos túmulos, a deposição das flores e dos ramos verdes de mirto, e as orações. Isso porque os profetas, como os anjos, ouvem as preces só até o meio-dia, dizia a mãe. E de fato, quando o muezim chamava para a oração do meio-dia, todos emudeciam na mesma hora. Foi também costume durante anos os crentes acionarem as muitas trancas de bronze ou argolas de metal que enfeitavam o portão da dita mesquita, provocando um barulho infernal. Até que o xeque mandou desmontá-las e gritou para a multidão decepcionada:

— Se Deus e os profetas não ouvem seus chamados e orações, não vão ouvir também essa bateção estrondosa.

A mãe adorava a procissão e ficava como que hipnotizada quando participava dela. Por isso sabia melhor do que o pai quando e quais túmulos seriam visitados e em qual hora do dia.

Às vezes ele suspirava desesperadamente:

— Sou eu o xeque ou você?

O pai de Nura proibira a mãe de ir se consultar com os charlatões. Ela deveria procurar um médico sério. Ele também não queria saber das procissões de sua mulher para os santos vivos e mortos. Por isso Nura nunca lhe revelou nenhuma visita da mãe aos túmulos ou homens sagrados. Tinha pena dela. A coisa foi tão longe que também Nura começou a suplicar a Deus para que a mãe ganhasse um filho.

A barriga da mãe cresceu oito vezes, curvou-se enormemente sobre suas pernas, e depois, quando a mãe ficava magra de novo, não havia nenhuma criança lá. Logo Nura aprendeu a palavra aborto. Mas nem todas as dores enfraqueciam o sonho da mãe. Os oito abortos foram bem difíceis e só por sorte os médicos conseguiram salvar a vida dela; mas com o preço de que não engravidasse nunca mais. O marido a acusava de ter se tornado estéril devido às coisas infernais receitadas pelos charlatões.

Nura se lembrava bem deste oitavo e último aborto. A mãe voltara do hospital bastante envelhecida. Na mesma época, a mãe descobriu, num banho conjunto no *hammam*, as primeiras curvas no peito de sua filha de onze ou doze anos.

— Você se tornou mulher — exclamou, surpresa. Um sopro de acusação estava em sua língua.

A partir desse momento, a mãe não a tratou mais como a menina que era, mas sim como uma mulher adulta, rodeada por homens ávidos e vorazes.

Quando Nura contou ao pai dos medos exagerados da mãe, este deu risada; só mais tarde ele descobriu que deveria ter dado mais atenção aos pressentimentos da filha. A mãe desconfiava de qualquer rapaz, como se tivesse medo de que ele pulasse sobre Nura.

— Eu já preparei uma corda no porão. Se acontecer alguma coisa com você, eu me enforco — disse ela, numa manhã. Nura revistou o porão, mas fora um fino varal de roupas não encontrou nada; mesmo assim temia por sua mãe e começou a ocultar suas experiências.

O pai tinha ouvidos abertos para todas as questões do mundo e era procurado não só na mesquita, mas também em casa, para dar conselhos. Era conhecido por sua paciência e franqueza; raramente se irritava, até mesmo quando lhe perguntavam por que Deus criara os mosquitos e por que o homem precisava dormir. Ele respondia paciente e gentilmente. Mas não gostava nem um pouco de responder coisas relacionadas às mulheres. Era comum ele interromper de forma áspera aquele que pedia ajuda:

— São coisas de mulheres, pergunte à parteira ou à sua mãe.

Ele tinha um medo enorme das mulheres. Às vezes, repetia que o profeta teria advertido para a astúcia das mulheres. Ainda com mais frequência contava a piada de um homem e de uma fada que queria realizar um pedido dele. O homem desejou uma ponte de Damasco até Honolulu. A fada torceu os olhos e reclamou, dizendo ser muito difícil para ela e perguntando se não havia algo mais simples. Sim, respondeu o homem, quero entender minha mulher. A fada perguntou, então, se ele desejava uma ponte com uma ou duas faixas.

Como Nura contaria ao pai ou à mãe sobre o jovem ferreiro, que às vezes a espiava na rua principal e perguntava baixinho se ele não lhe deveria costurar o rasgo entre as pernas? Ele teria a agulha apropriada. Em casa ela se olhava no espelho. Realmente, o lugar referido se assemelhava a um rasgo. Mas costurar?

Com certeza ela via meninos nus no *hammam*. Pois, nos dias das mulheres, as mães podiam levar os filhos pequenos, até que estes tivessem a primeira ereção; daí tinham de ir para as termas com os pais. Mas durante anos ela acreditou no que contava uma vizinha no *hammam*, ou seja, que os meninos eram um pouco limitados e não sabiam urinar direito; por isso Deus lhes teria presenteado com esta pequena mangueira, para que não se molhassem o tempo todo.

De modo geral, ela aprendia muito no *hammam*. O *hammam* não era apenas um lugar voltado para os cuidados do corpo, mas também um lugar de tranquilidade e riso. Lá ela sempre ouvia histórias e aprendia com as mulheres mais velhas coisas que não estavam nos livros. As mulheres pareciam deixar pendurados, junto com as roupas, seu pudor e timidez e falavam francamente sobre tudo. O espaço úmido e quente cheirava a lavanda, âmbar e almíscar.

Nura também saboreava bebidas e pratos exóticos que jamais provava fora dali. Toda mulher se esforçava para desenvolver sua arte de cozinhar e trazia o saboroso resultado. Então, todas elas se sentavam numa roda e experimentavam dos mais de vinte pratos, tomando junto chá açucarado. Toda vez Nura voltava para casa com o coração cheio.

Quando contou sobre o ferreiro incômodo para Samia, sua colega de escola, esta lhe disse:

— Ele é um impostor. Os homens não levam nenhuma agulha, mas sim um cinzel; e eles só fazem o buraco ficar maior. — Samia aconselhou-a a sugerir ao importuno que costurasse os rasgos de sua irmã e, se ainda sobrasse linha, que tentasse com sua mãe.

Nura também teria gostado de perguntar ao pai ou à mãe por que inventava milhares de motivos para ver o menino pálido com olhos grandes, que no outono de 1947 iniciou sua aprendizagem junto ao estofador, quando ela frequentava o quinto ano.

A loja do estofador ficava bem perto. O menino viu Nura passando no primeiro dia e sorriu, envergonhado. Quando ela passou no segundo dia para ver o menino de novo, este se ajoelhava no canto sobre um pequeno tapete e rezava. Um dia depois ele também rezava e, no dia seguinte, idem. Nura se admirou, perguntou à mãe e ao pai, mas eles também não sabiam por quê.

— Talvez seja coincidência — disse o pai — o fato de ele rezar justo quando você passa.

— Ou ele aprontou alguma coisa — acrescentou a mãe, antes de colocar sopa no prato.

Na vez seguinte, ao encontrar o menino rezando de novo, ela perguntou ao mestre, um homem velho de barba curta e branca como a neve, se o menino teria feito algo de mal.

— Não, pelo amor de Deus. Ele é um menino obediente — disse o mestre, sorrindo bondosamente —, mas precisa, antes de aprender a lidar com algodão, lã, tecidos e couro, aprender a lidar com as pessoas. Fazemos nosso trabalho nos pátios internos. Nem sempre está ali a dona de casa ou a avó. Às vezes, as pessoas nos deixam sozinhos em suas casas para consertarmos as camas, os colchões e os sofás, enquanto elas fazem compras, trabalham ou vão visitar um vizinho. Quando o estofador não é cem por cento de confiança, ele prejudica a fama da corporação. Por isso exigimos que ele se torne um ajudante devoto antes de entrar na primeira casa.

O menino torceu os olhos durante esse discurso, e Nura riu sobre o recado curto, mas evidente.

Quando o jovem carregava água da fonte pública para a loja, perto do meio-dia, ela se esforçava para encontrá-lo. Muitas lojas não tinham distribuição de água. O menino, como ia apanhar a água apenas com um balde, precisava fazer várias vezes o percurso.

Um dia Nura esperou na fonte. O menino sorriu para ela.

— Se você quiser, posso ajudá-lo — disse Nura, mostrando-lhe seu jarro de lata. O menino sorriu:

— Por mim, teria o maior prazer, mas não posso aceitar, senão vou precisar rezar meia hora a mais. Mas posso ficar um pouco com você aqui, se quiser — acrescentou e pôs um grande jarro sob a torneira.

Poucas pessoas vinham à fonte e não permaneciam muito tempo.

Nura pensava sempre nesse menino quando ouvia poemas e canções falando de lindos anjos. Ela não sabia por que um ser desse tipo, com asas gigantes, deveria ser bonito, mas Tamin era muito lindo, mais do que qualquer outro menino do bairro; e quando ele falava as batidas do coração dela acompanhavam cada uma de suas palavras.

Tamin aprendera com um xeque, durante dois anos, a ler e escrever; depois precisou trabalhar, pois os pais eram pobres. Na verdade, ele gostaria de ser capitão de um navio, e não de estofar colchões e poltronas, sofás e camas.

— E ainda rezar a cada minuto livre. Meus joelhos já estão doendo — contava para ela.

Quando Tamin lhe contou uma vez que iria no dia seguinte ao Suk al Hamidiye, o mercado, para comprar no atacado uma quantidade maior de linha de costura e fios coloridos para o mestre, ela decidiu encontrá-lo lá. Quis esperá-lo ao lado da sorveteria Bakdach.

Já de manhã ela anunciou seu mal-estar. Como sempre, a mãe lhe sugeriu não ir à aula, pois ela mesma odiava a escola; mas não ousava dizer isso em voz alta, pois o pai queria que Nura concluísse o ensino médio.

Também o pai achou que ela estivesse pálida. Caso piorasse, disse, ela poderia voltar de bonde para casa. Nura foi então à escola. Uma hora depois, com um rosto pálido e voz trêmula, ela convenceu a diretora de seu enjoo. Porém, depois de dez passos fora da escola, seu rosto ganhou cor e seu andar, mais força. A escola não era longe do Suk al Hamidiye. Ela preferiu economizar as dez piastras e foi a pé.

Tamin chegou às dez horas. Trazia uma grande cesta vazia para as compras. Ali no mercado ele parecia ainda mais bonito do que quando estava com o mestre.

— Se alguém perguntar, nós somos irmãos; por isso vamos andar de mãos dadas — sugeriu ela, coisa que inventara durante a noite. Ele lhe deu a mão e ela teve o sentimento de que morreria de felicidade. Os dois entraram em silêncio no animado *suk*.

— Diga alguma coisa — pediu ela.

— Eu gosto da sua mão — disse ele —, é quente e seca, como a de minha mãe, mas muito menor.

— Tenho dez piastras e não vou precisar delas para o bonde. Vou a pé para casa. De qual sorvete você gosta mais?

— De limão.

— E eu, de baga damascena — respondeu ela e sorriu —; a língua fica toda azul.

— O sorvete de limão me dá arrepio. — Ele lambeu os lábios com entusiasmo.

Eles compraram sorvete de palito e começaram a passear pelo mercado. A primavera enchia as ruas com o perfume das flores. Nura sentiu necessidade de assobiar sua música preferida, como os meninos faziam, mas ela, na condição de menina, não podia.

Agora passeavam, cada um por si, já que Tamin segurava sua cesta com uma mão e o sorvete com a outra. E Nura precisou rir, pois Tamin fazia muito barulho ao lamber o sorvete. Mas logo o *suk* se tornou tão cheio que eles precisaram se encolher na entrada, no meio da multidão. Um mendigo cego os fascinou com sua cantoria. Ela se perguntou por que os cegos tinham essa voz especial. Nesse momento, sentiu a mão de Tamin. Ela ainda não tomara nem a metade de seu sorvete e ele já acabara! Virou-se para ele e sorriu.

— Não tenha medo. Sou seu irmão — disse ele, baixinho.

Quando precisaram se separar na entrada do mercado, Tamin ainda segurou por um tempo as mãos dela nas suas. Olhou-a nos olhos e Nura sentiu, pela primeira vez na vida, que sufocava de alegria. Ele a puxou para si.

— Irmãos se despedem com um beijo — disse e a beijou na bochecha. — E, logo que eu virar capitão, venho buscá-la com meu navio — afirmou, desaparecendo rapidamente na multidão, como se estivesse envergonhado pelas lágrimas que lhe escorriam sobre as bochechas.

Um mês depois, outro menino se ajoelhava sobre o pequeno tapete de orações e rezava.

— Onde está o... — perguntou ela ao mestre, mordendo a língua para não pronunciar o nome que, durante toda a noite, tinha sussurrado no travesseiro.

— Ah, ele! — disse o mestre, divertindo-se. — Ele se foi e mandou os pais avisarem, uns dias atrás, que partira num cargueiro grego. Menino louco.

À noite, o pai precisou chamar um médico. Ela teve febre durante uma semana.

Dois anos depois da fuga de Nura, um homem forte, trajando uniforme da Marinha, bateu na porta de sua casa. Disse ao pai dela que era capitão. Na ocasião, a mãe estava no hospital devido a uma operação de apendicite.

Quando ouviu sobre a fuga de Nura, parece que ele sorriu, apertando a mão do pai amigavelmente.

— Nura sempre procurou o grande mar — teria dito. Essas palavras teriam impressionado tanto o pai que este — para desgosto de sua mulher — sempre contava sobre aquele encontro; até mesmo no leito de morte.

Mas isso só aconteceu décadas depois.

6.

Ninguém perguntava a Salman onde ele estava quando não aparecia na escola por vários dias. E das cem crianças e dos cinco professores apenas um lhe sorria gentilmente: Benjamim, seu companheiro de banco.

À tarde, quando ele voltava para casa, sua mãe estava sempre ocupada com a limpeza do esconderijo. Ela arrumava os quartos com muito esforço. Limpava e lavava, jogava o entulho primeiro no pátio interno, depois o empurrava para as salas da antiga tecelagem.

Esforçava-se para preparar tudo para o marido até o início da tarde e fugia depois com o menino para o esconderijo. Soube por Shimon que não precisava se preocupar, ela poderia morar lá por alguns anos, já que os herdeiros do velho tecelão brigavam na Justiça. A casa minúscula deveria trazer muito dinheiro, devido à sua proximidade com a histórica capela de Bulos.

Pouco tempo depois, a mãe parou de chorar e o esconderijo não cheirava mais a mofo, mas sim a cebola e tomilho. A casa não tinha energia elétrica, mas a luz das velas afugentava a escuridão e o frio. Também a descarga e o lavatório funcionavam, pois com a briga pela herança esqueceram de desligar a água.

Mãe e filho, como dois conspiradores, logo começaram a rir da cara tola do pai quando este chegava bêbado em casa e não encontrava ninguém em quem pudesse bater.

Mas a sorte dos pobres dura pouco.

Uma noite, o pai apareceu de repente no quarto. Sua sombra dançava furiosa nas paredes. As duas velas pareciam tremer à frente dele. Sua voz e seu cheiro, uma mistura ruim de áraque e podridão, preenchiam todas as lacunas que restavam em seu corpo. Salman mal tinha coragem de respirar.

Só depois o menino soube por Sara que a vizinha Samira, mulher do frentista Jusuf, que morava no outro extremo do pátio, entre o galinheiro e o apartamento do ajudante de padeiro Barakat, revelara o esconderijo em troca de uma lira. Nada escapava de Samira. De casa ela fiscalizava tudo que se movimentava nos oito apartamentos, dois banheiros, dois barracões de madeira e no galinheiro do Pátio da Mercê. Salman jamais conseguiu perdoar a vizinha pela traição. Evitava pronunciar seu nome e só a chamava de "dedo-duro".

Naquela noite, o pai de Salman puxou a mãe pelos cabelos, levando-a escada abaixo para fora na ruela, e se Shimon e Kamil não tivessem acudido e lhe impedido a passagem ele teria arrastado a pobre mulher até o pátio. Libertaram Mariam de suas mãos e, enquanto Shimon a ajudava, o pai de Sara, que era policial, empurrava o homem furioso de volta para o Pátio da Mercê.

— Fique quieto e não me obrigue a vestir meu uniforme; você sabe para onde eu posso levá-lo — resmungou ele, tentando levar o enfurecido à razão.

Salman estava na janela e observava o rosto choroso do pai. Tinha medo de que ele voltasse e também o arrastasse pelos cabelos para casa. Mas, quando tudo voltou a ficar em silêncio, ele só quis uma coisa: a mãe. Nesse momento, ouviu um latido alto vindo do térreo, que se convertia num gemido, como se um cachorro tivesse medo ou fome.

Salman levantou a vela sobre a cabeça e tentou espreitar da janela o pátio interno. A luz da vela, porém, foi engolida pela escuridão profunda antes de atingir o chão.

Curioso e, ao mesmo tempo, temeroso, ele desceu a escada e, antes de alcançar o último degrau, um novelo de lã preto caiu aos seus pés. Dois olhos brilhantes o contemplavam.

O cão era grande, mas seu jeito distraído e simples denunciava sua juventude. Tinha uma cabeça bonita e um focinho grande. Só o sangue incrustado sobre o pelo do peito chamou a atenção de Salman para uma ferida no pescoço do animal. Parecia que alguém havia machucado muito o cachorro e o abandonado nesta ruína.

— Espere — disse Salman, subindo de novo a escada.

Sob os panos que sua mãe guardava numa gaveta, encontrou um pedaço limpo de uma roupa velha. Com ele, envolveu com cuidado o pescoço do cão ferido, que o seguira e estava surpreendentemente quieto.

— Você não vai morrer — afirmou Salman, afagando-o na cabeça. — Como a mamãe — acrescentou e abraçou o cachorro. Este gemeu de fome. Salman se lembrou do osso de carneiro que o açougueiro Mahmud lhe dera e com o qual a mãe cozinhara a última sopa. Ela guardara o osso para que Salman pudesse roer os restos da carne quando voltasse a ter fome. Salman o levou para o cachorro, que devorou o osso com satisfação e sem cessar, abanando o rabo. Só quando Salman o afagou longamente na cabeça, o cão se tranquilizou. Os dois se olharam, como dois abandonados, e Salman jamais se esqueceria desse olhar do cachorro.

Afastou-se, mas se lembrou de fechar a porta do pátio com cuidado, temendo que o cão fugisse.

A manhã já nascia quando ele entrou de mansinho no apartamento dos pais. A mãe ainda se agachava sobre o colchão, enquanto o pai roncava alto no segundo quarto.

— Em breve ele não vai mais assustá-la — murmurou nos ouvidos da mãe —, eu tenho um cachorro grande, que vai crescer rápido e devorar todos que tocarem em você, mamãe — disse ele e a mãe sorriu, pegou-o no braço e caiu num sono profundo.

Salman, porém, ficou acordado e não se mexeu até o pai gritar "café" e acordar a mãe. Quando ela foi para a cozinha, Salman adormeceu. Ele via o cachorro, este era grande e poderoso como um cavalo preto e tinha asas brancas como a neve. Sobre suas costas, ele, sua mãe e Sara pairavam sobre o bairro cristão. A mãe agarrava com medo sua barriga, e Salman ouvia Sara tranquilizá-la, dizendo que o cachorro seria uma andorinha encantada, que conheceria tudo e jamais a derrubaria.

Sara chamava-o, gritando, sobre a cabeça da mãe:

— Salman, Salman, você precisa dar um nome para o cão, senão ele vai se perder de você.

— E como ele deve se chamar? — gritou ele contra o vento.

— Voador — gritaram em coro sua mãe e Sara.

O cachorro fez uma curva em torno da igreja de Santa Maria, e Salman a viu de cima pela primeira vez; então o cão voou ao longo da ruela de Abbara e alcançou o Pátio da Mercê. Salman viu os vizinhos saírem de suas moradias. Apontavam para eles, lá em cima, e gritavam:

— Voador!

Ele levou um susto. O pai acabava de acender seu segundo cigarro e se preparava para o trabalho.

— Meu cachorro vai se chamar Voador — murmurou baixinho Salman e pulou.

7.

Na Páscoa de 1948, Salman recebeu a Primeira Comunhão. A Escola de São Nicolau porém, pareceu-lhe ainda mais insuportável no segundo ano, depois que ele gozara a liberdade do dia livre. Ele a evitava. Só no inverno, quando lá fora estava gelado, ele ia à escola e se convencia de novo de que este prédio úmido, no qual qualquer um batia no mais fraco, não era para ele.

Quando a primavera chamava, Salman era impulsionado, junto com Benjamim, para os campos da frente da muralha da cidade. Lá ele cheirava a vida; o ar tinha gosto de flores de damasco e de jovens amêndoas azedas, que eles comiam direto da árvore, ainda verdes.

Eles riam muito e brincavam com o cachorro. Logo também o cão começou a gostar do forte Benjamim e deixava que ele o levasse nos ombros, como uma estola. Seis meses depois, Voador se tornou um belo, mas enorme animal. E um dia Benjamim não conseguiu mais levantá-lo.

— É um burro fantasiado — gemeu com o peso, caiu sobre o traseiro e deixou o cão andar, dando risada.

— Burro é você — revidou Salman —, meu Voador é um tigre camuflado.

No início do verão, o padre Jakub foi transferido pelo bispo para uma aldeia de montanha, perto da costa, depois de se tornar mal visto em Damasco devido ao seu fanatismo. Pouco depois e ainda antes do final do segundo ano, Benjamim abandonou de vez a escola. Ele trabalhava agora com o pai. Este era um homem pequeno, com um rosto cheio de cicatrizes e rugas. Ele admirava a força de seu jovem filho, que o excedia em uma cabeça e às vezes o levantava com uma mão quando não havia freguês.

Dois dias depois da saída de Benjamim, também Salman se despediu definitivamente de São Nicolau e nunca mais pisou na escola.

Nenhum vizinho lhe perguntava por que não ia à escola como as outras crianças. No Pátio da Mercê, escola não valia muito. Lutava-se pela sobrevivência nua e crua. Para Salman, era natural que ficasse em casa e assistisse sua mãe doente, que parava de chorar e de se lamentar sempre que ele estava perto dela.

— Por que você não vai mais à escola? — perguntou Sara uma tarde.

— Minha mãe... — ele quis inventar alguma coisa, mas quando Sara o olhou a mentira morreu em sua língua. — Eu odeio a escola. É horrível... Não quero mais aprender nada — gaguejou, com raiva.

— Você quer que eu leia coisas bonitas para você, como antigamente? — perguntou Sara, que conhecia os motivos verdadeiros do ódio dele à escola.

— Eu não gosto mais dos livros. Prefiro que me conte alguma coisa.

— Não seja bobo, os livros são maravilhosos. Ninguém sabe contar melhor do que os livros que eu li.

Foi assim que ela passou a ler para ele. E com cada livro novo a leitura se tornava mais excitante e emocionante. Um dia Sara trouxe um livro com cálculos estranhos e curiosos problemas matemáticos. A partir daí, Salman descobriu um prazer especial na solução de contas complicadas. Sara admirou a velocidade com a qual ele calculava de cabeça e neste dia lhe deu três beijos na testa e um nos lábios como recompensa.

Salman ficou bastante fascinado por um livro sobre a Terra; estudou de forma paciente o curso dos grandes rios do mundo e logo soube localizar muitos países. Só para ler ele tinha dificuldade. Era apressado, não reparava nas letras e, não raramente, nas palavras. Sara lhe afagava a cabeça e murmurava:

— Devagar, devagar. Não estamos fugindo de ninguém.

Passou um ano inteiro até ele conseguir ler sem erros e com a entonação correta. Sara estava animada com seu sucesso como professora e sentava-se quase todos os dias ao lado dele.

Os dois formavam um par atento, um quadro de tranquilidade e beleza.

Naturalmente, os vizinhos caçoavam deles, e sobretudo Samira os via, em sua fantasia, como um par de noivos. Isso aborrecia a mãe de Sara, que repreendia Samira.

— Não esqueça que meu marido é da polícia — avisava Faise para terminar e marchava para seu apartamento, passando com a cabeça erguida por todos os vizinhos, que nesse dia se sentavam ali fora. A partir daí a situação se acalmou.

Sara continuou a sequestrar Salman para países distantes e pessoas estranhas. Ela lhe ensinou durante anos, sem intervalo para férias e, às vezes, sem piedade. Deu-lhe a última aula pouco antes de se casar. Nesse dia riram muito. Depois de discutirem a última página do romance *Forte como a morte*, de Guy de Maupassant, ela disse:

— Esperei todos esses anos pelo dia em que o entediaria.

Salman se calou. Não conseguia manifestar sua gratidão.

Sara preparara tudo. Concedeu a Salman um certificado, que tinha desenhado para ele. "Salman é meu melhor aluno", escrito em árabe e francês. Data, assinatura e três carimbos em vermelho, verde e azul tornavam o documento oficial. Mas Salman reconheceu o carimbo da polícia, que o pai de Sara providenciara:

— Parece coisa de cadeia — disse ele, sorrindo.

Mas isso aconteceu nove anos depois. Voltemos para o verão de 1948, quando Salman acabava de abandonar a escola.

Quando ficava mais quente, à tarde Salman levava com frequência o cachorro para um longo passeio pelos campos, e ia sozinho, pois nesse horário Benjamim ainda precisava trabalhar na barraca de faláfel. O cão gostava de se refrescar no pequeno rio e corria atrás de qualquer pauzinho de madeira.

Voador comia tudo que Salman lhe oferecia e entendia toda palavra que o dono lhe murmurava. Mesmo sem coleira o cão ficava sentado no pátio na hora em que seu dono se despedia. Gemia baixo de dar pena, mas quando Salman lhe pedia não saía do lugar.

Um dia, em agosto, o cachorro pôs para correr dois grandes meninos camponeses que atacaram Salman durante um passeio. Eles eram fortes e queriam se divertir com o jovem urbano e franzino. Eles viram o cão só quando este, preocupado com o dono que gritava, pulou da água. As bochechas de Salman arderam de orgulho. Nesse dia, ele trouxe para seu protetor uma grande travessa cheia de restos de carne. Deixou-o comer em paz e foi para casa.

— Hoje vamos dormir sossegados em nosso esconderijo — disse ele.

— Mas isso não faz sentido. Ele vai me buscar de noite — revidou a mãe.

— Ninguém vai buscá-la, o Voador pode competir com dois homens iguais ao papai — afirmou Salman e não desistiu até sua mãe acompanhá-lo ao esconderijo. Ela se supreendeu com a beleza e a força que o cachorro preto adquirira nesse tempo. E até riu quando Salman lhe contou dos fundilhos rasgados dos dois meninos camponeses e como gritaram fórmulas mágicas, na esperança de que elas os protegessem do cão.

— O cachorro não entende árabe — exclamou a mãe.

Eles comeram pão e azeitonas e tomaram chá, depois foram dormir. Anos depois, Salman ainda diria que nunca tinham saboreado tantas azeitonas como naquela vez.

Os chamados desesperados do pai, vindos de baixo, o acordaram. Salman desceu com uma vela na mão. Seu pai estava no corredor, caído de barriga e choramingando de medo, e sobre ele o cachorro com pose de vencedor.

— Não venha aqui nunca mais — gritou Salman e assobiou para o cão. Nunca ele vira o pai sair cambaleando tão rapidamente, apenas as suas pragas ficaram para trás.

Mas não passou um ano e os herdeiros do tecelão entraram num acordo e venderam a casa para a igreja por muito dinheiro. Em seu lugar, ao lado da Capela de Bulos, seria erguido um asilo católico.

O cachorro, porém, não podia entrar no Pátio da Mercê. Não só o pai de Salman, mas a maioria dos vizinhos também era contra, pois temiam por suas crianças. Não ajudou em nada o fato de Salman e Sara mostrarem a todos como o cão era amigo das crianças. A vizinha Samira liderava, com sua incansável língua solta, a luta contra o cachorro.

— Samira tem medo de que ele despedace todos os homens que a visitam à noite em seu apartamento — disse Sara.

— Que homens? — perguntou Salman.

— Não é coisa para meninos pequenos — respondeu, olhando de forma expressiva para longe.

Na ruína de uma antiga fábrica de papéis, perto do Portão Oriental, Sara encontrou um esconderijo para Voador. Era uma guarita esquecida. Coberta por heras, estava bem conservada. Lá viveu o cachorro até seu misterioso desaparecimento, sete anos depois. Antes, porém, aconteceram coisas importantes na vida de Salman, que devem ser contadas.

Quando Sara não lia para ele e sua mãe não precisava dele, quando não estava passeando com o cachorro nem se ocupava com algum trabalho temporário, Salman brincava na ruela. Mais de dez meninos se encontravam ali todo dia. Salman se juntava ao grupo, mas nunca chegou a penetrar no meio deles e a se tornar parte da turma.

Cinco desses meninos viviam com Salman no Pátio da Mercê e eram miseráveis como ele; mas quando brincavam na ruela com os outros — que pareciam sempre satisfeitos e mais limpos do que eles — fingiam que só Salman vinha do Pátio da Mercê. Principalmente suas orelhas de abano eram alvo de zombaria. Adnan, o filho de Samira, contava uma história horrível sobre a origem delas:

— A parteira tinha pressa, mas Salman não queria nascer. Ele tinha medo da vida. Mas a parteira pegou suas orelhas e as puxou até ele sair — e ria maliciosamente, contagiando os outros.

Depois Adnan o chamou de "filho da louca". Salman sentiu um medo no fundo de sua alma. Sua mãe não era louca. Ela era doente. Muito doente. Mas como ele esclareceria isso para esse menino grosso?

As palavras "filho da puta" dançavam em sua língua, mas o medo as jogou de volta para a goela e ele as engoliu pesadamente. Adnan era grande e forte.

Salman não sabia mais dizer com que idade aprendera a cozinhar, mas deve ter sido no ano em que ele e sua mãe saíram de vez da casa do tecelão. Faise percebeu que Mariam andava tão confusa que não podiam mais deixá-la ir sozinha para a cozinha. Ela cozinhava, então, para si e a família da amiga. Sara a ajudava e um dia Salman se juntou a elas.

— Ensine-me a cozinhar — disse ele a Faise, mas a mulher o mandou, rindo, para a rua com os outros.

— Vá brincar com os meninos. Cozinha não é coisa de homem.

Não adiantou insistir. Assim ele começou a observá-la secretamente: como lavava o arroz, cozinhava o macarrão, cortava a cebola, amassava o alho e tirava as tripas dos ossos de carneiro para chegar ao saboroso tutano. Em menos de um ano ele já conseguia preparar vários pratos fáceis. Faise e Sara gostavam da comida. E seu pai? Depois de cinco anos ainda não percebia que a esposa não cozinhava mais para ele. Mas quando ela piorava ele parava de gritar e de espancá-la. Um dia, fingindo que estava dormindo, Salman viu o pai afagar a cabeça da mãe e lhe cantar, baixinho, alguma coisa.

— Na sua casa está tudo às avessas; a mulher fica deitada e o homem faz a limpeza — disse o vizinho Marun, que vivia em dois quartos minúsculos, bem em frente, com a mulher e dez crianças, enquanto Salman limpava as janelas do apartamento.

— Os olhos de Marun dormem — disse, baixinho, Sara para Salman logo que o vizinho saiu —, mas o cu dele toca música a noite toda. Escuto até do meu colchão — murmurou, conspirando.

Marun era um pobre controlador de ingressos no cinema Aida, que antigamente vivera tempos gloriosos, mas que agora estava decadente, apresentando apenas filmes velhos. O ingresso custava vinte piastras, e correspondia ao estado do cinema e ao conteúdo da tela. Salman ouvira sobre aquele buraco fedorento o suficiente para não pisar ali durante toda a sua vida. O cinema parecia um formigueiro de homens, que passavam a mão na traseiro dos jovens e rapazes esfomeados, brigões e, em geral, bêbados. Marun chegava às vezes em casa com o olho roxo ou uma jaqueta rasgada. Sua mulher, Madiha, era uma moça pequena, inteligente e bonita. Madiha sempre o repreendia, dizendo com quem ela poderia ter se casado se não tivesse cometido o grande erro de atendê-lo uma vez.

— Mas ela parece não ter aprendido nada com seu erro — gozava Sara.

Todo ano, na Páscoa, Madiha dava à luz um filho. Mas nenhuma das crianças tinha sequer uma faísca da beleza e da inteligência da mãe. Todas olhavam com a cara tola que o pai tinha quando recebia os ingressos distraidamente na entrada do cinema, rasgava um pedaço e devolvia o resto para o espectador, sem fitá-lo. As crianças mastigavam o tempo todo.

— Elas não têm fome, elas são a fome — afirmava Faise, mãe de Sara.

Salman procurava desesperadamente por um trabalho. Seu dia se tornou longo, pois Sara voltava só à tarde da escola de período integral. E o vazio permanente de seu bolso o incomodava ainda mais do que a monotonia. O pai deixava para a vizinha Faise apenas o dinheiro necessário para comprar alimentos.

Salman procurava um emprego também porque queria escapar do pai, que desde o retorno para casa tratava a mãe um pouco melhor; mas a ele, ainda pior. Não queria mais ver esse homem grande e sujo, com o rosto escuro e raramente barbeado. Não queria mais ouvir sua gritaria:

— Levante-se, seu cão desgraçado e preguiçoso! — E não queria mais sentir os pontapés que o atingiam quando o sono lhe impedia de entender de imediato a seriedade da situação.

Salman invejava as crianças dos vizinhos, que toda manhã ouviam dos pais e parentes uma canção de despedida em todas as tonalidades;

e respondia, em seu coração, a toda saudação que lhe chegava do pátio. Mas também sentia pena delas, pois ainda precisavam ir à Escola de São Nicolau. Apenas um não ia mais e Salman o admirava, pois ele já tinha uma profissão e era, como um adulto, tratado com respeito por todos: Said.

Said era órfão. Desde a morte de seus pais num acidente de ônibus, vivia na casa da velha viúva Lúcia. Ela morava num pequeno apartamento bem em frente da entrada do portão, entre o ajudante de padeiro Barakat e a grande cantina. A viúva assumiu Said, pois não tinha filhos e a igreja católica pagava pela criança, cujo pai trabalhara por décadas como zelador da escola de elite católica. Esta ficava bem perto da Escola de São Nicolau e era reservada aos filhos dos cristãos ricos.

Said tinha a idade de Salman, era bonito como as filhas do ajudante de padeiro e meio limitado como as crianças de Marun. Depois da morte de seus pais — ele estava, então, no quarto ano —, não quis ficar nem mais um dia na escola e foi trabalhar como ajudante num *hammam* perto de Bab Tuma, a Porta de Tomás. Não havia salário, mas as poucas piastras de gorjeta que Said recebia, quando os homens ficavam satisfeitos, ele dava à mãe adotiva. Então também ela ficava satisfeita com ele.

Quando Salman pediu a Said que perguntasse ao chefe se no *hammam* não precisariam de mais um menino, o amigo se mostrou bem surpreso, como se ouvisse o pedido pela primeira vez. Passou um ano até Said avisá-lo de que o chefe queria vê-lo. Nesse dia, Salman esfregou suas bochechas pálidas com uma pedra-pomes até elas quase sangrarem. Sara observou a forma como ele se lavava na cozinha e se penteava.

— Vai se casar hoje? — perguntou.

— O supervisor das termas quer me ver. Ele não pode achar que estou doente — riu.

— Você está com medo? — perguntou ela. Salman fez que sim com a cabeça.

Com uma camiseta sem manga e um pano em torno da barriga, o supervisor parecia assustador como um samurai. Examinou Salman e, então, abanou a cabeça:

— Você disse que teria um amigo forte. Onde ele está? — perguntou para Said. — Este aqui é um palito. Se meus clientes o virem, vão pensar que somos um hospital para casos perdidos.

8.

— Arabi — disse a avó — é o sobrenome de meu marido e por isso também de seu pai. Mas eu me chamo Karima, e quando você se referir a mim diga avó Karima, e não avó Arabi. E você sabe, minha pequena, o que isso significa? — Nura fez que não com a cabeça. — Karima significa nobre, preciosa e generosa. Uma mulher precisa ser sobretudo generosa. Isso agrada aos homens, que são bastante medrosos e sempre acham que vão passar fome. Aprendi bem cedo a ser generosa, por isso você pode desejar o que quiser de mim que lhe darei. Mesmo que seja o leite de um pardal — disse ela, continuando a fazer uma pipa colorida de papel.

Quando Nura perguntou ao pai como seria o sabor do leite de um pardal, ele deu risada e disse tratar-se de uma das muitas invenções da mãe dele, e que ela deveria experimentar uma vez.

A mãe de Nura, por outro lado, ficou furiosa:

— Que absurdo vem dizendo sua mãe? Pardais põem ovos e não dão leite. Essas mentiras na cabeça estragam a menina — disse, virando os olhos.

Na visita seguinte, Nura desejou, então, leite de pardal. A avó desapareceu na cozinha e voltou com um copo com leite arroxeado.

— Esse pardal picou muitos frutos hoje — disse ela. O leite tinha um sabor bem doce e cheirava a frutos escuros damascenos.

A ruela da avó Karima tinha um cheio bom. Da padaria, que não ficava longe de sua casa, emanava sempre cheiro de pão assado fresco. A especialidade desse pequeno padeiro era um pão pita fino, com meio metro de diâmetro. O pão era barato. Camponeses e trabalhadores compravam em grandes quantidades. Os pais de Nura não gostavam; diziam ter gosto de queimado e ser salgado demais.

Porém, sempre que ela estava na casa da avó, esta buscava um pão pita fresco e as duas o comiam juntas, sentadas na grande mesa, assim puro, sem outros ingredientes. O avô ria delas quando as via.

— Como se não tivéssemos nada para comer — protestava —, vocês se sentam como faquires indianos e comem pão puro.

— Uma menina — dizia a avó — precisa aprender cedo a se alegrar com pequenas coisas. Os homens não conseguem isso.

Nura queria ir à casa da avó Karima sempre que pudesse, mas quando ainda era pequena precisava esperar seu pai levá-la. A mãe raramente visitava os sogros. Sempre que Nura queria ir lá, a mãe ficava com enxaqueca e pedia ao pai para ir sozinho com a filha.

Mesmo anos depois, Nura se lembrava da avó e da pequena casa dela. O pátio interno era uma selva só com plantas pululantes. Cadeiras e bancos estavam escondidos atrás de uma cortina de trepadeira de jasmim e pequenas laranjeiras, aloendros, rosas, hibiscos e outras flores, plantadas em vasos colocados sobre um suporte de madeira pintado de verde. Assim que Nura chegava à casa da avó, a velha senhora se apressava para amarrar um ramo florido de jasmim e colocá-lo sobre a cabeça.

O avô era um homem pequeno, muito velho e quieto, que se sentava em algum lugar desta selva e lia ou rezava suas orações. Seu rosto e suas orelhas salientes pareciam com os do pai dela, e sua voz era ainda mais fina e alta.

Uma vez, ela surpreendeu o avô ao ler para ele as manchetes do jornal.

— Então você já sabe ler! — disse ele, perplexo.

Ela não sabia mais quando exatamente aprendera a ler, mas já lia com fluência quando entrou, aos sete anos, no primeiro ano da escola.

A cada visita, a avó fazia uma pipa de papel colorido para Nura. Suas pipas eram muito mais bonitas do que as vendidas pelo merceeiro Abdo. Em todo passeio, ela soltava pipa e acabava no meio de uma multidão de meninos, que lhe imploravam para puxar uma vez o cordão e desenhar com a pipa belas curvas no céu.

A mãe ficava horrorizada e se envergonhava, pois soltar pipa era uma brincadeira de meninos e não de meninas. Seu pai só ria, mas quando Nura fez dez anos ele a proibiu.

— Você é agora uma jovem dama, e uma dama não precisa de pipas de papel — disse.

Ainda mais apaixonadamente do que cultivar flores ou fazer pipas, a avó cozinhava marmeladas. Ela preparava não só geleias de damasco, ameixa e marmelo, usuais na cidade, mas fazia doce com tudo que caía em sua mão: rosas, laranjas, laranjas azedas, ervas, uvas, figos, tâmaras, mirabelas e figos de cacto.

— Com geleias você adoça a língua dos amigos e inimigos, para que falem menos coisas amargas sobre você — afirmava ela.

Um dia, Nura procurou o avô para lhe mostrar, orgulhosa, seu novo vestido; mas não o encontrou em nenhum lugar. De repente, lembrou-se das palavras de sua mãe, que não tocava em nenhuma marmelada da sogra e confidenciava à vizinha Badia que a avó seria uma bruxa, suspeitando que ela fizesse geleias com sapos, cobras e aranhas.

— Onde está o vovô? — perguntou Nura, receosa. — Você fez geleia dele?

A avó sorriu.

— Não, ele partiu para uma longa viagem — disse ela, correndo para a cozinha.

Quando Nura foi atrás, viu que a avó chorava miseravelmente. E mesmo mais tarde não conseguiu entender que a morte levara seu avô de forma tão silenciosa que ela nem notara.

No mais tardar aos dez anos, Nura deixou de ter qualquer esperança de brincar com as crianças da rua. Como eram inofensivas! Mas ela não podia brincar nem uma vez com elas, pois sua mãe sempre a chamava.

Ela, então, começou a se interessar por livros. E o pai, quando voltava da mesquita, lia para a filha o que ela desejava. Um dia, ele lhe mostrou como se escreviam as letras. E ficou impressionado ao notar como ela aprendeu rápido a ler e a escrever. A menina devorava tudo e observava todas as ilustrações que encontrava nos livros da grande biblioteca do pai. Uma vez, surpreendeu o pai com um poema, um elogio à criação, que aprendera de cor. Isso o impressionou tanto que ele começou a chorar.

— Sempre sonhei com uma criança assim. Deus é piedoso comigo — disse e a beijou, arranhando a bochecha dela com sua barba rala.

Até então a mãe reclamava sempre que Nura subia à mansarda:

— Para que uma menina precisa de todos esses livros empoeirados?

Mas, quando o marido chamou o amor de Nura pelos livros de "graça divina", ela não ousou mais fazer piada a respeito.

Nura lia devagar, pausadamente e alto. Ela sentia as palavras sobre a língua e escutava a melodia de cada palavra. Com o passar dos anos, desenvolveu a intuição de como pronunciar cada palavra para que soasse bem. Desta forma, se acreditarmos no que conta o pai, antes mesmo de entrar na escola ela já sabia recitar passagens do Corão e poemas melhor do que um aluno do quinto ano.

Nura contava os dias do verão que ainda a separavam da escola, assim como um prisioneiro conta os últimos dias antes da almejada liberdade.

Mas naquela época havia poucas escolas para meninas em Damasco. As melhores eram as dos cristãos, e perto da casa de Nura havia uma escola muito distinta, dirigida por freiras. Mas a mãe ameaçou abandonar a casa ou se matar caso a filha fosse mandada para os infiéis. O pai ficou furioso, houve muitas lágrimas e gritos, e finalmente concordaram com a melhor escola muçulmana, situada longe, no nobre bairro de Suk-Saruja.

Em agosto, então, ficou decidido que ela frequentaria essa escola. E daí veio a maior surpresa.

Um dia, o pai contou alegremente que seu bom e fiel amigo Mahmud Humsi lhe teria dito na mesquita que também sua filha Nádia iria para essa escola no bairro de Suk-Saruja e, para isso, pegaria o bonde.

A mãe de Nura quase desmaiou. Chorava e acusava o marido de brincar imprudentemente com a vida da filha. Ele confiaria a vida de uma delicada menina a um monstro de ferro motorizado. Como seria se alguém a sequestrasse, já que era uma menina tão bonita?

— Ninguém consegue sequestrar um bonde. Ele anda sempre sobre os mesmos trilhos, e o número 72 tem um ponto na rua principal a apenas 25 passos de nossa porta, exatamente à mesma distância da casa de meu amigo Humsi.

Nura poderia sair voando de tão leve e feliz que se sentia. À noite, foram à festa da circuncisão na casa da rica família Humsi. Nura iria conhecer sua futura colega Nádia.

A casa estava cheia de convidados. Nura segurava firme a mão de sua mãe. Toda hora a menina recebia um afago nas bochechas e na cabeça de pessoas que não conhecia. Só a vizinha gorda Badia e seu marido lhe eram familiares.

Em seu vestido de veludo vermelho, Nádia parecia uma princesa. Ela pegou Nura nas mãos e a puxou pela multidão, levando-a para um canto onde muitos doces se empilhavam como grandes pirâmides.

— Pegue. Logo os adultos vão deixar só migalhas — disse ela e puxou um bolinho recheado com pistaches de uma das pirâmides.

Nura estava excitada. Até então, jamais tinha visto tantas pessoas e uma casa tão grande. Todos estavam alegres, o clima era de festa. Pela primeira vez ela ouvira falar sobre a festa de *Tuhur*, o ritual da circuncisão. Nádia lhe explicou que assim seu irmão se tornaria um muçulmano puro e verdadeiro.

As mesas se curvavam sob o peso das guloseimas, como se os anfitriões tivessem medo de que os convidados pudessem morrer de fome. Nura logo sentiu muito apetite ao olhar para essas pirâmides de pastéis doces de massa folhada, com nozes e açúcar, mas estava muito tímida e não tocou em nada, enquanto Nádia se enchia com um pedaço atrás do outro.

De repente, houve uma agitação e algumas mulheres cochicharam, excitadas:

— Ele está chegando, ele está chegando.

Nura viu, então, o barbeiro Salih, que tinha seu negócio na rua principal, perto da loja de doces de Elias. Era um homem alto e esguio, sempre bem barbeado, os cabelos com gel penteados para trás. Trajava sempre um avental branco e tinha cinco canários, que gorjeavam como uma orquestra. Às vezes, quando ele estava sem freguês, Nura o via imitando um maestro.

O senhor Salih retribuía os cumprimentos dos homens com um aceno elegante. Carregando a mala na mão direita, andou para o final do enfeitado pátio interno. Nesse momento, Nura viu um menino pálido com roupas coloridas. Muitas crianças abriam caminho até ele. Ele não era muito mais velho do que ela.

— Você fica aqui — disse a mãe de Nura, enquanto se infiltrava, junto com Nádia, pelas fileiras de adultos, que mantinham respeitosamente distância uns dos outros; e ela já estava quase chegando à fileira da frente.

Um homem, provavelmente um tio, pediu às crianças para ampliarem a roda para que não atrapalhassem o barbeiro em seu trabalho.

— Não tenha medo — disse o barbeiro —, só quero ver qual é seu tamanho, para costurar camisa e calças para você.

— Por que um barbeiro faz camisa e calças? Por que não a Dália, a costureira? — perguntou Nura para Nádia.

Esta não ouviu a pergunta, mas observava atentamente o homem que fora chamado pelo barbeiro para tirar as medidas para os sapatos. Era o mesmo homem que mandara ampliar o círculo em torno do menino e do barbeiro. Ele chegou por trás do menino, agarrou suas pernas e braços para que este, que agora começava a chorar, não pudesse se mexer. Como se fossem instruídos por um regente, os adultos começaram a cantar alto e, ao mesmo tempo, a bater palmas, de modo que ninguém podia ouvir os gritos de socorro do menino. Só Nura o ouviu chamar pela mãe.

O barbeiro tirou uma faca afiada de sua mala. Um menino ao lado de Nura gemeu e pôs a mão sobre o colo, como se ali alguma coisa nele estivesse doendo, e se escondeu nas fileiras de trás. O que foi cortado Nura não conseguiu ver, mas o irmão de Nádia chorava copiosamente. Quando olhou ao seu redor, apenas ela e um outro menino pálido estavam na primeira fileira.

Também Nádia se retirara para trás.

Agora, duas mulheres enfeitavam a cabeça do menino com uma coroa de flores e lhe davam dinheiro. Mas, mesmo assim, ele parecia deplorável. Todos o aclamavam. Nura lhe afagou a mão quando ele passou por ela, carregavam-no para um quarto mais tranquilo, no primeiro andar. O jovem a olhou com olhos debilitados, e um sorriso enfraquecido riscava sua boca.

Só no primeiro dia a mãe de Nura acompanhou as duas meninas à escola; a partir do segundo, foram sozinhas. Nádia se sentava sempre quieta e fitava, de forma desinteressada, as ruas por onde passava o bonde. Nura, ao contrário, vivia uma aventura quase que diariamente.

Nádia era uma menina quieta, um pouco rechonchuda, com cabelos ruivos. Ela não gostava nem de escola nem de livros. Por ela, casaria já aos sete anos e teria trinta filhos. Também nunca queria brincar. Achava infantis todas as brincadeiras das meninas na escola e na vizinhança. Já Nura brincava sempre que podia.

Além de pular corda, Nura gostava de duas brincadeiras. Uma era esconde-esconde. Seu pai era da opinião de que Adão e Eva teriam sido os primeiros a brincarem disso, quando se esconderam de Deus depois de terem provado o fruto proibido.

Quando Nura se escondia, imaginava-se sendo Eva e que quem a procurava era Deus.

Hanan, uma colega de classe muito esperta, inventara a segunda brincadeira de que Nura gostava. Duas alunas ficavam de frente uma para outra; uma defendia as mulheres, a outra, os homens.

Uma enumerava tudo que era ruim, mau e masculino; a outra revidava cada frase com o correspondente feminino.

— O diabo é um homem e também o caixão — começava a primeira.

— A vergonha é uma mulher e também a peste — respondia a segunda.

— O cu é um homem e também o peido — murmurava a primeira, e as alunas próximas riam baixinho.

— A tortura é uma mulher e também a ratazana — revidava a outra.

A brincadeira seguia longe, até uma cometer um erro ou não conseguir responder rápido o suficiente. Isso decidia uma terceira menina, a quem chamavam de juíza. Se depois de muito tempo nenhuma das duas vencesse, a juíza levantava a mão, girava a palma da mão para a esquerda e a direita, num sinal de alteração. Agora valia apenas enumerar o melhor, mais bonito e mais nobre.

— O céu é um homem e também o Sol — exclamava a primeira.

— E a virtude é uma mulher e também a estrela — e assim por diante, até que uma vencesse ou a juíza levantasse a mão e a girasse, deixando que pintassem o homem e a mulher com cores sombrias.

Nádia não via graça em nada disso. Com esforço, arrastou-se até o final do quinto ano; depois largou a escola, tornou-se cada vez mais gorda e, aos dezesseis, casou-se com o primo, um advogado que montou seu moderno escritório com o dote pago pelo sogro rico. Mais tarde, Nura ouviu dos vizinhos que Nádia não tivera nenhum filho. Mas o marido não quis se separar dela por causa disso, como era costume. Ele a amava.

A partir do sexto ano, Nura foi sozinha para a escola e logo percebeu que nem sentia falta de Nádia.

Ela gostava do cobrador em seu belo uniforme cinza e de sua caixinha com os bilhetes. O controlador, que aparecia uma vez por semana e perguntava gentilmente pelas passagens, trajava um uniforme azul-escuro. Parecia um rei, trazia anéis de ouro em cada mão, e, por muito tempo, Nura achou que ele era o dono do bonde.

Dois pontos depois, subia diariamente um senhor velho com terno escuro. Ele tinha mais de setenta anos e possuía um aspecto nobre; era grande e magro, estava sempre vestido de forma elegante e limpa e trazia uma bengala fina com um castão prateado. Nura logo descobriu por que nem o cobrador nem o controlador exigiam que o barão Gregório comprasse um bilhete. Ele era louco. Acreditava piamente conhecer os segredos de Salomão, menos um; e quando conseguisse desvendar esse segredo iria se tornar o rei do mundo. Até lá, porém, qualquer um poderia chamá-lo de barão. Era armênio, tinha uma mulher e um filho, um ourives e relojoeiro famoso em Damasco.

O barão andava o dia todo pela cidade e, com uma bênção, distribuía a passantes e passageiros os cargos do mundo que ele governaria mais tarde. Quando alguém se curvava à sua frente, fingindo reverência, e o tratava por "excelência", o barão sorria:

— Dou-lhe de presente o Egito. E pode levar a Líbia junto — dizia, batendo bondosamente nos ombros do gozador. Ele podia, em qualquer restaurante ou café, comer e beber sem pagar, quanto e o que quisesse; em todo quiosque lhe davam os cigarros mais caros.

— Para o senhor, barão, é de graça; mas, quando descobrir o segredo, lembre-se da minha modesta pessoa.

— Com certeza, meu caro. Você poderá imprimir as notas bancárias e, à noite, depois do trabalho feito, poderá imprimir umas a mais para você.

Como Nura ficou sabendo pelo pai, o filho pagava semanalmente todas as despesas do barão, e era tão agradecido e educado que algumas lojas até cobravam menos do que o devido.

— É, ele é louco, mas vive exatamente aquilo que outras pessoas só podem sonhar e para o qual elas passam a vida se matando de trabalhar — disse uma vez o cobrador a um passageiro quando este quis caçoar do barão.

O barão descia um ponto antes da escola de Nura, depois de se despedir majestosamente. Em sua honra, o maquinista tocava o sino duas vezes. O barão se virava e acenava. A palidez de sua mão e a lentidão de seus gestos lhe conferiam grande dignidade.

Às vezes, por curiosidade, Nura ia até a estação final e voltava para a escola. O cobrador fazia vista grossa.

— Esquecemos de tocar a campainha no seu ponto — dizia ele, e ela sorria com o coração batendo. Ela explorava bairros que nem mesmo a mãe conhecia. Mas não podia lhe contar nada, pois a mãe sempre esperava pelo pior e, por isso, estava todo dia no ponto, cheia de preocupação, para buscá-la.

Foi assim do primeiro ao último dia de aula de Nura.

A escola de Nura ficava no elegante bairro de Suk-Saruja. O prédio era uma obra de arte da arquitetura árabe. Uma construção charmosa, com um pátio interno cujo centro era enfeitado por uma fonte suntuosa. As janelas eram decoradas com molduras de vidro colorido, e as arcadas protegiam as estudantes, durante os intervalos, do sol escaldante e também da chuva. Cerca de duzentas alunas frequentavam a escola, do primeiro ao nono ano.

Pouco depois de Nura passar no exame de conclusão do ensino médio, o prédio foi derrubado e, em seu lugar, foi erguida uma construção moderna, de mau gosto, que alocava muitas lojas e um grande depósito de aparelhos domésticos.

A classe de Nura tinha dezoito alunas. Cada uma era um mundo, mas se mantinham unidas como se fossem irmãs.

Na escola, Nura descobriu ter uma voz bonita. Cantava muito e com prazer; também a mãe gostava de sua voz. O pai a admirava e passou anos adestrando a respiração dela. Ele mesmo não tinha uma boa voz, mas era mestre na arte de respirar.

A aula preferida de Nura, porém, era a de religião.

Não apenas porque o professor era um jovem xeque, aluno de seu pai e um dos mais entusiasmados admiradores dele, mas também porque era um homem maravilhoso. A pronúncia de Nura o surpreendia, e o professor a chamava para recitar textos do Corão. Ela cantava os versos com todo seu coração, e algumas meninas até choravam. Ele a afagava na cabeça, agradecidamente, e esse contato a atingia como um raio. Nura ardia. Logo ficou sabendo que não só ela, mas toda a classe estava apaixonada pelo jovem xeque.

Anos mais tarde, Nura ainda tinha boas lembranças da época de escola. Exceto uma experiência amarga. No sétimo ano, ela era a melhor em todas as matérias. Só em matemática tinha problemas. Não gostava do novo professor Sadati de jeito nenhum. Para ela, geometria era uma catástrofe e tanto. Os mais simples cálculos dos ângulos ou dos lados de um triângulo se tranformavam num labirinto que nunca levava ao resultado correto. A classe toda era ruim em matemática, mas para Nura essas aulas eram uma verdadeira sauna. Seu coração disparava.

Até que aconteceu o esperado. Um dia, o professor Sadati estava mal humorado por algum motivo e escolheu justamente Nura para ir à lousa e explicar todas as regras da geometria até então aprendidas, através de exemplos claros. Nura desejou para si a morte imediata; e para o professor, a peste.

Ela ficou muda até a primeira pancada com o bastão de bambu atingir sua mão, depois de cortar o ar, apitando. Seu coração parou. Outras pancadas seguiram nas pernas e nas costas, até ela entender que deveria ficar com as mãos abertas e estendidas. Não sentia mais a sova que chovia sobre ela. Através do véu de lágrimas, viu que a classe toda estava como que petrificada. Algumas meninas choravam alto e pediam ao professor para parar, mas este só parou quando não tinha mais fôlego.

Em casa, Nura foi repreendida pela mãe, mas o pai protegeu a filha. Disse que Sadati era um burro e não um professor. Ele conhecia Sadati, seu pai e seu tio, uma manada de burros. Nura respirou, aliviada.

— Eu o odeio — afirmou Nura ao pai. — Eu o odeio...

— Não, minha filha — disse o pai, tranquilamente. — Deus não gosta dos rancorosos, só quem ama Ele protege com sua misericórdia ilimitada. Tenha pena do cérebro subdesenvolvido de Sadati. Ele seguiu a profissão errada, isso é grave o suficiente para ele.

Um ano depois o professor desapareceu. Ele descarregara a raiva numa aluna do sexto ano, sem saber que o pai era um alto oficial do serviço secreto. O Ministério da Educação o transferiu para o Sul — uma catástrofe para Sadati, pois se havia algo que ele odiava eram os camponeses do Sul.

Nura podia frequentar o colégio só até o ginásio, uma outra escola seria responsável pelo exame final. A mãe se revoltou contra essa ideia. Derrotou o pai com doenças e lágrimas. Ameaçou se matar caso continuasse se torturando com o medo que tinha do futuro de Nura.

Dizia que, para viver, uma mulher precisaria não de conhecimento, mas de um marido que lhe desse crianças; e, se ela soubesse costurar e cozinhar um pouco e fazer de seus filhos bons muçulmanos, isso seria mais do que esperavam dela.

O pai cedeu. Esta foi a primeira fissura na confiança que Nura tinha no pai e até a sua fuga, mais tarde, outras rachaduras se somariam. Confiança é frágil como vidro e, como este, não pode ser consertada.

A mãe se animou com a ideia de Nura se tornar costureira; aos quinze anos, então, Nura teve de aprender com a costureira Dália, cuja casa ficava na ruela das Rosas, no mesmo bairro.

Quase ao mesmo tempo, uma nova família se mudou para a segunda casa. O velho proprietário morrera dois anos antes; a viúva vendera a casa e fora para o Norte, onde vivia uma sobrinha. O novo proprietário trabalhava na usina elétrica. Ele tinha uma esposa pequena, muito gentil, e quatro meninos, que trouxeram à ruela muito riso, pois ficavam muitas vezes à frente da entrada da casa fazendo piada. Eram muçulmanos, mas brincavam à vontade com cristãos, com quem se entendiam bem. Com Nura, foram muito educados desde o começo; ela se sentia atraída por eles. Fazia piada com eles e gostava de ouvir suas histórias da África, cheias de aventuras. Os meninos tinham vivido muitos anos em Uganda e, quando a mãe não aguentou mais, o pai pediu demissão de um emprego muito lucrativo e veio para Damasco. Desde que a mãe pisara solo damasceno, não ficou mais doente.

Nura gostava sobretudo do segundo filho mais velho, Murad. Este tinha sempre um perfume particular e, quando sorria, ela tinha vontade de abraçá-lo.

Meio ano depois, ele confessou ter se apaixonado por ela já no primeiro dia. Murad era quatro ou cinco anos mais velho que Nura. Era quase tão bonito quanto Tamin e pela primeira vez, depois de muito tempo, ela voltou a sentir que seu coração dançava no peito ao olhar para um jovem.

Uma vez, quando seus pais não estavam em casa, Nura ousou encontrá-lo atrás da porta de casa. Colocou duas cebolas num saco de papel. Caso seus pais voltassem mais cedo para casa de forma inesperada, Murad pegaria as duas cebolas, pelas quais ele fingiria ter vindo, agradeceria gentilmente e sairia. No corredor escuro podiam ouvir cada passo na ruela. Tremiam de excitação. Nura sentiu pela primeira vez um longo beijo sobre seus lábios. Murad era experiente. Ele tocou seus seios e lhe assegurou que jamais faria algo imoral com ela.

— Isso uma mulher não pode fazer antes do casamento — disse ele. Ela achou absurdo e riu.

No próximo encontro, ele desabotoou seu vestido e chupou seus mamilos. Ela sentiu um arrepio e mal conseguiu ficar de pé. Ele sempre voltava a murmurar:

— Não tenha medo, isso é inofensivo.

Uma vez, Murad lhe perguntou se ela o amava e se o esperaria até ele terminar sua formação como barbeiro. Então se casariam e ele abriria uma barbearia no bairro.

— Um salão supermoderno — acentuou.

Nura ficou espantada com a pergunta. Reiterou que não só estaria disposta a esperar, mas também a morrer por ele. Murad riu, afirmando que isso lembrava canções sentimentais egípcias, que ela devia permanecer viva e recusar o próximo pedido de casamento. Ela era tão linda, e meninas assim não teriam longa durabilidade.

Como Nura poderia convencê-lo de seu amor infinito? Anunciou-lhe que queria ir até ele àquela noite e que não se importaria com nenhum risco.

Murad não acreditou. Ela não deveria dramatizar, disse ele, de forma paternal.

Isso magoou Nura.

— Hoje, depois da meia-noite, quando o relógio da igreja bater uma vez, estarei sobre o telhado de sua casa — disse ela.

Ele afirmou que ela seria uma menina maluca, mas que se fosse realmente iria amá-la em cima do telhado.

— Não sou louca, eu amo você.

Não foi difícil, bastava pular só uma fenda. Estava gelado, mas ela sentia um calor interior e ansiava por se apertar nele.

Murad não estava lá. Ela não conseguia entender. Ele só precisava subir até o telhado a escada do primeiro andar, onde ficava seu quarto. Nura esperou ao lado das pipas escuras, nas quais a água esquentava durante o dia, sob o sol escaldante. Encostou-se nos recipientes quentes e esperou.

O jovem não apareceu. O tempo se arrastava. Para ela, cada quarto de hora que se despedia com uma batida do relógio da torre parecia uma eternidade.

Só quando o relógio da torre da igreja bateu duas vezes, ela se levantou. Os joelhos doíam e as mãos estavam congeladas. O vento soprava forte e frio naquela noite de março. Nura viu a sombra de Murad na janela do quarto. Ele acenava e ela pensou que a chamava; seu coração quis ir até ele, mas então percebeu que o aceno significava que ela deveria ir embora. Uma opressora escuridão caiu de repente sobre ela. Seus pés descalços se tornaram mais pesados do que chumbo. Voltou rastejando sobre o telhado e parou sobre o enorme abismo que a separava do telhado de sua casa. Olhou para baixo: em algum lugar na profundeza infinita tremulava uma lâmpada fraca.

Nura começou a chorar e quis pular, mas estava, ao mesmo tempo, paralisada de medo.

Encontraram-na na manhã seguinte, com um aspecto infeliz, e a levaram para casa. Sua mãe começou a chorar alto:

— O que as pessoas vão pensar de nós, menina? O que vão pensar de nós?

Ela gritou e chorou tanto até o pai resmungar:

— Pare de se lamentar! O que podem pensar quando uma menina tem febre e anda como uma sonâmbula?

— Seja o que for, sua filha precisa estar o quanto antes sob a proteção de um forte marido — disse a mãe.

O pai considerou que Nura era jovem demais; porém, quando a mãe lhe disse que ele não a achara jovem demais com seus dezessete anos, o homem concordou.

Duas semanas depois, Nura viu Murad de novo. Estava pálido e lhe deu um sorriso. Mas, quando ele perguntou se ela poderia emprestar duas cebolas para a mãe, Nura cuspiu nele com total desprezo.

— Você é uma louca — disse ele, assustado —, uma louca.

9.

Anos depois, Salman se lembraria também dos detalhes dessa manhã. Faltava pouco para a Páscoa. Benjamim trouxera, como sempre, dois pães pita e, pela primeira vez, cigarros. Foram com Voador até o rio e lá Benjamim acendeu o primeiro cigarro; deu algumas tragadas fortes, tossiu e cuspiu, passando-o em seguida para Salman. Este aspirou a fumaça e tossiu até os olhos saltarem. Tinha a sensação de que suas entranhas pulariam para fora. Voador o olhou, desconfiado, e ganiu.

— Não, isso não é para mim. Tem o cheiro de meu pai — disse, devolvendo o cigarro para o amigo.

— Então como você quer virar um homem? — perguntou Benjamim.

— Sei lá! Mas fumar eu não quero — respondeu Salman, continuando a tossir. Pegou um pequeno galho do chão e o jogou no rio, para levar Voador a outros pensamentos.

Benjamim estava mal humorado, pois soubera nessa manhã que sua infância iria acabar: em breve ele teria de se casar com uma prima. Benjamim odiava essa prima, mas ela teria recebido uma grande herança e o pai dele queria, finalmente, pagar suas dívidas.

Mas Salman não sabia nada disso; sabia apenas que Benjamim estava irritado e queria forçá-lo a fumar. Quando recusou, Benjamim falou alto, furioso:

— Não suporto meninos que não são companheiros. São uns dedos-duros. Na semana passada, você não quis apostar uma punheta e hoje não quis fumar. Você é um covarde, um peidinho fedorento.

Salman quase chorou, pois percebeu que estava perdendo seu único amigo.

Nesse momento, ouviu Voador latir como um louco.

O rio estava muito cheio naquela primavera e aquele pequeno fio de água se tornou uma corrente torrencial, que inundara a margem, levara várias árvores e cabanas e destruíra uma ponte perto do grande jardim de damascos da família Abbani.

Salman pulou, aflito, e viu como Voador lutava desesperadamente para chegar à margem. Ele segurava o braço de um homem afogado e nadava na transversal para evitar a forte corrente. Mas com isso ele se afastava cada vez mais. Salman gritou por Benjamim e correu. Atrás da ponte destruída, Voador puxou um pequeno homem desmaiado para a beira. Quando Salman chegou, o cão estava em água rasa e abanava o rabo. O homem estava deitado de costas. Parecia machucado na cabeça.

— Venha, me ajude — gritou Salman para Benjamim, que parara a uma certa distância e observava a cena.

— Vamos embora, o homem está morto e nós só vamos ter aborrecimento — revidou Benjamim. Salman sentiu o ódio subir pelo corpo.

— Venha, me ajude, seu imbecil. Ele ainda está vivo! — gritou, desesperado.

Voador pulou ao seu redor e latiu, como se também pedisse a ajuda de Benjamim, mas este já desaparecera na espessura dos salgueiros, cujos galhos pendiam para a água como uma cortina verde.

Foram as últimas palavras que Salman trocou com Benjamim. Mais tarde, decepcionado, evitou qualquer encontro com ele e soube apenas que se casara com a prima e se mudara para Bagdá. Mas isso aconteceu só dois ou três anos depois.

Então, Salman puxou sozinho o homem para solo seco e tentou trazê-lo de volta à vida. Bateu-lhe no peito e lhe deu uns tapas nas bochechas. De repente, o homem abriu os olhos e começou a tossir. Olhou, confuso, para Salman e Voador.

— Onde estou? Quem são vocês?

— O senhor estava no rio, o cachorrou o salvou. Ele nada muito bem — disse Salman, excitado. — O senhor quase se afogou!

— Eu sou um azarado. Eles me pegaram e quiseram me matar.

Karam — este era o nome do homem que fora salvo — contava em seu café, anos depois, que teria duas vidas: a primeira, ele devia à sua mãe; e a segunda, a Salman e Voador.

A partir de então, Salman passou a trabalhar sete dias por semana com Karam, que possuía um belo café no elegante bairro de Suk-Saruja.

Karam nunca revelava por que o teriam espancado até a inconsciência e o jogado no rio. Salman só ficou sabendo por um dos empregados do café que isso teria a ver com um relacionamento.

— Isso significa — disse-lhe Sara, a onisciente — que por trás estão uma mulher e vários homens, que não permitiram ao seu amigo se deitar com ela embaixo de um cobertor.

— Como assim, embaixo de um cobertor? — perguntou Salman.

— Ah, não! Não me diga que você não faz ideia do que mulheres e homens aprontam um com o outro na escuridão? — indignou-se Sara.

— Você quer dizer que eles fizeram amor e por isso jogaram Karam na água?

Sara assentiu com a cabeça.

Salman não conseguiu dormir por toda a noite. Por que uma pessoa arriscava a vida para amar uma mulher?

Ele não achou resposta alguma.

Quando perguntou a Karam, cheio de preocupação com sua própria sorte, se ele voltaria a encontrar a mulher, este o fitou com olhos grandes.

— Mulher? Que mulher?

— Aquela, pela qual o jogaram na água — disse Salman, preocupado com o fato de que Sara talvez tivesse se enganado.

Karam sorriu de forma singular:

— Ah! Ela? Não, não vou encontrá-la nunca mais — afirmou, mas Salman percebeu em sua voz que isso era apenas a embalagem de uma mentira.

Só um ano depois ele ficaria sabendo da verdadeira história e teria a certeza de que Sara estava, nesse caso, totalmente enganada.

O café se tornou sua segunda casa. Salman não recebia salário, mas a gorjeta era suficiente, resultando, ao final do dia, mais do que seu pai ganhava como mestre serralheiro. Frequentemente, ele ganhava gorjeta com encomendas para as casas elegantes do bairro: refrigerantes, pequenas refeições, tudo que era necessário para a fome repentina ou convidados inesperados — em Damasco, era raro as pessoas anunciarem sua visita.

Salman não gostava dos outros dois empregados do café. O mais velho, que se chamava Samih, era um anão amargurado e enrugado. Darwich, o mais jovem, era elegante e estava sempre bem penteado e barbeado; tinha um caráter tranquilo, um andar macio e uma voz fina de mulher. Só mais tarde Salman percebeu que Darwich era gentil como uma freira, mas venenoso como uma serpente. Samih dizia que, quando Darwich oferecia a mão para um cumprimento, deviam verificar depois se todos os dedos continuavam lá.

Os dois empregados tinham de dividir agora com Salman todos os pedidos vindos da vizinhança e das mesas no café. Mas não podiam fazer nada contra ele, pois sabiam do amor do patrão por esse jovem ossudo com orelhas de abano. Eles tentavam interpretar suas próprias explicações sobre por que o chefe protegia o menino, mas as guardavam para si, pois conheciam Karam e sua falta de piedade.

Mas até Salman deixar o café, no outono de 1955, os dois não pararam de aborrecê-lo e de lhe pregar ciladas para ele não pegar os melhores clientes, que davam gorjeta em abundância.

Para Salman, porém, isso não tinha importância, pois ele causava pena a qualquer um; e como era a educação e a gentileza em pessoa até o mais sovina e avarento amaciava à sua frente e lhe dava gorjeta.

Mas o que mais irritava os dois era o privilégio que Salman ganhara já depois de uma semana. Ele podia ir à casa de Karam. Uma ou duas vezes por semana, o chefe o mandava comprar coisas e levá-las para casa.

Karam morava num lugar arborizado, perto do monte Qassiun, que zela por Damasco a noroeste da cidade. Jardins bem cuidados, com frutas, mirto e figos de cacto cercavam as poucas casas. A casa de Karam ficava perto da praça Chorchid, chamada apenas de "praça da estação final", pois ali findava a linha de bonde.

Árvores de maçã, damasco e mirto preenchiam metade do jardim de Karam; figos de cacto e rosas formavam uma densa proteção visual ao longo das cercas e mesmo da casa se ouvia o murmúrio do rio Yazid, do qual Karam tirava água à vontade com uma bomba manual.

Karam herdara essa casa com jardim abundante de uma tia sem filhos e morava ali sozinho.

Do portão do jardim, atravessando um caminho cercado de arbustos de aloendro e subindo três degraus, chegava-se à entrada da casa, cuja porta de madeira era uma obra de arte do artesanato damasceno.

Um corredor escuro separava a casa em duas metades e desembocava, ao final, no dormitório. Do lado direito, havia uma grande cozinha e um banheiro mínimo; à esquerda, ficavam uma sala espaçosa e um quarto claro, com uma janela para o jardim.

O dormitório no final do corredor não tinha janela. Sempre cheirava um pouco a mofo. Karam tentava encobrir o cheiro com diversas fragrâncias, mas isso só piorava. De toda forma, não gostava de que entrassem no seu quarto.

Salman estranhava isso. No apartamento de seus pais, não havia essas separações. Em todo quarto eles tomavam banho, cozinhavam, moravam e dormiam.

— Meu quarto é o meu templo — disse Karam uma vez.

E realmente o quarto cheirava, às vezes, a incenso. O empregado mais velho do café, Samih, asseverava que não seria incenso, mas haxixe, que Karam fumaria à noite em quantidades enormes.

Um dia, quando Salman teve de levar as compras para a casa de Karam e se viu lá sozinho, a curiosidade o levou ao dormitório. Uma grande cama de casal, de madeira escura, era a peça central do quarto, aliás monótono. Atrás da cama, porém, Karam erguera um pequeno altar com fotografias. Quando Salman acendeu a luz, descobriu que todas as fotos mostravam uma só pessoa: Badri, o barbeiro e *bodybuilder*, que vinha sempre ao café e ocupava uma mesa só para seus músculos.

Esse homem aparecia nas fotos em todas as posições possíveis, sorrindo ou mostrando seriedade exagerada, vestido ou trajando um maiozinho justo, com ou sem troféu na mão. O homem-músculo treinava diária e obstinadamente num clube de *bodybuilding* e vivia exibindo sua figura. Peito, braços e pernas eram depilados como nas mulheres. Sua pele era queimada de sol; seu olhar, estúpido.

Todo dia Salman tinha aula com Sara, em seguida trazia para Voador restos de carne que comprava no açougueiro por pouco dinheiro, e então brincava com o cão na fábrica de papéis abandonada até ficarem exaustos.

Salman dava sempre dinheiro à Faise para que cozinhasse coisas gostosas para a mãe, pois o que o pai pagava só era suficiente para ela não morrer de fome. O dinheiro que sobrava Sara guardava para ele num esconderijo seguro. Ela era de confiança, mas exigia dele um grande sorvete de pistache por mês. Chamava isso de juros. Só anos depois, Salman pôde corrigi-la e mudou o nome do sorvete para taxa bancária. Ele, porém, gostava de lhe pagar o sorvete, não só porque amava Sara e a mãe dela, mas também porque não tinha nenhum esconderijo em casa.

Quase dois anos depois, economizara tanto dinheiro que pôde fazer uma surpresa para a mãe. Desde a infância de Salman, a mãe tinha o costume louco de lhe dizer, pouco antes da Páscoa:

— Vamos, Salman. Vamos comprar roupas novas para a Páscoa, como fazem as pessoas elegantes.

Naquela época, quando era pequeno, ele se deixava enganar. Pensava que o pai teria dado dinheiro a ela. Lavava o rosto, penteava-se e ia com a mãe para o Suk al Hamidiye, onde havia muitas lojas com roupas finas nas vitrines.

Salman se alegrava, pois seus sapatos, que usara durante todo o inverno, estavam furados e amolecidos embaixo e duros como osso em cima. Os sapatos dos pobres seriam feitos como aparelhos de tortura, para que eles pagassem os pecados e fossem para o céu, dizia Mahmud, empregado da padaria próxima, batendo nos sapatos que lhe esfolavam os pés. O couro parecia madeira.

A ânsia por sapatos melhores dava, ano a ano, esperança a Salman. Assim ele passeava com a mãe pelo *suk*. Ela parava à frente das vitrines coloridas e parecia se descomedir ao olhar um vestido, soltando gritos animados; quando via um traje infantil ou um par de sapatos, examinava Salman, como se quisesse tomar as medidas ou conferir se a cor lhe caía bem, para então seguir em frente. Depois de uma hora, Salman ficava cansado:

— Mãe, quando vamos entrar?

— Entrar? Para quê?

— Para comprar sapatos para mim e um vestido para você.

— Ah, menino. E de onde eu tiro o dinheiro?

Ele a olhava horrorizado.

— Não faça uma cara tão idiota — dizia ela, com um rosto inocente —, contemple essas roupas e se imagine andando por aí com essas coisas esplendorosas — acrescentava, seguindo pelo mercado com passos rápidos.

Uma semana antes da Páscoa, Salman convidou a mãe para ir ao Suk al Hamidiye. Ela ria muito pelo caminho; de repente, viu numa loja um vestido maravilhoso. Salman lhe perguntou, fingidamente, se gostava dele. A mãe o fitou com olhos radiantes:

— Se eu gosto? Eu seria uma princesa neste vestido — afirmou.

— Então, ele é seu. Você deve ir prová-lo e regatear o preço. O dinheiro eu tenho — disse Salman corajosamente, apesar de a voz quase ficar presa.

— Você não está fazendo piada? — perguntou a mãe, insegura.

Salman tirou a mão do bolso. A mãe arregalou o olhos ao ver as duas notas azuis de cem liras e as várias notas de dez.

— Economizei isso tudo para você, para você ser finalmente uma princesa — disse ele. — Compre também sapatos, e eu quero calças novas, uma camisa e um par de sapatos de verniz. Fiz as contas. Vai dar de cento e noventa a duzentas liras, se regatearmos bem — acrescentou.

Apesar de sua debilidade, a mãe era uma excelente negociadora. À noite, eles voltaram carregados para casa e Salman ainda tinha trinta liras no bolso. Também trouxera um par de meias brancas para Sara. Mas ela morreu de rir, pois as meias eram três números maiores, e as deu para a mãe.

Salman ficou de folga na Páscoa e foi com a mãe à missa matinal. Ela entrou orgulhosa pelo corredor central e sentou-se como uma princesa na primeira fila. Estava realmente encantadora. Quando o padre a reconheceu na comunhão, ficou boquiaberto. Na vez de Salman, que estava logo atrás da mãe, ele até esqueceu de dizer "o corpo de Cristo", seguindo com os olhos a elegante figura.

Nessa hora, o pai se recuperava da bebedeira do dia anterior.

A felicidade da mãe durou exatamente três semanas, até que ela pegou um resfriado. Como não se poupava, o resfriado se tornou uma pneumonia. E, como tudo que era chá e compressa não adiantava, Faise chamou o médico. Ele era simpático, mas exigiu cinco liras de adiantamento. Salman pagou, porém o remédio que receitara era muito caro.

Os vizinhos, assim como Faise, recomendaram a Salman não ouvir o médico; umas ervas seriam suficientes. Mas Salman sabia que só esse remédio salvaria a mãe. As economias que estavam com Sara, porém, não bastariam.

Era segunda-feira, o dia mais calmo no café, e por isso Karam, seu chefe, não apareceu para trabalhar. Samih, o empregado mais velho, estava no caixa e, quando Salman lhe pediu um adiantamento de vinte liras, Samih soltou uma gargalhada:

— Fique feliz se eu lhe der vinte piastras. Você sabe o que são vinte liras? São duzentas xícaras de chá, cem xícaras de café moca ou 75 cachimbos turcos. E eu devo lhe dar isto assim sem mais nem menos? O chefe vai me enforcar e mandar colocar no meu peito uma placa, dizendo "enforcado por burrice".

Darwich e Samih riam tão alto que Salman deixou o local morrendo de raiva. Ele sabia onde o chefe morava e foi até lá.

O portão estava só encostado. Salman atravessou o jardim e, quando chegou à porta da casa, ouviu risos distantes e confusos. Também a porta não estava fechada; entrou, silenciosamente. Os ruídos vinham do quarto.

Mesmo anos depois Salman lembraria de seu coração batendo até embaixo da abóbada craniana. Ele estivera muitas vezes na casa de Karam e podia entrar e sair quando quisesse. A casa não lhe era estranha. Lá encontrava também, vez ou outra, Badri, o barbeiro.

No corredor, viu pela porta do quarto semiaberta o barbeiro deitado embaixo de seu chefe. No dia a dia, Badri falava com voz grave um vasto dialeto damasceno. Aqui, cheio de prazer, com a voz fina de uma diva do cinema, ele implorava por mais de tudo que Karam lhe dava. Salman tinha, na ocasião, quase quatorze anos, mas não entendeu o que acontecia na sua frente. Sua garganta seca parecia áspera como uma lixa. De costas, andou devagar para a porta e deixou a casa. Só lá fora inspirou profundamente. Compreendeu aos poucos que o barbeiro assumia nesse jogo amoroso o papel de uma mulher. Claro que ele já ouvira na rua a palavra "bicha", mas só como xingamento; jamais pensara que havia homens que se amavam com tanto afeto.

Sem conseguir se ver, sabia que estava mais pálido do que o normal. Suas bochechas estavam geladas. Permaneceu de cócoras na frente da porta até ouvir os homens rindo e se divertindo no banheiro. Só então se levantou e deu três batidas fortes na porta.

Demorou muito até Karam surgir, assustado, e examinar Salman pela fresta.

— Aconteceu alguma coisa? — perguntou, preocupado.

— Não, não. É que minha mãe está muito doente. Eu preciso de vinte liras com urgência. Ela... Ela tem uma pneumonia perigosa. Eu pago o senhor de volta, aos poucos — disse Salman, quase chorando.

— Espere aqui — disse Karam e desapareceu dentro da casa.

Pouco depois ele voltou, trajando seu novo pijama azul, e deu a Salman uma nota de vinte liras e mais cinco liras em moedas.

— Com as cinco liras você compra frutas para sua mãe. É um presente meu. Você me paga de volta só vinte.

Salman poderia beijá-lo na mão, mas Karam o afagou no cabelo.

— Feche o portão do jardim — disse ele e entrou. Salman ainda ouviu a porta ser trancada duas vezes.

Naquela noite, depois de tomar o remédio, a mãe voltou a dormir tranquilamente, o que havia muito tempo não fazia. Salman, porém, revirava-se na cama e não conseguia dormir. Por que seu chefe, que possuía dinheiro e uma casa, não amava uma mulher, mas um homem? E ainda mais um homem que parecia ser feito só de músculos e só se preocupava com o cabelo engomado e o corpo? Badri mal conseguia andar direito. Quando erguia uma xícara, parecia duro como se ela pesasse dez quilos.

Ao escutar Salman lhe descrever a cena romântica no quarto, Sara disse:

— A vida é um grande carnaval. O homem-músculo é, em seu coração, uma mulher, mas só tem o corpo de um homem, que Deus lhe deu na pressa.

E, como Salman a fitou com um olhar confuso, ela tentou explicar melhor:

— É como no *hammam*, quando o supervisor lhe entrega as roupas de outro visitante. — Sara se deteve. — Também Said é, no coração, uma mulher — disse, em seguida —, por isso todos os homens o amam. — Ela apontou com os olhos o belo órfão Said, que acabava de chegar do trabalho no *hammam*. — Deus — continuou Sara — confundiu-se um pouco. Não é de admirar, frente aos bilhões de coisas que tem de organizar.

Sara contou uma dúzia de enganos divinos. Salman a admirava, sentia-se muito pequeno perto dela. Ela era incrível. Frequentava a escola das irmãs de Besançon e era a melhor da classe. Salman a imaginava muitas vezes como médica na África ou como ajudante entre os índios. E quando ele lhe dizia isso ela dava risada:

— Você é um bobo. Índios e africanos não precisam de mim. Eu quero ser professora, casar e ter doze filhos. E deles vou fazer um açougueiro, um padeiro, um carpinteiro, um ferreiro, um cabeleireiro, um sapateiro, um costureiro, um professor, um policial, um vendedor de flores, um médico e um farmacêutico. Assim estarei assegurada para o resto da vida.

Sara se tornou, de fato, uma das melhores professoras do país e se casou, após um romance impetuoso, com um motorista de ônibus, a quem venerou até o último dia de sua vida. Junto com a profissão, criou doze filhos, que viraram artesãos, professores e comerciantes capacitados. Até mesmo uma médica e uma advogada estavam entre os filhos; só açougueiro é que nenhum quis ser.

Naquela época, Salman também soube que o chefe — no dia em que foi salvo do rio por Voador, quase morto — fora espancado não por causa de uma mulher, mas sim por causa de um jovem. Ele queria encontrar o jovem, mas em vez deste apareceram os dois irmãos, que o espreitaram e quiseram matá-lo.

Também Darwich tivera um longo caso amoroso com o chefe Karam, mas depois este quis se separar, deixando-o, porém, continuar a trabalhar no café. Entretanto, Darwich ainda amava Karam e sofria com a separação. Ele era casado, mas não gostava da mulher. Mesmo assim, teve com ela sete crianças.

Naquela época, Salman começou a ter uma certa simpatia pelo homem-músculo Badri e, às vezes, a sentir pena da mulher em seu interior, já que ela tinha de carregar tantos músculos.

Badri conseguia não só levantar Salman com uma das mãos, mas também carregá-lo com os dentes. Para isso Salman precisava se deitar no chão e ficar duro. Badri, então, pegava com os dentes o cinto de Salman e puxava para cima. Seu pescoço se inchava, tornando-se uma enorme pirâmide de músculos, com veias de um dedo de espessura.

Ele vinha com frequência ao café, mas Karam fingia conhecê-lo só superficialmente. Mandava que lhe servissem bebida, brincava com ele, mas sempre a distância. Quem olhava com atenção, porém, percebia que ambos se amavam. Isso era claro para Darwich, mas o que o irritava era o fato de que o homem não aparecia todos os dias e sempre pagava as contas. Por isso suspeitava de que Karam estivesse mais inclinado para o ajudante do pasteleiro, que diariamente trazia pequenas guloseimas, também oferecidas no café ao lado das pequenas refeições. Muitas vezes Karam brincava de forma vulgar com o ajudante rechonchudo, que parecia gostar; mas a coisa parava em divertidos gracejos, cócegas, abraços e beliscões.

Badri era bastante ingênuo e fanaticamente religioso; incorporava a perigosa mistura de ignorância e certeza. Só porque Karam gostava de Salman, o homem-músculo lhe dava a mão.

— Você é o único cristão a quem dou a mão — gabava-se. — Quando um cristão entra por engano em minha barbearia, é o ajudante quem atende. Em seguida, todas as tesouras e navalhas são fervidas por mais tempo, para que o cheiro do cristão impuro não fique colado ali.

— Eu juro que o homem vive com medo — afirmou Sara. — Se os fanáticos o pegarem, vão fazer pedacinhos dele.

— Então eles vão ter muita carne moída nesse dia — escapou de Salman, quando imaginou à sua frente o homem-músculo desaparecendo numa máquina de moer carne, em torno da qual se encontravam os fanáticos barbudos que naquela época vociferavam em Damasco contra a imoralidade.

— E nesse café você está ficando cada dia mais estúpido — disse Sara, enojada. Ela não comeu carne por toda a vida.

Anos depois, Salman precisou admitir que Sara — muito antes de seu chefe — fora a primeira a ver que o trabalho no café não o levaria longe, apesar dos bons ganhos.

Sara anunciou sua sentença no verão de 1952, mas Salman só deixou o café no outono de 1955.

Mais tarde, ele se lembrava apenas vagamente dos anos no café; em sua memória só sobreviveram os acontecimentos em torno de uma pessoa: Sara. Ela continuou lhe dando aula quase que todos os dias. Agora ele precisava fazer resumos dos romances que lera, para depois comentá-los de forma crítica. Ela lhe ensinou álgebra, geometria, biologia, geografia, física e um pouco de francês, que ela mesma falava, sem sotaque.

Sara fez um exame final brilhante, ensinou crianças pequenas e estudou dois anos na Faculdade de Pedagogia. Depois se tornou professora de matemática e francês numa escola de elite. Também era muito procurada como professora particular dos filhos de cristãos ricos, mas só aceitou a filha do cônsul brasileiro em troca de um considerável salário por hora. Não queria mais alunos. Queria ler muito e continuar acompanhando seu aluno preferido, Salman.

Casou mais tarde com um motorista de ônibus, um sujeito redondo e careca, a quem amava demais. E quando sua prima Leila a cutucou, dizendo que sonhava na verdade com um ator que morava perto dela e que queria se casar só quando o amor conquistasse de forma tempestuosa seu coração, incendiando-o, estava, junto à onisciente Sara, no lugar certo para receber uma aula de graça:

— Então você deve se casar com um bombeiro. Os atores são cavaleiros e galanteadores na tela. Na vida real, peidam e roncam, têm espinhas na bunda e mau hálito. Eu acho homens redondos bastante atraentes e, sobretudo, cheios de humor. Eles riem quarenta por cento a mais que homens magros. E, se neles há um bom coração, então sou uma rainha.

O casamento de Sara foi um evento. Ela também teve sorte com o tempo. Fevereiro estava seco e quente, como se tivesse trocado com maio. O marido de Sara vinha de Homs. Era órfão e, por isso, para ele não importava onde seria o casamento. Mas o pai de Sara, que sabia comemorar bem, queria casar a filha em Damasco. Na entrada da igreja, dez de seus colegas da polícia formaram uma ala de honra, através da qual Sara caminhou para o interior do templo como uma princesa, passando pelos homens oficialmente uniformizados.

Durante sete dias o Pátio da Mercê festejou o casamento, como se todos os moradores fossem parentes de Sara. Salman se supreendeu principalmente com o esforço de Samira e do filho Adnan, que já estava então casado, morava na ruela dos Judeus e dirigia um táxi. Ambos estavam tão dedicados, como se sempre a tivessem amado.

Samira cozinhava para os convidados, e Adnan se fazia de menino de recado. Também a mãe de Salman, Mariam, ajudava com toda dedicação. Todos enfeitaram o Pátio e doaram bebidas. Também Shimon foi generoso e entregou muitas caixas de frutas e legumes.

O noivo estava felicíssimo. Espantou-se durante sete dias, pois jamais vivera algo parecido.

E, se seu cachorro não tivesse desaparecido uma semana antes do casamento, também Salman estaria feliz. Ele recebera de presente ossos e carnes de um restaurante próximo e quis levá-los para Voador. Mas não encontrou nada além de gotas de sangue e um tufo de pelos pretos do cachorro. O que acontecera? Não contara para Sara nenhuma palavra sobre o desaparecimento de Voador para não estragar sua alegria diante do casamento.

Depois dos festejos, Sara viajou com o marido para Homs, a bela cidade à margem do rio Orontes. Isso foi em março de 1955. Sara abraçou Salman na despedida e murmurou em seu ouvido:

— 1955 é o seu ano de sorte e o meu. Estou me casando com o homem que amo, e também você dará, ainda neste ano, o primeiro passo pelo portão da felicidade.

A tristeza por sua mãe doente e seu cão desaparecido lhe sufocou a voz. Ele acenou com a cabeça e abraçou Sara com força mais uma vez, e pensou ali em Voador — que, se não estivesse morto, deveria estar ainda mais solitário que ele.

Anos se passaram até Salman rever Voador, mas já naquele outono ele veio a saber que Sara era onisciente também nas questões do futuro.

10.

— Não é exagero — perguntou o farmacêutico ao amigo — ter três mulheres morando em ruas tão distantes umas das outras? — Por que ele não poderia acomodá-las em áreas separadas de uma única casa, num harém, como fizeram o avô e o pai?

— Nenhuma distância seria suficiente para separar minhas mulheres. Em uma hora elas se matariam. O melhor seria que três oceanos as separassem. Eu viveria então numa ilha, bem no meio. Minha bússola — disse o respeitado visitante — me levaria toda noite para uma delas, sem errar.

— Eu também aceitaria três desertos me separando de minha mulher — revidou o farmacêutico —, mas para nós, cristãos, o casamento é como a morte, acontece uma só vez. O profeta de vocês era um brincalhão. Nosso Senhor Jesus Cristo, um revolucionário que não conhecia as mulheres.

— Talvez conhecesse. Talvez por isso mesmo ele nunca se casara, apesar de as mulheres terem se arrastado atrás dele — respondeu o homem de terno branco.

Eles bebiam café moca que uma assistente da farmácia trajando avental branco lhes servira. Atrás da área de vendas, o farmacêutico tinha um laboratório com uma cozinha no canto e uma geladeira refrigerada com blocos de gelo, na qual sempre se encontrava uma garrafa do melhor áraque. O farmacêutico se levantou.

— Você quer então gotas para olhos inflamados? Para quem?

— Não sei — revidou Nassri Abbani, surpreso.

— Mas preciso saber se é para uma criança ou um adulto — disse o farmacêutico e se despediu do amigo com um aperto de mão formal.

— Então vou perguntar à minha mulher. Você tem um telefone?

— Como um pobre farmacêutico teria um telefone? Meu nome é Elias Achkar e não Nassri *Bey* Abbani.

— Tudo bem. Vou saber hoje e amanhã o aviso — respondeu o elegante senhor e deixou a farmácia.

É o que acontece, pensou ele, indo para casa. Lamia fala demais e, no final, ninguém sabe o que ela realmente quer.

Seu pai deveria ter se casado com ela, em vez de empurrá-la para ele. Naquela época, Nassri era jovem e inexperiente. Queriam controlar seu desejo por mulheres, como dissera o pai. Lamia parecia ser a pessoa certa; era filha de um juiz famoso e cheirava mais a livros e tinta do que a sensualidade.

Lamia era a pura encarnação da teimosia. Não deixava de comentar qualquer frase dele e muito menos concordava. Sempre havia algum idiota grego, chinês ou árabe que já tivesse, séculos atrás, provado o contrário. E, quando Lamia não encontrava ninguém, apresentava o pai dela como testemunha.

Diferentemente de suas outras mulheres, Lamia nunca se tornara familiar para ele, pois o casarão com o jardim suntuoso, perto do hospital italiano, fora um presente de casamento do pai dela. Ela sempre dizia, sem cerimônia, "minha" e não "nossa" casa.

Lamia cortava qualquer desejo; começava a bocejar logo que ele relava nela.

— Seu corpo não é coberto por pele, mas por interruptores de luz — afirmou ele uma vez, irado, na cama —, assim que eu toco em você, você apaga.

— Um quadro torto, sem humor e sem espírito — disse ela bocejando, entediada. Lamia era assustadoramente magra, tinha um peito chato e era possuída pela leitura. Nassri, por outro lado, não sabia o que fazer com livros. Bastava-lhe o jornal para achar o mundo nojento.

— Um filho com a sua beleza e a inteligência dela seria uma sorte para o clã. Eu lhe permitiria levar meu nome — afirmou o pai de Nassri ao se despedir na noite do casamento.

Tudo aconteceu diferente. Ela teve seis crianças — mas só meninas e as seis puxaram a ela. Nenhum filho com o qual ele pudesse se alegrar. Esse casamento fora o grande erro do pai. E com esse pensamento Nassri Abbani dormia, toda terceira noite, ao lado de Lamia, depois de cumprir sua obrigação. Ele só ficava feliz nos últimos meses de gravidez, pois aí não podia tocar a mulher. Uma proibição que ele gostava de cumprir.

Nassri Abbani tinha o costume de, após um desjejum leve, ir a um café para tomar um moca doce e ler o jornal; depois, dava uma volta pelo *suk* e fazia suas encomendas, sempre com o endereço da esposa com a qual passaria a noite seguinte. Os comerciantes de legumes, peixes, temperos e doces o atendiam com esmero e sempre entregavam as melhores mercadorias, pois o senhor Abbani era conhecido por sua generosidade. Ele não regateava nem conferia; pagava. Também nunca se esquecia de deixar gorjeta suficiente para os meninos que faziam a entrega.

Nassri Abbani sempre vestia ternos europeus finos e, como era comum fazer calor em Damasco, possuía mais ternos claros de linho fino e de seda damascena do que escuros, de tecido inglês. Trajava camisas de seda e sapatos italianos, e todos os dias punha um cravo fresco ou uma rosa na lapela. A única coisa árabe em sua aparência eram as gravatas, que tinham um toque oriental, com arabescos. Além disso, tinha uma coleção de bengalas para passear, com castões prateados ou dourados.

Era sempre chamado de Nassri *Bey*. *Bey* ou paxá eram títulos honoríficos otomanos — em Damasco, uma relíquia do passado, sem qualquer valor real; mas envolviam o portador com uma aura de origem nobre, pois só os nobres próximos do sultão otomano recebiam dele essas ordens invisíveis, mas audíveis.

Nassri Abbani era muito orgulhoso e, apesar da gentileza de todos com ele, não falava com quase ninguém, só com o farmacêutico Elias Achkar, cujos conhecimentos medicinais superavam muito os dos médicos. A moderna farmácia de Achkar ficava no novo bairro de Salihiye, perto do escritório de Nassri, não longe da casa de Saide, sua segunda esposa, ao lado da loja de moda do famoso Albert Abirached, na agitada avenida Rei Fuad — que depois da Guerra do Suez, em 1956, foi rebatizada como rua Port Said. Essa mudança de nome homenageava a resistência da população da cidade portuária egípcia Port Said contra as invasões inglesa, francesa e israelense. Nassri Abbani achava absurda essa razão e dizia, até o último dia de sua vida, avenida Rei Fuad.

Nassri Abbani visitava o farmacêutico quase todas as manhãs; falavam sobre as misturas secretas que ele recebia ali para resistir, ileso, ao seu desejo imenso por mulheres.

Perto das dez horas — às vezes também mais tarde, mas nunca mais cedo — Nassri Abbani entrava em seu grande escritório no primeiro andar do prédio suntuoso e moderno que lhe pertencia. Dividiam o térreo uma grande loja de aparelhos elétricos e a Air France. No segundo andar, ficava a central do comércio de tapete persa. Firmas e lojas pagavam ali aluguéis consideráveis, pois a avenida Rei Fuad era o coração da cidade moderna, com os melhores hotéis e restaurantes, livrarias, escritórios de imprensa, empresas de importação e exportação, cinemas e lojas de moda caras, que se gabavam de trazer a *haute couture* de Paris para seus desfiles. O escritório de Nassri ficava no primeiro andar e tinha duas salas, cozinha, um banheiro moderno e um depósito para arquivo e material. Uma das salas era grande e clara, tinha uma janela dando para a rua e foi mobiliada como um salão: dois sofás de madeira escura e cobertos com veludo vermelho, uma mesa baixa, e várias poltronas senhoriais dominavam o espaço, deixando apenas um cantinho livre para uma mesa graciosa com pasta para anotação e telefone.

Por um corredor estreito chegava-se à segunda sala, também grande, mas sem janela, e que parecia apenas consistir de escrivaninhas e estantes cobertas com pastas. Lá ficavam o antigo colaborador Taufiq, dois escrivãos mais velhos e três jovens ajudantes.

Taufiq não era mais velho do que Nassri, mas devido à sua figura magra, à postura curvada e aos cabelos embranquecidos antes do tempo, parecia pertencer a outra geração. Olheiras escuras indicavam sua exaustão.

Nassri herdara Taufiq de seu pai, que, dizem, teria afirmado no leito de morte:

— Seus dois irmãos têm inteligência, você tem Taufiq. Dê atenção a ele, pois se ele for embora você afundará.

O velho Abbani, que se tornara sinônimo de riqueza, manteve até o final seu olhar agudo na avaliação das pessoas. Era fabricante, corretor e fazendeiro. Diziam que metade dos damascos consumidos na cidade vinha de seus campos; e todos os produtos com damasco, de suas fábricas.

Ele também era o grande comerciante de caroço de damasco, muito cobiçado na fabricação de *persipan*[1], óleos e substâncias para perfume.

---

1. Assim como o marzipã, feito à base de amêndoas, o *persipan* também é um ingrediente usado na confeitaria, produzido com caroços de damasco ou pêssego. [N.T.]

Taufiq chegou com quinze anos ao escritório de Abbani e começou como contínuo. Na época, era pequeno e quase esfomeado; por isso caçoavam dele os empregados do depósito, que enchiam e costuravam para o transporte os sacos de juta com caroços de damasco. Mas o experiente Abbani reconheceu em Taufiq não só um gênio em fazer contas, mas também um jovem de juízo afinado e coragem. Taufiq provou isso uma vez quando contestou Abbani, coisa que ninguém ousava.

Na ocasião, Abbani ficou furioso, mas consigo mesmo; pois, por causa de um cálculo estúpido, teria se arruinado sem a intervenção do pálido jovem. Quando se tranquilizou, desceu até o salão do depósito para lhe dar uma lira de recompensa. Mas não achou Taufiq em lugar nenhum. Depois de perguntar, ficou sabendo que Mustafa, o almoxarife, espancara o menino com um pau por ter corrigido o chefe de forma petulante. Todos os outros também tinham percebido o erro, mas fecharam a boca por respeito. Quando finalmente encontraram Taufiq e o levaram ao chefe, este disse:

— A partir de hoje trabalharemos juntos, meu jovem. E todos que estão aqui deverão respeitá-lo, pois você será meu primeiro secretário.

E para os que estavam ao lado anunciou:

— E quem olhar mais uma vez para ele de forma maldosa estará demitido.

Alguns meses depois, Taufiq já tinha na cabeça todos os tipos de conta, o cálculo de porcentagem e métodos para fazer tabelas. Ele dominava os truques mais sutis para os requerimentos de isenção de taxas alfandegárias — uma capacidade que o velho Abbani, em dez anos, nem tentara ensinar aos seus dois contadores.

Taufiq passou a ser tratado como um filho da família Abbani. Quando fez dezoito anos, seu protetor lhe arranjou um casamento vantajoso com uma mulher abastada que enviuvou cedo, da aldeia de Garamana, ao sul de Damasco. Era uma boa mulher e, a partir de então, Taufiq passou a viver satisfeito. Para ele, o velho Abbani era uma graça de Deus.

Com o tempo, Taufiq se tornou abastado e sua mulher lhe deu três filhos. Continuou modesto, falando baixo e respeitosamente com todos, até mesmo com os moleques de recados. Por gratidão a seu salvador, também se manteve fiel ao filho mimado, que se interessava mais pelas roupas de baixo das mulheres do que por juros e preços de terreno. Em pouco tempo, Taufiq se tornou o único regente de um pequeno império financeiro. Com o passar dos anos, também passou a amar esse Nassri, que confiava inteiramente nele e jamais o repreendia por causa de um erro. Ao contrário de seus dois irmãos mesquinhos, Nassri era generoso. Entendia pouco de negócios, mas muito da vida; como o pai, não tinha o menor respeito pelos poderosos, a quem manobrava com prazer e dedicação.

— Cada um tem o que Deus lhe deu — dizia a si mesmo e aos outros. Não podia se exigir que um campeão de boxe dançasse balé.

Taufiq permaneceu fiel ao seu método de buscar o consentimento de Abbani antes de fechar um negócio. Ele estava sempre de acordo, pois não entendia nada desses negócios com damascos e seus inumeráveis produtos. Também não tinha nenhum interesse em propriedades, que eram vendidas para outras serem compradas, pois nestas — onde então cresciam romãzeiras, aloendros e cana-de-açúcar — supostamente seria erguido, em breve, o bairro mais caro de Damasco. Isto porque uma embaixada deixaria sua sede suntuosa na cidade antiga para se mudar para lá.

— Faça o que achar certo — disse Nassri Abbani, sem muita convicção. E em dois anos o preço do terreno quintuplicaria.

E quando Abbani, radiante com os lucros, quis vendê-lo, Taufiq deu a entender que não.

— Agora, precisamos comprar áreas realmente grandes. Em cinco anos você terá quinhentas vezes mais.

— Está bem — concordou Nassri, mas não muito convencido. Cinco anos depois, os terrenos no novo bairro de Abu-Rummane eram de fato os mais caros das cidade. Taufiq calculou lucros de 650%.

Quando Nassri entrava de manhã no escritório, perguntava a Taufiq cordialmente:

— Alguma novidade?

E Taufiq respondia sempre:

— Já vou até você, Nassri Bey.

Então chamava o moleque de recados e o mandava buscar no café próximo dois mocas, um bem doce para o senhor e, para ele, um sem açúcar, mas com muito cardamomo.

Tomando café, Taufiq explicava concisa e precisamente todos os desdobramentos, sabendo que seu chefe logo se entediaria. Em exatos sete minutos eram apresentadas todas as movimentações financeiras, as exportações, todos os aluguéis e consertos dos vários prédios, assim como todos os locais de construção.

— Então está tudo em ordem — dizia Abbani, ausente, e também quando o relatório conteve, uma vez, números negativos.

Em seguida, ficava por uma hora no telefone com os amigos; e não passava uma semana sem combinar um almoço com algum homem poderoso no Al Malik, seu restaurante preferido, perto do Parlamento.

— No almoço consigo aplanar bem nossos caminhos — afirmava ao seu gerente e, nesse ponto, não exagerava.

Nassri tinha charme e conhecimento do mundo, das pessoas ao seu redor e das intrigas atuais; e isso impressionava seus convidados. Estes, naturalmente, não tinham permissão para pagar, só para apreciar a comida. O cozinheiro vinha de Alepo e, se havia uma culinária que ultrapassasse com seus aromas e composições a culinária damascena, esta era a da grande cidade do norte da Síria.

Se não podia convidar alguém, almoçava sozinho. Só nesses dias o dono do restaurante ousava trocar duas palavras com o respeitado senhor.

Nassri Abbani não gostava de almoçar com mulher e filhos; à noite, ele aguentava.

Depois do almoço, punha-se a caminho de sua puta preferida, Asmahan, que morava numa casa pequena, a menos de cem passos do restaurante. Asmahan se alegrava com sua chegada, pois ele vinha sempre na hora do almoço, quando nenhum dos clientes distintos tinha tempo para ela. Nassri fazia piadas e ela sentia, sem hipocrisia, prazer com seu humor e chorava de tanto rir. Então ele se deitava com ela, fazia por meia hora sua sesta, deitava-se mais uma vez com ela, tomava uma ducha, pagava e saía.

Às vezes, ao sair, ele achava que a puta aguentava tudo de forma muito obediente e mecânica; desejava um pouco mais de paixão. Só anos depois ele descobriu, por acaso, como conquistar o coração dela. Ela tinha tudo que ele amava: um rosto maravilhoso com olhos azuis e cabelos loiros, um corpo sedutor, como se fosse de mármore, e uma língua que só gerava mel.

E isso nenhuma de suas mulheres lhe oferecia.

11.

Num dia chuvoso de janeiro de 1952, Nassri Abbani entrou no ateliê do calígrafo Hamid Farsi. Teve uma agradável surpresa com a limpeza da loja. Jamais estivera na loja de um calígrafo e imaginava encontrar um homem velho com barba e dedos sujos. Mas aqui estava sentado um homem magro, jovem, vestido de forma elegante, atrás de uma pequena mesa feita com madeira de nogueira. Nassri sorriu, cumprimentou-o, sacudiu o guarda-chuva e o colocou num canto ao lado da vitrine.

Achou, de repente, que tivesse vindo despreparado para a loja, pois até então nunca encomendara uma caligrafia. Olhou em volta. Por todos os lados estavam pendurados os mais lindos caracteres, poemas, sabedorias e estrofes do Corão. Mas não encontrou o que procurava.

— O senhor trabalha com pedidos especiais?

— Naturalmente, meu senhor — respondeu o calígrafo, falando baixo.

— E de forma discreta? Trata-se de um presente para uma alta autoridade.

— Tudo que deve ser redigido com uma bela letra, a não ser que as palavras se dirijam contra Deus e seu profeta — respondeu o experimentado calígrafo. Nesse momento ele já sabia que poderia exigir o preço que quisesse daquele homem abastado e perfumado.

— É um provérbio para o nosso presidente — disse Nassri, apanhando no bolso, desajeitado, um pedaço de papel, no qual Taufiq escrevera: "Para Sua Excelência Adib Chichakli! Leve a nossa nação para a vitória!"

O calígrafo leu as linhas. Elas evidentemente não lhe agradaram. Balançou a cabeça de lá para cá. Nassri sentiu o mal-estar do homem:

— É apenas uma indicação de qual direção seguir. O senhor pode avaliar e formular melhor como e o que se escreve para um homem tão poderoso.

Hamid Farsi respirou aliviado. Um homem de classe, pensou ele; e suas sugestões vieram rapidamente:

— Em cima, eu colocaria o nome de Deus e de seu profeta como estrelas, em ouro. Embaixo disso, em vermelho, o nome de nosso presidente. E mais embaixo, num verde brilhante: "Você foi escolhido por Deus e seu profeta como líder desta nação." — O calígrafo fez um intervalo. — Ouvi dizer que ele é muito crente. O provérbio seria, dessa forma, de seu interesse e não soaria como uma ordem. Aqui o senhor manifestaria polidamente uma suposição, um desejo de que Deus o tenha destinado para governar. E isso agrada a todos os soberanos.

— E se não foi Deus quem o escolheu para dar o golpe, como naquela ocasião? — brincou Nassri, para afastar a frieza que sentia.

— Então a CIA ou a KGB puseram o dedo ali, mas isso não podemos escrever, não é mesmo? — afirmou o calígrafo, sem pestanejar.

Nassri riu alto e se sentiu solitário.

Hamid Farsi mostrou o papel nobre e as molduras douradas que escolheria para o provérbio. Nassri ficou empolgado.

O calígrafo concordou em deixar tudo de lado para executar essa encomenda em uma semana. Mencionou o alto preço que estipulara, mas Nassri riu:

— Vamos fazer assim: eu não lhe pergunto o preço e o senhor faz o melhor para mim. Combinado? — perguntou e estendeu a mão, pois jamais esperava uma recusa de suas ofertas generosas.

— Combinado — revidou Hamid, com voz baixa.

Nassri se admirou com o fato de que o homem não sorrira nenhuma vez nem agradecera a encomenda. Uma pessoa estranha.

Taufiq o aconselhara a presentear o presidente, para que uma grande quantidade de máquinas, que ele queria importar, passasse pela alfândega sem pagar taxas, o que aumentaria os lucros em 300%.

— Desde o golpe nada dá certo sem o presidente — dissera Taufiq. — Ele ama caligrafias, enche a cara todos os dias, assiste a filmes de Hitler durante horas e, para o povo, se faz de crente.

Nassri admirava este homem diabólico, que sabia tanto, como se tivesse um serviço secreto próprio.

Na opinião de Taufiq, Farsi era o melhor calígrafo de Damasco. Sabia que Farsi era careiro, inacessível e arrogante, mas o que ele escrevia era uma obra de arte única. E ele seria, sobretudo, confiável. O presente deveria ser enviado na época certa. O navio chegaria com as máquinas em duas semanas, no porto de Latakia, no Norte. E até lá eles precisariam da autorização do presidente.

— Um telefonema dele já basta para colocar em rédea curta aqueles idiotas da alfândega até os nossos caminhões tirarem as máquinas do porto.

Taufiq era um diabo e o mais diabólico nele era sua cara cansada de anjo.

Nassri olhou pela janela. A chuva parara e, de repente, ele se lembrou de um pedido adicional, que deveria completar o presente.

— Mais uma coisa — afirmou, já na porta. — O senhor poderia escrever com sua linda letra uma carta de acompanhamento? Em meu nome? Seria de mau gosto se eu escrevesse com minha letra de galinha...

— Certamente posso fazer isso. Mas preciso de seu nome completo e de seu endereço, para que eu possa enfeitar a carta com um belo timbre. Assim nenhum secretário ou secretária irá retê-la — disse Hamid, empurrando para Nassri uma folha de papel em branco. Quando este anotou o nome e o endereço, Hamid Farsi percebeu que o elegante senhor não exagerara.

Nesse ínterim, o sol começou a aparecer lá fora. Nassri respirou aliviado. O calígrafo era um homem de negócios competente e inteligente, mas era impossível aguentar seu mau hálito. Nassri se lembrou do hálito dos animais ferozes do circo, onde estivera com seu pai. Como o diretor do circo adorava seu pai, ele pôde passar, junto com um acompanhante, bem perto das jaulas dos bichos. As jaulas cheiravam muito a urina, o que já era ruim. Mas, quando um tigre, um leão ou uma hiena rugia, vinha uma nuvem fedorenta que quase o sufocava.

Uma semana depois, Taufiq o surpreendeu de manhã cedo com a caligrafia, que ele buscara e pagara pessoalmente. Ela era muito mais bonita do que Nassri imaginara. Um ornamento grandioso envolvia o texto e lhe conferia algo de sagrado.

— Acho que agora nada mais está em nosso caminho — afirmou Taufiq, e Nassri viu o brilho diabólico em seus olhos.

Na semana seguinte, Nassri recebeu um convite pessoal do presidente para jantar. Um motorista o buscou e o levou ao palácio presidencial. O presidente gostou tanto daquela noite que quis, a partir de então, cear toda semana com alguns comerciantes seletos da cidade.

Fazer amizades nesse meio era praticamente impossível; devido ao seu humor e sua ousadia, porém, Nassri logo passou a gozar de uma proximidade especial com o presidente. Descobriu, por trás do uniforme engomado, um homem solitário, que desde sua juventude não apreciara um único dia e estragara muito de seu tempo com conspirações e contraconspirações.

Nassri achava hipócritas os outros comerciantes, que toda semana assistiam com o ditador ao mesmo filme, para depois rir dele pelas costas. O presidente Chichakli venerava Hitler e queria copiá-lo. Impressionava-se com o filme *Triunfo da vontade*, de Leni Riefenstahl, que via semanalmente na sala de cinema do palácio presidencial.

Nassri não gostava dos alemães nem da guerra. Desculpava-se toda vez e deixava o palácio. Isso lhe trazia respeito por parte do filho de camponês Chichakli, que reconheceu em Nassri uma pessoa cultivada e livre, que escutava atentamente e emitia sua opinião de forma educada.

Três semanas depois, chegou, isenta de taxas, a carga em três caminhões. Amassadeiras e máquinas de porcionar para padarias, assim como perfuradoras e tornos para oficinas de metal e de automóveis, foram as primeiras importações da Hungria. Ele adquirira a representação geral da fábrica de máquinas da Síria, para assegurar à firma uma segunda perna de apoio, explicou Taufiq.

— Você diz a segunda? Tenho a impressão de que você fez da nossa firma uma centopeia — revidou Nassri, e os dois homens deram risada.

Nesse dia, Nassri levou um perfume caro para a puta Asmahan. Quando entrou no apartamento, viu que ela estava na mesa da sala, recortando uma bela frase de uma revista. Asmahan agradeceu o perfume e lhe contou, enquanto recortava e emoldurava a frase com cuidado, que desde a infância tinha uma queda por caligrafias. A caligrafia é a fotografia das palavras, disse ela, acrescentando que amava mais as palavras do que todos os homens do mundo.

Só então Nassri percebeu que as paredes do quarto e da sala, da cozinha e do banheiro estavam cobertas com frases emolduradas. Ficou envergonhado por sua cegueira, mas agora soube como amaciá-la.

Quando Asmahan se retirou para se fazer bela para ele, Nassri copiou a frase que ela acabara de recortar: "O razoável no amor é a sua loucura."

Nesse dia ele pensou, pela milésima vez, que deveria casar com a puta e mandar para os ares o clã e a fama. Ela era inteligente como sua mulher Lamia, sabia rir encantadoramente e fazer piada como sua esposa Nasime, e tinha o corpo sedutor de sua mulher Saide. E era — diferente de todas as suas mulheres — agradecida. Com certeza ela exigia dinheiro pelo esforço na cama; suas mulheres, porém, recebiam o dobro, mas por outros caminhos — isto ele tinha calculado. Mas nenhuma era tão agradecida quando ele trazia um presente. Asmahan se alegrava, às vezes durante dias, com um vidro de perfume ou com uma cara revista de moda francesa da *Librairie Universelle*.

No entanto, sempre que Nassri começava a se afundar nesses pensamentos cheios de desejo, uma voz interior, que parecia a de seu pai, acordava-o:

— E você acha, seu tolo, que você é suficiente para ela? Uma mulher dessas tem sexo para sete homens. E o que ela deve fazer com o que lhe sobra, enquanto você, esgotado, ronca ao lado dela? Ela vai procurar um segundo, um terceiro ou um quarto homem, até você ficar com um chifre de sete andares, com o qual não passará por nenhuma porta...

Nassri abanou a cabeça acabrunhado na hora em que Asmahan voltou para a sala numa fina manta de seda. Ela prendera o cabelo loiro como uma pirâmide e o enfeitara com *strass* e penas. Ela era a puta mais linda de Damasco e só o seu preço alto impedia os homens de fazerem fila à porta. Cobrava pelo coito cem liras, que era o salário semanal de Taufiq.

Apenas parlamentares, ministros, fazendeiros, generais e comerciantes ricos podiam se permitir tal prazer.

Nesse dia, por frustração e um pouco de vergonha, Nassri quis saber, depois de uma curta brincadeira amorosa, quantos homens tinham estado ali naquela manhã.

— Você é o quarto — disse ela tranquilamente, vestindo a calcinha.

— E agora chega? — perguntou, na esperança de que ela, depois da relação com ele, respondesse com um "claro que sim". Asmahan apenas soltou uma gargalhada, mas sem responder.

— Apresse-se. Logo chegará o presidente do Parlamento! Ele quer me seduzir como uma estudante ingênua. Você sabe, ele é professor...

— E depois dele?

— Ande logo. Depois vêm três ou quatro, talvez até cinco. Depende dos ciúmes da respectiva mulher — afirmou ela e o empurrou para a porta, sorrindo, mas de forma enérgica.

Essa mulher era estranha. Não tinha pudor algum, mas sim uma ideia sóbria e exata de seu trabalho, como se não fosse uma mulher árabe.

— Prostituição é uma profissão antiquíssima — disse ela, um dia —, alguns vendem a força e o trabalho de suas mãos, outros de seus olhos, suas costas; e eu vendo o trabalho de minha vagina. — Naturalmente era possível pensar assim. Mas Nassri não gostava disso. Ela acrescentou: — Vamos supor que uma mulher bela e inteligente esteja madura para o casamento. Qual homem os pais escolhem entre cem pretendentes? Eles não vão escolher o mais sensível, nem o mais eloquente, nem o mais inteligente, muito menos o mais sincero. Mas, sim, o mais rico e poderoso, e isso nada mais é do que uma relação de compra e venda. Mulheres bonitas e saudáveis em troca de poder e segurança para ela e sua família. Mas vejo que você não está me entendendo.

Nassri ficou confuso. A mulher falava árabe, mas ele não estava acostumado a este tipo de linguagem.

Desta vez Nassri foi à tarde até o calígrafo na esperança de que este já tivesse perdido o mau hálito. E nesse dia a respiração do homem cheirava a laranja e coentro.

— O presidente também gostou da caligrafia? — perguntou este, depois de retribuir o cumprimento.

— Muito. Como não iria gostar, vindo de sua pena? — afirmou Nassri, apontando os olhos para a faca com a qual o calígrafo afiava a ponta do cálamo.

— Estou quase pronto. Sente-se, por favor — disse ele, mostrando uma cadeira elegante. Um ajudante entrou e perguntou, baixo, por folhas de ouro. O calígrafo se levantou e pegou uma pasta grossa do armário atrás dele.

— Há ainda setenta folhas. Quando você terminar, anote na lista, no final da pasta, a data e o número das folhas retiradas. E preste atenção até nos mínimos restos. É ouro, entendeu? — afirmou, baixo e de forma austera, para o ajudante já mais velho, que achou constrangedora essa instrução na frente do freguês.

— Sim, senhor, vou prestar atenção.

— Chame Jusuf aqui. Ele deve nos trazer dois mocas — acrescentou Hamid Farsi.

Um menino pequeno veio da oficina e perguntou a Nassri, educadamente, como ele queria seu café.

— Com muito açúcar e pouco cardamomo.

O menino, bastante vesgo, pôs-se a caminho do café Karam, no final da rua.

Nassri o observou e se admirou de suas roupas limpas. Todos ali pareciam ter algo de elegante em comparação com os empregados das lojas vizinhas.

— Desleixo e caligrafia não combinam — revidou Hamid Farsi sucintamente o elogio do freguês.

— Hoje eu tenho um pedido especial. — Nassri puxou a cadeira para mais perto da mesa do mestre, depois de ter bebido o moca. — É muito íntimo. Para uma mulher, entende? — disse, murmurando.

— Não a minha, naturalmente. Afinal, quem escreve cartas de amor para a própria esposa?

O calígrafo riu friamente.

— Bem, é uma frase sobre o amor. Aqui está — afirmou Nassri, pegando um pequeno pedaço de papel da carteira e o desdobrando sobre a mesa. Hamid Farsi leu a frase. E gostou.

— Que tamanho deve ter?

— Tão grande quanto a palma de minha mão. Mas, por favor, algo nobre, se possível em ouro — acrescentou Nassri.

— O senhor tem pressa?

— Sim, como sempre. E também desta vez, por favor, uma carta com sua letra maravilhosa acompanhando, mas sem timbre e endereço. O senhor sabe como é, a moça pode ficar mostrando por aí. É suficiente a carta terminar com meu nome, Nassri.

— Mas o senhor precisa me indicar o que a carta deve dizer. Então poderei formulá-la.

Nassri se sentiu numa armadilha. Preparara tudo, mas não a resposta para tal pergunta.

— Qualquer coisa, o senhor sabe. Algo como "o amor"... — gaguejou, sentindo-se ridículo mais uma vez. O calígrafo se divertia por dentro com aquele homem rico, que queria mostrar uma dimensão internacional, mas não era capaz de formular duas frases sobre seus sentimentos.

— Muito bem — disse, olhando-o por cima, como se estivesse dando as mãos para salvar um náufrago. — Então me diga de que a moça gosta, o que ela tem de mais bonito, e aí vejo o que fazer.

Desde a infância, Nassri não vivera nada tão constrangedor como aquilo, mas começou a falar dos olhos azuis de sua puta, de seu corpo e seu encanto. E finalmente mencionou a observação dela que tanto o abalara: de que amava mais as letras do que os homens.

O calígrafo anotou tudo. Ele invejava esse homem rico por adorar uma amante da caligrafia.

Quando saiu da loja e alcançou a rua, Nassri percebeu que estava todo suado.

12.

Anos depois, Nura gostava ainda de lembrar os tempos com a costureira Dália. Ela passou ali três anos. E quanta coisa aprendeu! Sempre dizia que, com seu pai, aprendera a ler; com a mãe, a cozinhar; e com Dália, a viver.

Nura aproveitou o trabalho com Dália, porque também assim conseguia escapar de sua mãe. Em casa, não precisava então cozinhar ou limpar. Tinha, afinal, uma profissão. E a mãe tinha grande respeito por isso.

A casa da costureira ficava no entroncamento de duas ruelas. Sua forma triangular era rara na cidade. Parecia a proa de um grande navio e tinha duas portas de entrada, cada uma para uma rua. Não possuía nenhum pátio interno, mas um jardim estreito atrás, cujas plantas altas protegiam a residência das casas vizinhas. Uma antiga laranjeira nodosa, uma palmeira alta e dois limoeiros formavam as colunas de uma selva. Entre eles, aloendros e rosas cresciam para cima de forma imponente. Na frente das casas vizinhas, o jasmim tecia uma cortina densa de flores brancas e folhas verde-escuras.

Uma pequena fonte enfeitava o terraço, pavimentado como num xadrez com ladrilhos vermelhos e brancos. Servia como lugar de repouso para a costureira e suas colegas. Ali, durante dez meses do ano, elas tomavam chá e café e também podiam fumar. Já na oficina, isso era expressamente proibido.

A costuraria ficava no térreo. Dispunha de uma bela recepção, duas oficinas claras, uma cozinha grande e um pequeno depósito para material. Uma casinha escondida no jardim, atrás da laranjeira, servia como banheiro.

Dália morava no primeiro andar. Ali ela não queria receber visitas, e de Nura também não. Chegava-se à mansarda, no segundo andar, por uma escada localizada na fachada de trás. Do lado da mansarda havia ainda uma grande área para pendurar roupas. O teto, porém, não estava assegurado por um corrimão, como na casa de Nura. Por isso ela não gostava de subir lá para pendurar ou buscar roupas. Ficava tonta na escada, que sempre balançava um pouco.

Dália amava a casa, que ela mesma comprara e arrumara. Seus quatro irmãos tinham dividido, entre si, a herança do pai. Usaram muitos truques para deserdar Dália depois da morte dos pais, quando esta já se via às voltas com outras tragédias pessoais. Quando percebeu a trapaça, era tarde demais. Até o final de sua vida, ela não trocou uma palavra com os irmãos ou com os filhos deles, que sempre tentaram se reconciliar com a famosa e procurada costureira.

— Primeiro vocês me devolvam aquilo que seus pais me roubaram. Do contrário, vão para o diabo com sua bajulação — dizia, rejeitando rudemente os parentes.

A casa da costureira ficava a um pulo da casa de Nura. No começo, esta era a única desvantagem, pois nas primeiras semanas a mãe de Nura aparecia várias vezes ao dia para dizer à filha alguma coisa. Nura se envergonhava, pois a mãe falava com ela como se fosse uma criança. Dália logo percebeu que isso deixava irritada sua jovem colaboradora. Numa bela manhã, pôs um fim no constrangimento.

— Preste bem atenção — descompôs ela a mãe, olhando-a por cima da máquina de costura —, eduque sua filha dentro de casa. Aqui é de mim que ela precisa aprender. Aqui ninguém deve ensiná-la além de mim. Estamos entendidas?

A mãe entendeu e não voltou nunca mais. Mas, estranhamente, ela não levou a mal a reprimenda da costureira.

— Dália é uma mulher forte. Enterrou três maridos. Ela sabe o que quer — afirmou.

Nura ficou horas acordada naquela noite. Como os pais vão se suportar por muito tempo? O pai era um filantropo fanático, que até num criminoso via um pobre homem que precisava de amor. Já a mãe desconfiava das pessoas. Em todo passante via um lobo na forma de homem, que, camuflado com um sorriso amável, estaria à espera de Nura para devorá-la.

— Mãe, nenhum homem está sorrindo para mim. E se alguém sorrir vou mandá-lo para o diabo — fingia, para acalmar a mãe.

Nura silenciou sobre o medo que tinha do barbeiro, cujos olhares queimavam sua pele, e também sobre o afeto que sentia pelo vendedor de feijão Ismail, cuja loja não ficava tão longe de sua rua. Ele era sempre amável, bem vestido e barbeado, mas também mais feio do que todos os homens no bairro. Tinha a cara de um abutre e o corpo de um hipopótamo, mas estava sempre bem humorado e elogiava seus feijões cozidos, o faláfel frito e as outras pequenas refeições vegetarianas que vendia no balcão, gritando mais alto do que o bonde. A loja era tão pequena que ali só cabiam ele mesmo, suas panelas e a frigideira. O pai de Nura dizia que, se Ismail engordasse um pouco, não haveria mais lugar para o saleiro. Mas elogiava, como todos os vizinhos, os pratos de Ismail, cujos segredos herdara de seus antepassados. Desde 22 gerações — estava escrito sobre a pequena porta — cozinhavam e fritavam legumes nessa loja. Dizia-se que o sultão otomano Selim, a caminho da Palestina e do Egito, teria parado ali, pois o cheiro da loja lhe deu apetite. O sultão teria escrito ao dono um agradecimento — pendurado na loja havia quatrocentos anos —, proibindo qualquer autoridade de importunar o proprietário até o final do império otomano.

Quando Ismail via Nura, ele juntava seus lábios como num beijo e às vezes dava um beijo ousado em sua enorme concha de cozinha, enquanto deixava suas sombrancelhas dançarem, cheio de insinuação.

— Rosa damascena, case comigo — exclamou para Nura quando esta passou numa manhã pela loja, perdida em seus pensamentos. Nura levou um susto, mas riu para ele. Desde então começou a sentir uma espécie de calor sempre que o via, e a passar pela loja com a cabeça erguida e passos vagarosos, desfrutando a fluência de suas palavras poéticas.

Que perigos viriam deste homem rechonchudo? Nos sonhos, ele lhe apareceu duas vezes na forma de bolinhos de faláfel, que nadavam em óleo, soltavam bolhinhas e lhe cantavam:

— Coma-me, coma-me. — Ela acordava, dando risada.

Não, Nura não contava mais nada para a mãe desde os dez ou onze anos, para poupá-la e também a si mesma.

Mas sempre havia briga quando a mãe descobria alguma coisa que atiçava seu receio por Nura.

Naquela época, todas as jovens idolatravam o ator e cantor Farid al Atrach, que cantava músicas de amor populares e melancólicas. Ele possuía a voz mais triste do mundo árabe, que fazia chorar todas as mulheres. Toda semana os jornais falavam sobre sua doença no coração. Farid al Atrach permaneceu solteiro por toda a vida; dizia-se que ele gostava mais de cavalos e meninos do que de mulheres, coisa em que as mulheres não queriam acreditar.

O pai de Nura era indiferente ao cantor; a mãe o odiava por ele seduzir as mulheres com suas canções.

— Ele é druzo. E o que esperar de alguém cuja mãe tocava alaúde para ganhar dinheiro? Você ouviu que fim levou a irmã? Ela se afogou no Nilo. Era a mulher mais linda do mundo árabe e, em vez de se casar com um rei, cantava em boates. Foi estrangulada pelo amante, um inglês ciumento, e jogada no Nilo.

Dália, a costureira, adorava Farid al Atrach. Ela não só gostava de cantar suas músicas, como também assistira a todos os seus filmes no cine Roxy. Alguns filmes, como *Ahlam al chabab* (Sonhos da juventude) e *Shahr al asal* (Lua de mel), ela já tinha visto mais de dez vezes. A parede do local onde trabalhava estava enfeitada com um grande cartaz do filme *Makdarshi* (Não posso). Farid al Atrach parecia dizer ao observador exatamente isso, "não posso", enquanto sua companheira, a famosa dançarina Tahia Karioka, o observava, enciumada. E, sempre que as freguesas queriam apressá-la, Dália mostrava o cartaz com o dedo indicador, sem dizer nada, e continuava a trabalhar.

Um dia, quando Nura já trabalhava com Dália havia mais de um ano, as colegas falaram, excitadas, sobre o novo filme com ele, *Achir Kisbeh* (A última mentira), que passaria no *Roxy* dentro de algumas semanas; e Farid al Atrach, que desde a infância vivia no Cairo, estaria presente na estreia.

Dália não contou para ninguém onde conseguira os cinco convites de honra. Fato é que todas as ajudantes foram com ela ao cinema.

Noventa por cento dos espectadores eram mulheres, que — como a mestra profetizara — chegaram com as roupas mais caras da moda para agradar ao cantor solteiro. Quando ele apareceu, um murmúrio extenuante tomou a sala.

O cantor era menor do que se supunha pelo cartaz. Seu rosto era pálido e macio. Também não trazia bigode, comum naquela época. Nura ficou vermelha e sentiu seu coração desabar quando o cantor, por um momento, a fixou com seus grandes olhos tristes. No mesmo instante ela se apaixonou desesperadamente por ele. Da história em si não percebeu nada. Mas quando Farid cantou ela teve a sensação de que ele cantava só para ela e não para Samia Gamal, sua amante no filme. Nura chorou, deu risada e então aconteceu este curto encontro, que naquela noite lhe roubaria o sono.

Quando os espectadores saíram, o cantor estava acompanhado das personalidades importantes da cidade — que gostavam de se deixar fotografar do lado dele — e distribuía na entrada um retrato seu autografado. E as mulheres damascenas — que nunca faziam fila e matavam umas às outras em toda loja de legumes sempre que tinham pressa — estavam agora lá comportadas e obedientes, como alunas de uma escola de freiras, pois queriam agradar ao cantor. Pegavam o retrato de sua mão e iam embora com passos ordenados. Dália estava atrás de Nura e lhe murmurou:

— Agora ou nunca — mas Nura estava excitada demais em seu caro vestido, emprestado de uma noiva.

Quando chegou a vez dela, o cantor lhe deu o retrato, sorriu-lhe rapidamente e tocou os seus dedos. Ela quase desmaiou.

Com Dália foi totalmente diferente. Ela se encheu de coragem e aproveitou a ocasião para dar um beijo retumbante no cantor estupefato.

— Eu, Dália, a pequena costureira, enviuvada três vezes, beijei Farid al Atrach. A partir de agora posso morrer e Deus pode tranquilamente me mandar para o inferno — triunfou ela no coche, a caminho de casa. Suas ajudantes riram baixo.

No dia seguinte, quando Nura chegou em casa na hora do almoço, encontrou a foto dilacerada em mil pedaços embaixo do travesseiro.

Ela ficou pasma; e sentiu como a raiva lhe tirava a respiração. O desejo de deixar a casa paterna se tornava cada vez mais forte. Queria logo se casar para se livrar da mãe.

Nada escapava de Dália.

— Ah, menina, poupe suas lágrimas. Aqui está uma nova foto para você — disse ela, dando-lhe o retrato. — Eu tenho o suficiente. Ele não é encantador? E seu cheiro!

Em casa, Nura escondeu a foto em seu armário, embaixo de uma tábua solta, mas logo se esqueceu dela.

Só depois de sua fuga ela se lembrou da foto, e se perguntou se alguém que séculos mais tarde descobrisse o retrato no chão do armário adivinharia a história que estava por trás dele. Abanou a cabeça e deu risada.

Dália era uma verdadeira mestra. Ela odiava o mediano e acreditou por toda vida que tudo que era mal feito se vingaria depois. Ela mesma tinha paciência, mas quase sempre tinha o azar de ver que suas ajudantes não traziam a paixão necessária. Muitas já se consideravam costureiras por terem feito uma vez em casa um avental ou um pano de cozinha.

— Menina, menina, você não está concentrada — era a frase mais frequente de Dália, pois a maioria das ajudantes queria aprender a costurar só um pouco, para se tornar um bom partido para um homem. Depois de cozinhar, aquilo a que um homem em Damasco dava mais valor na futura mulher era sua capacidade de costurar.

— Tesoura e agulha, fios e máquina de costura são apenas os meios — explicou para Nura, logo na primeira semana. — No mais tardar em dois anos, você aprenderá a costurar seguindo as regras. Mas, só quando souber, depois de olhar para um tecido, qual tipo de vestido melhor sairá dele, é que você terá se tornado uma costureira. E isto não está nos livros. Você precisa ter sensibilidade para conseguir tirar as passas da massa de possibilidades.

Nura olhava como Dália observava o tecido trazido pelas freguesas; como o desenrolava, tocava, colocava sobre a bochecha, refletia, pegava de novo nas mãos, segurava contra a luz, e como um sorriso envergonhado deslizava, então, sobre sua boca, dando o sinal de que tivera uma ideia. Pegava uma folha de papel, fazia apressadamente um corte e o colocava contra o tecido, examinando-o. Quando Dália ficava satisfeita, Nura percebia a ideia passando da cabeça para os pulsos e, através dos dedos, chegando ao tecido. A partir daí, não havia mais hesitação até o vestido estar estruturado por agulhas e alinhavos.

Além da experiente Fátima, nenhuma ajudante podia cortar os tecidos. Mas Dália as encorajava a treinar com o restos:

— Primeiro com o bom algodão e depois com os majestosos veludo e seda.

No primeiro ano de aprendizado, Nura se admirava com as longas discussões que Dália travava muitas vezes com as freguesas. Estas chegavam, geralmente, com uma ideia exata de qual vestido queriam. Mas era comum Dália achar que aquele tipo de vestido não combinava com a freguesa.

— Não, madame, laranja e vermelho não combinam com seus olhos, com a cor de seus cabelos e muito menos com a sua abençoada abundância — disse ela numa ocasião.

— Mas meu marido adora vermelho — lamentou a mulher do diretor do banco Al Salem.

— Então ele deve usar vermelho ou a senhora emagrece de dez a quinze quilos — disse Dália, mostrando-lhe como azul combinava com ela, além de deixá-la mais magra.

— Como consegue ver tudo isso? — perguntou Nura um dia, quando a mulher de um cirurgião famoso não se controlou de tanta felicidade e gratidão pelo novo vestido.

— Eu aprendi a ver antes de fazer meu primeiro corte. Tente entender uma vez as curvas das ondas, o verde mágico das folhas da laranja, o branco das flores do jasmim, a esbelteza das palmeiras. Você vai ver que são os mestres da elegância.

Dália nunca estava satisfeita. E não raramente ela era injusta. Também Fátima não era poupada.

— Veja a Fátima — dizia sempre, fingindo desespero e olhando para sua melhor e mais velha ajudante —, ela está há dez anos aqui e até hoje não sabe fazer uma casa de botão decente.

Fátima odiava casas de botão, mas fora isso era uma excelente costureira. Era a única ajudante de confiança que já trabalhava na oficina antes da entrada de Nura e que permanecera lá depois de Nura sair. Ela não só fazia o trabalho de três, como também era a alma da oficina. Consolava e ajudava as mais jovens, e também constestava com vigor quando a chefe exagerava.

As outras ajudantes mudavam rápido. Não gostavam do trabalho. Chegavam com a ideia de que, em um ano, já seriam mestras, e daí percebiam como o ofício era complicado.

Às vezes, algumas saíam por conta própria; outras vezes era Dália quem as mandava embora:

— Já é mais do que o suficiente para costurar as cuecas do seu marido — afirmava.

Ela pagava um salário mínimo, que só cobria o bilhete do bonde ou do ônibus. Mas toda ajudante recebia uma refeição quente por dia e café à vontade. Ninguém, além da chefe, podia tomar álcool.

Mais tarde, Nura consideraria o primeiro ano com Dália o mais difícil; do segundo em diante, seu entusiasmo foi total, conseguia fazer sozinha vestidos inteiros.

Quando começou a sonhar com o trabalho, Dália riu e lhe bateu nos ombros:

— Você faz progresso até no sono — disse.

Se bem que o sonho não fora nada engraçado. Sonhara com uma freguesa que estava visitando a costureira para experimentar seu vestido de casamento. O vestido estava quase pronto, tanto no sonho como na vida real. No sonho a freguesa não ficou satisfeita, apesar de o vestido ter lhe caído maravilhosamente bem e escondido a gravidez. Então Nura achou melhor fazer um café para acalmar a mulher, que estava quase chorando à frente do espelho. A caminho da cozinha, Nura pediu à chefe que conversasse com a freguesa, pois esta respeitava muito Dália. Nesse momento, ouviram risos aliviados.

— Assim ficou bom — exultou a mulher. Com uma grande tesoura, ela cortara o vestido um palmo acima do joelho, tornando-o deploravelmente curto, com a borda em ziguezague.

Nura acordou, respirando com dificuldade.

— Agora a profissão está se embrenhando em você. Logo ela vai se acomodar no cérebro — afirmou Dália e riu quando Nura terminou seu relato. O vestido fora o primeiro trabalho que Nura fez sozinha.

Ela aprendia com aplicação e, diariamente, ia depois do jantar para o quarto estudar os difíceis nomes das cores e tecidos e repetir alguns cortes e costuras nos restos que trazia da oficina. Mesmo dormindo Dália sabia denominar as onze nuanças da cor azul, do marinho ao azul ameixa, também chamado de *prune*. Do vermelho havia até dezesseis nuanças, do vermelho cardeal ao rosa, e ela não confundia uma com a outra.

Dália tinha um jeito muito direto também com suas freguesas. Certa vez, uma delas engordara bem rápido entre as provas do vestido, devido às várias comemorações em torno de seu casamento. A cada prova ela chegava à costureira ainda mais gorda, e Dália já tinha marcado e alfinetado três vezes todo o vestido. Quando, na prova seguinte, ela viu que a freguesa não entrava mais na roupa, abanou a cabeça:

— Eu sou costureira de moda feminina e não de massa com fermento. Menina, você precisa decidir entre vestido de noiva ou pistache e bolo! — A jovem mulher ficou com o rosto vermelho e foi logo embora. Dez dias depois, porém, voltou à oficina bem pálida, mas magra.

— Meninas bonitas não precisam de vestidos, Deus já lhes costurou o que há de mais lindo. Mas essas pessoas são raras. Nos outros casos, nossa arte consiste em acentuar o que é bonito e esconder o que é feio. — Esta era a divisa de Dália para sua profissão.

Ela trabalhava horas a fio na máquina de costura Singer com pedal, da qual tinha muito orgulho. Para suas ajudantes havia três máquinas mais antigas, com manivelas.

13.

— O modo como conheci meu primeiro marido teve a ver com meus pais, naturalmente — contou um dia a costureira. — Eles eram muito estimados aqui no bairro de Midan e tinham uma casa aberta. Meu pai e principalmente minha mãe gostavam de tomar áraque, como se fossem cristãos. Ambos eram, porém, muçulmanos crentes, mas que consideravam os mandamentos e proibições apenas regras necessárias para a ordem em sociedades primitivas. Eu nunca os vi bêbados.

"Nosso bairro de Midan era conhecido como rebelde desde os tempos dos otomanos e continuou assim sob o domínio francês. Às vezes, o bairro era bloqueado por um labirinto de cercas de arame e quem quisesse entrar ou sair era controlado. E, quando isso não ajudou mais, os franceses bombardearam o bairro.

"Meu pai era algo como um comandante. As pessoas viviam muito juntas e se conheciam bem. Meus pais eram conhecidos por sua hospitalidade, por isso um estranho era sempre levado ao meu pai, gentilmente ou com violência. Quando o estranho estava em ordem, era mimado como um convidado e todos os vizinhos lhe preparavam uma grande refeição. Entretanto, se tivesse más intenções, era expulso do bairro ou castigado ainda de forma mais dura. Nos anos de rebelião, dois espiões foram descobertos, executados e colocados com uma folha de papel no peito ao lado da cerca de arame: "Saudações a Sarai", estava escrito. O general Sarai era o chefe das tropas francesas na Síria.

"Num dia frio de janeiro de 1926 — o país estava na maior desordem desde a eclosão do levante contra os franceses, no verão de 1925 —, um jovem de Alepo chegou até nós. Ele queria aprender como as pessoas do bairro de Midan se organizavam contra os franceses. Chamava-se Salah e sabia declamar poemas maravilhosamente.

"Quando me viu, quis se casar comigo na mesma hora e meu pai concordou no ato. O homem vinha de uma família respeitada e era relativamente abastado. Na opinião de meu pai, era mais do que razoável dar como esposa para um homem admirador do bairro de Midan uma mulher que viesse deste bairro. Não me consultaram. Eu era uma coisinha de dezesseis anos, e o olhar do homem me deixava enfraquecida. Ele tinha belos olhos e cabelos longos e encaracolados."

Dália encheu o copo com áraque, acrescentou água e deu um bom gole.

— Salah foi muito charmoso comigo durante toda a noite do casamento. Enquanto os convidados cantavam e dançavam, ele declamava para mim um poema de amor depois do outro. Eu estava apaixonada por ele. Depois da festa, fomos para o grande dormitório. Ele fechou a porta por trás e me deu um sorriso. Eu sentia um sufoco, como se ele, com o fechar da porta, tivesse apertado um saco ao redor de meu pescoço.

"Tentei me lembrar dos conselhos de minha mãe sobre como fazer um pouco de resistência. Eu tremia no corpo todo de tanta insegurança. Como fingir um pouco de resistência? Ele desabotoou meu vestido. Quase desmaiei. 'Você quer um gole de áraque?', perguntou ele. A garrafa numa tina com lascas de gelo tinha sido posta no quarto, decentemente. Concordei. Álcool traz coragem, pensei. Minha mãe dissera que álcool também ativa o próprio prazer, de modo que eu também poderia aproveitar um pouco a primeira noite. Salah tomou um pequeno gole. Eu virei o copo todo e senti como o áraque queimou o meu interior em brasa. Suas mãos já procuravam apressadamente uma entrada até mim e, ao mesmo tempo, desabotoavam a própria braguilha.

"Quando ele tocasse os seios — aconselhara minha mãe para a noite de núpcias —, eu deveria suspirar para que continuasse; e, quando algo não me agradasse, eu deveria endurecer como um pedaço de pau.

"No momento em que as mãos de Salah tocaram entre minhas pernas, porém, endureci da cabeça aos pés, como uma jangada que quisesse partir mas ficou retida em algum lugar. Tudo em mim estava morto. Ele tirou toda a roupa e daí vi sua coisa: pequena e curvada. Não consegui segurar meu riso. Ele me deu o primeiro tapa, porque sua coisa não reagia. Abriu minha pernas ainda mais, como se ele fosse um elefante. Eu o olhei, nu entre minhas pernas: 'Meu Deus, como ele é feio', pensei. Meu prazer se evaporara pela janela aberta. Ele suava e exalava um cheiro esquisito; não era um cheiro forte, mas estranho, quase como de pepinos recém-cortados.

"Nas horas seguintes, ele se empenhou atenciosamente em prensar sua coisa inerte em mim. No final, foi mais o seu dedo que apresentou a prova de minha virgindade, o que fez jubilarem os pais e parentes do lado de fora.

"Três semanas depois, Salah foi detido num controle. Ele tentou fugir, pois transportava armas. Foi fuzilado. O bairro todo andou atrás de seu caixão e todos juraram vingança contra Sarai e os franceses. Homens fortões choravam como crianças órfãs. Eu mentiria se dissesse que fiquei triste. Para mim, ele permaneceu um estranho nessas três semanas. O que me ajudou na ocasião foram as cebolas. Acho que Deus criou as cebolas para ajudar as viúvas, para salvar o rosto delas. Também foi assim comigo. Os parentes me acalmavam e se preocupavam com minha saúde. Eu me achei um monstro, mas meu coração permaneceu mudo."

Nura sempre fora um pouco presbita, tanto que logo ficou difícil para ela passar o fio pelo olho da agulha. Então, pôs óculos. Eram os mais baratos e os mais feios que lhe foram oferecidos, mas era assim que a mãe queria. Esta explicava que a filha não deveria seduzir ninguém. Nura se envergonhava de andar de óculos pela rua ou em casa, então os guardava em sua gaveta da oficina de costura. A mãe também a aconselhava a não contar para ninguém dos óculos, pois as pessoas não queriam ter uma nora de óculos e, muito menos, presbita.

Dália, ao contrário, estava sempre com seus óculos grossos e, quando os tirou do rosto uma vez, Nura se surpreendeu e viu que ela tinha belos olhos grandes e não aquelas pequenas ervilhas rodeadas por círculos de vidro.

Nura adorava a tranquilidade quando precisava, ao longo das horas, realizar algum trabalho mecânico simples, pois assim tinha tempo para refletir sobre as mais variadas coisas. O curioso era que nunca pensava em casamento, como as outras mulheres na oficina de Dália. Ela queria amar alguém apaixonadamente, alguém que lhe conquistasse o coração e tirasse a razão, mas não encontrava. Às vezes, em suas fantasias, compunha o homem de seus sonhos a partir de peças avulsas: o olho de um mendigo, o espírito e a inteligência de seu pai, o humor do vendedor de sorvete, a paixão do vendedor de feijão, a voz do cantor Farid al Atrach e o andar suave de Tyrone Power, que admirara no cinema.

Às vezes, precisava rir quando pensava na possibilidade de que, por alguma falha, uma montagem errada talvez fosse criada e o homem de seus desejos saísse tão pequeno como seu pai, com a barriga e a careca do vendedor de feijão, a cara insossa do cantor e o caráter ruim de Tyrone Power.

Um dia, uma colega chegou arrasada ao trabalho e contou, soluçando, que não passara no teste.

— Qual teste? — perguntou Dália.

— O teste da noiva — disse a jovem, chorando.

Dália voltou aliviada para sua máquina de costura. Nesse dia, então, a ajudante teve de arrumar a cozinha, fazer café e voltar para casa na hora do almoço e descansar, para que as freguesas não vissem seu rosto choroso.

E o que acontecera? Os pais de um jovem açougueiro estavam considerando a jovem como noiva de seu filho. Examinaram-na, beliscaram-na pelo corpo e ficaram insatisfeitos, pois ela teria dentes ruins e teria suado de tanta excitação. O teste da noiva no *hammam* terminou com uma desgraça, pois descobriram duas cicatrizes feias na barriga dela. O sonho acabou!

Enquanto a jovem lamentava na cozinha desesperadamente seu destino, Nura se lembrou de um livro ilustrado sobre pintura francesa, no qual uma bela mulher nua, de corpo suave e pele clara, era apalpada num mercado escravo por um homem grosseiro e mascarado. Ele examinava os dentes dela, como fazem os camponeses quando querem comprar um jumento.

A mãe de Nura estava animadíssima com a habilidade da filha como costureira. Por toda a vida permaneceu orgulhosa do vestido que Nura lhe presenteara para a Festa do Sacrifício. Ele era vermelho escuro, com arabescos claros. O corte era simples e Nura nem se esforçara muito.

Tanto antes como depois, Nura nunca vira a mãe tão emocionada quanto nesse dia.

— Durante toda a minha vida quis ser costureira e vestir as pessoas com belos tecidos — suspirou ela —, mas meu pai considerava vergonhoso uma mulher trabalhar para ganhar o pão.

Curiosamente, a mãe tinha confiança total em Dália, apesar de esta ser bem mal-humorada. Quando Nura lhe disse uma vez que fora convidada para ir com a costureira à casa de um homem rico cuja esposa era freguesa de Dália, a mãe não se opôs.

— Dália é uma leoa e vai tomar conta de você muito bem — afirmou, com confiança —, mas não diga nada para seu pai. Ele não gosta de ricos e estragará sua visita com um sermão.

— Vamos encerrar por hoje — disse Dália no final de uma tarde, terminando a última costura num vestido de verão para uma boa amiga.

Dália examinou o vestido uma última vez e o entregou para Nura, que o esticou e engomou com um ferro.

— Ele vai fazer Sofia ficar pelo menos dez anos mais jovem — afirmou.

Ela pegou a garrafa de áraque, os cigarros e um copo e se arrastou para o terraço. Ali, abriu a torneira da fonte e a água caiu silenciosamente na pequena bacia, fazendo um murmúrio. Nura a acompanhou. Sua curiosidade levou, finalmente, à conversa sobre a vida de Dália depois da morte do marido.

— Kadir, meu segundo marido — contou —, era mecânico. Era meu primo e trabalhava na periferia de Damasco, numa grande oficina. Eu o conhecia como um menino quieto, peludo como um macaco. Brincava-se na família que a mãe dele tivera um caso com um gorila. Mas não era tão grave.

"Kadir apareceu quando meu primeiro marido havia morrido. Ele estava pronto para abrir sua própria oficina. Eu nem tinha chegado aos dezessete anos e não vivia nas ruas de Damasco, mas nos filmes a que assistia. Ele era um mecânico esperto e com sorte. Logo mal conseguiria se livrar dos fregueses. Quando nos visitava, cheirava sempre a gasolina. Ficava o tempo todo calado ou conversava com meu pai sobre carros. Meu pai foi um dos primeiros naquela época a ter um Ford.

"Eu não gostava de meu primo Kadir, mas ele agradava à minha mãe e ainda mais ao meu pai, que a partir de então consertava o carro de graça. Ele dizia: 'Kadir tem mãos abençoadas. Foi ele tocar no carro e esta lataria não deu mais problema.'

"Meu noivo era exatamente o contrário do amante que eu pintara em minha fantasia. Este era um árabe falante, magro, com olhos grandes, bigodes finos e costeletas afiadas. Ele chegava sempre quando eu queria vê-lo, com um rosto recém-barbeado. Seu cabelo ondulado brilhava e ele tinha sempre um jornal ou uma revista embaixo do braço. Estava mais interessado por meus lábios e por meus olhos do que por meu traseiro. Ele achava minhas palavras sensuais e se afundava nos meus olhos.

"Mas este amante caiu morto no primeiro soco que meu noivo lhe desferiu na noite do casamento. Meu noivo não se importava com penteados ou revistas e achava que os filmes eram pura trapaça. Nada lhe interessava além de carne ou metal. Não comia nenhum legume, nunca cantava e nunca viu um filme em sua vida. Ele nem percebia que eu possuía boca e olhos. Só olhava para minha bunda.

"Na primeira noite eu estava embaixo dele e, sem me dar um único beijo, ele relinchava como um garanhão, suando. O suor cheirava a combustível. Eu mal consegui manter no estômago a comida abundante do casamento.

"Eu tinha de ser não apenas sua amante na cama, mas também uma mãe preocupada, além de mulher de negócios e escrava no trabalho doméstico. Apenas sua roupa para o trabalho ocuparia uma lavadeira em tempo integral, pois ele queria ter roupas limpas todos os dias. Eu preferia, então, os árabes antigos! Eles separavam tudo nitidamente: a mãe, a esposa como dona da casa, uma escrava para o serviço doméstico, uma cozinheira, uma bela amante, uma professora para as crianças e sei lá mais o quê. Hoje os homens querem isso tudo de uma única mulher. E de preferência sem gastar muito.

"Durante um ano ele trepou em cima de mim duas vezes ao dia, tanto que logo eu não conseguia andar mais. Um dia veio a redenção. Em meio a um orgasmo ele soltou um grito, como se tivesse se transformado no Tarzan, e caiu de lado na cama. Estava morto, bem morto. Eu gritei de pavor por três dias e consideraram meus gritos uma forma de luto."

O que Nura ouvia era inacreditável. Ela até gostaria de fazer perguntas para entender melhor alguns detalhes, mas não ousou interromper a fluência narrativa de Dália.

Dessa vez a costureira foi esperta e um pouco mais rápida do que a família do marido. Ela vendeu a oficina para o ajudante mais velho e, por muito dinheiro, o enorme Cadillac de dezesseis cilindros para um saudita rico; morreu de rir dos irmãos revoltados do marido, que saíram de mãos abanando.

Dália não falava nunca do terceiro marido. Quando Nura lhe perguntou sobre ele, pouco antes de deixar a oficina, depois de três anos trabalhando ali, a costureira rejeitou a conversa. Parecia uma ferida e foi realmente uma ferida profunda, como Nura ficaria sabendo mais tarde por uma vizinha.

Dália conhecera seu terceiro marido no hospital, visitando uma amiga doente. Ele era jovem e tinha um câncer sem cura. Dália se apaixonou pelo jovem pálido. A mulher do médico-chefe era uma entusiasmada freguesa de Dália; esta podia, então, visitar o amado sempre que quisesse. Ela decidiu se casar com o homem doente, cujo nome nunca mencionava. Todos os parentes e amigos a advertiram, mas Dália sempre pensava com a própria cabeça, que era dura como uma pedra. Ela se casou com o homem, levou-o para a casa e cuidou dele com amor, até ele conseguir se levantar, até a morte, com sua palidez, afastar-se de seu rosto e a cor voltar. Dália vivia no paraíso, ao lado de um homem belo e bem humorado. Ela nunca se incomodou com o fato de ele ser um preguiçoso. Deixava-o ser assim e revidava às calúnias:

— Deixem-no aproveitar a vida, seus avarentos e invejosos. Ele sofreu por tantos anos.

Por ele, Dália gastava dinheiro com as duas mãos e trabalhava como uma louca para não precisar fazer dívidas. Seu marido era muito charmoso e, no começo, também muito carinhoso com ela; mas daí começou a traí-la. Todo mundo sabia disso, só Dália não queria saber.

Numa bela noite de verão, Dália o aguardava para o jantar, pois era o terceiro aniversário de seu casamento e ela esperava do número três um pouco mais de sorte. Então, o telefone tocou e uma voz feminina disse, de forma sucinta e fria, para ela buscar o cadáver do marido. Ele teria tido um infarto e estaria caído na escada.

A ligação fora feita por uma puta famosa do novo bairro. Dália o encontrou, de fato, caído na escada. O rosto dele estava contraído, fazendo uma careta feia. Dália chamou a polícia e na mesma noite se descobriu que o morto era cliente habitual daquele bordel, e que as mulheres e os serviçais da casa o consideravam um homem rico e esbanjador, só interessado em putas jovens. O infarto o liquidara.

Depois desse choque, Dália continuou a se apaixonar pelos homens, mas nunca mais quis viver com nenhum deles. Nura estava certa de que a costureira teria um amante, pois via às vezes uma mancha escura no pescoço dela. Porém, nunca conseguiu descobrir quem era.

Na condição de mulher experiente, Dália aconselhava suas ajudantes e freguesas quando reclamavam dos maridos. Muitas vezes Nura tinha a sensação de que algumas mulheres não precisavam de vestidos, mas apenas dos conselhos da costureira.

Do local onde trabalhava, Nura conseguia ouvir tudo que era dito no terraço enquanto a máquina de costura permanecia desligada. Um dia, ouviu as mágoas da senhora Abbani, uma mulher jovem e rica, que não fora abençoada com beleza mas com uma voz encantadora. Nura percebia uma transformação admirável nesta mulher. Quando ela estava calada, parecia dar pena; porém, assim que começava a falar, transformava-se numa mulher bem atraente. Ela era muito culta e sabia muito de astrologia, poesia e sobretudo arquitetura. Mas não compreendia os homens e estava bastante infeliz com o marido.

A senhora Abbani encomendava doze vestidos por ano; então, ela vinha uma vez por semana até Dália e desabafava durante um café. A chefa podia chamá-la de Nasime; as ajudantes tinham de dizer "senhora Abbani", mostrando respeito absoluto.

Nasime Abbani fora a melhor aluna da classe e nunca quis saber de homens. Quando menina, sonhava com uma carreira de arquiteta e esboçava projetos magníficos de casas do futuro, que considerassem o clima quente e funcionassem no inverno quase sem aquecimento. O segredo dessas casas era um sistema de ventilação refinado, que Nasime vira durante umas férias no Iêmen.

Sua mãe enviuvou muito cedo, mas era riquíssima. Sua ambição consistia em não perder as posses do marido falecido para nenhum interesseiro. Decidiu, então, achar bons partidos para seus dois filhos e sua única filha — e conseguiu. Os três casaram com membros de famílias ainda mais ricas.

No caso de Nasime, foi o filho de uma amiga da mãe. O fato de ela ser a terceira mulher deste homem incomodava-a. Dália conhecia o marido da cliente. Ele possuía muitas casas e terras e era um homem poderoso na cidade.

O maior problema de Nasime era ter de fingir, de três em três dias, que era uma esposa cheia de desejos. Depois, ela se odiava por dois dias. Jamais podia pronunciar algo de sincero diante do marido, mas apenas dizer "sim" a tudo que ele dizia. Sentia-se esgotada, pois a mentira cansa quando o coração não a acompanha, e o coração de Nasime era puro como o de uma menina de cinco anos. Sempre precisava se mostrar bem disposta, massagear o marido, beijá-lo e excitá-lo, até ele ficar ativo. Mas ela não gostava do corpo dele. Era branco como a neve, mole e, como ele suava muito, liso como um sapo. Antes de fazer amor, o marido sempre bebia áraque; logo ela passou a não suportar mais o cheiro de anis. Além disso, ele possuía um dispositivo, único em Damasco, com o qual se tornava mais rude sempre que ela pedia mais delicadeza. Ficar embaixo dele era uma tortura. Ela tinha três crianças que amava muito, e aproveitava a vida com elas como um descanso entre as visitas do marido.

Um dia, Dália lhe recomendou fumar um cigarro de haxixe antes do ato, como faziam outras freguesas para suportar melhor os maridos. Mas Nasime concluiu que o haxixe não lhe cairia bem, pois só olhar para o marido já lhe dava vontade de vomitar.

Dália tentou consolar sua freguesa, afirmando que o marido aparentemente produziria sêmen demais e precisaria soltá-lo, quisesse ou não. Nasime sorriu, de forma amarga:

— Eu acho que o cérebro inteiro do meu marido é feito de sêmen.

As duas mulheres riram e, pela primeira vez, Nura percebeu que riso encantador e alegre a mulher soltava. Se fosse um homem, pensou Nura, ela se apaixonaria de imediato pela senhora Abbani. Ela não imaginava como a verdade estava tão perto. Também Nassri Abbani se decidira por esta mulher quando a ouviu rir na casa dos pais dela. Ele não pôde vê-la naquela ocasião, mas seguiu o conselho da mãe e se casou com ela.

Um dia, pouco antes de concluir sua aprendizagem, Nura ouviu a costureira aconselhando a amiga Nasime Abbani:

— Para você só resta uma saída: a separação! E depois procure exatamente o homem que você poderá amar.

Perto do final do terceiro ano, Nura também pôde trabalhar os tecidos mais caros, como veludo e seda. Quando ela executava um pedido sozinha, Dália lhe mostrava claramente o quanto a considerava — o que, por sua vez, provocava a inveja de Fátima, a ajudante mais antiga.

Nura teria terminado sua aprendizagem feliz e satisfeita se um dia a tia de um famoso calígrafo não tivesse aparecido.

Naquela manhã, quando deveria conhecer a mulher, ela observou a caminho do trabalho dois policiais atirando num cachorro. Fazia semanas que circulava o boato de que um bando estaria pegando cachorros, escrevendo nas costas deles o nome do presidente Chichakli com água oxigenada e os soltando na cidade. O cachorro que fora morto na frente de Nura tinha um pelo marrom claro, sobre o qual as letras gravadas traziam um branco brilhante.

Quando contou para Dália naquela manhã que vivenciara a morte sofrida do cachorro — pois o tiro não o matara de imediato —, esta congelou:

— Isso traz azar. Que Deus nos proteja do que vem pela frente.

Durante o dia, Dália e Nura esqueceram o cachorro e o presidente.

O coronel Chichakli, que chegara ao poder por meio de um golpe, acabou sendo afastado na primavera de 1954, durante uma revolta. No entanto, anos foram necessários até Nura reconhecer que, naquela manhã, não fora pronunciada uma superstição, mas sim uma profecia.

14.

Nura precisou de anos para fazer um quadro de seu casamento, juntando os trapos coloridos de sua memória. E pensava com frequência na avó, que costurava paisagens inteiras com restos de tecidos coloridos.

Ela ficou sabendo só pouco antes de sua fuga que foi a colega de escola Nabiha al Azm quem levou Hamid Farsi indiretamente até ela. A rica família de Nabiha morava numa linda casa a menos de cinquenta passos do ateliê de Hamid. O irmão dela, que Nura conhecia desde menina, era louco por caligrafia e um bom freguês de Hamid. Um dia, ele contou para Nabiha do calígrafo solitário e esta logo pensou em um nome: Nura!

Nura se lembrou mais tarde de um encontro casual com Nabiha no Suk al Hamidiye, onde ela comprava botões especiais para Dália. Como tinha tempo, Nura então aceitou o convite da antiga colega para tomarem sorvete juntas. Nabiha, que já estava noiva e perto do casamento, admirou-se do fato de Nura ainda ser solteira.

— Sempre achei que você, com seu rosto bonito, fisgaria já com quinze anos um homem rico. Comparando com você, sou uma galinha velha.

Duas semanas depois, o pai de Nura contou que algum rebento de uma família nobre queria tê-la como a quarta mulher. O pai teria obviamente recusado, pois a filha merecia um marido que amasse apenas ela.

Um mês depois, a vizinha Badia convidou Nura e a mãe para um café. Nura não estava com a menor vontade, mas foi por educação.

Pensando bem, Nura acabou se convencendo de que a mãe, naquele dia, já sabia o que estava acontecendo. Por isso mandara várias vezes Nura se vestir bem — o que era estranho, pois vizinhos se visitavam quase sempre com roupas simples, e alguns iam até de chinelos.

Na sala da vizinha estava uma senhora mais velha e muito elegante, apresentada como Majda. Ela era a filha do famoso comerciante Hamid Farsi e sua amiga, explicou Badia. Seu marido trabalhava na Arábia Saudita, por isso ela raramente vinha para Damasco. A senhora acentuou várias vezes que o marido era respeitado lá e que viviam num palácio, mas o país a entediava muito; por isso gostava de visitar, no verão, sua casinha em Salihiye.

Enquanto contava as coisas, ela fixava Nura com seus olhos pequenos mas afiados, e Nura sentiu como o olhar da mulher penetrava por suas roupas e a deixava inquieta.

Tudo fora uma palhaçada terrível, mas Nura não percebera. Já na primeira visita, Badia pediu a Nura que fizesse o café, pois ela supostamente gostava do café feito por suas mãos. O moca que Nura fazia não era sempre bom. Ela o fazia tão bem ou tão mal como qualquer menina de dezessete anos em Damasco. Mas, como conhecia de cor a casa da vizinha, levantou-se e foi para a cozinha. Não percebeu que, naquele momento, a estranha examinou seu andar com olhos experientes. Quando Nura serviu o café, a mulher exclamou:

— Que graça!

As mulheres falavam abertamente sobre tudo, e Nura achou a conversa na mesa íntima demais para um primeiro encontro com uma estranha. De repente, Badia começou a elogiar um rico calígrafo, que enviuvara cedo, do qual ela parecia saber muito. A mãe de Nura acentuou ser indiferente para ela, como para qualquer mulher razoável, o fato de alguém ser viúvo e sem filhos.

— Ele não tem filhos, graças a Deus, mas caso venha a se casar com uma jovem gazela ele bem que gostaria de ter filhos bonitos com ela — revidou a estranha, examinando Nura e mexendo as sobrancelhas com expressividade. Nura percebeu que estavam se referindo a ela e ficou constrangida.

Pouco depois, a mãe e ela se despediram e partiram. Mas a mãe ficou parada logo atrás da porta e insinuou a Nura que deveriam ouvir o que as mulheres falavam delas. A conversa não demorou muito. De forma alta e clara, a estranha disse para sua anfitriã:

— Uma gazela. Que Deus a proteja dos olhos invejosos. Ela é bem magra, mas dando-lhe bastante comida é possível torná-la bela. Seu esboço é bonito; seus passos são bem femininos; as mãos, quentes e secas; e o olhar, orgulhoso. Talvez um pouco orgulhoso demais.

— Certamente, certamente. Assim são todas as mulheres que leem livros; mas, se seu sobrinho for um homem, ele quebrará o orgulho dela na primeira noite, mostrando-lhe quem é o chefe em casa. E, se ele não conseguir isso, tudo bem; afinal, os homens não vivem tão mal tanto no meu caso como no seu.

As duas mulheres deram risada.

A conversa íntima parecia fascinar a mãe. Para Nura, porém, era constrangedora. Ela só queria ir embora.

Meses mais tarde, Nura ficaria sabendo que, no dia seguinte àquele encontro, sua mãe tinha ido ao ateliê do futuro noivo e o observado.

Era um ateliê fino e claro, com uma recepção de mármore e vidro, como um museu moderno. O bairro de Suk-Saruja era tido como o local mais nobre da cidade. Apesar disso, a mãe não conseguia imaginar que alguém vivesse de escrever — isso porque seu marido escrevera vários livros e continuava pobre. Quando confidenciou a Badia suas preocupações, esta explicou, acalmando-a, que Hamid Farsi era um dos melhores calígrafos de Damasco e possuía uma casa maravilhosa. Por isso ela não devia compará-lo com o pai de Nura. Ela poderia até arranjar a chave da casa, mas a mãe se recusou a entrar nos aposentos sem a tia do futuro noivo. Assim, encontraram-se no mercado dos temperos, o Suk al Busurije, e andaram até lá.

— Não é uma casa, é um pedaço do paraíso — murmurou a mãe de Nura, varrendo toda a sua hesitação.

A casa tinha, de fato, todas as características do paraíso, como o imaginavam os damascenos. Quando se entrava na casa pelo lado oriental, chegava-se a um corredor escuro, que reduzia ao mínimo o barulho, o pó e o calor da rua. Mais ou menos no meio do corredor, abria-se à esquerda a porta de uma grande cozinha, exatamente como a mãe de Nura sempre sonhara. Na frente, ao lado de um banheiro moderno, havia um quarto para móveis velhos, copos, potes para conservas, alambiques e outros aparelhos domésticos usados no máximo uma vez por ano. Do corredor chegava-se a um pátio interno que satisfazia a todos os desejos, pois tinha um mármore colorido, uma fonte, árvores de limão, laranja e damasco, ao lado de várias rosas e de uma trepadeira de jasmim. Cercavam o pátio interno nichos cobertos, uma sala, um dormitório e um quarto para hóspedes, tudo de bom tamanho. A mãe de Nura nem quis inspecionar o primeiro andar. O que vira no térreo era suficiente.

Ela não contou nem para o marido nem para Nura desta visita secreta. Nem o faria jamais.

A partir daí ela ficou convencida de que Hamid Farsi seria a sorte de sua filha. E assim começou a falar cuidadosamente sobre isso com o marido. Mais tarde, entretanto, depois da fuga de Nura, ela afirmaria ter, desde o início, dúvidas a respeito do homem. O pai de Nura quase nunca tinha ataques de raiva; mas, quando a mulher apresentava de forma errada em sua memória esta fase da negociação, ele brigava com ela.

Uma semana depois da dita inspeção, Badia visitou-as com Majda para tomar um café. Elas estavam sentadas à fonte e falavam sobre os sonhos das mulheres, que pareciam convergir para um mesmo ponto, ou seja, fazer os maridos felizes.

Naquela época, Nura considerava a conversa uma hipocrisia, pois nem a mãe nem Badia viviam de acordo com esta máxima. Seu pai seria mais feliz com qualquer outra mulher, já quando criança ela estava convencida disso.

Majda tentou por muito tempo persuadi-la — eram floreios de delicadeza, que Nura precisava revidar como toda menina damascena era obrigada a fazer. Ao se despedir, Majda surpreendeu-a com um abraço gentil e forte. Permitiu que ela a chamasse apenas por Majda. Então Nura se assustou quando a mulher a beijou na boca. Não foi desagradável, pois Majda cheirava bem e tinha uma boca bonita, mas foi contrangedor para ela.

— Por quê? — perguntou Nura irritada, mais tarde, quando estava a sós com a mãe.

— Majda quis examinar de perto como você cheira e se você tem uma boca apetitosa.

— E por quê? — perguntou Nura, admirada.

— Porque o sobrinho dela, um calígrafo famoso, está procurando uma mulher — respondeu a mãe — e você pode se considerar sortuda se der certo.

Nura sentiu uma felicidade estranha ao saber que um homem famoso pedia sua mão. Uma semana depois, Nura deveria ir com a mãe ao *hammam* e lá encontrar Majda e a vizinha Badia.

Só depois ela ficou sabendo que a tia de Hamid Farsi queria examinar seu corpo nu, para fazer um julgamento definitivo.

Mas então veio mais uma surpresa. A mãe, que se envergonhava até de um pardal no pátio de casa, permitiu à estranha apalpar e examinar a própria filha. Nura ficou perturbada, deixando a mulher fazer tudo, o exame da vagina, dos seios, axilas, nariz e orelhas.

Nura, porém, foi poupada de um outro constrangimento — também comum nessa situação —, pois a família Arabi era conhecida por sua reputação, tornando desnecessário o interrogatório dos vizinhos.

Seguiram-se semanas de insegurança.

Depois da visita ao *hammam*, a mulher não deu notícias. A mãe de Nura mal conseguia dormir, como se ela estivesse para casar.

A mulher apareceu, enfim, e acalmou a mãe com a alegre notícia de que Hamid Farsi gostaria de ter Nura como esposa. A mãe chorou de felicidade. Tia Majda e ela mesma passaram a organizar tudo em detalhes, do dote até a data do encontro, no qual os homens discutiriam tudo que fora negociado durante semanas pelas mulheres.

O tio de Hamid, marido de tia Majda, chegou da Arábia Saudita exclusivamente para isso. Estava acompanhado de três comerciantes muito ricos do Suk al Hamidiye, como se quisesse mostrar quais homens estavam por trás do noivo.

O pai de Nura, o xeque Arabi, impressionou os convidados com seus conhecimentos; e eles o desafiavam com perguntas complicadas a respeito de moral e fé, comiam frutas tranquilamente, fumavam e bebiam chá preto adocicado. Só depois começaram a falar do motivo da visita e logo os dois partidos chegaram a um acordo. Quando entraram no tema dote, o pai de Nura acentuou, contra a vontade da esposa, que para ele a questão seria indiferente. O principal seria a certeza de que a filha estivesse em boas mãos. Dinheiro seria algo efêmero, mas não o respeito e o amor do parceiro, mais importantes na opinião dele. A mulher, que ouvira tudo da cozinha, acusou-o mais tarde de ter podido, com mais habilidade, negociar um dote muito mais alto — como ela já havia combinado com a tia do noivo. Ele teria entregado a filha por muito pouco, como se ela fosse uma velha solteirona. O tio de Hamid também era dessa opinião, mas ficou quieto, rindo por dentro do pai de Nura, que mais uma vez lhe confirmou que um homem dos livros não fazia ideia de negócios e da vida real. Com uma filha tão linda e inteligente, ele poderia ter lucrado três vezes mais.

Após terem chegado também a um acordo sobre a data do casamento, todos se levantaram, deram-se as mãos, e o pai de Nura pronunciou uma sura do Corão para abençoar a união.

Alguns dias depois, chegou um mensageiro do noivo e entregou uma parte do dote; e a partir daí tudo aconteceu muito rápido. Dália, a costureira, recebeu a grande encomenda do ano, ou seja, guarnecer

Nura com o vestido mais lindo. Mais tarde, esse tempo apareceria para Nura como um êxtase; nunca antes nem depois ela visitara tantas lojas e gastara tanto dinheiro. A mãe não parava de comprar louças, vestidos e enfeites, apesar de Nura ir para uma casa já mobiliada, que o futuro marido comprara anos atrás e onde morara com a primeira mulher. Mas a mãe fazia questão de que a louça e o enxoval fossem novos. O noivo tentou salvar pelo menos sua louça mais cara, mas a mãe de Nura afirmou que comer em pratos usados por uma morta traria azar. Contrariado, o noivo cedeu, deixando para a futura sogra uma segunda chave da casa, e passou a não cuidar mais do que punham e tiravam dali. E fez vista grossa frente à transformação de sua casa pela sogra. Para a mãe de Nura, ele mostrava, dessa forma, generosidade e postura nobre. Desse dia em diante passou a sentir afeição por ele.

Só móveis pesados eram levados diretamente à casa de Hamid. Todo o resto ficou depositado na casa dos pais de Nura até o dia do casamento. Quarto por quarto foi se enchendo com as novas aquisições, e o pai ansiava pelo dia em que todas essas coisas seriam levadas para a casa do noivo. Mas precisou esperar um pouco.

Dália trabalhava só para o casamento de Nura. Gemia de vez em quando, afirmando que não conseguiria terminar a tempo, bebia muito áraque e dormia pouco.

— Até eu passar a primeira noite com meu marido, você estará no cemitério — disse Nura, brincando, para reduzir seu próprio remorso.

Mesmo anos depois ela se lembraria das últimas semanas com a costureira. Dália estava muito triste.

— Aquelas que eu amo sempre me deixam — disse uma vez, de repente, quando Nura e ela trabalhavam a sós. Ela lamentaria o fato de que o noivo era rico, pois Nura era sua melhor ajudante e seria uma ótima costureira. Na despedida, escorreram lágrimas sobre o rosto de Nura quando Dália lhe deu de presente uma blusa de seda.

— Pegue. Fiz para você em segredo — afirmou, com voz emocionada. — A seda estava sobrando e os botões caros tirei de uma freguesa rica. Então não precisa se preocupar. O que é roubado tem um gosto especial e fica melhor do que comprado.

Dália estava completamente bêbada.

Nura se lembrava bem dessa despedida, pois na mesma tarde ela foi ao *hammam* e lá passou por uma experiência desagradável. Aconteceu pouco antes do casamento. Alguns minutos depois de sua chegada, apareceu uma parteira conhecida no bairro e Nura teve de segui-la. As mulheres faziam muito barulho no *hall* e brincavam com água como jovens meninas. Sentavam-se em grupos, ensaboavam-se, esfregavam-se umas às outras ou entoavam canções.

Nura acompanhou a mulher rechonchuda até um compartimento distante, que parecia uma cabine sem porta. A parteira lançou um olhar para dentro e disse:

— Aqui podemos resolver o assunto.

Nura soube pela mãe que, naquele dia, ela seria depilada por todo o corpo. A parteira se adiantou de forma experiente e grosseira, depilando os pelos, faixa por faixa, com uma massa especial de açúcar. Doía como pancadas com uma tábua de agulhas, como picadas de uma vespa. A dor aumentou e se tornou insuportável quando os pelos pubianos foram arrancados. Nura teve a sensação de que a parteira lhe arrancava a pele do corpo. Começou a chorar e, em vez de consolá-la, a parteira lhe deu um tapa na cara.

— Fique quieta, menina — ralhou. — Se você não aguenta essas dores ridículas, como você quer aguentar seu marido? Isso aqui é uma brincadeira.

Ela limpou Nura com movimentos rudes e saiu apressada. Poucos minutos depois, chegou a cabeleireira. Esta tranquilizou Nura, dizendo que a parteira era mesmo um pouco dura. Cortou-lhe as unhas dos pés e das mãos, lavou e penteou seus cabelos, e contou-lhe os truques que usava para levar ao ponto máximo o marido — de quem não gostava — quando ele dormia com ela.

No final, Nura se sentiu como um carneiro que estava sendo temperado e preparado dias antes do casamento. A cabeleireira lhe passou pó e a perfumou. Uma sede imensa lhe tomou a garganta, mas ela não ousou dizer nada. Seu corpo pegava fogo e o ar do *hammam* tornava-se cada vez mais quente. Quando quis se levantar, as paredes rodaram à sua frente. A cabeleireira segurou-a debaixo dos braços, e Nura sentiu a respiração da mulher em seu pescoço. A cabeleireira a beijou no pescoço.

— Minha menina, o que está acontecendo com você? — murmurou, carinhosamente.

— Estou com sede — respondeu Nura. A mulher a abaixou até o chão, vagarosamente, e saiu apressada. Voltou logo depois com uma tigela de metal com água gelada; quando Nura tomou um gole, sua garganta seca doeu. Perturbada, observou a mão da cabeleireira acariciando seus seios. Nura estava inerte e via seus mamilos crescerem, como se pertencessem a uma estranha.

— Você pode me visitar, se quiser. Vou mimá-la de um jeito que nenhum homem consegue fazer — murmurou a mulher e lhe beijou os lábios.

Depois do banho, Nura e a mãe foram em silêncio para casa. Nura estava triste, a alegria pelo casamento dissipara-se por inteiro.

O noivado oficial foi realizado na casa dos pais, que por pouco não conseguiu acomodar os muitos convidados. A casa cheirava a incenso, a perfume forte e cera. A mãe encomendara de Alepo centenas de velas grandes, da melhor qualidade, como suporte para a luz elétrica. Ela não confiava na companhia de eletricidade. Esta sempre funcionara enquanto os franceses estavam no país; desde a independência, porém, a energia caía na cidade antiga duas vezes por semana. Ter escuridão na noite do noivado ou do casamento significava, para a mãe, a maior tragédia do mundo, um presságio para uma vida conjugal sombria.

Ela dizia sempre que ninguém teria lhe dado ouvidos no casamento da sobrinha Barake. Nura se lembrava da ocasião em que a luz caíra. Os convidados mantiveram a calma, apenas sua mãe entrara em pânico. Arranjaram candeeiros, mas a mãe afirmava que todos sufocariam com o cheiro de óleo.

Três anos mais tarde, a jovem mulher se envenenou depois do terceiro aborto. E a mãe de Nura tinha uma explicação: a falta de luz na noite do casamento.

Muito tempo depois do noivado, Nura se lembraria do incenso: com ele, seu pai esperava transformar a casa em um templo. Nura achou o cheiro muito sensual. Instruída pela mãe, uma prima jogava sempre pedaços pequenos de resina de incenso em taças de cobre incandescentes.

Quando o pai subiu em uma mesa com um livro na mão, as pessoas fizeram silêncio. Ele lia algumas histórias da vida do profeta e, em intervalos curtos, jogava olhares severos para algumas mulheres, que se empanturravam com bombons e frutas cristalizadas.

A pedido do noivo o famoso xeque da grande mesquita de Umaiyad, Mahmud Nadir, fez a cerimônia religiosa oficial do noivado. O noivo não estava presente. O costume lhe proibia ver a noiva antes que fosse concluído o ato religioso do contrato pré-nupcial.

Nura não percebeu muita coisa da longa cerimônia do noivado. Como o pai do noivo já havia morrido, o tio de Hamid representou a família Farsi. Ele chegara no dia anterior da Arábia Saudita com a mulher; diziam que tiveram a permissão para pegar o avião real só para a ocasião, pois o tio era amigo próximo do soberano saudita. Na frente do xeque, o homem deu a mão para o pai de Nura, confirmou o desejo do sobrinho de se casar e entregou o resto do dote combinado. Os homens rezaram juntos uma oração curta, e o xeque Nadir, então, pronunciou palavras instrutivas sobre a inviolabilidade do casamento.

Nura precisou ficar sentada, a distância, numa cadeira alta que parecia um trono, cercada de rosas, manjericão e lírios. Não podia sorrir, pois isso seria visto como escárnio, como sarcasmo contra a própria família.

— Se conseguir, você deve chorar bem alto — sugerira a mãe.

Nura se esforçou para pensar em cenas tristes de sua vida ou dos filmes a que assistira, mas só lembrava das comédias de casamento. Precisou se segurar várias vezes para não explodir em risos quando via um convidado se comportando tão estranhamente como nos filmes baratos do Egito.

Para sua desgraça, o tio Farid sempre a fazia rir. Ele estava com um grupo bem perto dela. Separara-se pela sexta vez e estava gordo como uma melancia. Contava piadas o tempo todo e seus ouvintes riam alto e de forma contagiante; até que a mãe pediu ao tio que mudasse de lugar para que Nura se tranquilizasse.

Nura ficou agradecida, mas, só quando fechou os olhos e pensou no menino desamparado que fora circuncidado e chorava deploravelmente, ela começou a chorar, sem perceber as palavras consoladoras da mãe e das outras mulheres.

De longe lhe chegava a voz do pai, que agora rezava alto com os outros homens as citações escolhidas do Corão para abençoar o casamento.

— Minha pequena princesa — disse a mãe, com um rosto choroso de emoção, quando Nura abriu os olhos —, este é o nosso destino. As mulheres sempre precisam deixar a casa paterna.

Poucos dias antes do casamento, aconteceu o "dia da henna". Uma quantidade enorme de henna foi comprada e a casa estava cheia de mulheres da família e da vizinhança. Todas festejavam, dançavam e cantavam. Pintavam as mãos e os pés com terra vermelha. Algumas faziam estampas geométricas, outras se contentavam com tufos de tinta na palma da mão, nos dedos e pés.

E finalmente chegou o dia do casamento, no qual uma longa procissão levou as coisas recém-adquiridas para a casa do noivo. O pai de Nura suspirou aliviado.

Mais de dez homens respeitados do bairro de Midan avançavam com passos vagarosos. Seguia-os um homem alto com um manto árabe. Trazia no alto um Corão aberto. Atrás dele vinha um menino pequeno, bem vestido, trazendo sobre a cabeça o travesseiro do noivo, seguido por um outro, que trazia o travesseiro da noiva. Depois deles vinham quatro meninos fortes, levando os novos colchões e camas; em seguida, um grupo de seis homens trazia nos ombros, em duplas, tapetes enrolados. Quatro homens empurravam uma carroça, na qual dois armários pequenos e duas mesas de cabeceira estavam amarrados com corda. Um homem de porte atlético trazia um grande espelho emoldurado, no qual as casas se refletiam numa breve dança. Dez outros homens carregavam louças; e seis, aparelhos de cozinha grandes e pequenos. Outros seguiam com cadeiras, bancos, almofadas, cortinas e lençóis dobrados. Seis meninos foram necessários só para carregar os vestidos de Nura, empacotados numa trouxa colorida.

Na casa do noivo, a procissão foi recebida por parentes e amigos com júbilo, cantoria e refrigerantes.

Os carregadores receberam do pai de Nura dinheiro suficiente para a ajuda que deram; beijaram-lhe a mão e saíram cantando, contentes.

Nura recebeu outra vez a visita da cabeleireira, que examinou seu corpo e ainda arrancou, aqui e ali, alguns pelos que haviam escapado da primeira depilação; em seguida, massageou-lhe o corpo com um óleo forte de jasmim. Então, Nura se enfiou no pesado vestido de noiva; colocaram-lhe dez pulseiras de ouro no braço esquerdo, um largo colar dourado e dois brincos também de ouro. Seguiram-se o pó e a maquiagem do rosto. Quando as mulheres acabaram, Nura não se reconheceu no espelho. Ela estava muito mais bonita, muito mais feminina.

Em seguida, foi levada de casa pela mãe, do lado direito, e por Majda, do lado esquerdo, até uma charrete enfeitada. Nura achou que esta teria sido copiada de algum melodrama egípcio. Atrás delas, amigos e parentes subiram em outras vinte charretes e o comboio começou a se movimentar, andando pelo bairro em direção à rua Reta. Muitos passantes, mendigos e vendedores ambulantes observavam a procissão de carruagens com olhos perplexos. E um deles gritou:

— Que o profeta os abençoe e lhes dê crianças.

— Uma sobrinha minha — contou Majda — viveu na semana passada uma catástrofe e não um casamento. Os pais do noivo são muito tradicionais e, duas horas antes do casamento, a sogra exigiu que uma amiga parteira examinasse na frente dela se minha sobrinha era virgem. A menina, que amava muito o futuro noivo e se sentia perto do paraíso, não se opôs, pois era de fato intacta. Mas os pais dela recusaram. Consideraram uma ofensa por parte da sogra, que estava contra esse casamento desde o início. Começou um grande tumulto, que evoluiu para um quebra-quebra. Só depois de uma hora a polícia, então alarmada, conseguiu separar as famílias. O estado do pátio interno era de cortar o coração: um monte de destroços e, dentro dele, aos cacos, a felicidade de minha sobrinha.

O estômago de Nura se revirou; por que ela está contando isso, perguntou-se. Está insinuando alguma coisa?

Na frente de sua futura casa, ela desceu e andou em direção às pessoas ali reunidas; poucos passos depois, estas começaram a se rejubilar, como num coro, e a saudar a noiva. Eram mais de cem pessoas, que manifestavam ali sua alegria. Dália a abraçou rapidamente.

— Você está mais bonita do que qualquer princesa do cinema — murmurou e se afastou, leve como um sombra.

Um homem da família do noivo colocou uma cadeira para Nura à frente da entrada da casa, e uma mulher lhe entregou um torrão de massa. Nura sabia o que devia fazer. Subiu na cadeira e bateu o torrão contra o arco de pedra que emoldurava a porta da casa. A massa ficou colada. A multidão comemorou:

— Vocês devem aumentar, como o fermento!

Nura entrou na casa e ficou fascinada com o pátio interno, no qual sua mãe mandara colocar uma grande quantidade de velas e potes de incenso.

Nesse mar ondulado de mulheres e homens, Nura procurou seu pai; sentia uma estranha solidão e esperava uma palavra encorajadora dele, mas não o viu em lugar nenhum.

Sem dizer nada, a mãe a puxou para um quarto. Uma multidão de mulheres velhas começaram a rir dela. E ela precisou aguentar esse espetáculo barato durante meia hora, sobre o qual suas amigas já haviam lhe contado. As mulheres lhe davam conselhos, individualmente ou em coro. Ela ficou sozinha no meio do quarto, enquanto a mãe observava a cena, indiferente, encostada numa parede, como se Nura não fosse sua filha. As mulheres recitavam o discurso que haviam decorado.

— Não importa o que ele diga, nunca o conteste. Os homens não gostam disso.

— Quando ele perguntar alguma coisa, você não sabe de nada; mesmo que você conheça a resposta. Os homens adoram a ignorância das mulheres e o nosso conhecimento não lhes diz respeito.

— Não se ofereça, mostre resistência, para que ele precise conquistá-la. Os homens gostam disso. Se você se oferecer — mesmo que por amor —, ele vai considerá-la uma mulher fácil.

— Quando ele a possuir, não tenha medo. Cerre os dentes por um segundo, num instante ele estará dentro; e antes de você dar dez respiradas ele jorrará dentro de você o suco de seu desejo. Comece a contar de novo e antes de chegar a cem vai ouvi-lo roncar. Se ele for muito potente, vai repetir três vezes e, só então, virar um trapo suado.

— Você precisa esgotá-lo na noite de núpcias, pois não na primeira ejaculação, mas na última, o coração dele estará em suas mãos.

Ele será, a partir daí, seu escravo. Se não ficar satisfeito na noite de núpcias, ele será seu senhor e amigo das putas.

Assim elas persuadiam Nura, como se ela estivesse a caminho do inimigo. Por que ela deveria tratá-lo assim? Para que ele parecesse algo que não é? Pois ela não era aquilo que fingia ser?

Nura não ouviu mais nada. Sentiu como as mulheres e o quarto começaram a rodar em torno dela, como se ela estivesse em cima de um disco. Seus joelhos pareciam afundar, mas as mulheres a seguraram pelos braços, fizeram-na sentar num banco e continuaram a falar sem parar. Nura tentou, porém, construir um túnel através do barulho das mulheres e ouvir o que as pessoas faziam lá fora, no pátio interno. De repente, ouviu seu pai chamá-la.

Alguém bateu na porta. Era o pai. Nura empurrou as mulheres e abriu caminho em direção ao ar livre. O pai lhe sorriu.

— Onde você estava? Eu a procurei.

— Eu também — murmurou Nura, chorando nos ombros dele.

Com ele, estava segura. Sentiu, por outro lado, ódio da mãe, que a abandonara. O lixo que as mulheres velhas despejaram ficaria, por muitos anos, colado em sua memória, palavra por palavra.

No meio do pátio, mulheres dançavam com velas coloridas. A mãe estava ocupada dando instruções, e Nura se sentiu por um momento perdida. Então ouviu um barulho vindo da rua. Uma prima distante do noivo pegou sua mão:

— Venha! — E, sem perceber, Nura estava num quarto escuro. — Vamos fazer uma coisa proibida — murmurou a prima —, preste atenção.

Ela foi à janela e suspendeu a cortina pesada. Então Nura viu Hamid pela primeira vez. Ele era bonito, vestia seu terno branco europeu e se dirigia à casa com um grupo de homens carregando tochas e espadas.

Desde o noivado Nura estava curiosa para vê-lo uma vez. Ela sabia pela mãe onde ficava seu ateliê, mas dava sempre uma volta, com medo de que ele a reconhecesse.

— O que os homens mais odeiam são mulheres curiosas. Isso os deixa inseguros — dissera sua mãe. A foto que esta conseguira secretamente, por caminhos tortos, não dizia muita coisa. Era a foto de um grupo num piquenique. Via-se apenas vagamente Hamid na fila de trás.

A procissão parou e nesse momento ele estava tão perto da janela que, se estivesse aberta, Nura poderia ter tocado seu rosto. Ele não era grande, mas tinha uma postura orgulhosa e atlética; era muito mais bonito e masculino do que todas as descrições que lhe fizeram.

— As tochas deixam todos os homens mais bonitos — ouviu a voz de uma mulher ao seu lado, mas nesse minuto Hamid parecia um príncipe.

Tudo parecia muito irreal sob a luz das tochas.

— Agora você precisa sair e se sentar no trono — disse a mulher quando a procissão chegou à porta da casa, sendo recebida com júbilo e trinados. Nura escapuliu para fora e correu diretamente para os braços da mãe.

— Onde você esteve o tempo todo? — ralhou ela.

Nesse momento, Hamid entrou na casa e apanhou-a no mesmo instante com seu olhar inteligente. Nura corou. Ele andou em sua direção e ela olhou para o chão. Daí pegou-a nas mãos e foi com ela para o dormitório.

Hamid falava com ela, acalmando-a. Só de ouvir dizer, ele já teria gostado dela. Mas ela era muito mais bonita do que esperava. Ele iria fazê-la feliz. Ela deveria obedecê-lo, mas não temê-lo.

Ele pegou o rosto dela em suas mãos e se aproximou tanto que ela teve de olhá-lo nos olhos. Então ele a beijou, primeiro na face direita, depois nos lábios. Ela permaneceu quieta, mas seu coração disparou. Ele cheirava a lavanda e a flor de limão. Sua boca tinha um gosto um pouco amargo, mas o beijo era agradável. Em seguida, deixou-a a sós e foi para o banheiro.

Nesse momento, a mãe de Nura e a vizinha Badia entraram no quarto, como se tivessem esperado atrás da porta. Tiraram-lhe o pesado vestido de noiva e as joias, deram-lhe uma bela camisola de seda, arrumaram a cama e desapareceram.

— Pense que todas nós já fizemos isso e continuamos vivas — disse Badia sarcasticamente, rindo de forma obscena.

— Não me decepcione, filha — murmurou a mãe, com o rosto em lágrimas. — Ele não vai resistir à sua beleza e, submetendo-se a ele, você se tornará uma soberana — acrescentou. Ela beijou Nura, que parecia perdida no canto da cama, e correu para fora. Nura teve certeza de que as duas mulheres se acocoravam atrás da porta.

Hamid chegou do banheiro num pijama vermelho e abriu os braços. Ele lhe pareceu ainda mais bonito do que em seu terno.

No pátio, as mulheres cantavam músicas de amor, falando das saudades das mulheres que esperavam pelos maridos imigrantes, das noites mal dormidas e de sua insaciável sede por carinho; e na terceira estrofe Hamid já a havia penetrado. Ele a tratara com muito cuidado e cortesia; ela suspirou e elogiou sua masculinidade, como as amigas e a mãe lhe haviam ensinado, e de fato ele parecia muito feliz.

As dores foram menores do que Nura temera, mas ela não sentiu grande prazer na coisa. Para ele, ainda faltava muito para a brincadeira terminar. Enquanto Nura se lavava no banheiro, Hamid arrancou o lençol da cama e deu para as mulheres que esperavam atrás da porta; elas o receberam com grande júbilo e trinados.

Quando Nura voltou do banheiro, Hamid já estendera um lençol limpo sobre o colchão.

— Entreguei o outro para as mulheres do lado de fora para que nos deixem em paz — disse ele rindo, constrangido. E tinha razão, pois desse momento em diante ninguém mais quis saber deles.

Hamid ficou profundamente impressionado com Nura.

— Você é a mulher mais linda de minha vida — afirmou, com voz apaixonada —, meu avô se enganou quando falava da tia Majda — acrescentou e caiu no sono. Nura não entendeu nada.

Na noite do casamento, ela permaneceu acordada até o amanhecer. Estava excitada com tudo que mudara em sua vida e se sentia estranha na cama ao lado de um desconhecido.

Os festejos duraram uma semana, e Hamid se deitava com ela sempre que se encontravam a sós no quarto: durante a sesta, na madrugada ou nos intervalos. Nura achava bonito o desejo dele, mas ela mesma não sentia nada.

— Isso vem com o tempo. Tenho certeza — consolou-a uma amiga.

Mas a amiga estava enganada.

15.

O coronel Chichakli apreciava muito as caligrafias de Farsi. Nassri presenteava-o quase todas as semanas com uma caligrafia de poemas clássicos. Hamid Farsi se alegrava com as encomendas, pois a partir de então muitos conhecidos do presidente tomaram gosto e passaram a lhe fazer pedidos. Considerava Nassri um portador da sorte, tratando-o mais amigavelmente, coisa que este, porém, mal percebeu.

Já no segundo provérbio caligrafado que recebeu no jantar, o inacessível presidente de Estado Chichakli envolveu, emocionado, o braço em torno dos ombros de Nassri. Desde o dia em que, quando criança, pôde comer sozinho um favo de mel, nunca sentira tal felicidade como agora, afirmou, abraçando o convidado.

— Você é um verdadeiro amigo.

Deixou os demais convidados sentados e foi de mãos dadas com Nassri para o jardim do palácio, onde lhe contou longa e emocionadamente de seu infortúnio na política. O presidente não falava como um soberano poderoso, mas como um menino aldeão solitário que queria abrir o coração para um amigo urbano. Nassri não entendia nada de política e preferiu manter a boca fechada.

Quando voltaram, duas horas depois, os convidados continuavam sentados em torno da mesa, duros, e sorriram para o presidente de forma submissa. Este mal lhes deu atenção; agradeceu mais uma vez a Nassri pela caligrafia e se dirigiu, curvado, para o dormitório. Os responsáveis pelo protocolo, finalmente, permitiram aos convidados que deixassem seus lugares. Nassri vibrava, enquanto os demais praguejavam em silêncio.

A caligrafia — nisso Taufiq tinha razão — age sobre um árabe como uma poção mágica. Até a puta passou a mimá-lo muito a partir do dia em que a presenteou com a primeira caligrafia. Ela chorou de alegria ao ler a assinatura do famoso calígrafo embaixo das palavras românticas.

Pela primeira vez, Nassri percebeu na cama um amor ardente por parte dela. Metido numa nuvem feita de perfume e pele macia, ele se sentiu no paraíso. Um sentimento que nunca tivera antes — com nenhuma de suas mulheres, nem com suas inumeráveis putas. Seu coração se inflamou. Deveria lhe dizer que se apaixonara perdidamente por ela? Melhor não. Ele tinha medo do riso dela. Uma vez, ela mencionara que nada a fazia gargalhar mais do que homens casados declarando-se perdidamente apaixonados pouco antes do orgasmo. Mal acabavam, ficavam estendidos ao lado dela, imóveis e suados, pensando com remorso em suas mulheres.

Nassri se calou, xingando sua covardia. Logo depois, quando a puta se lavou e lhe sorriu com frieza — como sempre antes da despedida —, ele agradeceu o fato de sua razão ter vencido. Pagou e saiu.

Ele jurou que nunca mais se apaixonaria por uma puta. Mas a partir de agora presenteava-a, de vez em quando, com uma caligrafia e se gabava um pouco, dizendo que ditara a carta de acompanhamento.

Nassri ficou perplexo com o fato de que a jovem puta — como o presidente — sabia falar sobre detalhes da caligrafia que lhe tinham escapado; muitas das palavras, cujas letras haviam se entrelaçado numa floresta impenetrável de traços finos, ele não conseguia sequer decifrar. Já o presidente e a puta liam palavra por palavra, como se isto fosse a coisa mais fácil do mundo. E, apenas quando os dois liam para ele, as palavras lhe saíam daquela densidade de letras.

Nassri teria gostado de falar com o calígrafo sobre os segredos de sua arte, mas as perguntas esmoreciam em sua língua. Se admitisse seu desconhecimento, tinha medo de perder sua superioridade frente àquele homem pretensioso.

Só uma vez lhe apareceu uma oportunidade de desvendar uma ponta do segredo. Um dia, quando visitou o ateliê do calígrafo e não o encontrou, o ajudante mais velho, sob recomendação do mestre, perguntou se não queria esperar. Mostrou-lhe uma caligrafia para que ele não se chateasse. Era uma pintura feita de linhas finas verticais e laços enfáticos, assim como de uma grande quantidade de pontos: seria uma bênção destinada ao presidente. Mais do que "Alá", porém, ele não conseguiu decifrar.

— Não sou especialista — disse ele — e gostaria de lhe pedir que me explicasse este quadro.

O ajudante ficou um pouco surpreso, mas sorriu de forma simpática e levou o dedo indicador para a vidraça, passando-o ao longo das letras de uma palavra; de repente, uma frase inteira saiu do novelo: "Líder do Povo, Coronel Chichakli, que a Mão de Deus esteja com o Senhor."

Nassri se admirou com o fato de o texto ter ficado fácil de ler, mas depois de alguns minutos ele se desvaneceu aos seus olhos. Sobraram apenas palavras soltas, como "Alá", "Chichakli" e "Líder". O resto desapareceu na selva de letras douradas.

O ano de 1954 começou mal. Por todos os lados lutava-se contra as tropas do governo. Sob pressão, o presidente Chichakli cancelou os encontros semanais. Nassri via-o apenas nos jornais, onde o presidente aparecia pálido e encolhido em seu uniforme; seu olhar parecia perdido e triste. Nassri voltou a pensar no filho de camponês, que, solitário e machucado, lhe abriu o coração.

— Só espinhos e cicatrizes — murmurou, olhando para o rosto triste.

Na primavera, um levante da população sem derramamento de sangue derrubou o coronel. O presidente fez um curto discurso de despedida e deixou o país levando uma mala cheia de ouro e dólares. Nassri passou semanas arrasado. Ele não deveria temer nada, disse-lhe o gerente Taufiq. O novo governo democrático abriria o país e, nos tempos de liberdade, ninguém maltrataria os comerciantes. Este filho primitivo de camponês só o irritava, afirmou Taufiq, e não fazia ideia de nada, mas se manifestava sobre tudo e todos.

— A partir de agora, você não precisa gastar mais com uma caligrafia cara todo mês — afirmou Taufiq, rindo.

Nassri ficou indignado com a frieza de seu gerente mal-agradecido. O desejo de demitir seu colaborador de longa data estava na ponta da língua, mas dominou a raiva quando ouviu o júbilo da vizinhança, que em recentes manifestações se dizia disposta a sacrificar a vida pelo presidente. Consolou-se, reconhecendo que Damasco seria como uma puta que abria as pernas para qualquer soberano. E o próximo soberano se chamaria democracia parlamentar.

Nassri teve a sensação de que amara o coronel expulso como a um irmão, sem ter reconhecido isso durante todos aqueles anos. Passou a ter sempre o mesmo pesadelo, no qual o presidente abria a porta de sua casa e sorria para um estranho cujo rosto ele não conseguia identificar. O sorriso se congelava como numa máscara quando o estranho lhe apontava uma arma e atirava. Toda vez Nassri acordava banhado em suor.

O país não caiu no caos, como o coronel Chichakli presumira. No verão de 1954, os damascenos pareceram a Nassri mais calmos do que o normal; eles riam mais alto do que antes e ninguém falava mais do presidente derrubado. Nunca os camponeses tinham tido uma colheita tão boa como naquele verão. E, de repente, as bancas tinham mais de vinte jornais e a mesma quantidade de revistas, tentando angariar leitores.

A puta Asmahan não ligou para o levante e a expulsão do presidente.

— Para mim os homens são todos iguais. Quando estão nus, não faço diferença entre um comerciante de verduras e um general — disse, insensível. — A nudez camufla melhor do que máscaras de carnaval.

Nassri sentiu um calafrio nas costas quando, a caminho de casa, compreendeu o sentido dessas palavras.

Ela, no entanto, apreciava suas caligrafias e se deliciava com as cartas que ele dizia que ditava para o calígrafo. Elas continham provérbios e elogios ao prazer e às alegrias da vida. Mas nenhuma continha uma só palavra sobre o amor profundo que Nassri sentia por Asmahan. Sempre que esse amor transparecia de alguma forma, mesmo que numa oração subordinada, Nassri pedia ao calígrafo que refizesse a carta.

— Não quero que ela me entenda mal. Mulheres gostam de dar peso a palavras isoladas e às vezes pensam de forma torta. Não são como nós, homens, cujo pensamento é sempre preciso. Quero me poupar desta chateação.

Farsi admitiu que a frase poderia ser entendida de tal forma, como se Nassri não conseguisse dormir de tanta ansiedade. O calígrafo, porém, desconhecia que não eram fantasias poéticas que ditavam essas linhas, mas uma ideia profética. O desejo por Asmahan estava acabando com Nassri. Só de ouvir o nome "Asmahan", ficava todo encalorado; e sempre que jurava esquecê-la precisava admitir que seu coração não o obedecia. Teve de aprender que era impossível decidir não se apaixonar, assim como não era possível decidir não morrer. Sua infelicidade consistia em não contar para ninguém, nem mesmo ao farmacêutico Elias, de sua paixão ardente e dos ciúmes que sentia dos outros clientes, para não passar por ridículo. Quem compreenderia que um homem de porte, casado com três mulheres, perdera a cabeça por uma puta, como um adolescente no cio?

Ninguém sabia que, desde sua infância, Nassri estava convencido de que jamais poderia amar alguém; se ousasse isso, tirar-lhe-iam a pessoa amada. Quando criança, respeitava o pai, mas não a mãe. Para ele, ela era uma das muitas mulheres no harém. Começou a amá-la quase aos vinte anos ao se convencer de sua bondade. A partir daí passou a venerá-la. Só casou com sua terceira mulher porque a mãe gostava dela. Nasime tinha realmente um bom caráter e uma língua maravilhosa, mas, para seu pesar, era muito feia. E a mãe, em vez de se alegrar com essa relação, o que fez? Morreu um dia depois do casamento.

Muitas vezes ele passava as noites acordado, pensando na maldição que o perseguia, ou se o amor seria um lago, que cobria a pessoa com casamentos e trabalho, para que não se afogasse nele. Com que frequência ele amava mulheres que não podia alcançar? E ele não se casara sempre por obrigação? No caso da primeira mulher, Lamia, foi obrigado pelo pai; no da segunda, pela arma do irmão; e na terceira vez, quis realizar um desejo da mãe. Com amor não houve relação.

Sempre decidia não amar Asmahan para não a perder; entretanto, assim que se encontrava em seus braços macios e se afundava em seus olhos azuis, perdia o controle sobre o coração. Uma vez ele até cantou alto enquanto fazia amor com ela, apesar de saber que sua voz era horrível.

— Por mim você pode gritar como Tarzan que acho engraçado. Mas não me olhe de modo tão sentimental — afirmou Asmahan. — Assim você me dá medo e acabo preferindo os homens velhos, cuja única preocupação é a rigidez.

Nassri sorriu constrangido e, a partir de então, colocou um véu de indiferença sobre os olhos.

— O senhor poderia escrever uma carta com palavras em que o amor esteja escondido e vá direto ao coração, mas sem que pareça ridículo à razão? — perguntou a Hamid Farsi. Nessa tarde quente de maio, Nassri tinha muito tempo. Queria dar a Asmahan uma caligrafia com seu nome completo e, junto, uma carta escrita de forma especialmente requintada.

— E como as palavras devem atingir o coração sem passar pela porta da razão? — revidou Farsi, pintando a sombra do título de um livro. Fascinava Nassri o fato de o mestre colocar a sombra exatamente no lugar onde ela apareceria se uma lâmpada iluminasse por cima, no canto esquerdo. As letras ganhavam uma terceira dimensão e pareciam sair do papel.

— Do jeito que a caligrafia alegra o coração, mesmo quando não se consegue decifrar as palavras — disse Nassri. Farsi estacou, levantando os olhos. Supreendeu-o que um semianalfabeto fosse capaz de dar tal resposta.

— Isso é outra coisa — retribuiu Hamid Farsi naquele silêncio tenso, que não durou nem dois minutos, mas pareceu a Nassri uma eternidade. — Através de sua música interna, a caligrafia influencia o cérebro e daí abre caminho para o coração. Como uma música, cuja origem o senhor não conhece nem entende, mas o deixa feliz.

Nassri não entendeu nada, mas consentiu com a cabeça.

— Mesmo assim não é errado mandar para a pessoa amada famosos poemas de amor. E quanto mais velhos, melhor. É só dizer que mandou o poema porque este lhe agradou e que o senhor queria compartilhar esse prazer com ela. É possível ir por este caminho. Mas não dá para desviar do cérebro. A língua se recusa a ser contrabandeada...

— Não é mal falar claramente da ambiguidade da poesia — afirmou Nassri. Isso ele lera naquela manhã no jornal e tinha lhe agradado. Tratava-se de um discurso do novo chefe de Estado, que sempre parecia falar com duplo sentido.

— O senhor tem pressa? — quis saber Farsi. O ministério lhe dera a honrada tarefa de reformular todos os livros escolares para que — no espírito da democracia — ficassem livres dos vestígios do ditador Chichakli.

Quando Hamid Farsi tentou reclamar de tantas encomendas, Nassri se tornou rude pela primeira vez.

— Não há nada que possa passar na frente de um Abbani — disse —, nem mesmo o Parlamento. Estamos entendidos? — encerrou, de forma autoritária.

Hamid Farsi obedeceu, pois Nassri pagava dez vezes mais do que pagaria qualquer conhecedor do assunto.

Cinco dias depois, a carta estava pronta, dentro de um envelope vermelho, junto com uma pequena caligrafia emoldurada que trazia um conhecido poema de amor de Ibn Saidun. Asmahan achou a caligrafia encantadora, como sempre, mas a carta emocionou-a a ponto de lhe saírem lágrimas. Nassri parecia perdido no meio da sala. Viu como a jovem puta estava dominada pela beleza das palavras. E viu como ela deixava a gaiola de ferro que erigira com sua frieza para cair nos seus braços.

— Faça hoje comigo o que quiser. Você é o dono do meu coração — afirmou ela e se entregou a ele como nunca fizera antes.

Nassri ficou a noite toda com ela. Na manhã seguinte, Asmahan se recusou a aceitar dinheiro pela noite.

— Com esta carta você me deu coisas que o mundo havia me roubado — disse, e lhe deu um beijo fervoroso na boca.

Nassri se deteve por um momento em frente à casa dela, pensou em seus belos seios e lábios e inspirou o perfume de jasmim, com o qual ela borrifara os cabelos depois do banho. Hamid Farsi era seu portador da sorte; estava convencido disso.

Envolto por felicidade e perfume de jasmim, pôs-se com alegria a caminho do escritório, sem suspeitar de que estava totalmente errado.

16.

Para Nura, Hamid Farsi permaneceu um desconhecido não só na noite do casamento, mas também em todos as noites seguintes, até sua fuga. As afirmações vindas de mulheres bem-intencionadas de que é possível se acostumar ao marido não se confirmaram. Ela se acostumou aos quartos, aos móveis e também à solidão. Mas como se acostumaria a um homem estranho? Não havia resposta.

Na cama, Hamid era gentil e atencioso; mas mesmo assim Nura se sentia só. Quase sufocava quando ele estava dentro ou em cima dela. Ficava sem ar. E esta solidão e estranheza machucavam-na imensamente.

Depois que comeram todos os pratos do casamento, cantaram todas as canções e os últimos convidados foram embora, o exotismo embriagante da festa desbotou, deixando espaço para uma solidão comum. Ela passou a vê-lo com outros olhos, como se o noivo tivesse deixado a casa e um estranho tomado seu lugar.

Nura logo descobriu as primeiras fraquezas dele. Hamid não dava ouvidos a mulheres estranhas, mas a ela também não. Não importava o que Nura lhe contasse, ele só falava de suas próprias pequenas ou grandes intenções. Tudo parecia ocupá-lo mais do que a vida com ela. Quando Nura lhe perguntava sobre seus planos, ele se recusava a falar:

— Isto não é para mulheres — dizia. Qualquer anão o interessava mais do que uma mulher inteligente.

Logo as palavras começaram a secar nos lábios de Nura.

Ele também a torturava com sua rotina inflexível, com a qual ela não conseguia se acostumar. Apesar de seu pai presidir uma mesquita, ele nunca levara o tempo muito a sério — um comportamento que Hamid desprezava. O fato de não levarem o tempo a sério seria um sinal de decadência da cultura árabe. Nada no mundo ele desprezava mais do que a palavra "amanhã", que muitos árabes gostam de usar na hora de marcar um horário ou de fazer promessas, consertos e encomendas.

— Não enrole — gritou ele um dia para um marceneiro —, me dê uma data, pois todos os dias têm um começo e um fim. Mas amanhã não.

O marceneiro prometera três vezes construir uma estante para a cozinha e, no final, Hamid comprou-a numa loja de móveis.

Hamid levava a vida seguindo exatamente um plano e um horário. Ele acordava, lavava-se e barbeava-se, tomava café e saía de casa às oito em ponto. Quando batiam as dez horas, ele ligava e perguntava a Nura se precisava de alguma coisa, para que o moleque de recados lhe levasse na hora de buscar o almoço dele. Ele apressava também o menino. Às onze e meia em ponto, este estava em frente à porta da casa, suado e sem fôlego. Pobres moleques de recados.

Pontualmente às seis, Hamid chegava em casa para tomar banho. Às seis e meia pegava o jornal que trazia da loja para terminar de ler. Queria jantar às sete em ponto. Sempre voltava a olhar para o relógio. Às segundas e quartas-feiras, ia às nove em ponto para a cama. Às terças, sextas e aos domingos, ele dormia com a mulher, adiando o sono noturno por meia hora. Ficava nesses dias bem alegre para entrar no clima e espantar do cérebro por algumas horas a caligrafia — pela qual era obcecado. Nesses dias, Nura aprendeu a esboçar um sorriso no rosto, com o qual recebia o marido.

Às quintas-feiras, ele jogava cartas até depois de meia-noite com outros três calígrafos, num café do novo bairro da cidade. Aos sábados, participava da reunião semanal de uma associação de calígrafos. Nura nunca soube, porém, o que discutiam lá.

— Não é para mulheres — cortava-a, evitando.

Por algum tempo Nura se perguntou se ele visitava prostitutas aos sábados. Mas então descobriu um documento no bolso da jaqueta que ele usara num dos encontros. Eram duas páginas de papel com o protocolo de uma reunião organizada por calígrafos. Ela leu algumas palavras e achou monótonas; admirou-se com o fato de terem anotado cada uma daquelas informações. Tratava-se da escrita árabe. Nura pôs as páginas dobradas de novo no bolso da jaqueta para que o marido não percebesse nada.

Ainda não haviam passado três meses e uma solidão tensa se instalou dentro da casa. Sempre que voltava a ter tranquilidade, esta mostrava a Nura sua cara feia. Os livros amados, que trouxera da casa dos pais, tranformaram-se em escritos insossos, que perderam toda a atração. Novos livros ela não podia comprar sem a autorização de Hamid. Três vezes ela lhe mencionou os títulos de livros que gostaria de ler, mas ele negou. Disse que eram autores modernos, cujos textos destruiriam a vida familiar e a moral. Ela ficou bravíssima, pois ele não lera nenhum desses livros.

Para afastar a solidão, Nura começou a cantar alto. Mas logo depois ouviu um comentário venenoso vindo da casa vizinha que secou sua voz:

— Se a mulher for do jeito que canta, então o marido deve dormir com um regador enferrujado — alguém gritou alto no pátio. Era um homem baixo, com uma cara simpática, mas que ela, a partir de então, não quis mais cumprimentar.

Para se distrair, Nura começou a limpar a casa com frequência. E, quando percebeu que estava polindo as janelas pela terceira vez na semana, jogou o pano no canto, sentou-se à fonte e chorou.

As mulheres das casas vizinhas eram, sem exceção, gentis e abertas; quando as visitava para um café, encontrava atenção e afeto. Gostavam da linguagem fina de Nura e de sua habilidade de costurar; também desejavam que fosse à piscina com elas.

Encontravam-se no começo da manhã, quando tomavam um café perfumado para trocar os boatos da noite, e sempre se sentavam juntas depois da sesta para um segundo café. Entre um encontro e outro, ajudavam-se na cozinha, na cristalização e conservação de frutas e legumes.

Nura ria muito com as vizinhas. Diferentes de sua mãe, elas eram alegres e gozavam de tudo e de todos, e também delas mesmas. Mas tinham sobretudo astúcia, que as ajudava a facilitar a vida. Nura aprendeu muito com elas.

Falando abertamente, porém, as mulheres a entendiavam. Eram pessoas simples, que não sabiam falar de nada da vida além de homens, cozinha e filhos, temas nos quais eram especialistas. Não sabiam ler nem escrever. Depois de várias tentativas — lastimavelmente fracassadas — de ensinar alguma coisa do mundo fora da rotina matrimonial, Nura também se calou. O que mais devia fazer?

O telefone era sua salvação! Com ele Nura podia, pelo menos, recontatar as amigas da escola. Isso aliviou um pouco sua vida, mesmo que o tempo continuasse a passar bem devagar. Sana, uma engraçada ex-colega, aconselhou-a:

— Escreva um diário sobre os segredos de seu casamento. Sobretudo o que é proibido, o que você almeja. Mas primeiro procure um bom esconderijo para ele!

Nura descobriu um lugar seguro na despensa, onde havia um velho armário cuja tábua do assoalho era fácil de tirar.

Ela começou a escrever e, ao mesmo tempo, a observar com mais atenção o marido. Anotava num grande caderno o que via e sentia. Escrevendo, aprendeu a fazer as perguntas mais difíceis; e, mesmo quando não conseguia achar respostas para essas perguntas, sentia um alívio peculiar só de tê-las feito.

A cada página que escrevia, aumentava a distância entre ela e o marido. Estranhamente, reconheceu nele muitas coisas que não percebera até então. Descobriu que Hamid era um técnico genial; ao contrário do pai dela, porém, o conteúdo das palavras não o interessava, mas muito mais a sua forma.

— A proporção e a música precisam combinar — explicou-lhe Hamid um dia.

"Não consigo acreditar que um calígrafo só se interesse pela beleza das palavras, e não por seu conteúdo", escreveu ela no diário, sublinhando as linhas com uma caneta vermelha.

Um dia, ele trouxe para casa um provérbio emoldurado, escrito de forma encantadora, e o pendurou na sala. Nura não conseguiu parar de elogiar a beleza da escrita, mas não foi capaz de decifrar o provérbio. Este era engenhosamente contorcido, virado e refletido. Também nenhum dos poucos convidados conseguiu lê-lo; mas todos, inclusive seu pai, acharam a pintura muito bonita, pois ela supostamente satisfaria a alma e o espírito. Quando Nura pressionou o marido para desvendar o conteúdo, Hamid só ironizou:

— Com adubo, a verdura cresce mais rápido. — Ele considerou o susto de Nura como sinal de falta de humor.

Hamid parecia cercado, como num castelo, por muros de seu orgulhoso silêncio. Mulheres não entravam nesse castelo. Ali eram admitidos seu velho mestre Serani e o primeiro-ministro Al Azm, cuja casa ficava ao lado do ateliê, e que, na condição de dedicado admirador do calígrafo, também era um bom freguês.

Mas ele também se mantinha distante desses homens, apesar do respeito que lhes devotava. Em seu interior, Hamid Farsi era solitário. O fato de sempre bater contra aquele muro quando tentava se aproximar dele, machucava Nura. Suas amigas tentavam consolá-la, dizendo que viviam a mesma coisa. Sana tinha um marido tomado por um ciúme doentio.

— Ele dá um show toda vez que alguém me olha demais na rua. Gaba-se como oficial da Força Aérea, e a minha vontade é que o chão se abra e me engula. Tem um medo permanente de que algum estranho me leve embora, como se eu fosse seu jumento, seu carro ou seu brinquedo. Parte para cima dos homens, como aprendeu com seu pai, seu vizinho ou com os indescritíveis filmes egípcios, nos quais os homens se batem em ataques de ciúme. E a mulher fica de lado e espera, assim como antes a cabra, a ovelha ou a galinha esperavam até que da luta entre bodes, carneiros e galos saísse um vencedor.

Sana não tirava do marido uma palavra sequer sobre seu trabalho na Força Aérea. Isto não seria coisa de mulheres.

— Mas viúvas podemos ficar — dizia Sana amargamente. E de forma profética, pois poucos anos depois ele morreria num voo inaugural de um avião de combate.

Outras amigas consideravam os maridos como pequenos jovens inseguros, que sempre precisavam de um castelo de areia. Nura deveria ficar feliz por ter um marido que não a traía, diziam. E mais uma vez uma delas chamou-a de mal-agradecida, pois Nura se dizia entendiada, apesar de ter um marido que lhe dava um bem-estar com o qual antes nem podia sonhar.

— Este coraçãozinho! — resmungou Dália. — Diga a ela que os homens gastam mais nas boates e nos restaurantes do que com suas mulheres. Não me venha com esta história de mal-agradecida.

Mesmo sem o apoio da costureira, Nura não sentia necessidade de agradecer alguém que nunca a tocava — só quando fazia amor com ela — e que durante meses não perguntava se ela estava bem.

Hamid evitava qualquer contato, como se ela tivesse uma doença de pele. Também na rua ele andava sempre um passo à frente. Nura lhe pedia que ficasse ao seu lado, pois se sentia humilhada correndo atrás dele. Ele concordava, mas na rua seguinte já estava à frente. Também nunca pegava em sua mão.

— Um homem orgulhoso não faz isso — dizia ele, concisamente.

Durante anos Nura se perguntou por que um homem se sentiria com o orgulho ferido pegando na mão de uma mulher. Mas não encontrou resposta. Às vezes, ela fechava seu caminho, pondo-se à sua frente para que Hamid a tocasse, mas ele sempre conseguia desviar. Quando ela tocava nele, ele recuava. Hamid tentava, da forma mais tensa, não se mostrar nu para ela; também desviava o olhar quando ela atravessava o quarto nua em direção ao banheiro.

Uma vez, ele brigou a noite toda com Nura, pois ela tocara nele durante o jantar, embaixo da mesa. O casal fora convidado pelos pais dela; a comida estava deliciosa e a mãe se sentia alegre como nunca. Nura acariciou pela primeira vez as bochechas do marido na frente de convidados. Estava feliz e quis dividir sua alegria com ele. Cutucou-o com o pé embaixo da mesa. Hamid estremeceu, assustado. Nura precisou se esforçar para conter o riso. Em casa, gritou com ela, dizendo que só prostitutas teriam tal comportamento leviano e que uma esposa decente não faria isso em público.

Nessa noite, ela revidou pela primeira vez. Ficou fora de si. Se continuasse assim, afirmou, ela congelaria ao lado dele. Hamid apenas riu, maldosamente:

— Então acenda o forno. Temos madeira suficiente. — Cortando-a com esta observação, ele a deixou sentada na sala.

O espanto dela foi enorme ao ouvir seu ronco menos de meia hora depois.

O que Nura deveria fazer? Ela só queria paz. Sua mãe não dizia sempre que o casamento seria um porto seguro, por pior que fosse? Não era nada disso. Nunca ela dormira tão mal, nunca ela pensara tão constantemente em fugir.

O que a atormentava? Por muito tempo não sabia dizer, até encontrar Salman. Só através dele ela descobriu de onde viria sua inquietação: da certeza de que estava desperdiçando sua vida.

As anotações em seu diário cresciam, e Nura se sentia como uma espiã observando um ser estranho. Mesmo quando o marido estava próximo dela ou dormindo ao seu lado, ela sentia aquela distância que sempre lhe permitia observá-lo com exatidão.

Ele era fanático em tudo que pensava e fazia, mas escondia as pontas afiadas de seus pensamentos embaixo de uma camada grossa de cortesia. Queria ser o melhor em tudo; além da caligrafia, porém, era inexperiente como um menino jovem. Nura percebia com frequência como seu pai cedia nas discussões com Hamid para não expor o genro. Quando falou com o pai a respeito, este respondeu:

— Você tem razão, filha. Em muitas coisas ele só tem suposições, que considera conhecimento. Mas, se eu ridicularizá-lo toda semana, ele não vai mais querer nos ver e isto seria pior. Para mim, ver o rosto de minha filha é mais importante do que a maior teimosia do mundo.

Hamid, porém, não queria ser o melhor apenas em questões teológicas, filosóficas ou literárias, mas também em muitas outras, apesar de não ler nada além de seu jornal. Depois de lutar durante anos pela honra de se tornar o calígrafo mais respeitado, saiu vencedor; e como todo vencedor ele estava extasiado diante de si mesmo.

Quando Hamid se casou com Nura, era tão famoso que não sabia o que fazer com tantas encomendas, apesar do preço considerável que cobrava. Só lhe restou delegar muitas coisas aos seus ajudantes. Naturalmente, os esboços e os últimos retoques ficavam reservados a ele. E as encomendas mais importantes, cartas e discursos de louvor nas letras mais finas, Hamid Farsi executava pelo próprio punho e com um prazer enorme. Ele cobrava muito, mas suas obras eram especiais. E adorava quando acadêmicos, políticos ou ricos comerciantes, felizes com o sucesso que tiveram através de sua caligrafia, procuravam-no para agradecer.

— O que lhe encomendei — disse um dos fregueses — era um esqueleto feio dos meus desejos. E você o acordou para a vida, dando-lhe alma, carne e sangue.

Sobretudo camponeses ricos, perdidos na selva da cidade grande, pediam cartas a Hamid Farsi. Eles nunca perguntavam o preço, pois sabiam que as cartas lhes abririam as portas. Cada página dessas cartas era um exemplar artístico. Hamid nunca repetia o mesmo modelo. Por isso também entregava a obra pronta sempre com má vontade.

Ele se ocupava durante dias com o sentido e a finalidade de uma carta; dava-lhe então a forma correspondente, que transformava a escrita em música, como uma cavalgada sobre a onda, levando o leitor exatamente para onde o freguês queria.

Sentia-se, em seu trabalho, próximo a um compositor. Seu mestre já elogiara a sensibilidade dele para a música na escrita. Enquanto outros nunca desenvolviam uma verdadeira compreensão sobre que tamanho um alongamento devia ter, sobre quantas curvas uma palavra sustentava ou onde os pontos deviam ser colocados, Farsi dominava essa arte perfeitamente, e por intuição. Ele não permitia, também por instinto, a desarmonia na composição de suas folhas.

A escrita árabe é feita para ser música para os olhos. Como ela é escrita sempre de forma cursiva, o tamanho da ligação entre as letras desempenha um papel importante na composição. O alongamento e o encurtamento dessas ligaturas é para os olhos como o prolongamento e a diminuição da duração de um tom para o ouvido. O *alif*, que no árabe é um traço vertical, transforma-se num traço de compasso para o ritmo da música. Porém, como o tamanho da letra *alif* determina, de acordo com a teoria da proporção, o tamanho de todas as outras letras, aquela também participa na altura e na profundidade da música que as letras formam horizontalmente sobre a linha. Além disso, a diferente extensão tanto das letras como das transições no pé, no tronco e na cabeça destas, das finas às largas, também influencia essa música para os olhos. A extensão nas horizontais, o jogo entre letras redondas e quadradas, entre linhas verticais e horizontais, determinam a melodia da escrita, criando um clima leve, charmoso e alegre, um clima tranquilo e melancólico ou mesmo pesado e escuro.

E quem quiser fazer cuidadosamente música com as letras, o espaço entre elas e entre as palavras exige um tato ainda maior. Os espaços vazios de uma caligrafia são momentos de silêncio. Como na música árabe, a caligrafia prevê a repetição de alguns elementos, que não só requer a dança do corpo e da alma, mas também o desapego do terrestre e o alcance de outras esferas.

17.

Tudo em torno de Nura caiu num silêncio mortal. Suas noites se tornaram uma tortura. Às vezes, Hamid não dizia uma única palavra e, quando se deitava com ela, estava sempre com dentes cerrados.

Nura às vezes também tentava não dar um pio para ver se ele percebia. Nenhuma reação. Hamid se lavava, comia, bebia seu moca, dormia ou não com ela e roncava a noite toda.

Quando ele falava, era só para ecoar os hinos de elogios que outros lhe tinham feito. Quanto tempo ela aguentaria essa vida?

Uma vez, de protesto, ela pôs um paninho sujo sobre um prato, enfeitou-o com palha de aço, que usava para limpar frigideiras, e guarneceu tudo com palitos de fósforo, tocos de vela e caroços de azeitona. Colocou o prato ao lado do jarro de água, do qual o marido deveria se servir. Ele não percebeu nada. Ficou lá sentado, sem dizer uma palavra, comendo sua empada.

Além de tudo isso, era avarento. Todo dia na hora do almoço, às onze e meia, Nura tinha de mandar por um mensageiro a comida dele, dentro de uma *matbakia*, um recipiente de três andares e com alça: a salada, a refeição principal e os acompanhamentos, bem arrumados, um em cima do outro. Ele nunca comia sobremesa; café ele tomava no ateliê.

Quase a metade das vizinhas mandava para a loja dos maridos a comida dentro de uma *matbakia*; mas ao contrário de Nura todas elas recebiam dinheiro dos maridos e podiam fazer compras. Elas regateavam, tomavam chá ou café, ouviam e espalhavam boatos e riam muito com os comerciantes. Nura adorava fazer compras. Já quando menina ela gostava de ir até o vendedor de temperos Sami para ouvir as histórias fantásticas que ele contava de cada tempero.

Hamid achava, porém, que arrumava alimentos melhores pela metade do preço. Além disso, não seria bom que a bela mulher do famoso calígrafo precisasse regatear no mercado com esses — como ele dizia — "primitivos".

"Como se ele tivesse ideia", escreveu ela no diário. Regatear estava bem no alto da lista das atividades paradisíacas de uma verdadeira damascena. Hamid não compreendia isso. Ele mandava por um moleque de recados os restos de carne e legumes mais baratos, coisas, enfim, que os comerciantes só conseguem empurrar para os homens. Comprava quantidades enormes, como se ela fosse preparar o almoço para um orfanato; e exigia, apesar da qualidade ruim dos alimentos, que ela cozinhasse os pratos mais maravilhosos. Eram as vizinhas que vinham ajudá-la. Elas tinham receitas secretas de como fazer a alegria do paladar com os ingredientes mais baratos. Em contrapartida, Nura costurava de graça para elas. Assim as mulheres podiam investir em café, cardamomo, doces e ingressos de cinema o dinheiro que recebiam dos maridos para a costureira.

Hamid Farsi não percebia nada desta ajuda recíproca.

Ele não obrigava Nura a usar lenço na cabeça. Naquela época, Damasco prosperava e só mulheres idosas usavam lenço; as jovens praticamente não o vestiam, e o véu, menos ainda. Ele também não era ciumento, mas não queria que ela recebesse visita na sua ausência.

Ninguém vinha, a não ser as vizinhas, cujos maridos também não aceitavam visitas quando não estavam em casa. Mas nenhuma mulher do bairro respeitava a proibição.

Também isso Hamid não percebia.

O mundo dos parentes, amigos e vizinhos parecia não tocá-lo de modo algum. Ele era superficialmente gentil com todos e não se interessava por ninguém. Quando ficava sabendo por acaso da visita de uma amiga ou vizinha, revirava os olhos:

— Elas devem visitá-la quando estou aqui.

Fora a mãe dela, porém, nenhuma mulher se sentia bem na sua presença.

— Isso vem do sexo — disse Sultane, uma pequena vizinha caolha. — Homens são caçadores e procuram longe sua felicidade. Nós somos colecionadoras e buscamos sementes e ervas a um passo de casa. Às vezes, achamos uma história, que é como uma semente, tão pequena que a gente não repara, mas que traz uma vida dentro de si e é tão persistente que sobrevive ao passo de um elefante. Histórias são sementes. Por isso mulheres gostam mais de histórias do que os homens. Por isso elas ouvem melhor.

Nura tentava despertar a curiosidade de Hamid contando-lhe no jantar sobre o destino das famílias que viviam à sua volta, sobre acontecimentos admiráveis e aventurescos. Mas logo percebeu que ele não a ouvia.

— Fique longe dos marcados e prejudicados — era seu único comentário. — Miséria contagia como gripe.

Onde ele arrumara esta frase, que sempre tirava da manga da camisa, ela não sabia. Também não conseguia levar essas opiniões a sério. Até o dia em que ele pôs a amiga Buchra para fora, de forma impiedosa e intolerante.

Buchra era a filha de Badia e cresceu, como Nura, na ruela de Aiyubi. Foi Badia quem intermediara o casamento de Nura com Hamid. Badia tinha cinco filhos homens e Buchra. Logo a filha se tornou a queridinha do bairro, pois ria maravilhosamente alto e retumbante. Elias, o vendedor de balas, mandava-lhe às vezes um pirulito colorido, pois o riso retumbante dela lhe trazia, como por encanto, um sorriso no rosto e afastava suas aflições. Também Nura a amava; quando Buchra, que tinha sete anos a mais, afagava-lhe a cabeça e até a beijava, chamando-a de "minha linda", a pequena Nura ficava felicíssima.

Os pais, os vizinhos e as colegas de escola esperavam que o homem mais rico da cidade escolhesse Buchra para casar. No início, a profecia parecia se confirmar. Depois de ver Buchra passar por sua janela, voltando da escola, o advogado Kadri encarregou a mãe, que passou a combinar tudo com Badia no *hammam*. Em seguida, fizeram suas sugestões aos homens; como se tivessem acabado de descobrir seus fortes sentimentos pelo clã e por decoro, puseram na cabeça que Buchra, a menina de quinze anos, seria perfeita para Kadri, de vinte e cinco.

Depois do casamento de Buchra, Nura a perdeu de vista por sete anos. De repente, as pessoas começaram a fofocar no bairro; o marido de Buchra teria engravidado uma prima e queria, por isso, se casar com ela. Esta exigia, porém, que ele se separasse de Buchra. Logo em seguida Buchra voltou, junto com as três filhas, para a casa dos pais. Ela tinha então 22 anos e parecia pálida; mas ninguém percebia nela que passara por três partos. Era magra e alta como o pai e tinha o rosto bonito da mãe.

A vizinhança se admirava das crianças. Pareciam cópias da mãe, em idades diferentes. A mais velha tinha seis anos; a mais jovem, três.

Naquela época, Nura estava se formando na oficina de Dália e voltou a se encontrar com Buchra. Além de Dália, com seu jeito rude, Buchra foi a segunda mulher que lhe contava coisas sobre o casamento.

— O que esperar de um homem — afirmou, um dia — que na primeira noite lhe dá bofetadas até você dizer, ajoelhada, "sim, meu senhor, você é soberano e dono de minha alma e eu não valho nada"? Depois de seis anos casado e três filhos, ele descobriu o amor pela prima e se separou de mim — contou a Nura durante um café.

As duas se entendiam tão bem, como se tivessem sido grandes amigas por todos os anos. Depois de uns seis meses, Nura soube que Buchra se casaria pela segunda vez. Agora, com Jusuf, um amigo do irmão, de quem ela sempre gostara e que não tinha nada contra as três filhas.

Nura ficou feliz com a sorte de Buchra; Dália, por outro lado, não gostava do homem, que seria ciumento demais para tamanha mulher e possuiria uma alma pequena. Estava Dália bêbada ou falava a sério?

Não se passaram três anos e Buchra apareceu sem avisar na casa de Nura, que já estava casada.

Nervosa, Buchra tomou rápido seu café, como se quisesse urgentemente aliviar o coração.

— Ele ficou louco de ciúmes quando tive uma menina — contou. — Ele tinha certeza de que só teria meninos, parecidos com ele. Mas Dúnia é uma menina e se parece comigo. Ele me culpa, dizendo que eu teria ainda no corpo sêmen do meu primeiro marido e que este me fertilizaria por toda a vida. O médico lhe assegurou que o sêmen morre depois de poucos dias, mas nada adiantou. Acusou o médico de dormir comigo, correndo atrás dele com uma faca de cozinha.

Durante esse relato, Hamid entrou em casa e ficou possesso quando viu Buchra chorando. Não a cumprimentou, mas lhe ordenou, com uma voz fria, que fosse embora imediatamente e levasse junto sua infelicidade.

Nura se sentiu humilhada e percebeu que perdera Buchra para sempre. Chorou uma noite inteira. Hamid pegou seu cobertor e dormiu no sofá da sala; nos dias seguintes também não quis falar do assunto. Para ele o tema estava encerrado, como se Buchra fosse uma caligrafia pronta e entregue.

Muitos anos depois, Nura soube que Buchra vivia só para as filhas. Morava no primeiro andar da casa paterna e trabalhava como funcionária de uma companhia aérea. E logo voltou a rir alto, como na juventude.

Naquele dia, quando Hamid pôs Buchra para fora de casa, esta abraçou Nura, chorando, no corredor escuro ao lado da porta de entrada.

— Ele também é doente de ciúmes, pobre companheira de infortúnio — disse e partiu.

18.

— Em pouco tempo o trabalho no café não vai ser mais interessante para você. Ou vai me dizer que aprendeu nesses anos alguma coisa aqui, com a qual conseguirá mais tarde sustentar uma família? — perguntou-lhe Karam naquela manhã quente de outono e não esperou uma resposta. — O calígrafo Hamid Farsi está procurando um moleque de recados. O estrábico Mustafa partiu para longe — continuou, tomando um gole forte de chá. — Você deve ir lá se candidatar. Eu lhe garanto que caligrafia é uma mina de ouro — acrescentou.

Salman ficou estarrecido de medo. Pensou que o empregado mais velho, Samih, tivesse contado a Karam da briga do dia anterior.

Foi a primeira briga séria em todos aqueles anos. Karam não estava no café também nessa segunda-feira. Isso, como sempre, deixava o garçom Darwich agressivo. Ele tinha suas suposições, mas só Salman sabia da verdade. Karam passava o dia todo na cama com o amante Badri, que tinha as segundas livres, como todos os barbeiros. Mas o café não fechava.

A briga começou na hora em que o último freguês deixara o café. Samih, o mais velho dos três ajudantes, já fizera as contas do caixa e transferira as contas abertas para a pasta dos fregueses. Além daqueles que pagavam em espécie, havia clientes habituais ou firmas do bairro, que pagavam semanalmente ou mesmo mensalmente. Salman e Darwich lavaram a louça e o chão, arrumaram as cadeiras e distribuíram cinzeiros limpos nas mesas. Não havia nada que o chefe odiasse tanto como encontrar alguma sujeira pela manhã.

Nesse dia, Darwich cutucou e procurou briga com Salman o tempo todo, deixando-o irritado. O joalheiro Elias Barakat reclamara durante a tarde sobre a arrogância de Darwich e exigira ser servido por Salman. Samih, o ajudante mais velho, advertiu Salman para que não passasse por cima de Darwich. Mas Salman não quis aborrecer o freguês. O joalheiro era sempre generoso com gorjetas e, além disso, era cristão — para Salman, um bom motivo para tratá-lo bem. Samih e Darwich eram muçulmanos. Salman suspeitava que eles tratassem rudemente os clientes cristãos de forma intencional.

Salman o serviu e ganhou uma lira de gorjeta. Já de saída, o freguês gritou que voltaria logo, pois o café tinha empregados civilizados e bem educados.

Quando ficaram sozinhos, Salman sentiu o ódio acumulado dos dois muçulmanos contra ele — "o comedor de porco", como Darwich o chamara uma vez. Samih falava pouco, mas confirmava com a cabeça para o colega, sempre que este dizia alguma coisa, incitando-o. Pouco antes da meia-noite, Darwich sugeriu que Salman sempre rastejaria para a cama do chefe só com a intenção de manter o emprego; de outra forma, desajeitado como era, Salman já teria sido demitido há muito tempo.

Isso acabou com a paciência de Salman.

— Você está com ciúmes — gritou para Darwich —, pois o chefe prefere uma bunda muito mais bonita do que a sua! Fique certo, seu idiota, que nem um corvo terá prazer com minha bunda ossuda. Karam trepa todo dia com um homem maravilhoso, cujo nome não vou dizer, mesmo que você morra de ciúmes.

Darwich desmoronou como um castelo de cartas e começou a chorar. Samih sibilou, cheio de ódio:

— Seu adorador de cruzes, você é criação do diabo. Tinha de machucá-lo tanto? Não vê como ele está sofrendo?

Na verdade, Samih não era um dedo-duro; porém, quando o chefe quis convencer Salman a conseguir um trabalho melhor, este achou que o velho ajudante o tivesse denunciado.

Por que logo ele deveria ir para o calígrafo?

Se Karam tivesse oferecido um trabalho num marceneiro ou num serralheiro, Salman não teria sentido essa pontada no estômago. Ele sabia, porém, que Karam e sobretudo o amante Badri chamavam o calígrafo de "serpente" e o xingavam com frequência quando confidenciavam sobre ele. E Karam queria agora mandá-lo logo para este homem? Salman não podia perguntar isso ao chefe, pois ouvia essas conversas sobre o calígrafo por acaso. Espionara os dois e se divertira ouvindo várias calúnias e, consequentemente, alguns segredos da cidade, com os quais ele impressionaria até Sara, a onisciente.

Desde a morte de Adnan, Salman contava poucas histórias a Sara. O motorista de táxi Adnan, filho de Samira, sempre contara as histórias mais maravilhosas durantes seus descansos no café. Até sua morte, ele aparecia duas a três vezes ao dia para tomar chá com muito açúcar. Numa viagem noturna, o táxi se chocou na estrada contra um caminhão parado. Adnan e seu passageiro morreram na hora.

A última grande história foi, então, a do casal Karam e Badri. Sara não parava de ouvi-la. Ficou viciada nela.

Badri não era conhecido exatamente por seu altruísmo. Participava de uma aliança, que se denominava "os puros", contra os cristãos e os judeus, mas sobretudo contra uma organização secreta chamada Aliança dos Iniciados. O calígrafo Hamid Farsi tinha, aparentemente, algo a ver com esse grupo. Seus membros eram verdadeiras serpentes, afirmava Badri. Seriam muçulmanos por fora, mas por dentro inimigos do Islã. Eles rezariam para deuses gregos e levariam suas irmãs para a cama. Sara morria de rir dessa ideia, pois não suportava seus três irmãos.

— Esse Badri tem muito músculo no corpo, mas na cabeça só cocô — disse ela. — De toda forma, o que ele faz com Karam é bem aventuresco.

Salman não entendia mais nada. Por um lado, Karam não suportava fanáticos; por outro, ele não dizia nada de mau contra "os puros", pois não queria irritar Badri. Karam se entregara a ele, e Badri se aproveitava disso. Às vezes, depois de uma briga, Karam chorava de saudades do namorado e corria para o telefone, implorando-lhe perdão até Badri deixar o enfado de lado.

Quando Karam encontrava seu amado, tornava-se um menino afeiçoado, que a cada toque parecia derreter, agradecido; ele fazia tudo que Badri desejava.

Sara acreditava que o amor seria uma deusa de duas caras, que libertaria e escravizaria as pessoas ao mesmo tempo. Ela até fez um longo passeio no bairro de Amara, onde Badri possuía sua reles e escura barbearia. Achava que Karam seria totalmente cego em seu amor, já que aquele pacote musculoso não conseguiria animar uma pessoa razoável nem a pôr o dedo no nariz.

— Não me surpreenderia se um dia seu chefe morresse por Badri; apesar deste regurgitar tanta burrice que os pregos até enferrujam — afirmou ela, e Salman gargalhou com essas palavras.

"Por que o calígrafo?", Salman se perguntou naquela manhã.

Como se Karam tivesse ouvido sua pergunta não pronunciada, disse:

— É uma arte elegante. Veja as pessoas ali; ministros e médicos são seus fregueses. E todos querem falar "pessoalmente" com Hamid Farsi.

Salman concordou com a cabeça, mas não confiou na paz recém-declarada. Todo ano, o arrogante e instável Farsi punha um moleque de recados para fora, caso este não tivesse ido embora por conta própria, como aconteceu recentemente com o menino vesgo.

— Você pode ir levantando os ânimos na marra — encorajou-o Karam —, isto é uma boa novidade! Não o estou mandando para um bordel. Caligrafia é uma arte elegante. Os ricos amam estas coisas e são loucos por elas. E nem sequer perguntam quanto custam. Você sabe quanto Hamid Farsi pede para uma frase como *"Bismillah alruhman alrahim"*[2]? Cem liras! Tudo bem, Farsi é um mestre nisso; mas eles também cozinham só com água[3].

---

2. "Em nome de Alá, o clemente, o misericordioso." [N.T.]
3. Provérbio alemão, segundo o qual todas as pessoas são iguais. [N.T.]

E quanto custam para ele a tinta e o papel? Uma lira! E nós aqui? Eu não ganho isso nem em uma semana e ainda preciso aguentar os peidos, os cuspes, o mau hálito e o suor dos meus fregueses. A freguesia dele curva-se de tanta gratidão. A nossa só diz alguma coisa quando é para reclamar.

— Mas você sabe que odeio escola e livros — tentou Salman construir, com uma pequena mentira, um barco salva-vidas.

— Seu velho malandro, você quer enrolar o Karam? Com a ajuda da Sara você está mais adiantado do que qualquer recém-formado. E mais uma coisa — Karam curvou-se para Salman e falou baixo, de forma conspiratória. — Você deve esconder do mestre tudo que sabe. Você pode falar que frequentou a escola até o segundo ano e que não tem interesse algum por livros. Assim, você pode aprender secretamente a arte dele. Calígrafos são ciumentos e escondem seus segredos. Então você aprenderá em segredo esse ofício dourado. E, caso ele o ponha para fora, você volta para mim.

Salman suspirou aliviado.

— E eu posso visitá-lo? — perguntou.

— Você ficou burro, menino? Você vem almoçar aqui todos os dias e, uma vez por semana, vai à minha casa para exercitar caligrafia. Onde você mora ninguém tem futuro. Vou lhe arrumar um pequeno quarto. Mas não diga uma palavra para os outros! Eles não querem nada de bom para você. Estamos entendidos?

Salman assentiu com a cabeça.

Pensando bem, Salman precisava concordar com Karam. Ao contrário do que esperava no começo, além das aulas com Sara e das poucas gorjetas com as quais dava alguma alegria à sua mãe, o tempo que passava no café era bem monótono. Seus pensamentos iam para os esconderijos escuros de sua memória. Um freguês, um rico corretor que vivia sozinho, tentou levá-lo para a cama três vezes. Todos os dias ele pedia alguma ninharia e aproveitava para passar a mão em Salman; nesses momentos, seus olhos ardiam de desejo. Implorava para Salman ficar, dizendo que só queria acariciá-lo um pouco no traseiro. Salman tinha medo e pedia ajuda a Karam. Este ria e passou a mandar Darwich para o corretor gay, que lhe dava umas liras só para ficar ali, quieto.

Também Nádia apareceu em suas lembranças; Nádia, a linda filha de vinte anos do comerciante de tapetes Mahmud Bustani. Seus pais possuíam uma bela casa na ruela das Rosas, que ficava no centro do bairro de Suk-Saruja. O pai vinha às três horas todos os dias e fumava seu cachimbo-turco antes de ir para a loja. Nádia se separara depois de um ano casada com um príncipe jordaniano. Ela paquerou Salman até ele se apaixonar; e o apanhava sempre que este trazia alguma encomenda para os pais ou para os vizinhos dela. Um dia, ela quis saber onde ele morava; ele mentiu, mencionando Bab Tuma, o centro do bairro cristão. E, quando lhe perguntou se, por amor, ele se converteria ao Islã, Salman respondeu atrevidamente que, se ela desejasse, ele viraria judeu ou mesmo budista. E, sempre que lhe perguntava sobre sua casa, ele respondia de forma breve, escondendo sua miséria. A beleza das casas no elegante bairro de Suk-Saruja paralisava sua sinceridade. Como contaria a Nádia ou a qualquer um desses fregueses ricos sobre a moradia pobre em que ele passava as noites? Ali havia casas com pátios internos, que arquitetos finos projetaram com base em imagens do paraíso. Karam não exagerava quando dizia que os damascenos ricos ficariam decepcionados com o paraíso e gritariam, ofendidos:

— Em Damasco era melhor. Para que aquela devoção e aquele jejum todo?

Salman tinha a mesma opinião. O paraíso teria sido feito para os pobres e, se lá houvesse casas sólidas e comida suficiente, todos estariam satisfeitos.

Nádia sempre reclamava que ele só ficava ali em pé, em silêncio, admirando-a; ela queria ouvir alguma coisa bonita dele. Como ele não tinha ideia alguma, pediu ajuda à Sara, que lhe ditou a tradução de um ardente poema de amor francês.

Mas Salman teve azar; Nádia não quis nem tocar o papel. A moça soubera por uma amiga que ele morava num buraco de ratos e ela mesma fora lá para se convencer.

— Um pátio de indigentes! E você ainda se atreve a mentir para mim. Você não me ama. — Nádia ria, de forma histérica, mas Salman percebeu as lágrimas reprimidas de sua decepção. Ele queria lhe dizer que mentiu porque a amava, mas Nádia não o deixou falar. Depois que ela afirmou que Salman seria mentiroso e pretensioso e que só por generosidade não o denunciaria para o chefe, ele voltou a passos lentos para o café.

Apesar das palavras de consolo de Sara, Salman não conseguiu dormir. Sentia uma vergonha profunda pela mentira. Na verdade, queria apenas beijar Nádia e sentir seus braços macios em torno de si.

Karam mandou Samih ficar no caixa e foi com Salman ao Suk al Hamidiye. Comprou para ele duas camisas e duas calças, meias e sapatos novos. Em seguida, foram para a famosa sorveteria Bakdach.

— O mestre Hamid prefere empregar analfabetos ingênuos a raposas espertas — disse, enquanto tomavam sorvete. — Ele é tão ciumento que arruinou com infâmias os três calígrafos que tentaram abrir um negócio no bairro nos últimos dez anos. Ele não divide com ninguém a presa gorda que desfruta aqui sem concorrência alguma. Por outro lado, em Al Bahssa, o bairro dos calígrafos, eles se acocoram uns sobre os outros.

Ele também não revela nenhum dos segredos de sua arte. Você precisa espionar tudo. Não tire a máscara do simplório indiferente e desinteressado. Talvez ele esqueça com o tempo e você deve aproveitar isso para desvendar seus segredos. Descubra quais receitas ele usa para suas tintas famosas e que truques tem ao escrever. O que exatamente faz dele um mestre? Eu não entendo do assunto, mas dizem que é possível reconhecer de longe sua caligrafia. Como, e por quê? Isso você deve descobrir para ter sucesso. Mas mantenha os segredos com você, anote-os e esconda seu caderno em minha casa; nem com o diabo, que tem um pacto com ele! Não conte para ninguém, nem para Sara. Se ele o pegar, não só vai pô-lo para fora antes de você ter aprendido as coisas, como vai castigá-lo duramente. Isso ele fez duas vezes com aprendizes talentosos, mas descuidados. Um fica hoje, com a mão aleijada, pedindo esmola ao lado da mesquita de Umaiyad; o outro vende cebolas. E nenhum deles sabe que foi seu mestre quem os deixou aleijados. Ele é o irmão gêmeo do diabo — Karam reconheceu no rosto preocupado do jovem amigo que exagerara. — Mas, no seu caso, ele não fará nada de mal. Que ele experimente torcer um fio de cabelo seu. Não vai sobrar nada inteiro, nada mesmo, do ateliê e dos ossos dele. Enfim, você deve aprender tudo e não ter medo.

— Mas e se eu não conseguir aprender as coisas?

— Você é inteligente e tem uma mão tranquila. Não é difícil, quando se conhece o segredo. Um amigo me contou que, tendo a pena e a tinta certas, a gente já domina metade da caligrafia. Por isso você deve observar exatamente como o mestre afia sua pena, até conseguir fazer isso dormindo.

— E por que você está fazendo tudo isso por mim? — perguntou Salman, olhando as duas grandes sacolas com roupas novas.

— Isto é só uma coisinha, menino. Eu não tenho filhos e, afinal, devo minha vida a você — afirmou, afagando carinhosamente a cabeça de Salman. — Hoje você vai ao barbeiro e, em seguida, ao *hammam*; amanhã cedo, lá pelas nove horas, apareça como um príncipe na minha casa, pois vamos juntos até lá. Vou ligar hoje mesmo, ele não gosta de visitas sem anunciar. Como já disse, o embaixador francês é mais modesto que ele — acrescentou Karam.

Quando se despediram no Suk al Hamidiye, Karam segurou a mão de Salman por um longo tempo.

— Vou lhe dar dois anos e então você terá aprendido todos os truques, entendeu? — disse, com voz patética.

— Sim, senhor, vou me esforçar — respondeu Salman, embaraçado, rindo e fazendo continência, para se livrar do sentimento de gratidão que o afligia e o levava às lágrimas de tanta emoção. Nem suspeitava de que manteria sua palavra.

A mãe de Salman se surpreendeu ao ver o filho, de manhã cedo, nas roupas novas:

— Você parece um noivo. Sara acabou decidindo-se por você? — perguntou ela. Os preparativos para o casamento de Sara estavam em pleno curso.

— Não, não. Vou tentar conseguir hoje um novo trabalho. Com um calígrafo — respondeu Salman.

A mãe pegou a cabeça dele com as mãos e o beijou na testa.

— Você está cheirando a sorte — afirmou ela.

Hamid Farsi não era tão ruim como Salman temia. Karam o conhecia havia anos; como todos os vizinhos, porém, não se tornou uma pessoa próxima dele.

Além da limpeza da loja, o que Salman notou de imediato foram os olhos pequenos e espertos do calígrafo. Este parecia observá-lo o tempo todo e, diferentemente do que Karam sugerira, Salman não quis mentir, melhorando a situação da família. Respondeu de forma correta às perguntas do mestre. Não escondeu a doença da mãe nem as bebedeiras do pai. Hamid Farsi levantou as sobrancelhas, admirado com a sinceridade desse jovem magro e pequeno, que tinha no máximo dezessete ou dezoito anos, mas já vira todos os altos e baixos da vida. Ele não só se viu quando criança, mas as orelhas de abano lembravam as de seu querido mestre Serani, que também possuía essas coisas enormes.

Quando perguntou o que Salman esperava do trabalho, este teria respondido, depois de treinar com Karam: "Servi-lo, senhor, e ganhar dinheiro." De repente, porém, Sara pareceu lhe sugerir:

— Senhor, eu mal frequentei a escola. Mas amo a nossa escrita. Não vou virar um calígrafo ou um sábio, mas quero ser um bom assistente. Vou me esforçar, seguir seus conselhos e ser sempre um servidor fiel.

Karam estava certo de que Salman estragara tudo. Para sua maior surpresa, porém, ele ouviu o calígrafo mais famoso de Damasco afirmar:

— Então vamos tentar. A partir de agora você está empregado e já vou lhe mostrar com quem você trabalhará e o que fará nesse ateliê. Você pode se despedir de seu mestre antigo, pois sem as palavras dele você nem teria entrado aqui.

Salman foi até Karam e lhe deu a mão obedientemente.

— Muito obrigado, mestre — disse, baixinho.

— Tudo de bom, menino, e todo dia, a partir das doze horas, você ganhará uma refeição no café. Seja honesto, como sempre foi em todos esses anos comigo — afirmou, emocionado, e saiu.

Lá fora, Karam sentiu que suara muito de tanta excitação e respirou aliviado.

— Um espertalhão astuto — disse, rindo; e se dirigiu para o café, que ficava no final da rua.

19.

Karam não exagerara. A caligrafia era um mundo bem diferente. Nunca na vida Salman pensara ser possível fazer tanta coisa com a escrita. Achava que calígrafos eram pintores melhores, que confeccionavam placas para lojas e prédios. Mas aqui se abriu um portão para muitos segredos, experiência que ele vivia como um mágico. Também não havia para ele nada de ameaçador como a escola e em nenhum instante ele sentia a carga do tempo, que naquela época lhe pesara tanto no coração. Os dias passavam mais rápido do que desejava. O trabalho no café o esgotava fisicamente, mas não exigia muito de sua cabeça. Em seus pensamentos, passeava por todos os lugares, mas não pensava um minuto sequer naquilo que estava fazendo.

Agora o trabalho não só exigia esforço físico, mas também a cabeça explodia com tudo que via e gravava. No ateliê, assim como na oficina, nos fundos, predominava o silêncio, que lhe lembrava a igreja católica fora dos horários de missa. Não apenas Hamid Farsi, mas todos os calígrafos que conheceu eram homens quietos, de poucas palavras. Apesar disso, a cabeça de Salman estava tão cheia de ideias que ele até se esquecia da mãe, de Sara, de Voador e de Karam; pois pensava o dia inteiro só naquilo que acontecia ao seu redor. E à noite estava exausto, mas feliz como nunca.

Todo dia Salman precisava polir o ateliê e a oficina. O mestre era mais limpo do que um farmacêutico e não suportava pó. Em seguida, Salman podia ficar com os colegas. Sobre a porta da oficina havia um provérbio: "A pressa é do diabo." Nada era produzido com precipitação. Já no primeiro dia Salman observou como o colega Samad, braço direito do mestre e chefe da oficina, transformou, através de reflexos reiterados, um triângulo com ornamentos em um hexágono, no qual as palavras, engolidas por um centro, se erigiam. Salman conseguiu reconhecer as letras durante o esboço, mas logo desapareceram num arabesco, bonito e misterioso como uma rosa.

Cada linha era afiada como uma faca, mas as letras só sobressaíram do papel quando o ajudante Basem pôs sombra no título do livro, que o colega Samad escrevera com sua mão firme. Salman pôde olhar. Os colegas gostavam dele, pois ele realizava rapidamente todos os seus desejos.

Hamid Farsi entrou por pouco tempo, olhou o título, balançou a cabeça, satisfeito, e escreveu seu nome embaixo da caligrafia; anotou alguma coisa no caderno de encomendas e saiu de novo para continuar o trabalho num poema complicado.

Salman pegou um papel de rascunho, escreveu seu nome com lápis e tentou colocar sombra nele. Até que não ficou ruim, mas as letras não se ergueram da página, como acontecera com Basem.

À tarde, fez chá para os colegas, e estes elogiaram o gosto. Salman preparara o chá cuidadosamente como Karam lhe ensinara.

— Café é uma bebida robusta, que suporta erros. Mas o chá é filho de uma mimosa. Basta um descuido para ele entornar e perder suas pétalas — dissera Karam naquela vez.

Os ajudantes de Hamid Farsi observaram, curiosos, como Salman preparava o chá com visível animação. O último menino de recados não fazia isso. Até o grande mestre Farsi estava animado.

— Logo você fará concorrência ao seu antigo chefe — afirmou e deu um gole forte do perfumado chá Ceylon.

— Você não pode esquecer o sol nem por um segundo — disse Basem, gentilmente. — Veja aqui. Quando eu pinto uma linha, que se vira e volta, que continua a correr de forma reta ou em ziguezague, e coloco o sol lá em cima, à esquerda; onde cairá a sombra?

E enquanto o outro desenhava a sombra vagarosamente, bebendo às vezes o chá, Salman viu como ela acompanhava a linha e mudava sua forma de acordo com as curvas. O mestre Hamid passou rápido pela oficina e, quando viu o ajudante cuidando do jovem menino, acenou, satisfeito. Salman pulou do banco e ficou de pé. Hamid riu:

— Fique sentado, pois não estamos num quartel. E preste atenção no que diz Basem.

Também nos dias seguintes Salman absorveu bem tudo que via e ouvia. Para ele, tudo era novo e misterioso. Até papel e tinta tornaram-se de repente um mundo interessante e novo.

Toda sexta-feira, quando o mestre tinha — como todo muçulmano — seu dia de descanso e o ateliê ficava fechado, Salman passava o dia todo no quarto que Karam lhe arranjara. Era um quarto pequeno e bonito, com uma escrivaninha, um banco velho mas confortável, uma cama estreita e uma estante mínima. O quarto era claro; na parede voltada para o norte havia, na altura da mesa, uma grande janela, pela qual na primavera um perfume forte de mirto entrava no quarto. Até luz elétrica havia lá.

Salman ganhou uma chave e, a partir de então, podia sempre entrar ali, exceto às segundas-feiras. Em compensação, tinha de tirar água do rio, regar arbustos, roseiras e árvores, além de fazer as compras para Karam e limpar a casa. Isso era fácil, pois o chão era coberto de ladrilhos coloridos e, exceto às segundas-feiras, Karam só aparecia para dormir. Uma lavanderia também cuidava das roupas dele.

— Você pode usar o telefone da cozinha, mas se tocar não atenda — disse Karam. Sempre que estava em casa, ele telefonava muito.

Karam dera dois cadernos grandes para Salman; um para os exercícios da escrita, e o outro para os segredos e receitas.

Salman começou a ansiar pelas sextas-feiras, nas quais tinha prazer em escrever suas impressões e passar para os cadernos as muitas observações e anotações que fazia em pedacinhos de papel. Toda vez que entrava no quarto, encontrava dois ou três poemas que Karam deixara para ele. Salman tinha que aprendê-los de cor.

— Poemas abrem o coração para os segredos da língua — afirmava Karam; e Salman se envergonhou uma vez, quando não conseguiu guardá-los.

A caligrafia era um novo continente pelo qual Salman viajava. Só o fato de na oficina as pessoas falarem tão baixo umas com as outras! Elas murmuravam! Salman percebeu nos primeiros dias que ele, até então acostumado a lutar contra o barulho no café, falava alto demais ali. O chefe da oficina, Samad, só dava risada, mas os outros três empregados, Mahmud, Radi e Said, e seus ajudantes Basem e Ali, tentavam chamar a atenção de Salman, colocando o dedo indicador sobre os lábios.

Com exceção de Mahmud, que era grosso no trato, nenhum deles dava cascudos no outro nem usava palavras malcriadas. Certa vez, quando Salman usou a expressão "bunda" para contar alguma coisa, Samad o advertiu para que deixasse esse tipo de palavra na rua e só a pegasse de novo depois de sair do ateliê. Salman gostou disso e, a partir de então, passou a se deter rapidamente à frente da entrada e dizia para os palavrões que eles precisavam ficar do lado de fora, mas prometia buscá-los depois do trabalho. E, como se essas palavras fossem pesadas como chumbo, ele entrava aliviado no ateliê.

Numa manhã, Hamid Farsi observou Salman se aliviando dos palavrões e, quando este lhe explicou o que acabava de murmurar, o mestre riu. O riso, porém, foi frio como o de um soberano. E ele era o soberano absoluto. Ninguém podia fazer piadas com ele ou mesmo tocá-lo numa conversa mais profunda, como era comum no café de Karam. Farsi sentava sempre na parte da frente do ateliê, à sua elegante mesa feita de madeira de nogueira. E todos falavam respeitosa e reverentemente com ele; até mesmo Samad, que era mais velho do que o mestre e chefiava a oficina. Todos os empregados estavam proibidos de permanecer na parte da frente do ateliê; só podiam ir lá no caso de serem chamados. Na parte de trás, na oficina, quem dominava era Samad, o braço direito do mestre, um homem de quarenta anos com rosto bonito e jeito alegre. Dirigia e fiscalizava meticulosamente o trabalho dos três colegas, dos dois ajudantes e do menino de recados. Tudo tinha seu lugar e ninguém parecia ter inveja de qualquer coisa do outro. Todos tinham um salário fixo, medido de acordo com os anos de experiência. Quem ganhava mais era porque sabia mais e recebia tarefas correspondentemente mais difíceis.

O salário de Salman era a metade do que ganhava no café. Karam consolava-o, dizendo que todo mestre teria começado como moleque de recados.

Todo dia na hora do almoço Salman ia até Karam. Lá ele comia alguma coisa, tomava chá, tudo de graça; daí voltava para o ateliê. Samih e Darwich pareciam ter se transformado; mimavam-no gentil e atenciosamente.

— Seja cuidadoso — disse Karam —, não lhes conte nada de seu trabalho ou do mestre. E não diga nenhuma palavra sobre o quarto na minha casa. Os dois são burros. Eles vendem a mãe por um *bakchich*[4].

Salman ficou surpreso. Quase falara com Samih e Darwich sobre o mestre Farsi, que pouco se permitia, apesar de ser rico. Ele não bebia e não fumava, nunca jogava gamão, nunca fazia apostas e nem ia ao café. Deixava que a mulher lhe mandasse o almoço e tomava apenas café ou chá, que lhe preparavam na oficina. Só quando vinham fregueses importantes, mandava buscar limonada ou moca no café de Karam.

Sob controle dos empregados, Salman aprendia rápido e com boa vontade. Hamid Farsi parecia não lhe dar muita atenção; só o chamava quando precisava de alguma coisa do mercado ou que lhe preparasse café e chá. Isso não perturbava Salman, pois Hamid também parecia frio e desinteressado na frente dos outros, apesar de saber exatamente o que cada um deles fazia. Ele não pressionava nunca, mas era impiedoso na hora de avaliar a qualidade. Os empregados tremiam antes de uma entrega; se esta fosse satisfatória, voltavam aliviados para a oficina. Mas Hamid nunca mostrava animação. Samad, o chefe da oficina, consolou o colega Radi uma vez, quando este voltou desanimado do ateliê, deixando-se cair sobre sua cadeira como um saco de batatas. Ele teria de reescrever o timbre da carta para um sábio, pois o mestre não achara a harmonia dos caracteres equilibrada o suficiente.

— Mesmo se Deus escrevesse alguma coisa, nosso mestre encontraria algum defeito — afirmou Samad e ajudou o colega a projetar uma nova rubrica e uma nova ordem das palavras; Salman teve de admitir que a nova caligrafia ficou muito mais bonita. Um dia depois, Hamid Farsi olhou a nova obra. Acenou com a cabeça, chamou Salman, deu-lhe o endereço do sábio e mencionou a soma que o freguês deveria pagar. O sábio morava perto, no bairro de Salihiye. Ele adorou e deu uma lira para Salman como recompensa. Salman levou o dinheiro para o mestre e disse, com a inocência de um carneiro, que recebera uma lira; perguntou se não deveria dividi-la com os outros colegas. Hamid Farsi ficou impressionado.

---

4. Gorjeta. [N.T.]

— E como você quer dividi-la? — perguntou, divertindo-se. Não suspeitava que Salman, no caminho de volta, já preparara uma resposta. Ele considerava a lira como um investimento necessário para conquistar simpatia.

— O melhor é comprar chá Darjeeling com essa lira. Esse tipo de chá tem um gosto aromático e, logo no primeiro gole, parece que o senhor tem um jardim cheio de flores na boca — respondeu Salman. Nesse momento, Hamid ficou pela primeira vez entusiasmado com o menino magro.

Também os colegas se surpreenderam de forma agradável. Eles gostaram de tomar o Darjeeling, mas, diferentemente do mestre Hamid, preferiram ficar com seu Ceylon, que é mais robusto.

— É aromático, sim, mas se dissipa rápido demais — afirmou Samad.

— E é pálido demais para os olhos — brincou Radi. — Lembra o chá de funcho que minha avó preparava para seu estômago doente.

Falando baixo, Salman rogou pragas àquelas mães, que puseram no mundo um povinho tão mal-agradecido. Karam só deu risada.

— Você ganhou a simpatia do mestre de uma maneira muito inteligente. Isso é mais importante do que qualquer comentário dos colegas — disse.

Realmente, dois dias depois Hamid o chamou.

— Você trabalha aqui há um mês e faz progressos. A partir da próxima semana você irá todo dia, às onze, à minha casa, buscará meu almoço e entregará à minha mulher a *matbakia* vazia do dia anterior. Você também levará para ela todas as encomendas que eu mandar. O antigo menino de recados precisava de uma hora e quinze minutos para o percurso. Era um moleque lento, que se distraía com qualquer vendedor ambulante ou prestidigitador. Você certamente fará isso na metade do tempo. A comida deve estar ao meio-dia em ponto em cima da mesa, mesmo se o caos dominar a cidade — afirmou o mestre, aparando os cantos de uma pena com uma faca afiada.

— Aproveite a vida e vá devagar — disse-lhe o colega Radi, mexendo uma tinta. E Karam lhe murmurou durante o almoço:

— Parece que ele tem uma bela mulher. Deixe seus olhos se deleitarem nas curvas dela — e riu tão alto da própria ideia que Salman, irritado, lhe deu um pontapé na canela por baixo da mesa.

— O que você está pensando de mim? — resmungou.

— O que devo pensar de você? — respondeu Karam, rindo ainda mais alto. — Um homem com uma cobra faminta entre as pernas e, na sua frente, uma coelhinha gorda passeando.

— Hoje você está insuportável — afirmou Salman, saindo rápido do café.

Só lá fora ele se acalmou. Foi até o sorveteiro e comprou seu sorvete preferido, o de amoras damascenas; ao saboreá-lo, esfriou sua alma em ebulição e adoçou o gosto amargo na boca. Quando, a caminho do ateliê, passou pelo café, Karam exclamou de dentro do estabelecimento:

— Até sexta!

Salman estava então reconciliado e repetiu:

— Até sexta.

No dia seguinte, Hamid Farsi pagou o homem velho que lhe trazia o almoço diariamente. No reboque de sua bicicleta ele levava até cinquenta marmitas para os artesãos e comerciantes do bairro. O homem não sabia ler, por isso os recipientes não tinham etiquetas com nome e endereço. Mas ele não confundiu nenhuma vez os fregueses ou as marmitas. Agora Salman assumiria essa tarefa.

— Quando o senhor precisar, estarei sempre aqui — disse o velho gentilmente, curvando-se e indo embora.

— Um homem decente — afirmou Hamid.

Ele sempre o chamava quando estava sem meninos de recados ou não confiava neles. Lá atrás, na oficina, Samad debochava da avareza de seu mestre. Este comia durante o dia pão seco com azeitonas ou queijo de cabra e ia no máximo uma vez por semana até o café de Karam, onde comia uma refeição quente.

— Nosso mestre tem nojo de tavernas e restaurantes — revidou Said. Samad deu risada e Radi, que estava ouvindo, balançou a cabeça:

— Ele é avarento — murmurou, esfregando o dedão e o indicador, gesto que significa dinheiro não apenas em Damasco.

Os colegas Radi e Said achavam o café de Karam muito caro. Eles comiam diariamente, junto com os ajudantes Ali e Basem, numa taverna suja e mais barata, ali perto. Só Mahmud não comia nada o dia todo. Era um homem grande, que fumava sem parar. Explicava que não tinha alegria em comer e que preferia se alimentar de cigarro.

Numa quinta-feira Salman foi informado de que deveria esperar à noite por Hamid. Este fechou o ateliê por volta das seis da tarde e saiu andando pelas ruas com um passo tão rápido que Salman mal conseguia acompanhar. O percurso ia do Suk-Saruja até a Fortaleza e de lá em direção à mesquita de Umaiyad, passando pelo Suk al Hamidiye. Queria ele provar com essa correria como o percurso era curto? Salman refletia sobre isso quando o mestre escorregou. Ele queria virar na rua de Bimaristan e deslizou na beirada escorregadia da calçada. Foi estranho para Salman ver seu grande mestre tão desamparado, entre as pernas dos passantes. Será que Hamid escorregou porque Salman torcia para que isso acontecesse?

— Esses malditos — exclamou o mestre e ninguém sabia de quem ele falava.

Um vendedor de bebidas o ajudou a se levantar e lhe ofereceu um copo de água fria. O mestre recusou rudemente e se foi pela rua de Bimaristan, só que agora bem mais devagar, passando pelo hospital de Bimaristan, do século XII. Sangrava no joelho, onde a calça estava rasgada, mas Salman não ousou avisá-lo. Seguiu-o na ruela de Mahkama, que tinha muitas lojas coloridas e desembocava na ruela dos Alfaiates — esta Salman conhecia bem, pois trazia com frequência encomendas para um alfaiate no bairro cristão. A ruela dos Alfaiates dava diretamente na rua Reta.

A ruela onde morava o mestre saía da rua Reta. Na frente dela começava a rua dos Judeus e, continuando na rua Reta, chegava-se ao bairro cristão. A pouco menos de cem metros da entrada da ruela localizavam-se a igreja romano-ortodoxa de Santa Maria e o Arco Romano. A ruela de Salman ficava a cerca de quinhentos metros da casa do mestre.

— É aqui. Você bate na porta três vezes e fica aqui de pé — disse Hamid Farsi na entrada de uma bela casa e lhe mostrou o batente. — Então minha mulher entrega o almoço e você lhe dá o recipiente vazio do dia anterior — acrescentou abrindo a porta, que estava só encostada, como todas as portas. — E mais uma coisa. Ninguém deve saber do meu endereço, nem sua família nem Samad. Entendeu? — perguntou e, sem esperar a resposta, desapareceu sem se despedir atrás da porta, que trancou por dentro.

Salman respirou aliviado. Queria agora estudar o caminho minuciosamente, pois depois do tombo do mestre não prestara mais atenção. Fez a volta, então, e observou ruela por ruela até chegar ao ateliê. Precisou de exatos vinte minutos; mas, isso, suando.

No sábado, primeiro dia de trabalho da semana muçulmana, ele acordou bem cedo. Um dia quente de outono se anunciava. O pai ainda dormia, e a mãe se admirou:

— Tão cedo? Apaixonado? Ou agora um despertador está morando em seu coração?

— Hoje tenho que levar pela primeira vez a comida da casa do mestre para o ateliê. A esposa me entregará a *matbakia*, e eu nunca vi uma mulher muçulmana de perto ou em sua casa.

— Muçulmana, judia ou cristã, qual a diferença? Você não vai comer a mulher, mas só buscar a *matbakia* e levá-la para o mestre. Não se preocupe, meu coração — disse ela, beijando-o nos dois olhos.

Às onze, deixou o ateliê e foi até Karam; tomou um chá e se despediu rapidamente.

— Você está tão nervoso. Acho que hoje você vai se apaixonar — afirmou Karam e o afagou sobre os cabelos curtos.

O coração de Salman palpitava alto quando se viu em frente à casa de Hamid Farsi. Inspirou profundamente, bateu uma vez e disse, baixinho:

— Bom-dia — e, quando ouviu passos, falou mais alto. — Olá. Bom-dia, senhora... ou madame?

Um rosto belo e arrapazado apareceu na abertura da porta. A mulher não era fechada ou reservada. Estava vestida de forma moderna e não tinha curvas suntuosas; era um tipo mais magro.

— Ah, você é o menino que a partir de hoje vem buscar a comida — afirmou ela gentilmente, entregando-lhe a *matbakia* de três andares. Ele lhe devolveu o recipiente lavado do dia anterior.

— Obrigada — disse ela e fechou a porta antes que ele pudesse responder "bom-dia".

A caminho do ateliê, Salman tentou se acalmar. Como estava suando, andou pelas sombras das ruas. Quando chegou, faltava pouco para o meio-dia. Hamid Farsi olhou-o com pena.

— Não precisa correr. Viu o que aconteceu comigo. Não quero que você chegue suado e com queimaduras de sol; quero que a comida chegue em ordem.

Salada, carne de cordeiro com molho de iogurte e arroz. Tudo nos pequenos recipientes parecia apetitoso e cheirava bem. Salman compreendeu por que seu mestre repudiava comida de restaurante.

Nesse dia, no café de Karam, havia berinjela recheada com carne moída — realmente uma bela refeição quando feita pela mãe de Salman; mas sob as mãos de Samih ficava cozida demais e tinha um gosto amargo como a alma dele.

— E então? — Karam quis saber, ao tomar um chá com Salman, depois que este terminou de comer. — Você se apaixonou?

A pergunta perturbou Salman.

— Não, mas se isso acontecer é claro que vou contar logo para você.

No dia seguinte, na hora de pegar o almoço, Salman apresentou sua saudação antes de a mulher abrir a porta toda:

— Olá, bom-dia, senhora — disse.

Ela sorriu gentilmente e lhe entregou a *matbakia* como no dia anterior, e junto uma sacola com damascos que seriam do primo de sua mãe, como ela lhe explicou.

Naquele dia, Hamid comeu empada com carne, batata assada e salada. No café de Karam, havia *bamya*, ou quiabo, com molho de tomate e arroz. Salman nunca suportara esse quiabo viscoso. Ele só ficou com o queijo de cabra, o pão e algumas azeitonas.

Quando voltou para o ateliê, a sala toda, até a oficina, cheirava a damasco. Desde esse dia, então, Salman passou a relacionar esse perfume à bela mulher do calígrafo.

Com o tempo, a relação entre Karam e Salman se tornou ainda mais carinhosa e generosa. Agora o proprietário do café desabafava com Salman, reclamando que o barbeiro Badri andava mais mimoso do que uma menina, apesar de seus músculos. Karam não tinha, naturalmente, revelado ao amante que Salman já sabia do amor entre eles:

— Senão, ele já teria me deixado. Ele morre de medo de sua turma e tem vergonha de seu amor por mim.

— Que turma? — perguntou Salman. Karam se recusou a responder.

— Não é assunto para você. Eles são muito religiosos e consideram o amor entre homens o pior pecado — acrescentou, com expressão séria.

Badri, que geralmente era fechado e sério, só perdia a timidez quando falava de suas visões. Ali as pessoas pegavam fogo, tranformavam-se em bichos feios ou adquiriam línguas com dois metros de comprimento. Isso porque viveriam em pecado, enquanto crentes comportados seriam carregados por anjos para Meca, durante a noite, e trazidos de volta depois das orações. Tudo isso eram histórias mais ou menos parecidas com as que Salman ouvira, na época da escola, sobre cristãos santos e pecadores. Mas nunca acreditara nelas.

Com lágrimas nos olhos, Badri contava de personalidades americanas e europeias — inventores, atores, generais e filósofos — que teriam secretamente se convertido ao Islã, pois teriam sido intimadas durante a noite por uma voz árabe, chamando-as para a verdadeira religião.

— Por que elas não dizem abertamente que são muçulmanas? — perguntou Salman, irritado, pois o padre católico também falava nas aulas de religião sobre tais vozes celestes.

— Porque elas têm missões importantes para cumprir com os infiéis — respondeu Badri, impassível, como se tivesse acabado de falar por telefone com as tais personalidades.

Quando Badri falava, pouco tempo depois a cabeça de Salman começava a zunir.

Os disparates que ele dizia eram intragáveis. De Sara, Salman ouvira a grande sabedoria, segundo a qual as pessoas precisavam às vezes de horas para tirar da cabeça o lixo falado pelos vizinhos e parentes. Para a mistura de ingenuidade e fanatismo que Badri fazia, elas precisariam de dias.

Uma noite, Badri chegou à casa de Karam com um acompanhante. Salman ouvia os convidados, mas tinha nesse dia muito para exercitar e pouca vontade de ouvir as histórias de Badri. Acabou ficando em seu quarto.

Ouviu o telefone tocar e Karam rindo alto.

Pouco depois Karam lhe trouxe chá e disse que teriam uma conversa importante na cozinha; por isso Salman não deveria atrapalhar.

— Por Deus, não vou! — afirmou Salman. — Preciso mostrar até segunda-feira para o mestre três exercícios difíceis na escrita *tulut* e não estou conseguindo.

Karam sorriu e saiu.

Ao ir ao banheiro uma hora depois, Salman ouviu uma discussão na cozinha. Badri e o estranho, que Salman não conseguia ver, afirmavam ser necessário abater "a criatura do diabo" como uma cabra. Karam, por outro lado, revidava:

— Se você quiser o pior para um inimigo, não o mate, mas torture-o e lhe deseje uma longa vida.

O coração de Salman disparou e ele sentiu suas pernas tremerem. Rápida e silenciosamente andou até o jardim. Lá no banheiro ele nem conseguiu abaixar as calças de tanto medo. Sua urina parecia ter evaporado com o choque.

Quem os dois queriam matar? E por que Karam participava daquilo?

Só anos depois tudo se encaixaria como num quebra-cabeça, formando um quadro. Naquela noite, Salman não conseguiu mais manter as mãos tranquilas e executar a complicada caligrafia.

Durante os primeiros meses, Salman aprendeu os segredos da produção de tinta. Ele só podia acompanhar na condição de ajudante; mas observava tudo, guardando as quantidades na memória e anotando-as secretamente em papeizinhos, que passava para seu caderno todas as sextas-feiras, na casa de Karam.

O ateliê precisava de quantidades enormes de tinta para as encomendas de um arquiteto que projetara uma nova mesquita. Samad controlava a produção, Radi executava, e Salman trazia do mercado de temperos sacos e mais sacos de goma arábica.

Samad a dissolveu na água e acrescentou uma quantidade exata de arsênico de enxofre e de um pó que tirara de um pacote sem rótulo. Quando Salman perguntou, Samad murmurou algo como "sódio". Nesse dia, Radi misturou e ferveu grandes quantidades de uma cor amarela cintilante. Para caligrafias pequenas ou mínimas, o mestre Hamid dispunha de extratos caros de açafrão; mas só ele podia usar essa cor nobre. A partir de sulfureto de arsênico, Samad produzia a cor laranja; usava alvaiade de chumbo para o branco e pó de lápis-lazúli para o azul. Diferentes nuanças de vermelho eram adquiridas com pó de cinabre ou óxido de chumbo; para outras nuanças, usavam saponária, alume e água; e, para intensificar o vermelho, juntavam a esse extrato cochonilha pulverizada, um pó vermelho extraído de insetos com o mesmo nome.

Samad o advertiu para que tivesse cuidado com as cores; pois, diferentemente da tinta preta — inofensiva —, a maioria dos outros pigmentos coloridos era muito venenosa. Quando Radi ouviu isso, zombou do medo de Samad. Radi misturava tudo com a mão e, em seguida, ia comer sem tê-las lavado. Um ano depois, foi atacado de repente por convulsões estomacais e, como era muito pobre, não pôde ir a um bom médico. Contentou-se com ervas e outros remédios caseiros. Tornou-se pálido e cinza, como se trabalhasse na construção. No inverno, começou a vomitar regularmente e, no final de fevereiro de 1957, quando Salman deixou o ateliê, Radi ficou tão doente que não conseguiu mais trabalhar. Suas mãos estavam paralisadas e, quando falava, sua boca apresentava um quadro horrível. A gengiva adquirira uma borda preta. Hamid lhe pagou uma pequena indenização e o despediu.

Mas não só por causa da toxicidade Hamid não gostava de trabalhar com cores. Um dia, disse a um freguês:

— Branco e preto são música. O olhar balança entre esses dois polos. Cria-se um ritmo, uma música para os olhos, cujos componentes são emoção e precisão. A cor é brincalhona, cria logo alegria no caos.

Salman escreveu esse comentário na borda de um jornal velho, rasgou o pedaço fino do papel e colocou no bolso da calça antes de servir o chá.

O mestre só gostava de dourado sobre um fundo verde ou azul. Chamava isso de "meu êxtase dourado".

Durante algum tempo Salman se surpreendeu com o fato de que o mestre sempre o mandava comprar mel no mercado de temperos, apesar de nunca comer mel.

A resposta ele obteve no final de agosto: tinta dourada. Isso era assunto do chefe e só Samad, o braço direito de Hamid, podia produzir tinta dourada ou tocar nela. Também ninguém podia olhar os dois. Salman observava secretamente como Hamid trabalhava na pequena cozinha atrás do ateliê. As folhas retangulares e finíssimas de ouro — que produziam do ouro, aplanando e sovando — ficavam entre folhas de pergaminho, num caderno grosso com capa de couro.

Hamid pegava uma travessa de porcelana, punha ali gelatina, mel e resina dissolvida e peneirada, colocava então o ouro em folha na solução e o triturava com o dedo indicador, até este se dissolver. Então triturava uma segunda, uma terceira e uma quarta folha de ouro. Finalmente, esquentava tudo e deixava descansar; decantava depois o líquido e deixava o pouco de ouro restante, que não se dissolvera, por vários dias na taça, até secar de novo. Acrescentava ao líquido dourado um pouco de água e mexia até se tornar uniforme; depois raspava o ouro restante da taça, colocava-o numa garrafa e derramava a tinta dourada em cima.

Hamid sempre carregava na tinta dourada, deixava-a secar e em seguida esfregava a superfície com uma pedra lisa, até brilhar o dourado das letras.

Salman também fazia anotações sobre as facas do calígrafo. A faca afiada do mestre Hamid vinha de Solingen[5]. A faca de Samad, da qual se orgulhava muito, fora fabricada numa famosa oficina de aço da cidade iraniana de Singan. Ele comprara de um iraniano que estava de passagem.

---

5. Cidade do oeste da Alemanha famosa por sua indústria de facas. [N.T.]

Salman arranjou uma faca afiada de um sapateiro armênio, um homem calado que trabalhava perto de sua rua. Salman pintara para ele uma bela lista de preços, para que o sapateiro não precisasse se esforçar com a língua árabe, que mal entendia. Como recompensa, ganhou a faca afiada.

Salman aprendeu a arte complicada de fazer uma pena afiada a partir de cana-da-índia ou tubo de bambu. Para muitos aprendizes, o mais difícil era o último corte, que determinava o comprimento e a inclinação da pena.

— Não é para serrar e sim para cortar — exclamou Samad horrorizado quando o ajudante Said cortava seu tubo. Samad colocou o tubo sobre uma tábua de madeira, bateu uma só vez com a faca de Said e o tubo já estava cortado. Afiou a borda e partiu-a para que pudesse receber tinta. A ponta da pena corria na diagonal e tinha uma inclinação de cerca de 35 graus.

Estupefato, o ajudante ficou de boca aberta.

— Agora você já pode escrever em *tulut*. Se vacilar muito, sua pena não terá uma língua afiada para acariciar o papel, mas dentes. E com eles você não poderá escrever nem para a sogra — disse Samad, voltando para sua mesa.

No dia seguinte, Salman exercitou o corte em seu quarto, na casa de Karam. Percebeu que não só lhe faltava experiência, mas também coragem para cortar a pena num único golpe.

Não podia torturar a pena, mas guiá-la sobre o papel como uma fada frágil e sensível. Samad também lhe ensinara a função de cada dedo da mão direita.

— A pena fica assim, de modo que o indicador a movimente de cima para baixo; o dedo médio a empurra da direita para a esquerda, e o polegar a conduz para a direção contrária.

E Samad sorria satisfeito quando observava Salman treinando com afinco sobre qualquer papelzinho disponível.

Mais tarde, Salman diria que o momento decisivo em sua vida, que o fez calígrafo, fora numa determinada noite de janeiro de 1956. Ele precisou fazer hora extra para ajudar o mestre, e todos os outros também fizeram serão. Era uma encomenda da embaixada da Arábia Saudita. Os sauditas pagavam dez vezes mais, mas exigiam a melhor qualidade. Queriam, o mais rápido possível, um grande quadro com provérbios, com o qual pretendiam presentear seu rei, que visitava Damasco.

Naquela noite, Salman ficou encantado com a elegância com que o mestre Hamid dividia a grande superfície e fazia aparecerem as letras do nada, como num passe de mágica. E, até a manhã despontar, ali estava a pintura à sua frente, como uma criação divina. A caminho de casa, o tempo todo Salman murmurou:

— Quero me tornar calígrafo e vou conseguir.

Além de seus exercícios, Salman aprendeu de um pequeno livro, que estava no ateliê à disposição dos empregados. Ali estava escrito que as letras árabes, para terem harmonia, se baseavam na geometria que o genial calígrafo Ibn Muqla inventara havia mais de mil anos. Esta tinha relação com a dualidade de arcos e retas, de contração e afrouxamento, do visível e o oculto. Salman logo tentou também diferenciar os sete estilos da escrita árabe. Alguns estilos eram fáceis para ele. Apaixonou-se pelo estilo popular *nas-chi*, no qual a maioria dos livros era escrita, e temia o estilo *tulut*. Mas sempre aprendia com dedicação, coisa que Hamid às vezes elogiava.

Em quase todos os capítulos desse pequeno livro, Salman batia com o nome de Ibn Muqla. Os colegas sabiam pouco sobre esse gênio. Salman não passava uma semana, porém, sem ouvir elogios do chefe sobre o genial calígrafo, que vivera em Bagdá e cuja teoria da proporção valeria até hoje.

Sobre ele, Hamid Farsi dizia:

— Nós aprendemos a arte. Ele a ensinou, pois Deus o presenteara com ela. Por isso ele pôde, em sua curta vida, fazer para a caligrafia o que centenas de calígrafos jamais conseguiram.

Na mesma noite, Salman escreveu essa frase em seu caderno e pôs um grande ponto de interrogação ao lado do nome "Ibn Muqla".

Ao longo do ano de 1956, Salman aprenderia quase tudo sobre os fundamentos da caligrafia árabe; sobre seus elementos, o equilíbrio das linhas e das superfícies, o ritmo de uma caligrafia — que segue regras como a música—, a dominância numa folha de uma parte das palavras ou das letras sobre as outras, a harmonia, a simetria, a sobreposição e o reflexo, mas sobretudo sobre o segredo dos vazios entre as letras.

Porém, o mais importante que aprenderia nesse ano, pela primeira vez na vida, era amar uma mulher.

20.

Farid, tio de Nura, estava mais uma vez infeliz, em seu nono ou décimo casamento. Ela não conseguia mais ouvir seu falatório sobre mulheres. Ele conhecia as mulheres solitárias quando estas lhe encomendavam cartas e se apaixonavam por sua letra e suas palavras poéticas. A decepção não tardava. Ele também não parava de paquerar outras mulheres.

— Casamento precisa de maturidade. Seu tio é ainda um menino bobo — disse o pai um dia quando soube de mais uma separação do cunhado.

Nura tinha a sensação de que seu tio não tomava conhecimento de uma coisa: do tempo. Ele era bem envelhecido e parecia ridículo, com seu volume considerável, dentro de um terno branco e sapatos vermelhos. O charme que jogava sobre as mulheres o tornava inoportuno como um Casanova sem dentes. Quando foi visitar Nura uma vez, ela o mandou embora. Pediu-lhe que só viesse quando seu marido estivesse em casa, pois não podia receber visitas sem ele. Sabia que o tio Farid não gostava do marido. Eles eram como água e fogo.

— Mas Nura, sou seu tio — ronronou Farid. — Você pode me deixar entrar.

— Vale para todos os homens — respondeu ela, brava, batendo a porta.

Ele não a visitou nunca mais. E Nura não sentiu falta dele, mesmo depois de sua morte.

— Tanto na prisão como no casamento, o tempo é o pior inimigo — disse-lhe o vendedor de cebolas, que empurrava sua carroça pelas ruelas, recomendando suas cebolas baratas com uma voz melancólica.

Ele passara três anos na prisão e não estava feliz em seu segundo casamento. Nura pagou as cebolas, sorriu para o vendedor infeliz e fechou a porta. Ela estava quase chorando. Suas tentativas de fazer o tempo passar rápido haviam fracassado naquele dia e em muitos outros anteriores. Os longos telefonemas para as amigas deixavam-lhe um gosto insosso na boca.

O tempo se tornava cada vez mais uma massa pegajosa e dura, principalmente nos dias do coito, terça, sexta e domingo, nos quais sua vontade era se esconder depois do jantar.

A fascinação inicial pelo marido desvanecera por completo, e ela começou a vê-lo com olhos abertos. Ele era chato e arrogante, mas isso tudo ainda deixara um canto no coração dela livre de rancor e desprezo — até aquela noite, quando ele a espancou pela primeira vez. Mal fazia meio ano que estavam casados. E desde essa noite horrível aquele canto no coração se preenchera com pensamentos de humilhação e também com um cheiro de borracha queimada que exalava do corpo dele. O cheiro anterior de seu corpo dissipara-se numa lembrança.

Uma sensação estranha tomava-a sempre que ele chegava em casa. Um frio gelado ocupava os espaços; ela sentia frio e algo a paralisava. Lembrava-se de um filme que a fez morrer de frio no cinema, quando um trem ficou preso numa plataforma gelada, na Sibéria. Todos os passageiros estavam apáticos e o gelo cobria seus olhos. Por um momento ela sentiu um fogo dentro do corpo, como se seu coração quisesse pressionar para salvar seus membros do congelamento, mas então percebeu como o fogo se apagava — e como nela penetrava o frio que o marido exalava.

Hamid se cuidava com zelo; tomava banho todos os dias e passava creme nas mãos, uma mistura de azeite e óleo de lavanda, para que ficassem sempre lisas e suaves — para a caligrafia, obviamente.

Aquele dia começou com uma catástrofe. Um grande pote cheio até a borda de pequenas beringelas, feitas em conserva com esmero e recheadas com nozes, escorregara de sua mão e caíra no chão, partindo-se em mil pedaços. O assoalho e os armários na cozinha ficaram cobertos de azeite. Com medo dos cacos de vidro, ela teve de jogar tudo fora e limpar a cozinha por duas horas.

Exausta, cozinhou o prato predileto do marido, sopa de lentilha com macarrão, mandou para ele dentro da *matbakia* e descansou por uma hora.

Quando a vizinha Warde a convidou para uma pequena festa, Nura se alegrou, achando que o dia estava salvo. Não suspeitava de que a verdadeira tragédia logo começaria. Nura passou mal do estômago com um prato de arroz doce e, à noite, vomitou três vezes. Sentia-se lastimável e sem forças.

Hamid, porém, não era um homem compreensivo.

— Hoje estou com apetite de você — disse, pegando no traseiro dela, enquanto ela servia a salada.

Quando Nura contou de sua fraqueza e de suas dores na barriga, ele não quis saber:

— Você pode ficar doente o dia inteiro, mas não nas noites de terça, sexta e domingo — afirmou, dando um sorriso largo. — É meu direito. O seu sábio pai não leu para você que Deus me permite tudo isso?

Ela queria lhe dizer que o pai nunca obrigara a mãe a dormir com ele. Mas a língua não a obedecia. Lágrimas saíram dos olhos.

Na cama, teve medo dele; um medo pela vida que a deixava paralisada. Ele ficou zangado:

— Estou dormindo com um cadáver?

Sentiu ódio dele, como nunca. Quando quis empurrá-lo, ele a espancou. Parecia um bêbado e batia sem piedade. Ela se assustou tanto que não conseguiu nem chorar.

Nessa situação desesperadora, Nura se lembrou do conselho da mãe, de falar sempre alto o que os homens gostam de ouvir; então ela começou a se torcer e a suspirar, pedindo mais. E isso parecia agradá-lo. Quando finalmente terminou, ele adormeceu sem dizer nenhuma palavra.

Seu suor colava nela e cheirava a borracha queimada. Ela se levantou e andou de mansinho até a cozinha, onde esfregou a pele com água e sabão até doer.

A partir de então, esse cheiro particular se infiltrava em todos os perfumes que Hamid usava e toda vez Nura se lembrava daquela noite terrível.

Sempre que não precisava dela, a mãe de Nura aparecia, cochichando conselhos que ninguém pedia. Era uma serpente. Nura não sentia mais, como antigamente, ódio por ela, mas um desprezo profundo. Às vezes, suspeitava de que a mãe se apaixonara por Hamid. Sempre que ela o via, parecia idolatrá-lo, tocava nele carinhosamente e concordava com qualquer idiotice que saía dele.

— O homem é a coroa de sua cabeça e você deve servi-lo, lavar seus pés e então beber a água, como uma oferta dos céus! As mulheres orgulhosas acabam na sarjeta, filha.

Nura aumentava tanto o rádio que a mãe deixava a casa sem se despedir. Nura não queria ver os pais por muito tempo, mas Hamid aceitou o convite de seu pai para almoçar numa sexta-feira. Era uma semana antes do Ano Novo. A comida estava excelente, e os elogios de Hamid não tinham fim. A mãe o olhava apaixonada:

— Ensine ao seu sogro essas palavras charmosas. Isso ele não diz nunca!

Quando Hamid agradeceu o café, no final, a mãe pegou com força na perna dele, o que nem a Nura era permitido, mas ele só devolveu um sorriso. Nura quase gritou de ódio.

— Você é uma traidora — disse com rispidez à mãe, na cozinha, odiando o sorriso estúpido que deformava o rosto dela. A mãe parecia viver em outro mundo.

— Sua mãe tem um bom coração; ela só se preocupa com você — afirmou-lhe Hamid, já na rua. Nura achava que iria sufocar.

— Alô, Nura — gritou Elias, o vendedor de balas. — Não me cumprimenta mais?

Nura se envergonhou por não perceber o velho homem já sem dentes, mas ainda muito engraçado.

— Tio Elias, bom-dia — retornou ela, sorrindo.

— O senhor calígrafo sequestrou a letra mais bonita do nosso bairro e nosso alfabeto ficou esburacado. Será que ele gostaria de comprar para sua princesa um quilo de pralinas mistas? Ou talvez *usch al bulbul*, ninhos de rouxinol? Ou, se preferir, os melhores *barasek*, biscoitos com gergelim e pistache? Enfim, essas coisas que amolecem o coração das mulheres bonitas?

Elias falava do mesmo jeito que a maioria dos comerciantes damascenos, de forma sedutora, cantada, deixando as sobrancelhas dançarem.

— Não, não precisamos de doces — respondeu Hamid com lábios apertados, continuando a andar. Nura só conseguiu enviar um olhar de desculpas e correu atrás do marido.

Naquela noite, no início de 1956, bem antes de ele começar a frequentar a mesquita toda sexta-feira, Hamid a proibiu de sair de casa sem o lenço na cabeça. Também a proibiu, ameaçando com a separação, de falar com homens cristãos. Hamid parecia bêbado. Tremia no corpo todo e as palavras saíam pressionadas de sua boca.

— O que aconteceu? — perguntou a vizinha Widad, quando Nura lhe falou da monotonia. — Mas o que você quer? Mesmo um milagre, quando se repete 365 vezes no ano, perde seu brilho. Depois de cinco anos você vai encará-lo só como irmão. Nossos maridos não podem fazer nada. O tempo raspa o brilho daquele noivo e só deixa para trás uma massa áspera, chamada "esposo" e "pai dos meus filhos".

Widad bebia secretamente para sentir desejo pelo marido; bêbada, ela o transformava num jovem selvagem de dezessete anos faminto por seu corpo.

Samia, uma vizinha jovem do Norte, contou que, assim que era tocada pelo marido — um professor rude —, ela deixava seu corpo e ia embora. Tornara-se especialista nisso, tanto que nem sentia mais se o marido ainda estava sobre ela ou se já dormia.

Isso Nura também quis experimentar. Quando o marido a penetrou por trás, ela fechou os olhos, soltou-se de seu corpo e andou pelo quarto, observando-se na cama. Depois foi para a cozinha, tomou um café e pensou numa história de sua infância. Ao ver o rolo de macarrão sobre a mesa, com o qual naquele dia fizera pastéis recheados, veio-lhe de repente um pensamento: podia pegá-lo e enfiá-lo no traseiro do marido. Viu os olhos assustados dele e soltou uma gargalhada.

Depois de um ano Hamid não falava mais com ela. Tudo corria sem atritos, de acordo com suas ideias, e ele parecia satisfeito. Às vezes, ela o ouvia telefonando e invejava o interlocutor, que conseguia estimular seu interesse. Quando ela abordava um tema, ele abafava a conversa.

— Claro, é assim mesmo.

Ou então:

— Isso é besteira de mulher — afirmava. Ela encontrava pouca entrada nele.

Dália, para quem contava seu desgosto, só encolhia os ombros.

— Parece que você está falando dos maridos de minhas freguesas. De alguma forma a instituição do casamento ainda não amadureceu, apesar de nós treinarmos desde a época de Adão e Eva — disse, tomando um grande gole de áraque. — Deveriam permitir o casamento só por sete meses; depois disso, todos deveriam mudar de parceiros. Assim não ficaria monótono.

Será que ela está fazendo piada? Nura não estava no clima para piadas.

Ela se acostumou com o lenço na cabeça. Com a cabeça amarrada na forma de um ovo — como brincava seu pai —, ela podia pelo menos sair de casa sem o marido, mas só para visitar vizinhas ou fazer compras.

A situação dela era melhor do que a de outras mulheres, afirmava-lhe a vizinha Widad. Nura sabia que Widad, mas também Sultana e outras amigas, nunca podiam deixar a casa sem uma companhia masculina. A fronteira delas era a porta de entrada. Até mesmo olhar pela janela Sultana precisava fazer furtivamente, para que ninguém visse. Widad e Sultana também não tinham permissão para ligar para ninguém, mas podiam — pelo menos isso — atender o telefone. Por isso Nura ligava para elas um vez por dia.

Quando menina, Sultana sonhava em ir ao Café Brazil vestida de homem, sentar ali entre os homens e tirar a camisa. Também tinha a ideia louca de acorrentar o marido durante meio ano, para que este se movimentasse só do quarto para o banheiro, o toalete ou a cozinha, e em seguida perguntar:

— O que você está achando do meu mundo?

Nura percebeu como a língua de Sultana era corajosa quando ela ajustava as contas com a família. Falava mal do pai e do marido, cujo corpo — branco como a neve e estofado com retalhos de carne — exalava um cheiro estranho.

— De cada retalho sai um cheiro — dizia.

Já Nura não tinha coragem de descrever as torturas que sofria.

As horas, os dias e meses repetiam-se e sufocavam cada surpresa. Nura se sentia como o jumento da prensa de azeitonas no bairro de Midan — onde vivia quando criança —, que puxava a galga com os olhos tapados e rodava do amanhecer ao entardecer.

— Seus olhos são tapados para que ele imagine que caminha para um objetivo; todo dia o jumento passa mal quando lhe tiram a fita suja dos olhos e ele se vê no mesmo terreno — contou Dália, então.

Nura conhecia o moinho.

— Mas eu não sou um jumento. Deus não me fez uma mulher bonita para marcar passo com olhos tapados o dia todo — afirmou, de forma altiva.

Surpresa, Dália levantou as sobrancelhas.

— Menina, menina — murmurou e seu olhar preocupado acompanhou Nura quando esta deixou sua casa.

A amiga de escola Nariman lhe sugeriu ir a uma vidente famosa, que cobrava pouco e dava muito. Ela quis acompanhá-la na primeira vez, pois Nura tinha medo de andar pela ruas numa região desconhecida da cidade.

— É a única vidente da cidade — murmurou Nariman a caminho do bairro de Muhajirin.

Elas precisaram tomar dois ônibus e, depois, andar mais um pouco a pé.

— No caso dela — disse Nariman —, a vidente teria visto logo que seu marido estava preso por feitiçaria a uma outra mulher. Ela lhe dera o remédio certo, ensinara uns conjuros e, veja só, o mesmo homem que antes a via com olhos indiferentes, como se ela fosse um pedaço de pau, passou a voltar do trabalho sem ter nada na cabeça além de se entregar ao amor dela.

Após uma longa pausa, Nariman contou, um pouco mais alto:

— Logo descobrimos quem sugara meu marido todo o tempo e o afastara de mim. Foi uma prima distante dele, que ficara viúva muito cedo e tinha esperanças de que ele me deixaria por ela. A vidente descreveu a prima com exatidão e previu que o gênio, que meu marido possuía no corpo e que tinha atado a sua coisa, sairia dele, pegaria a criminosa pelas orelhas e a traria até mim. Realmente, a mulher de orelha vermelha apareceu e, atrevida, perguntou pelo primo, que não a visitava por muito tempo. Não a deixei entrar. Ela deveria esperar na rua e ali mesmo fazer seu espetáculo — sorriu, de forma curta.

— E ela esperou?

— Sim, até ele voltar do trabalho. Ela lhe bloqueou o caminho e quis saber por que desaparecera. Mas meu marido a empurrou para o lado, mandando-a para o diabo. Disse que estaria agora curado e que queria voltar para a mulher. E ela gritou pela rua, até que se cansou e foi embora.

Agradecida pela cura, Nariman levou o carneiro prometido à vidente.

— Será que ela pode fazer meu marido dormir menos e conversar mais comigo? — perguntou Nura, achando-se ridícula. Nariman olhou-a surpresa.

— Como? Você quer menos? Você está doente?

Nura não respondeu. Elas já haviam chegado à vidente. Quando entrou na sala, Nura sentiu um medo enorme subir por seu corpo. Tudo estava coberto de preto e cheirava a excremento de galinha e óleo rançoso.

A vidente era pequena e feia. Trazia um vestido preto manchado e muitos penduricalhos prateados em torno do pescoço, que faziam barulho a cada movimento.

Depois que Nariman se despediu, a vidente colocou as cartas sobre a mesa e passou a olhar Nura com seus olhos pequenos e afiados.

— Seu coração tem sete cadeados. Seu marido a ama, mas ainda não encontrou a chave certa. Você precisa ajudá-lo. Ele deve tomar sete pós durante sete dias e, para cada um desses pós, você deve queimar um destes sete papeizinhos com provérbios. E estes sete pedaços de chumbo você coloca embaixo do travesseiro.

Ela cobrou, para começar, três liras. Era muito; mas pouco, se realmente ajudasse.

Alguns dias depois, o marido teve uma dor de barriga terrível e reclamou do gosto estranho das refeições. Foi tudo que ele disse.

Mais uma vez Nura procurou — desta vez sozinha — a vidente, para lhe contar um sonho estranho. No quarto ou quinto dia do "tratamento" de seu marido com pós e provérbios, ela sonhara com Omar, o vendedor de verduras. Ele era um homem forte, com uma careca brilhante. Seu estabelecimento ficava na rua Reta. Não era um homem bonito, mas tinha um charme irresistível. No sonho, ela o via polindo uma berinjela. Quando ele sorriu para ela, Nura percebeu que estava nua. Ele a deitou num saco de juta, cobriu seu corpo com pétalas de rosa e cortou uma melancia com uma faca grande; tirou um pedaço enorme de polpa e colocou entre sua boca e a dela. Enquanto comia, ela sentiu como ele a penetrava; e continuou a comer até que o último pedaço caiu sobre sua barriga descoberta; Omar se curvou sobre ela e começou a chupar o pedaço, estimulando-a tanto que ela quase perdeu os sentidos de tanto prazer.

Nura teria acordado com ótima disposição.

Quando contou o sonho para a vidente, esta afirmou:

— Então minha magia acertou a pessoa certa, que tem a chave para seus cadeados.

Isso lhe pareceu ridículo e Nura decidiu evitar a vidente. Quando saiu, encontrou uma mulher acompanhando uma amiga até a porta da vidente, mas que não queria entrar.

— Ela é uma charlatã. Vive como um verme dentro da gordura de infelicidade de muitas mulheres — disse a estranha.

Nura ficou fascinada por suas palavras. Ela queria ouvir mais, para poder consolá-la, e a convidou para um sorvete. A caminho da sorveteria, Safije — esse era seu nome — falou de sua vida feliz com o marido, que amava cada dia mais e de quem sempre descobria novos aspectos. Ela era professora; ele, serralheiro. Conheceram-se pouco antes do casamento e, desde o primeiro dia, ele foi amoroso; depois de dez anos de casamento, tornara-se ainda mais carinhoso.

Safije falava muito nessa manhã e Nura a ouvia com atenção. Para ela, descobrir que em Damasco havia casais felizes era mais emocionante do que ouvir uma lenda. Na despedida, trocou endereços com Safije e prometeu visitá-la.

— Eu acho — afirmou Safije ao se despedir — que parte de sua infelicidade consiste em não poder usar suas capacidades. Você é uma mulher inteligente, que deveria fazer o que a realiza e não esperar o dia todo pelo marido.

Hamid, porém, reagiu com um ataque de ódio quando ela disse, com muito cuidado, que queria voltar a trabalhar como costureira, alegando que não havia ninguém na rua que exercesse essa necessária profissão. Ele gritou com ela, querendo saber quem havia colocado tal ideia em sua cabeça.

Nura se calou.

Nas semanas seguintes, ela visitou Safije várias vezes e se convenceu de que a mulher não exagerara. Numa dessas visitas, o marido dela estava em casa, pois machucara a mão trabalhando no dia anterior. Ele era gentil; deixou-as conversando sozinhas, fez café para elas e riu quando a mulher, depois do primeiro gole, perguntou se café teria se tornado mercadoria rara na cidade. Para Nura, tratava-se do primeiro homem que conhecera que fazia café para a mulher.

A felicidade dos outros doía em Nura; ela então decidiu não visitar mais Safije. Tudo era tão fácil. Por que Hamid se recusava a dar um passo nessa direção? Nem sal ele buscava, quando o saleiro não estava em cima da mesa.

— Sal — pedia. E quando Nura não reagiu na esperança de que ele levantasse, Hamid pegou em seu braço e rosnou: — Você está surda? Eu disse "sal".

Nura percebeu, então, que estava num beco sem saída. Era uma situação desalentadora, mas assumir isso ela considerou um progresso.

Naquela época, quando procurava desesperadamente um jeito de sair desse beco, Salman apareceu. Logo Salman, o homem pobre com cara de menino, sem barba e orelhas de abano! No começo ela achava que ele tivesse quinze anos e ficou surpresa quando o rapaz, vermelho nas orelhas, disse já ter vinte. Vendo seu aspecto, era preciso se controlar para não rir.

Por que ela se apaixonara por ele? Ela não tinha resposta. Consolou-se com a ideia de que o amor é teimoso como a morte. Chega de repente e não dá explicações. E, de vez em quando, escolhe pessoas até então impensáveis, como faz a morte, que às vezes leva para o além gente bastante saudável, enquanto aquelas gravemente doentes ficam lhe pedindo antecipação.

Naquele dia, Nura sentiu uma necessidade enorme de escrever tudo aquilo que lhe batia como ondas na cabeça e que ninguém podia saber. "O amor é uma criança selvagem e por isso descortês; ele vai diretamente para o coração, sem bater."

O interessante no seu amor por Salman era que ele não chegara à primeira vista, como se dizia em Damasco. No início de outubro, na primeira vez em que ele apareceu na porta, ela mal o cumprimentou.

Nura lhe entregava diariamente a *matbakia* e pegava a cesta pesada com as compras que Hamid lhe fazia.

Essa cena se repetiu mais de duzentas vezes nos sete meses entre outubro de 1955 e abril de 1956. Às vezes, por educação ou pena, ela trocava umas palavras com ele; outras vezes não. Às vezes sim, às vezes não, dava-lhe uma maçã. O rapaz era envergonhado e não gostava de falar muito. E sempre que ela fechava a porta, ele desaparecia de sua cabeça.

Um dia, porém, Nura fechou a porta e não conseguiu mais esquecê-lo; também sentiu muito o fato de ter sido tão fria e arrogante na frente dele.

Foi num dia quente, em meados de abril. Ela pensara em Salman a noite toda. Anos mais tarde, contaria que pensar nele era como um cinzel — com o qual foi martelando pedaço por pedaço do muro no final do beco escuro — e que ela, pouco antes de pegar no sono ao amanhecer, viu como surgia diante dela uma linda paisagem inundada por luz.

Nura se perguntou várias vezes na manhã seguinte:

— Será que realmente me apaixonei por ele?

Olhou para o relógio três vezes e, quando ouviu baterem na porta, quase morreu de alegria. Tentou se acalmar, mas ao vê-lo percebeu que não tinha chance de escapar. Ele não disse uma palavra e olhou-a timidamente, esperando por uma ordem. Quando ela o olhou nos olhos, sentiu-se como se estivesse no mar, com ondas atravessando seu corpo e ela se tornando parte delas.

Nura puxou-o rapidamente para dentro da casa e bateu a porta.

— Você quer... você quer um café, um bombom ou uma pralina? — O coração dela dançava no peito como um bêbado.

Ele não respondeu, só sorriu. Ele teria preferido dizer: "Estou com fome. Você tem um pão, ovos cozidos ou um pedaço de queijo?" Mas se conteve.

— Ou prefere comer alguma coisa? — perguntou ela, como se tivesse visto a fome nos olhos dele.

Ele fez que sim com a cabeça e se envergonhou de ter sido pego em flagrante. Ela respirou aliviada, correu para a cozinha e encheu um prato grande com petiscos: queijo, presunto do tipo *pasturma*, azeitonas, pimentão em conserva e pepino.

Ele continuava em pé no corredor, encostado na parede em frente à cozinha. Ela lhe deu o prato e dois pães pequenos do tipo pita.

Salman se agachou no chão e colocou cuidadosamente o prato à sua frente. Ela ficou observando-o e se sentiu feliz como nunca em sua vida. Ele comia e sorria.

Naquele dia, Nura percebeu que suas mãos podiam se movimentar sem que ela quisesse. Quando ainda observava Salman da porta da cozinha, sua mão direita movimentou-se na direção dele. Nura precisou acompanhá-la, e a mão se acomodou sobre a testa de Salman, como se fosse sentir sua temperatura. Ele parou de comer e começou a chorar.

— De repente eu senti — disse Salman e se calou em seguida, lutando contra as lágrimas — como meu cachorro se sentiu quando me procurou pela primeira vez para saciar sua fome. — Ele lhe contou do primeiro encontro noturno com o filhote abandonado que se tornaria seu cão, o Voador.

Ela beijou seus lábios, que tinham um gosto salgado. Ele também a beijou e sentiu o perfume de flores de limão vindo das bochechas dela.

E quando Salman pegou seu rosto e a beijou nos olhos, Nura sentiu uma chama arder dentro dela. Apertou Salman contra o corpo. De repente, lembrou que ele precisava se apressar. Beijou-o uma última vez e se levantou.

— Os sete cadeados se abriram e acabaram de cair sobre meus pés — afirmou ela.

Salman não entendeu o que ela queria dizer com isso. Pegou rapidamente a *matbakia* e saiu correndo.

Só então ela percebeu que ele não comera quase nada.

Nura se sentiu esgotada, como se tivesse atravessado montanhas e vales. Supreendeu-se com o fato de ter sentido grande prazer só com os toques e beijos de Salman.

À tarde, sentiu-se culpada. Era ela uma mal-agradecida, que traía aquele que lhe proporcionava a riqueza na qual vivia? Pretendeu então, no dia seguinte, tratar Salman friamente, dar-lhe a *matbakia* e bater a porta como nos dias passados. Naquela manhã, assegurou-se cem vezes de que seria o melhor para todos. Como num filme egípcio, pensou em agradecer pelos minutos fantásticos e lhe dar uma lição sobre fidelidade e obrigação. No meio da preparação desse discurso, porém, olhou o relógio e viu que já passava das onze horas; sentiu então uma ânsia de vê-lo, como um afogado buscando ar. E antes de ele deixar cair o batente pela segunda vez, ela o puxou para dentro de casa e de seu coração.

A partir desse dia, o tempo se evaporou como se fosse puro éter.

21.

Raramente se conseguia tirar o mestre Hamid do sério. Em comparação com ele, dizia Samad, Buda seria um colérico lastimável. Apenas quando sua irmã aparecia — uma mulher grande e bonita —, ele ficava nervoso. Ele não gostava dela, pois a irmã era vulgar e se vestia de forma provocante, o que lhe era constrangedor. Quando ela estava lá, o mestre não conseguia ficar sentado tranquilamente e olhava a toda hora para a porta, preocupado, como se temesse que um freguês elegante entrasse e perguntasse quem seria essa mulher atrevida.

Também os empregados ficavam agitados. Apesar de a mulher ser a irmã de quem lhes dava o pão, eles espreitavam vorazmente e sem cerimônia o traseiro dela.

O mestre Hamid sempre dava à irmã Siham o dinheiro que ela lhe mendigava, só para que a moça deixasse o ateliê o mais rápido possível. Em seguida, xingava o cunhado, um fotógrafo supostamente miserável.

As visitas ocasionais de sua jovem sogra também atrapalhavam sua rotina. Hamid ficava envergonhado e derretia de constrangimento. Como ele sempre deixava o ateliê com ela, Samad afirmava que eles iam para um hotel próximo. Mas isso não era verdade. Hamid convidava a sogra para ir a um café familiar, perto do ateliê, e voltava bem alegre uma hora depois.

Porém, quando a sogra passou a vir com mais frequência, ela começou a enervar o mestre. Isso, naturalmente, os empregados também perceberam.

— Um dia essa mulher ainda destrói sua vida — disse Samad, balançando a cabeça.

Mas de repente ela sumiu.

Na primavera, o mestre Hamid teve muitas reuniões no Ministério da Educação e, sempre que estava ausente do ateliê, os empregados relaxavam um pouco. Havia meses que a quantidade de encomendas era enorme, como nunca tiveram, e mestre Hamid exigia um esforço ilimitado.

Num dia ensolarado do começo de maio, Hamid estava mais uma vez no ministério e, como não havia muito para fazer no ateliê, Samad deu uma hora de intervalo para os colegas. Salman correu até Karam e este o recebeu bem-humorado:

— E então, meu competente calígrafo, seu chefe quer alguma coisa?

— Não, não. Ele está de novo no ministério e Samad nos deu uma hora de intervalo como recompensa, pois concluímos todas as encomendas que serão entregues hoje à tarde.

Salman ficou quieto por um momento, pensando se deveria contar a Karam, seu amigo paternal, do amor por Nura, que já estava fazendo três semanas. Ele sentia uma grande confiança e também uma grande necessidade de lhe contar tudo.

— Você tem um tempinho para conversarmos?

— Para você eu tenho todo o tempo do mundo. Do que se trata?

— De uma mulher e não me pergunte como ela se chama. Nem eu sei. Mas ela é maravilhosa e eu... eu não tenho certeza, mas acho que gosta de mim — contou Salman, hesitante.

— E qual é o problema?

— Talvez eu só imagine que ela me ama. Talvez ela só queira espantar sua monotonia. E além disso é muçulmana.

— A primeira coisa é fácil de verificar. Já a segunda é uma questão delicada, que é preciso tratar sem pressa. Mas há sempre uma saída.

Salman deu um sorriso amargo.

— A mulher é casada. E com um homem poderoso — acrescentou rapidamente.

— Valha-me Deus! Você é uma coisa! Primeiro você conta uma história inocente, depois cada frase vem com uma martelada. Você ama a mulher? Isso é o mais importante. Se você a ama e ela o ama, o resto vai se ajustar. Casado, muçulmano, cristão, judeu, homem, mulher. Isso só faz diferença para espíritos travados.

Karam se curvou sobre a mesa e continuou a falar:

— Como você sabe, eu amo Badri, não importa o que ele faça ou diga. Ele também me ama; não do jeito que eu gostaria, mas do jeito que ele consegue. Esse é o meu azar, mas eu o amo. Mesmo que isso me custe a vida, não vou mover um centímetro dele. No amor a gente não compensa o negativo com o positivo, troca o certo pelo incerto, o perigoso pelo inocente. Se não, não seria amor, mas uma balança comercial. Mas e então? O que diz seu coração?

— Eu a amo muito, mas realmente não sei se ela me ama. Certamente ela gosta de mim, mas acho que se assustaria se soubesse que vivo no Pátio da Mercê.

— Se for assim, deixe-a agora mesmo, pois ela não merece seu amor. Mas acho que para essa mulher tanto faz de onde você vem.

O importante é quem você é e com você ela tirou a sorte grande. Se eu posso dar uma dica, não pense muito, mas aja. Assim você saberá logo se ela o ama ou se ela quer apenas se divertir. Não foi o seu Jesus que disse: "Batam à porta e lhes será dado"? Ou foi Buda?

Salman não sabia. A hora tinha passado e ele precisava voltar para o ateliê. Mas Karam o segurou pelo braço:

— Tenho uma coisa para você — afirmou e mostrou uma bicicleta estacionada na calçada. Era uma bicicleta de carga, robusta, com pneus mais largos do que as bicicletas normais e na frente, em cima da roda dianteira, uma pequena área de transporte, como costumam usar muitos comerciantes de alimentos e padeiros para suas entregas.

— *Made in Holland*! — exclamou Karam. — Eu a ganhei de um poeta meliante que tinha dívidas de um ano comigo. Ele me consolava com os livros sensacionais que escrevia; na verdade, ele escrevia poemas que fariam os nossos corredores pernas de pau baterem recordes, se os ouvissem por uma hora e depois lhes abríssimos uma porta para fora. A bicicleta mal cobre um quarto das contas. Só quando saldar a metade das dívidas, ele pode voltar a pedir um chá.

Salman ficou bem impressionado com o presente e abraçou o amigo.

— Achei que com a bicicleta você pode economizar pelo menos meia hora e aproveitar o tempo com ela — murmurou Karam em seu ouvido. Salman estava paralisado. — Mas você não pode contar da bicicleta para ninguém no ateliê. Você pode estacioná-la no meu amigo, o ceramista Yassin, cuja loja você conhece. Você a pega quando quiser e de lá vai a pé para o ateliê. Caso algum empregado de Hamid o vir, diga que a bicicleta pertence a Karam e que você pode usá-la de vez em quando.

Salman pensava o tempo todo em Nura e às quinze para as onze sua paciência chegou ao limite. Pegou a sacola com o café torrado que o mestre Hamid comprara para a mulher na torrefação próxima dali.

— Mas ainda não são onze horas — resmungou Samad.

— Deixe-o perambular uma vez — defendeu-o Radi, e Samad acabou concordando.

Salman andou os cinco primeiros passos devagar, daí disparou para o pátio da cerâmica, subiu na bicicleta e partiu.

De bicicleta ele precisava exatamente de dez minutos.

— Você me roubou mais de vinte minutos de uma espera ardente e inquieta — afirmou Nura, agarrando-o já no corredor escuro atrás da porta de entrada. Ele a beijou mais longamente do que a qualquer outra antes dela. Momentos depois, ela não conseguiu ficar mais em pé e o levou para o pequeno quarto em frente à cozinha. Era uma espécie de depósito com um sofá velho e amplo. Nura havia limpado o quarto e o livrado de muitas panelas, lâmpadas, aparelhos domésticos e incontáveis caixas de papelão cheias de tralha.

Por um longo tempo, Salman lhe pareceu um ser de outro mundo. Desde o primeiro beijo, em meados de abril, ele não se apressava em dormir com ela. Nura ardia de desejo, e ele a afagava carinhosa e cuidadosamente, como se a pele dela fosse uma sensível pétala de rosa e ele tivesse medo de amassá-la embaixo dos dedos. Isso a deixava louca por ele.

Nesse dia, Nura não aguentou mais e, se esquecendo da preocupação dele e de sua fragilidade, abaixou suas calças e o pegou sem muitas explicações. Pela primeira vez na vida, ela sentiu aquilo de que falavam algumas amigas: o prazer total.

Sentiu suas veias pegarem fogo e um vapor quente atravessar seu corpo. Seu coração batia forte e ela via o rosto mais lindo do mundo em suas mãos, o rosto de um homem que soltava tons de alegria, como um golfinho; e ela se preocupava por ele e o apertava em seu corpo.

— Você tem gosto de pistache queimado — disse ele, surpreso, depois de lamber os seios dela.

E permaneceu deitado ao seu lado no sofá; só então ela percebeu que ele não era circuncidado.

— Esqueceram você?

— Não, nós não somos circuncidados — afirmou ele.

— E por que não? É um sinal de que um jovem se torna adulto. Por que vocês, cristãos, não fazem isso?

— Talvez Jesus quisesse que seus discípulos continuassem crianças.

22.

Nunca na vida Nassri Abbani teria pensado que um amor apaixonado pudesse acabar tão de repente. Durante um ano ele fora apaixonado pela menina Almás, de quinze anos. Mesmo quando dormia com outras mulheres, fechava os olhos e via Almás. Ela tinha um corpo divino e uma pele tão lisa e macia que seus dedos mal encontravam firmeza. Que cheiro feminino! E como dominava a arte do coquetismo! Ela virava a cabeça dos homens como um pêndulo, de um lado insinuando o possível, de outro rejeitando, de uma forma que Nassri jamais vira em outra mulher — uma recusa que não ofendia nem repelia, mas que simplesmente queria dizer: você ainda não se esforçou o suficiente.

Almás era filha de um de seus arrendatários. Ela era ainda uma criança, mas era muito mais adiantada do que suas três mulheres juntas. Possuía uma estranha graça natural, que o alegrava, e nunca devia uma resposta a ninguém. Sua língua afiada — e isso impressionava Nassri — deixava feridas profundas em seus inimigos. Três dedos mais alta que ele, tinha um lindo rosto que lembrava mais uma sueca do que uma árabe.

Ele conheceu Almás quando ela ainda brincava de boneca. Naquela época, ela já tinha esse olhar maquiado de sensualidade, que lisonjeia os homens e os provoca ao mesmo tempo. Os pais dela agiam como se não estivessem entendendo.

Sempre que Nassri visitava o pai dela, que não era muito mais velho do que ele, Almás parecia o estar esperando. Ela se colava nele. Ele lhe dava presentes generosos e nunca esquecia de trazer seu doce predileto, rolinhos de pistache. Uma vez, no mês frio de janeiro de 1955, ele quis conversar com o pai sobre um projeto, mas só encontrou Almás em casa. Seus pais haviam viajado ao Norte por uns dias para irem a um enterro. Toda noite, uma tia vinha depois do trabalho para dormir com ela. Quando naquele dia ela mordeu o rolinho de pistache e passou a língua pelos lábios, olhando-o na diagonal com os olhos quase fechados, ele perdeu o controle e a razão.

Nassri a engravidou.

Seus irmãos e seu empregado Taufiq ficaram possessos. Ele teria resolvido o problema com dinheiro, mas o pai de Almás era um sujeito esquentado. Ou ele se casava com a menina ou o pai descarregaria sua espingarda de dois canos duas vezes, uma vez na boca de Nassri e outra em sua própria. Melhor morrer do que engolir tal afronta, afirmava ele, sem se deixar dissuadir com conselhos ou chantagens.

Taufiq, o gerente de Nassri, foi o primeiro a ceder. Melhor casar com Almás e fortalecer o clã com filhos do que desencadear um escândalo com desfecho incerto. A pior esposa, dizia ele, seria melhor do que a puta mais nobre, pois com esta a gente não só desperdiçaria dinheiro mas também sêmen.

— Pelo menos nesse ponto sou melhor do que meus irmãos — afirmou Nassri, aflito. — Vou quadruplicar o clã dos Abbanis. Sou um verdadeiro touro marel damasceno! — exclamou, lembrando-se da Feira Internacional de Damasco do outono anterior, na Casa Holandesa de Indústria e Agricultura, onde pela primeira vez na vida ficara de frente com um horrível touro reprodutor, que teria se tornado pai três mil vezes.

Então, Nassri cedeu e casou em março com Almás. Sentia por ela um forte amor, que o rejuvenescia. Já suas outras três mulheres, com seus resmungos e aflições, tornavam-no mais velho.

Depois da festa de casamento, Nassri viajou com Almás para o Cairo, onde então se perdeu realmente por ela. Essa jovem mulher do campo, que além da casa paterna na periferia de Damasco não vira nada da vida, mostrou-se uma dama do mundo, maquiada e vestida com roupas finas, falando rudemente com os homens nos hotéis e nos navios durante os passeios no Nilo, de tal forma que eles corriam atrás dela. Todos queriam servi-la. Nassri perdeu a fala. Na cama, porém, pouco depois do melhor momento, quando ele já cochilava exausto e extasiado de felicidade ao lado dela, Almás fazia uma coisa que ele por muito tempo não compreendeu e só mais tarde reconheceu ser uma mistura de ciúmes doentio e autoritarismo pronunciado. Ela o forçava a falar mal de suas outras três mulheres e queria ouvir sempre a promessa de que ela seria a número um e a dona de seu coração, e que ele só visitaria as outras com sua autorização.

Ele não podia e não queria fazer promessas, mas estava disposto a fazer acordos. Assim, Nassri satisfez o desejo dela de prolongar as férias de quatorze dias para um mês; mas no assunto poder ele não via a menor graça. Na casa dos Abbanis, dizia, é sempre o homem quem domina. Ela já deveria se alegrar com o fato de ser sua mulher preferida; mais do que isso ela não poderia exigir.

Avisou Taufiq por telefone que teria pego febre egípcia e precisaria se curar num sanatório no Mar Vermelho. Taufiq deveria fornecer às suas outras mulheres tudo que desejassem.

Com o prolongamento das férias, no entanto, o problema não estava bem resolvido. Pois Almás continuava enervando-o com seus ciúmes. Quando Nassri dizia alguma coisa simpática para alguma mulher, uma servente ou uma vendedora de rua, ela fazia uma cena. Em sua imaginação, todas as mulheres pareciam ter como único objetivo destruir a felicidade dela e de Nassri.

Depois do retorno, eles se mudaram para uma casa senhorial na elegante rua Bagdá; mas Almás reclamou já na primeira noite, dizendo que tudo ali seria tão frio e tão europeu. Ela queria uma fonte e um jardim com laranjas e limões, jasmim e videiras, canteiros de flores e de ervas. Só assim ela conseguiria viver, mas não nessa construção fria.

E então, devido à gravidez, Almás engordou de forma monstruosa. Provavelmente por causa da quantidade enorme de bolos e doces que devorava, assim como dos muitos pastéis recheados que a mãe lhe mandava toda semana, como se a filha estivesse ameaçada pela fome.

Nassri sabia como a gravidez muda as mulheres. Só no caso de sua primeira esposa, Lamia, ninguém percebeu nada até as últimas semanas. Sua segunda mulher, Saide, ficou um pouco mais gorda e sua repulsa por ele cresceu de maneira contínua até o parto. Três meses antes ele não podia mais dormir com ela, pois a coisa dele — como Saide teria lido — martelaria a cabeça da criança dentro da barriga.

Sua terceira esposa, Nasime, não se importava muito com sexo; mas quando estava grávida se tornava sensual e tinha necessidade de dormir com ele todos os dias.

Almás, por outro lado, passou por uma estranha transformação. Engordou tanto no peito, na barriga e no traseiro que as amigas e os parentes mal a reconheciam. Ela não respirava, ofegava; não comia, devorava; e não se movimentava nem fazia mais nada dentro de casa. Pediu ajuda aos parentes e lhes pagava generosamente do bolso do marido. Só o cheiro dela permaneceu feminino e ainda o atraía.

E a cada quilo que engordava Almás se tornava mais ciumenta, pois ele dormia menos com ela. Culpava todas as mulheres dele e todas as putas da cidade de tramarem uma conspiração contra ela. Essas cutucadas ardiam nas feridas dele, como se ela tivesse afiado a língua em óleo de pimentão.

Consolavam-no, dizendo que tudo desapareceria depois do parto: o peso, o veneno da língua e também o mau humor. Quando Nariman nasceu em setembro, no entanto, Almás se tornou ainda mais desagradável. Agora sua filha seria o centro do mundo e todos deveriam se tornar escravos. O mais grave nisso tudo era que os parentes tomaram animadamente o partido dela. Os pais de Almás se transformaram em loucos balbuciantes; quando Nassri os olhava, tinha vontade às vezes de chamar um hospício para levar os sogros.

Depois, ele precisou se mudar com Almás para o centro antigo, onde os pais dela herdaram de uma tia uma casa e não queriam vendê-la para estranhos. Muitas casas da cidade estavam vazias naquela época. Incluindo os arredores, Damasco não contava então com trezentos mil habitantes, mas tinha uma área tão grande quanto o Cairo. Como Nassri se recusava a pagar aluguel ou a depender de favor dos sogros, comprou a casa deles.

A casa ficava ao sul da mesquita de Umaiyad, numa rua lateral, perto da rua Reta. Tinha um pátio interno pequeno, mas bonito, com jardim, laranjas azedas, uma laranjeira e uma fonte. Tudo nessa casa era pequeno e torto, mas ela dispunha — como todas as casas árabes nos arredores — de um andar superior e também de uma mansarda, que podiam alcançar a partir do primeiro andar com a ajuda de uma escada alta de madeira.

A mudança em novembro tirou todas as forças de Nassri, pois Almás não tocava em nada e não estava satisfeita com nada. Quando ele reclamou disso com um amigo, o farmacêutico Elias, este riu cinicamente:

— Se você continuar se casando com outras mulheres, você deflagrará uma crise habitacional em Damasco.

Nassri não conseguiu rir da piada.

Os pais de Almás pareceram ter se instalado definitivamente na casa. Sempre que Nassri chegava, eles estavam lá. Pensou várias vezes em se separar de Almás, mas os irmãos e o gerente dele aconselhavam-no a manter a calma, por causa do clã.

Foi assim que resolveu procurar, depois de um bom tempo, sua puta predileta, Asmahan. Mas esta se transformara por completo. Ela não só queria ser apaixonadamente amada por ele, mas também fez a absurda proposta de desistir da prostituição e se dedicar só a ele.

Asmahan passou a representar um perigo, pois se apaixonara por ele. Todos aqueles anos, nos quais ele não conseguia dormir por sua causa, ela se manteve fria; e agora, quando ele não queria mais nada com ela, tornou-se inoportuna.

Só lhe restou fugir.

Almás, naturalmente, ficou sabendo das visitas que ele fizera a Asmahan e pediu satisfação. Ele saberia que ela precisava de seu amor e de sua atenção e que, se continuasse frequentando prostitutas por aí, ela se vingaria. Os pais de Almás, que estavam presentes, ficaram paralisados de tanta vergonha. Quiseram se levantar e sair, mas Almás deu a entender, com o dedo indicador, que ficassem sentados.

— Mulheres falam demais. Não tenho nada a ver com prostitutas — revidou Nassri, com ar de desprezo.

Já o farmacêutico Elias o advertiu para levar a sério a ameaça. Nassri, entretanto, sentia-se seguro, pois já teria largado a relação com Asmahan havia muito tempo.

Almás pareceu ter se tranquilizado, mas permaneceu fria. Quando ele a visitava, a cada quatro dias, achava monótono. Os pais de Almás lhe eram tão desagradáveis que ele, furioso, mandava-os com frequência para casa; mas às vezes até considerava o exagero deles um consolo, pois se faziam de palhaços o dia todo para o bebê e eram escravos da filha.

Geralmente, o espetáculo o enojava. Mudou seu quarto para o primeiro andar e deixou o térreo para a família de sua mulher. Lá em cima ele não era importunado.

Depois do nascimento de Nariman, Almás não emagreceu nenhum quilo e se movimentava como um lutador samurai. Só seu perfume encantador e sua filha lembravam-lhe dolorosamente da antiga beleza dela.

Num dia de outubro, ele bebia com o sogro uma pequena garrafa de áraque com água gelada, no terraço mínimo que ficava diante da mansarda. Estava quente como no verão. Eles olhavam sobre os telhados da cidade, que vagarosamente começavam a descansar. Criadores de pombos mandavam seus protegidos para o céu, dirigindo-os de seu telhado com apitos; e os pássaros executavam sobre a cidade círculos amplos, voos e giros acrobáticos. O tapete sonoro que preenchia o céu sobre Damasco tornava-se mais quieto e melancólico nesse horário da noite.

Os dois comiam amendoim torrado, tomavam em copos finos o áraque leitoso e gelado e falavam sobre felicidade e mulheres, sobre a colheita do ano e a guerra no Canal de Suez.

Depois que os amendoins foram comidos, a garrafa esvaziada e eles já tinham contado todos os boatos e histórias, o sogro voltou para o térreo. Clamou a Deus que o protegesse, pois temia a velha e cambaleante escada de madeira que ligava a mansarda ao terraço com as roupas, no primeiro andar. Nassri levou as cadeiras e a pequena mesa de mármore para a mansarda, que agora só se compunha de um quarto, com uma janela voltada para o oeste em frente à porta.

Essa pequena janela oferecia uma vista para a casa vizinha. O ângulo não era favorável, mas ele conseguia ver a janela da cozinha no térreo e uma parte do pátio interno com sua fonte e árvores, além de um pequeno quarto de depósito no primeiro andar.

Sem querer, olhou através da persiana quase fechada — foi então que a viu. Ela tomava banho, relaxada, cantando músicas alegres. Que vista! Que beleza! Nassri não conseguia parar de olhar e precisou dar um gole, pois a secura lhe doía a garganta. Nesse momento sua mulher chamou, mandando-o descer para o jantar.

Ele não notou a comida nem a conversa.

Na manhã seguinte, acordou bem cedo, subiu de mansinho até a mansarda e observou de novo a casa vizinha. Ali estava tudo absolutamente quieto na alvorada.

A mulher desconhecida o possuíra. Ela tinha um rosto fino com olhos bonitos e grandes, era um pouco menor do que ele e magra com jeito arrapazado. Uma mulher assim ele nunca tivera. Quem era? Por que não havia um homem em casa? Era viúva? Ou só uma das várias mulheres de um homem, que só aparecia uma vez por semana?

Fosse quem fosse, Nassri a desejava.

Mas ele precisava ter paciência, pois na fila estava uma viagem com Taufiq para a Arábia Saudita, Jordânia e Marrocos, onde fechariam negócios importantes. Sua presença era imprescindível.

Duas semanas mais tarde, ele embarcaria num antigo avião da companhia aérea síria para voltar a Damasco. Seu empregado Taufiq tinha encomendas fantásticas no bolso e radiava de satisfação, enquanto Nassri Abbani estava fatigado e de mau humor.

Assim que retornou, Nassri subiu discretamente até a mansarda, para ficar na espreita de sua amada desconhecida, mas a mulher desaparecera como se tivesse sido engolida pelo chão. Onde ela teria parado? Ele iria espiá-la, com cuidado, antes que a ciumenta Almás percebesse alguma coisa.

Enquanto ruminava a respeito, Almás chegou valsando pela escada e perguntou o que ele fazia lá em cima.

O melhor horário para ele era durante a sesta. Almás dormia como uma pedra. Nem mesmo o choro de Nariman chamava a atenção da mãe. Se os avós não estivessem lá, a criança tinha de se acalmar sozinha, pois Almás dormia como um cadáver e roncava tanto que até as moscas fugiam do quarto.

O que Nassri podia fazer? De vez em quando a voz da razão falava, dando-lhe uma bronca e dizendo que ele se comportava como um menino. Por todo lado na cidade haveria putas chamando — cada uma mais bonita do que a outra — e ele esperava, com o coração batendo, por uma vizinha. Mas ele gostava de fingir não ter ouvido essa voz. Murmurava, teimoso:

— Tudo bem, mas qual é o problema? A paixão nos faz crianças.

Numa manhã gelada e úmida de dezembro, ele entrou, pálido de aflição, no ateliê de Hamid Farsi. O calígrafo estava atendendo um casal que viera buscar um escrito emoldurado. Nassri os cumprimentou com educação e precisou ter paciência. Ele andava distraído e não ouviu muito da discussão impetuosa; só entendeu que as pessoas achavam o quadro caro demais.

— O seu moca — disse alguém ao seu lado. Era um jovem e magro, com orelhas de abano, que lhe servia um moca adocicado.

O café tinha um gosto insosso, e os fregueses chatos não paravam de regatear. Nassri tentou ler o pensamento deles: dar arrogantemente ao melhor calígrafo uma encomenda trabalhosa e depois, na hora de pagar, fazer corpo mole.

Passados uns quinze minutos, Hamid e o homem concordaram com um preço, dez liras a menos do que o pedido anteriormente. A esposa, uma mulher pequena e delicada com cabelos vermelhos, não ficou satisfeita. Murmurou para o marido algo incompreensível e, como este não reagiu, virou os olhos e mostrou a Nassri seu mau humor. Este se recusou a dar o sorriso solidário, que em geral une os fregueses contra os comerciantes. Ele estava cheio dessa gente sovina.

Quando o negócio foi fechado, o calígrafo jogou o dinheiro na gaveta da mesa e se dirigiu a Nassri com um largo sorriso.

— Onde o senhor esteve esse tempo todo? Fazia uma eternidade que não ouvia nada do senhor! Até o procurei para lhe apresentar uma proposta!

— O senhor me procurou? — admirou-se Nassri, irritado com o fato de que ninguém no escritório o informara.

— Sim. Nós queremos fundar uma escola de caligrafia. E já temos o apoio generoso do Ministério da Educação e das famílias mais importantes de Damasco. Al Azm, Bakri, Sihnawi, Barasi, Asfar, Ghazi, Mardam *Bey* e muitas outras personalidades como Chukri al Quatli, Fares al Churi, Chalid al Azm, Fachri al Barudi e Sabri al Assali não só saudaram nosso projeto, como também querem se declarar nossos patronos, fazendo grandes doações. E eu pensei que o senhor não poderia faltar nesse grupo de homens tão honrados. A escrita árabe precisa ser de interesse de todos. Nossa mais linda arte não pode ser abandonada e deixada ao acaso; ela precisa ser pesquisada, ser libertada de coisas inúteis e continuar a se desenvolver. Se não fizermos nada, vamos logo redigir nossa escrita com máquinas europeias. — O calígrafo percebeu que seu ouvinte estava um pouco distraído e que precisava atraí-lo. — Claro que uma placa de mármore eternizará todos os nomes que tornarão a escola possível. O senhor certamente estará bem em cima, se conheço bem sua generosidade.

Agora Nassri descobriu por que não lhe falaram nada no escritório. Havia sido combinado que todos os pedidos de doação não seriam recusados, mas deixados de lado por um longo tempo, até o solicitante — e havia muitos em Damasco — se cansar e acabar desistindo.

Mas aqui a coisa era diferente. Ele logo imaginou, com prazer, a inveja de seus dois irmãos vendo o nome dele entre os doadores e os grandes da política e da cultura; depois imaginou a raiva dos professores que sempre o repreendiam, dizendo que a língua árabe se envergonharia porque ele a estragava diariamente. Durante um segundo, pensou em seu professor mais odiado, o xá Rachid Dumani, que queria convidar sem falta para a inauguração.

— É uma boa ideia — afirmou —, da qual quero participar. Possuo uma casa vazia, que acabou de ser reformada, na elegante rua Bagdá; vou colocá-la à sua disposição para os próximos dez anos, sem que pague aluguel. Depois disso termina a doação e a escola pode comprar ou alugar a casa. O importante é a casa estar em dez anos no mesmo estado impecável de agora. O que o senhor acha?

— Estou estupefato — disse o calígrafo, sem conseguir conter as lágrimas de emoção.

Nassri não sentiu nada ao ver efervescerem os sentimentos desse homem normalmente frio. A casa estava vazia, como quatro outras casas suas, e se chegasse à fama com uma casa vazia, enquanto muitos sábios viviam na pobreza, então ele teria razão quando dizia que escola não abria caminho para fama e riqueza.

— O senhor já tem professores e alunos suficientes? — perguntou Nassri para quebrar o silêncio opressor.

— Professores, sim. Os alunos ainda precisaremos selecionar em todo o país. Só os melhores poderão ser nossos alunos, e logo a escola será famosa em todo o mundo, pois daremos valor à qualidade da formação segundo os critérios do legendário Ibn Muqla. Alunos de todos os países árabes e islâmicos virão até nós e farão de Damasco um grande centro. Aliás, quando posso olhar a casa?

— Não há muito que examinar, pois se trata de uma casa europeia moderna. Embaixo há sete salas; no primeiro andar, cinco; e no segundo também. Em todos os andares há cozinha, dois banheiros e dois toaletes. Fale hoje mesmo com meu gerente para assinar o contrato. Vou ligar para ele e dar as instruções. Quando o senhor pensa em abrir a escola?

— Se Deus quiser, em maio. Mas a cerimônia oficial deve ser realizada já em março, e a partir de fevereiro podemos começar a fazer propaganda e mandar os convites. — Hamid se deteve por um momento e se virou para a oficina: — Salman — gritou e o rapaz que servira Nassri com o moca apareceu —, corra até Karam e trague duas xícaras de moca...

— Não, obrigado. Eu preciso sair logo e para onde vou terei que tomar de novo um café... Muito obrigado, por hoje é suficiente. Mas será que poderia falar a sós com o senhor? — perguntou Nassri, olhando para o homem magro com orelhas de abano.

— Nós podemos sair por um momento. No bairro de Salihiye há alguns cafés que abrem bem cedo — afirmou Hamid.

Dez minutos depois eles estavam sentados, quase sozinhos, no café Al Amir.

— Trata-se de uma mulher — disse Nassri, depois que o velho garçom trouxe, resmungando, as xicrinhas fumegantes de moca —, uma mulher que me roubou o coração. Eu preciso de uma carta. Ela é uma jovem viúva e vive recolhida. Por isso preciso de sua ajuda. Até agora, suas cartas sempre tiveram efeito de mágica. Ninguém escreve melhor na cidade.

— Quantos anos tem a mulher? Ela é abastada? Lê poesia?

— O senhor está vendo a vendedora naquela loja de roupas? Ela tem a mesma estatura. O rosto, porém, é muito mais bonito, como de uma jovem adolescente. Se lê poesia, isso eu não sei.

O calígrafo dirigiu seu olhar para a vendedora da loja.

— Mas ela também é bonita — afirmou, sorrindo.

Nassri, porém, sacudiu a cabeça e descreveu como sua adorada seria muito mais erótica em comparação com a vendedora. Ele mencionou detalhes que faziam a diferença, de forma visível ou não, como o jeito de andar e o brilho que vinha de dentro. Explicou a leve diferença no brilho de uma mulher quando ela está satisfeita sexualmente.

— A mulher, no meu caso, nunca se satisfez — disse num tom conspiratório —, enquanto a vendedora está bem satisfeita.

Hamid olhou para a loja, examinando, mas mesmo com o maior esforço não conseguiu descobrir como o rico freguês reconhecia a satisfação sexual da vendedora.

— Eu escrevo para o senhor não só essa carta, mas todas as cartas dos próximos dez anos. E de graça! — prometeu o calígrafo.

Nassri ligou para o empregado Taufiq, explicou-lhe que ele será agora um promotor cultural e que a casa da rua Bagdá ficará à disposição, gratuitamente, da escola de caligrafia por dez anos. Esperou um grito de indignação, mas Taufiq reagiu com tranquilidade, quase que de forma alegre:

— Parece interessante. Quem participa disso?

E, quando Nassri enumerou todas os notáveis da cidade e mencionou que seu nome estaria em primeiro lugar na placa de mármore, Taufiq temeu que o chefe estivesse bêbado.

— Taufiq está esperando o senhor — informou Nassri, sorrindo, ao voltar.

— Preciso lhe perguntar uma coisa — disse Hamid —, mas não quero ser indiscreto com o senhor e sua adorada. Mas preciso saber isso para decidir que tipo de carta escrever. Como ela vive?

Um suor frio exalou de Nassri. Jamais esperava que esse calígrafo acanhado pudesse se tornar tão incômodo.

— Como ela vive? Aqui perto, não muito longe do Parlamento — mentiu ele.

— Não, não, o senhor me entendeu mal. Onde ela vive não me interessa, preciso saber como e com quem ela vive. Suponho que o senhor tenha de entregar a carta secretamente; se houver perigo de que alguém o veja na casa, então vou formular a carta de forma evidente, mas sem que ela o delate. É possível o senhor entregar a carta pessoalmente nas mãos da mulher? Daí posso escrevê-la de forma mais direta do que no caso de um mensageiro entregá-la. Desse modo seria melhor usarmos tinta secreta. Por isso preciso saber se ela vive sozinha ou com outros vizinhos.

— Não, não. Ela mora sozinha numa casa. Não sei ainda como vou levar a carta para ela. Em que tipo de tinta secreta o senhor está pensando?

— É possível escrever com muitas substâncias, que são legíveis só quando tratadas com calor ou produtos químicos. O senhor pode escrever com leite, com suco de limão ou de cebola. Há também tintas bem mais caras, com as quais a escrita permanece legível só por um determinado tempo.

— Não, não, melhor não. Eu quero mandar para a mulher cartas maravilhosas, vindas de sua mão. Meu nome, Nassri Abbani, precisa estar embaixo. Tal nome a gente não esconde — afirmou, orgulhoso.

— Então, sem tinta secreta. Está certo, vou pensar um pouco e em três, quatro dias o senhor pode vir buscar a carta.

— Espere um pouco antes de elaborá-la. No mais tardar amanhã eu lhe telefono, quando estiver claro para mim que direção a carta deve tomar — disse Nassri na despedida. Ele estava apressado. Sua mulher Lamia precisava ir com urgência ao oculista. Fazia meses que pequenas veias estouravam em seu olho esquerdo, que já estava vermelho, como se Nassri a tivesse espancado. Ela tinha medo de ter câncer nos olhos. Era como uma histeria. Qualquer anomalia, que antes era abrandada com chá de ervas, ameaçava agora ser câncer; e as pessoas não procuravam mais as avós, que sabiam exatamente qual erva servia para qual enfermidade, mas iam logo a um especialista.

23.

Hamid ficou surpreso frente à amabilidade com que foi recebido por Taufiq. O pequeno homem de cabelos brancos e olhos atentos tinha um sorriso inteligente e não fazia perguntas com desconfiança e astúcia. Estas eram formuladas de forma perspicaz e continham ciladas disfarçadas com habilidade. No entanto, ao ouvir que o importante Hamid Farsi presidiria pessoalmente a nova escola e que o calígrafo Serani, que em vida já se tornara uma lenda, seria o presidente de honra, o gerente se tornou delicado de maneira quase servil. Ele entregou a Hamid o contrato e escreveu no lugar reservado ao preço do aluguel: "O usuário não pagará aluguel enquanto durar o contrato." Porém, chamou gentilmente a atenção de Hamid para o parágrafo segundo o qual o aluguel seria rescindido se a casa fosse usada para outros fins ou deixada ao abandono.

— Com tantas casas e tantos inquilinos, como no caso do senhor Abbani, nós passaríamos o tempo todo só reformando e não poderíamos exercer nenhuma outra atividade.

Hamid, mostrando total compreensão, assinou num impulso. No dia seguinte, Nassri lhe participou por telefone o que queria ter na carta:

— Ouro deve aparecer. O senhor precisa mencionar que estou disposto a pagar o peso dela em ouro se eu puder ver seus olhos e beijar a mancha na sua barriga. Algo assim. O importante é colocar ouro de alguma forma.

— Que felizarda! — exclamou Hamid no telefone. — A metade das damascenas cairia sobre seus pés se o senhor lhes pagasse a peso de algodão, imagine de ouro!

— É isso mesmo. Mas o coração é um animal selvagem que nunca se entende com a razão.

— O senhor falou bonito, vou pegar essa frase: "O coração é um animal selvagem." Bonito — repetiu o calígrafo, de forma cantada. — Já tenho um rascunho, acho que vai agradá-lo. São duas páginas com formato normal de papel de carta, mas é um papel bem fino, da China, feito a mão e branco como a neve; assim, o preto da escrita se abre de forma majestosa. E acabo de ter a ideia de escrever a palavra "ouro" com ouro em folha. Daqui a dois dias o senhor pode vir buscar. Aliás, seu amável empregado lhe contou que já assinamos o contrato? Também já recebi as chaves. Ontem à noite, estava tão curioso que fui à rua Bagdá para contemplar a casa. Realmente, uma pérola. O senhor não exagerou. As placas de mármore ficarão prontas no início de janeiro...

— São várias placas? Já são tantos os patrocinadores?

— São. Sobre uma placa quero mencionar os doadores mais nobres e amigos da escola. O senhor entrará naturalmente em primeiro lugar. Na segunda estará o resto.

Nassri decidira deixar a carta flutuar até a bela mulher. Depois de encontrar a ruela onde ela morava, desistira após alguns dias da ideia de ir à sua casa e lhe entregar a carta pessoalmente ou por intermédio de um mensageiro.

Ele tentou encontrar o local exato. Havia sido muito difícil reconhecer a fachada da casa dela através da janela de sua mansarda. Mas percebera a cor marrom incomum da calha do telhado e torceu para encontrar a residência certa.

Porém, mal ele deixara a rua Reta para entrar na ruela da vizinha misteriosa, ouviu a voz de Balal Abbani, um primo distante. Balal era um homem de pouco intelecto, mas com uma língua comprida. Ficou paralítico depois de um acidente e passava o dia na janela.

— Quem estou vendo? — grasnou a voz horrorosa. — Meu primo Nassri Abbani! O que você está procurando aqui na nossa ruela? Trepou de novo com alguém e está trazendo o sustento? — e riu de forma tão suja que Nassri lhe desejou a morte.

— Bom-dia — disse, apenas, e se distanciou de imediato da janela. Dez passos à frente espreitava a segunda surpresa. A irmã de um de seus arrendatários reconheceu-o e pulou em direção à sua mão. Queria beijá-la por gratidão e gritou para dentro da casa, a qual alugava:

— Aqui está o generoso Abbani! Venham ver esse belo homem! — Ele soltou a mão e partiu com passos rápidos, amaldiçoando seu azar, enquanto a mulher chamava as vizinhas, que já se apressavam. — Ele é envergonhado, um Abbani de verdade.

Não andara nem cinco metros e foi saudado por um mendigo:

— Senhor Abbani? Que surpresa! — exclamou com uma voz rouca.

Nassri não sabia de onde o mendigo, que agora o pegava pelas mangas, conhecia seu nome. Libertou-se com ódio e estava tão confuso que não só não achou a casa da linda mulher, como também não sabia como sair daquela rua.

Não, pensou ele. Esta ruela é um campo minado. O primo, a irmã do arrendatário, o mendigo e todos aqueles que espiavam pelas janelas e portas formavam uma bateria inteira disposta a metralhar sua reputação. Nassri se lembrou da história de um homem apaixonado que precisou de quarenta anos para entregar uma carta de amor sem ser observado. Sua adorada já tinha, então, quatro filhos e vinte netos.

Ele precisava encontrar outro caminho. "Por que não dobrar a carta na forma de uma andorinha de papel e deixá-la flutuar de sua mansarda até o quarto da mulher ou o pátio interno?", perguntou-se, depois de ver dois meninos ao lado da mesquita de Umaiyad jogando pelos ares andorinhas dobradas com requinte.

A visita ao oculista não demorou muito. O doutor Farah examinou o olho dolorido por cinco minutos, tranquilizou Abbani e sua mulher, receitou um derivado de heparina e cobrou trinta liras.

— Como ele é caro — admirou-se sua mulher Lamia ao saírem. Nassri apontou para a placa do médico:

— Alguém precisa pagar as viagens por esse países maravilhosos.

Lamia acabara de ler a última linha embaixo do nome do médico. Os hospitais de Nova York, Londres, Lyon, Madri e Frankfurt eram indicados como testemunhas de sua especialização.

Em casa, onde morava Lamia, ele começou a dobrar andorinhas de papel e jogá-las do terraço no primeiro andar. As quatro meninas mais velhas pulavam excitadas ao seu redor; as mais novas, admiradas, apontavam rindo para os pássaros de papel, que às vezes caíam num voo picado embaixo do terraço, outras vezes davam voltas elegantes para ficarem depois pendurados nas árvores do grande jardim, ou simplesmente aterrissavam de barriga.

As andorinhas de papel não eram confiáveis, pensou Nassri; uma delas foi até levada pelo vento para o jardim vizinho. Ele imaginou uma vizinha que inesperadamente recebesse uma carta e pedisse ao primo para lê-la. Sentiu um ódio, como uma pedra na garganta.

— Que diabo acontece com esse homem? — perguntou-se Lamia. Nunca o vira brincando com as filhas. Só agora, de repente, num dia ensolarado mas gelado de dezembro.

Sua terceira filha, Samira, no entanto, fez um truque muito mais simples do que a complicada andorinha. Ela dobrou uma folha três vezes. A tira de papel dobrada ficou parecendo uma régua. Então dobrou a tira no meio fazendo um V e deixou-a cair do terraço. E, vejam só, o papel rodou suavemente como a hélice de um helicóptero e desceu devagar até o chão, perto do balcão. Nassri ficou mais animado.

— É isso! — gritou.

Ele, então, dobrou também o papel, carregou-o com uma moeda, que prendeu com um pouco de cola no meio da forma em V, e agora o papel flutuou para baixo, na vertical, chegando de forma segura embaixo do terraço.

24.

Uma semana depois da assinatura do contrato, cerca de quarenta homens estavam sentados na maior sala da nova escola. Como não havia ainda mesas e cadeiras, todos eles se sentavam sobre os tapetes que Hamid providenciara. Bebiam chá e escutavam o seu presidente, Hamid Farsi, a quem chamavam de grão-mestre. Este lhes explicava os pontos mais importantes para o planejamento da nova escola. Suas palavras soavam triunfantes e sua postura era a de um general orgulhoso antes de uma batalha bem planejada. Na parede atrás dele, estava pendurado o rascunho de uma grande placa, temporariamente feita em papel: "Escola de Caligrafia Ibn Muqla."

— Com isso daremos um enorme passo para nossa aliança, a primeira escola na Síria para a arte que nosso honrado mestre Ibn Muqla desenvolveu em 937, três anos antes de sua morte. Nossos inimigos não sossegarão; por isso as festas de inauguração e os nomes de nossos patronos irão intimidá-los e diminuí-los. E, antes que eles se recuperem do primeiro choque, a segunda escola, em Alepo, já estará criada. O avanço é o segredo dos vencedores. E, enquanto eles discutem sobre as escolas em Damasco e Alepo, já teremos aberto a terceira em Homs e a quarta em Latakia.

"Essas escolas serão o embrião para o novo futuro da caligrafia. Aqui iremos conservar a tradição, experimentar e avançar procurando o novo, até desenvolvermos um alfabeto dinâmico; paralelamente, vamos mandar para o interior, calculo num período de quatro anos, um grupo atrás do outro de calígrafos jovens e bem formados. Por todos os lados eles vão tirar as letras da lama do atraso, enriquecê-las e revitalizá-las. Estimo que em vinte anos teremos elevado a caligrafia àquilo que ela é, uma arte divina e pura.

"O ataque dos palermas barbudos, que se denominam 'os puros', consiste em nos acusar de desprezo pela religião, pois queremos reformar a escrita e a língua. Não se deixem intimidar, queridos irmãos; exatamente porque amamos o Islã e santificamos o Corão é que não queremos deixar apodrecer esta que é a mais linda de todas as línguas. Quem cuida da língua cuida também da razão, e Deus é a maior e a mais pura razão. Deus é temido pelos burros; por nós, Deus e seu profeta serão amados e adorados conscientemente até o final dos tempos.

"Meu sonho seria uma língua árabe que conseguisse expressar todos os tons e sons da Terra, do Polo Norte ao Polo Sul. Mas até lá temos um longo caminho. Vamos em frente, soldados da civilização, afiem suas penas. Nós passamos para o ataque."

Aplausos ressoaram por toda a casa. Hamid se levantou e recebeu, emocionado, os elogios de seus amigos. Até seu oponente mais forte precisava assumir que Hamid Farsi fora o primeiro a presentear a aliança com uma escola oficial.

Doze homens pertenciam ao Conselho dos Sábios, o mais alto grêmio da associação; trinta e seis homens, ao Círculo dos Conhecedores. Ambos dirigiam juntos a Aliança dos Iniciados, um grupo secreto dos calígrafos, que foi criada em 1267 por Yakut al Musta'simi, um dos calígrafos mais geniais. Este era calígrafo e bibliotecário; na época, em dias frios de fevereiro de 1258, ele viveu a destruição de Bagdá pelos mongóis, que queimaram muitas bibliotecas e jogaram tantos livros no Tigre que a água ficou preta por sete dias, como se o rio estivesse de luto pela decadência da cultura árabe.

Yakut não teve tempo para chorar. Ele não se contentou só com a fundação de uma grande escola de caligrafia em Bagdá, mas também mandou cinco de seus melhores e mais notáveis alunos para todos os pontos cardeais, com a instrução de criar por toda parte do então mundo islâmico círculos e escolas de caligrafia. Hamid queria ver renascer o espírito de Yakut.

25.

Era um dia gelado de dezembro e a chuva só parara ao amanhecer, depois de ter transformado em poças d'água todas as cavidades do Pátio da Mercê. Salman acordou muito cedo e estava exausto. A noite fora curta para todos os empregados da oficina de Hamid por causa das horas extras. Salman caíra na cama, acabado, mas não conseguiu dormir. Pensava em Nura, ouvia a chuva bater sobre o teto de palha de seu quarto e invejava o marido dela, que podia agora dormir ao seu lado. Esquentou-se na lembrança de sua pele macia. Na escuridão, porém, foi assaltado por um grande medo. O que fazer se o mestre Hamid descobrisse?

Salman pulou da cama, lavou-se rapidamente e engoliu o pão com marmelada que sua mãe lhe preparara. O pão era fresco e cheirava a terra. Sua mãe voltou a sorrir, depois de muito tempo, e a febre que dificultara sua vida durante meses havia passado.

Seu pai já saíra para o trabalho. Salman pôs, para a mãe, cinco liras no bolso de seu casaco de malha.

— Compre o que desejar, para que fique bem saudável — disse-lhe.

Ela o beijou, pegou sua cabeça nas mãos, farejou-a ruidosamente e, olhando-o, disse:

— Você cheira a felicidade.

Ele sorriu e se apressou, quase perdeu o ônibus, mas chegou pontualmente à oficina.

Mestre Hamid estava mal humorado. Sua irmã Siham havia aparecido lá de manhã cedo e mendigado dinheiro, pois o marido precisaria, afirmara ela, ser operado. Hamid gritara, dizendo que ele não era uma caixa de esmolas e que seu marido deveria trabalhar em vez de beber e fumar haxixe. Entretanto, acabou lhe dando o dinheiro. O mau humor do mestre pesou sobre o clima entre os empregados. Nem mesmo da boca do alegre Radi saía alguma piada; Mahmud, o aprendiz, resmungava e, diferente de Samad, dava para Salman tarefas monótonas, com as quais ele não aprendia nada.

A grande encomenda do dia consistia em produzir um número grande de papeizinhos que trouxessem, cada um, uma grande letra e uma citação do Corão ou um provérbio do profeta que começasse com a respectiva letra. Todos trabalhavam como numa linha de montagem. Dez exemplares de cada letra do alfabeto foram encomendados; Salman tinha de dobrar os papéis assim que a tinta secasse e colocá-los em pequenas sacolas de pano. A freguesa, uma parteira famosa, costuraria mais tarde as sacolinhas e as venderia por muito dinheiro para mulheres supersticiosas.

Salman se lembrou de uma piada que Benjamin contava na escola, sobre um padre idiota da aldeia de seus pais. Um dia, o padre foi chamado para espantar o diabo da alma de um menino. O padre era conhecido como exorcista. Ele pôs a Bíblia sobre a cabeça do menino ajoelhado e começou a ler:

— N e O fazem juntos "No". C, O, M, E, Ç, O fazem juntos "começo". D, E, U, S fazem juntos "Deus". C, R, I, O, U fazem juntos "criou"...

— Quanto tempo você vai continuar lendo? — perguntou o diabo gargarejando, com uma voz horrível.

— A Bíblia toda — respondeu o padre tranquilamente e continuou a leitura: — C, É, U fazem "céu".

— Chega! — gritou o diabo. — Chega, eu já saio. Não porque você é santo, mas sim porque você é um chato.

Salman ria sozinho, mas não queria contar a piada para os outros, pois todos os colegas eram muçulmanos. Por sorte já era a hora de buscar a *matbakia* para o mestre Hamid e, sobretudo, encontrar Nura.

Quando Salman trouxe a comida para o ateliê, Hamid, que saíra com um rico freguês, ainda não havia voltado. Deixou ali a *matbakia* e foi até Karam. Pela primeira vez Salman sentia uma felicidade indescritível e compreendia o que Sara queria dizer com o paradisíaco "ser amado". A caminho do café, teve vontade de abraçar todos os passantes.

Karam parecia ter sido pego por uma febre. Todos os dias ele queria saber mais sobre a escola de caligrafia. Isso enervava Salman, pois ele não tinha mais o que contar, além de que a escola abriria suas portas em maio. Haveria uma grande festa no início de março, com as mais conhecidas personalidades da política e da cultura; muitas doações, vindas de todo o país, já estariam chegando e, com o lucro, uma segunda escola seria fundada em Alepo. Tudo isso reforçaria a aliança de Hamid e enfraqueceria a outra.

Não havia mais nada para contar, pois o mestre só falava a respeito muito vagamente. Mas Karam continuava sondando, pois desconfiava de planos secretos por trás da escola.

— Planos secretos? Você está louco. Aos poucos você fala como Badri, que suspeita de uma conspiração judaica toda vez que muda o tempo. Não há planos secretos. Hamid não quer nada além de eternizar seu nome.

A expressão de Karam se tornou tensa. E se calou.

Ao contrário de Karam, Hamid estava animado. Salman nunca vira seu mestre tão alegre e gentil como nessa época. Este trabalhava por dois. Executava as encomendas com precisão e telefonava horas a fio por causa da escola, das autorizações necessárias, dos móveis, da propaganda na imprensa e de outras coisas que precisavam ser resolvidas antes da inauguração. Às vezes ficava até meia-noite no ateliê; mas sempre mandava os empregados para casa pouco depois das cinco da tarde.

26.

Nessa manhã, Salman tinha a tarefa de desenhar sombras para um grande provérbio que Samad redigira. Era o primeiro trabalho de responsabilidade que deveria fazer. Por isso não ouviu a conversa que o mestre estava tendo ao telefone.

— Salman — assustou-o o chefe, no meio do trabalho —, leve para a minha mulher a cesta com nozes do comerciante Adel e, no caminho, pegue para ela os temperos que encomendei no Halabis. Diga a ela que vou almoçar com o ministro da Educação e por isso não precisa mandar nada — disse ele bem alto, como se quisesse informar todos os seus empregados.

Salmam se admirou, pois seu mestre poderia ter dito isso à sua mulher pelo telefone. E realmente ele ligou mais tarde para ela, repetiu tudo mais uma vez e lhe disse que ela deveria ir à noite para a casa dos pais. Ele a buscaria lá na volta do ministério, onde participaria de reuniões importantes com especialistas.

Pouco depois das dez horas, Salman estava com a tarefa pronta; Samad elogiou seu trabalho limpo e, como sabia que o mestre não voltaria mais, mandou Salman para casa.

— Você cuida das nozes e das outras coisas e aproveite a tarde em casa. Basta por hoje. Amanhã você chega aqui, descansado e pontual, e também ele ficará satisfeito — afirmou Samad, gentilmente. Ele mesmo tinha o que fazer até o final da tarde e queria também ir depois para casa.

Salman deixou a bicicleta no lugar dela e preferiu ir a pé até Nura. Equilibrou a cesta grande e pesada sobre a cabeça e conseguiu, com dificuldade, abrir passagem entre os pedestres, charretes e jumentos, que nesse dia pareciam ser surdos e lerdos e ter como única intenção atrapalhar seu caminho.

Nura beijou os olhos dele:

— Você não tem só orelhas magníficas, tem também os olhos mais lindos que já vi. Eles são redondos e espertos como os dos gatos — afirmou ela, enquanto ele acariciava a ponta de seu nariz.

Anos mais tarde, Salman ainda pensaria no fato de que Nura fora a primeira mulher de sua vida a achar alguma coisa bonita nele. Sara gostava dele, mas nunca elogiara seus olhos. Estes eram realmente bonitos, Salman também achava. Mas Nura achar suas orelhas "magníficas", isso ele não compreendia.

— Mostre-me como se joga bola de gude. Eu sempre invejei os meninos da minha rua, pois nós, meninas, nunca podíamos brincar disso — afirmou ela, de repente, trazendo-lhe uma pequena caixa de madeira com dez bolas.

Eles jogaram. Nura era realmente habilidosa, mas não conseguiu vencer Salman.

— Só falta você se exercitar. Passei por um treinamento difícil no Pátio da Mercê; raspei minha mão até doer — disse ele, enquanto ela admirava suas jogadas.

Ele se agachou atrás dela e pegou sua mão direita para lhe mostrar como segurar melhor as bolas de gude. Uma onda quente atravessou o corpo dela e seu coração bateu forte de tanto desejá-lo; mas ela se conteve para aprender o jogo.

Ambos estavam nus.

— Se seu marido chegar, em cinco minutos vou parar no inferno — disse ele, enquanto recolhia as bolinhas.

— Isso ele não faz. Por causa da caligrafia ele não vai sujar suas mãos. Não, não. Ele vai repetir três vezes a fórmula da separação: "Você está separada, você está separada, você está separada." E então estará livre de mim. É diferente do que acontece com vocês; a corda que amarra toda muçulmana é a língua do marido. E um marido precisa de uma testemunha e você é, ao mesmo tempo, réu e testemunha — afirmou ela, empurrando Salman para o sofá e lhe dando um tapinha no traseiro.

— Mas eu não sirvo como testemunha. Você esquece que sou cristão — revidou e lhe beijou o ombro.

— Isso eu não esqueço. Mas agora esqueça meu marido — disse ela e o beijou. E Salman esqueceu tudo.

27.

A chuva não parava, e os rostos dos damascenos — que primeiro brilharam, achando que a chuva nessa área seca prometia uma colheita melhor — tornaram-se mais tristes cada vez que ela caía mais forte e por mais tempo sobre as casas de barro. Depois de cinco dias veio a enchente. Em pouco tempo, o centro antigo ficou inundado. O Barada, que no verão se encolhia como um córrego, tornou-se agora um rio caudaloso. Bem antes de alcançar Damasco, ocupou as margens, destruiu jardins e levou muitas cabanas consigo. Muitos dos restaurantes e cafés românticos à beira do rio ficaram embaixo d'água até o primeiro andar. E a cidade se tornou um grande lago, da ponte Vitória até a praça dos Mártires. O pior aconteceu no Suk al Chatatin, a rua dos calígrafos no bairro de Bahssa. Como a água entrou durante a noite e ninguém contava com isso, as perdas dos calígrafos foram enormes.

Hamid se alegrou, pois seu ateliê — localizado no bairro de Suk-Saruja, um ponto mais alto — ficou salvo e agora recebia — assim como os outros calígrafos que a água lamacenta não atingira — as encomendas que os colegas não conseguiam executar.

Sete dias depois, a chuva parou. O sol saiu e cegou os damascenos com um céu azul fulminante.

Quando Salman atravessou de bicicleta a cidade, pouco depois das onze, os telhados planos fumegavam sob o sol escaldante, como um pão pita fresco.

Precisava sempre desviar o caminho para escapar da água lamacenta, que vinha até o joelho. Surpreendeu-se com as crianças que brincavam alegre e ruidosamente na água, como se estivessem na praia. Nura preparara para ele uma pequena porção de vagem com carne e tomate. Ele gostou, mas estava agitado e engoliu a comida.

— Infelizmente eu preciso ir embora logo. A enchente deixou vários caminhos intransitáveis — justificou Salman o fato de comer rápido.

— Seu avarento. Eu queria comê-lo de sobremesa — disse ela e o beijou no lóbulo da orelha.

— Pode começar com as orelhas; tenho bastante — revidou Salman.

Quando ele partiu, Nura o olhou pela grade da janela, observando como passava pelas pessoas com a bicicleta e como tinha um sorriso para todos os rostos. Parecia que Salman tinha um pincel mágico, com o qual podia fazer cócegas no coração das pessoas.

Nura não conhecia ninguém em sua vida que propagasse tanta alegria e se admirou com sua cegueira anterior.

— Tome cuidado — murmurou ela.

Mahmud lhe mostrou como marmorizar papel. Teria sido interessante se Salman tivesse um outro colega como professor. Mahmud o beliscava sempre no braço, dava-lhe uns cascudos — mesmo sem motivo — e explicava mal como tudo funcionava.

Foi Radi, então, quem lhe explicou na hora do almoço os segredos da marmorização. O ateliê precisava de quantidades enormes de papel marmorizado para a moldura das caligrafias.

Em meados de dezembro, Sara veio fazer uma visita. Ela estava grávida e parecia mais bonita do que antes. Irradiava alegria.

Era um dia de sol, mas algumas poças ainda restavam dos dias de chuva. Um homem velho olhou para o pátio através do portão e gritou:

— Roupa velha, sapatos, ferro.

Seus gritos mostravam não esperar muito dos moradores. Uma mãe, cujo filho de quatro anos chorava, gritou para o velho:

— Você vende esse diabo?

O menino olhou assustado o homem sujo carregando um grande saco e correu como um raio para dentro de casa.

— Ah, senhora. Disso eu tenho o suficiente. Nove ao todo. E cada um deles é uma máquina rotativa, que tritura tudo que cai na mão — revidou ele, acenando.

Salman descobriu Sara, que aproveitava o sol em frente à porta do apartamento de seus pais. Pegou um banco e se sentou perto dela. Sentia-se ligado a ela como nos velhos tempos; falavam abertamente sobre a vida de Sara com o marido, sobre a doença da mãe de Salman e o destino de alguns moradores do Pátio da Mercê. Sara sabia que Samira, depois da morte trágica do filho Adnan, tinha envelhecido anos e se tornado muito religiosa. Não queria mais receber homens em casa e via a morte do filho como o seu castigo na Terra.

Sara parecia saber sobre os vizinhos mais do que Salman, apesar de ela morar na distante cidade de Homs. Contou-lhe do destino de

Said. Salman viu como o belo menino crescera, virando um homem grande e gordo. Seu andar era feminino. Fazia tempo que cochichavam sobre como ele estava se tornando estranho.

— Said é uma prostituta masculina — explicou Sara. — Inicialmente foram alguns frequentadores do *hammam* que cortejavam o menino e lhe davam uma boa gorjeta. Depois, um deles o seduziu, o segundo o chantageou com dinheiro, e o terceiro não precisou extorqui-lo mais — disse ela, triste. Quando menina, eu gostava muito dele.

— Isso é horrível — murmurou Salman. Ele se lembrava de alguns fregueses do café, cuja gorjeta sempre dependia de umas passadas de mão. Eram homens solitários, ricos e pobres; Salman tentava deixar claro, sem ofendê-los, que ele não era o tipo de menino que procuravam.

— E então? — interrompeu de repente Sara. — Você finalmente se apaixonou ou ainda vive como um monge?

Salman deu risada:

— Monges também não conseguem resistir ao amor. Li sobre isso há pouco tempo — revidou. — Ela se chama Nura e também desviaria qualquer monge de sua reza.

— Você poderia frear um pouco sua língua? Ou você ainda está na fase da paixão, na qual os hormônios cegam a pessoa? — replicou Sara, superior como sempre.

Salman abanou a cabeça:

— Não estou exagerando. Você conhece a atriz Audrey Hepburn?

— Claro. Tanto *A princesa e o plebeu* como *Sabrina* eu vi duas vezes. Mas o que tem ela?

— Nura parece irmã gêmea dela.

— É mesmo? Ou você está me gozando?

— Não, é verdade — disse ele, detendo-se por um momento. Lembrou-se das palavras de Karam: — Mais importante do que sua beleza é que eu a amo; também a amaria se fosse caolha e tivesse pé aleijado. Ela mora aqui. — E bateu com a mão no peito. — E é quase tão maravilhosa quanto você — afirmou.

— Você é um homem muito charmoso. Como não gostar de você?

— Ih, nesse ponto posso enumerar vários exemplares do gênero humano. Há suficiente deles no café e no ateliê — disse Salman.

— E o que sua beleza faz? — perguntou Sara no momento em que Said chegou ao pátio e cumprimentou, cansado, entrando no apartamento onde morava sozinho desde a morte da viúva que o adotara.

— Na verdade, ela se formou como costureira, mas não pode exercer a profissão pois o marido é um calígrafo rico — contou Salman sem evitar um sorriso irônico, imaginando o que Sara logo diria.

— Salman, Salman, onde você vai parar? Ela é a mulher do seu mestre ou de um dos inimigos dele?

— É a dele. Se eu amasse as mulheres de seus inimigos, eu teria um harém. São incontáveis.

— Menino, menino. Como você está mudado. Você fala como um jornalista — admirou-se ela.

— Eu não mudei, mas o amor me mudou. E para mim tanto faz que ela seja muçulmana.

— Ah é? Mas a mim interessa. E se você aparecer um dia morto na rua, com um buraco na cabeça? Seria idiotice dizer para você tirar os dedos dessa mulher, pois os dedos não têm nada a ver com isso. Mas tome cuidado! Eu vou todas as noites, antes de fechar os olhos, pedir à Santa Maria que o proteja — disse ela, afagando-o na cabeça e se levantando. Ela queria visitar uma tia doente com a mãe, que já estava esperando.

— Como naquela época com seus besouros — murmurou Salman, mas Sara não o ouviu mais.

Na quarta-feira, Salman devia buscar pela última vez na semana a comida para o mestre, que viajaria na quinta para o Norte, por três dias. Salman sugeriu a Nura que se encontrassem na casa de Karam, onde passava toda sexta-feira sozinho, trabalhando.

— Podemos passar o dia todo juntos, sossegados — pediu ele.

Ela o fez escrever o endereço, a linha do ônibus e do bonde que deveria pegar e o beijou na despedida.

— Devo levar alguma coisa para comer? — peguntou Nura.

Ele respondeu que não, pois sempre havia comida suficiente na casa de Karam.

— Você deve levar você mesma. Eu tenho fome de você — disse e a beijou.

Ela sorriu. Se alguém lhe perguntasse o que seria a coisa mais linda do mundo, ele responderia sem hesitar: o sorriso brincalhão de Nura.

Ela lhe entregou a *matbakia* com a comida e uma sacola com uma camisa passada e meias limpas para Hamid. Ele tinha à noite um compromisso importante com um sábio influente e o tempo era escasso para passar em casa.

— Lembrei-me de uma coisa — disse Salman já andando. Nura riu, pois já conhecia seus truques.

— De que não nos beijamos já faz muito tempo — afirmou ela, imitando a voz dele.

— Não, é sério. Você entende de caligrafia? — perguntou Salman.

— Só um pouco. Mas Hamid tem a melhor biblioteca. Quer que eu procure alguma coisa?

— Quem é Ibn Muqla? Todos os calígrafos o idolatram. Seu marido fala sobre ele como se fosse um santo! E que aliança é essa, da qual seu marido é membro? Mas você não pode perguntar para ele. É uma associação secreta. Espreitei-o numa conversa por telefone.

— Não sei nada de associação secreta. Hamid e uma aliança secreta? Não é possível. Vou tentar descobrir alguma coisa a respeito; quando nos virmos na sexta, talvez tenha algo para você — disse Nura e lhe deu um longo beijo na boca. — Por que você tem um gosto tão bom?

— Estou aprendendo com Samad a arte da reflexão na caligrafia. Eu espelhei há pouco, no primeiro beijo, todos os seus perfumes na minha boca. Você sente seu próprio gosto — afirmou ele, seguro de si, e desapareceu. Um menino se instalara confortavelmente na área de carga da bicicleta. Quando viu Salman chegando com a *matbakia* na mão, pulou e correu.

28.

Desde a época de escola, Nura nunca saíra de casa tão cedo como nessa sexta-feira. Hesitou por um tempo, perguntando-se se deveria ou não usar um véu. Decidiu que não.

Um vento forte levantava poeira, pedacinhos de papel e folhas. Pombas e pardais voavam baixo pelas ruelas. Seria ela um pardal ou uma pomba, perguntou-se, sem saber por que não queria ser nem um nem outro. Uma vizinha lhe dissera uma vez que a achava mais parecida com um cacto do que com um animal.

— Eu sou uma rosa-de-jericó — murmurou ela.

O vento mexe durante anos com essa rosa do deserto. Então acredita tê-la dominado. Com as primeira gotas da chuva, no entanto, a rosa se lembra de que ali já havia sido um pequeno oásis verde.

Seu marido precisava tomar cuidado. Ela já experimentara as primeiras gotas de água.

Às seis e meia ela subiu no ônibus, no ponto da frente de sua rua. De manhã cedo Damasco tinha um rosto inocente; também os damascenos ali na rua ainda pareciam sonolentos e pacíficos, como crianças pequenas. Ela viu o mendigo Tamer, de quem sentia falta já havia uma eternidade. Contavam histórias sobre seu desaparecimento repentino, mas ali estava ele agora à sua frente, bem disposto, lavado e penteado. Seu rosto ainda estava molhado e seus cabelos pingavam. Tamer tocava sua flauta Nay em frente à estação de Hidcha. Tocava divinamente. Ele fora um músico respeitado da orquestra radiofônica, até que alguma coisa o tirou da linha. Agora ele só vivia na rua.

Quando Tamer tocava e as pessoas fechavam os olhos, ouviam o vento cantando no deserto. Nessa manhã, a melancolia de sua flauta penetrou nela, apesar do barulho infernal do ônibus lotado de crianças.

De repente pensou em seu diário. Ela certamente teria escrito sobre o mendigo Tamer se não tivesse queimado o caderno uma semana antes. Logo depois do primeiro beijo de Salman, ela escreveu poucas vezes no diário; se escreveu, não foi clara e diretamente. Ninguém podia saber de seu segredo com Salman. Ela também não tinha mais interesse em escrever sobre o marido; então escrevia só sobre seus conflitos internos. Mencionou várias vezes não querer nunca mais ver Salman. Mas, assim que batiam onze horas, esperava que ele chegasse um pouco mais cedo. Uma força animal empurrava seu coração até ele. Nura não só sentia uma necessidade profunda de protegê-lo, como se fosse uma criança frágil, mas também seu cheiro, o gosto de sua boca e o olhar de seus olhos deixavam-na fisicamente tão louca por ele como nunca antes havia experimentado, ouvido ou lido a respeito. Ela guardou o segredo para si. Ele também não precisava saber que, já no primeiro beijo, ela se sentiu pairando no paraíso do prazer e lá se demorou como num êxtase. Depois prometeu a si mesma, pela enésima vez, terminar com ele. Sua razão a advertia de que esse caso amoroso entre uma muçulmana casada e um cristão acabaria numa catástrofe. O que seria desse amor? Nura ouvia tão baixo essa pergunta, como uma menina pequena perguntando pelas horas no tumulto de uma dança selvagem.

Quantas vezes ela se preparara para uma conversa razoável com ele, na qual exporia, tranquila e pragmaticamente, todos os motivos contra esse desejo animal; mas bastava ele bater na porta para ela mudar sua conclusão: ela conversaria mais tarde com ele, quando estivessem deitados um ao lado do outro, relaxados e moles; daí ela teria coragem. Quando chegava esse momento, porém, ela esquecia; "esquecia planejadamente", como escrevera na época em seu diário. Porém, quando o diário só passou a torturá-la, como um espelho impiedoso de suas indecisões, e quando se convenceu de que — apesar de não mencionar o nome de Salman — qualquer um o reconheceria depois de duas linhas, achou imprudente colocar em risco sua vida. Queimou o caderno num pote de cobre e pôs as cinzas em volta de uma rosa.

No ônibus, teve que rir de suas decisões infantis de não querer mais ver Salman. Depois de quase uma hora, chegou ao seu destino; virou a maçaneta do portão do jardim — como Salman lhe dissera — e seguiu com passos rápidos para a casa. De repente a porta se abriu. Nura quase morreu de susto, mas Salman lhe deu um sorriso e a puxou para dentro. Ela caiu em seus braços e, ainda antes de conseguir respirar, afundou em seu beijo profundo.

— O café da manhã está pronto, senhora — disse ele; tirou-lhe o casaco e o pendurou sobre uma cadeira em seu quarto.

Ela ficou muito emocionada. Na cozinha, esperava-a um café da manhã preparado afetuosamente, com marmelada, queijo, azeitonas, pão fresco e chá. Tudo muito modesto, mas foi o primeiro café da manhã de sua vida preparado por um homem.

Salman percebeu sua comoção e ficou constrangido. Ele quis lhe dizer tanta coisa, mas só conseguiu pronunciar a frase mais boba:

— Vamos comer!

Mesmo anos depois ele se irritaria com isso: de todas as aberturas poéticas que preparara cuidadosamente para aquela ocasião só sobrara o insensível "vamos comer".

Depois, ele não saberia mais dizer quantas vezes eles se amaram nessa manhã. Salman beijou Nura de novo.

— Se um dia me perguntarem se acredito no paraíso, vou dizer que não só acredito, mas que já o vivi.

Ele acariciou seu rosto, e ela o beijou nas pontas dos dedos.

Quando se levantou da cama e colocou seu relógio, ela sibilou através dos dentes:

— Quatro horas de amor, Nura. Nós a parabenizamos por essa estadia no paraíso dos sentidos — disse ironicamente a si mesma.

— Você já quer ir embora? — perguntou Salman, preocupado.

— Não, não. Mas quero estar vestida quando eu ler para você uma história muito triste — disse ela. — Não consigo ler esse tipo de coisa deitada e menos ainda nua ou de pijama. Isso eu herdei de meu pai. Ele sempre se vestia com elegância quando lia, como se fosse encontrar o autor ou o herói da história. Depois que eu terminar de ler, vou voltar para cama e amá-lo selvagemente, como uma macaca faz com seu macaco.

Salman deu um pulo:

— Então eu também preciso levantar. Sou o anfitrião e não fica bem a visita se sentar em roupas elegantes para ler, e o anfitrião andar pelado por aí.

Ele se vestiu rápido, arrumou a cama, penteou-se e se sentou em frente a ela.

— Bem, sobre a aliança secreta eu não achei nada. Deve ser uma confusão ou um mal-entendido. Também meu pai não sabia nada a respeito. Fingi ter lido uma reportagem sobre uma associação secreta. Meu pai me recomendou não levar jornalistas tão a sério, pois ter de informar diariamente é um trabalho duro, e um jornal que não exagera afunda. Mas achei uma coisa sobre Ibn Muqla, uma história muito triste que meu marido publicou uma vez numa revista. Eu a copiei para você e só converti o tempo islâmico para o tempo cristão. Quer ler sozinho ou leio para você?

— Leia para mim, por favor.

— Ibn Muqla — começou ela — nasceu no ano de 885 ou 886, em Bagdá. Não se sabe exatamente, pois nascera de uma família muito pobre. Morreu em julho de 940; essa informação é precisa porque ele morreu na prisão, vigiado, e porque na época era famoso em todo o mundo árabe e islâmico. Já o seu nome é particular; *Muqla*, uma palavra poética para "olho", era o apelido de sua mãe, dado pelo pai dela, pois este amava a filha de um modo especial. Ela se casou com um calígrafo pobre e a família não adotou o nome do marido ou de seu clã, mas simplesmente o nome dela, coisa que naquela época era uma raridade na Arábia, como também o é hoje. Todos os filhos e netos de Muqla tornaram-se calígrafos, mas Muhammad Ibn Muqla fora sem dúvida o mais famoso.

"Ele foi o maior calígrafo de todos os tempos, um arquiteto da escrita. Não só inventou vários estilos de escrita, mas também fundou a teoria da medida das letras e de sua harmonia e simetria. Sua teoria da proporção vale até hoje. Por ela é fácil controlar se alguma coisa foi caligrafada de forma correta ou errada.

"O *alif*, o A árabe, é um traço vertical e foi escolhido por ele como medida para todas as letras. Desde então, todo calígrafo determina no começo, para a escrita escolhida, o comprimento do *alif*. O cálculo é feito com pontos verticais, um sobre o outro. O ponto, por sua vez, orienta-se pela pena utilizada e aparece quando a pressionamos sobre o papel. Todas as outras letras, mesmo que estejam na horizontal ou na vertical, assumem um tamanho calculado por Ibn Muqla e estipulado com um número de pontos. Também as curvaturas de algumas letras estão dentro de um círculo, cujo diâmetro corresponde ao comprimento do *alif*. Observar essa medida corresponde a obedecer o ritmo numa peça musical. Só através dela a escrita parece harmoniosa e se torna música para os olhos. Depois de anos de exercício, todo mestre domina as regras automaticamente. Os pontos possibilitam examinar com rapidez se a proporção está correta.

"O dotado Ibn Muqla era matemático, letrado e pesquisador da natureza. Também leu os escritos de teólogos e ateus como Ibn al Rawandi, Ibn al Muqaffá, Al Rasi e Al Farabi. Fascinava-o, sobretudo, o sábio universal Al Gahiz. Mas, diferentemente deste, Ibn Muqla dependia da proximidade com os soberanos. Al Gahiz não aguentou mais de três dias na corte do grande patrocinador da ciência e da literatura, o califa Al Ma'mun, filho do legendário Harun al Raschid.

"Ibn Muqla foi o primeiro vizir, o que corresponde hoje ao primeiro-ministro, em governos seguidos de três califas. Mas essa proximidade, que ele mesmo procurava, acabou sendo fatal.

"Ibn Muqla reconheceu que a escrita árabe não seria fruto da mão divina, mas da mão humana. Sua beleza o fascinava, mas ele reconhecia também suas fraquezas. Por isso começou cedo a refletir sobre fazer uma reforma discreta do alfabeto, a fonte da escrita; ele experimentou, anotou e esperou por um momento propício. Bagdá era na época a capital de um império, o centro do poder secular e religioso do Islã.

"Muitos letrados e tradutores de seu tempo criticavam que faltavam letras para reproduzir alguns tons e nomes de países e línguas distantes. Essa crítica encorajou Ibn Muqla a continuar seu caminho. E então foi sua pesquisa da natureza que o levou para a ideia decisiva. Claro que ele sabia que fanáticos religiosos consideravam santa a escrita árabe, pois a palavra de Deus no Corão teria sido escrita em árabe. Mas também sabia que a escrita árabe já havia sido reformada várias vezes.

"A mudança mais radical fora introduzida quase cem anos antes do nascimento de Ibn Muqla, também em Bagdá. Até então a língua árabe não conhecia nenhuma letra com pontos; como muitas letras eram parecidas, muitas incertezas, muitos mal-entendidos e interpretações erradas acompanhavam cada leitura, mesmo quando eram sábios que liam. Tentaram melhorar a escrita fazendo várias reformas pequenas, até acontecer a reforma maior e mais radical. Isso faz doze séculos.

"Às quinze letras que formavam então mais da metade do alfabeto árabe foram adicionados pontos, em cima ou embaixo dos sinais. Com isso conseguiram impedir, quase que completamente, erros de leitura. O califa Abdulmalik bin Marwan e seu sanguinário governador da província oriental, Al Hagag, sufocavam na época todas as vozes conservadoras que se levantavam contra qualquer reforma. O califa mandou copiar o Corão com a escrita reformada e, desde então, qualquer aluno consegue reconhecer claramente as palavras do livro sagrado e lê-las sem cometer erros.

"Mas não só textos religiosos ganharam clareza. Também a língua árabe da poesia, da ciência e do dia a dia ganhou em rigor e em evidência. Sem a mão firme do califa, porém, tal passo teria sido impossível.

"Ibn Muqla sabia disso. E ele também precisava do apoio de um califa esclarecido e perspicaz para executar a grande reforma da escrita.

"Ibn Muqla amava a escrita como a um filho; ele pôs tudo à disposição dela e no final perdeu tudo.

"Pretendia alcançar o poder, como diziam seus inimigos, que espalhavam pelo mundo relatos cheios de ódio sobre planos de subversão, que preenchiam com motivos frágeis página por página.

"Não, Ibn Muqla já alcançara tudo antes de dar o passo radical para a reforma que acabou levando à sua queda.

"Serviu como professor particular ao último califa, Al Radi Billah, ensinando-o filosofia, matemática e letras. Era como Aristóteles para Alexandre, o Grande; mas o califa Al Radi Billah não tinha a grande alma do conquistador macedônio.

"Quando Ibn Muqla se encontrava ainda no zênite de sua fama, mandou construir um palácio em Bagdá, acompanhado por muitas lendas. No grande paralelepípedo de pedra no lado interior do muro do jardim, foi gravado, segundo modelo seu: 'O que eu crio sobrevive ao tempo.'

"O palácio tinha um jardim enorme, que Ibn Muqla, por amor ao mundo animal, transformou num singular zoológico; todos os bichos ali, separados por cercas uns dos outros, podiam andar livremente. Para dar também aos pássaros a sensação de liberdade, mandou esticar uma rede de seda sobre o zoológico. Uma grande equipe de guardas e tratadores, sob a chefia de um cientista persa chamado Muhammad Nureddin, cuidava dos animais.

"Ibn Muqla queria compreender a criação observando o mundo dos bichos. Seus empregados começaram a fazer experiências com cruzamentos, o que causava admiração no palácio do califa, mas também ódio e desprezo. Nenhuma dessas discussões e experiências atravessava os muros espessos dos palácios; o povo permanecia ignorante.

"Os empregados de Ibn Muqla até tiveram pequenos sucessos com o mundo das aves, assim como entre cães e gatos, carneiros e cabras, jumentos e cavalos, mas muitas dessas experiências causaram deformações.

"Os avanços na área das ciências naturais encorajaram Ibn Muqla a um próximo passo, que poderia conduzi-lo à fama mundial. O vigésimo califa dos abássidas, Al Radi Billah, era muito inclinado a ele. Ibn Muqla via-o como o homem que poderia assisti-lo no passo iminente para a reforma da escrita. O califa tinha 24 anos e era uma pessoa aberta para o mundo, que escrevia poemas e amava o vinho e as mulheres. Expulsou o sábios conservadores da capital Bagdá e cercou-se apenas de teólogos liberais; na corte, porém, ele tinha — assim como os califas posteriores — pouco poder de decisão. Burocratas palacianos, príncipes, altos oficiais e as mulheres do califa, mediante intrigas e conspirações, tratavam de fazer com que nenhum reformador ficasse por muito tempo próximo do soberano.

"Devido à sua reputação, ao seu conhecimento e riqueza, Ibn Muqla atraía muita inveja e ódio. Tinha na época quase cinquenta anos e reconheceu que o califado seria corrupto. Preocupou-se com o fato de que seus planos revolucionários não pudessem mais ser realizados. Bagdá se tornara um lugar de conflitos, revolta e conspirações. Ele mesmo também era um tipo orgulhoso e de temperamento esquentado. Não raramente reagia de forma irritada, impaciente e áspera na hora de lidar com funcionários da corte. Assim, ficou malvisto nos arredores do califa.

"No entanto, apesar de todas as intrigas e conspirações contra ele, tornou-se vizir do jovem Al Radi. Ibn Muqla sentiu que sua genialidade fora confirmada e se tornou arrogante.

"Preocupados, e com razão, amigos fiéis aconselharam-no a se distanciar do palácio e, como era famoso, gozar a vida como um calígrafo dotado; mas Ibn Muqla tinha planos ambiciosos de reformar o alfabeto árabe e, para isso, o apoio do califa contra o poder das mesquitas era necessário. Ele errou, porém, no cálculo do califa e pagou por isso um preço alto.

"Ibn Muqla estudara as línguas persa, árabe, armênia, turca e grega, assim como as metamorfoses da escrita árabe desde as origens até o seu tempo. Estudos cuidadosos possibilitaram-lhe inventar um novo alfabeto árabe, que com apenas 25 letras conseguiria reproduzir todas as línguas então conhecidas. Para isso, algumas letras 'mortas' precisariam desaparecer e algumas novas deveriam ser inseridas. Para o caso de haver muita resistência, ele planejou manter as letras do velho alfabeto e acrescentar quatro novas, P, O, W e E, com as quais poderiam ser melhor reproduzidas palavras persas, japonesas, chinesas e latinas, assim como muitas línguas da África e da Ásia.

"Ele sabia que só a ideia de mudar a escrita já era tida como pecado mortal entre todos os califas. Aqueles que por prazer mantinham nos palácios até quatro mil mulheres e eunucos, e não poucas vezes eram mais tentados ao vinho do que à religião, impunham-se de forma impiedosa nas questões religiosas. Mandavam açoitar ou matar barbaramente filósofos e poetas conhecidos quando estes exigiam reformas mínimas da estrutura regente ou da religião, ou quando duvidavam do Corão.

"Os califas se consideravam, sem cerimônia, as 'sombras de Deus na Terra' e seu califado, a expressão perfeita da soberania divina. Por isso, eles e mais ainda os seus administradores reagiam de maneira absolutamente inflexível a todas as propostas de mudança.

"Ibn Muqla queria tornar as letras árabes evidentes com suas reformas revolucionárias, mas não percebeu que, com isso, apoiava a luta dos sunitas regentes contra os xiitas. As facções radicais destes últimos, como os ismaelitas, sempre viram o Corão como um livro com muitos níveis e possibilidades de interpretação. Alguns extremistas iam longe, afirmando que o que o povo em geral entendia do Corão seria *al saher*, ou seja, só a superfície, a capa; mas que esta esconderia um interior mais importante e complexo, *batin*. Por isso eles se chamavam 'batinitas'. Segundo sua teoria, cada palavra no Corão tinha um fundo duplo. A teoria dos sunitas se opunha diametralmente à deles; para os sunitas, não havia ambiguidade na língua de Deus.

"O califa em Bagdá, seus conselheiros, filósofos e teólogos eram sunitas. Eles disfarçavam sua luta contra os xiitas como a luta de um califa crente, escolhido por Deus, contra traidores e infiéis. Eles ficaram animados com o fato de Ibn Muqla ter desenvolvido um sistema preciso para a medida das letras e criado, com a escrita *nas-chi*, uma escrita simples, bonita e fina, com a qual os copistas — *nas-chi* significa "copiar" — podiam copiar o Corão de forma clara, sem qualquer floreado. Essa escrita é até hoje a mais usada na impressão tipográfica.

"As palavras do Corão passaram a ser, então, claramente legíveis; e as escritas de Ibn Muqla, a melhor arma contra a oposição xiita. O califa e seus teólogos, porém, não suspeitavam de que Ibn Muqla queria reformar a escrita de forma ainda mais radical.

"O califa Al Radi amava Ibn Muqla e o elogiava em público; porém, quando este lhe confidenciou um detalhe de sua nova caligrafia, o califa ficou chocado. Advertiu Ibn Muqla para o fato de que seus inimigos começavam a se rebelar, mas este interpretou a advertência como sinal de um aliado; manteve então suas intenções e começou a reunir correligionários. Alguns dos sábios e tradutores conhecidos compartilhavam sua opinião sobre a necessidade de uma reforma radical da escrita e da língua; entretanto, eles suspeitavam dos perigos, pois os conservadores viam nisso um ataque ao Corão. Por isso, a maioria dos reformadores se conteve. Ibn Muqla, porém, desprezou o perigo; ele estava certo da simpatia do califa Al Radi.

"Os inimigos de Ibn Muqla ficaram sabendo de seus planos, denunciaram-nos ao califa e os colocaram no contexto das experiências com animais, que na opinião deles só tinham o objetivo de blasfemar, pois Ibn Muqla se passaria por criador. E agora esse homem ainda queria mudar a língua santa do Corão! O jovem califa mandou, então, Ibn Muqla desistir de seu plano.

"Mas este, que era muito crente no coração, porém não fanático, assegurou ao califa que preferiria morrer a duvidar de uma palavra do Corão. A simplificação da escrita árabe até ajudaria na difusão do Corão.

"Os dois amigos se separaram, então, num perigoso mal-entendido: cada um acreditou ter convencido o outro.

"O califa queria proteger de intrigas o seu estimado sábio e achou que este teria reconhecido o perigo que ameaçava sua vida.

"Ibn Muqla, por sua vez, via-se com razão na condição de reformador e considerava seu caminho como o único possível para elevar a escrita árabe ao nível de um império.

"Escreveu vários ensaios, nos quais enumerou os erros da língua e da escrita árabe e deu várias sugestões.

"No início, o califa Al Radi não recusou de vez a reforma. Os sábios, porém, ameaçaram parar de segui-lo e continuar fiéis ao Islã, caso ele aprovasse a reforma de Ibn Muqla. O califa, que já vivera o assassinato de seu pai por uma plebe furiosa e de seu tio numa conspiração palaciana — ele mesmo escapara por pouco de um atentado —, entendeu o que isso significava.

"Os intrigantes também mandaram avisar o califa de que Ibn Muqla teria conspirado contra ele. O califa ficou furioso e mandou prender Ibn Muqla, para depois questioná-lo. Como não tinha coragem de castigar pessoalmente o grande calígrafo e vizir, mandou um emir e funcionário confiável da corte executar o castigo, sem suspeitar de que este era o principal responsável pela conspiração contra Ibn Muqla. Ele ordenou que o açoitassem; mas Ibn Muqla não revelou o esconderijo dos textos com seu novo alfabeto. Por vingança, o funcionário da corte mandou decepar sua mão direita. Expropriou-lhe e ordenou que botassem fogo em seu palácio e, junto, no zoológico. Dizem que tudo pegou fogo, menos o pedaço de muro com a palavra 'tempo'.

"O que o fogo não devorou ficou para o povo de Bagdá. Os intrigantes afirmavam publicamente que Ibn Muqla teria conspirado contra o califa. O que contradiz essa mentira dos historiadores palacianos é o fato de ele não ter sido morto — como era comum nesses casos —, mas sim tratado pelo próprio médico do califa e, mais tarde, até banqueteado com o soberano.

"Ibn Muqla lamentou a mutilação pelo resto de sua vida: 'Deceparam minha mão como a de um bandido, a mão com a qual copiei o Corão duas vezes.'

"Ele tinha então cinquenta anos e não queria desistir. Amarrou a pena no coto e, dessa forma, conseguiu caligrafar de novo, mesmo que não tão bonito como antes. Fundou a primeira grande escola de caligrafia para transmitir seus conhecimentos e reunir ao seu redor, num círculo de iniciados, os mais talentosos, para que estes compreendessem, interiorizassem e divulgassem suas reformas, caso acontecesse alguma coisa com ele. A decepção com o fato de seus sábios terem se distanciado publicamente dele quando fora castigado amargurava-o. Queria agora plantar no coração de jovens calígrafos o conhecimento secreto em torno da escrita, para salvá-lo mesmo depois de sua morte.

"Ele não suspeitava, porém, que com isso estava de novo caindo numa cilada dos inimigos, que consideraram também seus planos para a nova escola como uma conspiração contra o califa.

"O califa ficou furioso por Ibn Muqla não lhe dar ouvidos, e mandou seu juiz prendê-lo numa casa distante da cidade, para que não transmitisse seus segredos a ninguém. Lá o calígrafo deveria passar o resto de sua vida, às custas do palácio, e não falar mais com ninguém além do guarda.

"Um de seus arqui-inimigos mandou que lhe cortassem a língua e o jogassem numa prisão à beira do deserto, onde passou a viver isolado e miseravelmente. Os protestos de poetas e sábios de seu tempo não ajudaram.

"Ibn Muqla morreu em julho de 940. Grandes poetas de sua época, como Ibn Rumi e Al Sauli, fizeram discursos emocionados em frente ao seu túmulo. Se ele realmente estivesse envolvido numa conspiração contra o califa ou o Corão, como afirmavam seus inimigos, nenhum poeta teria ousado elogiá-lo e muito menos mostrar tristeza, pois naquele tempo todos os poetas e sábios trabalhavam na corte do califa e viviam de seu favor.

"'O que eu crio sobrevive ao tempo' é a citação mais famosa e conhecida de Ibn Muqla; ela atesta até hoje a visão de um homem que sabia que as regras por ele criadas para a caligrafia árabe seriam válidas durante toda a existência dessa escrita" — concluiu Nura, juntando as folhas e colocando-as sobre a mesa.

O silêncio dominou o pequeno quarto. Salman queria dizer tantas coisas, mas não encontrou palavras.

— Ele nunca fora um conspirador — disse baixinho Nura. Salman concordou e, nesse momento, os dois ouviram ranger o portão do jardim.

— Alguém está chegando! — exclamou Nura, vestindo rápido seu casaco. — Vá olhar e não se preocupe comigo. Se for Karam, eu vou embora — acrescentou, o rosto pálido, e apontou para a janela; antes de Salman alcançar a porta de seu quarto, Nura já tinha aberto a janela; e como o quarto ficava no térreo ela só precisava pular.

— E então, meu calígrafo — disse Karam na entrada da casa —, resolvi dar uma olhada aqui. Hoje no café está tudo morto — afirmou, colocando uma sacola com pão sobre a mesa da cozinha e jogando um olhar para Salman. — Como você está pálido. Está escondendo alguma coisa do amigo Karam? — sem perguntar, abriu a porta do quarto de Salman e ficou parado no limiar. Salman esperou um grito. Seu coração bateu, martelando contra o peito.

Karam voltou decepcionado para a cozinha.

— Achei que talvez você tivesse visita. Não tenho nada contra, mas você não deve esconder de mim. Por que você está tão pálido?

— Você me assustou. Achei que fosse um ladrão.

Salman voltou para o quarto, fechou a janela que Nura deixara encostada, sentou-se à mesa e empurrou para dentro da gaveta a pilha de folhas com a história de Ibn Muqla. Provavelmente Karam falava ao telefone com Badri, mas este não parecia estar disposto a vir até ele.

Salman procurou no quarto vestígios que pudessem delatar Nura e ficou bastante agradecido por ela ter arrumado a cozinha tão rápida e perfeitamente que não se via mais nada do café da manhã conjunto.

De repente, Salman descobriu no chão uma fivela prateada de Nura. Ele pegou o belo enfeite e o pressionou no rosto.

Ele podia quase chorar de pena de Nura por ela ter feito tanto esforço e tido tanto medo com seu convite. Mesmo assim, seu coração ria com a decepção de Karam.

Abriu a gaveta para dar uma outra folheada no artigo sobre Ibn Muqla. Encontrou então a última página, que Nura ainda queria ler para ele: um poema que uma mulher escrevera sobre seu amante no século XI.

Rapidamente, enfiou as folhas de volta na gaveta.

Karam já estava na porta de novo.

— Você está hoje bem aplicado. Pelo menos já comeu alguma coisa? — perguntou.

Salman abanou a cabeça:

— Estou sem fome — afirmou, curvando-se sobre seu caderno. Karam se pôs atrás dele e leu, em voz alta, o papel que Salman tinha à sua frente:

— A escrita é um equilíbrio universal entre terrestre e celestial, horizontal e vertical, curvas e retas, abertura e retraimento, alargamento e estreitamento, força e brandura, rigor e distração, elevação e queda, dia e noite, o ser e o nada, criador e criação. — Deteve-se. — Um provérbio maravilhoso. De onde você tirou?

— De um caderno grande e espesso no qual o mestre guarda seus segredos — disse Salman. — Ele tranca o caderno com suas coisas mais importantes num grande armário.

— Que segredos? — perguntou Karam.

— Suas receitas para tintas secretas, dois livros sobre escritas secretas, a pasta com folhas de ouro, sua faca cara, receitas de tinta e esse caderno.

— E o que há nesse caderno além de provérbios inteligentes?

— Não sei, eu só pude dar uma olhada. Ele é bem gordo — respondeu Salman, arrumando sua papelada para contornar o nervosismo. Então colocou a mão na boca, refletindo, como se tivesse se lembrado de uma coisa. — Há alguma coisa sobre letras mortas e vivas que eu não entendi. Às vezes aparecem páginas em escrita secreta. As letras são árabes, mas a língua não é árabe, nem persa e nem turca — acrescentou.

— Letras mortas? Você tem certeza? — perguntou Karam, surpreso.

— Tenho. Mas por que isso o interessa?

— Bem, é sempre bom saber o que pessoas inocentes estão tramando. Letras mortas? — revidou Karam e seus olhos brilharam diabolicamente.

Karam precisou voltar para o café e deixou Salman finalmente sozinho. Ele foi à cozinha e subiu numa cadeira para ver a rua de uma pequena janela sobre a prateleira de temperos. Viu Karam andando em direção ao ponto de bonde.

Salman fez um chá para se acalmar. Quando ligou para Nura, já eram mais de quatro horas.

— Aqui é Salman — disse, excitado. — Está tudo em ordem?

— Está, meu coração. Mas ao pular da janela perdi minha fivela no jardim.

— Não, não. Ela já tinha caído embaixo da cama. Posso ficar com ela como lembrança de nossa primeira aventura?

— É sua. Eu a comprei há anos com a gorjeta de uma rica freguesa da costureira. Mas me diga. Que controle repentino foi esse?

— Eu também não entendi. Se foi o acaso ou uma investida, se foi pura curiosidade ou se ele quis nos pegar. E se quis, por quê?

— Talvez para me chantagear? Talvez ele seja um pobre diabo solitário...

— Não, não. Karam não liga para mulheres, se é que você me entende — interrompeu Salman —, eu tenho certeza. Mas é exatamente por isso que sua visita repentina é estranha. O que ele disse é que estava entediado no café.

Eles conversaram um pouco, fizeram suposições e começaram a sonhar, até que Salman se lembrou de uma coisa que queria contar urgentemente para Nura.

— Reze por mim para que dê tudo certo no interrogatório — pediu. Ele teria preferido lhe contar na cama, saboreando seus beijos consoladores, mas se esqueceu.

— Que interrogatório? — perguntou Nura.

— Alguém espionou o chefe e revelou informações sobre a fundação da escola de caligrafia para seus inimigos, os fanáticos, ainda antes de se tornarem oficiais. E Radi, um colega simpático, advertiu-me de que o mestre Hamid e seu assistente Samad suspeitavam de mim.

— De você? Um cristão? Como podem ser tão burros de acreditar numa cumplicidade entre você e fanáticos muçulmanos radicais? Mas fique tranquilo. Meu marido é impossível como esposo, mas é uma pessoa inteligente e prudente. Não preciso rezar, a coisa deve ser uma piada mal feita. Você vai ver — disse na despedida, antes de desligar.

Salman trabalhou cerca de uma hora, mas depois ficou tão nervoso e desconcentrado que acabou arrumando seus cadernos e papéis na gaveta e guardando a fivela no bolso da calça. Quando abriu a porta do quarto para sair, quase morreu de susto, pois nesse momento Karam entrava de novo.

— Pelo jeito hoje não estou com a menor vontade de ficar sentado no café. Então pensei em voltar e fazer alguma coisa para a gente comer. Você trabalhou o suficiente — afirmou ele, sorrindo de forma fria.

— Muito obrigado, mas preciso ir para a casa. Minha mãe não está se sentindo bem — disse Salman; pela primeira vez ele estava com medo de Karam.

Lá fora o ar da noite estava frio. O bonde andava pela Damasco noturna e ele achou que a cidade tinha uma cara diferente de quando era dia. As pessoas estavam apressadas. Elas andavam pelas ruas carregando sacolas de compra, cheias de planos, alegres e cansadas ao mesmo tempo.

Por um momento se esqueceu de que estava num bonde. Sentiu-se como num carrossel, que girava passando por salas iluminadas, lojas coloridas, crianças alegres, mulheres e homens curvados pelo peso dos anos. Fechou os olhos por um momento e, quando os abriu de novo, olhou direto o rosto sorridente de um homem bêbado. Este se virou e perguntou, alto, para o motorista:

— Hoje você vai para a Argentina?

O motorista parecia conhecer o homem:

— Não, hoje não. Hoje nós vamos para Honolulu, só no dia 30 de fevereiro é que vamos de novo para a Argentina — gritou de volta.

Só Salman e uns poucos passageiros iam para o centro da cidade. Lá ele subiu num outro bonde, que ia para Bab Tuma, no bairro cristão. O bonde estava bem cheio e Salman se alegrou ao encontrar um lugar para sentar. Homens e mulheres em trajes chiques, a caminho de alguma festa, faziam piadas.

O brilho diabólico nos olhos de Karam não saía de sua cabeça. Perguntou-se por que ele teria de repente tal interesse nos segredos do calígrafo. Porém, no exato momento em que ia refletir sobre isso, o bonde entrou numa curva com força total. O motorista, contaminado pelo grupo festeiro, começou a cantar com eles e empurrou com tudo a alavanca. Uma mulher bonita e corpulenta não conseguiu se segurar e foi parar, rindo, no colo de Salman. Também outros estavam de repente nos braços de terceiros. O motorista via os passageiros balançando no espelho retrovisor, brecava e fazia a multidão barulhenta rodopiar confusa e alegremente.

— Pobre menino, você ainda vai amassá-lo — gritou um homem num belo terno azul escuro com um cravo na lapela.

— Que nada, ele está se divertindo — contestou um outro, num uniforme oficial.

A mulher tentava, rindo, sair do colo de Salman. Ele apreciou seu perfume — uma mistura de flores de limão e maçãs maduras — no instante em que a bochecha dela raspou rapidamente em seu rosto. Ele inspirou o perfume para dentro de si. A mulher se levantou e, constrangida, olhou Salman.

Passariam anos até Salman ver de novo à sua frente o brilho diabólico nos olhos de Karam. Só com esforço conseguiu voltar os pensamentos para o paraíso que experimentara nos braços de Nura. Daquela viagem noturna de bonde, Salman também se lembraria depois e aí compreenderia por que o diabo conferira aquele brilho aos olhos de Karam.

Naquela noite Salman ficou sabendo que Shimon, o vendedor de verduras, fugira para Israel. Mas por quê? Nos dias seguintes, ele olhou várias vezes de sua janela para o quarto de Shimon, esperando ver luz. Mas permaneceu escuro.

Só um mês depois um casal alugou o apartamento de dois quartos. E o proprietário da venda lamentou durante anos que Shimon lhe estaria devendo três meses de aluguel.

Entretanto, Salman e todos os vizinhos do Pátio da Mercê sabiam que o avarento mentia. Só as ervas secas, o azeite de oliva e as frutas exóticas que eram agora posse sua saldariam um ano de aluguel.

29.

Mestre Hamid menosprezava os fanáticos. Ele mesmo não era uma pessoa religiosa. Acreditava que algum ser poderoso estava por trás da criação e se orgulhava, até o menor cantinho de sua alma, do fato de que Deus teria uma inclinação pela língua árabe e ditado o Corão nessa língua para seu profeta Maomé. Mas, fora isso, todas as religiões lhe eram indiferentes; devoção e crença seriam, para ele, pilares da ingenuidade. Tinha mais consideração por judeus do que por cristãos, pois via grandes paralelos entre judaísmo e islamismo, enquanto os cristãos se fixavam arrogante e teimosamente na ideia de que Deus lhes teria gerado um filho, que bebia vinho e se deixou crucificar. E este Jesus ainda exigia de seus seguidores que amassem o inimigo.

Hamid ia raramente à mesquita. Mas isso mudou de repente no início de janeiro de 1956, quando o seu respeitável mestre e professor Serani aconselhou-o a frequentar a mesquita de Umaiyad toda sexta-feira. Ali se encontravam teólogos e políticos respeitados, os mais conhecidos comerciantes e também os chefes dos clãs mais influentes. Serani se preocupava com Hamid, seu aluno predileto.

— As pessoas fofocam sobre seus planos, e pouco a pouco isso está tomando um caminho que não me agrada. Venha comigo à mesquita e eles vão ver que você é um bom muçulmano.

Hamid se comoveu com a preocupação do velho homem e decidiu, a partir de então, rezar toda sexta na mesquita.

Logo depois, na primavera de 1956, ele reconheceu a sabedoria de seu mestre. Grandes homens da teologia, da ciência e da política convidavam-no para o chá, espantavam-se com sua defesa radical de véus e lenços na cabeça e precisavam admitir que haviam tido uma ideia totalmente diferente dele.

Em maio, gabou-se nesse círculo de pessoas de que teria recusado uma grande encomenda da igreja católica e que, pela primeira vez, peregrinaria até a Meca. Apenas seus empregados não acreditavam nessa nova devoção.

— Provavelmente ele está prestes a ganhar uma encomenda dos sauditas — suspeitou, pelas costas, Samad.

Os outros colegas também tinham dúvidas sobre a autenticidade da nova religiosidade do chefe, que — segundo afirmava Mahmud — se encontraria toda quinta-feira com outros três calígrafos num bordel pequeno e exclusivo.

— Mas às quintas ele joga cartas — observou Samad.

— Sim, mas não num café e sim na madame Juliette. Quem me contou foi um primo que trabalhou com um desses calígrafos e que mora perto dessa matrona. Eles jogam todas as quintas-feiras, e o vencedor da rodada pode escolher uma puta às custas dos outros.

No outono de 1956, Hamid Farsi tinha certeza de que convencera todos os homens respeitados da cidade, inclusive os teólogos mais austeros, da importância de cuidar da caligrafia. Não lhes dizia nenhuma palavra sobre reformas e apesar disso, mesmo com toda delicadeza, a maioria mantinha uma certa reserva em relação aos seus projetos. Mas estava convencido de que os teólogos conservadores tinham os seus cães, "os puros", presos à coleira.

Ele superestimou, porém, a influência desses teólogos liberais sobre os fanáticos na clandestinidade. Duas semanas depois da assinatura do contrato do aluguel da escola de caligrafia, um homem barbudo entrou no escritório de Nassri Abbani e perguntou, secamente, quem seria o "dono da loja". Taufiq precisou se conter para não cair na gargalhada.

— Sou o contínuo dessa loja. Em que posso ajudá-lo?

— O seu senhor cometeu um erro. Não temos nada contra o clã dele, mas ele apoiou com seu dinheiro a obra do diabo de Hamid Farsi. Ele deve cancelar isso e dar o dinheiro para muçulmanos pobres ou fazer uma doação para a reforma de nossas mesquitas. Assim não acontecerá nada com ele.

O homem falava sem a menor excitação e causou muito medo em Taufiq, que desde sua infância temia tipos frios como esse. Essas pessoas entendiam pouco e não tinham medo de nada, pois em sua cegueira estariam só a um passo do paraíso. Nenhuma ciência do mundo conseguia armar melhor seus guerreiros.

— Ouça bem, meu chefe está apoiando uma escola de caligrafia e não um bordel — revidou Taufiq com arrogância para contornar o medo.

— Nós achamos que essa caligrafia é só um manto que esconde a obra do diabo. Eu não vim para discutir com você nem com ele, mas para deixar uma advertência — respondeu o homem, de repente excitado; virou-se e saiu.

Taufiq tremia no escritório e procurou, primeiramente, acalmar-se da cena do fanático. Respirou fundo e ligou para Nassri. Este estava no maior bom humor.

— Eles devem ir para o diabo e, de preferência, tomar uma ducha e se barbear. Se caligrafia é blasfêmia e obra do diabo, então não há mais nada que ainda seja de Deus — afirmou.

Taufiq concordou. Mas sua velha desconfiança despertou assim que desligou o telefone e ele se lembrou de uma frase do falecido pai: "Se você tira os olhos desse Nassri por cinco minutos, ele engravida uma mulher e leva os negócios à ruína."

Por muito tempo o empregado fiel pensou sobre como afastar a desgraça de seu senhor. Telefonou para especialistas do Islã, professores, jornalistas liberais e conservadores, e todos riram de seus medos, confirmando que a caligrafia seria a arte mais alta criada pela cultura árabe.

— Agora esses bárbaros também querem nos proibir o jogo divino das letras, como se isto fosse obra do diabo — zangou-se Mamduh Burhan, chefe do jornal conservador *Al Aijam*. — Eles são, aliás, hostis a todas as alegrias da vida e, com isso, anti-islâmicos. Nosso profeta, e que Deus abençoe sua alma, foi um homem dos prazeres — concluiu seu discurso.

Só uma pessoa deu uma resposta que ia além de acalmá-lo. Foi Habib Kahale, o experiente jornalista e chefe de redação da revista satírica *Al Mudhik al Mubki*:

— Como ouvi, não é a escrita ou a caligrafia — disse o homem elegante —, mas os planos secretos do calígrafo que inquietam os fanáticos; se for isso, você não precisa ficar preocupado com Nassri Abbani. Hamid Farsi é o alvo deles.

Ele aconselhou Taufiq a esquecer o fanático louco, mas os olhos mortos do barbudo acompanhariam o gerente até nos sonhos.

Ao contrário de Taufiq, Nassri Abbani esqueceu logo o telefonema; ele comeu a sobremesa doce, tomou um café e subiu para o seu quarto, no primeiro andar.

Tirou um envelope de sua pasta, abriu-o e à sua frente estava a carta de duas páginas. Uma obra de arte. A descrição da mulher estava perfeita. Se alguém fechasse os olhos, as linhas se transformariam numa chama ardente.

Que letra divina! Nassri precisou se conter para dobrar esse papel magnífico. As dobras lhe pareciam brutais, mas as fez de um jeito que a borda do papel encontrasse a dobra do meio. Pegou a pesada moeda de ouro que comprara na rua dos Ourives, perto da mesquita de Umaiyad, colocou-a bem no meio da tira formada e fixou-a com um pouco de cola. Sacudiu a tira várias vezes e a moeda ficou presa. Subiu na cama, levantou a tira para cima e a deixou cair. A tira rodou como uma hélice, quase verticalmente, até o chão.

Então esperou pacientemente até sua sogra terminar de lavar a louça e arrumar a cozinha. Depois de uma eternidade, também ela foi deitar. Ele sabia que Almás já estava roncando ao lado da filha Nariman, que a cada dia ficava mais parecida com ela.

Tudo estava mais quieto do que num cemitério quando Nassri se dirigiu à escada de madeira, subiu cuidadosa e silenciosamente, e fechou a porta da mansarda atrás de si.

Lá fora o sol estendia um tapete claro sobre a cidade. Estava agradavelmente quente, mas a mansarda ainda mantinha o frio da noite. Nassri tremeu quando se aproximou da janela. Olhou para o pátio lá embaixo, onde a mulher tomava sol numa cadeira grande. Ela estava lendo. Quando ele abriu a janela, ela olhou para cima e sorriu. Nassri quase morreu de felicidade. Ele a cumprimentou acenando com a cabeça e lhe mostrou o papel. O vento estava calmo. Ele deixou a tira flutuar para baixo e viu o espanto no rosto da mulher. Ela riu e pôs a mão na boca. A hélice aterrissou a dois metros do muro, não muito longe da fonte.

A mulher se endireitou, sorriu-lhe mais uma vez e se levantou para pegar a tira de papel. Então Nassri ouviu passos e uma pancada. Parecia alguém batendo com um martelo contra uma porta. Ele fechou a janela rapidamente, deteve-se por um instante e pisou o pequeno terraço à frente da mansarda. Nesse momento, viu sua mulher na escadaria que ligava o térreo ao primeiro andar. Esperou em frente à escada de madeira para ver se não se enganara. Mas não havia ninguém na escadaria.

Talvez tivesse sido uma alucinação consequente da dor na consciência, pensou ele, rindo, pois desde sua infância não conhecia mais dores na consciência. Pisou o primeiro degrau da escada e, quando procurou o degrau seguinte com o outro pé, a madeira sob ele quebrou e Nassri caiu lá embaixo; gesticulou procurando apoio e bateu fortemente no chão com sua perna esquerda.

Uma escuridão cheia de dor caiu como uma tábua sobre ele. Quando voltou a si, estava no hospital. Sua perna esquerda estava engessada e não podia ser movida.

30.

Hamid Farsi ficou furioso na frente de seus empregados, pois só eles sabiam do grande presente de Nassri Abbani e das duas placas de mármore que o colega Samad talhara na oficina, seguindo os rascunhos do chefe. E fora ele quem chamou a atenção de Hamid para Salman, como possível traidor; isso porque o menino de recados seria o único entre todos os empregados que podia espiar a maioria das conversas com a freguesia.

— Mas ele é cristão — interrompeu o mestre Hamid.

Para Samad isso não era um problema.

— Cristãos ou judeus, eles são todos traidores. Venderam o Jesus deles por trinta moedas de pratas. Mahmud deveria lhe dar uma prensa, até ele gorjear como um canário.

O mestre se calou por um instante, mas depois concordou.

O pobre menino de recados chegou no dia seguinte cheio de manchas roxas; suas mãos e um olho estavam inchados e tinha, na raiz da orelha, uma gorda e repugnante ferida, cicatrizada num tom marrom. Mas Mahmud não tirara nada dele, absolutamente nada. Samad ficou de cabeça baixa perante o chefe.

Fingindo não saber de nada, Hamid perguntou a Salman o que acontecera e este respondeu, com medo de Mahmud, que caíra de bicicleta numa ribanceira profunda.

Foi um dia antes do Natal. Hamid olhou com pena para o menino magro:

— Vocês comemoram amanhã o nascimento de seu profeta, não é? — perguntou. Salman assentiu com a cabeça. — Depois o mundo comemora a passagem do ano. Fique em casa até o dia 2 de janeiro e descanse bem — acrescentou. Tirou a carteira de sua pasta, entregou a Salman o salário inteiro do mês e se despediu dele. Nesse momento, sua irmã Siham apareceu na porta do ateliê.

— Hoje eu não tenho tempo para você e também nenhum dinheiro — disse ele, empurrando-a para fora. A irmã murmurou alguma coisa, bateu com o punho contra a porta de vidro e se foi.

— E o castigo de Mahmud vai ser bancar o menino de recados — gritou Hamid, para que todos na oficina ouvissem.

Para o já adulto Mahmud isso realmente foi um castigo grave. Mas outro mais grave ainda aconteceria em janeiro.

Quando Salman contou o ocorrido para Nura de uma cabine de telefone, ela quis vê-lo na mesma hora. Salman se envergonhava de sua aparência, mas ela fez questão de encontrá-lo.

Sentaram-se num café no bairro novo, perto do cinema Fardus. Salman estava quieto. Nura, horrorizada. O que tinham aprontado com ele? Como seu marido poderia ser tão cruel? Ela chorou ao ver seu olhar, beijou-lhe nos olhos, mas não sentiu medo algum. O dono do café olhava com pena para o casal. Nura sentia um ódio amargo pelo marido. Depois do encontro, foi visitar Dália; não lhe contou nada, mas pela primeira vez na vida tomou áraque, o que a fez se sentir mais leve. Quando se despediram, a costureira a abraçou com força:

— Cuide-se, menina — disse, baixinho.
Nura acenou e foi bem devagar para casa.

No dia 3 de janeiro, Karam perguntou durante o almoço a Salman, que já voltara à oficina, se ele ouvira alguma coisa sobre a doença de Mahmud. Salman negou com a cabeça.

— Ouvi dizer que está muito doente e que, a partir de amanhã, não trabalhará mais — afirmou Karam, rindo de modo expressivo.

Nesse dia, Salman estava bem distraído. Antes, Nura mencionara conhecer alguém que, por cem liras, arranjaria documentos verdadeiros para uma nova identidade.

Como alguém poderia arranjar documentos verdadeiros com nomes diferentes? Isso ele queria ter lhe perguntado. Até então ele ouvira falar de falsificações bem ou mal feitas.

— Parece — continuou Nura, como se tivesse ouvido sua pergunta — que eles têm acesso aos dados do Departamento de Registro de Habitantes e, assim, conseguem ressuscitar mortos ou duplicar pessoas.

Salman, que ainda estava ocupado com essa história da segunda identidade, parecia então meio indiferente ao fato de Grobian Mahmud estar doente ou não.

Só no dia seguinte ele percebeu que não ouvira direito e muito menos entendera o que Karam dissera.

O jovem calígrafo fora assaltado por quatro barbudos musculosos na noite de 3 de janeiro. Eles bateram sem piedade e gritavam a cada golpe: "*Allah Akbar!*" (Deus é o maior!) — como se estivessem se entregando a um exercício religioso. Em seguida, o maior de todos esmagou a mão direita dele com um martelo.

Se um passante não tivesse descoberto o homem choramingando silenciosamente na entrada de um depósito, Mahmud teria morrido de hemorragia. Não bastasse isso, um desconhecido ligara de manhã cedo para Hamid e lhe dissera que seu empregado teria tentado estuprar uma jovem mulher. Por isso os irmãos dela lhe quebraram a mão, com a qual ele teria encostado nela.

Hamid soltou o telefone com rapidez, como se este estivesse queimando sua mão. A princípio, não disse nenhuma palavra sobre o ataque, mas um dia depois todos no ateliê já sabiam. O mestre Hamid fora a uma reunião no Ministério da Educação e, quando o telefone tocou, Samad atendeu.

Foi a mulher de Mahmud quem contou a Samad, chorando muito, que o marido — graças a Deus — não correria mais risco de morrer. Mas ele não poderia usar nunca mais a mão direita. Ela chorava amargamente, pois todos no hospital foram informados de que Mahmud teria recebido esse castigo por causa de um estupro. Agora as pessoas desprezariam os dois da mesma forma.

Samad lhe disse duas ou três frases consoladoras e desligou. Salman ficou dividido entre a gratidão por Karam, que certamente tramara essa lição, e a vergonha — por causa da brutalidade do castigo, que também atingira a família de Mahmud; esta precisaria viver agora na pobreza. Que jogo cruel jogava Karam?

Nesse dia triste, o colega Radi vomitou pela primeira vez. Ninguém contou nada ao mestre. Ele não parecia bem, mas Radi se recompôs um pouco nos dias seguintes. Salman o ajudava com chás de ervas sempre que ele tinha convulsões estomacais.

Por muito tempo Hamid não lamentou o ocorrido com Mahmud. Uma semana depois, mandou seu assistente Samad recrutar um calígrafo jovem e capaz, sobre o qual o mestre ouvira falar. Samad deveria acertar com ele durante um bom almoço. Hamid lhe deu vinte liras:

— Seja generoso na comida. O estômago torna a alma acanhada.

Dois dias depois chegou o novo colega. Chamava-se Bachir Magdi e sonhava em reformar as escritas de jornais e revistas. Era um companheiro engraçado, e Salman gostou dele desde o primeiro olhar. Só Hamid tinha algo para objetar:

— Você não vai produzir aqui para um papel barato, mas para a eternidade. Deixe o tempo, e não a pressa, morar em suas letras.

Mas Bachir não conseguia trabalhar devagar. Dois meses depois de sua admissão, ele largou tudo. Foi para um grande jornal e lá se tornou o chefe dos calígrafos.

A mãe de Salman estava mal. Teve febre durante todo o Natal, melhorou um pouco e depois caiu sem forças na cama. Salman comprou remédios caros para ela, mas que só atenuavam as dores e não conseguiam curá-la.

Salman a levava toda sexta-feira ao doutor Sahum, que nesse dia tratava os pobres de graça. O consultório estava lotado e todos tinham que esperar muito, mas o doutor se mantinha atencioso até o último paciente. No final, ele também não conseguia dizer do que a mãe precisava. Uma total exaustão? Uma infecção viral? Então puxou Salman para o lado e lhe disse que a mãe não viveria por muito mais tempo. Ela não tinha nem quarenta anos.

Salman e o pai, que de repente recuperara a razão, cuidavam dela, e também os vizinhos ajudavam. A mãe, no entanto, não recobrou as forças.

Que miséria, pensou ele a caminho do trabalho. Sua mãe nascera na pobreza, fora vendida por um preço baixo para um homem estranho — o qual ela não amava nem respeitava, assim como ele não a amava e respeitava —, passara a vida em desgosto e morria agora de forma torturante e vagarosa.

— Às vezes eu acho que Deus se vinga das pessoas erradas — disse ele a Nura.

Depois de fazer, como toda semana, uma limpeza meticulosa no ateliê, Salman devia levar de manhã para um freguês uma caligrafia emoldurada já paga. Ele embrulhou o trabalho valioso com papel-jornal e, pouco antes das dez horas, pôs-se a caminho. Na altura da ponte Vitória ele viu Voador, que estava sentado, obediente, em frente a um cego.

— Voador, meu querido cão, quem diria? — murmurou, excitado.

Ele queria correr em sua direção, mas teve medo por causa da cara caligrafia. Então foi antes até o arquiteto, cujo escritório ficava a três ruas dali, para entregar a obra de arte. Precisou esperar até o arquiteto pegar pessoalmente a caligrafia e agradecer, como o mestre mandara. Hamid era um calígrafo orgulhoso, que com frequência contava a história do soberano egípcio e o calígrafo persa.

Muhammad Ali, o grande soberano do Egito, pediu ao calígrafo Sinklach que caligrafasse um conhecido poema religioso para pendurar na grande mesquita que acabara de construir no Cairo. O calígrafo trabalhara dois meses em sua obra de arte. Quando terminou o trabalho, mandou seu criado acompanhar o rolo até o Egito. Na corte, deveria anunciar que trouxera o poema; no caso de o soberano não se levantar e receber o rolo com honras, o criado deveria voltar. Sinklach exigia respeito à caligrafia. Não só o soberano, porém, mas também toda a corte se levantou, jubilando, quando o criado entrou no salão com o grande rolo.

No escritório do arquiteto, a secretária quis logo se livrar de Salman, mas este se manteve firme até o chefe vir buscar. Ele recebeu a caligrafia alegremente, deu a Salman uma gorjeta e mandou ao mestre saudações e seu agradecimento.

Salman disparou para fora e correu, sem parar, até a ponte Vitória. O cachorro estava, graças a Deus, ainda no mesmo lugar. Ele se deitara e observava os passantes. Atrás dele, o jovem mendigo cego cantava sobre seu destino com uma voz emocionada. De repente, o cão se ergueu e olhou ao seu redor. Ele parecia velho e estava cheio de cicatrizes, mas o olhar atrevido e esperto, que tinha desde filhote, continuava o mesmo. Os cães conseguem às vezes olhar de um modo como se estivessem entendendo tudo, pensou Salman.

Voador correu, pulou em cima de Salman abanando o rabo e quase o derrubou. O animal o reconhecera e começou a latir de felicidade.

— Voador! — exclamou Salman. — Meu querido Voador!

O mendigo parou de cantar.

— Aini! — chamou ele. — Aini, venha aqui. Ao seu lugar, Aini!

Mas o cachorro não ligou para os chamados.

— Socorro, alguém quer roubar o cão de mim! — gritou com toda a força. — Ajudem um cego, por favor; Deus vai recompensá-los!

— Pare de gritar — gritou Salman de volta —, ninguém quer tirar nada de você. Este cachorro é meu. Eu salvei sua vida quando fora abandonado e ele cresceu comigo, até alguém roubá-lo de mim. O nome dele é Voador. — Salman viu insegurança e temor no rosto do jovem mendigo. — Veja como ele me ouve. Voador! Sentado! — E o cão sentou abanando o rabo e ficou ali, apesar de atraído por Salman. O mendigo sentiu que o cachorro obedecia. — É o meu cão e faz anos que o procuro. Quanto quer por ele? — perguntou Salman.

— Talvez ele tenha sido seu cachorro — disse o mendigo, tristemente —, mas agora é a luz dos meus olhos. Agora se chama Aini, "meu olho", e toma conta de mim o dia todo. Você não pode tirá-lo de mim. Uma vez, quando uns meninos maus quiserem me roubar, ele me defendeu valentemente. Veja suas cicatrizes.

— Mas... — Salman quis protestar.

— Sem "mas". Aini e eu vivemos há anos em harmonia. Ele é meu irmão atencioso, que até chora comigo quando estou triste.

— Tudo bem, entendi — disse Salman. — Eu deixo o cão para você e ainda lhe dou outro presente. A partir de hoje você o chama de Voador e eu lhe mostro um café bem elegante, no bairro de Suk-Saruja, não longe daqui. Voador salvou uma vez a vida do dono do café. Ele conhece e gosta do cachorro. Todos os dias, ao meio-dia em ponto, você receberá lá uma refeição quente. E o Voador também. Está de acordo? Karam é um homem generoso, mas só se você passar a chamar o cão de Voador.

— De acordo. Por um prato quente até eu me chamo Voador. Há dias não como nada quente. Como é o nome do café?

— Café Karam. Eu estou sempre lá entre meio-dia e meio-dia e meia — disse Salman, afagando Voador, que se tranquilizara com o clima reconciliador e já quase cochilava.

Karam parecia transformado. Não queria saber de Voador nem do mendigo. Recusou-se, gritando, a doar uma refeição.

Quando Karam viu Salman chegando, abanou a cabeça, agarrou-o pela camisa e o puxou para dentro do café, enquanto Darwich pedia ao mendigo, com um pouco mais de gentileza do que o chefe, que continuasse seu caminho e não importunasse os fregueses com o cachorro. Passou-lhe, furtivamente, um pedaço de pão pita.

— Você está louco de mandar para o café esse mendigo piolhento e seu cão sarnento? — ralhou Karam.

Salman ficou chocado e envergonhado ao mesmo tempo; quis perguntar por que seria tão grave um mendigo sentar às vezes num café, mas Karam não lhe deixou nenhuma possibilidade.

— Agora você se cala. Você sabe quem passa por aqui? Você não trabalhou tempo suficiente aqui para saber? São pessoas dos melhores círculos, antigos ministros, o atual primeiro-ministro, o primo dele, joalheiros, professores, sábios, o xá da mesquita de Umaiyad; muitos generais são fregueses assíduos. E você não tem ideia melhor do que me mandar esse mendigo sem-vergonha. Vá para fora e leve esse alto-falante para longe do meu café! — exclamou, furioso.

Nesse exato momento, Salman ouviu o mendigo chamando o cachorro:

— Vamos, Ainí, aqui está cheirando a avareza e podridão. Que Deus castigue aquele que nos enganou. Vamos, Ainí, vamos! — chamou, pondo-se a caminho.

Salman chorou de tanto ódio. Ele odiava o mestre Hamid, que durante a manhã não lhe dera um minuto de descanso, e odiava Karam, que deu tamanho espetáculo. E odiava a si mesmo mais ainda.

Salman nunca mais veria seu Voador.

Salman usava a bicicleta só para o *tour* do meio-dia, para ir e voltar da casa do mestre. Ele até gostaria de mostrá-la no Pátio da Mercê, mas tinha medo de que descobrissem, pois Basem e Ali, que também trabalhavam no ateliê, moravam a menos de cem metros de sua rua.

Com a bicicleta, Salman via a cidade de Damasco de forma diferente de quando estava a pé ou de ônibus. Percebeu de repente que muitos estrangeiros trabalhavam na cidade. Um dia, viu um camponês andando atrás de sua mula forte e carregada. Mal era possível ver o animal embaixo dos longos troncos e galhos. Com uma voz sonolenta, o camponês gritava:

— Lenha! Cuidem de suas costas! Lenha!

Salman sabia de seu pai que camponeses vendiam madeira de árvores velhas e doentes, pois isso lhes trazia dinheiro. Eles mesmos queimavam apenas bosta seca e palha.

O camponês alcançou um cruzamento, perto do qual três homens, apoiados sobre enormes machados, fumavam e davam risada.

Logo que uma mulher comprou dois troncos, um dos homens se aproximou e rachou a madeira para ela. Ele viera da Albânia e ganhava um parco salário.

O amolador tinha vindo do Afeganistão, os relojoeiros eram armênios, os comerciantes de tapetes eram persas, e os vendedores de nozes que ficavam nas ruas vieram do Sudão.

No início de fevereiro, o tempo melhorou e, depois de uns dias ensolarados, os damascenos respiraram aliviados. Também a mãe de Salman sentia-se melhor. Ela se levantou da cama, tinha bochechas vermelhas e mil planos. O médico a advertira, porém, para poupar suas forças.

Certa manhã, a mãe surpreendeu Salman durante o desjejum.

— Você sabe qual foi sempre meu sonho? — perguntou ela um pouco constrangida. Salman negou com a cabeça. — Dar uma volta de bicicleta. Não sei andar, mas se você me levasse, eu ficaria muito orgulhosa. Você não quer realizar meu desejo?

— Claro! — afirmou Salman.

Uma tarde, aconteceu. Depois do trabalho, Salman atravessou de bicicleta o portão do Pátio da Mercê. Pegou um cobertor para cobrir a área de carga e convidou a mãe para sentar.

Orgulhoso, começou a dar voltas pelo grande pátio. Os vizinhos, mulheres e homens, apareceram e sentaram nos bancos, na frente de suas portas, e observaram a alegre mulher sobre a bicicleta de carga. Barakat, o ajudante de padeiro que tinha filhas bonitas, que aliás já estavam todas casadas, jogou para a mãe um catavento vermelho, fixado num palito de madeira. Ela sorriu, levantou-o e o vento fez girar a rodinha vermelha. Pela primeira vez na vida, Salman ouviu a mãe cantar uma música alegre.

Salman deu mais de vinte voltas, e agora havia inúmeras crianças correndo atrás, rejubilando-se e cantando. Quem tinha uma bicicleta seguia Salman e todos buzinavam sem parar. Parecia uma procissão de casamento. O policial Kamil, pai de Sara, foi com seu uniforme para o meio do pátio e começou a controlar o trânsito.

Salman percebeu como o pai de Sara era bonito e jovial, ao contrário da mãe, que parecia velha e cansada, além de ciumenta. Lembrou-se do que Sara lhe contara alguns anos atrás:

— Toda noite minha mãe engole seus ciúmes e decide confiar em meu pai. Mas na madrugada os ciúmes saem de mansinho de sua boca aberta e, assim que meu pai deixa o apartamento de manhã cedo, eles pulam rapidamente sobre os ombros de minha mãe e lhe dizem, murmurando, que ela tem razão em se preocupar. E ela alimenta essa coisa grudenta como um animal de estimação. De noite, então, os ciúmes já estão grandes como uma galinha. Quando meu pai volta cansado do trabalho, minha mãe se envergonha e, cheia de dor na consciência, o beija, mata seus ciúmes e os engole de novo.

Salman passeou de bicicleta com a mãe em círculos, até ela pedir para parar, exausta e feliz. Levou-a até a porta do apartamento. Ela desceu e o abraçou:

— Foi mais bonito do que o sonho que carreguei comigo desde a infância.

Uma semana depois a mãe caiu em coma. Salman cantava baixinho na cama as canções dela, mas a mãe não reagia. Às vezes, imaginava que ela mexera a mão, como se pedisse que continuasse a cantar.

No final de fevereiro, um dia depois da demissão de Salman, ela morreu durante a madrugada. Ela estava deitada lá, bem quieta, com o sopro de um sorriso sobre seus lábios. Salman foi acordado pelos gritos do pai, que chorava como uma criança, beijava a mulher o tempo todo e pedia perdão. Embaixo do travesseiro dela encontraram o catavento vermelho.

Depois do incidente com o mendigo, Salman passou uma semana longe do café de Karam. Também não foi à sua casa na sexta-feira.

Dias depois ele quis devolver a bicicleta para o pátio da cerâmica, quando viu Karam lá. Salman trancou a bicicleta e quis logo ir embora.

— Espere, aonde você vai? — perguntou Karam, amavelmente, quase suplicando. Salman não respondeu, mas ficou em pé, parado, com o olhar baixo. — Você precisa me entender — disse Karam —, não posso receber todos os famintos do mundo.

— Ninguém exigiu isso de você. Eu só queria rever o Voador e, naquele dia, não consegui chegar mais cedo para informá-lo. Eu sinto muito, mas você não pode me acusar de tê-lo arruinado.

— Não, você não me arruinou. Eu sinto muito, sinceramente, e peço perdão. Vamos voltar a ser amigos? — perguntou. Salman assentiu com a cabeça, e Karam o abraçou.

— Não tão forte, senão alguém vai mandar o Badri atrás de mim — brincou Salman.

Eles foram, um ao lado do outro, para o café.

— E então? — Karam quis saber, quando sentavam num canto tranquilo do café, sozinhos numa mesa. — Algo de novo no fronte do amor?

Salman não queria dizer uma palavra sobre seu amor apaixonado por Nura. Não por desconfiança, mas apenas porque não queria dividir com ninguém essa preciosidade.

— Não, continuo nesse amor unilateral por ela. Acho que ela até gosta de mim, é muito gentil, mas muito fiel ao marido. Além disso, não suporta homens com orelhas salientes — e riu tanto por dentro que quase ficou com soluços.

31.

Foram as cartas dele que fizeram Asmahan se esquecer de que nunca deveria amar alguém. Mas já fazia um bom tempo que não conseguia mais controlar seu coração e perdia a sobriedade sempre que Nassri pisava em sua casa. Ela voltava a ser a menina pequena que, mais de dez anos atrás, esperava ansiosamente as palavras de seu então amado e passava noites acordada quando uma carta atrasava.

Ela tinha então dez ou onze anos quando se apaixonara perdidamente pelo jovem vizinho pálido Malik. Ele não tinha nem quinze anos, mas possuía a chave secreta da poesia, com a qual abriu para ela o mundo por trás das letras. Fazia muito tempo.

A mãe de Asmahan vinha de uma família rica. Foi a terceira mulher na Síria a se formar na escola, em 1930, dois anos antes do nascimento de Asmahan.

Seu pai descendia de uma família urbana de comerciantes, que desde a Idade Média mantinha relações comerciais com Veneza, Viena,

Londres e Lübeck. Ele dirigia uma fábrica de tabaco e, apesar de ser muçulmano, mandou Asmahan — como todos os seus outros quatro filhos — para uma escola de elite cristã. Ela frequentou uma escola de meninas no bairro de Salihiye, a três ruas de sua casa atual, dirigida por freiras rígidas com costumes estranhos. Elas traziam uma cobertura para a cabeça, branca como a neve, que tinha de ambos os lados duas abas largas e angulosas. Quando as freiras andavam, as abas balançavam de tal jeito que pareciam um cisne batendo asas e tentando se equilibrar sobre suas cabeças.

A escola dispunha de uma grande biblioteca; as alunas, porém, não podiam tocar nos livros. Em casa Asmahan também não podia escolher o que ler. Seu pai guardava os livros num belo armário de parede com portas de vidro. Ela decorava, então, todos os títulos das lombadas dos livros e não lhe passava pela cabeça puxar um deles e lê-lo. Foi Malik quem lhe disse que exatamente os livros proibidos continham tudo de valioso para uma pessoa. Um dia, ela encontrou a chave do armário e pegou um dos livros, cujo título sempre a fascinara: *O segredo das palavras*. Asmahan começou a ler com o coração batendo. Malik conhecia o livro e afirmou que ela devia continuar a lê-lo, pois mesmo o que ela não compreendesse iria se acumular nela como um botão de flor, que esperaria o momento certo para se abrir.

Foram necessários cinco anos para Asmahan ler todos os livros da biblioteca do pai. Ela levava sempre um livro para os encontros secretos com Malik, para quem lia um poema ou uma anedota que falasse de amor. Ao ouvi-los, Malik parecia se tornar ainda mais pálido do que já era. Quando o poema tratava dos sofrimentos do amor, às vezes ele chorava.

Asmahan jamais encontraria depois alguém que pudesse ouvir tão bem suas leituras. Sentia que, como um ímã invisível, Malik atraía suas palavras para o ouvido com tanta avidez que parecia arrancá-las dela. Por isso sua língua coçava estranhamente sempre que lia para ele.

Depois da leitura, ele lhe explicava o que as alusões dos versos significavam e ela se sentia levada por suas mãos para um jardim secreto dos prazeres. Malik não só sabia ler as palavras visíveis, mas também enxergar suas raízes ocultas.

Através de uma passagem secreta pela cerca, ela entrava quase todos os dias no jardim da casa dele, onde se encontravam num barracão. O grande jardim se tornara uma selva bravia de árvores e arbustos, pois os pais odiavam jardinagem e não sabiam o que fazer com rosas, videiras, laranjeiras e amoreiras. Eles haviam herdado e arruinado a casa. E, antes de migrarem para a América em 1950, a então casa senhorial já estava quase desmoronando.

Mas isso aconteceria muito tempo depois. Asmahan já estava casada; e Malik, enterrado fazia três anos.

Durante cinco anos ela o encontrou quase que diariamente. A mãe e as irmãs não perceberam nada até a morte de Malik.

Era como o vício por uma droga. Ele estava sempre sentado lá, como se estivesse esperando sua chegada. E sempre parecia aliviado quando a via entrando.

Assim que se sentavam no sofá grande e velho, que antigamente devia ter brilhado com seu veludo vermelho, ele a tocava nos lábios com seus dedos macios e começava a recitar poemas sobre a beleza das mulheres. Só mais tarde Asmahan compreenderia que eram dele esses poemas celebrando sua beleza. Ela esquecia os vasos empilhados, as ferramentas enferrujadas do antigo jardineiro, os regadores e esguichos. Tomada por suas palavras, ela se movia num outro mundo, que só pertencia a eles.

Uma vez, Malik trouxe um grande livro cheio de ornamentos de uma escrita entrelaçada, incompreensíveis para ela. Aqui e acolá ela reconhecia uma palavra, uma letra, mas o todo permanecia um segredo. As letras formavam uma selva elegante de tinta preta e espaços brancos.

Nesse dia, Malik a beijou longamente e Asmahan ficou tonta. Ele pegou o dedo indicador dela e o passou ao longo das letras; ela sentiu como a escrita fluía para dentro de si. O livro estava à frente dela, sobre uma mesa baixa. Malik se curvou para mais perto da folha, procurando o caminho da escrita no labirinto das linhas, dos arcos e pontos, e parecia divino na luz incidente que atravessava a janela de vidro colorido. Quando ela o beijou no lóbulo da orelha, ele sorriu e continuou a seguir com o dedo uma palavra, que agora ela via se livrar da selva das letras e conseguia ler: "amor".

Num outro dia, Asmahan viu Malik sentado no barracão, frente a um grande livro. Ele se levantou no mesmo instante, sorriu para ela e a pegou pelas mãos, levando-a para o sofá. Beijou-a intensamente, deixando-a toda confusa. Malik lhe dava medo, pois parecia estar embriagado. Ela estava embaixo dele, e ele a beijou não só nos lábios, pescoço e bochechas, mas também, como um cego, no cinto, na pulseira, e beijou seu vestido, seu joelho e sua calcinha, soltando um tom parecido com o lamento silencioso de um recém-nascido que procura esfomeado o peito da mãe.

Então ele sorriu, ergueu-se e esperou até ela também se levantar; pegou o dedo indicador direito dela e passeou com ele sobre as palavras do primeiro grande ornamento do livro.

Eram versos de um poema erótico ardente, e ela logo compreendeu tratar-se de um livro proibido de amor. O autor vivera no século XIV, coletara versos do mundo todo, ousados e claramente eróticos, e os escondeu através da arte da caligrafia. Só conhecedores conseguiam desvendar os segredos das letras. Para os não-iniciados, o texto parecia um belo quadro ornamentado.

Página por página, eram descritos amores proibidos, práticas amorosas e o desejo crescente de tocar o ser amado. Os versos também sempre exaltavam a beleza corporal de homens e mulheres, em todos os detalhes. E, para camuflar os versos eróticos, o livro trazia às vezes um provérbio religioso fácil de ler. Malik continuou o passeio com o dedo de Asmahan, até que ela sentiu um enorme desejo por ele. Ela o abraçou e ouviu, deitada em cima dele, o bater rápido de seu coração.

Ela o amou com todo o erotismo e, ao mesmo tempo, toda a inocência. Dias, meses e anos passaram-se como um segundo, por isso ela não saberia mais tarde diferenciar mais um ano do outro. Ela acordou só quando ele adoeceu gravemente.

Não sabia ela, por todos esses anos, de sua doença incurável? Nunca tivera medo por ele? Por que fizera tantos planos em seus sonhos, sabendo que seu coração era doente? Será que ela o amara tão apaixonadamente para que ele vivesse mais tempo?

Um dia, a irmã dele apareceu na porta da casa de Asmahan e murmurou, com o olhar cabisbaixo, que Malik estava morrendo e gostaria de vê-la. Na mesma hora, Asmahan saiu correndo em direção ao hospital italiano, longe dali. O quarto estava cheio de gente. Malik reconheceu-a e sorriu. Naquele silêncio repentino, ele sussurrou:

— É ela, é ela. — O olhar depreciativo dos presentes chamou a atenção de Asmahan para o fato de que estava de chinelos. — Chegue aqui perto, quero lhe mostrar uma coisa — disse Malik de forma quase inaudível, mas ela conseguiu ouvir tudo da porta bem claramente, como se ele lhe murmurasse ao ouvido. Seus pés, porém, estavam colados no chão, como se o olhar dos outros os tivesse carregado com chumbo. — Quero ficar sozinho — pediu Malik à sua mãe, que segurava sua mão com olhos vermelhos e inchados.

Asmahan sentou no canto da cama e, quando ele lhe estendeu a mão, ela olhou constrangida ao seu redor. O quarto ficara vazio como num passe de mágica.

— Eu escrevi uma coisa para você — disse ele e tirou da mesa de cabeceira um pacotinho retangular, embrulhado desajeitadamente em papel e amarrado com um barbante grosso.

Com os dedos tremendo, Asmahan desamarrou os vários nós do embrulho e rasgou o papel de tanta impaciência. Apareceu uma pequena caligrafia emoldurada. Ela parecia complicada e lembrava uma rosa.

— Se você conseguir ler isso, você vai se lembrar de mim — disse Malik, lutando por ar.

"Amor é a única doença da qual não quero sarar." Asmahan conseguiu decifrar meio ano depois. O pequeno provérbio emoldurado acompanhou-a por toda a sua vida, como um ícone.

Dois dias depois de sua visita no hospital, ela acordou de um pesadelo durante o amanhecer. Ouviu alguém chamar por ela, então correu para o pequeno terraço; mas seus pais e irmãos ainda dormiam, do outro lado, em seus quartos.

Só mais tarde Asmahan ficaria sabendo pela irmã de Malik — que toda noite dormia no chão, ao lado da cama do irmão — que este, naquela manhã de sua morte, gritara alto o nome dela.

Malik não tinha nem vinte anos; Asmahan, quinze. Uma semana depois, ela teve uma febre e perdeu a consciência. Quando voltou a si, sua mãe já sabia da história toda com Malik. Como ela descobrira, isso ela nunca soube. A mãe consolou Asmahan e lhe perguntou se estava tudo em ordem "aí embaixo"; ficou realmente aliviada ao saber que a filha ainda era virgem.

Asmahan jurou nunca mais amar ninguém. Declarou seu coração como morto, sem suspeitar que corações não têm razão para compreender uma declaração.

Os olhares dos homens que deliravam desejosamente por ela, cada vez que se tornava mais adulta e feminina, deixavam-na indiferente.

— O que significa "só quinze"? No assunto amor ela tem mais experiência do que eu. Ela precisa com urgência de um marido — afirmou a mãe para o pai, na mesma noite.

Asmahan se casou um ano depois com um primo dez anos mais velho, um cirurgião grosseiro e áspero, que na condição de médico legista entendia mais de cadáveres do que de corpos e almas vivas.

No início de 1950, o pai de Asmahan recebeu uma carta memorável, vinda da Flórida. A carta chegou em boa hora, pois o pai perdera com especulação todo o seu dinheiro. Vivia ainda com o salário de diretor da fábrica de tabaco, mas logo teve de se endividar para financiar sua vida dispendiosa. Em menos de meio ano a casa já estava hipotecada. Chegou então a carta, como uma salvação divina, no último minuto. O tio de seu pai era um hoteleiro rico, que não tinha filhos. Depois de vários divórcios e processos perdidos, ele passou a odiar os americanos. Temeroso de que, depois de uma longa vida de trabalho, ainda deixaria para aquele Estado toda a sua fortuna, decidiu mandar tudo para o único sobrinho que conhecia da época anterior à emigração. Este deveria vir, adquirir o *green card* e herdar tudo. Uma passagem aérea convenceu o pai de Asmahan de que não se tratava de uma piada.

Três semanas depois ele já reunira todos os papéis necessários, liquidou tudo e partiu com a família.

A despedida no porto de Beirute foi comovente. Todos choravam, fora o marido de Asmahan, que fazia piada sem parar. Ela sentia nojo desse homem. Esperou o navio partir para começar a xingá-lo. Brigaram durante toda a viagem para Damasco e, pouco antes de chegarem, ela pediu a separação.

— Só quando eu encontrar uma amante mais bonita — disse ele, rindo asperamente. — Mas se você tiver pressa, arranje-me uma — e sacudiu tanto ao gargalhar que quase perdeu o controle do carro.

Uma semana depois, Asmahan já tinha seu primeiro amante. Numa recepção do então ministro da Educação, Fuad Chajeb, foi invejada pelas mulheres e cercada pelos homens mais poderosos. Ela só precisava escolher.

Saboreou o champanhe e observou os garanhões que lhe pareciam jovenzinhos vaidosos, sem cabeça e pouco confiáveis. E viu como seu marido arrogante tornou-se de repente pequeno e curvado frente ao ministro da Saúde; e este, em relação ao primeiro-ministro; e este, por sua vez, em relação ao chefe do Exército, um anão de nariz enorme, vermelho e com cicatrizes, e todo enfeitado e guarnecido com ordens e ninharias coloridas, que faziam um barulho de lata batendo sempre que o anão se movimentava. Ele parecia o macaco que Asmahan vira uma vez numa quermesse, quando era menina. O bicho trajava um uniforme de Napoleão, exageradamente enfeitado, e bastava um sinal para ele se erguer, cumprimentar as pessoas e, ao mesmo tempo, soltar um sorriso horroroso.

— Um desse macacos ainda vai tirar o sorriso de sua boca — murmurou Asmahan para si mesma quando o marido gargalhou mais uma vez.

Ela sorriu para o anfitrião, um homem pequeno e charmoso, da aldeia cristã de Malula. Ele era dotado de um grande conhecimento e loquacidade. Asmahan gostou dele, mas ele era cultivado demais e, ao mesmo tempo, não tinha poder suficiente para a tarefa que ela queria conferir ao seu futuro amante. O único em questão era um homem que nessa noite ria ainda mais alto e de forma mais primitiva do que seu marido, ou seja, o ministro do Interior, Said Badrachan. Este era um aventureiro ousado, que vinha de uma das famílias mais ricas do Norte e se comportava de tal maneira.

Ele era o único ali que poderia varrer seu marido do tabuleiro, como uma peça de xadrez. E assim aconteceu. Meio ano depois, todo mundo já sabia do caso. O marido acabou concordando com a separação para evitar um escândalo ainda maior. O ministro do Interior mandou avisá-lo de que, se tocasse num fio de cabelo de Asmahan, ele não poderia mais dissecar cadáveres, porque ele mesmo se tornaria um.

Ela se mudou e ganhou de presente do amante a pequena casa perto do Parlamento. Dois meses mais tarde, Said Badrachan morreu num misterioso acidente de carro. Os freios foram manipulados. A documentação sobre o caso, porém, desapareceu, e o governo parou de reagir aos boatos de que Badrachan teria sido morto por ordem do presidente, pois estaria investigando no Ministério do Interior suspeitas de corrupção, delitos e abusos do primeiro homem do Estado. Mas a viúva espalhou, através de um jornalista, a informação de que o caso de amor com uma jovem prostituta lhe teria custado a vida. O ex-marido teria contratado um matador para vingar a honra.

Asmahan ficou indiferente ao tumulto e, por acaso ou não, exatamente no dia do enterro ela dormiu pela primeira vez com um homem em troca de dinheiro. Tratava-se de um deputado muito generoso. Foi ele quem a aconselhou a nunca exigir um montante fixo dos clientes:

— Veja ao seu redor. Produtos caros nunca trazem o preço nas vitrines. Seja meticulosa e esperta ao escolher seus clientes; eles virão até você e vão recompensá-la sempre que ficarem satisfeitos.

As palavras do deputado se mostrariam proféticas. Em pouco tempo, Asmahan mal conseguiria se livrar de clientes da mais fina classe. Diriam depois que ela ganhava numa semana mais dinheiro do que o primeiro-ministro em um mês, ou do que um professor ginasial em um ano; e Asmahan aplicava bem seu dinheiro.

Três meses depois que ela se separou, Nassri entrou em sua sala; desde o começo, foi um homem especial. Ele era uma raposa velha e conhecia metade da cidade, em cima e embaixo da terra, como disse uma vez, brincando. Nassri era esbanjador, generoso e tinha um gosto fino. Asmahan resistiu por muito tempo em lhe mostrar sentimentos ou emoção, mas as cartas dele junto com as caligrafias formaram ondas enormes que destruíram o dique que ela construíra.

Asmahan se esquecera do juramento de jamais amar alguém e se apaixonou perdidamente por ele depois da terceira ou quarta carta. E justo essas cartas, que a alegravam e lhe davam uma sensação de leveza, tornaram difícil sua vida. Ela não conseguia mais se deitar, impassível, nos braços de outros homens. Punha no rosto um sorriso mascarado, mas alguns clientes experimentados pareciam enxergar através dela. Mostravam-se insatisfeitos e, ao se despedirem, não diziam mais que tinham se sentido no paraíso; falavam como médicos, chamando-a de tensa, dura e ausente.

Asmahan não conseguia mais imaginar um dia sem ver Nassri, sem cheirá-lo e sem se entregar a ele. E ele aparecia todos os dias na hora do almoço.

Nassri ficou quase chocado, porém, quando Asmahan revelou imaginar uma vida com ele e só para ele. Ele parou de escrever cartas para ela e passou a visitá-la mais raramente; e, a cada vez que ela lhe telefonava, ele mandava dizer que não estava. Assim se passaram as quatro semanas mais difíceis de sua vida. Nassri parecia ter sumido. Ela ficou muito preocupada e, numa manhã, foi ao seu escritório. Lá estava ele sentado, dando risada com um empregado de cabelos brancos. Quando a viu, seu rosto se transformou. O empregado desapareceu de repente do escritório, quieto e rápido, como se procurasse um lugar seguro frente a uma tempestade ameaçadora.

— O que quer aqui? — perguntou Nassri, rudemente.

— Você. Eu estava preocupada. Você não fica alegre em me ver?

Asmahan o olhava de forma suplicante. Ele não respondeu, mas deu um sorriso inseguro, bravateou de seus negócios, que o ocupariam muito, e prometeu que logo apareceria. Mas não apareceu.

Quando ela o procurou mais uma vez no escritório, muito tempo depois, Taufiq, o empregado com cabelos brancos, pegou-a pelo braço e a proibiu de entrar.

— Isto aqui é uma empresa honesta e não um bordel — afirmou, empurrando-a para a escadaria e batendo a porta.

As palavras de uma prostituta velha e bêbada soaram de forma ameaçadora em seus ouvidos: "Quando você for rejeitada pela primeira vez, isso indica que o auge já ficou para trás; e a descida é mais rápida do que você imagina."

— Não! — Asmahan gritou, quando voltou a si; desceu a escada e saiu do prédio. Jurou vingança e voltou ao trabalho, na esperança de esquecer suas feridas com as súplicas e os elogios dos clientes. Ela não precisou esperar muito. Já o primeiro freguês, um conhecido confeiteiro, elogiou-a efusivamente na despedida, dizendo estar satisfeito como nunca.

O entusiasmo dos clientes fizeram-na esquecer logo a frase da puta velha. Mas decidiu parar na próxima vez em que fosse rejeitada, mudar-se para o Norte, no Mediterrâneo, passar-se por uma jovem viúva e abrir um café na praia. Ela se divertiria, esperando, curiosa, as surpresas da vida, e nunca mais trabalharia como prostituta. Dinheiro e segurança eu tenho suficiente, pensou ela, orgulhosa.

32.

Nassri não se deixou intimidar com o osso quebrado nem com os ciúmes de sua quarta mulher, Almás. No início de fevereiro, ele voltou a andar sem muletas. Uma escada em caracol, de ferro, ligava agora o primeiro andar à mansarda.

Não contou uma palavra a Hamid sobre o acidente, mas se mostrou entusiasmado com o maravilhoso efeito da primeira carta e pediu a segunda. Ditou para o calígrafo alguns detalhes, como o sorriso da mulher e suas mãos macias, e quando ia embora Hamid afirmou:

— Quero agradecê-lo por não ter recuado.

— Recuado? E por que cargas-d'água eu deveria recuar?

— Por causa da chantagem descarada dos chamados "puros", que mandaram para o seu gerente um de seus fanáticos barbudos. Ele me ligou preocupado e eu o acalmei, dizendo que angariamos até o presidente Al Quatli, assim como todos os patriarcas dos cristãos. Não tenho ideia de como a notícia chegou até esses idiotas.

Havia anos que Nassri ouvia falar dos "puros", com os quais também seu irmão mais jovem simpatizava secretamente. Mas não os suportava. Eles pareciam uma caricatura do muçulmano feio, e Nassri também achava idiota a propaganda deles. Eram perigosos. Queriam acabar com a República, a democracia e os partidos e voltar para a charia e o califado. Dentro da sociedade aberta e colorida da Síria, eles não tinham chance como partido; por isso mantinham na clandestinidade um exército, que agia de forma hostil e intolerante, chantageava, provocava e promovia atentados, enquanto "os puros" elegantes davam palestras sobre o glorioso passado árabe, para o qual queriam retornar.

— Ouça bem. O senhor conhece mal Nassri Abbani. Agora, sim, considero a escola como uma grande necessidade — ele se deteve, pois se enervou com seu próprio pateticismo. Ele considerava a caligrafia uma arte inocente. — Nesse combate com os barbudos, não esqueça minha carta, da qual um outro barbudo também precisa com urgência — afirmou, rindo de forma arrogante; deu a mão para Hamid e saiu rapidamente, antes de o calígrafo compreender bem o sentido.

Três dias depois Nassri soltou no ar a carta seguinte. A bela mulher estava sentada no pátio interno e copiava num caderno alguma coisa de um livro grande. Ela sorriu ao vê-lo lá em cima em sua pequena janela. Agora ele lhe mandava de novo uma moeda de ouro e sugeria encontrá-la em algum lugar de sua escolha.

A mulher voltou a sorrir, pegou a carta e desapareceu.

A partir de meados de dezembro, Hamid Farsi passou a viajar pelo país. Juntava dinheiro e convencia patronos influentes a apoiar seu projeto, a escola de caligrafia. As doações eram tantas e tão generosas que ele pensou em abrir, logo em seguida à inauguração da escola em Damasco, uma segunda em Alepo, a metrópole do Norte. Depois, deveriam ser fundadas outras cinco filiais nas maiores cidades do país. A matriz, porém, permaneceria em Damasco.

Para Hamid, mais importante do que as doações era a confirmação de sua visão, segundo a qual teria chegado a hora de reformar radicalmente a escrita. Quando explicou um ano antes suas ideias para o Conselho dos Sábios, o órgão mais alto da Aliança dos Iniciados, riram dele. Alguns covardes viam ali uma ameaça para a aliança e preferiam dormir em paz por mais um século. Porém, quando Farsi insistiu nos seus planos e anunciou assumir pessoalmente a responsabilidade —

mesmo que o preço fosse sua vida —, as mãos até então desconfiadas tranformaram-se em aplausos.

O país se encontrava em prosperidade e todos os caminhos pareciam abertos, até aqueles com os quais ninguém sonhara anos antes.

Na metade de fevereiro, Hamid subiu num ônibus da linha Damasco-Alepo. O ônibus, que deveria ter saído às oito horas, partiu quase às nove e se atormentou pela cidade até chegar à saída norte, perto da aldeia de Qabun, para então pegar a rodovia federal em direção a Alepo.

Na rua Port-Said, ele viu como Nassri Abbani estava absorto numa conversa com o conhecido farmacêutico Elias Achkar, em frente à farmácia. Os dois pareciam ter uma relação afável. Hamid se perguntou por que não conseguia construir uma relação estreita com esse estranho e generoso Nassri Abbani, que dera o maior apoio à Aliança dos Iniciados, querendo ou não.

Alguns membros da associação desconfiavam desse rico folgazão, outros queriam ver seu dinheiro, mas não o seu nome na placa de honra.

Hamid ficara furioso nessa reunião. Queriam essas pessoas do Conselho dos Sábios assumir o papel das mulheres, que nas rodas de café mastigam uma notícia por tanto tempo até ela se tornar um boato ruim, ou se tratava aqui de realizar suas ideias?

— Não queremos nos casar com Nassri Abbani, mas sim puxá-lo para o nosso lado. Por isso não vamos nos meter na sua fornicação. Ou algum de vocês sabe com que frequência o ministro ou o general, o sábio ou o comerciante traem sua mulher, seus fregueses ou mesmo Deus?

Seus ouvintes bateram palmas. Por um segundo, Hamid achou-os tão nojentos que sentiu uma ducha fria escorrendo por suas costas. Um muro gelado o separava de todos os membros, assim como de Abbani, que ele acabara de defender.

Hamid queria ficar três dias em Alepo e depois seguir para Istambul, onde participaria de um congresso da caligrafia islâmica e negociaria uma grande encomenda. Uma nova mesquita seria construída em Ancara, com dinheiro da Arábia Saudita, e calígrafos famosos deveriam colaborar com o projeto. Três mestres foram convidados e Hamid calculava ter boas chances.

Um dia depois de sua partida, os empregados do ateliê de Hamid Farsi começaram a trabalhar menos, dando-se intervalos mais longos.

Samad era um bom técnico, que conhecia todos os truques da caligrafia, mas que por um fio não utrapassava as regras exigidas.

— Sem ultrapassar os limites, você nunca se tornará um mestre — afirmava-lhe Hamid.

Samad, no entanto, não possuía ambição nem fantasia. Também não queria viver só para a caligrafia, como fazia Hamid Farsi. Ele idolatrava sua mulher e seus três filhos, cozinhava e cantava com eles; essas quatro pessoas lhe davam tudo que ele considerava digno na vida. Caligrafia era uma profissão maravilhosa para ganhar dinheiro e nada mais. Isso ele não dizia em voz alta, pois seria demitido na mesma hora. E em nenhum outro lugar ele ganharia tão bem quanto no ateliê de Hamid, do qual se tornara o braço direito depois de décadas de trabalho.

Samad deixava os colegas sentirem sua consideração pelo trabalho, por isso todos o adoravam. Hamid, porém, eles temiam. Sempre se alegravam quando o mestre tinha alguma coisa fora. Desta vez Samad os liberou já no início da tarde. Só um precisava ficar até as seis para atender o telefone e receber as encomendas.

Hamid retornou mal humorado. A reunião em Alepo não correu da forma que imaginara, e um egípcio ganhara a encomenda em Istambul.

— Os turcos quiseram me confiar o trabalho, mas o representante dos sauditas decidiu-se contra mim, pois achou que eu fosse xiita. Ele não conseguiu juntar em seu cérebro que uma pessoa pode se chamar Farsi, que significa "persa", e ser sunita — relatou ele, indignado.

Da reunião em Alepo não contou nada. Lá os calígrafos protestaram veementemente contra a escola de caligrafia em Damasco. Por que a escola não podia se estabelecer no Norte, fora do centro do poder? E quem teria o poder na aliança? Vociferaram que o país seria democrático, mas a aliança continuaria no califado, com um grão-mestre passando o poder para um sucessor escolhido por ele; e isso seria inadmissível. Hamid, porém, permaneceu firme. Então, finalmente, os mestres da caligrafia se acalmaram, ofereceram apoiar sua investida frente à opinião pública e defender, de forma unânime, a escola de caligrafia em Damasco.

— Em Alepo as pessoas discutem apaixonadamente, mas não abandonam os amigos, como em Damasco — dissera-lhe, arrogantemente, o presidente da seção. A estocada doeu.

Só mais tarde Hamid reconheceria que a reunião em Alepo não fora tão ruim quanto achara naqueles dias. Ele conhecera o calígrafo Ali Barake, um homem jovem e pequeno, que na ocasião apoiou o grão-mestre incondicionalmente e ouviu os xingamentos dos outros de forma impassível. Ali Barake adorava Hamid Farsi e o escutava com atenção. Por isso, mais tarde, Hamid se decidiu por ele como sucessor, também na esperança de ganhar a simpatia de Alepo; mas já era tarde demais.

Quando em seu retorno pisou no ateliê e encontrou tudo limpo e bem organizado, ficou tranquilo. Teve vontade de escrever sobre suas reflexões e impressões de Alepo e Istambul. Mandou Salman fazer um moca, abriu o armário e tirou o livro gordo no qual registrava suas ideias e segredos. Ao abrir o armário, porém, percebeu que alguma coisa não estava em ordem com a fechadura.

Não faltava nada ali dentro; no entanto, quando abriu o livro preto encadernado com linho, viu que alguma mão estranha e grossa o danificara. A encardenação tinha um rasgo, como se alguém tivesse aberto o livro com violência. Tal rasgo não poderia ser consertado. Quando um livro é mal encardenado, as páginas caem para fora; quando é bem encardenado, como o seu, ele se abre exatamente na página tocada pela pessoa. Seu livro fora um presente do mestre Serani e encardenado pelo legendário Salim Baklan.

Hamid explodiu. Gritou e xingou tão alto que o todo o ateliê estremeceu. Chamou Samad, culpou-o e xingou-o. Seu assistente ficou à sua frente, com a cabeça baixa, refletindo sobre qual empregado teria parecido nervoso nos últimos dias. Não precisou pensar muito tempo: Salman.

Na hora em que Hamid finalmente parou de gritar, pois já lhe faltava ar e a vizinhança começava a se aglomerar em frente à vitrine, Samad o olhou com desdém:

— Você me ridiculariza na frente de toda a vizinhança, que Deus o perdoe. Mas não fui eu. Hoje em dia qualquer um pode arrombar um armário, mas, observando bem, foi obra de um especialista. Não posso fazer nada se alguém entra durante a madrugada, rouba seu livro, o ouro em folha, sua faca ou qualquer outra coisa. Você pode até comprar um cofre de aço, mas ouço falar que o rei dos ladrões damascenos consegue abrir todos os cofres da cidade com olhos tapados — Samad fez uma pausa. — Se quer saber minha opinião, demita o menino de recados. Tenho a sensação de que não é muito honesto.

Hamid olhou para cima, seus olhos ardiam.

— Mande-o embora — afirmou, com uma voz frágil.

33.

Nos dias seguintes, Hamid ficou feliz com os rápidos avanços da escola. Pintores, eletricistas, serralheiros e carpinteiros trabalhavam o tempo todo, para que a casa ficasse pronta e brilhasse com tinta fresca já uma semana antes da inauguração.

A inauguração oficial seria no dia 1º de março. Das 120 personalidades convidadas apenas quatro haviam cancelado. Além disso, todos os jornais e revistas de Damasco noticiariam o evento, até mesmo o mais importante jornal libanês, *Al Nahar*, anunciou presença.

Dois dias antes da festa de inauguração, Nassri, parecendo desesperado, pegou a terceira carta das mãos do mestre. Não tivera sorte junto à amada? O texto que Hamid escrevera escorria de tanta repreensão sobre o jogo de esconde-esconde e perguntava sobre os motivos da recusa dela. Para isso Hamid copiara dois poemas do século VII, tirados de um livro antigo de lírica e que falavam do desejo de um único encontro. Será que Nassri conquistaria assim seu coração? Hamid desejava isso sinceramente.

Nassri teve que ir primeiro ao escritório tratar de algum assunto com Taufiq; depois, pôs-se a caminho de sua mulher Almás, que estava muito adoentada, com gripe. Naquele dia ela com certeza não o espionaria.

Ele quis, então, ver se esta noite a bela mulher estaria lá. Subiu até a mansarda e olhou para baixo, para o pátio interno iluminado. Ele conseguia reconhecer tudo claramente — e o que viu interrompeu sua respiração.

Nenhum outro além de Hamid Farsi estava sentado ao lado da bela mulher.

Cego de ódio, Nassri desceu a escada de caracol. Que infâmia! Ele lhe confiara que estava sendo rejeitado pela amada, pagara-lhe em dinheiro e ouro, e aquele hipócrita usava a hora propícia para, provavelmente, chantagear a mulher.

Durante toda a noite Nassri pensou numa vingança. Quando finalmente teve uma ideia de como prejudicar Hamid, sorriu com tanto escárnio na escuridão do quarto que este quase se iluminou: "Hamid, Hamid. Você cometeu o maior erro de sua vida."

Esse foi, porém, o maior erro de Nassri.

34.

As lágrimas escorriam no rosto de Salman, enquanto ele, ao lado do pai, seguia o enterro da mãe. Só depois de quatro homens abaixarem o modesto caixão de madeira na cova, ele não sentiu mais tristeza. No entanto, um medo estranho o atingiu. A ideia de que sua mãe nunca mais se levantaria pressionava seu coração.

Apenas os vizinhos do Pátio da Mercê e Karam acompanharam a mãe de Salman em seu último caminho. E o velho padre Basilius tornou a tristeza ainda maior. Ele estava bastante irritado, xingava os coroinhas, que não paravam de fazer besteira, balbuciava seu texto como uma obrigação enfadonha, para então correr para casa. Estava muito frio e tudo lhe parecia reles demais.

Karam se despediu de Salman no cemitério e o apertou com força:

— Que Deus a tenha. Vejo sua tristeza, mas acredite em mim: foi uma redenção, depois de tanto sofrimento — ele olhou para longe, enquanto Salman permaneceu calado. — Arranjei um bom trabalho para você com o joalheiro Elias Barakat. Você o conhece e ele gosta muito de você. — Beijou Salman na testa e se foi.

Também todos os outros manifestaram seu pesar; mas até o final de sua vida só a frase do vizinho Marun ficou na memória de Salman, como uma montanha solitária no meio de uma vasta planície:

— Não quero consolá-lo. Eu choro por minha mãe até hoje; mães são seres divinos e, quando elas morrem, morre o que há de divino em nós. Consolar é uma hipocrisia.

Quando Salman o olhou, lágrimas escorriam sobre as bochechas do homem. Ele nunca vira o rosto de Marun tão sábio e bonito como naquele momento.

Ao voltar sozinho para casa nessa tarde fria, Salman encontrou o apartamento terrivelmente vazio. Seu pai passaria o resto do dia com Marun, Kamil e Barakat na taverna da entrada da ruela de Abbara.

Salman andou pelo apartamento e viu os chinelos velhos da mãe. Estavam embaixo da mesa, exatamente onde ela deixara na última vez, antes de se deitar na cama para sempre. Ele os apanhou e começou a chorar de novo.

Só perto da meia-noite seu pai apareceu, cambaleando até a cama.

Dois dias mais tarde, Salman ligou do correio para Nura. Ao ouvir sua voz, sentiu-se aliviado. E ela sentiu de novo como Salman era frágil como um vaso de vidro fino, que teria sido jogado para cima e poderia despedaçar a qualquer momento. Após desligar, ela se perguntou se ficaria tão triste caso sua mãe morresse. Não, certamente não, disse ela, envergonhando-se.

Salman convidou Nura para ir à sua casa. Ela sempre quis saber como e onde ele vivia, mas tinha vergonha de perguntar. Agora o visitaria durante a tarde. Entre cristãos, ninguém tinha muito interesse em saber quem visitaria quem. As casas estavam sempre abertas, mulheres e homens visitavam-se. Isso ela já vira quando criança, pois no bairro de Midan, onde crescera, viviam muitos cristãos. Lá, em todas as visitas as mulheres se sentavam junto com os homens.

Para Salman era indiferente o que os vizinhos diziam; a única que lhe interessava não estava mais lá havia muito tempo: Sara. O pai ficava fora o dia todo e, algumas vezes, também à noite. Ninguém — e muito menos Salman — se interessava por onde ele andava. A mãe fora a ponte entre eles, e agora os dois eram como as margens de um rio, nunca se encontravam.

No dia em que Nura deveria aparecer, perto das duas horas da tarde, ele subiu na bicicleta pouco depois das onze e foi até Karam.

Este estava irresistivelmente charmoso, como nos velhos tempos, mas quando a conversa caiu para a invasão do ateliê, na qual Salman o ajudara, Karam tentou escapar como uma enguia.

Salman queria se matar por ter sido tão ingênuo. Acreditara que Karam queria saber tudo só por curiosidade. Salman lhe fizera uma descrição da tranca antiquada do armário. Alguns dias depois, Karam lhe entregou uma cópia da chave, com a qual Salman conseguiu, enquanto o mestre estava fora, abrir o armário — isso com muito esforço — e pegar o belo livro grosso com os segredos do calígrafo.

Seria impossível copiar tudo que estava ali dentro em tão pouco tempo. A única chance, na Damasco dos anos 1950, seria o fotógrafo. Salman queria ter se matado três vezes, quando pensava nisso, por ter sido tão ingênuo e achado tudo aquilo engraçado e emocionante. Quatrocentas e vinte páginas. O fotógrafo tinha uma ótima câmera e tirou 210 fotos, cada uma de uma página dupla do livro. Salman estava ao seu lado e seu coração quase caiu até os pés no instante em que a lombada do livro estalou bem no meio, audivelmente, pois o fotógrafo precisava de uma superfície lisa para o trabalho.

— Não tenha medo, ela se restitui — acalmou-o Karam.

A lombada não se restituiu.

Fazer 210 fotografias caras e arriscar seu emprego só por pura curiosidade, isso ele não compreendia, disse Salman agora, com uma voz tranquila, para Karam; este continuou bajulando-o, tentou seduzi-lo para o trabalho no joalheiro e bravateou sobre grandes e pequenos sacrifícios de uma amizade. Pela primeira vez Salman percebeu que com frequência o sorriso de Karam não expressava uma alegria interna, mas era uma simples ação dos músculos do rosto, que contraíam os lábios e descobriam os dentes.

Um menino pequeno entrou no café e pediu alguma coisa no balcão.

— Este é Hassan, o novo moleque de recados. É um sobrinho distante de Samad — afirmou Karam. Salman olhou o pequeno jovem, que mordia alegremente seu sanduíche de faláfel.

Salman decidiu salvar o mais rápido possível suas ferramentas e sobretudo seus cadernos importantes, que estavam no quarto da casa de Karam. Ele deveria se separar de Karam. E, principalmente, não queria mais aceitar propostas desse homem obscuro. Preferia passar fome a entrar mais uma vez no café. Durante noites Salman permaneceu acordado na cama. Não só sua decepção lhe roubava o sono, mas um pensamento também o torturava de forma especial: será que Karam era tão maldoso a ponto de tê-lo usado desde o começo como espião contra Hamid Farsi e como amante de sua mulher? Era essa sua gratidão por tê-lo salvado do afogamento? Karam mostrara muitas vezes não dar valor para a gratidão. Ele enganava e bajulava todos. E o que fazer se ele colocou Nura em sua mira? Isso estragaria seu amor por ela? Ele não conseguia encontrar resposta, mas resolveu contar tudo para Nura, mesmo com a confusão que borbulhava em sua cabeça. Sara lhe dissera uma vez que o silêncio no amor seria a primeira rachadura, que cresceria despercebidamente sempre que se calasse ainda mais, até o amor se quebrar aos pedaços.

Agora, porém, precisava bancar o ingênuo para Karam até ter seus cadernos em segurança. Nos dois primeiros cadernos, Salman anotara suas experiências no ateliê de Hamid: técnica, conselhos do mestre, produção de tinta, composição e segredos das cores, além de truques de correção. Mas se importava principalmente com o terceiro caderno. Ali, Nura lhe escrevera as respostas às perguntas que ele sempre lhe fazia, encorajado pelas informações sobre Ibn Muqla. Nura era agradecida por essa tarefa. Não só porque a biblioteca do marido lhe facilitava a procura, mas também porque o tempo passava mais rápido para ela. E Salman era do tipo que ouvia, ávida e agradecidamente, tudo que ela relatava sobre famosos calígrafos e calígrafas da história e sobre os segredos dos mestres antigos. Em seguida, beijava-a em cada ponta do dedo e nos lóbulos da orelha com tanto carinho que às vezes ela não aguentava, atirava-se sobre ele e o amava apaixonadamente.

— Com uma professora assim não conseguimos parar de fazer perguntas — afirmou ele certa vez.

Salman chegou ao seu apartamento pouco antes da uma e meia. Abriu as janelas e portas, varreu, limpou o chão com um pano úmido, pôs um prato com biscoitos sobre a mesa e preparou a água para um chá muito bom que comprara no melhor vendedor de chá da rua Reta, na diagonal da entrada do Suk al Busurije, o mercado dos temperos.

O coração de Nura batia mais acelerado quando ela atravessou o portão do Pátio da Mercê e viu Salman. Ele estava na porta de seu apartamento, apoiado no lado esquerdo do retângulo que formava o pobre pátio.

Salman sorriu para ela e andou em sua direção, cumprimentou-a de forma oficial e reservada e a acompanhou até a porta de casa, onde a deixou passar primeiro, como era o costume.

Ela se admirou com o frescor do apartamento e a ordem meticulosa. Ele leu o olhar dela de forma correta.

— Duas horas pela manhã e quinze minutos à tarde — sorriu ele, contente. Ela tirou o casaco, e ele ficou fascinado com o novo vestido de algodão. — Você está tão linda como uma mulher de revista de moda — elogiou, abraçando-a carinhosamente. Nura quis agradecer o elogio, pois ela mesma fizera o vestido, mas seus lábios encontraram uma ocupação melhor. Eles sugaram com força o rapaz e só o soltaram quando ela voltou a si, nua e suada ao lado dele na cama.

— Você não fecha a porta? — perguntou ela, um pouco tarde demais.

— Ninguém fecha a porta aqui e até agora ninguém sentiu falta de nada.

Quando os dois se recompuseram e se sentaram na mesa da cozinha para tomar chá, ela ficou pensando por um longo tempo com os olhos fixos nele.

— Eu quero fugir de Damasco com você — afirmou ela, finalmente. — Desde que comecei a amá-lo, cada vez menos suporto meu marido. Aqui não temos chance alguma, ele vai nos matar. Mas com certeza nós encontraremos um lugar onde vamos poder viver e nos amar dia e noite tranquilamente. — Ela riu com sua própria ingenuidade. — Mas isso, claro, depois que ganharmos o pão de cada dia. Eu como costureira e você como calígrafo.

Salman se calou quase aterrorizado com a beleza do sonho que Nura acabava de descrever com poucas palavras.

— E, caso eles me peguem — continuou ela, quebrando o silêncio —, não vou me arrepender de ter aproveitado o paraíso ao seu lado, nem que por uma única semana.

— Não, não vão nos pegar — disse Salman. — Vamos viver tão discretamente quanto possível. E, quanto maior a cidade, mais invisíveis seremos.

— Alepo! — exclamou Nura. — É a segunda maior cidade da Síria.

Ele queria propor Beirute, pois ouvira dizer que a capital libanesa teria um bom coração para renegados e exilados. Mas ela o convenceu de que dentro do país exigiriam documentos com menos frequência do que no exterior e o consolou com a cozinha maravilhosa de Alepo, que colocava as de Damasco e Beirute no chinelo.

— Preciso de duas fotos de passaporte suas, e as duas orelhas têm que estar visíveis.

— As duas orelhas? — admirou-se ele. — Uma foto normal não é suficiente, então vou precisar de uma foto panorâmica para que elas caibam — revidou e, apesar de todo o medo também estar presente na mesa, os dois riram.

Ela mal conseguiu segurar o copo de chá, colocando-o sobre a mesa e tossindo, porque havia soluçado. O riso de Salman limpava o coração dela. Não era um riso debochado, cantado ou musical, mas era um sorriso típico dele. Ele ria como um asmático, quase sufocado, pegando e soltando o ar como uma onda do mar. Salman contagiava todo mundo com ele, até mesmo as cadeiras, pensou Nura, que ao dar risada derrubou sem querer uma delas, fazendo um barulho como se esta também gargalhasse.

— Aliás, falando de fotos, eu o aconselho a pegar urgentemente os negativos do livro com o fotógrafo, antes de Karam ter a mesma ideia. Lembrei disso ontem de madrugada. Meu marido contou que entraram no ateliê uns dias atrás, e que o livro dele guardava tesouros de dez séculos nas áreas do conhecimento, técnica e história da caligrafia. Você arriscou tudo; então, por que não levar os negativos? Quem sabe eles lhe serão úteis um dia.

— Mas como vamos convencer o fotógrafo? Os negativos pertencem a Karam, que só os deixou com o fotógrafo por uma questão de segurança, caso alguém os procure em sua casa ou no café.

— O fotógrafo conhece bem Karam? — perguntou Nura.

— Não, nem um pouco. Ele é um dos muitos que vieram para o bairro novo. Karam não quis fazer as fotos com ninguém que pudesse reconhecê-lo mais tarde.

— Maravilha. Então você liga para ele, passando-se por Karam e afirmando que precisa dos negativos. Diga que vai mandar sua mulher buscá-los. Ela se chama Aicha e a quantidade de fotos, duzentas e dez, deve ser a senha para a entrega. Se for necessário, você pode descrever para ele meus cabelos e diga que uso óculos.

— Óculos? Por que óculos? — perguntou Salman.

Nura riu. — Isso é o segredo da mulher do calígrafo — afirmou ela. — Você espera, então, numa rua lateral e pega o pacote com as fotos — acrescentou e lhe deu um longo beijo de despedida. Na porta, virou-se mais uma vez: — Gostei da sua arrumação. Você será um bom marido para uma costureira muito ocupada.

Quando saiu da ruela de Abbara e entrou na rua Reta, Nura se perguntou se teria agido certo em não contar nada a Salman sobre as três cartas do garanhão inoportuno. Toda vez ela vinha com essa intenção, mas sua língua bloqueava as palavras e as desviava para o esôfago. Ela as engolia sempre com dificuldade.

Nura se consolou também essa vez com o fato de que, no futuro, haveria tempo suficiente para essa história monótona. Agora outras tarefas mais perigosas a esperariam e, com esse pensamento, cerrou o punho direito dentro do bolso do casaco. Ela estava decidida a seguir esse caminho até o final.

Dois dias depois, Salman chegou de bicicleta à sua casa. Um pacote dançava no cesto a cada desnível da rua. Quando deixou a bicicleta em frente à porta do apartamento, Barakat, que estava no pátio, cumprimentou-o.

— É comestível? — perguntou, divertindo-se.

— Não, só legível — revidou Salman, dando risada.

— Então fica tudo para você. Divirta-se — disse o vizinho.

Salman abriu a grande mala, que comprara para a viagem. Ela ainda estava vazia. Ele pesou o pacote pesado nas mãos, por um momento, e o colocou, fechado, dentro da mala.

Só cerca de três meses depois Salman abriria o pacote e se admiraria com o conhecimento secreto e perigoso que tinha à sua frente.

Quando no encontro seguinte contou a Nura sobre sua suspeita, de que Karam o teria mandado para ela, esta ouviu com atenção. Salman parecia estar atormentado com esse pensamento.

— E daí? — disse Nura e riu para ele. — Se eu não o amasse, Karam não teria nenhuma chance. Mesmo se ele tivesse mandado o homem mais fino do mundo. Vamos deixar Karam, Badri, Hamid, os sábios e os não sábios, os puros e os impuros continuarem tramando sua conspiração e vamos nos safar — afirmou decididamente.

Salman respirou aliviado.

35.

A festa de inauguração no dia 1º de março foi maior e mais bonita do que Hamid sonhara. Só um detalhe o incomodava: Nassri Abbani não aparecera. Mas logo Hamid se esqueceu dele.

Seus elegantes convidados exageravam nos elogios. Também Al Qatli, o presidente de Estado, estava presente, mas se manteve discreto. Frente a tantos sábios, ele não queria discursar.

Dizia-se que os sauditas, com os quais sua família tinha uma ligação estreita, teriam lhe pedido para não discursar na inauguração, para que não desse uma dimensão política a uma escola particular de caligrafia. Quando Hamid ouviu isso, seu peito se encheu de orgulho.

Todos os sábios tinham a opinião de que ficaria bem um monumento a Hamid Farsi na entrada da escola, pois ninguém, até então, teria alcançado tanto para a escrita e a cultura árabe.

O ministro da Educação elogiou a disciplina, a visão e a persistência do primeiro diretor da escola, que o procurou quase que toda semana até ter em mãos a autorização do ministério.

— Eu perguntei ao mestre — contou o ministro — desde quando ele seguia esse plano. Ele respondeu: "Desde 940." Eu achei que tivesse entendido mal e que ele tivesse dito "1940". "Dezessete anos?", perguntei. Hamid Farsi sorriu e não me corrigiu, por educação! Mas um colega versado, admirador do senhor Farsi, me disse mais tarde: "Ele quis dizer 940, o ano da morte do maior calígrafo de todos os tempos, Ibn Muqla." Por isso, é uma honra especial para mim poder abrir essa escola que faz seu nome continuar vivo.

Aplausos contínuos retumbaram pela casa.

Quando Hamid se dirigiu ao púlpito, as câmeras fotográficas dispararam, rivalizando. Ele agradeceu e prometeu fazer todo o possível pela caligrafia. Seu discurso foi curto, mas transbordou de força.

— Minhas senhoras, meus senhores, prometo-lhes — afirmou no final — que aqui, no coração da Arábia, a caligrafia florescerá e tornará Damasco de novo a capital de uma nação forte.

Os aplausos levaram Hamid às lágrimas.

Quando leu com prazer a lista dos patrocinadores, percebeu mais uma vez que Nassri Abbani não estava presente. Por que ele não aparecera?

Os convidados comeram e beberam, festejaram ruidosamente e deram risada até meia-noite. Sempre um *flash* era disparado, porque muitos queriam uma foto de lembrança com personalidades legendárias, como o genial Fares al Churi, o único primeiro-ministro cristão da história da Síria.

Depois da festa, quando todos os convidados deixaram a escola, um silêncio profundo cercou Hamid. Ele andou pela casa vazia e deixou cenas das últimas horas passarem por sua cabeça. Seu grande sonho se realizara; mas seria ele agora um homem feliz?

Por que Nassri Abbani se manteve longe da cerimônia? Todos refletiram a respeito. O antigo professor de Abbani, o xá Dumani, um homem senil que Hamid convidara para alegrar Nassri, admirou-se do fato de seu pior aluno nos seus cinquenta anos de profissão estar à frente daqueles que apoiavam a cultura da caligrafia:

— Ele escrevia de forma tão ilegível, como se tivesse subornado as galinhas para fazerem suas tarefas — babou ele, sem dentes. — Como sempre, o moleque ficou com seu anzol pendurado em algum lugar — exclamou numa roda, apertando os testículos com a mão esquerda.

— Esse risco nós dois não corremos — comentou com cinismo o velho Fares al Churi. A roda de homens riu alto.

Por que Nassri não veio?, perguntou-se Hamid. Estão os idiotas dos "puros" por trás do fato de Taufiq, mão direita de Nassri, ter ligado de repente, um dia antes da festa, e tagarelado que o chefe receberia muitas ameaças e que por isso queria rescindir o contrato do aluguel — "por motivos de segurança à nossa propriedade, o senhor entende?" Hamid não entendia e seu advogado o tranquilizou, dizendo que o contrato valeria e nenhum poder do mundo iria anulá-lo.

Nassri Abbani não ficou longe só da festa. Ele não atendeu Hamid depois e não ligou de volta.

O que havia acontecido?

Hamid não tinha resposta.

36.

No dia 10 de abril de 1957, Nura e Salman subiram no ônibus que fazia a linha Damasco-Alepo. Eles tinham três malas grandes e uma sacola de mão com lanches e bebidas.

— Abra as duas mãos — disse Nura, quando finalmente se sentaram, e colocou uma pesada sacola de veludo sobre as mãos dele.

— O que é isso? — perguntou Salman.

— Setenta moedas de ouro que Hamid me deu de presente de casamento. Foi meu salário adiantado para limpar, cozinhar e passar roupa durante quatro anos. E para suportar o humor dele. O resto ele não pode pagar com dinheiro — afirmou ela com uma voz baixa e triste.

Ela olhou para fora da janela, onde alguns trabalhadores arrancavam do chão os trilhos dos bondes. Era a terceira linha de bonde que fora paralisada.

— A gente nem vê mais burros de aluguel — afirmou ela, abanando a cabeça.

Que problema, pensou Salman. Ela foge de sua cidade e de seu casamento e pensa em burros. Ele a abraçou.

— Serei sempre o seu jumento — disse ele, mas não conseguiu alegrar Nura com a piada.

Só duas horas antes de partir, Nura visitara Dália. Esta olhou-a por cima de sua máquina de costura e entendeu tudo no mesmo momento.

— Vou desaparecer — murmurou Nura.

— Já suspeitei, assim que você entrou. Pensou bem no que está fazendo? — perguntou Dália. Nura assentiu com a cabeça.

As duas choraram na despedida. Dália sabia que jamais veria de novo sua jovem amiga. Mais tarde ela diria que, naquele dia, entendera pela primeira vez que as pessoas não corriam riscos por odiar a vida, mas sim por amá-la.

Por último, Nura foi à casa dos pais. Sabia que o pai estava de cama havia dias, por causa de uma gripe. Ela lhe entregou um envelope com cartas, explicou rapidamente do que tratavam e pediu que ele as guardasse bem. Quis então ir logo embora, mas ele correu atrás dela, de chinelos.

— Filha — disse, assustado —, aconteceu alguma coisa? — Nura começou a chorar. — Posso ajudá-la, minha querida? — perguntou ele, sentindo-se tão fraco nas pernas que precisou se apoiar.

— Leia minha carta e veja o que precisa fazer. Eu posso cuidar de mim sozinha — afirmou ela, vendo que ele chorava. Suas lágrimas a puxavam como chumbo para o fundo. Nura se livrou dele dentro de si e correu para fora.

— Que Deus a proteja em seu caminho — murmurou ele e esperou que ela se virasse e acenasse no final da ruela, como sempre fazia, mas Nura já desaparecera na esquina da rua principal.

Rami Arabi voltou devagar para o dormitório. Com dedos trêmulos, abriu o grande envelope, que trazia uma longa carta de despedida de Nura e mais de trinta papeizinhos com comentários espirituosos e expressões dele. Seu coração suspeitou que a devolução de suas palavras significasse uma separação profunda. Mas o grande susto veio com as cartas de Nassri Abbani.

Horrorizado, procurou apoio, pegou mais uma vez a carta de Nura e leu cuidadosamente. Ela escrevera sobre sua decepção e as torturas de uma vida conjugal infeliz, que ele teria exigido dela. Assegurou-lhe que não o odiaria por isso, assim como não odiaria a mãe, mas que queria agora dar sozinha um rumo à sua vida, já que os pais não teriam conseguido cumprir sua obrigação de protegê-la.

Rami Arabi conhecia bem demais a filha para se fingir de tolo. Ela escrevera tudo isso antes de fugir, pois se sentia como uma esponja embebida em palavras ásperas. Ela precisava pressionar a esponja, para daí conseguir absorver o que a nova vida lhe ofereceria.

Depois de ler tudo pela terceira vez, olhou para as cartas sedutoras que traziam a letra do marido de Nura. Suas mãos tremiam. Sentia-se como paralisado.

— Maldito cafetão! — gritou.

Só à noite, naquele dia, a mãe ficou sabendo da visita de Nura e das cartas, depois de voltar de uma reunião semanal de uma associação religiosa de mulheres. Ela pediu ao marido que lesse a carta de despedida e compreendeu, através da clareza das palavras, que Nura já havia fugido. A mãe soltou um grito tão alto e lamentou tanto o seu destino infeliz que três mulheres da vizinhança vieram correndo, pensando que o marido da vizinha Sahar tivesse exalado o último suspiro.

Salman voltara naquele dia à casa do proprietário do café, pegara seus cadernos e utensílios e deixara para Karam uma caligrafia em forma de círculo. Karam se espantou à noite, depois do trabalho, com a chave que estava pendurada na fechadura da porta de entrada. Achou que Salman teria voltado e se alegrou.

Quando Karam quis visitá-lo em meados de março no Pátio da Mercê, mas não o encontrou, soube por uma vizinha que Salman estaria aprendendo com um cozinheiro-mestre a arte da fina culinária damascena. O restaurante Al Andalus, diziam, era nobre e caríssimo e ficava perto de Bab Tuma.

Salman pareceu contente com a visita de Karam. Desde que aprendeu a cozinhar, afirmou ele, gostava mais de usar a colher do que a pena. Disse que teria muito para fazer, pois havia dois casamentos pela frente, mas que quando voltasse a respirar visitaria Karam e talvez exercitasse um pouco a caligrafia. Seu novo chefe, Carlos — um quarto espanhol, um quarto judeu, um quarto árabe e, no máximo, um quarto cristão —, amava caligrafia, afirmou Salman. Ele a considerava, ao lado da culinária, da equitação e da esgrima, a arte mais importante a ser dominada antes que alguém pudesse se chamar de homem.

Para Karam, foi um encontro emocionante. Pela primeira vez percebeu que Salman também sabia falar bem. Ao mencionar isso para ele, brincando, Salman riu e até concordou. Por tantos anos ele teria se sentido com um nó na língua e havia sido agora libertado pelo amor e pelos temperos.

— Ele não é mais um menino, é um homem — pensou Karam na ocasião, no caminho de volta para o café.

Karam sentiu uma forte inclinação, longe de qualquer pena ou dor na consciência, por esse homem jovem e corajoso; uma inclinação que se abria agora em seu coração, como um lírio, e ia muito mais longe do que o amor por Badri e seu corpo divino. Pela primeira vez, Salman lhe pareceu irresistivelmente atraente. Quis lhe dizer isso no encontro seguinte. Esperou sempre por um telefonema, por uma visita espontânea no café, mas o mês de março terminou sem considerar o desejo do apaixonado Karam. Badri se magoou ao vê-lo entusiasmado com Salman e não errou em suas supeitas, pois o coração dos traídos possui um compasso invisível.

Naquele dia, então, Karam abriu a porta e chamou Salman, mas o silêncio engoliu sua voz. Com passos vagarosos foi até o quarto onde o amigo sempre trabalhava. A porta estava aberta. A gaveta da mesa bocejava para ele, aberta e desocupada no quarto vazio. Sobre a mesa só havia uma caligrafia, do tamanho de uma mão, que Karam não conseguiu decifrar.

Dois dias depois ele a mostrou para Samad, colega de Hamid, que comia no café na hora do almoço.

— Você consegue decifrar essa confusão? — perguntou-lhe Karam, mostrando ao especialista a folha cartonada.

— Não é uma confusão, é a escrita cúfica, refletida. Está escrita de forma asseada, as medidas, os ângulos e as extensões estão corretos, mas falta um pouco de elegância. Quem escreveu?

— Um amigo — respondeu Karam, orgulhoso.

— Não é possível — afirmou Samad.

— Posso perguntar por quê?

— Porque nenhum amigo escreve estas coisas. Aqui está escrito: "O coração de Karam é um cemitério."

A cor desapareceu do rosto do proprietário do café. Também seu olho escuro pareceu se tornar cinza claro. Arrastou-se para o escritório atrás do balcão. Seus empregados juraram que, ao sair de lá, os cabelos de Karam não eram mais negro-azulados, mas tinham cor de cinza.

Salman desapareceu silenciosamente, como sempre fora de seu feitio. Não se despediu de ninguém. Só escreveu uma longa carta para Sara, pedindo-lhe que contasse uma mentira necessária para apagar seus vestígios e os de Nura.

Vendeu sua bicicleta por um bom dinheiro para um vendedor de verduras do bairro distante de Amara.

No Pátio da Mercê, além da mãe de Sara, ninguém percebeu o desaparecimento de Salman. Só dois meses depois, quando seu pai ficou gravemente doente do fígado, alguns vizinhos perceberam que fazia tempo que não viam Salman. Alguns até se alegraram com a possibilidade de um apartamento de dois cômodos ser desocupado. O pai de Salman, porém, recuperou-se e viveu longos anos, mas sem tomar mais uma gota de álcool.

Mais ou menos nessa época, Faise, a mãe de Sara, retornou de Homs, onde a filha ganhara sua primeira criança, uma menina. Faise contou confidencialmente ao açougueiro Mahmud e à vizinha Samira que Salman estaria trabalhando por muito dinheiro como cozinheiro no Kuait.

— Mas isso fica entre nós — disse Faise, como se conspirasse. E isso, em Damasco, significava um convite para espalharem a notícia do jeito mais rápido. O açougueiro Mahmud e a vizinha Samira fizeram um bom serviço.

Em 27 horas e 33 minutos, a informação chegou ao café de Karam. Este não acreditou no que ouvira; telefonou para o Al Andalus, o elegante restaurante no bairro cristão, e perguntou ao dono pelo amigo Salman.

— Infelizmente ele se libertou. Eu gostaria de fazer desse jovem engraçado o meu braço direito. Nenhum dos meus empregados aqui aprendeu tão rapidamente como esse pequeno rapaz, que cantava pela cozinha e fazia tudo com animação. E que nariz apurado ele tinha. Isso vale ouro em nossa profissão. É uma pena, mas torço por ele. Ouvi dizer que no Kuait ele ganha mais do que eu, com meu restaurante.

Karam desligou e chorou de ódio dos xeques do petróleo, dos "puros", de sua burrice, de Badri e do coração duro de Salman, que não lhe deu nenhuma chance de corrigir seus erros.

Depois de passar por vinte ou trinta bocas, a informação sobre a carreira de cozinheiro no Kuait sofreu várias metamorfoses. Às vezes, Salman cozinhava para o emir do Kuait; outras vezes, era proprietário de uma rede de restaurantes na região do Golfo. Alguns o converteram ao Islã, para que casasse com uma prima do soberano; outros tinham certeza de que havia sido morto e virado comida de peixe.

De toda forma, no outono, quando a história voltou para a mãe de Sara, ela passara por tantas transformações que nem Faise a reconheceu.

37.

Anos depois, Hamid diria a todos que tivessem ouvidos e paciência que a fuga de sua mulher lhe teria lavado os olhos. No dia de seu desaparecimento, o declínio dos árabes também lhe teria ficado claro. Ele não queria fazer mais nada. Antes quisera sacudir as pessoas, mas agora as deixaria em seu sono profundo e não lamentaria nada. Um povo que castiga seus reformadores e persegue, expulsa e mata seus profetas estaria consagrado ao declínio.

Hamid soube do desaparecimento de sua mulher ao chegar à noite a sua casa. Tivera muito o que fazer na escola de caligrafia e, à tarde, levara negociações longas e duras para um bom resultado. Ele recebera a encomenda para executar todas as caligrafias e ornamentos para a mesquita de Saladin, financiada pela Arábia Saudita. As negociações não foram fáceis, pois os calígrafos de outros países árabes estavam dispostos a receber um quinto dos honorários dele pelo trabalho. Também três dos mais famosos calígrafos sírios saíram de mãos abanando. Hamid sugerira então que trabalhassem para ele em troca de um bom pagamento, coisa que eles aceitaram, agradecidos. Fora um dia abençoado.

Naquela madrugada quente de abril, enfim, ele voltou feliz e satisfeito para casa. A escola de caligrafia começara com os cursos no início de abril, um mês antes do planejado, e na Aliança dos Iniciados ele se impusera contra todos os invejosos que duvidavam de sua posição como grão-mestre. Uma maioria avassaladora depositara nele total confiança. Seus opositores haviam escolhido o pior momento. Hamid não só era o melhor calígrafo, mas também o herói que levara a aliança longe, como ninguém antes dele fora capaz de fazer.

A caminho de casa, Hamid murmurou várias vezes:

— Hamid, você conseguiu — respirou profundamente e disse um pouco alto demais: — Isso!

Agora queria aproveitar sua mulher e a noite. Comprara para ela uma camisola fina de seda vermelha e transparente, e queria que ela a vestisse para mimá-lo.

Numa loja cara, mandara cortar, de forma bem fina, duzentos gramas de *pasturma*, um presunto seco com casca picante, feito com temperos apimentados. Também mandara empacotar queijos caros e azeitonas. Para sua mulher, pegara pequenas alcachofras em conserva vindas da Itália. Na venda de frutas da rua Reta, na esquina de sua casa, comprara um abacaxi caro pela primeira vez na vida.

— Não há problema — afirmou ao vendedor —, hoje é um dia especial.

Abriu a porta assobiando sua música preferida.

Jamais conseguiria esquecer o momento daquele silêncio ameaçador. Estranhamente, ele suspeitou no ato que Nura não estaria nos vizinhos nem nos pais. Algo terrível deveria ter acontecido. Andou até a cozinha, deixou as sacolas de papel sobre a mesa e chamou:

— Nura!

Seu coração palpitou.

Nenhuma resposta, nenhum recado, nada. Foi até o pátio; sem forças, sentou numa cadeira, perto da fonte. Nesse momento reconheceu a tragédia.

— Há momentos em que sabemos tudo que fizemos de errado. Eu quase morri quando reconheci naquele instante tudo que havia feito de errado em minha vida. Nasci na época errada, na sociedade errada — repetiria ele mais tarde. Seus ouvintes sentiam pena dele, mas ninguém o compreendia.

Muitas de suas decisões lhe pareceram agora erradas. Ele só queria uma coisa: honrar a escrita, essa invenção divina, que com algumas letras fazia surgir oceanos, desertos e montanhas, que movia o coração e estimulava o espírito. E ela também não dava uma longa vida a tudo que fixava com tinta e papel? Só deuses conseguiam isso. Ele deveria ter compreendido esse fato! A escrita era uma deusa e só aquele que abdicava de tudo entrava em seu paraíso. Que lugar teriam ali mulher e filhos? E ele já não havia, desde o início, nascido na família errada? Quem mais esbofeteia o filho por um dom divino? Seu pai era doente? E sua mãe, que nunca o amara nem o defendera, não era também doente?

Que idiotice querer ter uma vida conjugal. É claro que precisava de uma mulher. Mas não era viciado como Nassri, o garanhão. Não. De qualquer modo, uma noite de amor não o satisfazia nem pela metade se comparada com o trabalho numa caligrafia.

Durante meia hora ele ficou sentado lá, em sua casa abandonada, e desejou que um vizinho lhe contasse que Nura tinha tido um acidente ou desmaiado e sido levada para um hospital.

Mas ninguém bateu à porta por horas, apesar de ele ter acendido as luzes por toda a parte e ligado o rádio para anunciar sua presença aos vizinhos.

Mais tarde, a suposição de um acidente lhe pareceu absurda; e isso o feria, pois reconhecia seu estado de desamparo. Também tinha certeza de que os sogros não sabiam nada sobre um acidente; senão, já teriam ligado para ele.

Quanto tempo dormiu? Não sabia mais. A partir desse dia, acabou sua disciplina, que o mandava acordar diariamente às seis horas e ir para a cama às dez da noite. Dia e noite se misturavam.

Um bater incômodo o acordou. Olhou assustado ao seu redor e sacudiu a mão, pois tivera um pesadelo no qual uma vespa o mordera exatamente entre o dedo indicador e o do meio. Dormira vestido. Foi a primeira vez na vida que se deitara na cama sem se lavar e com as roupas da rua.

Ainda era cedo, mas já amanhecia.

O pai de Nura estava na porta, com o rosto pálido e os olhos vermelhos e chorosos. Estava mais feio do que nunca.

— *Assalam aleikum* — saudou, secamente.

O xeque Rami nunca fora um hipócrita, isso Hamid sabia. Ele foi direto ao assunto. Sem dizer nada, jogou as cartas sobre a pequena mesa do pátio interno e permaneceu de pé. Claro que Hamid reconheceu sua letra. Como essas cartas foram parar nas mãos do pai de Nura? E de repente, como um raio, tudo ficou claro. Hamid entendeu o que o sábio lhe dizia sem pronunciar palavras. Seus joelhos afundaram e ele caiu sobre a cadeira mais próxima. Como explicaria ao sogro? Esperou que tudo fosse só um pesadelo.

— Sente-se, por favor. Foi um grande mal-entendido e posso explicar a Nura — disse ele, com uma voz frágil. Por um momento, ficou no fundo aliviado com o fato de Nura ter procurado refúgio nos pais e mandado o pai conversar com ele. Manteve, porém, a fachada de esposo chocado: — Ela deveria ter primeiro falado comigo antes de importuná-los sem necessidade. Foram cartas que escrevi para um freguês... — quis explicar, mas o xeque Arabi só abanou a cabeça, recusando.

— Nura não está conosco. Ela fugiu... Dei-lhe uma flor como esposa e o que fez com ela, seu desonrado? — afirmou o xeque e sua voz sufocou em sua tristeza silenciosa. Lançou um olhar desprezível para o genro e se foi.

Hamid Farsi ficou consternado.

Este fornicador Nassri Abbani o enganara. Ele seduzira Nura, sua mulher, com as cartas e talvez tivesse até contado por aí para destruir sua reputação e humilhá-lo. Planejara Nassri Abbani tudo isso desde o começo?

O calígrafo e seus vizinhos à espreita, porém, ainda não acreditavam que Nura fugira em definitivo. Ele ligou para o ateliê e afirmou que não apareceria nesse dia. Isso nunca acontecera. Mas a partir de então, até o fechamento do ateliê, isso se tornaria a regra.

Hamid se lavou e fez a barba, vestiu seu terno de verão e foi resolutamente para a casa dos sogros, no bairro de Midan. O xeque Arabi não estava em casa. Apenas a esposa, Sahar, que olhou, chorosa, pela fresta da porta.

— O que você fez? Eu o amei como a um filho — afirmou ela, tentando esconder seus outros sentimentos, pois antes se apaixonara perdidamente por esse homem robusto e enérgico.

Sempre que ele lhe dizia uma palavra ou a tocava levemente, atingia-lhe o fundo do coração. Mas ela sacrificara o coração para salvar a honra e a reputação da família. E agora tudo morria dentro dela e ela sentia ter feito a coisa certa, pois esse homem só os havia ofuscado com sua irradiação. Sahar estaria perdida ao lado dele.

Ela não estava disposta a deixá-lo entrar. Num bairro tradicional, não era costume uma mulher receber um homem na ausência do marido. Primos e genros também precisavam esperar até o dono da casa chegar.

— Deixe-me explicar — disse ele, tocando a mão dela. Sahar, porém, recolheu a mão rapidamente e bateu a porta. Hamid ainda gritou: — Mas quando ela fugiu?

— Não sabemos nada — respondeu a mãe, chorando.

Ele bateu levemente na porta, mas em vão. A vizinha Badia apareceu então na soleira da porta de sua casa.

— O que está acontecendo? Posso ajudá-lo? — perguntou ao calígrafo, a quem conhecia bem. Ela suspeitava que tivesse acontecido algo grave, mas pela primeira vez a mãe de Nura não lhe disse nenhuma palavra, murmurou apenas "catástrofe, catástrofe" e desapareceu.

— Não, obrigado — respondeu o calígrafo e se arrastou para a rua principal, onde mandou um cocheiro levá-lo para casa.

Era mais grave do que pensara.

— Que burro sou! — exclamou à noite, quando estava sentado em frente à fonte pensando em Nassri. Lamentou tão alto que os vizinhos ouviram. Até essa hora ninguém sabia ainda que Nura fugira. Só no decorrer da noite a notícia passou para a casa vizinha; mas precisou esperar o amanhecer para dar, na condição de boato maduro, o primeiro passo de sua volta pelas padarias e barracas.

Nassri Abbani parecia ter sido engolido pelo chão. Mesmo semanas depois da fuga de Nura, Hamid não conseguiu encontrá-lo. E em sua fantasia ferida rodava filmes inteiros, nos quais o rico Abbani seduzia mulheres para depois vendê-las para xeques do petróleo.

Hamid ia apenas uma ou duas vezes por mês ao ateliê. Mesmo quando havia encomendas grandes e sua presença era necessária, ele se recusava a ir.

No final de maio, Salim, dono de uma barbearia perto do ateliê, contou-lhe ter ouvido que Nassri Abbani não fora por acaso até ele; Nassri teria planejado desde o início levá-lo à ruína. Parece que recebera uma ordem superior para se aproximar de Hamid, seduzi-lo pouco a pouco com generosidades até conseguir apresentar provas escritas da falta de caráter do calígrafo. Salim acrescentou com um ar conspiratório que os papéis teriam sido bem divididos. Enquanto Nassri Abbani arruinaria a fama de Hamid com as cartas, um bando de criminosos experientes sequestraria Nura. Isso já teria sido praticado três ou quatro vezes em Beirute, Cairo e Bagdá para eliminar pessoas indesejáveis ou opositores políticos.

— E há forma mais profunda de humilhar um homem árabe do que enquadrá-lo como cafetão da própria mulher? — perguntou Salim, sem esperar a resposta. Levantou-se e se despediu com um leve aperto de mão. — O clã dos Abbanis também arruinou meu pai, pois ele confiava neles. Eles se uniram ao diabo! Ou você acha que é por acaso que o fornicador possui agora, sem ter mexido um dedo, metade dos terrenos de construção em Abu Rummane?

Hamid poderia chorar de ódio. O homem falava exatamente aquilo que ele concluíra já havia tempos. Nassri Abbani era uma serpente.

Agora Hamid podia entender por que ele não aparecera na cerimônia oficial da escola de caligrafia.

Para pegar Nassri, esse criminoso espertalhão, e conter os custos contínuos, Hamid decidiu fechar temporariamente o ateliê em julho. Samad o lembrou, inutilmente, das muitas encomendas grandes que precisavam ser entregues no outono. Mas Hamid não se deixou amolecer.

Naquele dia, os boatos em Damasco ensaiavam outra canção sobre Nura, como um coral dirigido por uma mão invisível: Nura teria sido vista num navio de passageiros inglês, que saíra de Beirute em direção ao Golfo.

Num de seus ataques, Hamid demitiu todos os empregados do ateliê, de Samad ao moleque de recados Hassan. Na despedida, ele ainda lhes participou a opinião que fizera deles em todos aqueles anos: eles seriam artesãos ignorantes e por isso uns casos perdidos para a arte da caligrafia. Zombou de Samad, afirmando que este deveria procurar junto com Hassan a oficina mecânica mais próxima, onde ele poderia finalmente fazer algo de útil para a humanidade.

Não apenas Samad, mas todos os empregados ficaram bastante ofendidos. Acharam que Hamid enlouquecera, pois não mantivera o mínimo de educação e agradecimento. Só o jovem pequeno e magro Hassan seguiu o conselho do mestre e procurou a oficina mecânica que ficava mais perto. Pequeno e esfomeado, colocou-se à frente do chefe grosseiro e disse que um mestre da caligrafia teria profetizado que ele seria um bom mecânico de automóveis. O homem lambuzado de óleo deu risada, mostrando seus dentes amarelos:

— Ah, calígrafos falam demais. Mas e daí? Estamos precisando mesmo de um moleque de recados. Você sabe fazer chá?

— Tão bons como o senhor nunca tomou, mestre — afirmou o pequeno menino, orgulhoso.

— Então, entre logo. Para começar, uma lira por semana. Depois a gente vê — disse o dono da oficina.

38.

No final da manhã de 19 de abril de 1957, nove dias depois da fuga de Nura, dez homens barbudos atacaram a escola de caligrafia. Fecharam a porta por dentro, arrancaram o fio do telefone da parede e destruíram toda a mobília em pedaços grandes e pequenos. Era uma sexta-feira e só a secretária apareceu para cuidar de toda a papelada que se juntara durante a semana. Ela levou o maior choque de sua vida. Os homens pareciam surgir de um filme ruim sobre os árabes. Um deles gritou com ela:

— Você trabalha na sexta-feira, sua infiel?

Deu-lhe uma bofetada, que a derrubou no chão. Um outro arrancou a jaqueta da mulher do cabide e jogou sobre a cabeça dela.

— Cubra a cabeça, sua puta! — exclamou.

A secretária não conseguia nem gritar. Amordaçaram-na e a amarraram numa cadeira. Em seguida, andaram pela casa e ela começou a ouvir móveis, espelhos, mesas de vidro e estantes sendo quebrados. Quando voltaram ao escritório, pintaram nas paredes, com um pincel grosso e uma tinta vermelha encharcada, suas frases feias e ameaçadoras. Então acabou a algazarra.

No início de maio a escola foi fechada, como medida de proteção aos alunos. Hamid tinha agora certeza de que Nassri Abbani pertencia ao grupo dos instigadores que estavam por trás do fechamento da escola.

39.

Alguns diziam que Nassri Abbani estava em Beirute, outros o teriam visto em Istambul, e ainda outros contavam que ele estaria no Brasil já havia tempos, junto com o seu amigo e ex-presidente coronel Chichakli.

Ninguém teria apostado uma lira na informação de que Nassri jamais deixara Damasco.

Assim como amava as mulheres, ele amava sua cidade natal: de forma viciada e desmedida. Nassri era um verdadeiro damasceno, que considerava sua cidade um paraíso. Sempre que precisava deixá-la, sentia uma espécie de tortura e tinha certeza de que seu caminho terminaria em escuridão e frio — e numa vida cheia de sacrifícios e dificuldades, para a qual não estava capacitado.

Foi seu empregado Taufiq quem o aconselhou a levar a sério a humilhação do calígrafo. Taufiq acreditava que o chefe nunca teria tocado na mulher. Sua opinião, porém, não contava. Na cidade, afirmava o gerente como se tivesse estado lá, todos achavam que o calígrafo teria escrito, em troca de dinheiro, cartas de amor para ele, o famoso herói das mulheres. E agora Hamid Farsi não só perdeu a mulher, como também viu aniquilado seu grande sonho de uma escola de caligrafia. O corno estaria então cego e volúvel de tanto ódio.

— Não me interessa se você enfiou sua coisa dentro da mulher ou num ninho de vespas; mas me interessa muito que este louco não enfie algo em você — disse Taufiq.

Mas em que tom falava seu contador! Pela primeira vez até então, Nassri sentiu ter menosprezado Taufiq. Este não era um pateta das contas e dos juros, que empurrava a vida cegamente, mas sim um homem experiente e controlado. Desde que precisou se esconder de Hamid, Nassri percebeu uma mudança de tom em seu empregado. Ele não se tornou menos gentil, mas menos paciente, e sua voz não ficou mais alta, porém mais autoritária. Lembrava vagamente a voz do pai.

— Trata-se de vida ou morte — disse Taufiq, para então sublinhar que estaria exigindo que o chefe seguisse suas ordens, que ele, polido como todos os damascenos, chamava de "sugestões". Contra sua tendência, Nassri teve que obedecer.

As seis primeiras semanas de sua vida na cladestinidade foram bem difíceis. Ele precisou aprender tudo de novo. Acordar quando os outros dormiam, passar muitas horas e muitos dias em quartos fechados — pois ninguém podia saber que ele estaria na sala ao lado —, ficar quieto durante horas, quando não dias. Isso Nassri viveu pela primeira vez. A solidão preenchia o tempo com espinhos e o tornava um instrumento de tortura. Durante toda a vida ele só passara os olhos no jornal, agora lia as propagandas e os anúncios fúnebres e mesmo assim ainda sobrava tempo.

Pensou sobre coisas que antes nunca passaram por sua cabeça e chegou a algumas opiniões sobre as quais antigamente não fazia ideia.

Seu sofrimento aumentava a cada hora; seus olhos doíam com tudo que via, seus ouvidos doíam com tudo que ouvia; seu coração ameaçava parar e explodir logo em seguida; e ele tinha dores de cabeça retumbantes, como se o cérebro tivesse se tornado muito apertado para tantos pensamentos. Palavras cresciam de repente em seu interior, como pés e mãos crescem num embrião. E sua língua jogava-as contra a parede, contra a janela ou, quando estava deitado, contra o teto. Então seu coração se tranquilizava e as dores de cabeça sumiam. Assim deve ter sido o começo da humanidade, pensou ele; a solidão das pessoas fez com que a língua crescesse dentro delas, para que o coração não explodisse e o cérebro não morresse de tristeza.

Qualquer contato na rua podia lhe custar a vida. Não se permitia o mínimo desleixo. Ele tinha de ser mais rápido que os dedos-duros e mais habilidoso que o maldito e inteligente calígrafo.

As poucas pessoas que ele frequentava tratavam-no agora de modo diferente. Um amigo de infância recusava-se a encontrá-lo e um alto oficial — que antes engatinhava à sua frente, quando o presidente Chichakli estava no poder — nem atendia o telefone. Um jovem oficial o descartou na antessala, alegando que o comandante não conhecia nenhum Nassri Abbani.

Ele ficava lá deitado durante horas, acordado, pensando. Nem estava amargurado por causa desses amigos, que antes o procuravam não por sua pessoa, mas por sua aura, com a qual queriam clarear um pouco a escuridão de suas existências.

Escondido e perseguido, lembrava-se sempre do tio-avô, que também precisou fugir de seus opressores. Ahmad Abu Chalil Abbani, o irmão de seu avô, já quando criança se animava com o teatro. Ele transformou essa arte menor, praticada antes nos cafés e locais de dança para diversão dos fregueses, numa grande arte sobre o palco. Criou um *ensemble* e encenou peças suas e peças traduzidas do francês.

Na condição de primeiro homem moderno do teatro sírio, teve de tolerar atentados, humilhações, ameaças de morte e perseguição. Pôs todo o dinheiro em seu amado teatro, que a plebe — incitada pelos fanáticos — acabou incendiando. A encenação teatral permaneceria proibida por trinta anos; até 1930, o mufti de Damasco proibiu homens e sobretudo mulheres de atuarem; por isso, os poucos cantores e atores que ainda se apresentavam eram cristãos e judeus.

Ahmad Abu Chalil Abbani teve de ficar escondido até encontrar refúgio com seu *ensemble* no Cairo, onde criou de novo um teatro e formou uma geração de atores egípcios, sírios e libaneses. Mas também lá seu teatro foi incendiado, no ano de 1900. Voltou amargurado para Damasco e morreu em 1903 de coração partido.

Nassri chorava em seu esconderijo quando se lembrava da foto do tio-avô. Ela estava pendurada, ao lado de muitas outras, na sala de seu pai. Essa tristeza infinita nos olhos dele lhe cortava o coração.

As duas primeiras semanas Nassri passou com sua primeira mulher, Lamia. Porém, quando os primeiros boatos sobre sua permanência começaram a circular no bairro, as vizinhas aconselharam Lamia a mandá-lo embora. Por causa de sua fornicação, diziam elas, ele não podia arriscar também as crianças.

Lamia estava pálida, chorava com frequência durante as noites e estremecia com qualquer barulho. Era um inferno.

Mas ele só partiu quando as crianças choraram em coro o pedido que haviam decorado, para que ele as poupasse e se fosse de vez. Ele amaldiçoou Lamia e o próprio pai — que lhe impusera esse casamento — e foi naquela noite para sua terceira mulher, Nasime, pois sabia que a casa da segunda esposa, Saide, estaria cheia de convidados. A família inteira dela chegara do Sul e, por amor à Saide, sempre que vinham para Damasco não deixavam nenhum parente para trás.

Nasime, sua terceira mulher, que antigamente possuía uma língua tão doce que ele até conseguia esquecer a feiura dela, aproveitou agora a chance para acertar as contas com o marido. Ela o repreendia diariamente por sua vida desperdiçada, pelo estudo de arquitetura negligenciado e pelas casas que ela queria tanto construir. Depois de sete dias, ele não aguentou mais e a espancou. Nasime gritou tão alto que as vizinhas apareceram, achando que ela estava sendo assaltada. Ela despachou as vizinhas, sem entregá-lo, mas o mandou deixar a casa na mesma hora. Nassri quis pedir desculpas à esposa e agradecer sua coragem, pois ouvira tudo do esconderijo, porém ela não lhe deu escolha.

— Você tem três horas para deixar minha casa. Do contrário, eu não o conheço mais — gritou ela, chorando.

Em sua família — isso ela lhe contara sempre, orgulhosa —, nunca um homem havia levantado a mão contra uma mulher.

Nassri ligou para Saide, sua segunda esposa, que se alegrou ao ouvir que ele chegaria; ela estava com saudades, agora que os parentes tinham partido.

Saide o recebeu com uma mesa coberta suntuosamente e uma longa noite de amor. Ela sempre soube — cutucava agora — que Nasime não seria uma mulher, mas um homem, pois só homens se interessariam por esses devaneios como construir casas. Lamia, por sua vez, seria um pouco histérica. Mas ali, ao seu lado, o marido poderia se esconder a vida toda e ela o aproveitaria cada noite. Ela não teria medo algum. Nassri admirou-a pela primeira vez na vida e começou a achá-la cada dia mais atraente.

Como a casa ficava no bairro novo de Salihiye, ele podia vaguear de madrugada, quando Saide dormia, pelos bares noturnos.

Durante semanas isso deu certo. Saide, no entanto, não era corajosa como ele acreditava; ela simplesmente não levava a sério o risco que Nassri corria, e contava para qualquer um que ele estava escondido na casa dela. E assim parentes e amigos começaram a peregrinar até lá para ver Nassri, e este passou a se sentir observado como um macaco na gaiola.

E foi bem irritante.

Mas o que o levou a deixar logo a casa, sem despedidas, foi um telefonema de Taufiq, que ficou sabendo num café onde Nassri estaria escondido.

— Deixe essa casa agora mesmo. Não vá para nenhuma de suas outras mulheres, pois Hamid tem as quatro casas na mira. Pegue um táxi até minha casa. Eu também já estou indo e então nos falaremos.

A ação rápida de Nassri lhe salvou a vida. Pois, exatamente uma hora depois de sua saída precipitada, Hamid Farsi invadiu a casa elegante com uma faca desembainhada, empurrou para o lado Saide, que gritava, e examinou todos os quartos. Decepcionado, Hamid tremia no corpo todo ao se retirar.

— Dessa vez ele conseguiu fugir. Mas vou encontrá-lo e matá-lo — gritou, quase sem fôlego, e bateu a porta atrás dela.

A mulher de Taufiq preparou um jantar suntuoso, mas se retirou com as crianças. E, como se nada tivesse acontecido, Taufiq fez, durante o chá, um relato sobre os negócios que fechara com sucesso para Nassri. Só boas notícias! Com um grande gole de chá, Nassri engoliu os comentários mordazes que se acumulavam na língua como uma corja.

Só uma observação lhe escapou:

— Se ele me pegar, todos esses negócios não terão sentido.

Taufiq era da opinião que Nassri deveria deixar a cidade imediatamente; nesse ponto, porém, o chefe não queria conversa. Taufiq se esforçou, então, para achar o lugar mais seguro em Damasco e nos arredores, e este foi na casa de um tio de Nassri, Badruldin. Este possuía uma mansão semelhante a um castelo, numa aldeia perto de Damasco.

Nassri obedeceu, já que não tinha escolha. Mas quando, numa única vez, resolvera ir em pleno dia ao café Havana por estar saudoso do barulho da cidade, a coisa quase fora por água abaixo. Ele bebia seu moca, deixando os olhos e os ouvidos participarem das atividades dos damascenos, quando viu Hamid Farsi do outro lado da rua; este parecia observar o famoso café e, não fosse o bonde que passou à sua frente, Nassri teria caído em suas mãos. Mas ele se safou pela porta de trás, pulou para dentro de um táxi e fugiu para Dummar. O calígrafo estava virando um polvo, que por toda parte estendia os tentáculos em sua direção.

O tio Badruldin era um camponês rico da velha escola, que considerava os urbanos uns pobres diabos. Já quando criança, Nassri achava-o um pouco limitado. Quando o tio os visitava na cidade, trazia suas maçãs e começava a filosofar sobre por que aqueles tempos teriam se tornado tão ruins — "as pessoas se esqueceram da mãe natureza", costumava dizer —, ou, nas horas em que vinha com conversas sobre o comportamento dos jovens, a infidelidade dos casais, o mau cheiro das fábricas ou as guerras que inflamariam o mundo, todos logo se entediavam. Nassri aguentava, no máximo, dez minutos. O tio nem conseguia contar uma história, mas só discursar, discursar e mais uma vez discursar contra a degradação dos costumes.

Ele estava perto dos setenta anos e, além de sua pouca inteligência, tinha cada vez mais medo do juízo final, que esperava todos os dias. Podia ser um temporal, uma guerra ou uma epidemia, para ele tudo isso era prova segura de que o fim do mundo se aproximava.

Não era fácil ficar perto desse tio; como ele não tinha mais um único dente na boca, a pessoa não só saía bastante atordoada, mas também molhada.

— O fim se aproxima. A Terra cairá no Sol e incandescerá como um pedaço de papel — afirmou, uma noite. Depois desses prenúncios apocalípticos, Nassri sempre tinha dificuldade de adormecer. Tudo corria por sua cabeça, até ele acordar de madrugada molhado de suor.

Quanto tempo ficou na casa do tio nem ele mesmo sabia mais dizer. O tio matava-o com sua rústica hospitalidade.

— O que você está petiscando aí como uma criança de escola? Pode atacar. Temos muito e não queremos que nosso hóspede vá com fome para a cama, como fazem os anfitriões modernos. Coma tranquilamente, não estamos olhando — exclamava, e Nassri tinha certeza de que o tio contava cada mordida que ele dava.

Nassri nunca comia sobremesa e frutas; na sua opinião, deviam ficar para crianças e doentes. Ele só precisava de um café forte com cardamomo. O tio, por outro lado, considerava café um veneno; como ele só comia o que os campos sírios produziam, o café estava fora de questão.

Nassri também não podia fumar e áraque ele só tomava da garrafa, escondido, sem água e sem pedras de gelo. Era uma tristeza.

Os dias e as semanas perderam suas feições. Uma vez Nassri acordou de um pesadelo e correu para fora, na madrugada ainda fria.

Correu, como se o tio o perseguisse. Só na estrada, quando avistou as luzes de um ônibus que ia para Damasco, ele se acalmou. Nassri acenou, o ônibus parou, ele subiu e se sentou. O ônibus estava quase vazio. Havia apenas alguns camponeses a caminho do mercado de Damasco, carregados de verduras e galinhas.

Logo ele caiu num sono profundo. Só acordou quando o ônibus brecou de repente na periferia da cidade, para deixar um pequeno rebanho de ovelhas atravessar a rua. O pastor xingou a ovelha-guia, que parou no meio da rua e baliu para a cidade que ainda acordava.

— Até uma ovelha se apaixona por Damasco — disse Nassri para o vizinho.

Depois de três dias, os carneiros também só jogariam gamão e tomariam áraque.

— Por isso os bichos vão logo para o abate. Quem foge vira cidadão — revidou o homem, quando o cajado do pastor atingiu o cérebro do animal.

O céu sobre Damasco já clareava.

Nassri entrou silenciosamente em seu escritório e ligou para Taufiq.

— Para onde quer ir? — perguntou seu confidente. Sua voz parecia cansada.

— Para a minha puta. Disso ninguém suspeitaria — afirmou Nassri.

— Não é uma ideia ruim. Mas tome cuidado e não saia de casa durante o dia — advertiu Taufiq.

A caminho de Asmahan, perguntou-se por que ele achava todas as suas mulheres tão feias. Tinha certeza de que cada uma delas era bonita a seu modo, mas não mais para ele. Por que ficam feias as pessoas que não amamos mais? Para ele, Asmahan era linda e atraente; seu empregado, por outro lado, achava-a horrorosa. Então, concluiu Nassri pouco antes de chegar à rua de Asmahan, ele a amava. Talvez porque ela não lhe pertencesse. Asmahan era de todos e de ninguém, como o deserto. Na calçada da casa dela, viu um cliente velho e elegante saindo da pequena casa. Nassri atravessou a rua rapidamente e apertou a campainha.

40.

Asmahan ouvira falar da fuga da bela mulher do calígrafo. E a cada semana o papel de Nassri no caso se tornava mais obscuro. Mas ele sumira. De repente, apareceu à sua frente. Nassri deve ter observado sua casa por um tempo, pois a campainha tocou logo depois que o velho joalheiro Habib batera a porta. Ela achou que o homem idoso havia esquecido seus remédios, os óculos ou a bengala, pois ele sempre esquecia alguma coisa e Asmahan suspeitava que ele fizesse isso por querer, para poder abraçá-la — de graça — mais uma vez. Habib era um avarento. Ela abriu a porta sorrindo. Lá estava Nassri, pálido.

— Deixe-me entrar, por favor. Um louco quer me matar — disse, ofegante.

Ela o deixou entrar e, por um momento, sentiu pena dele. Nassri começou logo a falar de seu problema. Ele queria se esconder no primeiro andar da casa dela, onde nenhum cliente podia entrar. O calígrafo, afirmou ele, já teria até contratado um matador.

— E se o encontrarem — disse Asmahan — vão me matar também. Quero ao menos saber o motivo! O calígrafo também escreveu as cartas de amor que você me deu? Você não encontrou, então, uma única palavra de amor para mim? Você lhe pagou para expressar seu amor?

Excitada, ela pegou um pedaço de papel e colocou, com um gesto dramático, em frente a ele.

— Escreva-me aqui uma pequena carta — pediu ela.

Nassri ficou furioso, gritou, comportando-se como um louco. Mas não adiantou nada. Ela sabia agora que ele a enganara. Sua compaixão se transformou num desprezo profundo.

Então a campainha tocou. Asmahan sorriu, pois sabia como se livrar dele para sempre. Um história antiga, que uma amiga de escola contara uma vez, deu-lhe a ideia de como humilhar homens vaidosos.

— Você precisa se esconder, rápido — ela o empurrou para um quartinho apertado, no qual ele podia se sentar num banco, entre um balde e uma vassoura. Que vida era essa? Havia pouco tempo ele ainda pertencia ao grupo dos homens respeitados da cidade, agora tinha de se esconder do mundo no meio dessa tralha!

E, enquanto ele ainda lamentava seu destino, ouviu Asmahan dar risada. O quartinho era separado do dormitório dela só por uma parede fina de madeira. Ele foi obrigado a ouvir, então, como Asmahan e o desconhecido se amavam e mostravam um grande prazer. Quando os ruídos finalmente acabaram, ouviu que os dois falavam sobre ele. O homem contava com detalhes os boatos sobre Nassri e Nura que circulavam atualmente em Damasco. Nassri quase explodiu, e seu coração quis pular para fora do peito de tanta vergonha.

— Esse porco paga pelas cartas — exclamou o homem — para seduzir as mulheres, e suas esposas são seduzidas todos os dias por um vizinho qualquer, sem carta alguma.

— É verdade? — perguntou Asmahan. — E você também se insinuou para elas?

— Não — retornou a voz da cama —, mas um amigo meu passou por todas as mulheres dele.

Nassri estava prestes a explodir. Queria torcer o pescoço de Asmahan, mas o que ainda aconteceria ali prendeu sua respiração.

Aos pouco percebeu que o cliente devia ser um homem importante do serviço secreto. Tendia, como todos os homens de sua laia, à presunção e estava incrivelmente bem informado.

— Até meus homens participam da caça a Nassri.

— E por que isso? Ele também dormiu com suas mulheres?

O homem deu risada.

— Não, isso não. Mas o calígrafo está atrás dele. E, como numa democracia os funcionários do serviço secreto não têm muito mais para fazer, eles gostam de pegar serviços particulares. E eu ganho sempre um pouco com isso, sem precisar sujar minhas mãos. O que fazer? Tenho saudades dos tempos dos governos fortes, que as pessoas chamam caluniosamente de ditadura. Meus homens estavam carregados.

— E agora eles têm a tarefa de procurar Nassri Abbani e matá-lo? — perguntou Asmahan.

— Não, só procurar. Matar, o calígrafo quer fazer por sua conta. Afinal, a honra dele foi injuriada. Meus homens podem meter o nariz o quanto quiserem, mas não encostar a mão. Caso um se intrometa mais do que eu permitir, é demitido na mesma hora. E tenho em minhas gavetas motivos para demitir o exército inteiro — o homem riu tanto de sua piada que os ouvidos de Nassri até doeram.

— E quem revelar o esconderijo de Nassri ganha o quê?

— Algo como vinte ou vinte e cinco mil liras. O calígrafo tem pressa e é muito rico.

Nassri estava numa cilada. Sentia um medo horrível sempre que continuava a ouvir. Como podia esse pintor de letras, um ninguém, cuja escola ele apoiara, atentar contra sua vida? E como chegaram a esse ponto, em que Asmahan o tinha em suas mãos e podia se enriquecer com um único comentário? O que estava acontecendo com sua vida?

Em algum momento ficou tudo quieto no quarto ao lado; e depois de outra eternidade Asmahan abriu a porta. Ela estava chorosa e bêbada.

— Vá já para o inferno antes que eu amoleça e ligue para o calígrafo.

Nassri estava quase chorando.

— Deixe-me explicar uma coisa — implorou.

— Vá para o diabo — gritou ela, mostrando a porta da casa, que estava encostada.

Nassri foi da casa de Asmahan para o hotel mais próximo, o Al Amir. Telefonou para Taufiq, contou-lhe o que acabara de acontecer e discutiu com ele onde poderia se esconder.

Taufiq lhe sugeriu mudar para Beirute, mas Nassri odiava Beirute. Não suportava o mar nem o estilo de vida libanês.

— Então só nos resta o apartamento de minha falecida irmã — afirmou Taufiq. Este ouvira dos porteiros de algumas casas pertencentes a Nassri que estranhos lhes davam dinheiro, perguntando se o proprietário estaria escondido em algum dos apartamentos vazios. — O apartamento é modesto, mas mobiliado confortavelmente, e deve ser vendido — continuou Taufiq. — Mas isso pode esperar alguns meses, até a crise passar. Fica num prédio moderno, de quatro andares, com dezesseis apartamentos semelhantes, cujos locatários ou proprietários estão sempre mudando. É bem anônimo, uma verdadeira terra de ninguém! — disse Taufiq, levantando-se. — Aliás, o prédio tem duas saídas para duas ruas diferentes. Vou pegar o carro — afirmou e foi para a porta. Depois se virou. — Tenha cuidado — acrescentou com um tom paternal, quase carinhoso, e pôs-se a caminho. Depois de quinze minutos, Nassri viu pela janela do hotel Taufiq manobrar seu Citroën em frente à entrada. Pagou o quarto e, escondido atrás de uns óculos escuros, pulou no carro.

O apartamento ficava no terceiro andar de um prédio moderno, perto do monte Qassiun. Do terraço, Nassri avistava uma praça empoeirada e a rua principal do bairro, que descia em direção ao centro da cidade. Dali ele tinha uma vista maravilhosa de Damasco.

— Aqui posso esperar a vida toda — disse a Taufiq, antes de deixar o apartamento. Nassri sentiu gratidão por ele, que no mesmo dia mandara limpar o apartamento e encher a geladeira com guloseimas. Nassri também encontrou na cozinha açúcar, moca, cardomomo, chá e outras coisas. Além disso, um bilhete: "Telefone, se precisar de alguma coisa."

Nassri ligou, de fato, duas horas depois, agradeceu e perguntou a Taufiq se este poderia trazer o farmacêutico Elias Achkar ao apartamento, pois sentia falta dele. Ele seria um amigo confiável e uma pessoa civilizada.

Taufiq não ficou animado com a ideia.

— Ele é cristão — ponderou.

— E daí? — perguntou Nassri e sentiu de repente um ódio desse empregado, a quem deveria estar agradecido. — Ele pode ser judeu ou mesmo adorador do fogo. Ele é correto como você e eu — acrescentou e achou que o devoto Taufiq certamente não estaria animado com a comparação.

— Como quiser. Eu o levo amanhã até você — disse Taufiq. Suas palavras pareciam apertadas num colete de gentileza e tristeza.

— E diga-lhe para trazer uma garrafa de "leite de leão" — acrescentou Nassri, pois sabia que Taufiq, mesmo com toda obediência, se recusaria a comprar áraque, também chamado por brincadeira de "leite de leão".

As duas visitas chegaram à noite. Taufiq, visivelmente nervoso, despediu-se com rapidez e foi para casa. Elias Achkar se sentiu honrado por poder visitar o velho amigo em seu esconderijo e, com lágrimas de emoção nos olhos, apertou Nassri com força.

— Sinto falta do moca matinal ao seu lado — afirmou, comovido.

Elias só confirmou o que o amigo já sabia havia tempos: que o calígrafo não economizava esforços nem gastos para pegar Nassri.

— Por que você não manda matá-lo? Há tantos criminosos sem emprego, que por cem liras matariam qualquer um. Você viveria em paz — disse Elias, quando os dois já estavam bêbados. A garrafa de áraque já estava quase vazia.

— Não, isso não se faz. A mulher fugiu, a escola de caligrafia foi destruída, o ateliê foi fechado e agora ele ainda deve morrer? — Nassri abanou a cabeça. — Ele é um pobre coitado que vai logo descobrir que não tenho nada a ver com a coisa. Taufiq irá depois de amanhã até ele e tentará levá-lo à razão. O ourives Nagib Rihan está mediando o encontro.

Nassri ainda tinha um sentimento de gratidão junto ao calígrafo e, quando o áraque apagou o último resto de medo, contou ao farmacêutico que efeitos as cartas de Hamid tinham sobre putas e presidentes.

Quando o farmacêutico foi ao toalete, Nassri deu uma olhada no jornal que o amigo lhe trouxera. Viu um anúncio: "Desfile de moda. Modelos parisienses mostram a coleção de inverno 56/57 da casa de moda francesa Carven, no hotel Samir Amis." Ele riu, lembrando-se do desfile do ano anterior, no mesmo hotel, realizado pela mesma casa de moda Carven, de Paris. Parecia que o jornal era do ano passado.

Já era tarde quando o farmacêutico deixou o prédio. Na sombra da entrada, olhou longamente ao seu redor para depois sair cambaleando pela rua iluminada por lampiões.

Três dias depois, Taufiq chegou com a notícia de que o calígrafo teria enlouquecido de vez. Mania de perseguição. Apesar de ele ter recusado a mediação do ourives, Taufiq foi até ele. Com toda seriedade, Hamid Farsi lhe contara que Nassri seria o instigador de uma conspiração para desacreditá-lo, pois ele, Hamid Farsi, queria fazer uma reforma revolucionária da escrita. Não teria a ver com Nura, mas simplesmente com a humilhação; por isso ele mataria Nassri.

Nassri ficou possesso. O farmacêutico teria razão ao dizer que esse calígrafo era uma catástrofe, que eles precisariam impedir. Seria necessário matá-lo para não ser morto por ele.

Taufiq se calou. Quando Nassri recuperou o fôlego, o gerente se levantou.

— Preciso voltar para o escritório. Hoje fecharemos um grande negócio com os japoneses — disse Taufiq e saiu. Nassri ficou indignado e amaldiçoou o empregado, assim como todos os japoneses.

Quando foi à janela, seu sangue parou de circular de tanto medo. Hamid Farsi estava do outro lado da rua, a dez metros de distância, atrás do tronco largo de um álamo, e observava o prédio. Taufiq saiu e foi para o seu Citroën. Hamid esperou por um momento, até um ônibus proteger seu esconderijo, e então se apressou como uma doninha para entrar no prédio.

Nassri estarreceu. Ele sabia que tanto a porta de seu apartamento como as dos outros não traziam placa com nome. Mas talvez alguém revelara ao calígrafo o esconderijo exato. Nassri foi à cozinha e procurou uma faca grande, mas encontrou apenas facas pequenas e velhas com cabos podres de madeira. Então descobriu um longo espeto pontudo de *kebab*.

— Pode vir e eu espeto você — murmurou com um sorriso malvado e se imaginou segurando o calígrafo no fogo, como *chachlik*[6] com cebola e pimentão. Com o espeto na mão direita, foi nas pontas do pé para a porta do apartamento. Tentou escutar os barulhos na escada. No apartamento vizinho, à sua direita, uma menina chorava alto; no da esquerda, a tampa de uma panela caiu estrondosamente no chão. Embaixo, uma mulher estava xingando. Achou ter ouvido passos. Daí imaginou que muito silêncio numa casa poderia chamar a atenção. Andou de forma relaxada para a sala, ligou o rádio e, ao topar com uma música chorosa, pensou: "Essas as donas de casa gostam." Então voltou para a cozinha, ligou a água, bateu com uma colher contra uma tábua e quebrou um copo numa tigela.

---

6. Espeto de carne típico do Cáucaso e de regiões da Rússia e do Oriente Médio. [N.T.]

Sentiu-se ridículo e poderia até chorar se o medo não tivesse expulsado o sentimento de autopiedade. Foi de mansinho até a janela e olhou para a rua. Então viu Hamid Farsi saindo do prédio e voltando para seu posto de observação atrás do álamo.

Nassri ligou para Taufiq. Este ficou em silêncio, como se tivesse previsto.

— Tenho um recado para você — disse, então. — O recado é curioso e só você pode decidir se é bom ou não. — Antes de Nassri perguntar do que se tratava, Taufiq contou: — Sua mulher Almás esteve aqui. Ela tem saudades de você. Você deve ir lá e, da casa dela, observar Hamid Farsi.

Nassri refletiu.

— Até que a ideia não é ruim — afirmou, então. — Diga-lhe que chego amanhã, à meia-noite.

Nassri pensou nas muitas histórias sobre mulheres inteligentes que ouvira quando criança. Ele sorriu e abanou a cabeça, imaginando o absurdo que seria espiar seu perseguidor Hamid Farsi durante a madrugada.

Tal astúcia só uma mulher poderia ter, pensou.

Na noite seguinte, Nassri observou seu caçador, que persistia atrás do velho álamo até de madrugada.

Pouco antes da meia-noite, Nassri deixou o prédio pela porta de trás, pegou um táxi e atravessou a cidade. Era uma noite de fim de verão. Pensava sobre a vida, enquanto as luzes de sua cidade amada tranquilizavam sua alma. Ele se perguntou se não era tempo de começar uma vida totalmente nova. O primeiro passo seria se separar de todas as suas mulheres. Não seria fácil e sairia caro, mas não queria nunca mais viver com mulheres que não amava.

Nassri estava decidido como nunca a realizar esse objetivo; mas não sabia que não lhe restava muito mais tempo.

41.

Hamid Farsi procurou desesperadamente por Nassri Abbani. No final de julho, ele tinha certeza de que seu inimigo estava na cidade, pois três detetives, independentes um do outro, viram-no no café Havana, na rua Port-Said, perto dos prédios Abbani.

O calígrafo então espreitava o garanhão perto da Librairie Universelle, em frente ao café. Numa tarde, viu-o de repente sentado à janela. Hamid, porém, não foi suficientemente habilidoso; Abbani o descobriu e escapou pela porta dos fundos.

Hamid mandou detetives observarem as casas das mulheres de Abbani. Isso custava caro e várias vezes o alarme foi falso. Uma vez, um detetive lhe ligou e disse que Nassri estaria vivendo escondido na casa de sua segunda esposa, em Salihiye. Hamid correu para lá, bateu na porta e se atirou para dentro. A mulher até caiu no chão. Ele ficou com pena dela e não encontrou Nassri em lugar nenhum.

Também na casa da terceira mulher, no bairro de Midan, ele não teve sucesso. E a quarta mulher nem o deixou falar e muito menos entrar na casa. Ela apareceu, imponente, amaldiçoou Hamid e o próprio marido e bateu a porta. Ouviu-a ainda gritar alto, por trás da porta:

— Cafetão!

Isso lhe cortou o coração.

Também no escritório Nassri não aparecera mais. Seu representante advertiu Hamid que, se o visse mais uma vez espreitando em frente ao escritório, mandaria a polícia atrás dele.

Hamid não sentia o menor medo da polícia. Só temia que a polícia frustrasse sua vingança. A partir daquele dia, tentou evitar com muita frequência a rua Port-Said.

Fixou-se, então, nos calcanhares de Taufiq — como aconselhara um funcionário antigo do serviço secreto. E ele foi um dia, com seu velho Citroën, para um prédio ao pé do monte Qassiun. Hamid estava certo de que o gerente o levaria, sem querer, até o seu senhor; mas em nenhum lugar encontrou vestígio de Nassri. Hamid observou o prédio por dois dias e uma longa noite. À toa.

Então, uma semana depois, Karam ligou. O dono do café afirmava ter uma informação importante para ele.

Hamid pôs-se imediatamente a caminho. No café, Karam lhe informou que Nassri Abbani estava escondido, havia dias, na casa de sua quarta mulher, Almás.

— E como sabe disso? — perguntou, desconfiado.

Hamid temia que o dono do café quisesse enganá-lo. Nas últimas semanas, não só alguns detetives incapazes, mas também homens malvados quiseram brincar com seus nervos à flor da pele. Eles ligavam à noite, dando-lhe o endereço de onde Nassri se encontraria. Os endereços foram uma vez de um bordel e duas vezes de boates, e nos três casos Hamid se fez de ridículo.

— Ouça, minha sobrinha Almás é a quarta mulher de Nassri. Ela está horrizada com esse garanhão, que não perdia nenhuma puta da cidade e agora ainda entrega mulheres para os sauditas por muito dinheiro. — Enfim, Nassri teria voltado, como se nada tivesse acontecido. — Você conhece a casa deles na ruela de Dakak — afirmou Karam. — Ela me contou que você já esteve lá. As casas dessa ruela são quase paralelas às casas de sua rua.

Hamid estava surpresíssimo. Sim, ele já estivera uma vez na casa da mulher gorda com língua solta, mas jamais pensara que a casa na ruela de Dakak fosse separada de sua própria casa só por um muro.

— Nassri morava com minha sobrinha na rua Bagdá — continuou Karam —, exatamente na casa que mais tarde se tornou a escola de caligrafia. Mas logo minha sobrinha descobriu que Nassri dormia com duas vizinhas. Foi um ultraje para Almás, que não quis ficar mais nenhum dia naquela casa. Por isso mudaram tão de repente para o centro antigo. Almás teve um pouco de sossego, até que Nassri descobriu sua mulher.

— Como ele conseguia ver minha mulher? — perguntou Hamid com a garganta seca.

— A casa dele tem uma mansarda voltada diretamente para seu pátio.

— Mansarda? Qual mansarda? Para três lados nossa casa é a mais alta de todas e fica cercada só pelo céu aberto. No quarto lado só se vê um alto muro de barro, sem janela. Nunca vi ninguém lá — disse Hamid e, aos poucos, começou a achar a conversa absurda. Também não conseguia imaginar Nassri escondido do lado dele, sabendo que ele o perseguia.

— Você não vê nada porque é um homem correto. Mas Nassri, não. Você mantém seu olhar para o chão, pois as mulheres dos outros são tabu. Não sabe nem quantas mulheres vivem nas casas que você pode ver de cima de seu terraço. Ele, porém, usa uma janela mínima como orifício. Olhe bem para lá quando chegar em casa hoje — sugeriu Karam, levantando-se, pois seus empregados o chamavam para atender o telefone.

Também Hamid se levantou, agradeceu e foi para casa. Chegando lá, descobriu realmente uma janela discreta no muro. Lá em cima, mais alta do que sua casa, deveria ser a mansarda. O muro estava tão corroído que era quase impossível diferenciar o reboco e os batentes de madeira da janela quando estes estavam fechados. Agora eles estavam abertos e Hamid achou que uma mulher lhe acenava. Não reagiu.

Ele precisava admitir que jamais percebera aquela casa, assim como as outras da vizinhança. Aliás, para ele, sua própria casa terminava no térreo. Nunca ia aos cômodos do primeiro andar ou ao terraço do telhado, onde sua mulher sempre pendurava as roupas. Ele jamais olhava para os outros pátios internos. Não lhe diziam respeito — assim seu pai e seu avô lhe ensinaram. As casas dos outros eram tabu.

Hamid ficou embaixo da janela e olhou para o alto. Qualquer papel carregado com um calhau poderia cair aqui, pensou ele.

Voltou para sua cadeira perto da fonte e olhou mais uma vez para cima. A janela estava agora fechada e mal podia ser reconhecida.

Na manhã seguinte, Hamid saiu cedo de casa e só voltou à noite. Será que o garanhão seduzia Nura sempre pela manhã? Lembrou-se de que Abbani lhe dissera uma vez que não acordava antes das nove, pois saía toda noite. Em contrapartida, sempre jantava no início da noite com a esposa reservada para aquele dia.

De toda forma, se fosse apenas questão de fornicação, Nassri teria sabido, no mais tardar no primeiro encontro, que Nura seria a mulher de Hamid e parado imediatamente de lhe pedir cartas. Ou tudo isso fora planejado por um longo tempo? Teria Nassri procurado Nura desde o começo para humilhar Hamid — refletiu ele e sentiu um ódio infinito contra Nassri Abbani, a quem presenteou só com belezas e de quem recebeu um golpe mortal contra a reputação. De repente, a generosidade de sua doação para a escola de caligrafia pareceu-lhe parte de um plano diabólico, visando a derrubar seu sonho como um castelo de cartas. O inimigo não era um idiota barbudo. Não, o inimigo era um homem sorridente, que só estava esperando para enfiar sua faca afiada no corpo dele.

Na manhã seguinte, Hamid ligou várias vezes para Karam, mas em vão. Caminhou pelo centro antigo e, pela primeira vez, sentiu o olhar dos outros queimando sua pele.

Na metade do caminho, deu meia volta, bateu a porta de casa e se enfiou no quarto escuro.

De repente o telefone tocou.

Andou até a sala, onde estava o aparelho. Laila Bakri, uma colega de escola de sua mulher, queria saber se Nura teria voltado.

Hamid fechou os olhos e viu faíscas no firmamento escuro.

— Isso não é da sua conta, sua puta — gritou ele e desligou.

42.

Cinco meses depois do desaparecimento de sua mulher, Hamid Farsi enfiou uma faca afiada em Nassri Abbani quando este voltava tarde da noite do *hammam* Nureddin e virava na ruela escura que o levaria à casa de sua quarta esposa.

Nassri morreu sem saber que sua mulher Almás o denunciara, com o apoio de Karam. Ela estava profundamente decepcionada com sua fornicação. Ele, que penetrara em sua vida num momento de fraqueza, deixara-lhe um único caminho ao engravidá-la — caso ela não quisesse morrer, teria de se casar com ele. E então ele a traía sempre que podia.

Depois do casamento, Almás passou a amá-lo com muita paixão. Só a generosidade dele já lhe dava motivo suficiente. Quanto mais ela o amava, porém, mais frio Nassri se tornava. E quando Almás lhe disse mais uma vez, depois do nascimento de Nariman, o quanto ela o amava, ele respondeu com desdém:

— Chega, chega. Você vai logo sarar disso. É como uma febre, em geral inofensiva. Você deveria emagrecer.

A partir daquele dia, seu amor começou a evaporar.

Quando Karam a visitou uma vez, ele lhe contou sobre Asmahan, a puta fina que Nassri frequentava já havia anos. Ela parecia ter se apaixonado por ele; porém, como Nassri não teria correspondido ao seu amor, Asmahan não queria mais tê-lo como cliente.

Veio, então, o escândalo com a mulher do calígrafo. Já havia tempos que Almás suspeitava, pois Nassri subia para a mansarda com cada vez mais frequência. Ela se sentiu ainda mais atingida do que com a história da puta Asmahan. Agora era da casa dela, Almás, que Nassri se dedicava à fornicação.

O marido se esqueceu do tombo, que poderia ter sido uma pequena lição, logo que tirou o gesso da perna. Cheio de segundas intenções, mandou construir uma escada em caracol até a mansarda.

Almás, então, chamou o tio Karam, que veio na mesma hora, como sempre fazia quando ela precisava dele. Ele não era bem um tio, mas um primo distante do pai dela. Karam era um homem amável, ajudava-a sempre e não exigia nada em troca. Ela adorava sua voz baixa, e ele lhe dava conselhos com prazer, sob a condição de que não contasse nada ao marido, pois este não gostava dele.

Enquanto seus pais tentavam acalmá-la, Karam ficava sempre ao seu lado, firme como uma rocha. Ele era implacável. No escândalo em torno da mulher do calígrafo, Karam insinuou algo como mediação à prostituição, na qual o marido estaria envolvido. Mas o tio aconselhou Almás a ficar quieta, pois Nassri poderia colocá-la para fora de casa e ela teria que viver na pobreza com Nariman. Os Abannis teriam todos os juízes da cidade do lado deles.

Nassri, disse Karam, iria morrer logo; seria então melhor para ela se fingir de esposa fiel e lhe oferecer um esconderijo, já que todas as outras mulheres se mostraram covardes. Assim, Almás asseguraria a herança para si e para a filha.

— Vou lhe dizer com franqueza. Hamid vai pegá-lo. É uma questão de dias ou semanas. Três vezes Nassri conseguiu escapar no último segundo. Mas, até ele morrer, você precisa assegurar tudo para você.

Almás ligou então para Taufiq e lhe comunicou, com poucas palavras, que iria ao escritório na próxima meia hora. O gerente deveria dispensar os outros empregados, pois ela queria conversar a sós com ele; ela teria uma ideia e não desejava falar por telefone.

Karam sorriu, abraçou Almás com força e se foi.

Hamid desferira doze facadas na região do coração da vítima surpreendida. Cada golpe com a faca — afiada como uma lâmina de barbear — seria fatal, concluiu o médico legista durante a autópsia. Nassri Abbani não teve tempo nem para tirar o revólver do bolso; e, mesmo se tivesse tido, ele nunca dera um tiro.

Ainda por muitos anos Hamid pensaria nos últimos minutos da vida de Nassri Abbani.

— Hamid, você é um louco — dissera, agonizando. — Você está me matando, apesar de eu não lhe ter feito nada de mal.

— E minha mulher, seu porco imundo? — gritara Hamid. Abbani, no meio de uma poça de sangue, levantara a mão como um afogado. Seus lábios tremiam na luz pálida dos lampiões da rua.

Rachid Sabuni, um dos advogados mais conhecidos em Damasco, não precisou se esforçar para convencer os jurados e o juiz de que a prisão perpétua representaria o limite inferior de justiça para esse crime premeditado e cruel.

Não só o número de punhaladas, mas todos os indícios depunham contra Hamid Farsi. Também Karam Midani, proprietário de um café, culpava o acusado. Ele teria encontrado o calígrafo com frequência e este, desde o desaparecimento de sua mulher, teria só um objetivo: matar Abbani.

Hamid abanava a cabeça, horrorizado. Achava que estava perdendo a razão. Xingou a testemunha de membro da associação secreta dos "puros" e homossexual conhecido na cidade. Karam o teria incitado contra Nassri e até lhe oferecido um revólver. Hamid ficou tão fora de si que tentou atacar a testemunha. Dois policiais o obrigaram, então, a deixar a sala de audiência.

Sua irreverência permanente frente ao juiz e a falta total de arrependimento renderam-lhe "prisão perpétua".

Hamid, no entanto, não cumpriu nem dois anos na Fortaleza, em Damasco, onde desde o começo — para irritação da família Abbani — recebeu uma das três mais belas celas, chamada pelos internos de "mansão". Foi mal acostumado e mimado, e também lhe permitiram fazer caligrafias para o diretor da prisão. Protestos não adiantaram, pois o clã dos Al Azms, ao qual o diretor pertencia, era ainda mais poderoso do que o clã dos Abbanis.

O irmão mais jovem de Nassri, Muhammad — que ficara confuso de tanta tristeza e ódio — encarregou, através de relações obscuras, um assassino preso no mesmo lugar de matar Hamid Farsi. Mas ele foi dominado pelo guarda que vigiava as celas dos privilegiados. Depois de três fortes golpes no rosto, o assassino, já idoso e trêmulo, revelou o nome do mandante.

A acusação foi de incitação a assassinato.

A família Abbani ficou satisfeita por escapar com um documento que os irmãos precisaram assinar. Só no dia seguinte o advogado explicou o que eles, com medo da pena e dos escândalos, haviam assinado. Seu espanto foi enorme. Eles, abaixo-assinados, responsabilizavam-se caso acontecesse alguma coisa de ruim a Hamid Farsi, assassino do irmão deles.

النَّواةُ الثَّانِيةُ لِلْحَقِيقَة

O segundo núcleo da verdade

*Os outros leem para estudar,
enquanto nós precisamos estudar
para conseguir ler.*

Taha Hussein
(1882-1973)
escritor egípcio

*A verdade é uma joia. Ela torna a vida de
seu dono rica, mas perigosa.*

Josef S. Fadeli
(1803-1830)
alquimista sírio

1.

Na cadeia, Hamid Farsi conseguiu refletir sobre sua vida, que agora lhe parecia distante e estranha. Sentia um alívio por ter ido parar nessa cela. Mas esse sentimento lhe causava estranheza.

— Prisão perpétua numa cela de cadeia — repetiu, para apresentar sua tragédia da maneira mais dramática possível. Mas não conseguia ver nada de dramático naquilo.

Deitado sobre o catre, espantou-se com a rapidez com que desmoronou tudo aquilo que construíra com tanto esforço. Sua reputação como homem, sua fama como calígrafo, sua segurança e sua vontade de viver estavam perdidas, como se não tivessem sido, até pouco tempo atrás, burgos inconquistáveis.

À tarde, na hora do chá com o diretor Al Azm, disse de passagem, como se falasse sozinho:

— A vida é uma luta única contra a queda e o abandono. E, no final, somos sempre os perdedores.

A fuga de Nura principiou sua queda. Não conseguia entender por que ela não fugira com Nassri, deixando o garanhão para ele. Como se ela quisesse que ele matasse Nassri, como se este devesse ser castigado por alguma coisa. Talvez Nassri tivesse lhe ocultado que era casado com quatro mulheres e a tivesse surpreendido, depois de ter dormido com ela.

Será que ela queria dar uma lição em Nassri? Será que menosprezara Hamid? Talvez ela pensasse que Hamid daria umas bofetadas em

Nassri e o entregaria ao ridículo. Ou teria ela desejado que Nassri o matasse? Hamid nunca entendera as mulheres. Uma vez, seu avô olhou o céu claro e estrelado sobre Damasco e lhe disse que, só quando terminasse de contar todas as estrelas, conseguiria entender as mulheres.

A prisão da Fortaleza cobria um grande terreno no extremo norte do centro antigo. Desde os tempos de Saladino, a Fortaleza fora destruída e reconstruída várias vezes e, durante a dinastia otomana, estivera quatrocentos anos não sob a direção do governador de Damasco, mas sob as ordens diretas do sultão em Istambul e de sua guarnição. Os sultões otomanos sabiam que, sem a poderosa Fortaleza, a agitada cidade de Damasco seria fácil de dominar. De fato, sempre que havia revolta, os soldados de elite fiéis ao sultão atacavam a cidade a partir da Fortaleza e a subjugavam.

Os franceses, então, transformaram por 25 anos a Fortaleza numa guarnição e numa prisão para rebeldes sírios. Desde a independência, ela serviria durante décadas como prisão central. Por preguiça, porém, os damascenos continuaram chamando-a de Fortaleza. Comprovou-se ter sido uma decisão inteligente, pois cinquenta anos depois da independência o prédio foi reformado e denominado oficialmente Fortaleza. A prisão foi transferida.

Essa fortaleza era a única no Oriente que não fora erguida no alto de uma montanha, mas na mesma altura da cidade. Um emaranhado de arames farpados enferrujados e estacas deformadas asseguravam todos os muros e impediam a visão.

A cela de Hamid ficava no segundo andar da ala norte. O lugar era vantajoso, pois esse lado ficava protegido do sol chamuscante do verão. De sua porta gradeada, ele podia olhar de cima o pátio interno da Fortaleza e os telhados e ruelas do centro antigo, em cujo labirinto se encontrava sua bela casa. A pequena janela gradeada, na frente da porta, mostrava-lhe um recorte dos telhados do bairro de Suk-Saruja, onde antes ficava o ateliê.

Hamid era um dos três privilegiados entre oitocentos presos. Na cela vizinha estava o filho de um rico comerciante damasceno, acusado de sete assassinatos. Era um homem quieto, de uma palidez que dava pena. Ele massacrara a família da esposa numa briga. Na terceira cela, um pouco maior, cumpria pena o filho de um emir desconhecido dele. Havia sido condenado à prisão perpétua por assassinar perfidamente um primo. Tratava-se de tráfico de armas. Se o morto não tivesse sido o genro do presidente — protestava o criminoso —, ele não teria passado um dia sequer na cadeia. Ele era um tagarela incômodo, que falava alto, de forma presunçosa e primitiva. Hamid evitava qualquer contato com ele.

A cela de Hamid era um quarto espaçoso. Sem as grades na porta e na janela, poderia passar por uma elegante mansarda. Ele podia manter ali seus utensílios para a caligrafia, pois o diretor da prisão, um parente distante do primeiro-ministro Chalid al Azm, era um grande admirador de sua arte. Já no primeiro dia o diretor lhe dissera, durante o chá, lamentar que Hamid estivesse preso por causa de uma mulher. Ele mesmo teria quatro mulheres oficiais e cinco não-oficiais e por nenhuma delas ele começaria uma briga com outro homem.

Ele também lamentava não poder soltá-lo. Porém, enquanto fosse diretor daquela prisão, Hamid seria tratado como um nobre; afinal, calígrafos seriam os verdadeiros príncipes da cultura árabe.

— O que sou eu, com meu estudo de Direito na Sorbonne, comparado com você? — acrescentou, com falsa modéstia.

Hamid não estava no clima para discursos empolados e o homem tagarelava, sem ponto ou vírgula, como um bêbado. Mas logo perceberia que o diretor Al Azm falava a sério. Tanto os guardas como os internos mais velhos, que eram os verdadeiros senhores da prisão, devotavam-lhe respeito. Ele não precisava fazer nenhum serviço e nem entrar em nenhuma fila. Duas vezes por dia, um guarda batia e lhe perguntava, de forma submissa mas bem humorada, se ele desejaria alguma coisa, fora a liberdade.

Vasos de flores com seu amado jasmim e rosas foram logo providenciados e passaram a enfeitar o corredor ao ar livre que separava sua cela do corrimão para o pátio interno. Ele também podia encomendar tinta e papel da melhor qualidade.

Não passou uma semana e chegou o primeiro pedido do diretor, um provérbio do Corão na escrita *kufi*, da qual Hamid não gostava muito.

— E ele tem pressa — acrescentou o guarda, como nas encomendas seguintes, com as quais o diretor queria contemplar amigos finos dentro e fora do país.

No seu primeiro e único passeio pelos andares de baixo da prisão, que pôde fazer na companhia de um guarda, Hamid percebeu claramente em que luxo ele e os dois rebentos dos poderosos clãs viviam na Fortaleza. Todos os outros detentos estavam presos numa miséria úmida e escura, que cheirava a podridão.

Que tipo de gente era essa? Entre os presos estavam professores, poetas, advogados e médicos, que não só poderiam dar uma hora de palestra sobre a poesia árabe e a filosofia, como também amavam a poesia francesa, inglesa e grega; aqui dentro, porém, eles seriam capazes de matar uma pessoa brutalmente em troca de um cigarro, de uma sopa ou mesmo sem motivo. Ao entrarem na prisão, eles pareciam se despir da civilização, como se esta fosse uma fina capa de chuva.

Nunca mais Hamid quis pisar nos andares debaixo.

Ao lado dos mais importantes utensílios para a caligrafia, do certificado com seu título de mestre, de um exemplar do século XIII — do tamanho de sua mão —, de vários cadernos com escritos teóricos e secretos sobre a arte da caligrafia e de três raras caligrafias do século XVIII — que ganhara de presente do mestre —, Hamid mandou trazerem do ateliê uma foto antiga emoldurada, que ficava sempre pendurada lá, perto de seu local de trabalho. O tempo e a umidade deixaram a foto manchada e converteram a cor preta em sépia clara. Ele a pendurou na parede ao lado da janela.

A fotografia foi tirada na casa dos avós depois de uma festa. Ele era uma criança pequena. Nem sua irmã Siham nem seu irmão Fihmi haviam nascido. Nunca ele olhara a foto assim, como o fazia agora.

2.

O avô estava sentado numa cadeira que parecia um trono, com ele — o neto preferido — no colo; e os dois miravam a câmera com um olhar triunfante. A avó Farida tomara um lugar à esquerda deles, num pequeno banco com flores, a uma certa distância, como se não pertencesse ao marido. Atrás da avó, bem no centro da foto, estavam em pé o tio mais jovem, Abbas, e à esquerda dele o tio Bachir. À esquerda deles estava, solitário, o pai de Hamid, que era o primogênito. Em vez de assumir o negócio do pai, como era costume no caso dos primeiros filhos, ele se decidiu pela caligrafia; mas permaneceu a vida inteira um artesão medíocre. Seu olhar estava abatido. Um pouco afastada dele, como se quisesse demonstrar sua distância daquela família, estava a mãe, com um rosto sombrio e um olhar longínquo.

No centro, à direita, atrás do avô, via-se a tia Majda com o marido, Subhi, dentro de um uniforme. Na época ele ainda era oficial da Força Aérea Francesa. Mais tarde o piloto experiente seria recrutado pelo novo exército saudita por muito dinheiro e a perspectiva de uma nova nacionalidade. Ele emigrou para a Arábia Saudita, mas a tia Majda achou a vida lá monótona, além de não suportar o calor e a solidão. Ela vinha todo verão com os filhos para Damasco. Logo a tia tinha nove filhos e sua permanência em Damasco ficava, com o passar dos anos, cada vez mais longa. Um dia começou um murmúrio de que o marido teria casado com uma princesa saudita. O palácio via isso com bons olhos, pois Subhi exercia um alto cargo no Ministério da Defesa.

Mais tarde, quando ficou velha, Majda vinha sozinha para Damasco — enquanto os filhos e as filhas ficavam com o pai ou com suas famílias — e só aos poucos as pessoas perceberam que a tia vivia sozinha. O marido deixou para ela uma pensão generosa, mas nunca mais voltou a visitar sua mulher e sua cidade.

Hamid gostava de Majda, mas era difícil manter contato com a tia, pois esta não suportava os pais dele; porém, quando ele precisava de sua ajuda, ela estava sempre ao seu lado — assim como na mediação de seu primeiro e de seu segundo casamento.

— Vovô tinha razão, a tia Majda só traz azar. Tudo que ela toca dá errado — murmurou Hamid.

E dirigiu de novo o olhar para a foto. Entre a tia e o marido estava Ruchdi, o filho primogênito. Ele tinha três anos a mais do que Hamid e era muito vesgo. Hamid achava naquela época que Ruchdi envesgava só de brincadeira, para fazer os outros rirem; porém, quando o menino lhe puxou um dia as duas orelhas e continuou envesgando, Hamid não achou mais engraçado. As quatro irmãs de Ruchdi não apareciam na foto porque não estavam na festa. Elas estavam na casa dos outros avós, que — ao contrário do avô de Hamid — gostavam de meninas.

À direita do cunhado Subhi, a tia Sa'dije posava com o noivo Halim como se fossem aparecer na imprensa. Halim era na época um cantor popular conhecido e a paixão de todas as meninas jovens de Damasco. Três anos depois do casamento, ele trouxe a tia de volta — na condição de virgem intocada, diziam as mulheres maldosamente. Ele pediu a separação e fugiu para o exterior com o amante, um diplomata canadense. Tia Sa'dije era linda e se casou logo depois com um jovem cineasta. Imigrou com ele para os Estados Unidos, e a família nunca mais ouviu falar deles.

Na diagonal de Halim, o cantor, estava tia Basma, que tinha na ocasião apenas doze anos. A avó tivera a filha aos quarenta e não gostava dela de jeito nenhum. Basma era a ovelha negra da família. Mesmo na foto Hamid pôde reconhecer que ela não estava concordando com tudo aquilo. A tia não olhava de um jeito festivo ou simpático, mas sim indignada, como se quisesse do fotógrafo uma explicação para aquela pompa toda da família naquele dia.

Em meados dos anos 1930, Basma se apaixonou por um médico judeu e emigrou com ele para Israel. Na época, o país se chamava Palestina e estava sob ocupação inglesa.

O avô se sentiu pessoalmente ofendido e deserdou a filha de forma pública, chamando comerciantes e xeques respeitados como testemunhas e tentando assim salvar um pouco de sua reputação.

Do lado de tia Basma estava a velha cozinheira Widad — isso porque a avó era supersticiosa e tinha medo do número treze. Hamid se lembrava bem da mulher, que estava sempre na cozinha com um avental cheio de manchas de gordura, mas que ali na foto trajava um elegante vestido preto. A foto lhe parecia testemunhar um outro mundo, como fotos de chefes indígenas, de damas de um harém ou de dançarinas do Havaí. E esse mundo, para ele, desapareceu pouco depois. A foto fixou um momento de felicidade. Foi uma das poucas horas de sua infância ou juventude em que ele provou uma alegria infinita. O avô o amava e dizia para qualquer um que Hamid assumiria os negócios com tapetes aos quinze anos, pois o neto — ao contrário do filhos — teria herdado sua lucidez afiada. Ele não deixava ninguém tocar Hamid com força, mimava-o e brincava com ele como um camarada. O avô também introduziu Hamid nos segredos da matemática e da aritmética. Foram essas horas cheias de cálculos estranhos que o ensinaram a amar os números. E, quando Hamid não entendia alguma coisa e perguntava, o avô respondia pacientemente, como se tivesse todo o tempo do mundo.

Hamid sempre queria ficar com o avô, por isso sempre havia uma tragédia depois de cada visita, pois ele não queria voltar para a casa dos pais, onde reinava uma frieza mortal. A casa dos pais cheirava sempre a azedo; já a casa dos avós, a jasmim e rosas.

O avô Hamid Farsi foi seu protetor até morrer; isso irritava sobretudo a mãe, que odiava o sogro. Na foto, ela estava o mais longe possível dele, com a cara amarrada, como se ela — e não Hamid — tivesse recebido uns tapas pouco antes. Não se via nada na foto, mas a orelha direita dele queimava como fogo na ocasião. O triunfo sobre sua mãe, porém, o fez esquecer das dores.

Naquele dia, em que comemoravam um aniversário da avó, a mãe estava de mau humor. Enquanto o fotógrafo se preparava no pátio para a grande foto de família, ela bateu em Hamid num dos quartos sem janela da mansão, pois ele não queria ficar entre a mãe e o pai, mas no colo do avô.

A cozinheira o ouviu gritar, abriu a porta e pediu à mãe que parasse já de bater nele, senão ela contaria para o senhor da casa, Hamid Bey, que seu neto querido estava sendo maltratado.

Ofendida, a mãe disparou para fora. A cozinheira, então, lavou o rosto de Hamid, penteou cuidadosamente seus cabelos e lhe murmurou, encorajando-o, que o avô o amava de forma muito especial. E lhe deu um bombom de caramelo.

Naquela época, ele tinha quatro ou cinco anos — era grande o suficiente para entender tudo.

3.

Como era o primogênito, Hamid levou — seguindo um velho costume da Idade Média — o nome de seu avô, sem saber que esse nome definiria seu destino.

Um ano depois dessa foto de família, nasceu seu irmão Fihmi. Ele parecia muito com a mãe; era loiro de olhos azuis e redondo, enquanto Hamid herdara do avô a cor escura da pele, dos olhos e dos cabelos.

Fihmi se tornou o preferido da mãe, que não deixou em seu coração nenhum lugar para os outros. Quando ele fez dois anos e ainda não falava e mal andava, a mãe começou a levá-lo de um médico para o outro — e, como naquela época era possível contar com os dedos da mão os médicos em Damasco, ela ia de charlatão em charlatão.

Mas nada ajudava. Só mais tarde descobririam que Fihmi sofria de uma doença incurável. Ele era lindo como uma boneca. A mãe deixou o cabelo dele crescer, de forma que Fihmi parecia uma menina bonita. Quase toda semana a mãe mandava que o fotografassem — por muito dinheiro —, enfeitava a foto com ramos de oliva e, às vezes, até acendia na frente uma vela e um pote de incenso.

Também Siham, que nasceu um ano depois de Fihmi, não recebeu nenhum amor da mãe. A menina teria sido abandonada se a viúva da casa vizinha não tivesse aparecido e cuidado dela como se fosse a própria filha. Às vezes a mãe se esquecia de pegar a filha e esta, então, passava a noite na casa da viúva, que sempre desejara uma criança e nunca tivera.

Então chegou o dia que mudaria a vida da família toda. Enquanto a mãe batia um papo com a viúva na casa vizinha, Hamid entrou de mansinho no quarto dos pais, onde o irmão dormia na cama grande. Ele queria brincar com o irmão, mas também irritá-lo um pouco. Hamid sacudiu o menino, mas este não queria acordar. Quando o beslicou com força, Fihmi gritou tão alto que Hamid ficou com medo e tapou a boca do irmão. O menino começou a se debater. O que aconteceu depois nunca foi esclarecido. Hamid não falou com ninguém sobre isso.

O irmão caiu de cabeça no chão de ladrilho e, de repente, ficou quieto. Tomado por um medo terrível, Hamid correu para seu quarto e fingiu jogar bolinhas de gude. Pouco depois, ouviu a mãe dar um grito que o fez estremecer no corpo todo. Ela gritou de forma tão penetrante e alta que a casa foi logo ocupada pelos vizinhos. Dele, Hamid, ninguém cuidou.

A morte de Fihmi atingiu em cheio os pais. O pai acusava a mãe, dizendo que não fora o tombo que matara o menino, mas as pílulas dos charlatões.

— Assim ele teve que sofrer mais do que se tivesse sido deixado nas mãos de Deus — gritava o pai. O tombo teria sido obra dos anjos, que queriam livrar o filho de mais torturas.

Ao ouvir isso, Hamid acreditou por um momento ter sentido naquele dia a mão invisível e forte de um anjo. Mas guardou para si, pois temia o humor desesperado do pai, e a mãe estava ocupada demais com sua tristeza. Ela não tinha mais olhos para nada e ninguém, só lamentava, chorava e se acusava. E, como estava tomando café na vizinha na hora em que Fihmi morreu, amaldiçoou o café e nunca mais tocou a bebida, até sua morte trágica.

O pobre azarado Fihmi, então, tornou-se definitivamente um santo, para quem a mãe rezava dia e noite. A adoração foi tão longe que ela mandou gravar o retrato do filho sobre um medalhão de ouro, que colocou numa corrente em volta do pescoço — coisa que para o pai, por sua vez, parecia uma cópia ridícula de um costume cristão.

Siham era, já aos seis anos, tão resistente e madura que nem mostrava mais consideração pelos pais e pelo irmão. Repugnava-a o delírio religioso da mãe, com o qual o pai se contagiou, apesar da resistência inicial. De um momento para o outro, os dois começaram a rezar, a acender velas e incenso e a falar só de anjos e demônios.

Siham ria de forma atrevida quando a loucura do pai e da mãe crescia como numa espiral. Mesmo com as bofetadas, não desistia. Seu coração se tornou, ao longo dos anos, mais frio do que o bloco de gelo que chegava diariamente para manter frescos as verduras e as carnes da geladeira.

Da menina magra surgiu uma mulher grande e muito feminina, que fazia virar a cabeça dos homens. Agora os pais passaram a ter, dia e noite, medo de que a filha desonrasse a casa e concordaram no ato quando um fotógrafo pobre pediu a mão de Siham em casamento. Anos depois, ela confidenciaria a Hamid que havia tramado tudo. Manobrara o fotógrafo já no primeiro encontro.

— Queria escapar desse túmulo maldito — dissera-lhe.

O marido, que não era muito esperto, acreditou piamente que aquela beleza, que se deixava fotografar como um diva americana de cinema, havia se apaixonado por ele. Ela, por outro lado, tratava-o como um cachorro. Hamid fazia sempre uma curva quando passava pela casa de Siham, pois não aguentava a frieza da irmã nem a submissão do marido.

Siham se mostrou indiferente à tragédia de Hamid. O único interesse dela era se apoderar de tudo — ela, que tratara o irmão com respeito e com uma proximidade bajuladora quando este se encontrava no zênite de sua fama. Siham o visitava no ateliê, mendigando dinheiro para alguma banalidade. Toda vez ele amaldiçoava seu coração mole quando ela, rindo atrevidamente, punha o dinheiro no bolso de forma triunfante e rebolava para fora da loja, mascando chiclete.

Agora que ele estava preso, ela tinha vergonha de visitá-lo. Não mostrava, porém, nenhum escrúpulo ao abocanhar suas posses.

Para expulsar as lembranças sombrias da irmã, Hamid tentou, com uma pequena lupa, explorar melhor o rosto do pai na foto.

Era possível reconhecer que o pai tinha grandes dificuldades financeiras? Um ano antes, ele havia interrompido, por pura preguiça, sua formação com o famoso calígrafo Al Sharif e se tornado autônomo. Ainda não suspeitava da grande dificuldade que era conseguir em

Damasco encomendas por conta própria, sem o certificado de seu mestre. Presunçoso, alugou uma loja no então bairro dos calígrafos, Al Bahssa, mas teve logo que desistir, pois uma enchente inundara a região. A partir de então, passou a trabalhar em casa. O quarto, que ele arrogantemente chamava de ateliê, tinha uma janela para o pátio e outra para o quarto das crianças; assim Hamid podia observar durante horas o pai trabalhar, sem que este percebesse.

A mãe se comportava como se estivesse ausente. Estava possuída por Fihmi. Só falava de seu querido filho falecido, com quem queria fazer contato em sessões caras, organizadas por charlatões. A casa se degenerava. E, como o pai de Hamid era um homem de caráter fraco, ele não se separou, mas se agarrou ainda mais à esposa, que deslizava aos poucos para a loucura. Com as poucas encomendas que recebia, mal conseguia sustentar a família.

Cerca de um ano depois da morte de Fihmi, a mãe se entregou totalmente à loucura; o pai a acompanhou logo depois. Hamid não podia dizer nada, pois se desse alguma opinião recebia pancadas e a mãe ficava fora de si. Ela se debatia, gritava e uma vez acertou a orelha esquerda dele, que sangrou muito e o deixou surdo por uma semana. Mesmo anos depois ele ainda escutava mal desse ouvido.

Perguntando-se agora por que ele não chorara no enterro dos pais, sabia que não era por causa do fato ridículo de terem lhe entregado os poucos restos escuros que sobraram do acidente de ônibus, nem por causa das palavras hipócritas que o xeque disse sobre o pai em troca de um bom dinheiro. Não, o motivo verdadeiro ele descobriu ali na prisão. Os dois o fizeram chorar tantas vezes que no final não sobrou mais lágrimas para eles.

4.

Lá longe, trovejava. Suas têmporas palpitavam sempre que um temporal começava. Raios e trovões se aproximaram e, ao chegarem bem em cima de Damasco, as dores de cabeça diminuíram. A luz caiu, a cidade inteira ficou às escuras e, de sua cela, Hamid ouviu a maldições dos damascenos vindas das ruelas, das lojas e dos cafés nos arredores da Fortaleza.

Ele acendeu uma vela para ver de novo os rostos que estavam na foto. Perguntou-se se tudo o que ele sabia sobre a família teria origem em sua fantasia ou em sua lembrança. Não tinha certeza.

A luz voltou logo. Mas só no prédio dos escritórios e nas três celas privilegiadas. Os andares mais baixos estavam ainda afundados na escuridão e, de lá, gritos chegavam até ele, como chamados vindos dos torturados no inferno. Uma voz deixou seu sangue paralisado nas veias; um homem gritava por perdão, sua voz parecia desesperada e assustada, como a de um bezerro antes de ser abatido. Seus chamados eram sempre dominados pelos risos dos demais presidiários. O homem implorava aos guardas que o protegessem, mas era inútil.

Excitado, Hamid voltou para a foto na parede e a observou mais uma vez. A postura de seu avô Hamid Farsi revelava orgulho, alegria de viver, melancolia e dor. Parecia orgulhoso de sua origem nobre e também de seu trabalho. Hamid se lembrou de que o avô, que não era religioso, falava sempre de um mestre sufista chamado Al Halladch, que equipararia as pessoas a Deus e as consideraria uma unidade inseparável. Por isso esse sábio sufista fora crucificado em Bagdá, no ano de 922.

E ele, Hamid? Qual seria sua culpa? Não teria sua tragédia começado quando ele decidira reformar a escrita? Reformar a escrita e a língua significa também melhorar as pessoas. Por que as pessoas o encaravam com tanta recusa, com tanta obstinação, como se ele odiasse o Islã? Logo ele, que sempre vivera de forma tão devota e pura que o avô até o aconselhara a não ser tão rígido consigo mesmo? O homem criou o paraíso e o inferno e os colocou na Terra.

Hamid olhou ao seu redor. O fato de o terem encarcerado não era o inferno, enquanto sua mulher traidora se divertia em algum lugar do mundo?

O avô foi um folgazão com muitas caras e almas. Era o homem mais feliz de Damasco e, ao mesmo tempo, tão decepcionado com os filhos que exigiu de Hamid que fizesse o favor de crescer logo para salvar sua reputação, senão perderia tudo que construíra.

Hamid não tinha ainda sete anos na época, mas se propôs comer em dobro para que crescesse mais rápido.

Mais tarde, Hamid ficaria sabendo que por isso a avó não gostava dele; ela não suportava nada que o marido gostasse: festas, mulheres e risos.

— Quando eu acho alguém antipático — afirmou o avô uma vez —, ela confraterniza com essa pessoa no dia seguinte.

Hamid aproximou a lupa do rosto do avô. Viu dor nos cantos dos olhos e da boca. E o avô precisava suportar dores tão pesadas como montanhas. Ele era persa e, com quatro anos, fugira com o pai para Damasco. Tivera que presenciar a irmã e a mãe serem mortas por fanáticos, pois alguém havia denunciado o pai como simpatizante de uma seita sufista rebelde.

Ahmad e o filho Hamid escaparam — como por milagre — de seus opressores e partiram para Damasco, uma cidade hospitaleira para muitos refugiados e que também recebeu os dois. Ahmad Farsi, um comerciante de tapetes, já era na época muito rico. Com os dinares de ouro que conseguiu salvar, comprou uma casa magnífica perto da mesquita de Umaiyad e uma grande loja em Suk al Hamidiye, que o avô Hamid Farsi assumiria depois da morte do pai.

Em pouco tempo, Ahmad e o filho se tornaram sírios. Ahmad odiava os fanáticos religiosos — independentemente das seitas a que pertencessem — mais do que ao diabo:

— O diabo é um príncipe com postura nobre — disse, até o final da vida —, não tirou de mim minha filha nem minha esposa. Um vizinho fanático estrangulou as duas com as próprias mãos.

Ele nunca rezava.

Também o filho, o avô de Hamid, só visitava a mesquita quando queria encontrar um dos comerciantes religiosos. Vivia numa casa aberta para qualquer um e comia com judeus e cristãos como se fossem seus parentes.

O avô trajava na foto gravata e colete, em cujo bolso havia um relógio de ouro; era possível reconhecer a corrente do relógio, apesar de ser tecida com finos fios de ouro. Naquela época, Hamid Farsi era o comerciante de tapetes mais conhecido da cidade.

Quando o avô morreu, o neto Hamid seguiu o cortejo, como se estivesse anestesiado. Ele tinha onze ou doze anos e já era aprendiz de Serani, o grande mestre da caligrafia. Não conseguia entender que a morte era definitiva. E também não entendia por que a morte se apressava tanto no caso das pessoas queridas. Por ele, teria descarregado a rua de muito vizinhos repugnantes.

Só muito mais tarde ele entenderia que, naquele dia, também enterraria sua sorte. Ela estava ali, invisível, ao lado do túmulo do avô. Nunca mais ele sentiria o formigamento que lhe refrescava o coração sempre que via o avô. Naturalmente ele conseguiu muita coisa e por isso era invejado por centenas de calígrafos medíocres, mas nenhum deles sabia que ele, o famoso Hamid Farsi, tinha uma vida infeliz.

Depois da morte do avô, os três filhos brigaram. Seu pai não ganhou nada além de cinco tapetes. O avô deixara a casa para o filho do meio, enquanto as posses e os bens da grande loja em Suk al Hamidiye ficaram para o mais jovem. Esquecera-se dele, o primogênito, ou não perdoara o fato de ele não ter assumido a loja e tomado seu próprio caminho.

O pai de Hamid fora uma criança religiosa. Fascinava-o a escrita no Corão e nas paredes das mesquitas, mesmo antes de aprender a ler. Desde o início quis virar calígrafo e realmente se tornou um; mas ele era, em tudo que fazia, um simples imitador de talento mediano.

A mãe de Hamid afirmava que o avô teria deserdado seu marido porque a desprezava e queria que o filho tivesse se casado com uma prima — coisa que fortalecia a opinião da mãe de que aquela família seria composta de malandros e malvados. Com exceção do marido.

Já Siham, irmã de Hamid, acreditava que o pai fora deserdado porque teria, pouco antes da morte do avô, obrigado o filho a se formar com um calígrafo e não com o avô. Este teria dito:

— Este inútil do Ahmad partiu meu coração três vezes: casou-se contra minha vontade, recusou-se a assumir meus negócios e proibiu meu neto querido de se tornar comerciante de tapetes. Agora chega.

Seja qual for o verdadeiro motivo, o pai de Hamid saiu praticamente de mãos vazias. Não quis, porém, fazer escândalo, para resguardar a aparência da família Farsi. Observaria com satisfação como os dois irmãos ficariam infelizes e, no final, se arruinariam na miséria. Considerou grandioso o fato de não ser ele a se vingar, mas Deus.

Pouco depois da morte do avô, Bachir, o mais velho dos dois tios, adoeceu de atrofia muscular. Em pouco tempo, não conseguiu mais andar e amaldiçoava a mulher, dia e noite, por torturá-lo. O pai de Hamid recusava-se a visitar o irmão doente, apesar de a casa dele ficar a menos de cem metros de distância de sua ruela.

A visão era horrível. O tio se sentava num colchão surrado no meio do lixo. A casa se deteriorava e, sempre que Hamid queria visitar o tio, a mulher ou já estava fora ou estava saindo. Ela não era bonita e por isso se maquiava de forma refinada; possuía, porém, um corpo sedutor e exalava sempre o cheiro exótico de um perfume chamado *Soir de Paris*. Uma vez, Hamid levou embora um dos vidrinhos azuis que estavam no banheiro, embaixo do espelho grande. Sempre que cheirava o vidro, lembrava-se de sua tia.

Ele visitava o tio sem que os pais soubessem. Não era por pena, como dizia para a irmã, mas porque o tio o fascinava. Do lugar em que estava sentado, conseguia seguir a mulher pelas ruelas e casas estranhas, onde ela se entregava a diferentes homens e ganhava roupas coloridas, joias e perfumes.

Eram histórias de aventuras horripilantes e eróticas que o tio costumava contar. Mas as contava como se a tia não fosse sua esposa e sim a heroína de uma história. Contava animado as aventuras dela e mostrava preocupação quando ela corria perigo de ser sequestrada ou era ameaçada com uma faca por algum amante ciumento.

— Assim que bate a porta, ela vira a heroína de minha história — afirmou o tio quando Hamid lhe perguntara por que ele ficava tão alegre com a mulher amando outros homens e bebendo vinho nas suas histórias, enquanto ele acabara de xingá-la por não cozinhar nada para ele. — Aqui ela é minha mulher e aqui ela me prepara o inferno.

O tio não repetia as histórias uma só vez e, quando percebia que suas palavras excitavam Hamid, parava no meio.

— Chega por hoje. É pecado ficar com tesão pela tia. Vá para casa e só volte quando tiver se esquecido dela.

Hamid voltava naturalmente no dia seguinte, e se fazia de inocente para ouvir mais aventuras dela.

Hamid olhou a foto mais de perto. Observou bem o tio Bachir, que estava atrás da avó, com o peito inchado e radiante como um herói, e sorria de um jeito ousado, seguro de si. Realmente, como o homem é um ser fraco. Basta um vírus ou um botão errado no cérebro e o herói vira logo um pobre desgraçado.

5.

Hamid deixou seu olhar escorregar para a avó. Ela não estava sentada ao lado do marido, como era normal naquela época, mas sozinha num banco. Um buquê de flores fora colocado ao seu lado, como se insinuasse que ninguém deveria se sentar ali. Era seu aniversário. Ela era filha do clã senhorial damasceno dos Al Abeds e amava flores e poemas. Seu pai, Ahmad Isat Paxá al Abed, era o melhor amigo do sultão otomano Abdulhamid.

A avó adorava o sultão otomano e odiava tudo que levava o nome "República". Por isso ela também não se entendia com o irmão Muhammad Ali al Abed, que, como seguidor fanático do reino otomano, virara embaixador do sultão nos Estados Unidos, através da mediação do pai. Entretanto, Muhammad mudou de posição da noite para o dia, fazendo-se um republicano ardente. Até que se tornou o primeiro presidente da Síria.

Ahmad Isat era podre de rico e mandou um arquiteto espanhol construir para ele uma casa maravilhosa na praça dos Mártires, no centro da cidade. Lá cresceu a avó Farida, cercada por uma grande criadagem. Falava, como o pai, quatro línguas: árabe, turco, francês e inglês. Foi a primeira muçulmana a ingressar no Clube Sírio de Literatura das Mulheres, que fora fundado em 1922 por cristãs vindas de famílias abastadas. Sob a liderança de sua presidente, madame Muchaka, o clube intercedia para que fossem erguidos salões de leitura para mulheres, coisa que então era de domínio masculino. Logo Farida se encarregou da correspondência e da organização das leituras. Ela convidava escritoras do mundo todo para visitarem Damasco. Orgulhosa, mostrava para todo visitante cartas da autora inglesa Agatha Christie, que também veio a Damasco se apresentar no salão da avó.

E a avó estava imensamente orgulhosa de seu pai esclarecido, cuja foto na sala sobrepujava todas as outras. Era comum ela ficar à sua frente, imersa em seus pensamentos, e parecia manter um diálogo com o falecido, um homem pequeno e barbudo, com olhos mínimos e espertos e um nariz grande. Ele trajava na foto um uniforme oficial e tinha um barrete vermelho na cabeça, como era costume na época. Dos ombros até a cintura, seu peito estava coberto com grandes estrelas de oito pontas, várias cruzes e medalhões pendurados em fitas coloridas. Hamid achava que, com aqueles metais todos, o homem parecia estranho e de modo nenhum majestoso; e, se não tivesse tanto medo da avó, ele teria dado sua opinião.

— Um macaco de uniforme — murmurou Hamid a frase que guardara fechada com muito cuidado por tantos anos.

A avó Farida dava às visitas o sentimento de que ela estava lhes permitindo uma curta audiência. Ela era bonita, mas muito excêntrica. Hamid não se lembrava de nenhuma resposta normal às suas muitas perguntas. Como naquela vez, pouco antes da morte dela, quando ele lhe pediu um gole de água.

— A água nos olhos do amado — respondeu ela, olhando para longe — vem das nuvens de seu coração.

O avô Hamid adorava sua esposa Farida; mesmo amando também uma vida alegre, ele lhe foi fiel durante todo o tempo e tolerou todas as suas loucuras. E, se ele a beijava uma vez durante o ano, ela o xingava em francês, esfregava o local do beijo de forma teatral — como se quisesse apagar do rosto vestígios de gordura — e arrumava seu vestido, como se o avô tivesse sido atrevido.

Quando a foto foi feita, a avó só tinha olhos para Abbas, seu filho mais jovem. Todos os outros eram figurantes nessa peça de teatro, na qual Abbas e ela desempenhavam os papéis principais. Ela tentava fazer de tudo para parecer jovem, o que às vezes a fazia assumir um aspecto constrangedor. A velha dama se maquiava quase sempre como uma mulher jovem e infame, mas as rugas do tempo não se deixavam expulsar. O ruge pintado de forma torta dava ao rosto de Farida a aparência de um palhaço que envelhecia. Abbas sabia, porém, usar a loucura e a paixão da mãe. Como se não tivesse olhos nem ouvidos, ele a apoiou em tudo até o dia em que ela morreu.

— Tio Abbas, seu garanhão — murmurou Hamid de forma depreciativa, observando com a lupa o homem jovem e sorridente, o único na foto que não usava terno, mas uma elegante jaqueta branca sobre uma camisa aberta e escura. Sua mão estava sobre o ombro da mãe, que olhava para ele como se fosse seu noivo.

Um ano depois da morte do avô, Farida teve uma febre alta e morreu de repente.

E menos de três anos depois da morte do avô, tio Abbas já tinha arruinado os negócios do pai. Entregou-se ao álcool, saiu de Damasco para fugir dos credores e morreu como mendigo em Beirute. Foi enterrado lá, anonimamente, pois ninguém quisera transportar o corpo para Damasco.

O pai de Hamid se convenceu de que Deus teria abatido todos os seus inimigos. Na época, ele já estava sob o poder da mãe; e seu cérebro, ofuscado por incenso e superstição.

Estranho — sempre voltava a pensar Hamid — como sua família se arruinara na terceira geração. Com ele morreria o último Farsi em Damasco. E onde? Na cadeia. Um guarda lhe contou que também ele era a terceira geração de um clã então dominante. E onde fora parar? Também na cadeia. Haveria uma regra eterna, disse o homem, tossindo, segundo a qual a primeira geração construiria, a segunda ampliaria e a terceira derrubaria.

O olhar de Hamid passeou mais uma vez pela foto. O que teria acontecido a sua tia? Ele não sabia. O avô não gostava de nenhuma delas. Desde a briga pela herança, elas não quiseram mais saber da família. Também fracassaram as tentativas de sua mãe de juntá-las e almejar um processo.

A foto fora tirada perto da grande fonte, que o avô amava tanto. Hamid se lembrou de que lá ele vira e admirara peixes pela primeira vez na vida.

A casa ainda existia. Quando Hamid a visitou três anos antes, o pátio interno parecia ter encolhido em comparação com o que tinha na lembrança. O amável proprietário convidou Hamid para um café quando este perguntou se poderia rever a casa de sua infância.

O funcionário da alfândega não sabia nada da família Farsi. Ele adquirira a casa por intermédio de um corretor, que não queria falar sobre as muitas dívidas do antigo proprietário. Também para ele a casa teria trazido azar — contou —, pois um de seus filhos se estrangulara, brincando na laranjeira. Depois disso ele mandou cortar todas as árvores. Agora ele queria vender a casa e comprar um apartamento espaçoso para ele, a mulher e seus cinco filhos no bairro novo. Estaria Hamid interessado?

Não, ele não queria ver a casa nunca mais.

6.

O trovão se movia da cidade em direção ao sul e a chuva se tornava cada vez mais forte. A luz tremulou. Hamid se levantou e, por precaução, acendeu de novo a vela.

Ele observou o pai e sua cara impassível. Assim ficou sentado no enterro dos avós e também no primeiro casamento de Hamid, com uma cara parecendo uma máscara de couro curtido. Ele a levava sempre consigo, tanto para executar suas caligrafias como para amarrar os sapatos.

Hamid se lembrou do momento em que mostrara ao pai sua primeira caligrafia. Ele tinha nove ou dez anos e, antes disso, treinara em segredo sozinho durante anos. Esquecia-se de brincar e até de comer, mas não passava um dia sem praticar durante horas.

O pai ficou fora de si de tanta raiva e inveja frente à beleza da escrita *tulut*, com a qual o filho escrevera um poema. Hamid não suspeitava que usara a escrita mais elegante e exigente. Só mestres a dominavam. Seu pai, não.

— Você copiou — afirmou ele, depreciando-o, e voltou a trabalhar num grande cartaz de cinema para um filme indiano.

Não, ele não havia copiado; Hamid aprendera o poema na escola e queria lhe dar de presente!

— Você copiou — repetiu o pai, colocando de lado o pincel com que preenchia as grandes letras do cartaz, cujos contornos já havia traçado com tinta. Levantou-se devagar e caminhou em direção a Hamid; este percebeu que seria espancado. Tentou proteger a cabeça. — Mentiroso — gritou o pai e começou a bater. Hamid, porém, não quis mentir para escapar das bofetadas.

— Eu escrevi sozinho — gritou, pedindo misericórdia e chamando pela mãe. Esta logo apareceu na porta, apenas abanou a cabeça e sumiu, sem dizer uma palavra.

— Você não sabe fazer isso, nem eu sei — disse o pai. — De onde você copiou o poema? — e continuou a bater sem piedade.

Uma bofetada lhe acertou o olho direito. Pensou ter perdido a visão, pois tudo ficou preto.

Hamid abanou a cabeça, enquanto fitava o rosto do pai na foto.

— Estúpido — murmurou. Ele se viu sentado no armário escuro de vassouras. Seu medo de ratos o fez esquecer todas as dores. Ninguém o consolou, ninguém lhe trouxe um pedaço de pão ou um copo d'água. Só um pequeno rato colocou a cabeça para fora, chiou, fitou-o com olhos melancólicos e desapareceu.

Naquela noite ele mal conseguiu dormir, pois sua mãe contava que ratos gostavam de comer o nariz e os olhos de crianças que mentissem.

— Eu não menti — murmurou baixo, suplicando, na esperança de que os ratos o entendessem.

Só ao amanhecer é que ele cochilou e sonhou que estava rodando por uma selva, cujos cipós, arbustos e árvores eram feitos de diversas letras grandes e coloridas. Também cada flor se compunha de rubricas formadas artisticamente. Mais tarde, Hamid contaria várias vezes esse sonho, não só porque este fora para ele o anúncio de uma nova vida, mas também porque, desde aquele dia, ele passou a não gostar mais de escritos coloridos e só preferir a cor preta.

Mas o sonho continuava. De algum lugar atrás dele alguém chamou seu nome. Hamid se virou no mesmo instante, mas continuou a andar. Não percebeu algumas raízes que sobressaíam do chão, acabou tropeçando e acordou.

Seu pai estava na frente da porta do armário.

Hamid tocou o nariz e as orelhas e ficou aliviado com o fato de os ratos terem acreditado nele.

— Saia daí e escreva o poema mais uma vez — ordenou.

Somente mais tarde Hamid ficaria sabendo o motivo para essa inspeção. O rico proprietário de cinema e teatro, para quem o pai produzia uma série de cartazes, contara-lhe que sempre havia talentos difíceis de compreender. No dia anterior, ele teria ouvido no teatro um menino indigente, que cantava e tocava alaúde muito melhor do que a maioria daqueles burros que andavam por aí de terno escuro, dizendo-se músicos.

O olho direito de Hamid doía terrivelmente, e Siham riu de sua aparência:

— Você parece o vizinho Mahmud! — exclamou ela, tentando irritá-lo.

Mahmud era um beberrão, que costumava se meter em pancadarias e sempre trazia vestígios delas. Siham gritou tanto do pátio interno "Mahmud, Mahmud" que acabou levando um tapa; daí começou a lamentar e se recolheu para o quarto.

Seu pai lhe deu papel da melhor qualidade e uma pena.

— Sente-se e escreva — ordenou, quando Hamid já afagava a folha. A nova pena era muito melhor do que a sua, que ele cortara de uma cana com a faca da cozinha. Ela assentava bem na mão, e a ponta era afiada como uma faca.

O problema é que o pai estava grudado nele.

— Pai, por favor, o senhor poderia dar dois passos para trás? — perguntou, sem olhar para cima.

Nunca antes nem depois ele tratou o pai por "senhor". Muitos anos mais tarde, ficaria claro para ele que exatamente esse curto momento definiria seu futuro como calígrafo. Enquanto falava, olhou para a faca de sapateiro afiada, com a qual o pai cortara a pena. Ela estava sobre a mesa, ao lado do tinteiro. Decidiu que, se o pai o espancasse mais uma vez sem motivo, cravaria a faca na barriga dele.

Perturbado, o pai deu dois passos para trás; e Hamid escreveu o poema com rapidez. Durante anos ele havia observado como o pai executava suas caligrafias e nunca entendera por que este, em tudo que fazia, hesitava, cometia erros, lambia tinta, raspava os restos com uma faca, umedecia então o local e o aplanava com um pedaço de mármore, deixava secar e esfregava mais uma vez. Com isso, ele estragava às vezes o papel e praguejava, pois tinha que repetir tudo de novo.

Hamid fitou o texto uma última vez com os olhos apertados. Só assim conseguia calcular exatamente a relação entre o preto e o branco, sem ficar preso às letras. Respirou aliviado. O ritmo estava certo, e o todo ficou ainda mais lindo.

— Aqui está o poema — disse. Sua voz não soava orgulhosa, mas arrogante. O pai ficou estupefato; nem ele conseguia escrever de forma tão bonita. A escrita tinha uma coisa que ele sempre procurara e nunca encontrara: música. As letras pareciam seguir uma melodia.

— Você conseguiu fazer isso por acaso — disse o pai, depois de recuperar a calma. — Escreva agora: "Você deve adorar seus pais e sempre servi-los." Se possível, na escrita *diwani*.

— Mas fique longe da mesa — pediu Hamid ao perceber que o pai já estava se aproximando.

— Como você quiser, mas escreva o que lhe ditei.

Hamid pegou uma folha nova e molhou a pena no tinteiro prateado. A tinta do pai cheirava a bolor. Pensaria nisso durante toda a sua vida e imporia aos seus aprendizes a tarefa de mexer diariamente todos os tinteiros em seu ateliê. Quando a tinta não é mexida, ela embolora e não deve ser mais usada. Hamid sempre punha nos tinteiros uma gota de solução de cânfora. O cheiro o estimulava. Outros calígrafos preferiam o perfume de jasmim, rosas ou de flores de laranjeira.

Sob o olhar severo do pai, Hamid refletiu por um momento e então manteve os olhos fechados até encontrar a forma que combinasse melhor com as palavras: uma onda do mar.

Em seguida, escreveu com decisão o provérbio e foi possível imaginar ali letras em forma de uma onda estourando no mar.

— Preciso mostrar isso ao mestre Serani — exclamou o pai. Foi assim que Hamid ouviu pela primeira vez o nome do maior calígrafo sírio.

De repente, o pai o abraçou, beijou-o e começou a chorar:

— Deus lhe deu tudo que eu desejara para mim. E só Ele sabe o motivo, mas estou orgulhoso de você. Você é meu filho.

Finalmente chegou o almejado dia em que Serani podia recebê-los. Hamid vestiu um terno pela primeira vez. Era um terno claro, de verão, que o pai comprara na melhor loja de roupas de Suk al Hamidiye — ou melhor, trocara; o pai não pagou com dinheiro, mas acertou com o homem que, pelo terno, ele pintaria uma nova placa para a loja. A placa velha tinha mais de cinquenta anos e estava tão esfoliada em alguns pontos que mal dava para decifrá-la.

— Quanto tempo você vai ter para trabalhar nisso? — perguntou Hamid ao pai, no caminho de casa.

— Uma semana — respondeu. Hamid olhou de volta para a placa e depois para o terno na grande sacola e abanou a cabeça. Jurou que, quando tivesse a idade do pai, nunca trabalharia por um terno.

O mestre Serani tinha um grande ateliê perto da mesquita de Umayad, no qual trabalhavam três colegas, cinco ajudantes e dois moleques de recados.

Naquele dia Hamid percebeu como o pai era insignificante. Este ficou duas vezes em frente ao ateliê e nas duas vezes não ousou entrar, dando meia-volta. Suas mãos suavam e só na terceira tentativa conseguiu abrir a porta e cumprimentar de maneira submissa.

Então permaneceu curvado diante do mestre, que estava sentado numa grande cadeira, como se fosse um trono. Serani tinha um aspecto pequeno. Havia penteado cuidadosamente os cabelos escassos, e os bigodes finos — cortados de forma reta — davam ao seu rosto um ar de tristeza; mas os olhos pareciam despertos. Ninguém possuía tal olhar, que unia tristeza, inteligência e medo. Mais tarde, a primeira impressão de Hamid seria confirmada várias vezes. O mestre Serani sorria raramente, era muito religioso, cordial mas reservado; quando falava, suas palavras eram dignas de um filósofo.

Hamid só achava estranho seu aspecto físico; a orelha da direita era saliente e duas vezes maior do que a da esquerda — parecia que alguém havia puxado sem cessar a orelha do mestre.

— O que o trouxe até mim, Ahmad? — perguntou Serani, depois de retribuir rapidamente o cumprimento. Sua voz era cordial e silenciosa, mas se esforçava para parecer antipático e frio.

O mestre Serani e seu pai haviam sido aprendizes do famoso calígrafo Mamduh al Sharif. Eles nunca se gostaram.

O pai de Hamid queria ganhar dinheiro rapidamente e logo largou sua formação. Ele se satisfazia com caligrafias comerciais, que buscavam mais efeito e coloração do que arte. Serani, porém, permaneceu mais de uma década como aluno de Al Sharif, até descobrir todos os segredos da escrita. Já na metade dos anos 1920, sua fama chegara a Istambul e ao Cairo, de onde vinham encomendas importantes para a reforma de obras de arte históricas, mesquitas e palácios.

— Trata-se de meu filho Hamid — disse o pai.

O mestre Serani observou o menino pequeno e magro por um longo tempo. Hamid não se intimidou com o olhar do mestre e permaneceu ereto. Foi como num exame, e Hamid parecia ter convencido o mestre Serani. Seu olhar se tornou mais leve e um esboço de sorriso cobriu o rosto cortês e magro do homem, que na época tinha 36 anos, mas parecia estar na casa dos cinquenta.

— Então me mostre o que sabe fazer, meu jovem — disse com uma voz suave e se levantou para buscar uma pena no armário. — De que escrita você gosta? — perguntou Serani.

— *Tulut*, mestre — respondeu Hamid, baixinho.

— Então me escreva a frase com a qual tudo começa — disse Serani.

Era a frase mais caligrafada da língua árabe. Todas as rezas, livros, cartas, discursos, leis e textos dos muçulmanos, independentemente do fato de serem árabes ou não, começavam com ela: "*Bismillahi ar rahmani ar rahim.*" Em nome de Alá, o clemente, o misericordioso.

Hamid fechou os olhos. Centenas de variações desse provérbio correram por sua memória, mas não achou nenhuma que o agradasse.

Não sabia quanto tempo mais ficara pensando, até que ouviu a voz baixa do pai:

— Faça logo. O mestre não tem o tempo to... — O mestre olhou irritado para o pai, e este se calou de novo. Cerca de um ano depois, Hamid ficaria muito alegre ao ouvir o mestre dizer que, só quando a caligrafia aparecesse claramente como um quadro na cabeça, as mãos poderiam executá-la.

Finalmente, Hamid encontrou a forma que poderia manifestar, na escrita *tulut*, o tom dos oradores. As palavras ganharam uma expansão ou uma compressão melódica, como numa sanfona. Ele abriu os olhos e começou a escrever. Cada palavra num só impulso. Às vezes, embebia a pena rapidamente no tinteiro e continuava. A tinta tinha um agradável cheiro de flor de limão. O mestre Serani adorava essa pequena flor, que era destilada em Damasco.

Quando Hamid terminou de escrever, o mestre pegou a folha, examinou-a minuciosamente e olhou para o menino. Perguntou-se como uma planta espinhosa poderia dar tal flor e mais uma vez se convenceu de que a vontade de Deus seria um mistério.

— Escreva seu nome embaixo, à esquerda, e a data na era muçulmana; daqui a um ano veremos se você progrediu.

Ele estava empregado. O pai chorava de alegria. E para Hamid isso era uma bênção em todos os aspectos, pois o pai passou a tratá-lo bem. A partir do primeiro dia, Hamid aprendeu do mestre não só técnicas de escrita e receitas de tinta, mas também como cortar uma pena. Além disso, geometria, simetria, perspectiva, luz e sombra, teoria da harmonia e outras precondições importantes. Mas precisou, sobretudo, estudar intensamente a história da caligrafia e todos os tipos de escrita árabe. E sempre que fazia um intervalo o mestre lhe dava o Corão ou uma coletânea de poemas árabes e dizia:

— Descubra os frutos secretos da língua.

7.

Serani era conhecido entre os calígrafos por não fazer elogios; mas era a pessoa mais cordial da Terra. Seu ateliê parecia uma colmeia de abelhas. Além de aprendizes, empregados, meninos de recados e fregueses, todo verão chegavam dois ou três filhos das mais ricas famílias para serem introduzidos na arte da caligrafia. Naquela época, para os meninos, não só cavalgar de modo excepcional fazia parte da boa educação, mas também dominar a escrita árabe.

Hamid aprendia de forma ávida, e o mestre se mostrava piedoso frente a erros evidentes; mas era implacável com defeitos escondidos ou retocados. O mestre deprezava, principalmente, a raspagem:

— O que não dá para lamber é preciso repetir — ensinou.

Serani nunca corrigia um erro raspando com a faca afiada. Quando percebia um erro, lambia rapidamente a tinta fresca do papel. No início, Hamid ficou chocado e teve nojo ao ver que todos os colegas lambiam tinta. Mas logo aprendeu, exercitando secretamente, que lamber seria o melhor e mais rápido modo de apagar os erros. Tempos depois, ele ficaria sabendo que todos os calígrafos faziam isso ao perceberem a tempo um erro ou uma imprecisão; e diziam de brincadeira que um mestre só era tido como experiente depois de lamber, ao longo dos anos, uma garrafa inteira de tinta.

Mas quem raspava muito era considerado inexperiente. E seu pai raspava em todas as caligrafias.

O mestre Serani nunca marcava o tempo que ele ou algum empregado precisava para uma caligrafia, mas repetia sempre:

— Deixe o tempo penetrar a obra de vocês.

Pensando assim, ele nunca se tornara rico com seu trabalho. Em compensação, suas caligrafias enfeitavam as mais importantes mesquitas, ministérios e palácios da cidade.

Hamid nunca visitava Serani em casa e, mesmo depois de anos, não sabia onde ele morava, apesar de o mestre tratá-lo como um aluno pessoal desde o começo. Hamid seria um aluno magistral, bom demais para o trabalho de contínuo — este deveria ficar para Ismail, o menino de recados.

Ismail visitava a casa do mestre várias vezes ao dia para levar as compras para a esposa dele e lhe trazer a refeição quente numa *matbakia*. Ismael descrevia para Hamid como o mestre vivia modestamente.

Serani era tão rígido que durante dez anos não concedeu a nenhum de seus aprendizes o cobiçado documento de conclusão, que valia como diploma de mestre para os calígrafos. Muitos deixaram amargurados o ateliê e desistiram da profissão, outros fundaram suas próprias oficinas — mais ou menos bem-sucedidas — e abriram mão do reconhecimento do mestre.

Hamid não ganhou nada de presente. Precisou aprender tudo minuciosamente e, além de todas as suas tarefas, auxiliar na oficina — pois Serani considerava a caligrafia uma arte comunitária. Repetia sempre que o europeu praticava sua arte sozinho por acreditar ser ela um universo em si mesma. Mas isso era a imaginação dos infiéis. Já o homem crente acreditava ser parte do universo; por isso cada um dos colegas devia participar da caligrafia que estivesse sendo criada.

Não eram trabalhos pesados, mas exigiam paciência e perseverança; e Hamid possuía as duas virtudes. Mesmo quando à noite caía exausto na cama, ele sabia que o trabalho no mestre Serani era um paraíso em comparação com a escola. Ali todos falavam baixo um com o outro e raramente um aprendiz era castigado ou xingado. Só uma vez Hamid levou um tapa do colega mais velho, Hassan, quando derrubou um grande pote da tinta fresca que acabara de ser produzida. Hassan era um rapaz correto. O pote escorregara da mão de Hamid, mas o colega não contou nada para o mestre. Seguindo a velha receita de um alquimista, Hassan ferveu de novo, durante horas, uma mistura de goma arábica, ferrugem e folhas carbonizadas de rosas com água, peneirou e engrossou até a solução se tornar uma massa mole; diluiu tudo, ferveu mais uma vez, peneirou e engrossou de novo, até surgir uma tinta elástica e escura como a noite. Tudo isso o empregado experiente fez de forma velada, para que o mestre não soubesse do acidente. Quando Serani perguntou sobre a tinta, três dias depois, ela estava pronta e até perfumada com flor de limão.

Também quando Hamid cortou uma cana, transformando-a num pedaço de lenha, não guardaram rancor dele. Hamid não sabia que essa cana, que parecia material barato, fora trabalhada durante três anos na Pérsia antes de chegar ao mercado. O mestre Serani comprava sempre os utensílios mais caros para a oficina:

— Quem economiza nas compras arrepende-se mais tarde, na hora de caligrafar.

Era um outro mundo. E Hamid sentia uma enorme gratidão sempre que ouvia o que outros meninos precisavam suportar de sujeira e crueldade para aprender uma profissão. Ele se sentia um príncipe.

Todas as manhãs olhava para os meninos da ruela e sorria, feliz, pois ele não precisaria mais seguir aquele caminho para o inferno. Os professores daquela maldita escola continuavam a descer suas varas na cabeça dos alunos. Eles eram enormes, e os alunos, mínimos, estavam entregues a eles, sem direitos nem proteção.

Hamid adorava ouvir histórias dos velhos tempos e recitar o Corão; além disso, era o melhor da classe em cálculos. Mas não passava um dia sem que um professor ou um jovem batesse nele. Hamid fora sempre pequeno e magro. Um sujeito maldoso o perseguia em todos os intervalos. Chamavam-no de *Hassun*, ou "pintassilgo", apesar de não haver contradição maior do que entre esse pássaro delicado e aquele menino. Hassun era grandão; olhava com deprezo para ele e outros três alunos e lhes roubava o lanche toda manhã. Quando tentavam se defender, o jovem os puxava para um canto escuro, onde não havia inspetor, e lhes apertava os testículos até eles quase desmaiarem de dor. Toda noite Hamid planejava bater, na manhã seguinte, no rosto feio de seu torturador; mas assim que o sinal do recreio tocava ele já sentia seus testículos doerem e entregava o lanche de forma voluntária.

Para sua desgraça, a escola gozava de uma boa reputação; por isso não conseguia convencer os pais de que ela seria o inferno na Terra.

— É uma fábrica para os homens de amanhã — essa era a divisa de seu pai.

Hamid observava o pai na foto.

— Fábrica de homens — murmurou amargamente, abanando a cabeça.

Andou de lá para cá na cela, olhou rapidamente o céu escuro através da janela gradeada. Por que o prenderam atrás das grades? Fora uma luta justa. Ele só teria se defendido do poderoso Abbani, que sempre tinha tudo que queria, sem considerar o fato de destruir ou não a vida dos outros. Ele não agira de forma traiçoeira, como afirmou o maldito advogado da família Abbani.

Karam, o proprietário do café, confidenciara-lhe que o garanhão Abbani estava escondido na casa de sua esposa Almás e que ia toda terça-feira ao *hammam* Nureddin.

Quando Hamid e Karam se encontraram no café, este lhe avisou que Nassri andava armado e o aconselhou a levar um revólver. Até lhe ofereceu conseguir a arma.

Hamid, porém, não queria nenhum revólver. Isso não seria para homens verdadeiros. Qualquer criança poderia atirar, de longe, num herói. Só uma faca conseguiria lavar a honra.

E foi esse mesmo Karam que o culpou no tribunal. Um homem sem caráter. Ninguém sabia que papel ele desempenhara nessa história.

Ele, Hamid, confrontou-se com Nassri e lhe disse que queria matá-lo, pois ele ferira sua honra; em vez de se desculpar, Nassri gritou, perguntando desde quando ratos como Hamid teriam honra. Hamid nem seria árabe, mas um bastardo persa, um refugiado. Ao mesmo tempo Nassri pôs a mão no bolso da jaqueta, mas o revólver volumoso ficou preso. Deveria Hamid esperar o garanhão crivá-lo de balas? Não, ele pulou em cima de Nassri e o esfaqueou.

O que havia nisso de inescrupuloso?

Hamid deu um sorriso amargo. Fora uma luta de vida ou morte. Por que não achavam boa a sua vitória? Como resposta, não só o juiz e os advogados abanaram a cabeça, mas também o mestre Serani quando o visitou na cadeia.

— Você caiu numa cilada — afirmou ele, baixinho.

Serani via uma conspiração por trás de tudo isso. Ouvira que o dono do café teria arrumado um revólver para Abbani, apesar de este não querer e nunca ter segurado uma arma. Além disso, Abbani estava naquela noite totalmente bêbado, como mostraria a autópsia.

Seu mestre acreditava realmente que Abbani morrera inocente e que Karam e "os puros" estavam por trás de tudo. Mas não seria grave se seu professor e mestre tivesse se enganado só na questão Abbani. Na ocasião, ele também lhe pedira que devolvesse o diploma de grão-mestre, para que a aliança pudesse escolher um sucessor, o que evitaria uma divisão. A metade dos calígrafos, dissera ele, iria admirá-lo e deixaria para ele a escolha do sucessor; a outra metade gostaria de expulsá-lo da aliança, mas estaria disposta a desistir disso se ele entregasse o diploma voluntariamente.

— Diga-lhes que já achei um sucessor, para quem entregarei o diploma.

Serani saiu curvado de tanto desgosto. Virou-se mais uma vez e acenou, esperando que Hamid mudasse de opinião e o chamasse de volta, mas ele ficou lá em pé, como uma estátua, ereto e impassível.

Hamid andava na cela de lá para cá, excitado. Lembrou-se de que Nassri cheirava muito a aguardente e mais balbuciava do que falava suas palavras. Karam, o proprietário do café, teve um papel túrbido na história. Será que ele o enganou? Ou foi chantageado e obrigado a depor como testemunha? Talvez alguém o tivesse pago para isso? Karam o incitara contra Abbani, porque este teria supostamente estuprado sua sobrinha Almás. A família dela ficou aliviada quando aquele senhor propôs casamento à moça grávida como reparação. E dessa sobrinha, a quarta esposa de Abbani, Karam ficara sabendo quando e onde o garanhão poderia ser encontrado. Frente à Justiça, Karam negou tudo; e também a viúva, no banco das testemunhas, fingiu-se de mulher amada, elogiando a fidelidade do marido falecido — tanto que o juiz acabou mandando-a para casa. O juiz ia às vezes ao bordel junto com Nassri, murmurou o advogado para Hamid.

— Como eu saberia onde apanhar esse garanhão se Karam não tivesse me revelado o caminho? — gritou Hamid, mas o juiz parecia nunca ter ouvido a palavra "lógica". Este se fixaria supostamente só nos fatos, os quais mostrariam, de forma comprovada, que Hamid passara meses procurando e perguntando por Nassri para vários homens e mulheres. Esse seria o principal argumento da sentença, que se basearia em homicídio premeditado.

Nada ajudou.

Hamid bateu o punho contra a parede:

— Maldita Justiça. Também ela é uma puta, de olhos tapados e iludida.

Sentou-se no canto do catre, curvou-se e puxou uma caixa de madeira comprida e grande. Abriu-a e tirou a folha que escrevera na primeira visita ao ateliê de seu mestre.

O que o mestre dissera ao pai na despedida ainda soava claramente em seu ouvido.

— Ahmad, Deus dá o dom ao seu escolhido, sem entendermos por quê; e essa dádiva, acredite em mim, não é motivo para júbilo. É uma obrigação incômoda. Parece blasfêmia o que vou dizer, mas tenho de dizer. O dom é um presente e um castigo ao mesmo tempo. Vá e alegre-se com o fato de que você não o tem; e cuide do menino. Não quero ouvir falar que você o tratou mal. Estamos entendidos?

Seu pai acenou com a cabeça, sem dizer nada.

O mestre Serani não queria que nenhuma outra pessoa cuidasse de Hamid. Ele o chamava de seu aluno pessoal e estava muito satisfeito com o progresso do jovem. Passaram-se cinco anos até os damascenos começarem a falar do "menino prodígio da caligrafia". Hamid achava isso exagerado, pois não chegava aos pés do mestre. Mas as pessoas diziam não ser mais possível diferenciar as caligrafias de Serani e de seu aluno.

O mestre lhe entregava tarefas cada vez maiores. Já aos dezesseis anos, ele dirigia o ateliê sempre que Serani viajava — e este não estava lá durante metade do tempo. Alguns empregados tinham a idade do pai de Hamid, mas isso não contava para Serani. Também não lhe interessava o fato de Hamid ter se tornado malquisto por causa desse favoritismo. Além disso, o perfeccionismo de Hamid fazia o mestre agir sem piedade frente a cada desleixo dos colegas mais treinados, o que também não tornava Serani uma pessoa querida.

O mestre sabia da má vontade dos empregados, mas ele estava encantado com seu aluno:

— Hamid é meu representante. Quem não lhe obedecer pode ir embora — informou-lhes, de forma sucinta.

Hamid colocou a folha com sua primeira caligrafia de volta na caixa de madeira e queria empurrá-la para baixo da cama, quando viu o caderno grosso, de capa preta, no qual anotava seus pensamentos e segredos. Era ao mesmo tempo diário e caderno de relatórios, o qual, seguindo o conselho de seu mestre, deixou sem título para não despertar curiosidade.

Serani comprara o caderno grosso para ele, naquela época, junto ao famoso encadernador Salim Baklan, cuja oficina munia as mais caras impressões do Corão com encadernações artísticas.

— O que Baklan encaderna é indestrutível — afirmava Serani.

Sua encadernação, porém, sofreu uma fissura quando alguém tentou dobrá-lo com violência. Na ocasião, o colega Samad culpou o moleque de recados, Salman, que chegara até ele por intermédio de Karam.

Hamid abanou a cabeça para espantar os pensamentos em torno daquele homem dúbio, o dono do café, e voltou para o caderno. Toda noite ele anotava os temas de seus exercícios e suas impressões. Mais tarde, confidenciara ao diário suas reflexões sobre a escrita e seus planos secretos.

Ele podia escrever abertamente, pois tinha no ateliê de Serani uma gaveta própria, dentro de um grande armário. A chave, ele trazia sempre consigo, numa corrente. Porém, mesmo quando deixava às vezes a gaveta aberta, ninguém mexia em nada.

Em casa ele não podia guardar nada, pois nada escapava da irmã Siham e nenhum fecho resistia mais de três dias à sua curiosidade.

Quando se tornou autônomo e abriu seu próprio ateliê, ele colocava o caderno no armário atrás de sua mesa. O caderno era seu patrimônio precioso; trazia não só todas as suas impressões, reflexões e planos para uma reforma da caligrafia, mas também as opiniões e os nomes dos amigos da Aliança dos Iniciados. Ele estava discreto e seguro no meio de muitos outros cadernos e livros sobre ornamentos e caligrafia; além disso, o armário era sempre trancado, pois também eram guardados ali ouro em folha e utensílios caros do ofício.

Nenhum de seus colegas jamais tocara no armário. Hamid tinha certeza disso. Durante algum tempo, fizera umas marcações veladas, que lhe teriam mostrado se a porta do armário tivesse sido aberta. Fora ele, no entanto, ninguém parecia se interessar pelo armário.

Só esse pequeno Salman era um rapaz visivelmente curioso. Ele absorvia toda observação sobre caligrafia e anotava tudo em papeizinhos com grande avidez; mas, fora isso, era de poucos recursos. Mais tarde, depois da suspeita e de sua demissão, tinha ido trabalhar num restaurante. Se ele estivesse atrás dos segredos da caligrafia, não teria virado cozinheiro.

Os outros empregados eram honestos, e três deles eram até bons artesãos, mas nenhum merecia ser chamado de calígrafo.

— A pena é a língua da mão — leu, baixinho, o provérbio que o mestre Serani escrevera, a seu pedido, na primeira página do caderno.

A caligrafia — escrevera ele mesmo, com entusiasmo — é a arte de trazer, com tinta preta, alegria pura ao branco perdido do papel. Ela o forma e o revaloriza.

Folheou algumas páginas com medidas técnicas para as proporções das letras e se deparou com um episódio que o impressionara na época. Ele fixou-o, escrevendo palavra por palavra.

O mestre Serani havia contado:

— O profeta apreciava a escrita e o Corão, a palavra de Deus é um texto escrito. A primeira frase que o profeta Maomé ouviu foi:

Leia em nome de seu Senhor, que criou,
O homem ele criou do sangue coagulado,
Leia, seu Senhor é generoso,
Ele instruiu com uma pena,
O homem ele instruiu
Naquilo que antes ele não sabe...

Depois da batalha vitoriosa de Badir, o profeta deu a todos os prisioneiros a perspectiva de liberdade se cada um deles ensinasse dez muçulmanos a ler e a escrever.

Hamid folheou algumas páginas sobre a fabricação e os cuidados necessários para os utensílios da caligrafia. Lembrava-se bem desses tempos. Fazia um ano que aprendia com Serani quando alegrou o mestre com um provérbio que escrevera durante a madrugada a pedido de um freguês. Serani elogiou seu trabalho. Um colega mais velho ficou com inveja e resmungou a manhã inteira, até o mestre chamá-lo num canto e lhe dar uma bronca. Hamid ouvira tudo atrás de um biombo.

Sentado sobre o catre e segurando o caderno nas mãos, lembrou-se bem das palavras de Serani, como se as pronunciasse agora:

— Você é trabalhador, mas ele é dotado. Assim como as abelhas não sabem quem as levou para essa forma hexagonal perfeita do favo, Hamid não sabe quem manda sua pena seguir essas linhas e formas invisíveis. Não seja então invejoso, pois ele não tem culpa disso.

Na ocasião, Hamid teve uma inspiração. Ele estava deitado na cama de manhã, bem cedo. Estava como sempre por sua própria conta, pois o pai e a mãe continuavam a ignorá-lo. A mãe sempre acordava já ao amanhecer, mas não o chamou uma única vez. O pai roncava até as dez horas. Assim ele aprendeu a se levantar cedo, buscar um pão fresco e morno na padaria e preparar o seu pão preferido com tomilho e azeite. Uma fatia do pão ele comia na cozinha, a outra ele embrulhava para levar como lanche. Lavava-se minuciosamente, perfumava-se com uma gota de óleo de flor de limão e, assobiando, punha-se a caminho do mestre. Alegrava-se com o trabalho e com o fato de não precisar aparecer em casa até a noite.

Revelou sua ideia ao mestre Serani e, quando este assentiu com a cabeça, admirado, Hamid escreveu a seguinte frase: "As letras executam uma dança, e a linha torna-se assim música para os olhos."

O mestre Serani só corrigiu uma coisa:

— Não para os olhos, mas para a alma.

Tanto naquela época como mais tarde, porém, Hamid achou aquilo exagerado e por isso não anotara em seu caderno.

Ele sorriu.

Três páginas inteiras tratavam dos graus de dificuldade de cada letra. Para ele, a letra H era muito difícil de dominar. Mas o mestre Serani dizia que quem sabia escrever um U elegante não precisava temer nenhuma outra letra. Já para o colega Hassan — estava no caderno —, o R exigiria mais esforço, pois a letra seria só aparentemente fácil de escrever e, com sua elegância, marcaria a palavra inteira.

Pobre Hassan, pensou agora Hamid. Mais tarde, na cocheira da casa de seus pais, um cavalo selvagem acertou-lhe mortalmente a testa.

Folheou rápido mais para a frente até encontrar a foto que colara no centro de uma página: o mestre Serani com seus colegas num piquenique à margem do rio Barada. Hassan segurava seu espeto de *chachlik* contra o fotógrafo, como uma espada. Que pena, era uma boa alma. Não merecia aquela morte sórdida na cocheira.

Hamid voltou para o local dos graus de dificuldade. Algumas páginas mais para a frente, anotara uma discussão que Serani tivera com dois colegas. Hamid queria se retirar para os quartos de trás da oficina depois que o menino de recados fizera café para os convidados, mas o mestre fez questão de que ele, seu aluno pessoal, estivesse presente na conversa. Então ele ficou sentado num canto da sala grande e ouviu a discussão.

As anotações, porém, mostravam que ele não estava concentrado. Só alguns fragmentos e frases marcantes ficaram na peneira de sua atenção. Estavam ali soltos, como calhaus. Naqueles dias, Hamid estava apaixonado. A moça era uma linda cristã. Trabalhava como empregada numa casa grande, no meio do caminho entre a casa de Hamid e o ateliê do mestre. Tinha cinco ou seis anos a mais do que ele e era muito corajosa. Ele a beijara algumas vezes, e ela sempre ficava atrás da janela esperando-o passar. Uma semana antes dessa discussão, porém, ela desaparecera de repente. Dela ele sabia só o nome: Rosa.

"Afinal, o Corão foi escrito em árabe", estava anotado ali. Entre parênteses: "Xeque Mustafa." "O Corão foi revelado em Meca e Medina, registrado definitivamente em Bagdá, recitado no Egito, mas escrito da forma mais bonita em Istambul", dissera o mestre Serani na ocasião.

Os fragmentos de pensamentos que Hamid ainda anotara, enquanto se perdia num oceano de tristeza por causa de Rosa, ninguém conseguia entender. Ele as escrevera só para o caso de o mestre perguntar. Mas Serani nunca perguntou.

Só mais tarde Hamid aprenderia que, apesar de árabes e persas terem feito muito pela escrita, a caligrafia árabe devia muito aos otomanos. Foram as caligrafias otomanas que fizeram a escrita evoluir para uma arte completa. Eles também criaram vários estilos novos, como os estilos *diwani, diwani gali, tughra, ruq'a* e *sunbuli*.

No centro de uma página quase vazia, Hamid encontrou uma frase sublinhada com vermelho: "Vou criar um novo estilo." Quando mostrou com orgulho essa frase ao mestre, este só abanou a cabeça:

— São os pulos petulantes de um potro. Aprenda primeiro a respirar direito enquanto escreve. Você ofega de tanta excitação, como um cachorro sob o sol chamuscante — afirmou com um jeito bondoso.

Algumas páginas depois, Hamid citara Hassan, o colega acidentado: "Às vezes, a proximidade aumenta as coisas secundárias e deixa passar o principal; por isso não admira o fato de os profetas, escritores, pintores, músicos e calígrafos terem sofrido principalmente no meio em que viviam."

Como o pobre rapaz tinha razão. Hassan devia ter sabido mais do que revelava. Era filho de um modesto camponês, com julgamento afiado e infeliz. Ficou solteiro porque mancava. Quebrara a perna durante a infância e algum incompetente a engessara de forma errada.

Hamid tinha acabado de fazer doze anos quando precisou ajudar Hassan num ornamento complicado. Nessa manhã, ouviram uma briga barulhenta sobre a escrita árabe, que dois amigos do mestre travavam. Serani permaneceu neutro, às vezes dava cordialmente razão para um, às vezes para o outro; e era perceptível em sua voz e em suas palavras que teria preferido acabar com a conversa.

Hassan tomou partido da visita que era contra a canonização da língua e das letras:

Com as mesmas letras você pode escrever a palavra mais feia, assim como a mais bonita — disse ele. — E as letras árabes não podem ter sido inventadas por Deus. Afinal, estão cheias de deficiências.

Essa frase, Hamid também escrevera com tinta vermelha, no meio de uma página vazia, como se já suspeitasse de que ela seria a semente de uma dúvida que transformaria sua vida.

8.

Hamid lera muitos livros sobre a escrita, descrevera e listara todos os tons e palavras que a escrita árabe não conseguia exprimir bem, assim como coletara as fraquezas da escrita, os erros da língua e as propostas dos reformadores de muitos séculos.

Observou um título, que redigira cuidadosamente no estilo *nas'chi*: "Reforma da escrita árabe. Um tratado do escravo de Deus Hamid Farsi." A expressão "escravo de Deus" ele aprendera com o mestre naquela época, aos dezesseis anos, e a usou até virar autônomo e considerá-la como falsa modéstia.

Agora estava lendo de novo os planos que formulara várias vezes durante dois anos e escrevera em folhas soltas — antes de passá-los para o caderno —; ficou orgulhoso de seu vigor e precisão. Em cinquenta páginas, escrevera com uma letra mínima, mas legível, suas propostas de reforma e os fundamentos para três novos estilos.

A escrita árabe não passava por nenhuma evolução havia mais de mil anos; a caligrafia, havia cento e cinquenta. Apenas algumas melhorias propostas por seu mestre tinham sido reconhecidas, assim como uma escrita egípcia medonha, que seu inventor, Muhammad Mahfuz, projetara por puro oportunismo para o rei Fuad I. Imitando os europeus, ele propôs introduzir letras maiúsculas; além disso, cada letra teve de ser modificada, formando uma coroa — por isso essa monótona invenção levaria o nome de "estilo real". Um retrocesso, na opinião de Hamid, pois ninguém a teria levado em conta.

Duas grandes fraquezas da escrita árabe, que só um calígrafo conseguiria resolver, Hamid expunha em seu caderno: "As letras árabes são escritas de quatro modos diferentes, conforme sua posição, no começo, no meio ou no final da palavra, ou mesmo soltas." Isso significava que um estudante teria de aprender centenas de formas diferentes das letras. E continuava: "Muitas letras árabes são parecidas e só se diferenciam por um, dois ou três pontos. Precisariam inventar uma nova escrita, na qual cada letra seria redigida de uma só forma e não mais confundida com nenhuma outra", anotara ele, orgulhoso e radical como um revolucionário.

Trabalhando nisso, Hamid reconheceu uma terceira fraqueza da escrita árabe: "Algumas letras são supérfluas, outras estão faltando." E deu um nome à sua sugestão: "alfabeto efetivo".

Durante incontáveis dias e noites, fez experiências e estudou quatro alfabetos. Já tinha então dezenove anos e esperava uma oportunidade para submeter suas propostas ao mestre. Sentia-se seguro, mas via à sua frente o rosto cético de Serani, uma pessoa muito conservadora e pouco aberta a inovações. O mestre recusava a arte das letras separadas, que entraram em moda naquela época. Isso, dizia ele, seria uma aproximação barata dos europeus, uma caligrafia para turistas que não sabiam e precisavam ler; enfim, uma caligrafia para analfabetos.

— Não, a arte árabe compõe-se de palavras inteiras e não de letras soltas. Quando um francês introduz numa palavra chinesa um quadro surrealista, podemos chamar isso de caligrafia chinesa? — perguntou, rindo sarcasticamente.

Alguns calígrafos, que Hamid também desprezava, produziam esse mesmo tipo de quadro para os xeques do petróleo, que em sua maioria eram analfabetos. Eram imensas pinturas a óleo, com uma salada de letras em forma de desertos e oásis, camelos e caravanas — enfim, composições que poupavam aos xeques qualquer acusação de que decorariam suas salas com pinturas, coisa que o Islã proibia.

Outro mau costume que o mestre Serani criticava era a imitação dos japoneses e a caligrafia tosca, com pincel, que também estavam em moda.

— Aqui um burro pôs o rabo no tinteiro e o abanou em cima da folha — disse, de forma depreciativa, quando o empregado Hassan lhe mostrou o trabalho de um colega, executado daquela maneira.

Hamid se preparou então para uma discussão difícil com o mestre. Não queria esconder dele — a quem amava como o pai de seus sonhos — o que estava ocupando seu coração e seu espírito. E arriscou uma briga ou mesmo sua demissão.

Mas isso não aconteceu.

Naquela fase, Hamid sentia-se como uma tenda na tempestade. Reagia a piadas e erros dos aprendizes de forma irritada e impaciente. Uma noite, ele não conseguia dormir e seu nervosismo o fez pular da cama; decidiu ir para o ateliê. Era o único, além do mestre Serani, que possuía uma chave.

Naquela hora, a manhã já começava a despontar através das ruelas escuras. Ao ver de longe luzes no ateliê, levou um susto, pensando que algum empregado tivesse deixado a luz queimar a noite toda.

Foi grande sua surpresa ao ver o mestre Serani sentado à sua mesa, lendo o caderno de Hamid.

— Você ousou muito e teve até uma boa colheita — disse Serani. — Li duas vezes suas propostas de correção da escrita. O caderno estava sobre minha mesa. Eu não deixaria algo assim jogado em qualquer lugar. Ele contém joias para os conhecedores, mas que são uma faca na mão de ignorantes.

Hamid sentiu frio. Serviu-se de chá quente que o mestre acabara de preparar e sentou numa cadeira pequena, à frente dele.

— Como se a mão de um anjo o tivesse trazido até mim — afirmou Serani, olhando de forma pensativa para Hamid. — É inacreditável. Acordo depois de um sono de duas horas e sinto que devo vir para cá. Um sentimento assim às vezes é prenúncio de uma catástrofe. Eu chego e vejo seu caderno em cima de minha mesa. Abro e o que leio? Aquilo que eu mesmo havia escrito em segredo vinte anos atrás. Li duas vezes as cinquenta páginas e comparei. Veja aqui, este é o meu caderno; você pode lê-lo sem problemas, pois não é mais meu aluno, mas meu jovem colega — disse, tirando de uma gaveta um caderno um pouco mais fino e de formato grande. Cada página era lineada manualmente e escrita com muito cuidado. Hamid o folheou, mas mal conseguia ler alguma coisa de tanta excitação.
— Os cadernos são idênticos, tanto no que é bom como no que é ruim. Encontramos no seu exatamente os mesmos erros que cometi tempos atrás.

— Que tipo de erros? — perguntou Hamid, com a garganta seca.

— Reduzir o alfabeto, ou o que você denomina "alfabeto efetivo", eu chamei de "alfabeto puro". Você quer extinguir doze letras; eu, quatorze. Mas agora eu acho, talvez por causa de minha idade, que isso não seria uma melhora, mas uma destruição.

— Destruição? — Hamid estava bem acordado. — E as duplicações de algumas letras e esse LA supérfluo, o sinal feito de duas letras coladas, que já aparecem no alfabeto?

— Não quero desencorajá-lo. O profeta acrescentou essa letra LA ao alfabeto e ela ficará ali até o fim do mundo. Se você quiser me ouvir, não corte nenhuma letra; todo o mundo árabe estará contra você, pois essas letras aparecem no Corão. O alfabeto árabe tem apenas 29 letras e, quanto mais você destruir, mais insegura e imprecisa será a língua. Mas não precisa se envergonhar. No meu caderno, essa é a proposta número três. Naquela época eu era ainda mais radical do que você. Eu apostava que conseguiria reproduzir a língua árabe com apenas quinze letras. Hoje só rio disso. Você sabe inglês?

Hamid negou com a cabeça. Ele aprendera só um pouco de francês na escola.

— No inglês — continuou Serani — há muitas letras que aparecem na palavra escrita, mas que não são pronunciadas; outras, por sua vez, desaparecem na boca quando estão coladas em outra, como GH em *light* ou *night*. Bonito, não? Duas letras se sentam juntas, uma ao lado da outra, e ficam observando as demais. Outras, por sua vez, usam a máscara de outra letra tanto quando estão sozinhas como quando acompanhadas. Principalmente o O gosta de se camuflar como um U. Aliás, um amigo meu contou mais de setenta formas de escrever as letras que em inglês resultam num U. Também o I não fica atrás em suas manifestações. Já o C e o H, juntos, misturam-se resultando uma nova letra, que não consta do alfabeto inglês. Isso é riqueza. Os espertos dos ingleses não jogam nenhuma letra fora, mas combinam às vezes várias letras, formando uma nova. Eles guardam tudo para poderem ler coisas passadas e futuras. O desejo de remover letras foi também um de meus pecados quando jovem...

Serani sorriu constrangido e abanou com a mão, como se quisesse expulsar seus erros de sua memória como se fossem moscas. Serviu-se de mais chá.

— No francês, as três letras A, U e X se escondem, como se fossem um O — tentou Hamid ficar à altura, com seu parco conhecimento.

— Isso mesmo. Não se tira nenhuma letra que os séculos formaram — afirmou Serani, finalmente, como se tivesse procurado o tempo todo por um argumento. E os franceses e ingleses nem têm um Corão, que é a palavra de Deus para os muçulmanos. Tenha então cuidado, menino, porque nesse ponto a coisa fica perigosa. Tanto antigamente como hoje. É preciso estar alerta aos fanáticos. Um colega pagou com a vida porque quis copiar os turcos e propôs a eliminação das letras árabes e a introdução das latinas. Ele não quis me ouvir.

Uma tristeza tomou o rosto de Serani.

— Não — continuou ele, baixinho —, esse tipo de coisa é preciso que se prepare na clandestinidade por muito tempo. Seria necessário conquistar aos poucos os sábios, que mais tarde defenderiam, com toda sua autoridade, uma reforma cuidadosa. Sem eles é impossível fazer alguma coisa.

— Mas eles jamais vão concordar com uma revolução — revidou Hamid.

— E quem está falando de revolução? Nada será revolucionado. O alfabeto deve ser simplesmente ampliado, para que o árabe se torne a língua mais elegante e capacitada da Terra. Você conquistará as pessoas pelo orgulho. Por isso eu acho a segunda proposta inteligente. Você escreve que nosso alfabeto precisa de quatro, na minha opinião seis letras adicionais, para poder expressar perfeitamente o turco, o persa, o japonês, o chinês e todas as línguas latinas. O Corão e suas letras não seriam tocados, mas uma escrita moderna seria muito importante para a vida atual. Aqui você está no caminho certo. Também não há problema em inventar novas formas para as letras, para que não causem mais confusão; mas isso não pode acontecer em um dia, mas sim em um século, até as melhores letras saírem cautelosamente cristalizadas.

— E se os sábios disserem que isso vai contra o Islã, já que a língua árabe é sagrada e não pode ter uma letra a mais do que o Corão?

— Certamente eles vão dizer isso, mas você pode calá-los, lembrando-os de que o árabe já foi reformado duas ou três vezes. As letras com as quais os primeiros exemplares do Corão foram escritos, eram diferentes; elas não tinham pontos e foram reformadas várias vezes até adquirirem, há mais de mil anos, a forma atual. Além disso, você pode dizer que o persa também é escrito com um alfabeto árabe ampliado, com 32 letras. Será que os persas se tornaram menos crentes e piores muçulmanos por causa disso?

Serani se levantou e foi à janela. Observou por um bom tempo os varredores de rua, que executavam seu trabalho nessas primeiras horas da manhã; depois, continuou:

— Talvez você fique magoado com o que vou dizer, mas me prometa primeiro não falar nada por um dia antes de me dar uma resposta. Sei o esforço que você faz e, para mim, você é uma pessoa mais próxima do que meu próprio filho, que não quer saber de caligrafia. Você tem, porém, uma coisa na qual nunca acreditei. Seu dom divino o tornou orgulhoso e orgulho leva à arrogância. Mas caligrafia é uma arte da modéstia. Só quem tem humildade no coração poderá abrir as últimas portas de seus segredos. O orgulho é traiçoeiro; você não percebe a mão ruim dele, mas ele transforma seus caminhos em becos sem saída.

Hamid mal conseguia respirar. Estava quase chorando. De repente sentiu a pequena mão de Serani sobre seu ombro direito. Assustou-se, pois não ouvira os passos do mestre.

— Examine meu caderno hoje. Você está dispensado do trabalho para ler isso. Você verá que tentei, por mais de vinte anos, criar um único estilo. Não consegui; não por falta de capacidade criativa, mas sim porque os velhos otomanos não deixaram nada de sobra. E o que você faz? Você diz ter inventado sete novos estilos e três deles seriam bem maduros. Mas vamos examiná-los. O estilo que você denomina "morgana" parece o estilo *tulut* embriagado. "Pirâmide" é o nome dessa formação de todas as letras, reduzida neuroticamente a um triângulo. "Fantasia" não tem estrutura alguma, e o que você chama de "moderno I" pode ser comparado com um estilo rasgado em pedaços. As letras não possuem uma música interna. O "estilo salim" não tem elegância. E finalmente o estilo ao qual você deu meu nome, por amor a mim, me causa estranheza. Não, um calígrafo não precisa criar tanta coisa. Se você se concentrar numa única inovação, num único estilo, reconhecerá como é difícil realizar uma invenção verdadeira. Mas, se conseguir executá-la, será eternizado.

Hamid já tinha começado a chorar silenciosamente. Chorava de ódio de si mesmo e de decepção com o mestre. Queria dizer muita coisa, mas se calou por um dia. Depois teve de dar razão ao mestre e ficar agradecido pelo conselho de esperar um dia; pois se naquela hora tivesse dito sua opinião teria perdido para sempre o seu protetor Serani.

Um mês depois, Serani deteve Hamid quando este estava saindo para casa. O mestre fechou o ateliê, fez chá e sentou à sua mesa.
Calou-se por um longo tempo.
— Eu já lhe disse que, desde o primeiro momento, você seria para mim como o filho que eu desejava ter. Você chegou aqui há nove anos, é hoje o chefe da oficina e meu braço direito. E você é mais do que isso. Os outros empregados são colegas obedientes e esforçados, mas o fogo não lhes tomou o coração. Hoje, quero lhe dar o título de mestre. O costume diz que o escolhido deve produzir seu próprio certificado, como um exame final. Só este texto oficial é exigido e deve estar no centro. O resto é de sua escolha, a forma e os provérbios. Você pode escolher alguns do profeta ou do Corão, assim como sabedorias que considera importantes, e introduzi-los nesse grande certificado. Veja nesse livro a coleção de certificados antes de começar o seu — e lhe deu então um papelzinho, onde estava escrito que o mestre Serani entregava esse certificado a ele, Hamid Farsi, pois este preenchera todas as precondições para um mestre da caligrafia.
— Faça esse certificado com toda a tranquilidade e me traga no início do próximo mês para eu assinar. Feito isso, leve-o para casa. Você é muito jovem e a inveja dos outros pode prejudicá-lo. Deixe que seja esse o nosso segredo.
Hamid, que naquele momento era a pessoa mais feliz do mundo, pegou a mão do mestre e a beijou.
— Pelo amor de Deus — afirmou o mestre meio brincando, mas um pouco assustado —, o que aconteceu com você? Nem quando menino você beijou minha mão.
— Eu era muito burro para entender quem você é — disse Hamid, chorando de felicidade.

Depois de um mês, então, ele terminou o certificado; levou-o embrulhado num grande cachecol ao ateliê e o escondeu em sua gaveta até todos os colegas irem para casa.

Serani gritou:

— Hoje você faz o chá — e continuou a trabalhar até Hamid aparecer com o perfumado chá Ceylon.

Serani examinou com prazer o certificado.

— Meu Deus, você pode fazer um desse para mim também? — brincou ele.

— O seu é celestial. Isto aqui é apenas pó — revidou Hamid.

— Sempre fui um bicho do solo, por isso amo o pó. Você escolheu estranhamente só provérbios que têm a ver com mudança. Na minha época, como você pode ler em meu certificado, eu só escrevi "obrigado" e mais uma vez "obrigado". Eu era meio ingênuo e apenas gratidão me passava pela cabeça.

Serani assinou o certificado com as palavras: "Concede e confirma o título de mestre o pobre escravo de Deus Salem Serani."

— Agora sente-se comigo pela primeira vez como mestre. Há algo muito importante que preciso impor a você — disse Serani.

E o mestre começou a lhe contar da Aliança Secreta dos Iniciados. Do céu dos ignorantes, do purgatório dos semi-iniciados e do inferno dos iniciados.

Uma semana depois, Hamid foi acolhido oficialmente na aliança.

Hamid folheou seu caderno e encontrou as páginas onde escrevera o nome de todos os membros da aliança na escrita secreta *siyakat*.

Lembrava-se das primeiras reuniões da aliança. Fascinava-o o conhecimento enciclopédico daqueles senhores, mas estes também lhe davam a impressão de serem preguiçosos e antiquados. E então esta ênfase: "A Terra é um inferno para os iniciados, o purgatório dos semi-iniciados e o paraíso só para os ignorantes." A frase teria sido dita por Ibn Muqla. Porém, ali no Conselho dos Sábios — a presidência da aliança —, ele não percebia nada de inferno. Todos os mestres eram abastados, casados com muitas mulheres e projetavam uma sombra redonda de sua existência bem nutrida.

Ele entendera o voto de silêncio, pois desde a fundação da aliança um perigo mortal pairava sobre todos os membros e era quase impossível proteger-se totalmente dos traidores.

A saudação consistia num código que reconhecesse caligrafias estranhas. Era um ritual dos tempos antigos e não tinha agora mais significado algum, pois a aliança limitava-se a um país e o número de membros era restrito. As pessoas se conheciam, tinham contatos com membros de outras cidades e sempre muniam caligrafias estranhas com cartas de recomendação.

Quando aprendeu a escrita secreta *siyakat*, desenvolvida pelos calígrafos do sultão otomano, Hamid ficou tão fascinado que preenchera páginas e páginas dela em seu diário. A escrita *siyakat* e uma série de letras árabes estenografadas surgiram entre os sultões e eram muito complicadas para o mundo de então. Todos os relatos do sultão eram conservados nessa escrita para protegê-los de olhos curiosos; mas qualquer calígrafo dotado conseguia tirar o véu dessa escrita.

O Conselho dos Sábios concordou mais tarde com a proposta de Hamid de abolir a *siyakat*, pois esta escrita dificultaria a comunicação entre amigos e não impediria os inimigos experientes de desvendá-la.

Naquela época, Hamid se sentia carregado por uma onda de animação e percebeu ter condições de mudar muita coisa. Logo, porém, um vento frio soprou em seu rosto. Suas propostas de aproveitar o clima agitado do país e tornar a reforma radical da escrita uma questão pública foram recusadas com aspereza. Seria cedo demais para isso, o que arriscaria a aliança.

Mais tarde, quando o Ministério da Educação impôs algumas reformas radicais, os membros da aliança se rejubilaram; mas ninguém quis se lembrar de que ele, Hamid Farsi, fizera essas sugestões bem antes do ministro. Ninguém disse uma única palavra de desculpa.

Leu a frase que na ocasião escrevera com ódio: "O clã árabe não admite reconhecer erros, e civilização nada mais é do que a soma de todas as correções dos erros."

Abanou a cabeça.

— Não era um conselho de sábios, mas um rebanho de ovelhas — murmurou.

Fora a fundação da escola de caligrafia, eles se opuseram tanto aos passos seguintes que, durante dez anos, não foi tomada nenhuma resolução favorável a suas ideias.

— Invejosos — afirmou, fechando o grosso caderno.

Também seus dois estilos de caligrafia, que desenvolvera ao longo dos anos, foram motivos de riso na aliança. Hamid defendeu suas inovações, escreveu comunicados para todos os membros e apresentou seus dois novos estilos. O "estilo damasceno" era cheio de elegância e aberto, mas tinha muito a ver com a geometria do círculo. A "escrita jovem" era estreita, lisa, livre de qualquer floreio. Tinha velocidade, era afiada e cheia de energia. Favorecia o inclinado em vez das linhas verticais. Pediu críticas e esperou um elogio encorajador, mas não recebeu resposta alguma.

Naquela época sua solidão começou a ter um gosto amargo.

9.

Hamid fechou o caderno, colocou-o de volta na caixa e a empurrou para baixo do catre. Levantou-se, foi até a parede da frente e deixou seu olhar passear pela caligrafia que estava ali pendurada: o provérbio "Deus é belo e ama a beleza" fora gravado na escrita *tulut* no ano de 1267, com folha de ouro sobre um fundo azul escuro. O quadro não era maior do que a palma de sua mão, mas era um exemplar inestimável. Ele mandara trazer discretamente do ateliê para a prisão essa joia da caligrafia e também outras sete caligrafias. Ninguém sabia que esse pequeno quadro escondia um segredo: era o documento de sua filiação à Aliança dos Iniciados, da qual se tornaria o grão-mestre dois anos depois. O documento fora dado por seu mestre numa cerimônia secreta da aliança. Serani, por sua vez, recebera-o de seu mestre, Al Sharif, e este de seu mestre Siba'i. A lista de todos os detentores estava escondida no estojo do quadro e remontava ao ano de 1267, documentando essa união secreta desde o grão-mestre

Yakut al Musta'simi, o fundador da aliança secreta dos calígrafos. No documento, ele se designava como aluno modesto de Ibn Muqla, o mestre de todos os mestres.

Ainda no século XX, a associação secreta aspirava de forma fiel aos objetivos de seu fundador. Naquela época, este enviara doze de seus alunos magistrais e fiéis simpatizantes para doze regiões do então grande império árabe, que se estendia da China até a Espanha. A sede do mestre de todos os mestres foi inicialmente Bagdá, depois se transferiu para Istambul, permanecendo lá por quatrocentos anos. Com a queda do império otomano e a decisão do fundador da República turca moderna — Mustafa Kemal Atatürk — de, a partir de 1928, escrever turco com letras latinas, inflamou-se uma luta exasperada pela sede entre os mestres de Damasco, Bagdá e do Cairo. Durante cinquenta anos a briga não foi decidida. Os princípios da organização, porém, permaneceram os mesmos. Em cada país, dependendo do tamanho, havia um grão-mestre presidindo o Conselho dos Sábios, com três, seis ou doze outros mestres. Estes dirigiam pequenos círculos de calígrafos, chamados de os "iniciados". Cada um dos iniciados devia influenciar um grupo de personalidades, denominadas na aliança como "semi-iniciadas".

A tarefa da aliança era eliminar — não publicamente, mas na clandestinidade, por intermédio dos círculos dos iniciados e semi-iniciados — as fraquezas da língua e da escrita, para que estas merecessem mais tarde ganhar o predicado "divinas". Muitos dos mestres perderam a vida por traição. Ao lado de seus nomes havia sempre a observação: "mártir".

Hamid se lembrava do momento em que se ajoelhara perante seu mestre. Serani estava à sua frente, colocou a mão esquerda sobre a cabeça dele e o dedo indicador da mão direita, na vertical, sobre os lábios:

— Sou seu mestre e protetor e lhe ordeno repetir a frase dentro do coração, segundo a qual passará a vida a serviço da escrita e nunca revelará o segredo.

Comovido, Hamid assentiu com a cabeça.

Rezou com o mestre uma oração de agradecimento e, em seguida, Serani levou-o até uma mesa, onde havia um pão pequeno e um prato com sal. O grão-mestre dividiu com ele o pão e o sal. Só então tirou o pequeno anel dourado e colocou no dedo anular esquerdo de Hamid, dizendo-lhe baixo:

— Com esse anel eu ligo seu coração ao nosso objetivo, indicado por nosso grande mestre Ibn Muqla.

Serani se dirigiu depois ao Conselho dos Sábios e se despediu com a promessa de se manter sempre comprometido com a aliança e de acompanhar o novo grão-mestre.

Os doze mestres foram até Hamid, beijaram o anel, abraçaram-no e cada um murmurou:

— Meu grão-mestre.

Alguns dias depois, quando todos os empregados deixaram o ateliê, Serani lhe disse:

— Estou velho e cansado; alegro-me de tê-lo encontrado para a aliança. Isso é minha grande obra. Eu tinha o mesmo fogo no coração quando era jovem; mas agora sinto as cinzas dos anos sufocarem cada vez mais a brasa. Não alcancei muitas coisas; as mais importantes talvez tenham sido umas melhorias insignificantes no estilo *taalik*. Mas em trinta anos dupliquei o círculo dos iniciados no país e tripliquei o círculo dos semi-iniciados.

"Esses dois círculos, que estão entre os mestres e a massa dos ignorantes, você precisa educar, encorajar e instruir, além de enviar sempre os iniciados para fora, para que esclareçam as pessoas e defendam com elas a escrita contra os filhos da escuridão, os chamados "puros".

"Você é agora o grão-mestre. Deus lhe deu de presente o suficiente para isso. Seu cargo o obriga, mesmo sendo tão jovem, a amar e proteger os doze mestres como se fossem seus filhos. Você precisa sempre manter o equilíbrio entre a segurança do silêncio e a necessidade de agitação. Você não deve se intrometer quando os semi-iniciados esclarecem os ignorantes e recrutam um ou outro como membro de seu círculo, pois eles não sabem nada do que pode prejudicar a aliança e podem ser expulsos se violarem nossos princípios. Mas você é aquele que deve julgar se um semi-iniciado pode ser ou não elevado ao grau de iniciado. De forma ainda mais cautelosa, você escolherá para o Conselho dos Sábios o sucessor de um membro levado pela morte. Em sua decisão, não se deixe cegar pela fama de um mestre. Você é a cabeça da aliança. No final, você obriga os iniciados e mestres a fazer o juramento da lealdade e arrisca a si próprio.

"Você pode me fazer perguntas durante cinco anos; conheço pessoalmente todos os mestres e cada um dos iniciados. Depois disso, você mesmo vai conhecê-los.

"Estou cansado. Já percebo isso há tempos, mas minha vaidade sempre apareceu em meu caminho. Não queria admitir isso; mas, quando o vejo, sei o que significam fogo e paixão. Por isso estou feliz por lhe entregar a bandeira. A partir de agora, sou apenas um leão velho e sem dentes."

Serani não tinha nem cinquenta anos, mas parecia esgotado.

Naquela noite, sentaram-se juntos por um longo tempo.

— A partir de amanhã — afirmou o mestre, sorrindo, na despedida —, comece a procurar um aluno magistral. Nunca é cedo para começar. Eu precisei de vinte anos até encontrá-lo. E você sabe o que foi decisivo? Suas perguntas, suas dúvidas. Essas perguntas que você me fez não se aprendem. As letras foram e são acessíveis a todos os alunos; só você, porém, perguntou sobre a verdadeira substância delas. Você não tinha as respostas, mas respostas nunca são mais importantes do que perguntas — disse ele, com voz penetrante. — Não procure o mais simpático e mais amável, mas sim o mestre absoluto entre seus alunos. Ele pode ser até a pessoa mais nojenta, pois você não precisa se casar com ele, mas sim lhe dar a confirmação de sua filiação a nossa aliança.

— Mestre, como vou saber qual homem estará apto como sucessor, se muitos não têm fogo suficiente no coração e caligrafam igualmente bem? — Hamid perguntara na ocasião.

— É aquele de quem você começa a sentir inveja, aquele que você acha, no fundo, o melhor entre vocês dois — afirmou Serani, rindo bondosamente.

— Você quer dizer que sou... Não — Hamid não ousou pensar a frase até o final.

— Sim, sim. Você é melhor do que eu — disse Serani. — Do ponto de vista da simpatia, preferiria o colega Mahmud cem vezes mais do que você e Hassan, dez vezes mais; mas você sabe que Hassan fracassa no estilo *diwani* e Mahmud, no estilo *tulut*, pois ambos não suportam geometria. É como se um matemático não gostasse de álgebra — acrescentou. — E você? Você escreve as letras com perfeição, como se seguissem exatamente o diâmetro invisível de um círculo. Uma vez, dei para os dois uma régua e pedi que me mostrassem uma única letra de um poema escrito por você no estilo *diwani* que apresentasse um desvio de mais de um milímetro. Eles sabiam tão bem como eu que você não usava régua e não esboçava com lápis nenhum círculo dentro do qual poderíamos traçar as letras. Depois de uma hora eles voltaram, pálidos e com o olhar baixo.

A lista dos calígrafos atrás do quadro trazia os nomes dos mestres árabes, persas e sobretudo, a partir do século XVI, dos otomanos que levaram a caligrafia árabe ao auge de sua prosperidade. Hamid era só o terceiro mestre sírio desde a queda do império otomano.

Ele procurara um sucessor durante uma década, mas encontrara, entre colegas e aprendizes, apenas calígrafos medianos.

Só um mês antes da fuga de sua mulher, um velho mestre chamou sua atenção para Ali Barake, um calígrafo excepcional de Alepo. A mão dele era corajosa; e a letra, cheia de música virtuosa. Hamid mandou que fizessem fotos de suas caligrafias e, depois de um exame minucioso, teve certeza de que Ali Barake seria o sucessor certo se tivesse, além da técnica da escrita, o coração de um mestre.

Quando, depois da abertura da escola, os conflitos aumentaram na aliança, Ali Barake apoiou Hamid como uma rocha. Então, a decisão em favor desse jovem calígrafo estava tomada.

Os acontecimentos trágicos de sua vida, porém, impediram que Barake fosse informado a tempo. Na prisão, Hamid esperou o diretor encomendar um trabalho caligráfico de grande porte, o que aconteceu no início de janeiro. A obra deveria ser entregue no verão, como presente da família Al Azm para uma grande mesquita na Arábia Saudita. O diretor lhe ofereceu a grande marcenaria como ateliê para o trabalho no provérbio, que deveria ter oito metros de comprimento.

A robusta madeira de cedro, sobre a qual o provérbio seria escrito, fora trazida do Líbano. Três carpinteiros transformaram-na, sob orientação de Hamid, numa grande superfície lisa, com molduras esculpidas artisticamente.

Hamid desejou, então, a ajuda do calígrafo de Alepo — que fizera excelentes serviços em muitas mesquitas de sua cidade — e mostrou ao diretor algumas fotos das obras dele. O diretor Al Azm ficou bastante animado.

Hamid escreveu ao mestre Barake uma carta com um complicado ornamento como timbre, que apenas um mestre conseguiria ler. A carta em si continha o convite oficial e cortês. No ornamento, porém, estava escondida a mensagem secreta, segundo a qual Hamid Farsi gostaria de passar a ele o título de grão-mestre da aliança.

Ali Barake respondeu imediatamente ao diretor da prisão por meio de uma carta cordial, dizendo-se honrado em escrever um provérbio religioso para a mesquita da terra santa do Islã. Ele não cobraria um salário, mas só pediria um lugar modesto para o pernoite e uma única refeição por dia.

Pediu compreensão para o fato de poder começar só em abril, pois no final de março seria inaugurada, com a presença do presidente de Estado, a mesquita de Alepo, que ele ajudara a criar. Ele agora estava trabalhando de doze a quatorze horas por dia para que as caligrafias ficassem prontas. Mas o mês de abril ele dedicaria a essa tarefa maravilhosa em Damasco.

O diretor da prisão rejubilou-se de tanta alegria. Mandou chamar Hamid ao seu escritório e lhe mostrou a carta. No ornamento que cercava a carta como um arremate e que não podia ser lido por nenhum mortal comum, o mestre de Alepo escrevia sentir-se honrado por receber o maior prêmio de sua vida, embora fosse um amador, em comparação a ele, o grão-mestre Hamid.

Quando teve certeza de que seu sucessor viria, Hamid mandou o guarda até sua irmã Siham, dizendo que esta deveria visitá-lo imediatamente. Siham ficou surpresa por encontrar um Hamid que parecia ser poderoso até atrás das grades.

Hamid recebeu-a logo com uma exigência:

— Contando tudo, você se apoderou de quase um milhão de liras. Traga cinquenta mil para mim e eu a perdoo por tudo. E não venda a casa, pois quando sair daqui vou morar lá. Alugue-a, aproveite, mas traga o dinheiro. Preciso dele para um fim nobre. Se não tiver o dinheiro em uma semana, vou mandar o advogado atrás de você, para que ele arranque tudo que você levou de mim. E pense nisso: logo sairei daqui. O diretor diz que em sete anos serei perdoado, está ouvindo? O que são sete anos? Traga as cinquenta mil liras e você está livre.

— Vou tentar o máximo — disse Siham, de forma evasiva, e se foi.

Dez dias depois, o diretor mandou chamar Hamid. Entregou-lhe uma grande sacola com bambus e canas-da-índia.

Hamid deu uma recompensa ao guarda e, quando estava de novo sozinho, talhou o fundo da sacola e sorriu sarcasticamente:

— Filha do diabo — afirmou, rindo. Siham mandara dinheiro, mas apenas quarenta mil liras. Isso, no entanto, também era uma fortuna na época.

Com o dinheiro, o sucessor Barake deveria formar uma tropa secreta contra "os puros" — os piores inimigos da aliança — e também atacá-los com assassinatos e homicídios.

— Não é possível sempre esperarmos, como carneirinhos obedientes, que eles nos massacrem. Eles precisam aprender que, para cada morto em nossas fileiras, haverá três nas fileiras deles — murmurou.

Ali Barake deveria chegar a Damasco no início de abril de 1958. Hamid inscrevera, já em fevereiro, o nome e o ano de nascimento dele, 1929, na lista gravada no estojo. Agora estava certo de que salvaria seu segredo e realizaria seus sonhos por intermédio desse competente homem.

Mas tudo aconteceu de modo diferente.

10.

O diretor da prisão, Al Azm, mandou um guarda chamar Hamid. Ele sempre se mostrava muito solícito, como todos esses burgueses ricos que Hamid nunca entendera direito. Eles riam o tempo todo, como os chineses, mesmo quando tinham uma faca cravada na barriga ou precisavam enfrentar uma derrota amarga. Isso Hamid nunca conseguira fazer. O mestre Serani sempre lhe advertia para o fato de as pessoas conseguirem ler os pensamentos no rosto dele, como num livro com letras bem nítidas.

Ele encontrara membros desse pequeno círculo apenas como fregueses. Sabia que esses homens, detentores ou não dos títulos de paxá e bey, não estavam interessados nele, mas só em sua arte; sua admiração dirigia-se a ela e não a ele.

Na frente deles, Hamid não se mostrava quieto e modesto, mas sim com um orgulho que beirava a arrogância, para mostrar a esses nascidos em berço de ouro que ele não herdara nada, mas conseguira tudo por conta própria, e que, como não o acolhiam em seu grupo, precisavam pelo menos lhe render um mínimo de respeito. Hamid sabia que o clã de Al Azm, cujos chefes foram seus fregueses, haviam sempre se unido aos governantes contra a população, desde o século XVIII. Os outros clãs não eram nada melhores. Por isso Hamid reagia às vezes de forma agressiva quando um desses arrivistas finos comentava sobre seu trabalho:

— Um grande talento.

Eles queriam menosprezar sua capacidade; talento seria uma coisa que crianças e diletantes consideravam um elogio, mas não o melhor calígrafo de Damasco.

Também naquele dia o diretor Al Azm apareceu por trás de sua mesa e lhe deu boas-vindas.

— Uma caligrafia pequena, mas fina — afirmou, depois de o guarda servir o chá. — Se possível, com ouro sobre verde. São as cores preferidas de meu primo. Ali Bey é um grande admirador de sua arte. Ele é o presidente do Parlamento e em uma semana deixará o hospital; úlcera gástrica, também conhecida como "política". Odeio política, mas ele sempre quis ser político. Quando éramos crianças e brincávamos, adivinha o que ele sempre queria ser? — Hamid negou com a cabeça; não sabia de que o diretor estava falando. — Queria ser o presidente. Mas tanto faz. Ele é um grande conhecedor de caligrafia e sempre lamenta o fato de não ter tempo para desenhar e pintar. Também o admira muitíssimo e tem a mesma opinião que eu: é um crime mantê-lo na prisão. Já lhe disse pouco tempo atrás que ele quer perdoá-lo depois de sete anos. Ele é o genro do presidente de Estado. Na verdade, não poderia estar lhe contando isso. Mas onde parei? Ah! Se possível, escreva alguma coisa parecendo um falcão ou uma águia. Meu primo é louco pela falcoaria.

Hamid virou os olhos. Odiava estilos de plantas e animais, nos quais as letras se transformavam em flores, paisagens, leões e aves de rapina. Achava ridículo curvar tanto as letras, colocando-as a serviço do quadro, como escravas. O que saía dali qualquer iniciante da pintura e da fotografia conseguia fazer melhor.

O diretor Al Azm percebeu a má vontade de Hamid:

— Foi só uma ideia, eu nem entendo muito disso. Escreva o que quiser — o diretor deteve-se por um momento e serviu chá para Hamid. — E mais uma coisinha — disse, baixinho —, minha tia, a mãe do dito primo Ali Bey e irmã do primeiro-ministro Al Azm, doou dinheiro para a restauração da pequena mesquita de Omar. Já lhe falei dessa tia? — Hamid não sabia o que o diretor queria com todas essas histórias e abanou a cabeça. — Ela tem 110 anos e ainda sai para fazer compras todos os dias, depois faz sua sesta, e toda noite toma um litro de vinho tinto; e meio ano atrás ela voltou a ganhar, pela segunda vez, dentes de leite. Se eu não os tivesse visto, não teria acreditado: dentinhos brancos como a neve estão crescendo em sua boca. Mas deixe isso para lá. A lenda diz que um mestre sufista sonhou que o terceiro califa Omar desejava uma mesquita na pequena praça perto da ruela das Sedas. Naquela época, em pleno século XVIII, o lugar era um antro de pecadores! — O diretor riu de forma ruidosa e tomou um bom gole de chá. — Uma placa de mármore na entrada da mesquita deve agora eternizar a grande doação dela. E seria uma honra para minha família se você fizesse o projeto no papel. Tenho aqui três entalhadores de pedra, que poderiam gravar sua caligrafia no mármore. Dois condenados à prisão perpétua; e um, a cinco anos.

A caminho da cela, o guarda lhe contou que o irmão teria um filho de sete anos já com barba e na puberdade. Hamid se sentiu num manicômio. Abanou a cabeça, quando o guarda trancou o portão de sua cela, e saiu, tossindo. Precisou de algum tempo até seu cérebro se livrar de todo esse lixo.

As lembranças voltaram com força. Ele tinha então 29 anos e se encontrava no auge da fama e da felicidade. Não distante de seu ateliê, numa das casas mais bonitas do bairro de Suk-Saruja, morava o ministro Hachim Ufri, um industrial rico e amante da caligrafia. Encomendava com frequência pequenas e grandes caligrafias, mas não dizia a Hamid quem ele presenteava.

Em 1949, esse ministro Ufri levou numa visita oficial do rei Faruk, do Egito, uma caligrafia de Hamid Farsi. Um mês depois, o embaixador egípcio apareceu no ateliê e lhe contou, de forma cerimoniosa, que o rei nunca ficara tão animado com uma caligrafia — exceto, naturalmente, com algumas dos velhos mestres otomanos, mas estes já estavam mortos e agora só fariam caligrafias para o soberano de todos os soberanos.

— Talvez o senhor fique surpreso, mas saiba que nosso rei é um calígrafo apaixonado, como foram também o pai e o avô dele. Ele gostaria então de comprar as penas com as quais o senhor fez surgir, como por encanto, essa escrita divina.

A cor do rosto de Hamid desapareceu. Ficou pálido de raiva, mas se controlou.

— Se Sua Majestade é um calígrafo, então ele sabe que penas e facas são pequenas relíquias que não podem ser vendidas.

— Não há nada que não possa ser vendido, ainda mais para Sua Majestade. Não crie problemas para mim nem para o senhor — disse o embaixador.

Hamid se lembrou de que o rei do Egito era amigo próximo do ditador Hussni Hablan, no poder desde março, e que este era um analfabeto primitivo, que não se intimidaria em desmontar o ateliê inteiro e embarcar tudo para o rei do Egito, só para agradá-lo.

Supreendentemente, o que o embaixador escondia sob as letras de sua decente ameaça não parecia muito melhor do que as fantasias receosas do calígrafo.

— Como elas não podem ser vendidas, vou dá-las de presente para Sua Majestade — disse Hamid, desesperado. Levantou-se e abriu o armário atrás dele. Ali estavam as penas. Ele as embrulhou num pano vermelho de feltro e as entregou para o pequeno homem de pele escura com uma enorme careca. O embaixador deu um sorriso que lhe cobriu o rosto. Espantou-se com o conhecimento de seu amigo no Ministério das Relações Exteriores, que elogiara a razão extraordinária de Hamid Farsi.

— Eu mesmo vou contar à Sua Majestade de sua generosidade; pois o rei me ordenou, em respeito ao senhor, levar pessoalmente essas penas para o Cairo — afirmou o embaixador.

Hamid Farsi não lamentou a perda por muito tempo. Ele cortou, partiu e afiou as novas penas durante dois dias, até ficar satisfeito com elas.

Um mês depois, o embaixador apareceu de novo e entregou a Hamid uma carta do rei. A carta trazia uma das maiores encomendas que o calígrafo já recebera, além de uma pergunta: "Por que as penas não escrevem uma letra tão bonita como a sua?"

Hamid trabalhou três meses na encomenda do rei, mais do que bem paga. Tratava-se de grandes fitas escritas para as paredes do palácio. Quando terminou, escreveu uma carta de acompanhamento: *"Sua Majestade. Como Sua Majestade reconhece e seu embaixador, Sua Excelência Mahmud Saadi, confirma, mandei-lhe minhas melhores penas. Mas não pude e não posso lhe mandar a mão que as guia."*

Parece que o rei Faruk ficou mais impressionado com essa carta do que com as caligrafias, com as quais queria enfeitar o dormitório. Escreveu em seu diário que ninguém reconheceria de longe com qual pena ele escrevia. Só este sírio, que o aconselhou jamais escrever com essas penas de metal que vinham chegando da Europa.

Hamid Farsi escrevia poucas vezes com penas de metal. Preferia as penas de cana-da-índia ou bambu e, para a escrita fina, cortava-as pessoalmente. Havia métodos específicos e secretos sobre como colher a cana, quanto tempo enterrá-la em excremento de cavalo ou em outros ingredientes secretos para se chegar a um bom utensílio. O melhor material para tubos vinha da Pérsia.

— Penas de metal são de minérios mortos. Elas escrevem bem, mas de forma rude e fria — dizia sempre o mestre Serani. — A cana tem força e elasticidade ao mesmo tempo, como a vida.

Cortar e partir a pena eram os principais segredos de todo calígrafo.

— Quem corta mal nunca conseguirá escrever — afirmava Hamid. E quando cortava os tubos não queria ninguém por perto, nem os colegas, nem o moleque de recados. Ele se recolhia numa cabine pequena, fechava a porta, acendia a luz e trabalhava sem interrupções, até suas penas terem sido cortadas, limpas e partidas.

A faca, ele guardava no armário com as penas e os cadernos que traziam receitas de tintas. Ninguém podia tocá-lo, mesmo quando estava aberto.

11.

O diretor Al Azm gostou do provérbio na parede da cela de Hamid e quis tê-lo. Hamid pediu que lhe deixasse essa única caligrafia, pois a recebera de seu querido professor e mestre. Mas ele gostaria de fazer uma nova para o diretor, tão linda como aquela.

— De preferência, duas vezes maior — afirmou o diretor, rindo, e se dirigiu à sua sala, pois não conseguira encontrar nenhuma frase melhor para sua jovem amante do que esta: "Deus é belo e ama a beleza." Ela sempre lhe perguntava: "Por que você me ama?" Aqui ele encontrara a resposta. A caligrafia na parede de Hamid estava mesmo empoeirada e rasgada nas bordas; com uma nova em folha sua cotação subiria. Alegre e orgulhoso por sua astúcia, entrou no escritório.

Hamid, por sua vez, ficou profundamente chocado com o desejo do diretor da prisão. A ideia de precisar entregar essa caligrafia deixou-o sem fala; e só depois de um longo período teve condições de esboçar algo de novo para Al Azm. Logo ele descobriu a forma que o provérbio deveria ter. Hamid desconhecia o medo frente a uma folha branca, comum entre os colegas. Ao contrário, sentia-se nessa situação cheio de força e coragem. E exatamente este sentimento era a coisa mais linda do trabalho: o primeiro contato da tinta preta sobre uma superfície branca e amorfa; presenciar como o preto dava forma ao branco. Não era uma sensação de êxtase como na música ou no ópio, na qual as pessoas flutuam e sonham, mas sim o prazer máximo no estado de vigília. Ele presenciava como a beleza fluía de sua mão para o papel, dando-lhe vida, forma e música. Só quando as palavras eram escritas até o final, ele sentia a exaustão. Daí seguiam-se o trabalho rotineiro e cansativo na sombra das letras, na faixa de adornos, nas vogais embaixo e em cima das letras — tudo isso para possibilitar uma leitura impecável — e, finalmente, a elaboração dos ornamentos nas áreas ao redor. Ali eram necessários o trabalho manual aprendido e muita paciência.

Ele molhou sua pena na tinta e escreveu bem no alto, de uma só vez, a palavra "Deus". Em suas pinturas, nenhuma palavra podia vir acima do nome "Deus".

Ficou pronto dois dias depois. Hamid então foi até a parede e afagou a velha caligrafia.

— Salva — murmurou. — Deus é belo e ama a beleza — leu o provérbio. Retratos lhe ocorreram. Sua primeira mulher, Maha, era bonita, mas burra como uma porta. Será que Deus a amou?

Lembrou-se de como tudo começara. Serani lhe recomendara sem rodeios, mas de forma envergonhada, que arranjasse uma esposa; isso porque o olhar de Hamid ficava intranquilo sempre que ouvia passos de uma mulher. Naquela época, Hamid não dava muito valor a casamento. Ele gostava de ser independente, frequentava um bordel uma vez por semana e comia sempre num café. Mandava lavar, passar e costurar suas roupas por algumas piastras, de modo que lhe sobrava mais tempo para o trabalho.

Um dia depois dessa conversa memorável, como se o azar a tivesse mandado, apareceu em Damasco a tia Majda, fugindo do calor e da solidão da Arábia Saudita. Ela lhe disse, com toda franqueza, conhecer uma pérola de moça, que seria feita para ele. Admirado, Hamid perguntou-se como essa mulher, que vivia nove meses do ano no deserto da Arábia Saudita, saberia quem combinava com ele em Damasco; e mais estupefato ele ficou quando ela mencionou o nome da moça: Maha, a bela filha de seu mestre Serani. Hamid não a conhecia, mas a animação de sua tia o contagiou. Ela estava fascinada com a beleza silenciosa de

Maha e organizou tudo pessoalmente, já que naquela época os pais dele já haviam perdido o contato com as coisas mundanas da vida.

Maha era a única filha do mestre Serani, e Hamid pensou, naturalmente, que tinha tirado a sorte grande. O mestre, que na verdade forçara sua decisão, mostrou-se depois reservado, como era de seu feitio. Hamid perceberia tarde demais que Serani não conhecia a própria filha. Se conhecesse, teria sabido que Maha não gostava dele nem de sua caligrafia e ainda o considerava um tirano.

Será que o pai era tão mau como ela dizia? Maha, em todo caso, só contava histórias de horror sobre ele.

— Eu gostaria de ser uma pena — disse ela uma vez, aos prantos —, pois meu pai afagou e cuidou de suas penas diariamente, mas não me abraçou uma única vez.

E, como as semelhanças entre seu marido e seu pai ficaram cada vez mais evidentes, em pouco tempo Maha não conseguia mais nem cheirar Hamid.

Nessa época, ele já se tornara o primeiro calígrafo no ateliê de seu mestre e o primeiro a receber, em uma década, um certificado da mão de Serani. Agora era a hora de abrir seu próprio ateliê. Hamid não ousava, porém, discutir isso com o mestre — agora seu sogro —, sobretudo quando este começava a falar abertamente do dia em que lhe passaria o ateliê e se aposentaria.

— Isso quando minha mão começar a tremer, em vinte ou trinta anos — acrescentava com ironia. De fato havia mestres que aos 75 anos escreviam de forma afiada. Hamid precisava, então, esperar pacientemente por uma oportunidade para ministrar ao mestre a pílula amarga.

Nesse tempo, ele procurava pelo preto absoluto. Já pouco antes de seu casamento, Hamid fazia experiências com todos os tipos de materiais, num quartinho na parte de trás da oficina; queimava, diluía restos carbonizados e acrescentava diversos sais, metais em pó e resinas, mas um preto mais escuro do que aquele que já usava ele não conseguia adquirir.

Serani desperdiçara dez anos de sua vida procurando o preto mais puro. Hamid não queria ultrapassar seu mestre, mas investigar o segredo da cor preta e achar sua forma mais pura. Como agradecimento, chamaria a cor de "preto Serani". Porém, apesar de tanto ter se esforçado e perguntado a alquimistas, droguistas, comerciantes de temperos, farmacêuticos e mágicos, ninguém estava em condições de lhe revelar a receita secreta.

Só na prisão ele pôde calcular quanta força desperdiçara para ter em mãos o preto absoluto. Um capítulo inteiro de seu livro levava o título "Tinta", e mais tarde ele escreveria embaixo: "Minha tinta é a preta; não encomende aqui um arco-íris."
"Preto é a cor mais poderosa. Ela elimina todas as outras cores e mata a luz. Preto é uma cor audaz como a razão e fria como a lógica", anotou de forma presunçosa e patética, depois de ter lido, durante meses, tudo que havia à disposição sobre produção de cores. O mestre Serani observava a dedicação dele, admirando-se e divertindo-se sempre que Hamid ia com a cara suja para casa.
Ele procurava o tom escuro do veludo preto e sonhava com o preto absoluto do universo. Lá longe estaria o mais preto de todos os tons. E de repente descobriu seu amor pela noite e por que seu desejo por mulheres sempre brotava na escuridão. Quando disse ao mestre que haveria uma relação entre noite e eros, este ralhou, afirmando ser melhor ele ficar só com a tinta.
Hamid começou com os métodos conhecidos. Carbonizou em recipientes fechados restos de uva, pau-campeche, noz-de-galha, ossos, marfim, caroços de azeitona, folhas da planta curtidora sumagre e anilina, triturou-os e ferveu-os com sais de ferro e cobre ou de nitrato de prata; mas não chegou àquilo que procurava.
Tentou também extrair ainda mais pretos com álcool e vinagre. Tudo isso resultava em melhorias insignificantes, mas não num avanço convincente.
Os outros colegas logo passaram a chamá-lo de limpa-chaminés, quando ele andava por aí todo coberto de preto; em sua febre, porém, não ouvia nada.
Hamid encontrou receitas antiquíssimas da Grécia e Turquia. Para a fabricação de tinta, devia usar cera de abelha carbonizada e fuligem

de lampião e de petróleo, misturar com minério triturado, ferver, deixar descansar uma semana, peneirar e engrossar. Fez exatamente como diziam e, no final, adquiriu um preto intenso — mas ainda não era o que procurava.

Um dia, num café perto do ateliê, ele topou com um alquimista magrebino. Hamid tomava seu chá e ouvia o que o alquimista recomendava aos ouvintes para manterem a potência. Esse homem estava envolvido numa túnica branca e tinha uma cara inteligente; parecia cansado dos homens que o atormentavam e compravam dele seus pozinhos. De repente, apanhou-o com um olhar, que Hamid não conseguiria esquecer durante décadas. Ele não evitou o olhar do alquimista; pelo contrário, sorriu para o homem de modo expressivo, até que este se levantou, pegou seu copo de chá e se dirigiu a ele, no canto.

— O cavalheiro parece preocupado com outras coisas além de seduzir ou envenenar mulheres. Talvez procure o segredo da alquimia? — Hamid deu risada.

— Não vamos fazer negócio. Não estou interessado em ouro nem em mulheres.

— Mas algo escuro, pesado, ocupa seu coração — afirmou o homem, sem medo.

— Você tem razão — escapou-lhe —, estou à procura do preto absoluto.

— Então você é calígrafo — concluiu o estranho, laconicamente. — A terra é limitada, por que você exige o absoluto? Isso só existe no céu. Entre todas as cores terrestres, porém, a minha é a mais escura — disse o homem. Hamid sorriu de maneira amarga. — Vou lhe dar uma receita e, se você ficar satisfeito com o resultado, envie para um endereço em Beirute cem pequenas caligrafias com frases do hadiz de nosso profeta e do Corão. As folhas não podem ser maiores do que a palma de sua mão e devem ser redigidas em escrita invertida. Está de acordo?

— E por que para Beirute? — perguntou Hamid, divertindo-se.

— Amanhã cedo precisarei deixar Damasco. Ficarei um mês em Beirute. Se você não mandar minha recompensa, vou amaldiçoá-lo de tal forma que você será atormentado pelo infortúnio. Registre bem o que estou dizendo — afirmou o homem seriamente.

Hamid pegou o pequeno caderno que sempre trazia consigo para anotar ideias e curiosidades. Havia sido um conselho de seu mestre, que nunca saía de casa sem caderno e sem caneta.

O alquimista parecia saber a receita de cor. Com o olhar voltado para longe, ditou a quantidade dos ingredientes, o processo e o tempo necessário para tudo, como se estivesse lendo em um livro invisível.

Talvez não fosse o preto absoluto, como ficou provado; mais escuro do que esse, porém, ninguém conseguira fabricar naquele tempo em Damasco. Tempos depois, essa tinta traria a Hamid muita fama e riqueza, mas também muitas noites mal dormidas. Isso porque ele esquecera o alquimista por um tempo e, quando finalmente enviou para Beirute a recompensa combinada, o motorista de táxi voltou sem entregá-la, com a notícia de que o magrebino já teria partido.

Será que a maldição do alquimista causara seu infortúnio?

Para fabricar a tinta, ele pegara a lã da barriga de uma ovelha negra, chamuscara, triturara, misturara com resinas, goma arábica e ácido tanino, dissolvera tudo na água, engrossara sobre uma pequena chama e amassara a pasta criada. Em seguida, acrescentara óxido metálico, dissolvera tudo, engrossara de novo e criara uma pasta que, ao resfriar, se solidificou num bloco negro como um corvo. Um pedaço disso dissolvido em água resultava numa tinta extraordinariamente preta.

Logo começaram a falar sobre a alta qualidade da tinta, e todos os calígrafos mais exigentes fizeram suas encomendas. O mestre Serani, porém, não gostou daquilo.

— Estamos virando uma fábrica de tinta — resmungou.

Quando Hamid abriu seu próprio ateliê, dedicou-se à produção desse belo preto em grande estilo.

A fabricação da tinta preta era trabalhosa, mas inofensiva se comparada com as cores tóxicas. Muitos calígrafos morriam jovens, sem saber que haviam sido envenenados pelas substâncias com as quais produziam as cores. Hamid lembrou-se de seu colega Radi, que sempre desprezara as advertências e pagara o preço, então, com a vida.

Quando Maha, sua primeira esposa, ainda era viva, ele voltava muitas vezes esgotado para casa, cheirando mal e com o rosto sujo de fuligem. Sua mulher odiava aquele cheiro que Hamid trazia para casa e sempre procurava uma desculpa para não precisar dormir com ele.

Mesmo quando ele se tornou autônomo e, após uma grande encomenda de uma igreja ortodoxa, conseguiu comprar a bela casa de Ehud Malaki, um judeu rico, o humor dela não melhorou nada. Maha não elogiou a casa sequer com uma palavra.

Também por causa dela, não abrira sua loja no bairro dos calígrafos, Al Bahssa, mas decidira pela rua mais bonita do bairro de Suk-Saruja, onde só os abastados moravam. Os damascenos chamavam essa elegante região de "pequena Istambul". Maha, porém, não quis ver a loja e nunca pisou lá.

Por causa da mulher, Hamid parou de fazer experiências com tintas e passou a voltar à noite para casa do mesmo modo como saía de manhã, elegante e perfumado. Mas nada ajudava. Sua mulher tornava-se cada vez mais abatida e sempre se recolhia. Durante um ano aguentou a teimosia dela, mas depois, quando ela se recusou uma vez a cumprir suas obrigações na cama, ele a espancou.

Cerca de dois anos depois do casamento, Maha ficou gravemente doente, passou a emagrecer rápido e ganhou erupções purulentas na pele, pelo corpo inteiro. Os vizinhos começaram a dizer que a mulher teria ficado doente por causa do veneno das tintas, que Hamid guardava em latas pretas no porão.

A vida em casa se tornou um inferno. Ele ficou com medo de ser envenenado pela esposa, mas ela não queria matá-lo. Maha não invejava os vivos. Sua vingança — isso ela murmurou, enrouquecida, no leito de morte — seria lhe desejar uma longa vida.

No início, ele se sentiu culpado; mas logo depois começou a aproveitar sua liberdade e a tranquilidade absoluta em casa.

Sentiu saudades dela? Levou um susto, deitado agora no catre, quando ouviu sua voz:

— Por nenhum segundo.

A partir de então, passou a viver sozinho naquela bela casa e não quis se casar nunca mais. Não se interessava por freguesas nem por vizinhas solitárias, que sempre batiam na porta da casa dele pedindo alguma coisa. Ele sabia bem por que elas batiam e, em função disso, tratava-as de forma rabugenta.

Até que um dia apareceu um de seus fregueses mais ricos, Munir al Azm. Este ficou sabendo pela irmã que a filha do sábio Rami Arabi, um homem famoso mas pobre, seria uma exceção entre as mulheres. Ela saberia ler e escrever melhor do que muito homens, seria bonita e bem educada. Ele até gostaria de tê-la como quinta mulher, mas o pai recusou, pois a filha queria possuir sozinha o coração do marido.

Hamid Farsi mal desviou o olhar.

— Preciso esperar um mês, até minha tia chegar da Arábia Saudita e examiná-la. Depois, veremos — disse, brincando.

— Venha nos visitar. Vou convencer minha irmã a convidar a amiga — ofereceu o homem atencioso, mas Hamid só abanou a cabeça. Tinha outras coisas para fazer.

Pouco tempo depois, Hamid pegou um resfriado. Ficou com febre, mal conseguia se mexer e sentiu falta de uma mão que o ajudasse. A casa se tornou um caos, e ele precisou pedir a uma vizinha velha que cozinhasse e limpasse o necessário e cuidasse das flores.

Durante a madrugada, sentia-se cada vez mais sozinho; a casa vazia lhe dava medo e, com a ressonância de seus passos, sua solidão só aumentava. Seu desejo por mulheres o obrigou, depois de recuperado, a procurar uma puta. Mas ficou enojado ao cruzar ali com o cliente que acabava de deixar a mulher. Era um homem grande, sujo e vulgar, que, ao ver Hamid, virou para a puta e disse:

— Com uma bicicletinha dessas sua garagem vai descansar do meu caminhão.

Ao ouvir o riso alto da puta embriagada, Hamid deixou a casa.

Então ele esperou ansiosamente pela chegada da tia, que também tinha um interesse enorme em compensar aquela sua primeira e infeliz intervenção. Quando Hamid mencionou o nome da jovem, a tia encontrou rápido, no labirinto de suas relações, uma amiga da época de escola que morava na mesma rua da família da menina. Badia também tinha a opinião de que Nura seria a mulher perfeita para Hamid.

Será que era? Ele teria dado tudo para que fosse. Ela era um pouco magra, mas seu rosto tinha algo de irresistível. Para o gosto dele, ela falava demais. Por fora, parecia bem-educada, mas nunca aprendera a calar a boca. Sobretudo quando ele queria lhe contar alguma coisa, ela pegava o fio da conversa e se intrometia. Às vezes ele nem sabia mais o que queria dizer. De algum modo ela parecia ter sido criada como um homem e achava que, como os homens, podia falar sobre tudo. No início, ele achou isso engraçado, mas logo ela perderia, para ele, sua feminilidade. Na cama ele não se sentia bem; ela tinha seios pequenos e, um mês depois do casamento, cortou o cabelo bem curto, como um menino. Mas tinha um perfume agradável e era elegante em tudo que fazia. Às vezes, ele a via chorando, mas então se lembrava do que o avô lhe dissera:

— Mulheres são seres do mar. Elas dispõem de muita água salgada.

Se cuidasse das lágrimas de sua mulher, ele não conseguiria fazer mais nada.

Torceu para ela engravidar. Contavam-lhe que, durante a gravidez, as mulheres ganham mais peito, bunda e barriga. Ele tentava dormir com ela o mais frequentemente possível e conversar com ela o mínimo possível. Quando sua mulher falava, ele fingia não ouvir. Porém, em vez de ficar mais feminina e engravidar, tornou-se obstinada. Às vezes, ele achava que ela enlouquecera. Ela começava a rir no meio de uma relação amorosa, e ele tinha a sensação de que ela estava caçoando dele.

De vez em quando, ele chegava cansado e com fome e percebia que ela não cozinhara nada. Ela dizia que passara o dia lendo e pensando. Muitas vezes ele chegava sem avisar, pois suspeitava de que ela teria um amante ou estaria com as vizinhas, coisa que ele proibira. Ela sempre jurava não visitar nem receber visita de ninguém, mas dizia isso rindo friamente. Era comum o telefone tocar e, quando Hamid atendia, desligavam.

Sua suspeita de que ela estaria louca confirmou-se no dia em que a encontrou jogando bolinha de gude no pátio interno. Sozinha! Ele fez um escândalo e ela só riu. Isso foi um choque para Hamid e, pelo menos nesse dia, ele deveria ter chamado um médico. Mas achou que mulheres entenderiam a alma de outras mulheres melhor do que qualquer médico.

E o que lhe disse a maldita tia Majda?

— Isso as mulheres só fazem quando estão insatisfeitas sexualmente e por isso desprezam o marido. Você precisa dormir mais vezes com ela e quebrá-la. Existem mulheres que só assim se tornam razoáveis e femininas. Então ela vai segurar nas mãos e beijar só as suas bolas de gude.

Ele começou, então, a dormir todas as noites com Nura; e, quando ela voltou a rir, ele bateu nela. Nura chorou durante dias e passou a ter medo. Não falava mais e foi ficando cada vez mais pálida. O sogro o procurou três vezes e o advertiu para que cuidasse da filha, pois nunca vira Nura tão infeliz. Ele, Hamid, não deveria se afundar na caligrafia. Livros e letras existiriam para fazer as pessoas felizes. Na vida de Hamid, havia felicidade, hospitalidade e casamento, mas tudo isso só como oferenda no altar do livro. O sogro lhe perguntou, sem cerimônia, quando ele teria tido pela última vez visita em casa.

Hamid não sabia responder. Tentou, então, mimar a esposa; mas Nura não queria mais. Com tarefas domésticas e dores de cabeça, ela construiu uma verdadeira trincheira contra suas tentativas de assaltar sua solidão.

Um dia a mãe dela apareceu no ateliê e se comportou como se estivesse apaixonada por ele. Ele a levou a um café familiar ali perto, pois na oficina Samad iria ouvir cada palavra. No café, a sogra confessou que teria gostado de visitá-lo sem motivo, só para vê-lo, mas o marido a mandara lá. Ela lhe disse que ele não deveria trabalhar tanto, mas sim cuidar melhor da esposa. A filha não sabia estimar direito os homens, acrescentou. Ela não era madura, pois uma mulher madura desejaria um homem exatamente como ele. Para a sogra, Hamid seria a síntese do marido másculo e decente. Ela mesma seria muito mais feliz se o marido possuísse um décimo da dedicação do genro e cuidasse melhor do orçamento da casa. Nura herdou muito do pai, como a loquacidade. Ela sentia muito por isso. Entretanto, disse a sogra acariciando-lhe discretamente a mão, os dois conseguiriam educar juntos a criança, para que ela se tornasse mulher.

Na despedida, ela o beijou com bastante intimidade e o corpo dela irradiou um calor que ele nunca sentia em sua mulher.

Hamid não sabia o que fazer com os conselhos do sogro, e o afeto da sogra o confundia e o afastava de sua mulher. A sogra aparecia com cada vez mais frequência para conversar sobre Nura; e em sua quarta ou quinta visita ele teve de lhe pedir para que não viesse mais sozinha, pois os colegas e vizinhos estavam começando a fofocar. Isso era mentira. A cada contato com a mulher, porém, ele parecia entrar em êxtase. Ela era só três anos mais velha do que ele, mas lhe parecia mais jovem e mais erótica do que a esposa.

Uma vez, quando encontrou a sogra com ele, tia Majda disse de maneira arrogante que também poderia interferir e trocar a filha pela mãe.

— Azarenta — murmurou Hamid e, do catre, dirigiu o olhar para a pequena foto, em cuja metade da direita acreditava ver a tia Majda.

12.

Hamid andava nervosamente ao redor da cela. Estava bem acordado, como se tivesse dormido dez horas. Fazia tempo que não vivia tais noites. Pouco antes de se separar do mestre, estivera também excitado. Naquela época, não dormia mais de três horas durante a madrugada. Mesmo assim, os preparativos não ajudaram em nada. Semanas antes de participar sua decisão, o mestre parecia tão doente e envelhecido, tão triste e abandonado, como se suspeitasse da separação eminente.

Na despedida, Serani lhe desejou sorte e sucesso, mas dois dias depois chamou a separação de traição. Anos mais tarde, Hamid ainda se perguntaria por que o mestre falava em traição, já que ele mesmo recusara a grande encomenda, com a qual Hamid acabou financiando sua mudança.

Um mês antes Serani recusara duas vezes trabalhos para a igreja católica. Eram encomendas pequenas, mas muito bem pagas; Serani, porém, não se interessou pelo dinheiro. Por motivos religiosos, recusava-se a executar caligrafias para cristãos.

Tanto a escrita como a língua árabe eram sagradas para ele, pois estariam intimamente ligadas ao Corão; por isso nunca queria vender suas caligrafias para os infiéis. Muitos de seus colegas o levavam a mal, pois Damasco sempre fora uma cidade aberta, onde era comum serem vistos entalhadores, arquitetos e pedreiros cristãos, judeus e muçulmanos trabalhando juntos na reforma das mesquitas. Durante dias Hamid tentou demover Serani. Em vão.

Um dia, Alexandros III, o patriarca da Igreja Ortodoxa damascena e grande admirador da caligrafia árabe, enviou um mensageiro ao mestre Serani. O mensageiro pediu-lhe que enfeitasse a recém-reformada igreja de Santa Maria com caligrafias árabes e arabescos. Serani mesmo poderia estipular o valor do pagamento. Este recusou o trabalho rudemente. Disse que não escreveria para infiéis com a letra divina. Por toda sua vida, o mestre acreditou que a caligrafia faria de toda mesquita um grande livro religioso para sábios, enquanto os infiéis faziam de suas igrejas um livro de ilustrações para primitivos.

Alexis Dahduh, o mensageiro do patriarca, ficou lá estático como uma pedra, e pela primeira vez Hamid se envergonhou do mestre. Acompanhou o homem elegante até a saída e lhe disse na despedida que este não deveria contar nada a Sua Excelência sobre aquelas palavras pouco amáveis, mas que ele, Hamid, o visitaria em seu escritório para falar a respeito da encomenda.

Uma semana depois, quando havia assinado o contrato com o patriarca e recebido a primeira parte do pagamento, Hamid voltou para o ateliê, pegou seus utensílios, despediu-se com polidez e anunciou que se tornaria autônomo. Serani, afundado em sua cadeira, murmurou bem baixinho:

— Eu sei, eu sei. Como sogro, desejo-lhe sorte; como seu mestre, a bênção de Deus.

Hamid quis chorar de tristeza e abraçar o mestre, mas se virou sem dizer nada e saiu.

Ele se fez, então, autônomo, e começou a tocar o trabalho na igreja ortodoxa, o mais bem pago de sua vida. Ali, deu forma aos provérbios do jeito que os arquitetos e a direção da igreja desejavam, mas também sem duvidar por um único segundo de que os cristãos seriam uns idiotas, por acreditar num Deus que teria mandado seu filho para a Terra e o deixado se irritar com um bando de judeus subnutridos e ainda ser morto pelos romanos. Que tipo de Deus era esse? Se estivesse em seu lugar, ele teria pressionado o polegar sobre a Palestina e feito dessa região o ponto mais fundo de um oceano.

A direção da igreja ficou tão agradecida que aceitou a exigência dele de trabalhar dentro da igreja apenas três dias por semana e deixar para seus ajudantes, aprendizes, entalhadores e carpinteiros a tarefa de produzir os textos, ornamentos e arabescos por ele esboçados para tinta, mármore, pedra e madeira. Nos outros dias, ele mobiliou seu novo ateliê e buscou os primeiros fregueses.

O trabalho na igreja durou dois anos, e a direção foi generosa. Com o dinheiro, Hamid comprou sua casa e equipou o ateliê. Ele estava sozinho nesse bairro rico e cuidou, com auxílio de sua freguesia poderosa, para que nenhum calígrafo naquela rua lhe fizesse concorrência.

O mestre Serani, porém, boicotava-o e depois da morte da filha evitou qualquer contato com seu antigo pupilo. Algumas pessoas diziam que isso se devia ao fato de Hamid não considerar sagrada a escrita e não só trabalhar para judeus e cristãos, mas também enfeitar com caligrafias, por dinheiro, cartas, anúncios fúnebres e até banheiros. A cidade inteira falava sobre os poemas de amor que ele escrevera sobre grandes placas para o primeiro-ministro. Este se casara aos setenta anos com uma mulher de vinte, que adorava os poemas do sábio mestre sufista Ibn Arabi. Os damascenos chamavam o poeta, enterrado em Damasco, de "filósofo do amor".

Desde então, Hamid mal conseguia se livrar das encomendas vindas dos ministérios e do Parlamento. Parece que o mestre Serani o considerava um gênio sem caráter, que escreveria para qualquer um em troca de pagamento. Mas se dizia também que Serani evitava Hamid por culpá-lo, no fundo, pela morte da filha.

Hamid só soube do motivo verdadeiro, porém, durante uma visita do mestre adoentado na prisão. Serani tinha câncer. Ele veio para se despedir de Hamid e para convencê-lo a renunciar à posição de grão--mestre e abrir caminho para um sucessor.

A visita do mestre o abalou. Pois o homem envelhecido não só exigiu dele o documento de grão-mestre, mas também lhe explicou por que não conseguira manter qualquer contato com ele: por medo.

Hamid teria corrido de forma rápida e barulhenta demais com a reforma da escrita e a levado, impacientemente, para a opinião pública.

— Você não só teve os conservadores contra você, mas também todos os fanáticos. Isso me deu medo — admitiu o mestre —, pois com conservadores e progressistas é possível discutir, mas esses fanáticos não falam. Eles simplesmente matam seus oponentes.

— Você sabia que criminosos me perseguiam? — perguntou Hamid, indignado.

— Não, eu não sabia de nada. A gente só fica sabendo das coisas quando é tarde demais. Existem quatro ou cinco grupos religiosos fanáticos que agem na clandestinidade. De onde a faca vem ninguém sabe. Eles são responsáveis pela morte de mais calígrafos e pensadores do que cafetões. Com estes são mais tolerantes.

— São apenas loucos... — Hamid quis acabar com a exposição do mestre, mas Serani o olhou desesperado:

— Eles não são loucos — afirmou. — Desde o início foi assim e assim continuará sendo. Só isso me envergonha, pois eu mesmo percebi que nossa aliança está enganada. Eu não deveria tê-lo envolvido nisso, mas sim queimado os documentos e o apoiado como um calígrafo-mestre feliz e talentoso. Eu o meti nisso e peço perdão.

— Ah! — Hamid recusou, pois não conseguia ver culpa alguma no mestre. — São só alguns loucos e você verá...

— Loucos, loucos, pare com isso — interrompeu o mestre, com raiva. — Eles estão por toda parte, à espreita. Espiam qualquer um que dê um passo fora do caminho estipulado e, de repente, a pessoa é encontrada com uma faca nas costas ou descoberta totalmente embriagada ao lado de uma puta, apesar de nunca ter bebido uma gota de álcool. Vinte anos atrás, em Alepo, puseram na cama de um grande calígrafo um jovem homossexual, e este disse gritando para o *kadi* — o juiz — que o mestre Mustafa o seduzira em troca de dinheiro. Tudo mentira, mas o juiz condenou um de nossos melhores calígrafos a dez anos de prisão. De que provas você precisa mais para acordar? Ibn Muqla construiu um mundo da filosofia, música, geometria e arquitetura para as letras, para a caligrafia. Se os profetas vieram à Terra pela moral, Ibn Muqla veio como profeta da escrita. Ele foi o primeiro a fazer da escrita uma arte e uma ciência. Foi para a escrita árabe o que Leonardo da Vinci foi para a pintura europeia. E o que ganhou com isso? Ele terminou pior do que um cão com sarna, com uma mão decepada e a língua cortada. Do mesmo modo estamos todos nós condenados ao declínio.

"Veja os otomanos. Foram eles muçulmanos piores do que nós? Nunca. Seus sultões adoravam caligrafias como santos. Nas épocas de guerra, alguns sultões escondiam suas caligrafias como se fossem tesouros de Estado; e de fato, quando o sultão Salim I conquistou Tabriz, deixou para trás médicos, astrônomos e arquitetos, mas levou todas as sessenta caligrafias para enfeitar Istambul.

"E o sultão Mustafa Khan segurou o tinteiro para o famoso calígrafo Hafiz Osmani e pediu ao mestre que o admitisse como aluno e o iniciasse nos segredos da escrita. Eu lhe contei qual fora seu último desejo? — Serani perguntou sorrindo, como se quisesse animar seu aluno com uma história. Hamid fez que não com a cabeça.

— Quando Hafiz Osmani morreu, no ano de 1110 — contou então Serani —, seus alunos cumpriram o último desejo do mestre. Durante toda a sua vida, ele juntara as lascas que caíam no trabalho de cortar, afiar e apontar os tubos de bambu e cana. Elas preencheram dez grandes sacos de juta. Agora os alunos precisavam ferver as lascas e fazer com a água a última lavagem de seu corpo.

Serani olhou tristemente para seu aluno preferido; em seguida, perguntou, sorrindo.

— Sabe de uma coisa? Quando tinha vinte anos, eu queria transformar o mundo e inventar um novo alfabeto, que todas as pessoas pudessem usar. Quando fiz trinta, eu só queria salvar Damasco e reformar a escrita de forma radical. Aos quarenta, eu teria ficado feliz de salvar nossa ruela no centro antigo e de impor algumas reformas urgentes da escrita. Eu lhe dei tudo, como você sabe. Quando fiz sessenta, eu só esperava salvar minha família.

Serani chorou ao se despedir no salão de visitantes e pediu mais uma vez ao antigo aluno que o perdoasse; Hamid reiterou, com voz patética, que não guardaria rancor e que, pelo mestre, seu coração só seria ocupado pelo sentimento de gratidão.

Curvado e com um passo arrastado, o velho mestre saiu ao lado do guarda. Serani se virou e acenou, mas Hamid não encontrou mais força para acenar de volta.

Hamid sentia-se muito mal, pois sabia agora que o mestre não exagerara. Algumas coisas que antes lhe pareciam incompreensíveis ou absurdas, agora se clareavam.

"Quando foi exatamente o momento da mudança?", perguntou-se. Não pensou por muito tempo. O mês antes da inauguração da escola fora cheio de atividades. Ele viajava muito, escrevia artigos sobre a escola para os jornais e era bastante cuidadoso. Sempre insinuava ser necessária uma reforma, mas ponderava que o Corão permaneceria inviolável. Apenas o correspondente de um pequeno jornal libanês, um grande admirador de Hamid, revelou mais coisas do que este queria. Numa entrevista, perguntara sobre a necessidade da reforma. Hamid respondera que o alfabeto teria algumas insuficiências e que seria preciso ampliá-lo para se ter uma língua mais moderna no dia a dia. Num segundo passo — "que nossos filhos e netos só precisam dar em cinquenta ou cem anos" —, letras supérfluas poderiam ser eliminadas e a forma das letras, melhorada, para que não fossem confundidas uma com a outra. Sem perguntar a Hamid, o jornalista encurtou a frase com os filhos e netos e o longo período de tempo e acrescentou arbitrariamente que o alfabeto deveria ficar como o persa.

Isso trouxe xingamentos e três telefonemas desagradáveis para Hamid, mas logo a situação se acalmou de novo. Mais forte foi a crítica vinda de seu próprio lado. Calígrafos sunitas não queriam ter nada a ver com a Pérsia. Ele os tranquilizou, mas sabia que estava mentindo. Pois planejava sim, ao ampliar o alfabeto, uma aproximação com o alfabeto persa.

Hamid estampou um sorriso amargo. Enquanto a ideia da reforma radical da escrita era falada dentro da aliança só como uma inspiração, havia harmonia; mas quando chegava à opinião pública a organização inteira se dividia em grupos e grupinhos. De repente, ele não era mais a cabeça da aliança, como as regras de séculos atrás determinavam, mas surgia uma hidra com muitas cabeças. Tudo isso acompanhou a criação da escola, bem quando ele precisava de toda força e solidariedade. Uns achavam a reforma muito complicada e sem graça; outros queriam, com a abertura da escola, introduzir logo um novo alfabeto que eliminasse num único golpe todas as fraquezas da escrita árabe; e outros ainda não queriam nenhuma mudança que tivesse a ver com a Pérsia, satisfazendo-se com a choradeira em torno das insuficiências do alfabeto árabe.

Hamid exigiu disciplina e obediência e precisou jogar toda a sua autoridade nos pratos da balança para alcançar harmonia. Estranhamente, todos os mestres do Norte o apoiaram, enquanto dois representantes da cidade de Damasco deixaram a aliança.

Então ficou tudo calmo. A cerimônia de abertura da escola confirmou que todo o tumulto dentro da aliança fora apenas uma tempestade num copo d'água. A elite do país estava muito satisfeita com esse passo.

Porém, teve logo de admitir que estava enganado. Quando criminosos arrasaram e sujaram sua escola, o xeque da mesquita de Umaiyad os protegeu, citando numa entrevista as palavras de Hamid propositalmente de forma errada. Com isso, ele foi xingado pela primeira vez de "renegado". E então o governo democrático e supostamente civilizado proibiu a escola, em vez de declarar "os puros" como inimigos do Estado.

Seus oponentes dentro da Aliança dos Iniciados ficaram quietos, mas só até ele parar na prisão. Agora a maioria dos mestres no Sul exigiam democracia e nova eleição para definir um grão-mestre. O Norte, liderado por Ali Barake, apoiou com firmeza o grão-mestre Hamid e pediu-lhe que escolhesse um sucessor.

Mas não só na aliança Hamid encontrou resistência. A partir do dia em que começou a se dirigir à opinião pública para tornar conhecida sua reforma radical, os clientes religiosos passaram a boicotá-lo. Duas mesquitas cancelaram imediatamente suas encomendas. Só agora ele percebia que isso fora feito com insinuações obscuras.

Também estava claro agora o fato de Serani evitar qualquer contato com ele. O mestre temia por seu trabalho e sua vida.

13.

Será que sempre menosprezara "os puros" porque seus serventes barbudos pertenceriam à camada mais burra da humanidade? Eram os membros da central dos "puros" tão espertos a ponto de planejar tudo com frieza e cálculo e destruir seus inimigos em vários níveis? Queriam eles algo mais do que a morte de seus inimigos?

Teriam "os puros" enfraquecido até mesmo a sua Aliança dos Iniciados? No caso de alguns calígrafos religiosos e conservadores da aliança e do Conselho dos Sábios, ele até percebeu alguma simpatia pela visão dos "puros", mas não conseguiu falar abertamente com eles, pois as fronteiras entre conservadores religiosos e fanáticos religiosos eram muito suaves. Tiveram esses calígrafos algo a ver com a resistência que estourara contra ele na aliança, bem quando precisou da solidariedade de todos?

Será que sequestraram Nura para desonrá-lo? Será que o papel de Abbani consistiu em mandá-lo escrever cartas que soassem para uma pessoa de fora como se ele próprio fosse o cafetão da própria esposa?

Será que matara a pessoa errada?

Por que o proprietário do café depôs contra ele? Teria sido chantageado com depoimentos comprometedores, que o levariam, na condição de homossexual, à prisão? Para os irmãos e advogados de Abbani não foi difícil descobrir que Almás, a quarta mulher, teve algo a ver com o assassinato. Só pouco antes Abbani transferira seu esconderijo para a casa dela.

Mas por que Karam incitara-o contra Abbani? Só por causa da prima com jeito de matrona? Difícil acreditar. Teria sido a morte planejada como castigo pelo grande apoio que Abbani dera à escola de caligrafia? Ou Karam precisou deixar Abbani morrer antes de este dizer a Hamid a verdade sobre as cartas de amor?

E o vizinho Nagib, um ourives sovina que nunca entrava em seu ateliê, não o visitara de repente e insinuara ter sido mandado por pessoas respeitosas para lhe perguntar se ele, Hamid, estaria preparado para uma conversa com Nassri e seu gerente Taufiq? Hamid, furioso, pusera o homem para fora, proibindo-o de pisar no ateliê.

Como Karam podia saber dessa tentativa de mediação? Karam tinha chamado sua atenção para o ourives, pois este seria um cristão infiel e chifrado com frequencia pela esposa. Nagib Rihan tinha quase sessenta anos e se casara com uma mulher de vinte, que na época era uma cantora de terceira classe.

Se Abbani não fora o amante de sua esposa, por que então precisou morrer?

Será que Abbani se tornara, ao longo dos acontecimentos, um instrumento para destruir a aliança?

Hamid congelou com esse pensamento e abanou a cabeça com força, não para negar, mas para se livrar dessa ideia mortal.

A todas essas perguntas ele não tinha resposta.

14.

Hamid tinha doze ou treze anos quando ouviu o verso pela primeira vez:

Miseravelmente os sensatos sofrem no paraíso
E como no paraíso sentem-se os ignorantes na miséria.

Na época, ele achava que se tratava de um trocadilho acrobático.

Mas não, o verso trazia a verdade amarga. Seu conhecimento sobre as letras e a deficiência da língua árabe levaram-no para o inferno, para um povo de ignorantes, que todos os dias, obscenamente, chafurdava em pecados, cuja maioria era composta por analfabetos que não viam a escrita como instrumento da razão, mas como uma relíquia intocável.

Na Europa — disse-lhe um ministro naquela época —, teriam erguido um monumento para ele; aqui, ele temia por sua vida. Ao pensar nisso, Hamid pressionou os lábios e observou seus pés descalços. Estavam dentro de sapatos deploráveis, que antes foram elegantes. Cortados na parte de trás, serviam agora como chinelos.

O que se tornou a minha vida?

15.

Por um longo tempo Hamid Farsi pensava que os ataques contra ele teriam começado no ano de 1956, no momento em que a fundação da escola de caligrafia fora anunciada.

Uma manhã, porém, descobriu em seu diário secreto uma observação que o assustou. Ele deve ter passado por ela várias vezes sem notar. Era uma linha discreta: "Um telefonema maldoso; o homem excitado me chamou de agente dos infiéis." A data era 11 de outubro de 1953.

Na página seguinte, ele leu: "Duas grandes encomendas para a reforma da mesquita de Umaiyad foram canceladas"; depois vinha um ponto de exclamação e, em seguida, a data de 22 de novembro de 1953.

Na ocasião, ele não reparou em nada disso, pois tinha encomendas demais para entregar e seus empregados já trabalhavam no limite de suas forças.

Com que frequência não ligara para esses sinais? Agora em sua cela, reconhecia que havia entrado na mira de seus inimigos bem antes do que imaginara até então.

Essa data não era casual.

Pouco antes de seu casamento com Nura, ele tentara, junto com outros calígrafos, convencer xeques liberais, sábios do Islã, professores e políticos conservadores da ideia da necessidade de uma reforma da escrita. Inutilmente.

O sogro, Rami Arabi, tido como um dos defensores mais radicais da modernização no país, estava convencido da urgência de correções na língua e na escrita árabe. Mas o sogro suspeitava de que nem um único muçulmano ousaria apoiar uma reforma, pois muitos achavam, erroneamente, que isso fosse contra o Corão. Por isso também ele queria conter Hamid.

Quando Hamid lhe perguntou por que ele, um xeque respeitado e sábio, não defenderia a reforma — até porque seu nome lembraria o poeta e sábio sufista Ibn Arabi, muito estimado e querido em Damasco —, o sogro apenas riu alto. Respondeu que Hamid seria um ingênuo — o genro não teria ainda compreendido que ele, Arabi, fora parar nessa pequena mesquita por causa de diferenças bem menores com os grandes xeques? Pouco tempo atrás, teriam lhe mandado à mesquita um fanático, que o provocou com perguntas sobre a caligrafia e sobre seu genro; Rami até temeu ser agredido pelo homem, mas Deus teria sido piedoso. Mesmo sem uma faca nas costelas, entretanto, sua transferência para essa mesquita seria castigo suficiente. Mandar um homem do livro para ignorantes e analfabetos seria pior do que a pena de morte.

Não teria Hamid compreendido que a questão decisiva não era de coragem ou covardia, mas de poder e força no Estado? Todas as mudanças na língua e na escrita dos árabes eram sempre feitas pelo Estado. E o Estado árabe nunca era resultado da vontade ou da razão da maioria, mas da vitória de um clã sobre outro. Por isso Hamid não precisaria conquistar seu sogro, mas dez homens do clã mais forte do país. Assim, "os puros" aceitariam até a proposta de escrever sua língua com caracteres chineses.

Hamid sabia que o sogro tinha razão, mas ficou decepcionado. Ao se despedir, o sogro disse que ele não deveria fazer essa cara; afinal, o que o xeque de uma mesquita como ele deveria fazer se o demitissem de seus serviços? Ele não saberia mendigar e se tornar cantor seria feio demais. Bateu carinhosamente nas costas de Hamid, afirmando que poderia ferver tinta ou arrumar o ateliê para ele.

Uma semana depois, Hamid teve mais uma desilusão ao encontrar o xeque Muhammad Sabbak, que era tido entre os sábios muçulmanos como um reformador corajoso e provocava com teses ousadas sobre a libertação das mulheres e a justiça social. Diziam em Damasco que o xeque, por causa de suas opiniões sobre as mulheres, não podia pisar em metade dos países árabes; e na outra metade também não, pois o viam como um comunista camuflado.

Na Síria, entretanto, era muito respeitado; até porque era sogro do ministro da Defesa. Numa conversa a sós, Hamid lhe revelou sua ideia da reforma da escrita. Pediu-lhe apoio. Mas o homem atarracado deu um pulo, como se um escorpião tivesse mordido seu traseiro. Examinou Hamid com olhos arregalados:

— Você é louco mesmo ou está só fingindo? Eu tenho mulher e filhos. Quem vai sustentá-los se eu morrer desonrado, como um sem Deus?

No final de 1952, contaram a Hamid que os sábios do Islã em Alepo seriam corajosos; entretanto, numa visita que fez a eles e a vários professores nessa metrópole do Norte, só colheu rejeição.

Quando contou a Serani sobre sua derrota em Alepo, este permaneceu impassível e não mostrou a menor solidariedade. Só na despedida, disse:

— Não corra demais para a frente; as pessoas são vagarosas e podem perder sua pista.

Na época, Hamid não entendia que, devido a sua impaciência — que sempre o empurrava para a frente —, estava se afastando de seus partidários.

Também o encontro com o ministro da Educação parecia-lhe de início um arranjo feliz. Mas foi um mau augúrio, como reconhecia agora na prisão.

Em meados de abril de 1953, Hamid recebeu uma carta do Ministério da Educação, que editava na época todos os livros escolares. O ministro queria — junto com autores, pedagogos, linguistas, geógrafos, cientistas naturais, ilustradores e calígrafos — levar os livros escolares para o mais novo estágio de conhecimento, além de lhes dar homogeneidade e, sobretudo, elegância. Mais do que isso não estava escrito no convite.

Hamid deveria cuidar de todos os textos.

Naquela manhã da conferência, ele se levantou às quatro horas; pressentia que seria um dia importante. Chegando ao ministério, Hamid só reconheceu o velho e famoso sábio Sati'al Husri, que debatia sem descanso frente à opinião pública e era muito considerado pelos nacionalistas. Ele considerava a língua como o principal fundamento de uma nação.

Hamid sentou na cadeira livre mais próxima e se admirou com uma placa com um nome desconhecido para ele. Seu colega de mesa lhe esclareceu que o ministro tinha definido antes onde cada um se sentaria.

— Isso ele deve ter aprendido com os franceses — acrescentou o homem sarcasticamente.

Hamid encontrou seu lugar entre dois proprietários de tipografia, bem calados. Logo todos os participantes haviam chegado, exceto o ministro, e Hamid percebeu que nem um único xeque estava presente naquela roda seleta.

Momentos depois, o ministro entrou no salão. Sentiu-se a força dele até o último assento da grande mesa oval. Georges Mansur era um jovem pesquisador literário, que depois de estudar na França trabalhara por pouco tempo como professor na Universidade de Damasco, até o presidente de Estado Chichakli encarregá-lo de reformar o sistema de ensino, no final de 1952.

Hamid não entendia como um cristão podia ser encarregado da educação das crianças num país cuja maioria era muçulmana. Depois de uma hora, porém, ficou tão fascinado com o charme e a visão do ministro que não compreendia mais por que tivera aquele mal-estar no início.

— Não convidei professores de religião porque precisamos falar sobre reformas que não têm a ver com religião. Estes serão convidados amanhã para uma reunião separada, na qual o sábio xeque Sabbak — e não eu — apresentará as novas diretrizes determinadas por nosso presidente de Estado. Para hoje convidei os dois melhores tipógrafos damascenos para que nos aconselhem e nos salvem, caso sonhemos alto demais! Os senhores, homens da tinta, sabem que nossas fantasias podem ser impagáveis.

O ministro sabia muito bem o que queria. Georges Mansur era um orador talentoso, que dominava o árabe melhor do que muitos sábios muçulmanos. Fazia, magistralmente, malabarismos com citações, versos e anedotas da literatura árabe.

— Damasco sempre foi o coração da Arábia. E quando o coração está doente, como o corpo permanecerá saudável? — perguntou, no início de seu discurso.

Hamid, assim como a maioria dos presentes na sala, ouviu o homem com atenção. Este parecia ter preparado tudo até o menor detalhe. Começou seu discurso dizendo que o presidente teria dado sinal verde para uma reforma radical do sistema de ensino e que ele colocaria à disposição dos especialistas reunidos ali esse generoso campo de ação. A ideia seria fazer o melhor para os estudantes sírios.

Hamid sentiu seu coração bater, pois percebeu aos poucos para onde o caminho do ministro estaria levando. Ele não podia estar enganado.

— A primeira reforma radical diz respeito à língua — afirmou o ministro com uma voz tranquila —, pois com a língua a pessoa forma seus pensamentos. Não é mais segredo o fato de que usamos uma língua bonita, mas antiquada em alguns aspectos. Ela sofre de muitas insuficiências, que não preciso detalhar aqui. Só uma delas eu gostaria de mencionar, para que os senhores vejam como é delicada a cura das cicatrizes do tempo. Há uma sobrecarga de sinônimos em nossa língua. Nenhuma outra língua do mundo conhece essa fraqueza, que reluz como se fosse força e que até deixa alguns árabes orgulhosos. Precisamos libertar o árabe de todo esse peso, enxugá-lo, para que se torne mais claro. Vejam os franceses. A língua deles passou por muitas reformas até se tornar uma língua moderna e exemplo para outros povos. Já no ano de 1605, sob a influência de Malherbe, eles começaram a limpar a língua. Seguiu-se então uma série de reformas corajosas. Todos os passos pareciam inspirados na frase do filósofo Descartes, segundo a qual a clareza seria a norma mais alta da língua. Assim, em 1784, Antoine Comte de Rivarol pôde exclamar, atrevidamente: *"Ce qui n'est pas clair n'est pas français"* ou "o que não é claro não é francês". O que podemos objetar? Uma palavra que não tenha mais de cinquenta sinônimos não é árabe?

Os homens na sala riram contidamente.

— E de fato o francês é uma língua precisa — continuou o ministro. — Cada palavra tem um significado, mas pode variar um pouco, poeticamente. A língua, entretanto, é sempre renovada, dando assim lugar para palavras modernas, vivas e importantes para a cultura. Só esse processo permanente de rejuvenescimento leva a língua para a frente e lhe possibilita manter o passo com a civilização e até formá-la. Nossa língua é maravilhosa, porém difusa; isso dá aos poetas um grande campo de ação, mas causa confusão para os filósofos e cientistas. Os senhores sabem melhor do que eu que para a palavra "leão" temos mais de trezentos ou, segundo Ibn Faris, até quinhentos sinônimos; duzentos para "barba"; e um número enorme para "vinho", "camelo" e "espada".

— Mas todas essas palavras estão no dicionário. Devemos simplesmente jogá-las fora? — perguntou um jovem linguista.

O ministro sorriu, como se soubesse o que viria pela frente. Sati'al Husri, de setenta anos, levantou a mão:

— Meu jovem — afirmou, paternalmente —, não vamos jogar fora, mas colocar no museu e produzir novos dicionários. Os europeus mostraram coragem e enterraram os cadáveres de suas palavras, dos quais ninguém mais precisava e que só causavam confusão. Aqui, os cadáveres ficam passeando por aí. Os dicionários devem ser a casa das palavras vivas e não o cemitério das mortas. Quem precisa de mais de cinco palavras para "leão"? Eu não. O senhor talvez? Duas ou três para "mulher" e "vinho" são também suficientes. Todo o resto vai contaminar a língua...

— Mas e o Corão? O que o senhor quer fazer com os sinônimos que aparecem lá? — interrompeu um homem com cabelos brancos e bigode bem cuidado. Ele era autor de vários livros de pedagogia.

— Cada palavra que aparece no Corão estará dentro dos novos dicionários. Nisso nenhuma pessoa mexerá. Mas o Corão é superior demais para se encher com sinônimos de leão e outros bichos — afirmou o velho Husri de forma impaciente.

— E em nenhum lugar o Corão diz que devemos paralisar nossa língua com tanto peso inútil — continuou o ministro. — Vou dar um exemplo entre muitos. Calculam-se cerca de sessenta mil palavras para a física moderna, cem mil para a química e duzentas mil para a medicina. Na zoologia, conta-se mais de um milhão de espécies animais; na botânica, são conhecidas mais de trezentas e cinquenta espécies de plantas. Eu ficaria feliz se pudéssemos assumir todas elas do latim e soletrá-las em árabe. Mas imagine a catástrofe que seria se tivéssemos de dar sinônimos a todas essas palavras. Por isso devemos ter a coragem de aliviar nossa língua e incorporar os novos conceitos, que vão nos possibilitar entrar na civilização. Assim os dicionários ficarão extensos, mas cheios de vida. Por isso pedi ao meu honrado professor Sati'al Husri para presidir uma comissão que iniciasse essa delicada

tarefa para os próximos dez anos — e virou-se para o velho homem.
— Agradeço-lhe pela coragem.

Husri acenou com a cabeça, satisfeito.

— Em cinco anos vou lhe dar o primeiro dicionário de minha comissão — afirmou com orgulho.

Sati'al Husri se lembraria desse momento em seu leito de morte, no verão de 1968, quinze anos depois daquela conferência. Fora uma de suas presunções, que a vida castigaria. Nos anos 1950 e 1960, ele era tido como mentor intelectual de todos os nacionalistas árabes. Por isso, quando ouviram falar de sua grave doença, seus alunos chegaram de todos os países árabes para se despedirem de seu professor e ídolo. Eram doze homens grandes e fortes, cujos anos de cadeia — se somados — dariam mais de um século; mas todos, de alguma forma, estavam agora no poder em seus países — a maioria por golpe; isso, no entanto, não incomodava o velho Husri. Entre os doze estavam três primeiros-ministros, dois presidentes de partido, dois ministros de Defesa, três chefes de serviço secreto e dois diretores de redação de jornais do governo.

Nesse dia, eles o cercaram como as crianças fazem com seus pais à beira da morte, agradeceram por tudo que ele lhes fizera e elogiaram sua obra. A comissão da reforma que presidira fracassou, como tudo que fizera. Não lhe deixaram cortar nenhuma palavrinha dos dicionários árabes. A língua árabe permaneceu então com todas as suas insuficiências, como mil anos atrás. Sua ideia de fundar uma nação árabe unida sofreu mil e uma derrotas. Os países árabes brigaram como nunca e, em vez de se unirem, esforçaram-se para se proliferar, através de divisões. Seu grande fracasso, porém, atingiu-o no verão de 1967, quando Israel infligiu aos árabes sua maior derrota. Isso foi um ano antes de sua morte. Por isso não suportou os elogios bajuladores dos alunos e levantou sua mão cansada:

— Chega de hipocrisia, vocês estão me chateando. Estou partindo na condição de homem fracassado. Mas não só eu. Não basta a derrota devastadora diante de Israel? E o que vocês fizeram contra ela? Em vez de procurarem os erros, acharam nas enciclopédias árabes mais de setenta sinônimos para a palavra "derrota" e inventaram outras novas. Talvez vocês sejam simplesmente infantis e não compreendam questões de política e ordem mundial. Muito bem, crianças, digam-me então como se diz isso em seus países — pediu ele num tom afetadamente encantador e levantou a nádega da direita, pondo para fora um peido tão impressionante que a esposa, no quarto ao lado, até acordou sobressaltada. — Como se diz isso em seus países? — repetiu o velho homem e deu risada.

Os alunos não entraram num acordo. Mencionaram, cada um por si, vários sinônimos árabes usados em seus países para a palavra "peido".

— E vocês querem ser uma nação? — falou alto Husri, interrompendo os galos brigões. — Vocês não conseguem chegar a um acordo nem sobre um peido — gritou e riu de forma tão impetuosa que sua aorta estourou. Morreu no mesmo instante.

Quando sua mulher entrou no quarto, os homens já haviam desaparecido.

— Está cheirando a podridão — parece que foi esse o seu primeiro comentário.

Mas voltemos à conferência, na qual Hamid esteve presente e o ministro da Educação não ficou muito convencido de que seu professor fosse produzir um dicionário em apenas cinco anos, como este ostentara. Ele olhou para aquela roda. Os homens acenavam com a cabeça, pensativos.

— Também o modo como aprendemos é antiquado. Nós batemos em nossas crianças até se tornarem papagaios que aprendem tudo decorando. O princípio de decorar é compreensível e útil no deserto, mas temos livros que guardam o conhecimento melhor do que qualquer memória. Repetir mecanicamente educa as crianças para serem submissas e estrangula suas perguntas. Aos dez anos, elas se gabam de recitar livros inteiros, mas sem terem entendido uma linha deles. Nossas crianças devem aprender a compreender através de perguntas e não só reproduzir os textos de forma mecânica. Chega disso. A partir do próximo ano letivo, quero introduzir um novo método de ensino que observei na França; o alfabeto deve ser aprendido através de palavras convenientes, ou seja, as crianças devem aprender do jeito como nós falamos. Esse é o chamado método global.

O ministro deteve-se e olhou, examinando seus convidados; em seguida, continuou:

— Por falar em alfabeto, não sou da mesma opinião de alguns metidos a reformistas, segundo os quais a língua árabe só se modernizará se negarmos nossa cultura e escrevermos nossa língua com letras latinas, como Mustafa Kemal Atatürk impôs aos turcos. Essas propostas também não são novas nem criativas. Depois da derrota decisiva no ano de 1492 e a expulsão dos árabes da Península Ibérica, os árabes que ficaram na Espanha começaram, por medo, a escrever árabe com letras latinas para disfarçar. Como muita coisa na arquitetura, denominaram a escrita com seu nome, 'mudéjar'.

"Mas também o orientalista francês Massignon, o iraquiano Galabi e o egípcio Fahmi permitiram-se, muito tempo atrás, tais piadas de mau gosto. E agora me aparece o libanês Said Akil, como se tivesse dividido o átomo com um alicate, sugerindo mais uma vez introduzir letras latinas para que nos tornemos civilizados.

"Não, com letras latinas não vamos resolver nenhum problema de nossa língua, mas sim criar novos. A mansão da língua é digna e antiga. Alguém precisa começar com a reforma antes que ela desabe. E não aceitem a chantagem de que a língua árabe não se transforma. Só línguas mortas não se deixam impressionar pelo tempo.

"Eu acho que Damasco deve ter a honra de dar o primeiro passo sério para a reforma. A partir do próximo ano letivo, todos os alunos da Síria vão aprender apenas 28 letras do alfabeto. A penúltima letra LA não é uma letra. Ela é um erro de mais de 1.300 anos. O profeta Muhammad era um homem e ninguém, além de Deus, é livre de defeitos. Mas não precisamos por isso obrigar as nossas crianças, já no aprendizado do alfabeto, a renegar a lógica e considerar o errado como verdadeiro. São 28 letras. Trata-se de uma pequena correção, mas que vai na direção certa."

Um murmúrio tomou a conferência. O coração de Hamid quase saiu voando de alegria. Sati'al Husri abriu um grande sorriso. O ministro concedeu tempo a seus ouvintes. Como se tivesse planejado tudo — parecendo o diretor de uma peça teatral bem pensada —, a porta do salão se abriu com suas últimas palavras e empregados do ministério entraram, trazendo chá e biscoitos.

Todos os presentes sabiam do que o ministro falava. E o chá caiu bem, umedeceu suas gargantas secas.

Havia muitas lendas em torno dessa letra LA. Segundo a anedota mais conhecida, um companheiro da primeira hora perguntou ao profeta quantas letras Deus teria dado a Adão e Ele respondeu: 29. O amigo sábio o corrigiu delicadamente, dizendo ter encontrado na língua árabe apenas 28 letras. O profeta repetiu que seriam 29, e o homem contou mais uma vez e reafirmou que seriam 28. Então o profeta ficou com os olhos vermelhos de raiva e afirmou:

— Mas Deus deu a Adão 29 letras árabes. Setenta mil anjos estavam presentes. A vigésima-nona letra é LA.

Todos os amigos do profeta sabiam que ele se enganara; LA é uma sílaba composta de duas letras e significa "não". E não só os companheiros do profeta, mas milhares de sábios e inúmeras pessoas que sabiam ler silenciaram por mais de 1.300 anos, ensinando às crianças um alfabeto com uma letra supérflua e ainda errada, por ser composta de duas.

— Meu objetivo — prosseguiu o ministro — é educar as crianças sírias, no sentido de que não aprendam nada que não as leve à verdade. Como chegar lá é o nosso problema. O profeta nos deu um exemplo: "Procure o conhecimento, mesmo que seja na China", disse ele, com razão.

Ele se virou para Hamid e disse:

— E do senhor, meu calígrafo preferido, Hamid Farsi, espero algo especial. Através da caligrafia acontece uma coisa singular. Ela foi criada para honrar no papel a escrita, os sinais da língua; ao mesmo tempo ela destrói a língua quando a torna ilegível. Os caracteres perdem sua função como sinais transmissores de pensamento e transformam-se em puros elementos de decoração. Não tenho nada contra, desde que isso esteja como friso ou arabesco sobre paredes, tapetes ou mesmo nos vasos; mas esses floreios não têm o que fazer nos livros. Recuso sobretudo a escrita *kufi*.

Hamid quase pulou de alegria. Ele também não suportava a escrita *kufi*. Ficou fascinado com o clima que o ministro criara entre os especialistas e emocionou-se quando este lhe acenou no intervalo.

— Do senhor espero o maior apoio. O senhor precisa participar da realização do livro. Calígrafos são os verdadeiros mestres da escrita. Invente ou reforme uma escrita que facilite a leitura e não a dificulte, como é o caso das escritas que os calígrafos cultivaram até agora.

Hamid já tinha desenvolvido várias alternativas. Logo ele visitou o ministro, que parecia ter sempre tempo para ele; tomavam chá, enquanto comparavam juntos os estilos e liam as provas em diversos tamanhos de letra. Depois de quatro reuniões, entraram num acordo quanto aos corpos da letra, com os quais os livros didáticos deveriam ser escritos.

O elogio que recebeu por seu trabalho foi para Hamid importante como alavanca, com a qual ele queria impelir a reforma — uma reforma que deveria ir além daquilo que o ministro explicara àquela roda.

Durante noites ele dormiu intranquilo.

Os dois tiveram um conversa franca. Quando Hamid se disse admirado com o fato de um cristão se ocupar tão intensamente com a língua que os muçulmanos consideravam sagrada, o ministro riu.

— Meu querido Hamid — afirmou —, não há língua sagrada. O homem a criou para diminuir sua solidão. Ela é um espelho da existência humana universal. Com ela podemos dizer coisas lindas e feias, pronunciar amor e morte, declarar guerra e paz. Eu tinha medo quando criança. Os tapas que recebi do meu professor de árabe, por insistir que havia 28 letras, fizeram-me desejar saber mais. Queria fulminar meu professor com provas; no entanto, para meu azar, quando fiquei preparado ele já tinha morrido.

— Mas nós também precisamos de novas letras. — Hamid aproveitou a chance de realizar seu sonho. — Faltam quatro letras e, em troca, poderíamos eliminar outras, para termos no final um alfabeto dinâmico, que conseguisse reproduzir todas as línguas do mundo.

O ministro o olhou, estupefato.

— Não estou entendendo direito. O senhor quer mudar o alfabeto?

— Quero livrá-lo da sobrecarga e acrescentar quatro novas letras — explicou Hamid. — Se nossas letras se atrofiarem, nossa língua sairá mancando e não conseguirá acompanhar o passo rápido da civilização — e acrescentou: — Experimentei durante anos. Eu poderia sem muito esforço reproduzir as letras P, O, W e E a partir das letras árabes existentes.

— Oh, não — gritou o ministro, indignado —, então eu realmente o entendi. Meu querido Hamid — disse —, ficarei feliz se eu conseguir, a partir de outubro, ter algum êxito com minha modesta reforma e me aposentar sem ter levado uma facada nas costas. Suas propostas podem ser geniais, mas precisam, primeiramente, ser aceitas pelos sábios. Com a minha sugestão de eliminar o LA e com meu sistema linguístico baseado na totalidade das palavras, já estou chegando ao limite de minhas possibilidades.

Ele se levantou e deu a mão a Hamid.

— Acho sua ideia corajosa, mas não é executável enquanto Estado e religião não forem separados. E isso ainda está longe de acontecer. Eu tenho pressa e quero mudar algo agora — continuou o ministro, segurando firme a mão de Hamid. — Mas abra uma, duas, três ou mesmo dez escolas de caligrafia em todo o país. Precisamos de muita gente para as novas tipografias e o aperfeiçoamento dos jornais e dos livros. E o mais importante é ganhar aliados com esses homens que o senhor estará formando, homens que entendam e defendam suas ideias; eles serão mais eficientes do que dez ministérios.

Por fim, disse de forma sigilosa que Hamid deveria tomar cuidado. Também ali no Ministério da Educação ele deveria falar baixo, pois a casa estava tomada por membros da Irmandade Muçulmana. A maioria era inofensiva, mas alguns pertenceriam clandestinamente a alianças secretas, chamadas "os puros" ou "os opostos", que não teriam receio de matar pessoas.

Hamid não sentiu medo algum.

Quando saiu, sua alma fervia. Ele se sentia como o pescador que vira uma vez num filme. Este estava num barco minúsculo, no meio de um oceano turbulento, e o barco montava tão arrojadamente sobre as cristas das ondas — caindo depois para o fundo — que Hamid ficou sem ar. Como agora. O ministro o confundira bastante com sua recusa inicial e seu encorajamento posterior. Mas ele tinha razão: antes de tudo as escolas de caligrafia precisavam ser criadas, como base de um pequeno exército de calígrafos que combatessem a burrice com suas penas e tintas.

Ele não conseguiu, porém, alegrar-se com esse projeto, mesmo que se esforçasse. A criação de escolas de caligrafia significava de novo o adiamento, por anos, de suas ações. Ainda a caminho do ateliê, voltou a ter esperança. Se conseguisse convencer um único sábio do Islã, na certa conquistaria o ministro para uma segunda reforma radical da escrita. No ateliê, mostrou-se distante para os empregados, sem vontade nenhuma de trabalhar. Fez um longo passeio e chegou em casa só à meia-noite. Sua mulher até lhe perguntou se sofrera um acidente, pois parecia pálido e distraído. Ele negou com a cabeça e foi direto para a cama. Pouco depois, porém, acordou e andou silenciosamente até a cozinha. Então escreveu o nome de vários sábios que poderiam se interessar.

Nos tempos que se seguiram, Hamid tentou atrair para seu lado famosos sábios do Islã; mas todos reagiram de forma agressiva. Um lhe sugeriu que peregrinasse até a Meca e lá buscasse salvação; outro recusou-se a dar a mão na despedida. Três nem quiseram falar com Hamid, antes mesmo que ele revelasse o assunto.

Será que alguém daqueles círculos obscuros o denunciara?

Tudo indicava que sim, mas também agora ele não tinha certeza, mesmo depois de tantos anos.

O ministro tinha razão, pois a partir de setembro, quando a reforma foi anunciada e o ano escolar nem começara, uma onda de indignação tomou as mesquitas das grandes cidades, os fanáticos passaram a incitar o povo contra o ministro e seus assessores, chamando-os de "infiéis", e alguns xeques até pediram a morte dos traidores.

Entretanto, o presidente de Estado reagiu com decisão, apoiou seu ministro da Educação e mandou prender os oradores, acusando-os de incitamento popular.

Não foram mais feitos discursos difamatórios, mas os murmúrios continuaram; e também contra Hamid. E por isso o mestre Serani lhe recomendou frequentar a mesquita de Umaiyad às sextas-feiras e não só rezar, mas também conversar com os homens mais importantes da cidade, numa tentativa de diminuir os preconceitos contra ele.

Só agora na prisão algumas coisas ficaram claras para ele. No dia 10 de outubro de 1953, apenas uma semana depois da introdução do novo alfabeto de 28 letras, uma mesquita e a administração central do grande cemitério cancelaram, sem motivo, suas encomendas. Isso ele anotara no diário, mas sem fazer comentários, pois afundava em serviços na ocasião. Só agora, preso, ele se lembrava daquilo.

Foi por isso que se assustou.

No mais tardar em meados de 1953 — e não só no final de 1956 ou no início de 1957 —, os fanáticos colocaram-no na linha de tiro. Seu nome como calígrafo estava em todos os livros escolares. Eles só não o mataram porque isso faria parte de um plano infame e costurado sutilmente. Não quiseram que Hamid morresse como mártir. Primeiro, arruinariam sua fama; depois o enterrariam vivo, torturando-o diariamente até ele mesmo desejar a morte.

— Comigo não — gritou —, vocês verão do que sou capaz.

نهاية قصة وبداية إشاعة

Fim de uma história e começo de um boato

No inverno de 1957, os carpinteiros e seus ajudantes começaram, na marcenaria da prisão, os serviços preliminares para uma grande pintura caligráfica. O famoso calígrafo Ali Barake, de Alepo, deveria chegar no final de abril e trabalhar junto com Hamid na grande obra.

Barake já havia confirmado. A aplicação de ouro na moldura seria iniciada sob a direção de Hamid em maio de 1958 e encerrada até a metade de junho.

O diretor da prisão, Al Azm, estava felicíssimo, pois a pintura eternizaria o nome de sua família, na condição de doadora, numa nova mesquita da Arábia Saudita. Apesar de ser ateu, seu orgulho não conhecia limites. Para ele, como jurista, todas as religiões eram indiferentes, mas não o nome de seu clã e ainda menos o repeito que todos os parentes lhe estavam devotando.

A partir de agora, ele mimava Hamid de um jeito especial. Desde janeiro o calígrafo recebia um prato quente do Aschi, um restaurante próximo. Hamid dormia tranquilamente como nunca.

Mas não por muito tempo.

Em fevereiro de 1958, a Síria fechou um acordo precipitado com o Egito. Começou então uma fase sombria da história. De um dia para o outro todos os partidos foram dissolvidos, todos os jornais proibidos e uma onda de prisão atrás de prisão tomou o país.

No final de março de 1958, Al Azm foi afastado de suas funções e preso logo depois. Acusaram-no de ser membro de uma organização apoiada pela CIA, que teria incitado a queda do novo regime.

Um novo diretor deveria chegar em breve.

Hamid sentiu embaixo de seus pés o primeiro degrau para o inferno. Mal conseguia andar.

Hamid, porém, era um homem duro, o golpe não o paralisou por muito tempo. Ele superou o choque e pensou em oferecer ao novo diretor um provérbio patriótico, que fosse escrito sobre uma placa de madeira já preparada, como um presente dos presos para seu presidente. Porém, acabaram-se os tempos dos provérbios islâmicos. Os sauditas odiavam Nasser[7] e este mandou, depois de um atentado fracassado, perseguir, prender, torturar e matar muçulmanos.

Hamid esperou, então, o novo diretor. Pouco considerou o fato de ter esquecido seu protetor Al Azm com tanta rapidez, mas a aliança secreta e seu futuro tinham prioridade. Ele concordaria com qualquer coisa que facilitasse a passagem da liderança para o calígrafo Ali Barake.

O novo diretor da cadeia, porém, foi uma amarga decepção. Tratava-se de um oficial de origem camponesa, que mal sabia escrever direito o próprio nome. Andava sempre de óculos escuros, mesmo em salas fechadas, como se quisesse esconder os olhos. Era um aldeão e não ocultava seu desprezo pelos livros e pelos sábios. Considerava a caligrafia uma vulgaridade, exercida de forma dispendiosa e com a única finalidade de dificultar a leitura. Só sádicos arrogantes exigiriam isso das pessoas.

Quando ouviu isso, Hamid sofreu de insônia durante três noites — e não sem motivo. No quinto dia, teve o pior choque de sua vida.

O diretor da prisão riu, vociferando, sobre ele e sua ideia.

— Milhões e milhões de patriotas amam nosso presidente Nasser. Se uns ratos da prisão gostam dele ou não, tanto faz — gritou, rugindo de tanto rir.

E mandou cortar a grande placa de madeira em pedaços de lenha. Isso, porém, ainda não foi a maior desgraça. Como o novo diretor também precisava das três celas dos privilegiados para seus protegidos,

---

7. O militar Gamal Abdel Nasser foi presidente do Egito de 1954 até sua morte em 1970 e, durante a associação com a Síria, presidente da República Árabe Unida (1958-1961). [N.T.]

jogou os detentos que ali dormiam para o inferno das celas comuns lá embaixo. Além disso, o diretor mandou jogar no lixo as caligrafias de Hamid, que estavam penduradas nas paredes, assim como fotos, livros, cadernos e os mais caros utensílios para caligrafar. Seria proibido possuir esse tipo de coisa. Como presidiário, ele deveria estar satisfeito de ser nutrido pelo Estado, afirmou cinicamente o novo diretor.

— Onde estamos? Na Suécia? — peguntou o funcionário, sem esperar resposta. Ele nem sabia onde ficava a Suécia, mas assim se dizia em Damasco. Entre os árabes, a Suécia e a Suíça são tidas como Estados perfeitos de povos satisfeitos.

As carroças dos lixeiros, levadas naquela época por um mula bem velha e esquelética, transportaram naquele dia — além dos restos da cozinha, das oficinas e dos escritórios — um tesouro de valor inestimável em exemplares de caligrafias direto para o entulho do esquecimento.

Não se encontraria um vestígio das quarenta mil liras. Além de suas roupas, Hamid não possuía mais nada consigo quando foi levado para a cela comunitária.

No final de abril, depois de uma cansativa viagem de ônibus desde Alepo, um homem magro perguntou cordialmente na porta da cadeia por Hamid Farsi e o diretor Al Azm. Mostrou a carta com o convite. Quando o oficial de vigia viu a carta, mandou rudemente o homem ir embora; este deveria sumir dali antes que ele perdesse a paciência. Um guarda mais velho, com dois dentes amarelos dentro de uma cavidade bucal escura, sugeriu ao estranho — agora indignado — que partisse o mais rápido possível, pois o antigo diretor da prisão, Al Azm, seria um agente da CIA e um espião de Israel e Hamid Farsi, um grande criminoso.

Contava-se que Ali Barake teria, com lágrimas nos olhos, reiterado não saber nada de Al Azm e a CIA, mas que Hamid Farsi era um calígrafo divino, que não deveria estar preso, e sim sair dali carregado com honras. Ele até conhecia alguns jovens calígrafos de Alepo dispostos a dar sua vida por ele.

O guarda sacudiu a cabeça frente a tanto afeto. Empurrou o homem magro e chorão para trás.

— É melhor você nem dizer mais o nome dos dois. E agora desapareça antes que o ponha lá dentro.

Hamid chegou sem posses e acabado ao departamento dos grandes criminosos; todos ali haviam recebido uma ou mais penas de prisão perpétua.

Aquilo era o inferno na Terra, entre ratos e assassinos cujos cérebros foram corroídos pela umidade dos anos. As paredes suavam de umidade, pois a Fortaleza era limítrofe de um pequeno rio. Quando os franceses ainda mantinham o país ocupado, um veterinário do exército francês julgara todo o piso térreo inapropriado até como estábulo para os cavalos e burros.

Toda essa miséria não horrorizou Hamid mais do que o fato de sua má fama já ter chegado ali. Colheu só desprezo e nenhum, realmente nenhum dos quatorze detentos dessa grande cela escura queria acreditar em sua versão da história.

— Mas eu o matei. Com doze punhaladas de minha faca — tentou se vangloriar Hamid. Ele não contara quantas facadas, mas o advogado da família Abbani enfatizara o número doze.

— Você não é apenas um idiota com chifres — disse Faris, condenado a quatro penas de prisão perpétua —, você matou o homem errado. Nassri só trepou com ela, mas o diretor Al Azm acolheu-a em seu harém. Ou você acha realmente que só por causa da merda de sua letra ele o colocou lá em cima na mansão?

Hamid gritou e chorou de ódio, mas entre condenados à prisão perpétua isso só significava confissão de culpa.

Dois meses depois, alarmado pelos guardas, o diretor da prisão teve de mandar Hamid Farsi para o hospital psiquiátrico Al Asfurije, ao norte de Damasco.

Ele jogou um último olhar para o calígrafo, cujo corpo estava coberto com manchas roxas e excremento.

— Eu sou um profeta da escrita e bisneto de Ibn Muqla. Por que esses criminosos me torturam toda noite? — gritou. Os outros detentos rosnavam de tanto rir. — É só me dar um pedaço de papel e eu mostro como a escrita flui de meus dedos. Quem sabe fazer isso como eu? — gemeu.

— Todo dia o mesmo escândalo, até levar uns tapas na cara. Daí ele chora como uma mulher — explicou um detento gigante, com cicatrizes no rosto e tatuagem no peito.

— Joguem água nele e o lavem duas vezes com sabão e álcool antes de chegarem os homens da psiquiatria. Não quero que falem mal de nós — disse, com nojo, o diretor.

Hamid ficou vários meses numa clínica e, depois de ter se recuperado um pouco, foi para um sanatório. A partir de então, perderam-se suas pistas. Mas seu nome sobreviveu.

A irmã Siham herdou todas as posses dele e, mais tarde, vendeu a casa para um general. Mesmo dez anos depois, os vizinhos chamavam a propriedade de "casa do calígrafo louco". Esse foi mais um motivo para o general vender a casa. O embaixador finlandês comprou-a em seguida — ele não se importava de viver na bela casa do louco; além disso, nem entendia árabe.

Em troca de uma pequena e injusta quantia de dinheiro, o ateliê passou a Samad, o empregado mais velho. Negociante como era, manteve o nome Ateliê Hamid Farsi na placa sobre a porta, no carimbo e em todos os papéis oficiais. Assinava seus trabalhos com seu nome, mas de forma tão reduzida que era difícil decifrar. A fama do calígrafo Hamid Farsi viajara até o Marrocos e a Pérsia, e de lá o ateliê continuava recebendo encomendas.

Samad era um bom técnico, mas jamais alcançara a elegância, o espírito e a perfeição de seu mestre. Os especialistas reconheciam isso na hora; para a maioria dos cidadãos, comerciantes e empresários, porém, uma caligrafia vinda do ateliê Farsi já era valiosa. Samad era um homem modesto mas engraçado e, quando lhe perguntavam por que suas caligrafias não eram tão boas quanto as do mestre, ele sorria e respondia:

— Porque não quero acabar como ele.

Mas como acabou Hamid Farsi? Esta é uma história com incontáveis finais. Um boato circulou logo depois de ele ser levado para a psiquiatria e persistiu teimosamente: com a ajuda de seus simpatizantes, Hamid teria fugido do sanatório e viveria agora como respeitado calígrafo em Istambul.

Para isso havia testemunhas. Segundo contou um antigo guarda da Fortaleza a um jornal dez anos depois, Hamid haveria recebido naquela época três cartas de Alepo, que, obviamente, haviam sido controladas antes. Foram cartas inocentes, com ornamentos largos e redigidas com uma bela letra. O guarda lembrava bem que, logo depois de receber a terceira carta, Hamid Farsi teria ficado louco. Pelo menos era o que parecia.

A psiquiatria se negava a fazer qualquer comentário. A fuga de um louco nunca interessava a ninguém em Damasco. Mas agora o louco se chamava Hamid Farsi e seus inimigos, sobretudo o clã dos Abannis, viam por trás de tudo isso uma fuga planejada de forma requintada.

Um jornalista de uma rádio desvendou o escândalo vinte anos mais tarde, numa reportagem sensacional: na época, Hamid teria fugido; e o velho diretor da psiquiatria, encoberto a fuga.

Hamid não teria a menor chance de escapar da Fortaleza "e nenhuma vontade de conviver com criminosos condenados à prisão perpétua; então, combinou com seus amigos de Alepo fingir-se de louco, o que valeu a pena. Aqui há apenas uma cerca de jardim para pular. Dando uns presentes para o diretor, a cerca fica ainda mais baixa", afirmou o jornalista. Passantes entrevistados asseguraram que mesmo a mais sedentária das pessoas conseguiria ultrapassar a cerca de arame, que nem era vigiada. A reportagem provocou muita risada em Damasco. Várias piadas sobre trocas entre políticos e loucos surgiram naquele tempo.

O repórter, porém, não tinha intenção de divertir; ele queria, sim, acertar as contas com o diretor da psiquiatria — na função, havia quarenta anos —, a quem considerava corrupto. No final do programa, concluiu o seguinte: o diretor mentiu ao afirmar que Hamid Farsi havia morrido e sido enterrado no cemitério do sanatório. Também a irmã do calígrafo declarou no microfone, com indignação, que teria ficado sabendo se seu querido irmão tivesse morrido. E acrescentou, ultrajada:

— A direção da psiquiatria deve então mostrar a mim e à imprensa o túmulo de meu irmão Hamid Farsi.

Apesar do escândalo, o doutor Salam, diretor da psiquiatria, não se preocupou em perder o emprego; afinal, seu irmão mais jovem era um general da Força Aérea. Ele simplesmente manteve silêncio. Mas o mesmo não aconteceu com o rico proprietário da mecânica de automóveis Hassan Barak. Ele deu ao jornalista uma entrevista que causou furor na capital.

Hassan Barak falou francamente do declínio da cultura árabe.

— Hamid Farsi foi um profeta. Vocês estão vendo — disse, enrouquecido de tanta excitação —, esse é o fim de um profeta em Damasco: um boato. Nós somos um povo amaldiçoado por Deus. Nós combatemos e perseguimos nossos profetas. Eles são expulsos, crucificados, assassinados ou colocados em hospícios, enquanto outros países civilizados os carregam com honras. Hamid Farsi vive até hoje em Istambul — disse, de forma conspiradora.

Só muito aos poucos se tranquilizou o homem, que mais de trinta anos antes, quando era moleque de recados, seguira o conselho de Hamid Farsi de virar as costas à caligrafia e acabou se tornando o mecânico de carros mais conhecido e rico de Damasco. Durante umas férias em Istambul, contou aos ouvintes, ele teria reconhecido por acaso uma caligrafia como sendo obra do mestre Hamid Farsi e pago muito caro pelo exemplar. O galerista teria descrito o calígrafo com toda exatidão. Mas quando ele, Hassan Barak, pediu para ver seu velho mestre, o experiente galerista recusou. O mestre — disse, rindo como se tivesse contado uma piada — não queria ver nem falar com nenhum árabe.

Uma semana depois, o jornalista revelou que o proprietário da mecânica teria mostrado a pintura a ele e a outros repórteres e visitantes. O professor Bagdadi, um especialista, teria confirmado que a caligrafia vinha com certeza da pena daquele que a assinara. Ele também teria decifrado a assinatura, que trazia a forma de uma rosa damascena: Hamid Farsi.

Em abril de 1957, um jovem casal se mudou para uma pequena casa na ruela de Arba'in, a cerca de 360 quilômetros de Damasco.

A ruela ficava no velho bairro cristão de Alepo, a metrópole do Norte sírio. O homem logo abriu um pequeno ateliê para caligrafia, na diagonal da igreja católica assíria. Seu nome era Samir, e seu sobrenome, Al Haurani, não interessava a ninguém. Ele chamava a atenção de todos por sua gentileza e suas orelhas de abano. Não era muito talentoso, mas se via nele a alegria com a qual ia trabalhar.

Mesquitas e tipografias muçulmanas raramente lhe davam serviço; porém, como ele não exigia tanto como outros calígrafos, tinha encomendas suficientes para placas de loja, cartazes de cinema, restaurantes, tipografias e editoras cristãs. O padre José Gamal mandava-o desenhar todos os livros de sua nova editora. Em compensação, Samir vendia em sua loja imagens de santos, ao lado de cartões postais, tinta para caligrafia e material de escritório. Seguindo o conselho do padre, o calígrafo também comprou uma pequena máquina, com a qual podia produzir carimbos para repartições públicas, escolas, clubes e associações.

Isso era, porém, apenas seu ganha-pão. Em qualquer minuto livre, Samir trabalhava em seu plano secreto. Ele queria inventar uma nova caligrafia da escrita árabe. À frente de seus olhos, sempre pairavam letras que, por sua clareza, deveriam facilitar a leitura, mostrar elegância e sobretudo trazer os ares dos novos tempos.

Sua esposa, Laila, era uma costureira exemplar — e isso as vizinhas descobriram logo —, a primeira na rua a possuir uma máquina de costura elétrica da marca Singer. Em pouco tempo, ela se tornou mais conhecida do que Samir em todo o bairro cristão, tanto que, um ano depois, passaram a chamá-lo de "o marido da costureira".

Como a maioria dos homens árabes, Samir desejava um filho; mas depois de vários abortos nasceu, saudável, sua única filha, Sara.

Ela tornou-se, mais tarde, uma famosa calígrafa.

Sobre as caligrafias

As caligrafias presentes nesta obra são de autoria do calígrafo sírio Ismat Amiralai.

TRADUÇÃO DAS CALIGRAFIAS

Na capa e na 4ª capa: um conhecido ditado do gênio da caligrafia Ibn Muqla. *O que eu crio sobrevive ao tempo.*

Às páginas 2-3 e 446-447 (abertura e fechamento do livro): poema redigido em estilo farsi em homenagem à caligrafia e à escrita. *A caligrafia permanece um longo tempo após seu autor estar sete palmos sob a terra.*

Na folha de rosto (pág. 7), figuram o nome do autor, Rafik Schami, em estilo farsi e, logo abaixo, *O segredo do calígrafo,* em estilo diwani.[1]

À pagina 19, encerrando o preâmbulo, encontra-se um ditado sufi redigido em estilo diwani. É a oração do apaixonado: *Ô meu Deus, você, cúmplice do amor em longa noite.*

Às páginas 13, 21, 339, 431: as caligrafias árabes correspondem aos respectivos títulos das partes do livro.

---

1. O autor esclarece que no árabe o título traduz-se muito bem por "o profundo (árabe = *dafin*) segredo do calígrafo". Em outras palavras, diz ele, o "segredo por excelência". [N.E.]

SOBRE O CALÍGRAFO DESTA EDIÇÃO

Ismat Amiralai nasceu em 1938 em Damasco. Aprendeu a arte da caligrafia árabe com Ahmad Albari e Hilme Habbab em Damasco. Atuou nas áreas de pintura, caligrafia e artes gráficas nas cidades de Damasco, Beirute e Mannheim (Alemanha). Rafik Schami manteve estreita colaboração com Amiralai durante a elaboração do romance.

الأرض مدفون

وكاتبُ الخطّاتي

ESTE LIVRO FOI COMPOSTO EM ITC GARAMOND CORPO
10,6 POR 15 E IMPRESSO SOBRE PAPEL AVENA 80 g/m²
NAS OFICINAS DA GRÁFICA ASSAHI, SÃO BERNARDO DO
CAMPO – SP, EM SETEMBRO DE 2010